La guerra perdida

Jordi Soler

La guerra perdida

ALFAGUARA

La guerra perdida

Segunda edición: julio, 2019

D. R. © 2004, 2007, 2009, Jordi Enrigue Soler

D. R. © 2019, derechos de edición mundiales en lengua castellana:
Penguin Random House Grupo Editorial, S. A. de C. V.
Blvd. Miguel de Cervantes Saavedra núm. 301, 1er piso,
colonia Granada, delegación Miguel Hidalgo, C. P. 11520,
Ciudad de México

www.megustaleer.mx

ISBN: 978-607-318-210-2

Impreso en México – *Printed in Mexico*

El papel utilizado para la impresión de este libro ha sido fabricado a partir de madera
procedente de bosques y plantaciones gestionadas con los más altos estándares ambientales,
garantizando una explotación de los recursos sostenible con el medio ambiente y beneficiosa para las personas.

Penguin
Random House
Grupo Editorial

Índice

Los rojos de ultramar

Como esta vida que no es mía y sin embargo es la mía,
como ese afán sin nombre
que no me pertenece y sin embargo soy yo.

LUIS CERNUDA

And what if my descendents lose the flower.

W. B. YEATS

La guerra de Arcadi

Había una vez una guerra que empezó el 11 de enero de 1937. Lo que pasó antes fue la guerra de otros. Cada soldado tiene su guerra y la de Arcadi empezó ese día. Se alistó como voluntario en la columna Macià-Companys y salió rumbo al frente. Así empiezan las historias, así de fácil. A veces se toma una decisión y, sin reparar mucho en ello, se detona una mina que irá estallando durante varias generaciones. Quizá la decisión contraria, la de no alistarse, también era una mina, no lo sé, sospecho que en una guerra nadie puede decidir en realidad nada. Martí, el padre de mi abuelo, mi bisabuelo, se había inscrito días antes en la misma columna, había decidido que no soportaba más su cargo de jefe de redacción de *El Noticiero Universal*, un periódico que llevaba meses dedicando su primera plana a las noticias de la guerra. Una mañana salió como siempre de su oficina, bebió café de pie, compró tabaco y en lugar de regresar, como era su costumbre, fue a escribir su nombre en la lista de voluntarios. Estaba fatigado de escribir sobre la guerra de los otros, quería empezar la suya, pelear por la república en una trinchera y con un arma. Luego se presentó en la oficina del director del periódico para comunicar su decisión, que era irrevocable, inaplazable, urgente. El director le dijo, para no perderlo, o quizá por el miedo que le daba el gesto y el arma con que había irrumpido en su oficina, que fuera su corresponsal, que le enviara noticias del frente.

Martí comunicó la noticia después de la cena, lo dijo como si nada, mientras se servía un trago de anís que era el preámbulo de su salida nocturna. Me voy mañana, anunció sin dejar de mirar, con cierta preocupación, una desportilladura que tenía su copa. No pudieron nada ni la desesperación de su mujer, ni las caras de asombro de sus tres hijos. Esa noche Martí salió a jugar cartas, o eso dijo. Arcadi y Oriol, sus hijos, aprovecharon su ausencia para contemplar el arma, una carabina desvencijada que compartía un receptáculo floreado con una tercia de paraguas. Al día siguiente se fue como lo había anunciado, de madrugada, sin que nadie lo advirtiera; tenía cincuenta y dos años y un deseo inaplazable de reencuadrar su historia personal. Me pregunto qué tanto jugó la voluntad en la decisión de mi abuelo Arcadi, quizá fue mi bisabuelo quien detonó la mina. En sus memorias Arcadi consigna, supongo que para evitar especulaciones como ésta, los dos acontecimientos, las dos imágenes que lo llevaron a alistarse en el frente. En la primera imagen está él, en la azotea de un edificio, mirando el saldo de un bombardeo reciente: *seis columnas enormes de humo que oscurecían el cielo de Barcelona.* La segunda debe de ser producto del mismo bombardeo, no estoy seguro, en esa parte su escritura tiende a lo caótico, está más preocupado por justificar su alistamiento en la guerra que por describir con precisión esas dos imágenes poderosas, sobre todo la segunda, que consiste en una sola línea breve y atroz: *una pila de caballos muertos en la plaza de Cataluña.* Se ignora una pila de estas dimensiones cuando se está tratando de descifrar en qué momento empezó todo, en qué minuto se tomó la decisión de ir a la guerra, en qué instante cambió de rumbo su vida y la de Laia, su hija, y consecuentemente la mía. La dedicatoria de estas memorias es su clave de acceso: *Me he propuesto al escribir este relato compendiar en pocas cuartillas estos relevantes hechos de mi vida, para que mi hija Laia los conozca un día.* Tengo la impresión de que Arcadi se disculpa con ella, con nosotros, de antemano, por esa historia de guerra que desde entonces había comenzado a heredarnos. También es cierto que esa pila de caballos muertos pudo entonces no ser tan importante para ese hombre que escribía aquellas memorias en la selva de Veracruz, a cuarenta grados de temperatura ambiente, atormentado por las fiebres cíclicas de la malaria, después de haber perdido la guerra y casi todo lo que tenía. En un cuartucho de alquiler, bajo la amenaza de las potencias vegetales que intentaban meterse por la ventana, escribió, sin detenerse, ciento setenta y cuatro páginas donde narra los pormenores de esa guerra que perdió. Había zarpado un mes atrás del puerto de Burdeos, con destino a Nueva York, en un viaje lleno de dificultades y de una incertidumbre que fue creciendo a medida que se acercaba a México en un tren tosigoso que lo llevó hasta la frontera, con numerosas escalas de por medio; una de ellas, la más larga, en la estación de San Luis Missouri, donde el tren no había querido toser más y había enviado a sus pasajeros a vagar por ahí, mientras un mecánico, con medio cuerpo metido en la panza de la máquina, intentaba reparar el desperfecto. Arcadi descubrió ahí, junto a la estación, en una calle polvorienta con categoría suficiente para fungir como plató de western, un puesto de ayuda para refugiados españoles, cosa que le pareció insólita, una visión de la familia de los espejismos que, haciendo bien las cuentas, no era tan extraña: por ahí habían pasado miles de republicanos como él, que iban rumbo a México, atendiendo la invitación del general Lázaro Cárdenas, buscando un país donde establecerse. El puesto de ayuda estaba regenteado, si vale el término en este asunto de caridad, por un grupo de cuáqueros que hacía méritos ayudando a esa legión de soldados en desgracia. El tren tosió de nuevo y lo depositó en la frontera, sus memorias no dicen nada de la impresión que tuvo al poner los pies en México, en Nuevo Laredo, un pueblo inhóspito, resecado por un sol descomedido, lleno de sombrerudos con revólver a la cintura. El comité de recepción de ese país donde pensaba rehacer su vida parecía el casting de una de esas películas que comenzaban a rodarse, llenas de mexicanos malvados que soltaban simultáneamente balazos y carcajadas. Tampoco dice nada de sus impresiones al llegar a Galatea, un pueblo perdido en la selva de Veracruz, donde lo esperaba un pariente lejano de mi abuela, uno de esos aventureros españoles que había caído ahí a trabajar y a hacer fortuna. Arcadi se bajó del autobús con el frac de diplomático que le habían prestado en Francia para que hiciera la travesía sin contratiempos, arrastraba una valija enorme y negra que, al entrar en contacto con el terregal de Galatea, comenzó a levantar una vistosa polvareda; andaba rápido, iba ansioso por entrevistarse con el único nexo que tenía en ese país de película, llevaba su mata de pelo negro hecha un lío, ya era desde entonces como fue siempre, flaco y nervudo, de pies y manos demasiado grandes y con los ojos de un azul abismal. Preguntando llegó a la concesionaria de automóviles, Ford, según me dijo él mismo, que era una de las propiedades de aquel nexo único. El pariente lejano de mi abuela se fue haciendo, en cuestión de minutos, mientras acariciaba con una mano gorda y chata el cofre del nuevo modelo 1941, mucho más lejano. En un monólogo breve y devastador le dijo que no estaba dispuesto a ayudar a un rojo de mierda que había puesto en peligro la estabilidad de su país, que, afortunadamente, ya para entonces, marchaba sobre ruedas bajo la conducción del caudillo de España. Arcadi dio media vuelta y se fue pensando que si había sobrevivido a una guerra y a un campo de prisioneros, bien podría abrirse paso en esa maleza que brotaba por todas partes, en una grieta de la acera, a media calle por las rejas de una alcantarilla, en la rama que salía de una pared y que le desgarró la manga oscura de su frac diplomático. Antes de hacer cualquier cosa buscó ese cuarto de alquiler donde la selva quería meterse y se entregó a la tarea de exorcizarse, de sacarse de encima, a fuerza de escribirlo, al demonio de la guerra.

Aquellas páginas permanecieron ocultas medio siglo sin que Laia, mi madre, su destinataria original, tuviera idea de su existencia, hasta que hace algunos años, durante una visita que le hice a La Portuguesa, Arcadi se puso a hurgar en una caja de cartón donde conservaba algunas pertenencias, sacó un mazo de hojas y me lo dio, esto va a interesarte, dijo. Leí las páginas esa misma noche y durante los días siguientes le estuve dando vueltas a la idea de hacer algo con esa historia, no es una obra que pueda publicarse, está llena de errores e imprecisiones, además, y esto fue lo que acabó echando por tierra aquel primer intento, pensé que la Guerra Civil era un tema amplia y minuciosamente documentado y que una milésima versión de las desventuras de los refugiados resultaría a estas alturas poco interesante; no alcanzaba a vislumbrar, era imposible hacerlo entonces, que debajo de esas líneas subyacía la historia de cinco excombatientes republicanos que décadas después de haber perdido la guerra, en plenos años sesenta, desde su trinchera en la selva de Veracruz, seguían todavía batallando contra el general Franco. Seguramente por la situación extrema en que fueron escritas esas páginas, la historia brinca, de forma anárquica, del thriller de una batalla donde se está jugando el futuro de la república a los pormenores de una juerga aburridísima en las afueras de Belchite. A pesar de todas estas observaciones, dos semanas después regresé, me subí al coche armado con un magnetófono y media docena de cintas y conduje las cuatro horas que separan a la Ciudad de México de

La Portuguesa. Una vez que crucé la sierra que divide a Puebla de Veracruz bajé la ventanilla, como hago siempre que estoy ahí, para empezar a contagiarme de la humedad y del olor que hay en esa zona del mundo, donde nací, hace cuarenta años, por obra de esa mina que Arcadi detonó el 11 de enero de 1937.

En aquella estancia intenté, durante tres días, grabar los pasajes que necesitaba para rellenar los huecos que tenía la historia, si es que existían esos pasajes, y si no el esfuerzo de todas formas serviría para convencerme de que había que desechar la posibilidad de rescatar esas páginas. La tarea de grabar a Arcadi fue un tira y afloja, cada vez que echaba a andar el magnetófono él cambiaba el tema o se sumía en un mutismo del que era muy difícil sacarlo. Grabé aquellas cintas casi contra su voluntad, aun cuando él había accedido a aclararme, o a contarme bien y con detalles, algunas partes de la historia, y a pesar de que me había hecho jurarle que no iba a usar ese material hasta que él estuviera muerto, y después de decirme eso fijaba sus ojos azules lejos, más allá, mientras se rascaba la nuca o la barba con la punta de su garfio. De todas formas, y de esto me enteraría años después, Arcadi no me contó toda la historia, omitió el complot que él y sus socios habían planeado en los años sesenta, un capítulo crucial que ni siquiera menciona en esas cintas.

Regresé a la Ciudad de México con la idea firme de abandonar el proyecto de las memorias de Arcadi. Guardé el mazo de hojas en un sobre junto con las cintas de testimonios, inútiles, pensaba entonces. Por otra parte Arcadi, al margen de su manía mística y de la vida excéntrica que al final llevaba, era un viejo saludable y parecía que no iba a morirse nunca y ante esa perspectiva me parecía siniestro meterme en esa historia que necesitaba de su muerte para ver la luz. Años más tarde, muchos menos de los que yo esperaba, le brotó un cáncer que le hizo lo que no había podido ni la guerra, ni Argelès-sur-Mer, ni Franco, murió en los huesos, en unas cuantas semanas, consumido por la enfermedad, y se llevó a la tumba el secreto que, justamente entonces, yo estaba a punto de descubrir, a partir de un episodio que me había sacudido de arriba abajo en Madrid, en un aula de la Universidad Complutense. Aprovechando mi paso por esa ciudad, durante unas vacaciones largas que me había dado la Facultad de

Filosofía y Letras de la UNAM, donde doy clases, mi amigo Pedro Niebla me invitó a charlar con su grupo de alumnos, unos cuarenta jóvenes que estudiaban periodismo, no recuerdo bien si la carrera o un máster, pero en cualquier caso se trataba de alumnos mayores, de estudiantes que estaban a punto de salir al mundo a buscarse un empleo en algún periódico o en algún canal de televisión. La idea de Pedro, que al principio me pareció ridícula y desproporcionada, era que les hablara de mi quehacer en la facultad y de algunos artículos que he publicado, todos en revistas académicas, sobre el mundo prehispánico. La invitación me pareció ridícula porque no veía por dónde podía interesarle a ese grupo de futuros periodistas la vida soporífera de un investigador, pero Pedro insistió tanto que acabé accediendo y me dejé conducir frente a sus alumnos, una mañana fría de octubre en que me apetecía vagar por la ciudad, beber café, comprar libros, cualquier cosa menos encerrarme en un aula a la mitad de mis vacaciones. Diserté durante media hora sobre los dioses en Teotihuacán, elegí ese tema porque está lleno de personajes mitológicos que, supuse, iban cuando menos a divertirlos, y fallé de tal manera que un alumno se puso de pie, cuando explicaba la simbología de la pirámide de la luna, e interrumpiendo lo que estaba diciendo me preguntó a bocajarro que por qué si yo era mexicano tenía un nombre tan catalán. Me detuve en seco desconcertado y al borde del enfado, pero enseguida comprendí que se trataba de una pregunta pertinente, por más que a mí esa situación me había parecido siempre normal y sin ningún misterio, así que conté a grandes rasgos la historia del exilio de mi familia, lo hice rápido, en no más de diez minutos. Cuando terminé mi explicación veloz los alumnos se quedaron mirándome desconcertados, como si acabara de contarles una historia que hubiera sucedido en otro país, o en la época del imperio romano. «Pero ¿por qué tuvieron que irse de España?», preguntó una alumna, e inmediatamente después expresó su duda completa: «¿Y por qué a México?». Entonces yo, más confundido que ellos, les pregunté que si no sabían que más de medio millón de españoles habían tenido que irse del país en 1939 para evitar las represalias del general Franco. El silencio y las caras de asombro que vinieron después me hicieron rectificar el rumbo, dejar de lado la mitología teotihuacana, y ponerme a contarles la versión larga y detallada del exilio republicano, esa historia que ignoraban a pesar de que era tan de ellos como mía.

De regreso en México, espoleado por mi experiencia en la Complutense, sintiéndome un poco ofendido de que el exilio republicano hubiera sido extirpado de la historia oficial de España, busqué el sobre que contenía las memorias y las cintas que le había grabado a Arcadi en La Portuguesa y que llevaba años guardado en un cajón de mi oficina. Lo puse sobre mi escritorio y lo observé detenidamente como si se tratara de una criatura lista para la disección. Lo abrí como quien abre un sobre, no me di cuenta de que estaba detonando una mina.

Saqué el mazo de hojas y me enfrenté con esas memorias por segunda vez. En esa nueva vuelta atrapó mi atención un pasaje sobre el quehacer de artillero de Arcadi, en el que no había reparado durante la primera lectura: está él en la zona del Ebro dirigiendo su batería hacia unas coordenadas que le va dictando la voz, que sale por el auricular de un teléfono, de un soldado lejano que está subido en un observatorio desde donde puede verse con facilidad el campo de batalla. Arcadi no ve el campo, no ve en realidad nada, está en el piso camuflado detrás de unos matorrales y dispara media docena de cargas durante varios minutos, hacia la dirección que le indica la voz del teléfono. *De pronto*, escribe Arcadi, *pasaron tres aviones enemigos volando muy bajo sobre mi espalda. Además del escándalo y del polvo que levantaron, dejaron un persistente olor a fuel en el aire. Pasaron de largo, pero un minuto después, antes de que desaparecieran el olor y el ruido de sus motores, oí cómo daban la vuelta en redondo y comenzaban a regresar: la maniobra que hacían siempre que localizaban un objetivo y optaban por regresar y hacerlo suyo. La voz del teléfono, medio ahogada por el estrépito de los aviones, dijo lo que yo ya oía venir: «Van a por ustedes». Desde mi posición, parcialmente camuflado y pegado al suelo, no veía a los que estaban junto a mí, el ruido de las máquinas se volvió ensordecedor y un segundo después oí la primera detonación, la primera bomba que caía con un estruendo que se mezclaba con el motor de los tres junkers, y, un instante después, otra que cayó mucho más cerca y produjo un socavón que hizo temblar el suelo y mandó a volar al aire una tonelada de tierra y escombros que me cayó encima y me cubrió por completo, y un instante más tarde, no más de un segundo, sentí a uno de los junkers pasando muy cerca de mi cuerpo, tanto que oí cómo abría las compuertas, con un chirrido metálico que no olvidaré nunca, y cómo desde esa altura comenzaba a caer la siguiente bomba. En la fracción de segundo de antes de la explosión sentí, aun cuando estaba todo cubierto de tierra, que me caía en la espalda una gota hirviente de fuel. La bomba explotó unos metros adelante e hizo otro socavón y levantó otra tonelada de escombros. Los junkers, seguros de que me habían liquidado, se fueron. Quise gritar para ver si alguien vivía a mi alrededor, pero no pude hacerlo porque tenía la boca llena de tierra.*

Era la segunda vez que leía ese pasaje y hasta entonces, quizá porque en la ocasión anterior me había dejado impresionar por el bombardeo, no había reparado en la dinámica delirante del artillero: un hombre situado entre el puesto de observación y las filas enemigas, disparando cada vez que se lo ordena una voz por teléfono, tratando de hacer blanco en un ejército que nunca ve. ¿Qué pensaría Arcadi después de esa media hora de disparos al vacío? Cada vez que le comunicaban que había hecho blanco, existía la posibilidad de que la granada que había disparado hubiera destruido un almacén o una casa, pero también podía ser que hubiera matado a un soldado, o a varios, cuando el tiro había sido afortunado, si es que vale el término para el acto de disparar y no saber, a ciencia cierta, cuánto daño se hizo, si se mató a alguien, o si no se mató. ¿Cómo lidiaba Arcadi con esto? Supongo que algo en él descansaba cuando la voz del teléfono le comunicaba que había fallado, que era necesario corregir el tiro, y entonces él podía imaginar, con cierto alivio, el hueco que había producido su granada en el suelo, pero ¿qué sentía cuando esa voz distante le comunicaba que había dado en el blanco? Eso le pregunté, de manera torpe y brusca, en las cintas de La Portuguesa. ¿Y sabes si mataste a alguien?, se oye que le digo. Después viene un silencio incómodo en el que Arcadi, me acuerdo muy bien, se miró detenidamente el garfio, primero un costado, luego el otro y luego arrugó la frente y la nariz con cierta molestia, como si no hubiera dado con lo que buscaba; después levantó la cara y puso sus ojos azules en un punto lejano antes de decirme: «No sé si vas a entender esto pero aquélla era la guerra de otro».

En una de las visitas fugaces que hizo Arcadi a Barcelona cuando peleaba en el frente del Ebro, dejó embarazada a mi abuela, con quien se había casado, unos meses antes, en otra visita igual de fugaz. De aquel embarazo nació Laia, mi madre; salió al mundo en medio de un bombardeo, rubia como mi abuela y con los ojos de un azul abismal, idénticos a los de su padre.

Arcadi, con la ayuda de un subordinado flaco y de dientes largos al que llamaban Conejo, metía las piezas de su mortero a un camión cuando se enteró de que Laia había nacido. Su batería empezaba a perder terreno, era el principio de aquel repliegue ya imparable que terminaría llevándoselos hasta Francia. La imagen civil de aquel repliegue era una fila interminable de gente, con su casa y sus animales a cuestas, que caminaban rumbo al norte buscando un territorio menos hostil donde asentarse, una fila de hombres y mujeres polvosos y cabizbajos, con niños de brazos o grupos de niños, igual de polvosos, correteando alrededor de ellos, y un montón de animales balando, o ladrando o haciendo ruidos de gallina. Arcadi y el Conejo transportaban las piezas del mortero cuidándose de no darle un golpe a alguno de la fila que pasaba por la carretera junto al camión cuando, desde otro camión que pasó junto a ellos, se asomó Oriol, el hermano de Arcadi, y le gritó, porque venía de Barcelona y ahí se había enterado: «Eres padre de una niña». Eso fue todo, el camión de Oriol se perdió de vista y Arcadi se quedó inmóvil, con un fierro largo en la mano, tratando de digerir la noticia, mientras el Conejo le daba unas palmaditas de felicitación en la espalda. Dos días después consiguió un permiso para ir a conocer a Laia, le tomó toda la noche llegar a Barcelona porque las vías del tren estaban en mal estado y el reciente bombardeo había estropeado los accesos a la ciudad. Arcadi registra en sus memorias el momento en que llega al piso de la calle Marià Cubí, donde entonces vivían, y su esposa lo conduce a la habitación donde estaba Laia. Ahí, frente a su hija recién nacida, reflexiona sobre la calamidad de haber nacido en plena guerra: *La vi ahí, envuelta en trapos y metida en una cuna demasiado grande, y lo único que sentí fue angustia, angustia porque dentro de unas horas tendría que dejarla sola en esa ciudad que los*

21

franquistas bombardeaban todo el tiempo. *Luego pensé que en esa angustia estaba el germen del amor paterno.* Después de esta reflexión más bien extraña cambia de tema y no dice más de ese acontecimiento que debió de ser mucho más importante para él, o quizá no, la verdad es que nunca he podido identificar muy bien las motivaciones de Arcadi, ya desde entonces era un hombre bastante hermético y un poco fantasmal.

Más adelante en sus memorias, Arcadi narra un bombardeo que mira desde las alturas de Montjuïc, cuando hacia el final de la guerra habían trasladado su batería a Barcelona, en la etapa en que empezaba a agudizarse el repliegue de las tropas republicanas. *De pie frente a los amplios ventanales de Miramar vigilaba el horizonte con unos prismáticos, aunque se trataba de una vigilancia de rutina; la noche anterior, gracias a cierta información detectada con los fonolocalizadores y los radiogoniómetros, nos habíamos enterado de que esa madrugada la aviación facciosa planeaba un bombardeo sobre Barcelona. Amanecía y los destellos rojos y amarillos, sumados a la niebla que había sobre el Mediterráneo, dificultaban considerablemente la visibilidad, tanto que ni yo ni el centinela que vigilaba en el otro extremo percibimos nada hasta que tuvimos a la aviación enemiga muy cerca, a tiro. Las baterías estaban permanentemente preparadas, así que activamos la sirena y corrimos, cada quien detrás de su cañón. Yo encuadré en la mira a un par de aviones Breguet que volaban ligeramente separados del escuadrón y abrí fuego contra ellos, pero la granada, aunque estalló y produjo una humareda negra y de olor tóxico, no salió del cañón. Lo mismo les sucedió a otros dos artilleros, de los seis cañones nada más funcionaron tres y ninguno de éstos dio en el blanco. Unos segundos después pasó el escuadrón intacto sobre nosotros y comenzó a bombardear Barcelona, densas columnas oscuras de humo se levantaban en la ciudad después de las explosiones; los tonos rojizos del amanecer le daban un toque apocalíptico a ese espectáculo que yo miraba desesperado, junto a mi cañón, con las manos en la cabeza y el alma en vilo, pues varias de las columnas se levantaban desde Sant Gervasi, el barrio donde estaban mi mujer y mi hija Laia, recién nacida. La situación tenía algo de ridículo, ¿cómo íbamos a defender Barcelona con ese armamento inservible? Junto a mí estaba Prat, un artillero rubio y gordo, de piernas cortas y manos extrañamente rojas, que después huiría con nosotros cuando abandonáramos Barcelona, estaba igual que yo junto a su cañón, contemplando cómo las columnas negras ascendían contra el cielo rojo y golpeándose con su mano roja un muslo mientras repetía «collons, collons, collons», con un ritmo molesto y obsesivo. Horas más tarde me enteré de que uno de los Breguets que se me había escapado había bombardeado un orfanatorio donde habían muerto catorce profesores y ciento cuatro niños, un horror del que hasta hoy me siento muy culpable.*

Mi madre pasó su primer año de vida escapando de las bombas que caían de los aviones de guerra. Escapaba en brazos de mi abuela, que la traía de acá para allá, según en qué sitio las sorprendieran las sirenas de alarma. Tenían que salir de casa todos los días para hacer la fila en la oficina de racionamiento, se trataba de un esfuerzo de varias horas que producía resultados modestos: un trozo de pan, una lata de leche condensada, una pieza de pollo que no encajaba en ningún rincón de la anatomía de los pollos. Cuando la alarma las sorprendía en la fila corrían a un refugio, que era distinto del que utilizaban cuando el bombardeo las pescaba a medio camino. En realidad no eran refugios, uno era un sótano y otro el entresuelo de un garaje, y además no siempre estaban disponibles. A veces resultaba menos peligroso capotear las bombas a la intemperie que apretujarse con todo el vecindario en esas ratoneras que, en caso de recibir un impacto, iban a desmoronarse igual que el resto de las construcciones. En casa el asunto era distinto, había una dinámica rigurosamente establecida. El perro percibía el ruido de los aviones minutos antes de que sonaran las sirenas de alarma y comenzaba a aullar como perro loco al tiempo que emprendía una carrera que terminaba debajo de la cama de mi abuela. Todos en esa casa habían llegado a la conclusión de que un perro tan perceptivo tenía que saber dónde estaba el mejor lugar para refugiarse, de manera que en el momento en que se disparaba la alarma del perro, mi abuela corría, con mi madre en brazos, a meterse con él debajo de la cama y detrás de ellas se metían mi bisabuela y Neus y la mujer de Oriol. Desde ese refugio sofocante que se había inventado el perro oían las cinco apretujadas, atemorizadas, primero la alarma aérea y luego el tremor de los aviones de guerra, que oían crecer, primero un punto que se iba convirtiendo, en cuestión de segundos, en murmullo, en cuestión de segundos, en ruido atroz que en cuestión de segundos era ensordecedor, insoportable, un estruendo sostenido que hacía llorar al perro, un llanto discreto, bajito, de criatura que se sabía perdida, a merced de ese ruido que en cuestión de segundos se ramificaba en explosiones, una, dos, cuatro, doce, y en cuestión de segundos una que caía mucho más cerca y que hacía desaparecer momentáneamente el estruendo, que en cuestión de segundos quedaba olvidado porque acababa de caer otra todavía más cerca que ponía a llorar a las mujeres bajito, como todas las criaturas que se saben perdidas, mi abuela abrazaba a mi madre con una fuerza desmesurada, la apretaba contra su pecho, quería metérsela al cuerpo y regresarla al limbo, y en cuestión de segundos caía otra bomba todavía más cerca y en cuestión de segundos la onda expansiva que entraba por la ventana y volcaba muebles y rompía cosas y mi abuela apretaba más a mi madre y pensaba en mi abuelo y en que todo iba a acabarse cuando en cuestión de segundos cayera, todavía más cerca, la siguiente bomba, que se retrasaba, que no llegaba, que al final no caía, que en su lugar quedaba un estruendo que se alejaba y que en cuestión de segundos era un punto que desaparecía. Entonces las mujeres salían de debajo de la cama, aliviadas, exultantes, a contemplar los estropicios de la onda expansiva. El perro salía después, agachado, temeroso de que en cualquier momento volviera a dispararse su alarma interior. Una vez, al salir de debajo de la cama, mi abuela vio que mi madre tenía sangre en la cabeza, y cuando iba a gritar del susto reparó en que la sangre le salía a ella de la boca, de una muela que se había partido de tanto apretar cuando trataba de regresar a mi madre al limbo. La guerra desvela una realidad alterna, produce situaciones que luego son difíciles de comprender, de locos, puedo ver a mi abuela con sangre en la boca y su muela en la mano, parada en el centro de su piso hecho trizas, riendo a carcajadas, eufórica, feliz.

Llegó el día en que tuvimos que abandonar la batería de Miramar, escribe Arcadi en sus memorias, *la situación, ya de por sí insostenible por la desorganización de los mandos superiores y por el mal estado en que se encontraba nuestro armamento, se agravó la tarde* en que llamamos por teléfono al general Roca, nuestro superior directo, y cogió la llamada un sargento que nos indicó, un poco avergonzado, que el general había sentido a las tropas franquistas demasiado cerca y que ya para esa hora iba camino a la frontera para salir cuanto antes de España. Aquella noticia equivalía al anuncio de la disolución de nuestra batería y así fue tomada por todos los soldados y oficiales destacados en Miramar, estaba claro que cada quien tendría que enfrentar la llegada del ejército enemigo como mejor pudiera. Esa noche discutí, con cuatro oficiales más o menos afines, la posibilidad de irnos juntos a Francia; ninguno pensaba quedarse en España a resistir la previsible represión que el general Franco iba a desplegar contra los oficiales del bando perdedor. Montseny, un teniente tarraconense excesivamente parlanchín que tenía pinta de soldado romano, con quien había coincidido en la batería desde que peleábamos en el frente de Aragón, nos dijo que se había enterado de que el presidente Azaña ya estaba en una población del norte, listo para cruzar la frontera francesa. Los otros oficiales afines eran Prat, el artillero gordo y rubio que tenía las manos extrañamente rojas; Romeu, un valenciano bajito y de gafas al que no vi despeinarse nunca, ni en los peores bombardeos; y Bages, un barcelonés enorme y velludo que podía pasar, en un instante, de la conducta bestial al comportamiento beatífico, un hombre extremoso con quien había trabado una sólida amistad. El dato de que hasta el presidente Azaña se había ido nos hizo decidir, ya sin ninguna clase de remordimiento, que al día siguiente dejaríamos Barcelona en el Renault blanco que usaba Montseny. Pasé esa noche en vela tratando de digerir lo que iba a suceder al día siguiente, tendría que irme solo a Francia, sin mi mujer y sin mi hija, quién sabía por cuánto tiempo, dejarlas a las dos en esa ciudad que estaba a punto de ser ocupada por las tropas franquistas. A la mañana siguiente, muy temprano, fui a despedirme de ellas al piso de Marià Cubí, donde para esas alturas también vivían mis padres, que habían perdido su casa en uno de los bombardeos, mi hermano Oriol con su mujer y Neus, mi hermana. El ambiente en el piso era demoledor, Oriol estaba en una esquina del salón convaleciente de una esquirla de metralla que le había entrado en una nalga, provocándole una herida que se había complicado luego de una intervención rústica que le habían practicado los doctores del frente. Oriol siempre había sido más alto y más corpulento que

25

yo, pero entonces lo vi muy disminuido, más que sentado en el sillón parecía que el sillón se lo estaba devorando. En el otro extremo estaba mi padre, también convaleciente, con una cobija de rombos sucia encima de las piernas, se había roto un brazo y un fémur en una estampida de pánico por un bombardeo en la plaza de Cataluña. Las mujeres se movían con dificultad por el piso, que era demasiado pequeño para tanta gente, la mujer de Oriol y mi hermana Neus iban de un lado a otro con compresas y linimentos y, en el centro de aquel cuadro trágico, mi hija Laia risueña, ajena a toda aquella decadencia, comiéndose la papilla de leche que le daba su madre. «El ejército de Franco acaba de cruzar el río Llobregat, estarán aquí en un par de horas», les dije. Todos se me quedaron mirando de una forma que partía el alma, se hizo un silencio espeso que hacía juego con la atmósfera viciada que se respiraba en el salón. Mi mujer habló primero, resolvió con una sola frase la situación, «tú desde luego tendrías que salir de España», me dijo, y en el acto mi padre salió de su postración para suplicarme que me llevara a Oriol. «Y contigo qué va a pasar», le dije. «Nada», contestó él, «soy un viejo inofensivo en el que no va a reparar nadie.» En ese momento me pareció que lo dicho por mi padre tenía sentido y simultáneamente pensé que Oriol en esas condiciones sería un lastre para nuestra huida, pero la mirada suplicante de mi padre me orilló a cargar con mi hermano, aun cuando me parecía una descortesía hacerlo sin haberlo consultado antes con los otros oficiales. Me despedí de mi mujer y de mi hija, más aprisa de lo que hubiera deseado porque ya me esperaban en la calle con el motor en marcha. Ninguno de mis compañeros dijo nada cuando Oriol, arrastrando con dificultad su aspecto cadavérico, se amontonó con nosotros en el coche. Bajamos a toda velocidad por la calle Muntaner hasta la Gran Vía y de ahí enfilamos rumbo a Badalona. Las calles estaban llenas de basura y de escombros, por todas partes ardían hogueras, y las únicas personas que podían verse eran soldados buscando salir de la ciudad. Cerca de Badalona nos detuvimos al pie de un árbol y quemamos en una hoguera el fichero de la batería.

Después de ese acto que marcaba el final de su vida militar, se subieron los seis al Renault y enfilaron rumbo a Palafrugell, cada uno cavilando sobre el futuro que se disparaba en intensidades desiguales, lo mismo llegaba hasta una comida años después, rodeados de hijos y nietos con la guerra reducida a una anécdota, que se detenía en seco frente a la penumbra de la siguiente hora. Por la cuneta caminaba esa fila interminable de personas que llevaban su casa a cuestas, hombres, mujeres y niños cargando cajas, bultos, costales, animales vivos, esa misma fila que había descrito Arcadi meses antes cuando peleaba en el frente del Ebro y que ahora servía de complemento para una preocupación mayor, más concreta, que era la herida de su hermano Oriol, que en el espacio reducido del interior del coche despedía un olor que los obligaba a llevar las ventanillas abajo, aun cuando el aire frío de enero, agravado por la velocidad con que avanzaba el coche, era por momentos insoportable. Arcadi sentía cómo su hermano tiritaba, tenía fiebre y la costura precaria que le habían hecho los médicos del frente supuraba cada vez más, incluso notaba que el manchón húmedo que había ido apareciendo en el muslo de su hermano se extendía hacia sus propios pantalones. Algo martillaba en el motor, el clan clan de alguna pieza floja que se convertía en escándalo cuando el coche alcanzaba cierta velocidad. Arcadi se sentía atravesado por sensaciones intensas y contradictorias, quería ser solidario con Oriol y hacerse responsable de él hasta que estuvieran fuera de peligro, pero por otra parte lo percibía como un lastre y esa herida putrefacta que le manchaba los pantalones le provocaba un asco indecible, le repugnaba y en el acto sentía un aguijonazo de culpabilidad que lo mandaba de vuelta a sentir solidaridad con él y con su herida putrefacta que era a fin de cuentas carne de su carne. Cuando llegaron a Palafrugell el aspecto de Oriol había empeorado, no había dejado de tiritar y sus esfuerzos por disimularlo, por no ser identificado como el lastre que cíclicamente percibía su hermano, le desarreglaban el gesto. Empezaba a hacerse de noche, llevaban todo el día apretujados a bordo del Renault sin probar bocado y respondiendo con monosílabos a la conversación torrencial de Montseny. Entrando al pueblo Romeu dijo que un amigo de su padre vivía ahí, se llamaba Narcís y tenía una casa de piedra, era todo lo que recordaba, había estado ahí de niño, no sabía con qué motivo. Por las calles deambulaban individuos de esa fila de gente con su casa a cuestas que los perseguía desde los tiempos del frente del Ebro, buscaban un rincón donde pasar la noche y un alma caritativa que les diera un pan. Aunque era difícil pedir menos, la mayoría se iba de Palafrugell sin conseguir ninguna de las dos cosas.

Preguntando hallaron la casa de Narcís. Romeu tocó la puerta para ver si podían darles de comer y permitirles descansar un poco, calculando, claro, que Narcís recordaba la visita de su padre y suponiendo que lo seguía teniendo en buena estima. El resto observaba cómo su colega, impecablemente peinado y ajustándose cada dos por tres sus gafas de miope, hablaba y gesticulaba frente a un viejo de barba y cómo señalaba con énfasis hacia donde estaban ellos. En determinado momento el viejo se llevó la mano a la frente y sonrió, más que sonreír hizo una mueca de asombro, como quien distingue en un rostro adulto los rasgos del niño que fue. La mujer de Narcís se ocupó inmediatamente de Oriol, lavó y desinfectó la herida y sustituyó el vendaje pegostioso y maloliente por dos pedazos limpios de sábana que fue trenzando mientras hablaba de cómo era su pueblo antes de la guerra. Con la suma de lo poco que había, un puño de cada cosa, la mujer de Narcís confeccionó una sopa que alcanzaba para todos. Los demás hablaban a gritos en la sala, animados por la proximidad de la cena, o del final de la guerra, no sabían, claro, que lo que sigue después de la guerra suele ser peor que la guerra misma. Cuando llegó la sopa Narcís hurgó en una estantería y sacó una botella de vino que estaba escondida detrás de una enciclopedia, la guardaba para una ocasión especial y qué ocasión más especial, les dijo, que ver cómo tu país se va a la mierda. Después de cenar Oriol se fue a dormir, era tarde y habían decidido aceptar la invitación completa, pasar la noche ahí y reanudar el viaje a la frontera al día siguiente. A pesar de la curación la herida había vuelto a supurar, Arcadi vio otra vez la mancha fresca en los pantalones cuando Oriol subía la escalera. Después de la cena, mientras Montseny aturdía al anfitrión con una decena de anécdotas, Bages trató durante media hora infructuosa de localizar Radio Barcelona en un aparato que había ahí, manipulaba el dial con brusquedad e intermitentemente, buscando una mejor orientación, subía el aparato de arriba abajo, parecía un oso buscándole un ángulo comestible a su presa. Cuando estaba a punto de darse por vencido encontró la frecuencia de una estación de Roma donde un locutor decía, en un italiano pausado que no permitía otras interpretaciones, que

28

Barcelona había sido tomada por el ejército franquista a las dos de la tarde. Nadie dijo nada. En la chimenea ardía un fuego que todos miraban y que servía de coartada para no hablar, como si esperaran la revelación que podía venir del siguiente chasquido del leño que ardía.

Esa noche mi abuelo durmió en la misma habitación que su hermano. *Era la primera vez en meses que dormía en una cama. Recuerdo la acogedora sensación que me produjo el contacto con las sábanas limpias, violentamente contrastado con el tremendo hedor de las heridas de mi hermano,* escribe Arcadi en una de sus páginas.

Al día siguiente reemprendieron el camino hacia la frontera, de manera tan errática que el viaje que podía haberles tomado unas horas terminó haciéndose en diez días. Esa dilación tenía las proporciones de un síntoma, nadie deja su país y a su familia mientras exista la mínima esperanza de resolver las cosas de otra manera. Montseny conducía con un orgullo que no tenía relación con el estado deplorable de su vehículo, iba erguido y con el pecho afuera y hacía unos comentarios que tampoco tenían relación con lo que les estaba sucediendo; Bages iba junto a él, de copiloto, porque era el único que se atrevía a callarlo cuando los aturdía, y además porque no cabía en otro asiento. Atrás iban Arcadi, Oriol, Prat y Romeu, que, por ser el más pequeño de estatura, iba montado entre Prat y Arcadi, no había otra forma de meter a cuatro en un espacio tan reducido. Pasando Peralada notaron que el clan clan que hacía la máquina empezaba a complicarse con una serie de tirones esporádicos, como si el automóvil se sofocara y momentos después recuperara su respiración normal. En Sant Climent se encontraron a un grupo de colegas artilleros que los llevaron a la reserva general, un campamento que estaba en las afueras donde reinaba un ambiente terminal. Al día siguiente se irían a Francia y ya se implementaban las medidas pertinentes: algunos destruían el armamento pesado que pudiera servirles a los franquistas; otros, en una suerte de ritual alrededor del fuego, quemaban de manera festiva toda la documentación de la reserva. El dinero se distribuía entre oficiales y soldados, cada quien recibía una cantidad según su rango. Durmieron ahí, muertos de frío, indecisos frente a la posibilidad de irse al día siguiente a Francia. En la mañana del 28 de enero el cocinero de la reserva despidió a todos con una calderada de patatas fritas. A las once empezó a correr el rumor de que las tropas enemigas habían desembarcado en Rosas, el personal de la reserva aceleró las maniobras de evacuación y ellos, todavía indecisos pero contagiados por los preparativos de la huida, se unieron al contingente. Sumaron el Renault blanco a la fila de camiones y vehículos pesados, la lentitud del tráfico provocaba que la máquina se fuera asfixiando con más insistencia, después de cada sofocón había que echarla otra vez a andar. Oriol iba recargado en el hombro de Arcadi, dormido o probablemente desmayado, no había nada que hacer en todo caso. Al llegar a la carretera que iba a La Jonquera, el pueblo fronterizo más cercano, se quedaron atascados en medio de una caravana interminable de automóviles, camiones, ambulancias, carretas y animales de ganado. Al cabo de hora y media, cuando el monólogo de Montseny y el olor de la herida de Oriol se hicieron insoportables, efectuaron una votación: Prat, Romeu y Montseny se integraron al contingente de la reserva general, mientras que Arcadi, Oriol y Bages decidieron quedarse en el coche y dar vuelta en redondo. Arcadi hubiera querido integrarse al contingente pero el estado de su hermano se lo impedía, y Bages, por solidario o quizá porque estaba harto de la cháchara de Montseny, había preferido quedarse con él. En la noche cenaron la última lata de carne y durmieron dentro de un autobús abandonado que era mucho más amplio que el interior del automóvil. En la mañana Bages averiguó que la frontera seguía cerrada para civiles y militares, sólo podían cruzar los heridos, lo cual no era una opción para Oriol, que se negaba a cruzar la frontera solo, como irremediablemente, llegado el momento, iba a tener que ser. A partir de aquí comienza una errancia más bien maníaca, regresan a Peralada y de ahí enfilan hacia Port de la Selva, pero el Renault no resiste y lanza el sofocón final a unos cuantos metros de una masía donde la dueña, a regañadientes, les prepara una tortilla y les da agua y un trozo de tela para cambiarle el vendaje a Oriol. Caminando regresan a Peralada, sosteniendo al herido por turnos, ahí permanecen día y medio en una casona habilitada como refugio, viendo cómo llueve sin parar. El 31 de enero Arcadi consigue que una camioneta de Fuerzas del Aire los lleve a Port de la Selva, ahí internan a Oriol en un galerón que servía de hospital, Arcadi le promete que regresará por él en cuanto se abra la frontera y sale de ahí sintiéndose culpable, pero también aliviado y ligero. Luego, todavía aplicando esa dilación que era un síntoma, Bages y él se presentan en la Comandancia de Artillería. *Nos proporcionaron una vivienda bastante confortable, propiedad de un concejal que, en un momento de pánico, había huido a Francia. Encontramos en la alacena cuatro frascos de anchoas que nos sirvieron para comer durante día y medio. Pasamos del 1 al 4 de febrero vagando de aquí para allá sin que nuestros servicios fueran requeridos. El reposo y la limpieza constante de la herida tenían a Oriol de mejor color, aunque el responsable del galerón, un voluntario sin más méritos que su entusiasmo, recomendaba que permaneciera ahí unos días más. El 5 de febrero al atardecer vimos cómo se aproximaba una escuadrilla de aviones. De inmediato sonaron los silbidos y las explosiones de las bombas que lanzaba el enemigo. Bages y yo corrimos a nuestros puestos en la zona de baterías. Un hidroavión comenzó su obra de reblandecimiento arrojando bombas sobre el puerto y la población. Cada diez minutos sonaba la alarma y seguidamente un rosario de explosiones luminosas. A la una de la madrugada, luego de muchas horas de responder a los ataques, cuando estaba claro que nuestra defensa era inútil, apareció el mayor Garrido para dar la orden de evacuación inmediata. Antes de evacuar inutilizamos los cañones, quitamos los cerrojos de las cuatro piezas y los lanzamos al mar. Corrí al galerón donde estaba Oriol internado. Lo encontré dormido. Le expliqué a uno de los voluntarios que de un momento a otro nos iríamos y que necesitaba llevarme a mi hermano. El voluntario me informó de que un vehículo especial que estaba por llegar transportaría a los heridos a Francia, que Oriol viajaría mejor atendido y que yo podría reunirme con él del otro lado de la línea fronteriza. Me convenció. Corrí hacia el camión que ya tenía el motor encendido y que se hubiera ido si Bages no interviene para pedirle al chofer que me esperara. Tres horas después nos topamos con una fila de cuatro kilómetros de vehículos que aguardaba para internarse en territorio francés. Decidimos bajarnos del camión y caminar hasta la línea fronteriza. Unos minutos más tarde varios cazas enemigos aparecieron en el cielo. Sus ametralladoras comenzaron a dispararnos. Nos guarecimos en un monte junto al túnel del ferrocarril hasta que terminó el ataque. Tras media hora de escalar empinadas cuestas y descender pendientes resbaladizas, llegamos a la frontera.* Arcadi y Bages llegaron al cuello del embudo. Toda esa fila de gente con su casa a cuestas, que había cruzado el país huyendo de la inminente represión franquista, se agolpaba frente a media docena de garitas improvisadas por la Guardia Alpina francesa. Arcadi escribe una lista, extrañamente jerarquizada, de los componentes de aquel tumulto: *Coches de toda clase y marcas, camiones con soldados, fardos, sacos, cabras, conejos, corderos, campesinos con sus carros tirados por caballos cargados de camas, colchones, alacenas, etcétera.* Les tomó varias horas abrirse paso hasta las garitas. Cuando por fin llegó frente al guardia, un hombre alto de capa azul, Arcadi iba digiriendo la evidencia de que el reencuentro con su hermano en ese tumulto iba a ser muy difícil, probablemente imposible. No le gustó lo poco que lo perturbaba ese pensamiento. El hombre de la capa azul revisó minuciosamente sus documentos, le preguntó dos o tres cosas y le ordenó que entregara sus armas. Arcadi entregó la única que tenía, su pistola Star calibre 7.65 que había cargado durante toda la guerra en una funda que le colgaba del cinturón. También entregó noventa y seis cartuchos que guardaba en su macuto. El guardia echó el arma y los cartuchos en una caja y le hizo una señal para que caminara, ya por territorio francés, hacia una caseta donde tres guardias revisaban las pertenencias de soldados y civiles. Entre las dos casetas mediaba una boca de lobo, una oscuridad total, un fario pésimo. No sé qué percepción del porvenir tendría mi abuelo, quizá pensaba permanecer unos meses en Francia mientras se normalizaba la situación en su país, en lo que el general Franco se tocaba el corazón y decretaba una amnistía. Lo que desde luego no sospechaba era que acababa de dejar España para siempre, que tendría que improvisar el resto de su vida en un enclave de la selva mexicana, que tardaría casi cuarenta años en volver y que entonces se daría cuenta de que el regreso, con tanto tiempo de por medio, era un asunto imposible. Su reloj marcaba las siete y diez, aprovechó el trayecto a la caseta para adelantarlo hasta las nueve y diez, que era la hora de Francia. La maniobra parece una simpleza, si no se piensa que a todo lo que se estaba dejando había que añadirle esas dos horas que se quedarían ahí, estranguladas durante décadas, hasta ese día en que buenamente regresara por ellas. Se formó en la fila a esperar su turno.

Una ventisca húmeda y helada lo hizo temblar, estaba oscuro, no podía verse el suelo pero todo parecía indicar que reinaba un lodazal. El mar se oía del lado derecho y, según qué ruta llevara el viento, podía olerse, era un cuerpo imaginario igual que el lodo. La única luz en el horizonte era un foco de filamento temblón que colgaba de un alambre encima de los guardias. Desde su lugar en la fila Arcadi no alcanzaba a distinguir qué tan minucioso era el proceso de revisión, pero dos o tres cosas que oyó, más el culatazo brutal que recibió el campesino que iba tres lugares delante de él, empezaron a desconcertarlo. Miró para todos lados tratando de localizar a Bages, se habían perdido de vista después de la revisión, cosa nada fácil en un hombre tan grande como su amigo, necesitaba mirarlo y que él lo mirara, convencerse los dos con un gesto de que no estaban cometiendo un error garrafal, y en caso de que sí, cometerlo a dúo, con el apoyo y la complicidad del otro. Pero a Bages se lo había tragado el tumulto y además el guardia que ya estaba cerca desaprobaba, o cuando menos torcía la boca, cada vez que Arcadi buscaba a su amigo con la vista. Cuando llegó su turno había conseguido ganar cierto nivel de tranquilidad, pensaba que el gobierno francés deseaba ayudarlos y que sin duda iban a tratarlos como refugiados. Nada más mirar de cerca a los guardias supo que se equivocaba, algo había en sus ojos y en la forma de adelantar la mandíbula que no era buen signo. Entregó su macuto a la mano imperativa que se lo exigía. Los tres guardias se repartían el trabajo de revisar las pertenencias de los refugiados, todos los que entraban al país tenían que irse filtrando por ese cuello de botella. Esas filas enormes que venían viendo desde los días del frente del Ebro terminaban ahí, para continuar nadie sabía dónde. Los guardias estaban uniformados de negro, un negro escrupuloso sin diluciones ni semitonos, llevaban chaqueta de piel y un arma larga que les cruzaba el pecho, eran distintos de los guardias alpinos que habían quedado atrás en las garitas, de capa azul y arma corta colgándoles de la cintura. La mano que le había exigido el macuto también le ordenó que vaciara sus bolsillos en una charola que estaba puesta ahí para ese efecto. Echó un pañuelo blanco, un mechero de yesca y sus papeles de identidad. No tenía intenciones de entregar su reloj, donde guardaba las dos horas estranguladas. El guardia le dijo, con un pronunciamiento de mandíbula, que regresara todo eso a sus bolsillos y luego cogió el macuto y vació su contenido en una zanja en la que Arcadi, distraído por las instrucciones mudas del guardia, no había reparado. Vio cómo fueron cayendo sus objetos en la zanja, una muda de ropa interior, una navaja, unos anteojos para leer, una libreta, un lápiz y una fotografía de mi abuela. Todo fue inmediatamente sepultado, nada más tocando el fondo, con dos enviones de cal que tiró un campesino que estaba de pie junto a un montón blanco, con su pala lista, observando una prestancia que al contrastarse con los andrajos que vestía le daba un aire de loco. Luego el guardia echó también el macuto a la zanja y, después de que el campesino aplicara puntualmente sus dos paletadas, mandó a mi abuelo, con un último pronunciamiento de mandíbula, a formarse en otra fila que ya comenzaba a moverse. Entre esa caseta y lo que estuviera por venir mediaba otra boca de lobo. En la fila caminaban militares y hombres solos, algún proceso de selección había sido aplicado en la frontera, el tumulto había sido espurgado de mujeres, niños y animales. En todo caso la selección no era un buen signo, había hombres ahí que acababan de ser separados de sus mujeres y de sus familias, todo era confuso, la fila era más bien una masa larga que se desplazaba en la oscuridad, pastoreada por un grupo de guardias móviles que no permitían ni que se hablara ni que nadie se quedara rezagado. Un guardia gritaba cuando alguien perdía el paso o trastabillaba y cuando alguno se detenía, por cansancio o porque se había lastimado. Casi siempre el grito salía reforzado por un culatazo. Al parecer las culatas tenían siempre la última palabra. Los refugiados caminaban por la orilla de la carretera, sobre un suelo fangoso de nieve vieja y una altura de lodo que a veces les alcanzaba las rodillas. Era de noche, atrás y hacia delante, afuera y adentro, parecía que la noche, en un descuido, en una crecida, podía brincarse los bordes de mañana. La sensación de estar a salvo en otro país, lejos del brazo vengativo de Franco, se desvanecía en medio de esa masa de refugiados que eran tratados como prisioneros de guerra. Nadie sabía adónde los llevaban y después de una hora de caminar, cansados y hartos de lodo, habían tenido tiempo suficiente para concebir todo tipo de conjeturas. Un viejo metió la pierna en un hueco que estaba disimulado por el lodo y cayó al suelo. El incidente provocó que los hombres que caminaban a su alrededor se detuvieran y procuraran auxiliarlo. El guardia que pastoreaba esa zona se metió hasta el lugar donde yacía el viejo y lo levantó de un brazo al tiempo que gritaba y hacía una señal para que todos siguieran caminando. Varios se quedaron ahí, sin moverse, tratando de averiguar si el viejo podía seguir, nada más mientras el guardia comenzaba a gritarles y a azuzarlos con la culata de su rifle. En lo que se reincorporaban a la fila alcanzaron a ver cómo el guardia obligaba al viejo a que avanzara, pero éste no podía dar un paso, se cogía la pierna, estaba visiblemente lastimado. El guardia lo empujó dos veces sin resultados y la tercera fue un golpe de culata en la espalda que lo derribó al suelo. Todo sucedió en unos instantes, dos de los que se iban reincorporando a la fila brincaron para defender al viejo, pero fueron atajados por una tercia de guardias móviles que los regresaron, a punta de rifle, a su lugar en la fila. El viejo se quedó tirado en el lodazal, ya no vieron si alguien se hizo cargo de él ni si tuvo fuerza para levantarse. Catorce kilómetros después llegaron a Banyuls-sur-Mer, Arcadi recuerda con asombro la luz que había en el pueblo, en los faroles, en las tiendas y en las ventanas de las casas, esa luz era señal de que por ahí no había pasado la guerra. También se asombró con el surtido de las *épiceries, montañas de quesos, plátanos, jamones y cuanta cosa no vista durante tantos meses.* Todavía no terminaban de asombrarse cuando los guardias ya los iban pastoreando fuera del pueblo. Una gorda se acercó a la fila y escupió mientras una tercia de viejos les gritaba toda clase de insultos. Arcadi vio un edificio blanco de dos plantas con las ventanas iluminadas y un letrero brillante que decía «Hôtel de la Plage», esa visión de sueño, plagada de habitaciones inalcanzables, le dejó una chispa en el ánimo. Pasó una ráfaga sacudiendo el grupo de palmeras que había frente al hotel, era el anuncio del diluvio que iba a caerles encima, intermitentemente, durante los quince kilómetros que les faltaban, caminaban por la orilla de la carretera y el mar se adivinaba y con frecuencia se oía golpeando el costado derecho del mundo. De vez en cuando los adelantaba un vehículo, aparecía a lo lejos como un resplandor que se aproximaba y en unos segundos pasaba de largo, dejaba tras de sí un vacío angustioso que se iba haciendo grande, enorme, hasta que a las luces rojas de

35

los cuartos traseros se las tragaba la oscuridad. Lo mismo sucedía con el ruido del motor, que se alejaba hasta que la multitud de pasos chapoteando en el barrizal lo apagaba del todo. Llegaron a Argelès-sur-Mer, otro pueblo de luz donde no había un alma despierta. Caminaron a lo largo de una calle fantasma, luego se desviaron hacia una playa donde el contingente por fin se detuvo. Había dejado de llover y del cielo lavado brotaba una noche de estrellas. El contingente comenzó a deshacerse y a integrarse con los otros miles de refugiados que ya estaban ahí. La arena era una superficie pantanosa azotada todo el tiempo por ráfagas polares. Los guardias móviles desaparecieron. Buscando un lugar para echarse a dormir, Arcadi se topó con una alambrada que confirmó sus sospechas: no se encierra a quien se ofrece refugio, sino a quien se considera prisionero. No sé qué percepción del porvenir tendría mi abuelo esa madrugada del 6 de febrero de 1939, pero desde luego no sospechaba que iba a permanecer ahí los próximos diecisiete meses. Un par de preguntas bastaron para enterarse de que en esa playa no había ni tiendas, ni barracones, ni techo alguno. Exhausto como estaba se echó a dormir, ovillado como perro, encima de unos cartones. No faltaba mucho para el amanecer.

La Portuguesa

Cuando Arcadi puso el punto final a sus memorias se encontró ante la necesidad imperiosa de salir a Galatea y ver de qué manera se ganaba la vida. Antes que nada envió un telegrama a Barcelona, el último que firmó como Suzanne Barrières, donde le avisaba en clave a su mujer que había llegado a México, que estaba a salvo y que fuera buscando la forma de reunirse con él. El asunto no era fácil, la Segunda Guerra Mundial complicaba los viajes entre Europa y América y, por otra parte, mi abuela no tenía dónde conseguir dinero para los pasajes. Además el ambiente represivo y lleno de restricciones de la posguerra dificultaba la obtención de un documento que les permitiera abandonar España.

El primer trabajo que encontró Arcadi fue de ayudante de zapatero en un taller que era un bohío rebosante de plantas y de pájaros enjaulados. Una rareza esa costumbre de tener cautivas en casa a esas mismas criaturas que afuera viven en libertad. Las herramientas y los zapatos que esperaban su turno para ser reparados colgaban en ganchos, como jamones, de los carrizos que sostenían el techo de palma. La mesa de trabajo era un tablón de madera que daba a la calle y que guardaba todavía rastros del color azul que alguna vez había lucido. Toda la faena se hacía del lado exterior del tablón, debajo de un árbol de mango que ofrecía una sombra más fresca que la penumbra caldeada y polvosa que reinaba dentro del bohío. El taller estaba en la avenida Negro Yanga, que era en realidad un terregal largo con casas en la orilla por donde circulaban vehículos de vez en cuando y animales todo el tiempo: gallos, perros, vacas, totoles, toches, tejones, tlacuaches y tepezcuintles. Toda esa fauna que trasegaba y triscaba y que a veces sesteaba a mitad de la avenida corría despavorida cuando aparecía un tigrillo, o cualquiera de las seis especies de víboras mortales que sembraban el pánico entre el resto de los seres vivos que habitaban Galatea: la coralillo, la cascabel, la mazacuata, la cuatro narices, la ilamacoa y la palanca. Cada vez que cualquiera de ellas cruzaba relampagueando el terregal de la avenida, gallinas, totoles y pijules huían envueltos en una escandalera más vistosa que eficaz, con lujo de graznidos fragorosos, polvareda espesa y plumas al viento. El trabajo de Arcadi consistía en sentarse en una silla junto al maestro e irle pasando clavos, brocha con cola, una charrasca, medio vaso de ron, lo que fuera necesitando para reparar el zapato que reconstruía, con una lentitud incosteable, sobre sus piernas. De la visita del licenciado Penagos, que llegó con un par de mocasines urgidos de mediasuelas bajo el brazo, salió el siguiente empleo de Arcadi. Supongo que ese joven catalán, lechoso y desterrado en ese pueblo de jarochos hijos del sol, movía a la compasión o, cuando menos, resaltaba violentamente. De buenas a primeras, en lo que el viejo rebuscaba entre sus cosas un papel donde pudiera escribirse un recibo, el licenciado Penagos citó a mi abuelo en su bufete, esa misma tarde. Una semana después ya lo había sacado del bohío y, aprovechando su caligrafía de trazo europeo, cosa nada común en aquella jungla, lo había puesto a redactar cartas y documentos, pagándole cuatro veces lo que le daba el zapatero. El bufete era una casa en forma, situada en la calle Héroes de Altotonga, una de las arterias principales de Galatea, que contaba con acera, media docena de faroles y grava apisonada sobre la tierra. El licenciado Penagos estaba asociado con sus dos hermanos, que también eran abogados pero de línea un poco más bárbara: llevaban sombrero, revólver y ceño arrugado y cuando ganaban un caso lo celebraban con vasos de ron y poderosas vociferaciones. Aquellos festejos exagerados de ninguna manera correspondían a la modestia de sus victorias legales, daba la impresión de que entre el juzgado y el bufete se daban tiempo para robar ganado o para asaltar un tren. En todo caso los tres distaban mucho de parecerse al modelo de abogado en que Arcadi había querido convertirse antes de que la guerra cambiara el rumbo de su vida. Su sueldo de escribano le alcanzaba para rentar una casita, amplia y desvencijada pero con paredes y techo de hormigón, situada entre el mercado y la estación de bomberos. Un día, mientras bebía un menjul en los portales de la Plaza de Armas y cavilaba sobre algún procedimiento turbio de los hermanos Penagos vio, a unas cuantas mesas de distancia, a un hombre que le daba la espalda y movía los brazos y la cabeza de una forma que lo hizo interrumpir sus pensamientos y el trago que estaba a punto de darle a su bebida. En la mesa de aquel hombre había otros tres que también conversaban animadamente, y todavía con el trago suspendido y el vaso en la mano, Arcadi pudo escuchar, a pesar del griterío que había a esa hora en los portales, que aquella conversación era en catalán. Dejó el vaso en la mesa, y antes de que pudiera salir de su asombro, del asombro que le producía oír su lengua en aquel rincón del mundo, reparó en la carcajada del hombre que le daba la espalda y reconoció, por la risa, los manoteos y el tamaño del cuerpo, a su amigo Bages, a quien no veía propiamente desde que se habían separado en la frontera francesa. *Era tan improbable aquello, y me pareció tan terrible y tan doloroso estarme equivocando, confundirlo, entusiasmarme y que al final no fuera Bages, que me quedé de piedra, inmóvil, esperando a que aquel hombre mandara una señal más clara, pero un minuto después ya había corrido a plantarme enfrente de él*, dice Arcadi en las cintas de La Portuguesa. Bages interrumpió lo que estaba diciendo en cuanto vio a su amigo, se quedó pasmado y dijo, ante el desconcierto de sus contertulios: «Es imposible que seas tú»; luego se levantó y le dio un abrazo enorme, largo, el preámbulo de una sociedad que duraría el resto de sus vidas. Con Bages bebían menjul otros tres catalanes que habían perdido la guerra, cada uno había llegado por su parte y se habían ido encontrando, un caso no tan raro si se piensa que todos, con la excepción de Arcadi, habían entrado al país por Veracruz y se habían quedado en lugar de ir a probar suerte a la Ciudad de México. Puig era de Palamós, miope con calvicie prematura, escandalosamente flaco y rozaba los dos metros de altura, la antítesis de González, que era gordo y usaba ropa demasiado ajustada, tenía barba roja, fumaba compulsivamente y era el único de los cinco que había emigrado directamente a México sin pasar por un campo de prisioneros. El tercero era Fontanet, un gironés bajito y rubio, parecido, según las fotos que he visto, a James Stewart, era el único soltero del grupo y así permanecería, acompañado siempre por una legión de amantes indias, hasta el trágico final de su vida. Cinco catalanes reunidos en el culo vegetal del mundo, más tres menjules por cabeza, fueron acontecimiento suficiente para replantear sus expectativas y empezar a acariciar un proyecto colectivo.

Mi madre y mi abuela zarparon de Vigo, a bordo de *El Marqués de Comillas*, el 3 de julio de 1943. El viaje en tren de Barcelona a Vigo fue largo pero con distracciones, podían charlar con la gente y mirar por la ventanilla, nada que ver con el trayecto en barco donde a mi madre le brotó una tos ferina que el médico de a bordo, luego de una inspección superficial, diagnosticó como suficientemente contagiosa para hacer el viaje en el camarote de infecciosos, un espacio oscuro de pared cóncava que dejaba pasar los ruidos del mar. Quince días más tarde el barco atracó en La Habana, Laia y mi abuela pasaron las cuarenta y ocho horas de escala confinadas en el camarote cóncavo, que en esas latitudes era un horno. Luego siguieron hasta el puerto de Veracruz, donde las esperaba Arcadi, nervioso de encontrarse con ellas cuatro años, una guerra y un mar después. Mi abuela iba temiendo lo peor del reencuentro, nadie sale ileso después de tantos meses en un campo de prisioneros, el daño infligido por el hambre y el maltrato físico deja, inevitablemente, secuelas. Cuando bajaba por la escalerilla rumbo a tierra firme se sintió aliviada, desde arriba vio a Arcadi saludándolas con la mano, parecía normal, es decir, parecía el mismo hombre que había dejado de ver cuatro años antes. Mi abuela puso los pies en México con Laia cogida de la mano y lo primero que hizo al estar frente a su esposo fue decirle a su hija: «Mira, él es tu padre». Esas cosas que se dicen cuando nada que se diga puede estar a la altura del momento. Laia, por si el momento fuera poco, agregó una tensión inesperada, dijo, sin soltar la mano de su madre: «Aquest no és el meu pare». Arcadi perdió el color, y mi abuela el habla, durante los instantes que tardó la niña en meter la mano en la bolsa de su madre y sacar la cartera donde venía una fotografía de Arcadi vestido de militar y decir, poniendo su dedo mínimo encima de la foto: «Aquest és el meu pare».

Hace unos años estábamos Laia y yo fumando y bebiendo ginebra en el bar de un hotel del centro de Veracruz, matábamos el tiempo en lo que llegaba la hora de la comida. El humo del puro lo asocio siempre con mi madre y con mi infancia en La Portuguesa, cada vez que expulso una bocanada lo hago sin mucho énfasis para quedarme encerrado, protegido por ese velo que para mí tiene algo de placenta. En la casa había siempre cajas de puros abiertas y un refrigerador con reservas que llegaban mensualmente de San Andrés Tuxtla. Todos fumaban en esa casa y también en las casas de los socios de Arcadi. Hombres, mujeres y niños, en cuanto se encendía la luz eléctrica, nos defendíamos a fuerza de humo de los escuadrones de insectos que volaban, brincaban, corrían o se arrastraban. Aquel bar está en la parte alta del edificio y desde sus butacas puede verse un área de la ciudad y al fondo el puerto y el mar. Le estaba diciendo algo a mi madre cuando percibí que en el ventanal acababa ella de descubrir algo importante. «Estuve aquí de niña», dijo, eso fue todo, una imagen, un retazo de su vida infantil que le arrancó una sonrisa que fue un segundo cargado de melancolía y después chupó su puro, echó al aire esa placenta que se confundió con la mía y, mirándome con esos ojos que son de un azul idéntico a los de Arcadi, me preguntó: «¿Qué me estabas diciendo?». Un año después me envió una fotografía de una niña que aparecía de espaldas asomándose por un balcón. Quien disparó la cámara, probablemente Arcadi, la sorprendió contemplando desde esa altura el puerto de Veracruz. Llevaba un vestido claro, zapatos oscuros y el pelo amarrado en dos trenzas. Era tan pequeña que no llegaba a la barandilla, miraba el mar cogida de los dos barrotes por donde metía la cabeza. Cuando me fijé en lo que la niña estaba viendo me quedé asombrado, la foto estaba tomada en el mismo sitio que hoy ocupa el bar donde fumábamos y bebíamos ginebra. En la parte de atrás de la foto dice, con una tinta antigua, borrosa y azul: «Veracruz, 1943». Abajo, en una línea escrita con la caligrafía reciente de Laia, dice: «Te lo dije. Petons. Mamá».

Arcadi fue ganando terreno en el bufete de abogados. Año y medio más tarde ya tenía escritorio propio y secretaria. Además de la redacción de todos los documentos legales, ayudaba en distintos niveles a conseguir esas victorias que generaban tragos de ron y bullanga estrepitosa. Su ayuda iba desde la consecución de una pieza, evidencia fundamental para equis caso, en los desfiladeros de la barranca de Metlac, hasta la aplicación del sentido común en tal o cual inciso de un contrato. Esa multiplicidad laboral producía comisiones que fue juntando para echar a andar, junto con los otros cuatro catalanes que habían proyectado sus vidas desde las alturas del menjul, una plantación de café. El proyecto era una simpleza, consiguieron un terreno a unos cuantos kilómetros de Galatea y durante los fines de semana de varios meses, con la ayuda de media docena de nativos, sembraron una hectárea de cafetos y chapearon cien metros cuadrados de selva, donde establecieron un solar para desecar los granos, y levantaron un tejaván para instalar dentro un trapiche. Para ese quinteto de republicanos un negocio propio era la única forma de salir adelante; la condición de exiliados que tanto favorecía a algunos escritores e intelectuales era una desventaja insalvable para esos excombatientes sin gremio ni prestigio, que batallaban todos los días para quitarse de encima el fantasma de Hernán Cortés, y de sus conquistadores despiadados, que la gente simple de Galatea identificaba en ellos.

Cinco años más tarde el proyecto de la plantación era un negocio próspero que le permitió a cada uno construir una casa para trasladarse ahí, a la orilla del cafetal, con su familia. Ese grupo de casas, junto con los bohíos que ya estaban ahí salpicados por la selva, fueron quedándose con el nombre de un establecimiento que estaba situado al principio del camino, ochocientos metros abajo, rumbo a Galatea. Un jacalón de tabla burda y techo de palma, amueblado con sillas y mesas de metal, en cuya puerta se anunciaba: «La Portuguesa. Cantina y salón de juego».

Cuando éramos niños Joan y yo sabíamos que Arcadi había sido artillero y que mamá había nacido en Barcelona en medio de la guerra. Eso era todo. En la casa de La Portuguesa nunca se hablaba ni de la guerra ni de España, o más bien, no se hablaba como se debía de ese país donde había algo que era nuestro ni de esa guerra que había hecho pedazos la vida de la familia. Joan y yo éramos mexicanos y punto, habíamos nacido ahí, en la plantación de café, nunca fuimos ni al colegio Madrid, ni al Luis Vives, ni al Orfeó Català, ni a ninguna de las instituciones que frecuentaban los hijos y los nietos de los republicanos. Tampoco teníamos relación ni con los gachupines, ni con los españoletes, esos tataranietos de españoles, descendientes de varias generaciones de mexicanos, que siguen ceceando como si hubieran nacido en Madrid y acabaran de aterrizar por primera vez en Nueva España. Los habitantes de La Portuguesa no eran muchos y además eran todos adultos, sus hijos habían emigrado a Puebla, a Monterrey o a la Ciudad de México y allá habían nacido sus nietos. Vivíamos una vida mexicana y sin embargo hablábamos en catalán y comíamos fuet, butifarra, mongetes y panellets, y los 15 de septiembre, el día de la independencia, permanecíamos encerrados en casa porque los mexicanos de Galatea y sus alrededores tenían la costumbre de celebrar esa fiesta moliendo a palos a los españoles.

Los domingos por la tarde Arcadi sacaba de su armario un aparato de metal negro y proyectaba, sobre la pared verdosa del salón, una serie de diapositivas que recorría las Ramblas, de la fuente de Canaletes a la estatua de Colón. La mayor parte de esas sesiones transcurría en silencio, aunque a veces, cuando Arcadi estaba de vena, comentaba algo sobre alguna fotografía y, en ocasiones excepcionales, sacaba una de su lugar para mostrarnos un detalle directamente en el negativo. Esa maniobra nos dejaba maravillados porque la efectuaba con su prótesis, ayudándose con el canto del garfio revisaba el orden de las fotografías y una vez que daba con la imagen que andaba buscando la sacaba de su casilla, la analizaba a trasluz y la ponía frente a nuestros ojos, sujetándola con su garfio reluciente. Arcadi había perdido el brazo izquierdo en un accidente con una máquina despulpadora de café, se había hecho un tajo profundo que por falta de atención se le había infectado y al cabo de tres días la infección se había convertido en gangrena gaseosa: ésta era la historia que siempre nos habían contado. El paseo de diapositivas por las Ramblas terminaba siempre de la misma forma, arrasado por las fuerzas de la naturaleza. El zumbido permanente del sistema de ventilación del aparato, que era similar al que producen los élitros de un grillo macho, iba seduciendo, gradualmente, a las chicharras que cantaban en la selva, afuera de la casa. Una a una iban entrando por la ventana y, rendidas de amor por la tonada del macho, se iban posando primero encima del proyector y luego, cuando ya no cabían, en cualquier superficie cercana que estuviera libre: en la mesa de centro, en un florero, en los descansabrazos del sofá y finalmente encima de nosotros. El paseo dominical terminaba invariablemente antes de llegar a la estatua de Colón, era un paseo incompleto cuyo final consistía en Arcadi apagando furibundo el proyector y espantándose con el garfio media docena de chicharras que insistían en posarse sobre su cabeza. A mí me tocaba espantarle las chicharras a Joan, que se quedaba dormido desde la fuente de Canaletes y despertaba, sobresaltado y negro de insectos, a la hora de los aspavientos de Arcadi. En cuanto se apagaba el proyector, como por arte de magia, las chicharras regresaban a la selva.

El televisor era un aparato mágico del que podíamos disfrutar exclusivamente a cierta hora y rigurosamente supervisados por alguna de las criadas. Como ese aparato era un ejemplar único en los alrededores, cada vez que algo aparecía en la pantalla brotaba en la ventana, de manera automática, un montón de cabezas que crecía o decrecía según la temporada y que, de un día para otro, había sido reforzado por la cabezota de un elefante que vivía por ahí y que intentaba, sin ninguna probabilidad de éxito, confundirse con el resto de las cabezas. Ese montón de niños le daba estatus de bien común al televisor de Arcadi, pero también interrumpía la corriente de aire fresco que nos hubiera permitido mirar la televisión sin sudar a chorros, y además reforzaba nuestras diferencias con los habitantes tradicionales de la selva. La Portuguesa era una comunidad de blancos rodeada de nativos por los cuatro costados, el típico esquema social latinoamericano donde blancos y morenos conviven en santa paz, siempre y cuando los morenos entiendan que los blancos mandan y que, de vez en vez, lo manifiesten, para que los blancos no se inquieten, para que no empiecen a pensar que la cosa se está poniendo del cocol, que los criados empiezan a trepárseles por las barbas, ¡pinches indios!, les da uno la mano y luego te agarran el pie. Ese estilo convivencial vigente desde el año 1521 que se sigue aplicando en México en todos los rincones de la cotidianidad, en la calle, en una tienda, adentro de la casa con las criadas y el chofer. Ahí estábamos mi hermano y yo, el par de blancos, mirando cómodamente el televisor desde nuestro sillón verdoso, a tres metros escasos de esos nativos que se apelotonaban en la ventana, éramos el ejemplo vivo de ese encuentro entre dos mundos que lleva siglos sin poder consolidarse.

Cada desplazamiento por la casa entrañaba toparse con un espécimen que hubiera puesto a brincar de gusto a un entomólogo. Las marimbolas planeaban por los pasillos, dueñas de un vuelo gordo y antiguo, de biplano, disputándose el espacio aéreo con avispas zapateras, cigarrones, zancudos, amoyotes y azayacates, estos tres últimos eran igual de solitarios que la marimbola pero mucho más veloces, se desplazaban con la rapidez del chaquiste, que a diferencia de estos aparecía en nubes de medio centenar de individuos tan pequeños que podían introducirse por la urdimbre de la ropa y sacarle ronchas en todo el cuerpo a una persona que anduviera vestida de pies a cabeza. Joan y yo vivíamos permanentemente picoteados por las tres variedades de mosco; cada noche, antes de dormirnos, Laia y mi abuela nos frotaban el cuerpo con un mejunje pestilente. En la tarde, cuando empezaba a irse el sol, se sumaban al espacio aéreo de la casa los bichos voladores que se sentían atraídos por la luz eléctrica, a esa hora se encendían los puros, cada habitante de la casa comenzaba a defenderse de los bichos a fuerza de andar envuelto en un nubarrón. También había unas mariposas negras enormes que se confundían con la rugosidad de un mueble o con una mancha de humedad en el tapiz, hasta que alguien les pasaba demasiado cerca y las asustaba y las hacía echarse a volar, contrariadas y con el sentido de la orientación perdido, dejando polvaredas negras cada vez que golpeaban con las alas aquello que interfería con su carta de navegación. También volaban alrededor de la luz eléctrica polillas, mayates, cigarrones, catarinas y campamochas, y ocasionalmente, dependiendo de la densidad de las evaporaciones de la selva, cocuyos, unicornios y chicharras, aunque estas últimas, como ya se dijo, preferían la seducción del proyector de filminas. Los unicornios eran unos escarabajos negros, torpes y escandalosos, tres veces más grandes que un mayate, que más que volar rebotaban de una superficie a otra, tenían un cuerno en el centro de la frente, o en donde según las coordenadas de un mamífero debiera estar la frente, seis patas peludas y una baba que te arruinaba la ropa cada vez que te caía encima. El piso era otro capítulo por donde cruzaban cucarachas, cuatapalcates, atepocates y lagartijas cuijas. Según el clima se agregaban otras especies, las noches de lluvia entraban sapos barítonos y ranas rabonas, las noches secas aparecían escorpiones negros y una criatura monstruosa, de la talla de un higo, conocida como cara de niño. Este monstruo caminaba con la parsimonia de quien sabe que apachurrarlo es un lujo prohibitivo, pues el estallamiento de sus vísceras dejaba una mancha indeleble en el parquet. La cara de este bicho era una pesadilla, un gajo ambarino y traslúcido con dos puntos negros que eran sus ojillos. Algunas noches nos despertaban sus pasos sobre la madera del pasillo y gritábamos desesperados cuando, en medio de la oscuridad, lo oíamos entrar en nuestra habitación.

Los cojines en ese trópico tomado por los insectos tenían el mismo grado que el sombrero de los magos, bastaba levantarlos para que saliera de abajo un grillo, un pinacate o una araña capulina. Una vez, debajo de la almohada de Laia, apareció una mano de cangrejo moro que había transportado desde la cocina una turba de hormigas chicatanas.

Arcadi guardaba sus prótesis en un apartado de su ropero y nosotros las mirábamos detenidamente cada vez que había oportunidad. Tenía tres brazos postizos, uno parecía más falso que otro y el tercero era un garfio metálico que usaba para trabajar, los otros dos eran más bien de ornato, la mano de caucho no servía para agarrar cosas a diferencia del garfio que manejaba con soltura y pericia, era capaz de coger con sus dos pinzas una tarjeta o un grano de café. Aunque era muy pudoroso con sus brazos postizos, como era en realidad con todo, con frecuencia presenciábamos, seguramente porque los niños suelen colarse por todos lados, la faena de mi abuela poniéndole alguno de sus brazos. La veíamos aplicando una nube de talco en el cuenco de la prótesis y otra nube en el muñón, en su extremidad trunca que terminaba en una pieza que parecía rodilla, luego clavaba el cuenco en esa pieza e inmediatamente después, sin dar tiempo a que se aflojara, le ajustaba y amarraba dos tripas de cuero por la espalda. Luego Arcadi se cubría todo ese aparato con la camisa y mi abuela reponía las bolsitas de veneno, que metía en los cuencos y en las bisagras de las otras prótesis, para evitar que se alojara ahí algún bicho. Arcadi se ponía su mejor brazo, el que más real parecía, cuando llegaba alguien a visitarlo, alguien de fuera de La Portuguesa, porque sus socios y los que vivíamos ahí no reparábamos mucho en qué brazo traía, ni tampoco era raro si no traía ninguno, la gente se acostumbra a esas cosas y más nosotros que nunca lo conocimos completo, quiero decir con brazo.

Lauro era hijo de la criada. La criada tenía la edad de mi madre y sus historias son un círculo perverso. Cuando mi madre tenía doce años iba al mercado acompañada de Teodora, la criada, cuya misión era cargarle las canastas. Esta escena, que tiene escasos cincuenta años de antigüedad, parece extraída de la época de la colonia: la india cargada de bultos detrás de la rubia que carga su cartera por las calles de Galatea.

Teodora creció junto a Laia, durante años jugaron, conversaron y compartieron un grado importante de intimidad, fueron incluso cómplices en ciertas encrucijadas vitales, sin perder nunca, ni por un instante, de vista la posición social que cada una había heredado y que podría resumirse en esta idea aparentemente simple: una estaba para servir a la otra.

Laia era hija de los patrones y Teodora era hija de una sirvienta. El grado de intimidad entre ellas comenzó a disminuir cuando Laia entró al bachillerato y luego prácticamente desapareció cuando empezó a estudiar en la universidad. Teodora, bajita y muy morena, seguía lavando platos y fregando el piso en la misma casa de la selva mientras mi madre, muy alta y con una melena rubia que le llegaba a la cintura, desenmarañaba la fórmula del bismuto y del estroncio en la Facultad de Química de la UNAM.

Laia regresó a La Portuguesa graduada con honores. Hubo una fiesta para celebrar su triunfo académico y para anunciar que en poco tiempo iba a casarse con mi padre. Teodora, que sirvió los canapés y fregó los platos de aquella fiesta, iba a casarse por las mismas fechas con Pedro, un muchacho mísero de la periferia de Galatea que en un abrir y cerrar de ojos pasó de chofer de taxi a alcohólico profundo. Teodora quedó embarazada en ese abrir y cerrar de ojos.

Mi madre se casó con mi padre, un abogado de buena familia, es decir, una familia mexicana donde no había indios. «Nunca en mi vida he tocado ni a un indio ni a un negro», decía el padre de mi padre, que era un viejo rico descendiente de españoles que poseía una plantación de caña en San Julián de los Aerolitos, una protuberancia selvática, salpicada de pedruscos enormes, que estaba entre Galatea y Tritón, en plena jungla veracruzana. Su aversión por lo moreno lo hacía sacarle la vuelta al café, al frijol negro, al huitlacoche, al chicozapote prieto y a la Coca-Cola, bebía whisky para no caer en la tentación del cubalibre, que además de oscuro le parecía que era bebida de gente rascuache.

Lauro nació tres años antes de que mi madre se decidiera a tener hijos. Mis abuelos, en un gesto que no por típicamente latinoamericano deja de ser confuso, sutilmente siniestro, le permitieron a Teodora que siguiera sirviéndolos y con el tiempo reclutaron a su criatura para que también los sirviera. El círculo perverso no tardó en cerrarse: Lauro se convirtió en el mozo de la casa, su trabajo era servirnos y entre sus obligaciones estaba cargarnos las canastas cuando íbamos al mercado.

Arcadi detectó que el esquema se repetía y tomó cartas en el asunto, inscribió a Lauro en la misma escuela donde íbamos nosotros, un instituto que regenteaban los hermanos Ávila, un trío de refugiados que lo había perdido todo durante la guerra en Valencia. La iniciativa de mi abuelo incluía comprarle ropa, darle obsequios en Navidad, sentarlo a la mesa con todos, en fin, tratarlo como a uno más de la familia. Todo esto venía reforzado por la decisión de mi padre de cooperar en el proyecto de sacar a Lauro y a sus descendientes de ese círculo que parecía una maldición. Para ello mi padre incluía a Lauro en todas nuestras actividades, cine, beisbol, días de campo y días de pesca.

Cuando estábamos en edad de estudiar la secundaria mi padre trasladó su bufete a la Ciudad de México. Lauro prefirió permanecer en La Portuguesa con mis abuelos, estudiar en Galatea todos los grados que le faltaban para ingresar a la universidad y conservar su posición de mozo en la casa. Se sentía responsable de su madre, que, para esas alturas, ya había sido abandonada por Pedro, que llevaba años desaparecido, cautivo en una borrachera de profundidades insondables, de la que emergía periódicamente para pedir recursos, unas monedas para pagarse el regreso a su limbo alcohólico. Cuando llegó el momento Lauro fue inscrito en la universidad, que estaba en la Ciudad de México. Entre La Portuguesa y la ciudad median, hasta hoy, trescientos cincuenta kilómetros de distancia, dos mil metros de altura sobre el nivel del mar, un diferencial de quince grados centígrados en la temperatura ambiente, y un siglo de atraso en casi todos los incisos de la cotidianidad. El brinco de Lauro de una escuela a otra era también un brinco a la modernidad, desde el mundo premoderno. Por ejemplo, Lauro nunca había visto un edificio de más de dos plantas ni, por supuesto, se había metido nunca en un ascensor. Mi padre retomó el esfuerzo de sacarlo de ese círculo que parecía una maldición, lo instaló en nuestra casa, lo sentó a la mesa, le proporcionó el instrumental necesario para que pudiera dar el brinco. Lauro respondió positivamente los primeros meses, todas las mañanas se iba con nosotros a la universidad y los fines de semana compartíamos el mismo grupo de amigos. Un día, sin motivo aparente, comenzó a sentirse deprimido. No teníamos elementos para entenderlo entonces, pero la fuerza centrípeta de aquel círculo comenzaba a jalarlo, a reclamarlo. Poco a poco empezó a alejarse de nosotros y a faltar a sus clases. Una vecina nos dijo que Lauro se pasaba el día completo sentado en una banca del parque de Pensilvania, que estaba a unas cuantas calles. Tres meses después de su primer día de depresión anunció, durante la cena, que no se hallaba, que la tristeza lo carcomía y que regresaría al día siguiente, en el primer autobús, a La Portuguesa. Los argumentos para convencerlo de que se quedara fueron inútiles, al día siguiente cogió sus cosas y se fue, de regreso a la selva y a la premodernidad. Quizá pasamos por alto que nuestras historias personales eran inconciliables, que en el mundo de los mexicanos blancos ser indio e hijo de una sirvienta es una maldición muy difícil de remontar y que con frecuencia es menos doloroso asumir ese amargo pedigrí, que andar arrastrando de por vida el refrán: el indio, aunque se vista de seda, indio se queda.

Lauro regresó a La Portuguesa. Aprovechando la inercia que le habían dejado sus meses de universitario, Arcadi lo inscribió en la escuela de técnicos electricistas: seguía empeñado en cerrarle el paso al destino. El curso que duraba seis meses fue terminado en año y medio por un Lauro estrangulado entre el empecinamiento de Arcadi, a quien por cierto le decía padrino, y su propensión a pasmarse cada vez que lo embestía su propia información genética. La noche de su graduación de técnico electricista se organizó una reunión muy pequeña en la que estuvieron mis abuelos, mi padre (que estaba casualmente ahí diagnosticando un entuerto legal de su bufete), Teodora (que fungía alternativamente como invitada y como la sirvienta que servía los canapés), Lauro y su novia. Mi padre y mis abuelos veían con buenos ojos a Elvira, la novia, que era hija de una enfermera y venía de una familia no tan dada al cuás como la de Teodora. En un abrir y cerrar de ojos, que parecía una réplica histórica del anterior, Elvira quedó embarazada. Lauro se casó con ella (en otra reunión discreta donde Teodora también sirvió los canapés) y se la llevó a vivir, previo consenso, a casa de mis abuelos. Arcadi, inquieto porque su inversión no había producido ni un retoño, le consiguió algunos trabajitos, descomposturas eléctricas menores en casas de sus amigos, con la esperanza de que Lauro formara una clientela que le permitiera ir dejando paulatinamente su trabajo de mozo de la casa. Lauro conservó su clientela durante algunos meses, pero no pudo hacerla crecer como mi abuelo hubiera deseado, es más, siendo rigurosos, si graficáramos el número de clientes contra el tiempo que tardó en perderlos, el resultado sería una pendiente por donde su clientela se desbarrancó de manera, por decirlo así, desenfrenada. Lauro era un técnico electricista limitado que a veces, en el intento de reparar un cortocircuito parcial, acababa fundiendo la instalación eléctrica de toda la casa. Mi abuelo remendaba esos estropicios pagándole a su amigo agraviado los servicios de otro técnico electricista. Esta ficción duró poco, pero lo suficiente para que Lauro se enterara y pactara con el otro técnico electricista un porcentaje sobre las reparaciones de lo que él, ya para entonces con toda intención, descomponía. Los clientes se

50

hartaron de la torpeza de Lauro, que mientras tanto, en otro abrir y cerrar de ojos, ya había tenido una hija y había embarazado a Elvira de otra. En una maniobra que carecía de estrategia y del más elemental sentido común, un desplante orgulloso al saberse descubierto en su asunto de los porcentajes, Lauro dejó la casa de mis abuelos para rentarse un bohío en la periferia de Galatea, a unos cuantos metros de donde Pedro, su padre, había fundado su limbo. Teodora, llorosa, secundada por Arcadi, le advirtió de los inconvenientes de vivir tan cerca de ese hombre que había sido su marido. Lauro no hizo caso, pero tampoco su orgullo tuvo tamaño suficiente para abandonar su trabajo de mozo, ni las reparaciones eléctricas, y ya para esas alturas absolutamente ficticias, que seguía efectuando en casa del único cliente que le quedaba, que era Arcadi. Semanalmente se descomponía el tostador o, dicho con más precisión: el tostador era descompuesto por Arcadi, que a la siguiente semana descompondría la clavija de la plancha, y a la siguiente el interruptor de la tele. En cada ocasión brincaba Lauro con su caja de herramientas y, amparado por su título de técnico electricista, hacía como que componía y le cobraba a su padrino un precio estratosférico.

Cuando nació su segunda hija Lauro comenzó a perder el paso, aparecía los martes y desaparecía los jueves y cargaba, de manera permanente, con todas las calidades de quien anda con media estocada. Teodora hablaba con mi abuelo de esa preocupación que le quitaba el sueño. Arcadi trataba de animarla y omitía la información de que Lauro vaciaba sistemáticamente las botellas que había en el comedor, al grado de que mi abuela, para reducir costos, rellenaba los whiskys y los brandys del aguardiente de caña inmundo que vendían a granel en la cantina.

Una noche de sábado Lauro irrumpió en una cena que ofrecían mis abuelos, a propósito de un aniversario de la plantación de café. La puerta del comedor se abrió de golpe y apareció Lauro teatral debajo del marco, estaba flaquísimo, vestía a retazos y se veía transportado por una borrachera hermética. Aunque no se movía, parecía que se lo estaba llevando un vendaval. Con los ojos inyectados y una voz donde campeaban veinte años de rencor y resentimiento, dijo que estaba cansado de tantas humillaciones y que Arcadi era, como todos los españoles, un explotador hijo de la chingada. Acto seguido se fue al suelo. Todos los comensales, que conocían perfectamente la historia de Lauro, se quedaron de una pieza. Lo mismo le pasó a Teodora, que había sido sorprendida por el numerito de su hijo mientras servía los canapés.

Aquél fue su acto final, nadie de La Portuguesa volvió a verlo. Mi hermano y yo tampoco, lo habíamos visto por última vez aquella noche en que, carcomido por la tristeza, había anunciado su brinco de regreso a la premodernidad.

Hace unos años Teodora me contó el desenlace: Elvira y sus hijas, guiadas por su instinto de conservación y aterrorizadas por la rigurosa dieta de aguardiente que observaba el jefe de la tribu, lo habían echado a la selva. Lauro había recalado, naturalmente, en el bohío de junto donde, sin mayores trámites, se había apuntado al plan de vida de Pedro, su padre. Un día Lauro apareció despanzurrado bajo una mafafa en la barranca de Metlac. La noche anterior, ciego de aguardiente, había cruzado la vía cuando pasaba el tren que venía de Cosolapa.

Mientras Teodora me contaba su tragedia, observé que el círculo que habían detectado mi abuelo y mi padre era, efectivamente, una maldición: las hijas de Lauro entraron a la cocina cargando las canastas de mis sobrinas, las hijas de Joan, que venían de comprar cosas en el mercado de Galatea.

La imagen que viajaba en ondas desde la Ciudad de México llegaba con una debilidad que convertía el acto de mirar la tele en un ejercicio de imaginación. Las caras y los cuerpos aparecían en la pantalla con dos o tres fantasmas y eran barridos, periódicamente, por una borrasca de puntos blancos. Aquel salón tuvo su nivel de audiencia más alto cuando el mago Uri Geller visitó México. Todos sabíamos de sus poderes, la radio y los periódicos no hablaban de otra cosa. El canal 2, por cierto el único que podía verse, anunció la presencia del mago e invitó a los televidentes a colocar sus aparatos descompuestos frente a la pantalla con la idea de que Geller los reparara con sus asombrosos poderes. Aunque la oferta era difícil de creer, los vecinos llegaron esa tarde cargando sus aparatos descompuestos y los depositaron, con un cuidado que rayaba en la devoción, en varias pilas frente al televisor. Nosotros depositamos una batidora, un reloj de pulsera y un reloj despertador. Un close-up de los ojos del mago nos dejó inmóviles y cuando la cámara se alejó, vimos que venía flanqueado por dos o seis asistentes, según la intensidad de los fantasmas que viajaban con la imagen. Geller levantó los brazos, cerró los ojos y lanzó un pase mágico que echó a andar la batidora de mi abuela y que hizo correr rumbo a la selva a la mitad de nuestros invitados.

Dos años después de aquella sesión de magia por televisión, el circo Frank Brown plantó su carpa entre Galatea y La Portuguesa y anunció, como su número estelar, la presencia del mago Uri Geller. A Galatea no llegaban muchos espectáculos y cualquier cosa servía de pretexto para vestirse con ropa elegante y salir de noche. Mi abuela y Laia desempolvaron sus galas y cepillaron sus zapatos de fiesta. El cepillado era imprescindible porque esos zapatos descansaban la mayoría del año en el fondo del ropero y eso hacía que, pese a las precauciones químicas que se tomaban, fueran invadidos por un hongo, en forma de pelusa gris, que los hacía verse como conejitos. El mismo cepillado tenía que aplicarle mi abuela a las prótesis de Arcadi que descansaban en un anaquel del armario y que, a diferencia del garfio, se usaban poco porque eran más bien decorativas, tenían una mano de cera semejante a una mano real pero carecían de articulaciones y esto las volvía imprácticas para la faena diaria en la plantación. Mi madre y mi abuela salieron majestuosas, perfumadas, con sus conejitos perfectamente cepillados, la noche en que el circo Frank Brown ofreció su primera y última función en Galatea. Llegando a la carpa un enano marchito, vestido con un traje ajado que acentuaba su abatimiento, nos condujo hasta nuestros lugares, que eran un tablón en el tercer nivel del graderío cuya dureza traspasaba las nalgas para irse a incrustar directamente a la cabeza del fémur. Luego de mostrarnos el tablón con una sonrisa que parecía un puchero, el enano estiró una manita lánguida para que se le diera una propina. El primer acto fueron los trapecistas, un par de morenos fibrosos, vestidos con un mallón lustroso y carcomido, que saltaban protegidos por una red, viejísima en proceso de desintegración. Su acto era un desafío a la lógica: saltar con red o sin ella daba exactamente lo mismo. Luego vino un Tarzán cuyo número consistía en forcejear contra un tigre añoso, que había perdido, en algún circo anterior, las garras, los dientes y en general las ganas de vivir. Después siguió un payaso que nos puso tristes, compartiendo escena con los caballos y los elefantes de costumbre. El acto principal llegó después de un número tortuoso que ejecutó el tragafuego, un hombre largo y bembón que, en lugar de resolver su acto ayudándose con la ilusión óptica, extinguía con su enorme cavidad bucal, a lo bestia y sin truco que mediara, una estopa envuelta en llamas. El público aplaudió a rabiar, no el acto que era pésimo, sino el talante recio de ese domador del fuego. El maestro de ceremonias, que era el famoso locutor de una radiodifusora de Galatea, invitó a los asistentes a que entregaran sus relojes descompuestos a una parvada de edecanes que volaba, con bolsa en mano, por todo el graderío. Mientras la parvada cumplía con su deber, el payaso salvaba el impasse escénico con un número más triste todavía. Los relojes formaron un montón considerable en el centro de una mesa que estaba cubierta con un mantel rojo. Las luces se apagaron y el famoso locutor anunció a la estrella. Un faro seguidor iluminó a Uri Geller, de capa azul, imponente, ovacionado en grande por esa multitud que había visto su acto, periódicamente manchado por la borrasca, dos años atrás en la televisión. El mago hizo primero unos trucos de calistenia mágica, dobló un par de cucharas con la mente, hipnotizó a una de sus edecanes y sacó una moneda de atrás de la oreja de la señora del presidente municipal. Finalmente llegó el momento estelar. Uri observó largamente el montón de relojes. El público que abarrotaba los tablones estaba en suspenso máximo, nadie decía una palabra ni producía ruido alguno. Una vez aquilatado el desafío, el mago de fama internacional ejecutó unos pases mágicos sobre el montón de relojes y levantó los ojos, buscando en los trapecios la inspiración necesaria. En ese instante Heriberto, un paisano que ayudaba a mi abuela a podar el jardín, atravesó la pista y, en una fracción de segundo, aprovechando la sólida concentración del mago, hizo un hatillo con el mantel rojo y huyó con el botín de los relojes de toda la comarca. El mago seguía todavía colgado del trapecio cuando el público, en estampida, salía corriendo para alcanzar al ladrón. Además del público la estampida incluía a algunos animales que aprovechaban el caos para declarar su independencia, entre ellos el elefante que, a partir de entonces, se quedó a vivir en La Portuguesa.

Jovita, la otra criada, tenía un hijo al que le decíamos Jovito, o puede ser que así se llamara. Aquel niño esmirriado, demasiado pequeño para su edad y tristemente feo, lloraba a gritos cada vez que se sentaba a cagar en el retrete. El escándalo se debía a que, por algún desajuste congénito, al primer pujo se le aflojaba la retícula muscular del ano y le afloraba un tallo purpurino (conocido técnicamente como el cono de Yapor) que su madre corría a reacomodarle con dos dedos de vaselina. El procedimiento, con todo y la gritería, era parte del ritmo cotidiano de la casa. A veces el Jovito muy risueño (una risa que dolía porque lo volvía todavía más feo) se prestaba al chacoteo y aceptaba la invitación para cagar en nuestro baño. Mi hermano y yo mirábamos fascinados cómo a medida que le salía la mierda le iba saliendo también, poco a poco, el tallo de esa flor decapitada, que era tan fea y tan enigmática como el niño que la daba a luz. Joan dice, más bien para joderme, que aquellas sesiones frente a los lodos primigenios del Jovito despertaron mi vocación por la investigación antropológica, que aquella arcilla básica me había puesto por primera vez en contacto con los albores de la especie, una idea excéntrica que había olvidado hasta que me salió al paso, años después, en la playa de Argelès-sur-Mer.

A nosotros también nos salían cosas bizarras por el culo. Por más que se desinfectaban los alimentos siempre se iba algún parásito en las lentejas o en un trozo de carne, memorándums que mandaba la selva para recordarnos su vigor. Cíclicamente producíamos salmonelas o solitarias, esta última era más controlable porque se trataba de un solo animal que salía y se echaba a nadar, cuando caía en las aguas del retrete, o a reptar, cuando la deserción de nuestro laberinto intestinal nos pescaba dormidos. La deserción de las salmonelas era más bochornosa, salían de pronto, súbitamente, un puño terso de la familia de los copos caía en el calzón y se iba deslizando caprichosamente cuerpo arriba o cuerpo abajo. No era raro que en la escuela o a la hora de comer sintiéramos un par de ejemplares explorándonos los alredededores de las tetillas, o al contrario, cuando la masa de parásitos iba cuerpo abajo y se nos iba escurriendo por los pantalones y quedaba en el suelo el saldo de un reguero de culebrillas que era devorado de inmediato por un batallón de hormigas chicatanas. El remedio eran cucharadas de un brebaje que nos parecía peor opción que andar pariendo culebrillas.

Jovito era un niño hecho para la desgracia. Su mala fortuna alcanzaba niveles inconcebibles y él no aplicaba otro antídoto que reírse de ella, con unas carcajadas agudas que no correspondían a la mueca hosca, de malhechor corpulento, que hacía al ejecutarlas, y esta disparidad acababa subrayando su parte trágica, que era francamente toda. Mientras peor le iba con más ganas se reía. En una lista de sucesos penosos yo pondría el tétanos que pescó al arañarse con un alambre de púas (con el que todos nos habíamos arañado, sin consecuencias, al mismo tiempo), el panal de avispas que le cayó encima (justamente a él dentro de un universo de veinte niños que partíamos una piñata, con el colofón trágico de un palazo en la cabeza propinado por el niño que, sin percatarse del avispero, seguía tirando swings con los ojos vendados), y la marimbola que le picó (a saber cómo, porque iba vestido) en el prepucio (otra turgencia descomunal que colgó durante siete días, junto al tallo purpurino, a ras del agua del retrete). Qué cosa, pobre Jovito, una vez lo oímos carcajearse como nunca y corrimos preocupados a ver qué le había pasado. Las risas venían de la selva, por la zona del manglar. Detrás de unos matojos Leopito, Chubeto, Lauro y el Chentilín orinaban adentro de una zanja donde habían echado al Jovito, que, en impecable coherencia con su naturaleza, experimentaba un ataque de risa que ponía los pelos de punta.

A veces acompañábamos a mi abuela al mercado, cuando iba por algo específico que le hacía falta y que no había sido adquirido en la compra general que hacía Teodora. La íbamos siguiendo de un puesto a otro aturdidos por la gritería y por el bombardeo visual y olfativo que abarrotaba los pasillos, cajas de chile seco, montones de frijol negro y bayo, legumbres húmedas, ajos y guajes colgando del techo, mesas de pescados rosados y grises combatiendo con una cama de hielo acuoso el calor del trópico, cabezas, trompas, manos, espaldas y tripas de cerdo nadando en grasa nauseabunda, trozos de vaca cruda que manchaban el suelo con hilillos de sangre, fruta madura y pasada y todo, carnes y legumbres y frutas pudriéndose a causa del calor maligno que ahí corrompe, a una velocidad vertiginosa, cualquier cosa con vida, y nosotros caminando en medio de todo eso, con una altura desventajosa que nos hacía andar con la nariz al nivel de las piernas y los culos y las mesas donde toda esa fauna y flora se pudría, con los zapatos metidos en el fermento lodoso que cubría el piso, con las rodillas salpicadas de colores, amarillo mango, verde tuna, negro zapote prieto, rojo sangre de res. Caminar por los pasillos del mercado de Galatea era un espectáculo altisonante, grosero, bárbaro, pestilente, fétido e inconmensurablemente vivo que al final, luego de haberlo caminado, orillaba a mi abuela a darnos una recompensa, generalmente un muñeco de plástico, El Santo, Blue Demon, El Milmáscaras o un Batman o un Supermán y ocasionalmente, cuando había, un par de pollitos amarillos y vivos que cada uno se llevaba en la mano, con cierta angustia de ir cargando una criatura hirviente que olía a serrín y a avena y a polvo, y a veces de tantos besos a saliva, y con un corazón que hacía tictictic demasiado rápido, prueba irrefutable de que iba a morirse pronto. Llegábamos con los pollos a la casa y ahí les hacíamos una camita y les poníamos agua y maíz y pan húmedo y los protegíamos de la curiosidad del Gos y de los pasos despistados del elefante y no sé por qué siempre, o cuando menos así lo recuerdo, los pollos terminaban cayéndose al pozo, brincaban al borde y en lo que corríamos a salvarlos se caían sin remedio, sin que nada pudiera hacerse, los oíamos caer y piar y el tictictic de su corazón subiendo desde el fondo en un eco húmedo y entonces metíamos la cara en la boca del pozo y los veíamos lejísimos en el fondo que nos enviaba un aliento helado y musgoso, y entonces llegaba un adulto y con una cubeta y una cuerda intentaba, siempre sin éxito, rescatar a los pollos, quiero decir rescatarlos vivos, porque invariablemente al final salían mojados y fríos y sin piar ni hacer tictictic. Una vez fue Arcadi quien se ocupó del rescate, andaba por ahí cuando nos oyó gritar que los pollos se habían caído, y salió al patio bastante alterado y, de manera brusca y con una torpeza que logró preocuparnos, tiró la cubeta y la cuerda. Nosotros lo mirábamos con agradecimiento pero también con recelo y desconfianza, algo no estaba bien en su metodología, tenía medio cuerpo metido al pozo y manoteaba demasiado mientras nosotros le decíamos más hacia la pared, o más hacia el centro, y en ésas estábamos cuando vimos que su prótesis se le desprendía del hombro y caía largamente, dando golpes secos contra la piedra, por el vacío del pozo. Los tres nos quedamos mudos contemplando el brazo de Arcadi que flotaba en el agua, lejano, entre los dos pollos.

Laia tenía una fórmula para hacernos comer casi cualquier cosa. Puré de zanahoria, carne con acelgas, mariscos de textura anómala, por ejemplo, un ostión o las zonas blandengues de un pulpejo, cosas que no nos gustaban. Si no te comes eso no podrás ir a Barcelona, nos decía clavándonos su mirada azul y sin sacarse el puro de la esquina de la boca, y después por toda información nos decía que en Barcelona se comía mucho de eso, mucha acelga, mucho pulpejo, lo de menos era qué. Aun cuando no se podía regresar a España, aquella ciudad se nos presentaba como el objeto del deseo, que era semanalmente espoleado con los paseos por las Ramblas que Arcadi proyectaba sobre el tapiz verde del salón, y con menos frecuencia, pero con una intensidad, digamos, anual, con la llamada telefónica que ejecutaba, en presencia de todos, desde el teléfono que estaba atornillado a la pared del desayunador. Marcaba el cero y esperaba, esperábamos, a que la operadora le preguntara la fila de números que se sabía de memoria y que iba diciendo de manera pausada, paladeada incluso, era la única vez en el año que dictaba esa cifra que era, en cierto modo, su cordón umbilical con Barcelona. Luego volvíamos a esperar, a veces mucho, a veces tanto que la operadora le pedía que volviera a paladear la cifra. Finalmente contestaban del otro lado del océano, Alicia o la tía Neus, daba lo mismo, de todas formas, allá en el piso de Viladomat, se arrebataban el teléfono para hablar con su familia de México, a la que no veían desde hacía décadas, desde el final de la guerra. El segundo acto de la llamada navideña, luego del diálogo de Arcadi, que era una mezcla inconcebible de nostalgia y aspereza, era irnos pasando a cada uno el auricular. Todo lo que conocíamos de esas mujeres eran sus voces, a partir de ahí teníamos que hacer el ejercicio de inventarlas. Fotos no había, cada quien, supongo, combate la nostalgia como puede.

En 1970 Arcadi desapareció dos semanas de La Portuguesa. Su desaparición fue una rareza. En los veintitantos años que llevaba funcionando el negocio no se había ausentado más que cuando convalecía del accidente que le costó el brazo y durante un viaje de negocios que había hecho a Europa con Bages y Fontanet. La historia que nos contaron de aquella desaparición fue que había viajado a Holanda para explorar la posibilidad de comprar una máquina despulpadora de café, toda una alternativa y sin duda un paso enorme para el negocio donde el proceso de sacar la pulpa seguía haciéndose con el trapiche tradicional. Pero como solía pasar con las historias en esa casa, la de la máquina despulpadora había servido para ocultar la verdadera historia. Arcadi regresó de aquel supuesto viaje de negocios con un argumento consistente: la máquina holandesa costaba demasiado dinero y además hacía sola el trabajo que ejecutaban diez empleados y echar a tanta gente era un asunto impensable. En La Portuguesa había un equilibrio social precario que no podía alterarse sin enfrentar el riesgo de que las comunidades vecinas se dieran el gustazo, siempre latente, de prenderle fuego a las casas de los catalanes. Algo le pasó a Arcadi en aquel viaje porque a partir de entonces comenzó a convertirse en otra persona, tengo la sensación de que aquello que me dijo en las cintas de La Portuguesa, de que su guerra había sido la guerra de otro, empezó a operar desde que regresó de aquel viaje, aunque en realidad su vida, y la de sus socios, había cambiado dramáticamente después del episodio de los rojos de ultramar. Después de aquel viaje, durante muchas noches, oí cómo Arcadi lloraba en su habitación, con un llanto manso, bajito, atroz.

Argelès-sur-Mer

A Arcadi lo despertó el frío, los cartones sobre los que se había echado habían dejado pasar la humedad de la playa, era noche cerrada pero a lo lejos, en la línea del horizonte, se adivinaba un indicio de luz, un claror, una abertura por donde la oscuridad eventualmente iba a fugarse. Calculó que faltaba más de una hora para el primer rayo de sol y se preguntó de dónde iba a sacar energía y entereza para atravesar esa última parte de la noche, tiritaba, la humedad se le había metido a los huesos y la que quedaba encima de la ropa se había convertido en capa de escarcha. Un vistazo fue suficiente para dictaminar que la situación era grave, todo era noche y cuerpos tirados, no alcanzaba a ver más y tampoco estaba dispuesto a ampliar su ángulo visual, porque cada vez que movía un músculo se desencadenaba una racha tortuosa de escalofríos. A pesar de que no cabía un alma en esa playa, no se oía más ruido que el vaivén del mar. Ovillado encima de los cartones y con la cabeza recostada a la altura de la arena era muy poco lo que podía ver, entre una bota y un torso alcanzaba a divisar, a unos tres metros de distancia, el cuerpo de un hombre que estaba tirado boca abajo sobre la arena, parecía que se había caído y que se había quedado tal cual, con la cara pegada a la arena, durante la noche. Periódicamente soplaba el mistral, lo veía bajar un metro más allá del hombre inmóvil, colisionarse contra la arena, levantarle una cresta y luego irse a levantar arena entre otros cuerpos, donde fuera posible colarse porque ese ejército tirado en la playa restaba efectividad a los golpes del viento. Arcadi pasó revista de forma obsesiva a las primeras coordenadas de su exilio: su mujer y su hija se habían quedado en Barcelona en un piso lleno de huellas republicanas que podían complicarles las cosas, y él estaba tirado a la intemperie en una playa rodeado por un ejército incalculable de cuerpos. Cerró los ojos y le dio vueltas a estas dos contrariedades hasta que sintió un rayo primerizo que medraba en su cuello y que empezaba a deshacer la escarcha que se iba yendo gota a gota encima del cartón.

Lo primero que hizo al levantarse fue quedarse boquiabierto, la playa de Argelès-sur-Mer era mucho más grande de lo que había calculado y había cuerpos tirados y personas deambulando hasta donde alcanzaba la vista. Caminó entre la gente para darse una idea más precisa de su situación, pensaba que la siguiente noche la pasaría en mejores condiciones, que en algún lugar de esa playa enorme debía de haber cabañas o barracas donde se pudiera dormir sin escarcha encima. También iba buscando un puesto de socorro donde pudieran darle una manta, un poco de café y además información que le permitiera trazar un plan, un pronóstico siquiera, de cuántos días iba a tener que soportar esa estancia incómoda. *La población de la playa era un muestrario de las fuerzas de la república, había soldados, carabineros, guardias de asalto, artilleros, mossos d'esquadra, escoltas presidenciales, marinos, aviadores, cerca de cien mil personas que nos habíamos quedado, de un día para otro, sin país*, dice Arcadi en las cintas de La Portuguesa. Había también, todo esto lo iba viendo él mientras caminaba dentro de esa escena neblinosa de aire onírico, una minoría de mujeres, algunas con críos de brazos, y varios grupos de niños que correteaban o que jugaban con la arena, actividades que indicaban la poca conciencia que tenían sobre lo que ahí estaba sucediendo, y que era el reflejo exacto de la poca información que tenían todos en esa playa: nadie sabía en realidad lo que estaba empezando a pasar. Unas horas después del amanecer comenzaron a tener alguna pista, del otro lado de la alambrada que los separaba de Francia se formó un cerco de soldados senegaleses que tenían cara de pocos amigos y demasiadas armas encima, una larga al hombro y dos pistolas y un puñal en la cintura. *La cosa se veía del carajo*, dice Arcadi, *deambulaba por ahí aterido del frío, el sol era una cosa simbólica, nada más un aviso de que había llegado el día.*

Pegada a la arena reinaba una niebla, espesa o difusa, según la empujara el mistral. A mediodía la gente empezó a hacer fogatas y a preguntarse a qué hora pensaban alimentarlos, algunos calentaban agua del río que corría ahí cerca, en cacharros o en latas que se habían encontrado. Arcadi dio con un grupo de artilleros que habían peleado con él en la batería de Montjuïc, intercambió impresiones y ahí se enteró de que no había cabañas, ni barracas, ni cobijas ni absolutamente nada que pudiera protegerlos de la noche que se aproximaba. En la mañana, se decía, se habían llevado de la playa varios cadáveres, gente enferma o vieja que no había aguantado el desgaste del viaje desde la frontera con el fango hasta las rodillas. También se decía que había muerto gente de frío y Arcadi pensaba, mientras oía esa información, en el hombre inmóvil que había caído de boca y se había quedado con la cara pegada a la arena. Cuando llegó la noche las hogueras comenzaron a multiplicarse, cada grupo encendía la suya y utilizaba todo tipo de material combustible, los objetos más diversos. Se decía que dos hombres que sacaban ramas del río habían recibido una golpiza de los guardias senegaleses, el motivo era un misterio pero quedaba claro que nadie podía acercarse demasiado al agua dulce sin arriesgarse a recibir una tunda. De esto se habían enterado, de boca en boca, los cien mil habitantes de la playa, y de esa forma, y con ese método, iba instalándose el orden, las reglas que debía observar esa multitud de desterrados, entre ellas la que había inspirado un hombre al estirar la mano para recoger sus anteojos, que en un aspaviento accidental habían caído del otro lado de la alambrada, y eso le había valido un pisotón en la muñeca que le fracturó los huesos y de paso convirtió en añicos los cristales. Conforme los troncos se consumían caían al fuego todo tipo de objetos, manuales de guerra, un macuto, un trío de gorras militares, un montón de insignias, zapatos, cosas de las que se deshace quien piensa que la situación va a mejorar al día siguiente. Alguien aprovechó el fuego para cocinar unas patatas que habían llegado no se sabía bien de dónde, eran parte del mismo sistema espontáneo, a la información de boca en boca correspondía el abastecimiento de mano en mano. El fuego acabó extinguiéndose, quedó la niebla espesa y un murmullo de voces en declive encima del cual aparecía, con cierta frecuencia, el llanto de un niño que hacía pensar a todos en lo mal que habían comido, en lo mal que iban a dormir y en el cariz horrible que estaban tomando los sucesos, es decir, la ausencia de ellos, todo lo que había pasado en esa playa durante las primeras veinticuatro horas había sido la degradación de la situación original. Ninguno de los cien mil que trataban de conciliar el sueño podía imaginar que esa degradación traía vuelo suficiente para sostenerse durante meses y en algunos casos, en un plano más amplio, tomando el final de la guerra como el inicio del declive, durante el resto de sus vidas.

Esa segunda noche Arcadi durmió encima de la arena, sin cartón que mediara entre su sueño y el mundo. Sus colegas habían ideado dormir de manera escalonada, la noche anterior había muerto uno de ellos y eso les había enseñado que dos tenían que montar guardia mientras el resto dormía. La misión de los dos guardias en turno era interrumpirles a los otros el sueño, para evitar que sin darse cuenta murieran de frío. Arcadi trataba de sobrellevar sus periodos de sueño tapándose la cara con un pañuelo, una simpleza que le proporcionaba una buena dosis de confort: el rocío se congelaba en la superficie del pañuelo y su cara quedaba resguardada, y esto le permitía soportar mejor la escarcha que le cubría el cuerpo, un confort inexplicable, atávico supongo, proteger la cabeza, poner a salvo la cara, donde se concentran los sentidos y los rasgos de identidad.

El día siguiente, excepto dos episodios sombríos, transcurrió igual que el anterior. Al amanecer había aumentado el número de muertos en la playa, muertos de frío, de enfermedad o de desesperanza. Como no había autoridad y los negros que vigilaban impávidos la alambrada no parecían preocupados por la profusión de cuerpos muertos, un grupo tomó la iniciativa de irlos enterrando, en una zona específica, para evitar que la carne al descomponerse produjera una epidemia. A mediodía, en el momento estelar de una tormenta de nieve que complicaba las excavaciones de la fosa común, una columna de combatientes agonizantes entró al campo. La excavación se hacía con los rudimentos que se hallaban por ahí, un palo, el vidrio de una botella, un trozo de fierro, a mano limpia, un esfuerzo enorme que la nieve complicaba y con frecuencia los obligaba a empezar a excavar otra vez de cero. La columna de combatientes heridos o enfermos venía desde el hospital de Camprodón huyendo del horror de la represión franquista, habían cruzado la frontera buscando otro hospital donde resguardarse, pero los guardias franceses no habían hecho más que conducirlos hasta ese campo de refugiados donde no existían las camas, ni las medicinas, ni la atención médica que se les había prometido. Los enfermos, que venían huyendo del horror de Franco, miraban incrédulos el horror que les aguardaba en esa playa, y aunque entre los prisioneros había médicos y gente dispuesta a ayudarlos, poco era lo que podía hacerse por ellos y durante los días siguientes los miraron agonizar en el lodo y en la nieve, sólo unos cuantos salieron a flote, quién sabe cómo. Las maniobras de excavación para tanto entierro, batallando contra la tormenta, fueron insuficientes, los cuerpos que empezaron a descomponerse en el lodazal, a la vista de todos, iban a ser el fermento de una epidemia de disentería y otra de tifus que se esparcerían por la playa.

Al tercer día llegó el contingente de guardias franceses que se haría cargo de la disciplina del campo. La primera orden que dieron fue para los soldados senegaleses, una indicación salvaje y sintomática: abrir fuego contra aquel que se acercara a la alambrada. La información se esparció de boca en boca hasta que llegó a oídos del hombre de las gafas fracturadas y de la muñeca hecha añicos y le hizo pensar que ese dolor de huesos que lo torturaba era, a fin de cuentas, una manifestación de su buena suerte. La primera medida que tomaron los guardias franceses fue levantar un censo que fragmentó a la población en islotes y dio origen a una lista que controlaba a los prisioneros. El que por cualquier causa no respondía cuando su nombre era mencionado era considerado desertor, y si no había tenido la suerte de huir se hacía acreedor a cuarenta y ocho horas de pozo, un agujero en la arena de un metro cuadrado por tres de profundidad donde iban a parar los que cometían alguna infracción, casi siempre nimia, irrelevante si se comparaba con la experiencia de estar adentro de ese pozo de paredes frágiles que cuando llovía o nevaba se convertían en una catarata de lodo, una avalancha que las más de las veces terminaba sepultando vivo al prisionero.

Una vez por semana los formaban desnudos en una línea y los bañaban con una manguera conectada a una pipa. El agua se dispensaba con lentitud, a veces los prisioneros esperaban hasta un cuarto de hora para recibir el chorro, pero esta situación no era tan grave como la de los que recibían el chorro primero y luego tenían que esperar ese cuarto de hora, desnudos y empapados, con una temperatura ambiente que en las mañanas de invierno rondaba los menos diez grados centígrados. *No pocas veces*, dice Arcadi, *vi cómo alguno de la fila caía al suelo inconsciente, temblando, atacado por una hipotermia que lo invadía de tonos purpurinos.* Después de la manguera pasaban los guardias con unos cubos llenos de petróleo para que los prisioneros metieran un trapo y se lo untaran por todos los rincones del cuerpo. Éste era el método que había concebido la autoridad para combatir las plagas de pulgas y de piojos, había pieles que al contacto con el petróleo sufrían irritaciones, eccemas, llagas, todo tipo de reacciones cutáneas que terminaban siendo preferibles a las invasiones de bichos que, mientras no pasaban cosas peores, engordaban anécdotas que se reproducían, crecían y se exageraban de boca en boca. Había relatos de hombres que habían sido devorados de pies a cabeza mientras dormían por un ejército de millones de chinches, y en su lugar no quedaba ni rastro. Otros aseguraban que chinches y pulgas, cuando eran legión, producían juntas un grito desgarrador que a veces despertaba a la víctima, justo a tiempo para espantarse la plaga que le había caído encima. Las anécdotas se disparaban en todas direcciones, iban de los que habían sido devorados íntegramente hasta los que habían sufrido pérdidas fragmentarias, un dedo, un trozo de pantorrilla, un testículo. El baño de petróleo era por estas razones bienvenido. Arcadi, cuando habla de estos bichos en la cinta de La Portuguesa, se pone escéptico, dice que nunca vio que devoraran a nadie y que sí abundaban los mancos y los cojos, pero que él nunca pudo confirmar que esos insectos fueran los autores de tales mutilaciones.

Las semanas pasaban sin que la situación cambiara en Argelès-sur-Mer, los republicanos seguían durmiendo a la intemperie, aunque en algunos islotes, como era el caso del de Arcadi, habían excavado en la arena una cavidad, entre madriguera y covacha, que les servía para refugiarse de los embates de la nieve y del mistral. Aunque vivir a la intemperie era una desgracia severamente acentuada por la escasez de comida, los prisioneros comenzaban a experimentar el consuelo de que el invierno se iba yendo, los días empezaban a ser más cálidos y más largos. Muchos habían llegado a la conclusión de que el gobierno francés los maltrataba para obligarlos a regresar a España, donde los esperaba la represión franquista, que, según se habían enterado, era un horror superior al que podía vivirse en esa playa. Regresar a España era una de las formas de salir del campo, otra era que un ciudadano francés reclamara la custodia de alguno de los republicanos, o bien que lo hiciera, con el consentimiento del prisionero, la legión extranjera o el ejército. La vía que les quedaba a los que, como Arcadi, no pensaban exponerse a la venganza de Franco ni tampoco tenían a nadie en Francia que pudiera reclamarlos, ni les apetecía enrolarse en otra guerra, era escaparse en cuanto hubiera oportunidad. Había quienes, acobardados porque la experiencia de Argelès-sur-Mer parecía no tener fin, decidían regresar a España a purgar la pena que les tocara durante los años que fueran necesarios para finalmente reunirse con su familia y rehacer su vida. Los que optaban por esto se ganaban el rechazo de aquella mayoría republicana que, aun cuando pasaba las de Caín en esa playa, no pensaba manchar el resto de su vida con la catástrofe personal de irse a rendir ante Franco. En todo caso preferían esperar, tenían información de que en Europa las cosas no andaban bien, de que estaba a punto de desatarse una guerra, y si eso llegaba a ocurrir iban a abundar las oportunidades para escapar, para quedarse en Francia o para irse a otro lado. La idea fundamental era la necesidad de conservar la república aunque fuera en el exilio, era imperativo seguir funcionando como contrapeso del totalitarismo franquista, era capital que esas quinientas mil personas que habían tenido que exiliarse sirvieran de referente y fueran la semilla de la república española del futuro. A la luz de esta idea cada republicano que se rendía en algo debilitaba el diseño del porvenir.

El director ocupaba un barracón de madera calafateada que era el centro gravitacional del campo, de ahí emanaban las órdenes y la información, es decir: la autoridad. Los prisioneros tenían prohibido acercarse y aquel que rebasaba el límite se exponía a ser catalogado como la primera manifestación de un motín y a que, sin más averiguaciones, se le disparara. Aquel barracón era el único punto de la playa donde había luz eléctrica, en la noche sus ventanas *brillaban como joyas* y producían, según Arcadi, *cierto confort*. Lo dice el mismo, y esto hay que tomarlo en cuenta, que hallaba confort en cubrirse la cara con un pañuelo, supongo que era su truco para no volverse loco: establecer una nueva jerarquía de la existencia, varios niveles abajo, donde pan agusanado y tripas podridas eran una comida completa y vaciar la mierda de las tinajas un oficio tan digno como cualquiera.

Las órdenes y las noticias iban esparciéndose a lo largo de la playa por los altavoces de un camión que se desplazaba lentamente del otro lado de la alambrada, sobre un camino de arena que por las tardes llenaba una multitud de curiosos que encontraban divertido fisgonear la vida mísera de ese enjambre de españoles magros y barbudos. Una tarde Arcadi oyó el nombre de Bages en el altavoz del camión, era la primera información que tenía de que su amigo finalmente había logrado pasar a Francia. Oyó el nombre y por más que corrió para interceptarlo antes de que se fuera no lo consiguió, solamente logró ver desde una distancia excesiva cómo se iba yendo, lo vio de espaldas y corrió hacia la alambrada y aunque Bages ya iba muy lejos, fuera del campo, a una distancia que no podía cubrir a gritos, se puso a gritarle desesperado, por muchos motivos, porque era su amigo y porque una vez internado en Francia podría ayudarlo a salir de esa playa y porque en esa espalda monumental que se iba yendo veía escaparse el último referente de su vida anterior: una vez ido Bages, todo lo que le quedaba era el futuro, un territorio insondable cuyo horizonte terminaba en ese cerco de alambre de donde se fue a agarrar para gritarle a Bages con más fuerza, una sola vez más, porque en cuanto iba a repetir el grito, le entró en la boca la cacha de una pistola que sostenía un guardia senegalés. *Luego me quedé pensando durante meses*, dice Arcadi, *que quizá se trataba de otro Antoni Bages y que igual le había gritado a la espalda de otro, pero resulta que no, que en cuanto nos reencontramos, años después, en los portales de Galatea, lo primero que hicimos fue sacar cuentas y concluir que mis gritos habían sido efectivamente para él. Todavía hasta la fecha Bages me jode diciéndome que la verdad es que sí me oyó pero se hizo el sordo*, dice Arcadi y al decirlo, por la manera en que lo hace y por el tono que utiliza, parece que sonríe, o acaso me acuerdo del momento y de su sonrisa e invento que en esa frase grabada hay una manera y un tono.

El arma del senegalés le rompió a Arcadi nueve dientes y le produjo una infección que lo tuvo una noche sacudido por la fiebre en el tejaván que se había levantado para atender a los enfermos y a los heridos. *Tenía un dolor de encías por el que hubiera llorado si mi vecino de catre, al que acababan de amputarle una pierna con un herramental sucio y tosco, no hubiera convertido mi dolor, por contraste, en una nimiedad.* Durante toda esa noche, junto a ese hombre recién mutilado que gritaba desde otra dimensión, cuenta Arcadi que pensar en Laia, que entonces debía de tener un año, lo sosegaba. Su vecino también fue sosegándose a su manera, en la madrugada se fueron sus gritos y él mismo se fue yendo, durante las siguientes horas, en paz, ya sin dolor, aniquilado por una invasión de gangrena. Arcadi recuerda la tranquilidad de su gesto y el amarrije lodoso y pestilente que le cubría el muñón. A la mañana siguiente Arcadi fue dado de alta, es decir, uno de los estudiantes de medicina le pidió que abandonara el tejaván porque había otros enfermos o heridos que necesitaban el espacio.

Lo peor de todo era la monotonía, dice Arcadi, y después oigo en la cinta cómo yo mismo le digo desde un sitio remoto, lejos del micrófono, que me parece absurdo que la monotonía fuera un elemento de consideración en esa playa donde abundaban las desgracias. *Ese caminar por ahí para estirarnos que ejecutábamos los prisioneros al amanecer, se extendía a lo largo de toda la jornada y estas jornadas iban sumando semanas y meses: se trataba de resistir y de esperar, no había más que hacer*, dice Arcadi a manera de justificación, y después añade, y mientras habla puede oírse que su garfio golpea un par de veces contra el descansabrazos de metal que tiene su silla: *y esto también va a parecerte absurdo pero lo segundo peor de todo era la arenitis.* «¿La arenitis?», se oye que digo. *Sí, una psicosis que no puedes entender si no has estado mucho tiempo conviviendo con la arena, vivíamos y dormíamos sobre ella, había arena en la ropa y en lo que comíamos, arena en los pies y entre las uñas de las manos y en las corvas y en el culo y debajo de los huevos y en los ojos y esa omnipresencia de la arena con el tiempo provocaba resequedades y eccemas y hongos y unas conjuntivitis que nos ponían color grana lo blanco de los ojos. Pero peor que los efectos físicos eran los psicológicos, porque era una tortura sistemática que no tendría fin ni remedio mientras hubiera arena en esa playa, ¿te imaginas lo que era esa plaga?*

Cuando llegó el verano los guardias franceses fueron sustituidos por spahis. Los nuevos guardianes parecían caídos de otra galaxia, usaban capa roja y montaban caballos enanos de Argelia, eran una visión lujosa que contrastaba con la decadencia general que uniformaba el campo luego de seis meses de haber entrado en operación. *Cuerpos esqueléticos, disentería, rachas incontrolables de diarrea y no te enumero la lista completa de incomodidades porque no va a alcanzarte con esa cinta que traes*, dice Arcadi mientras demora en la boca un hueso de aceituna que unos instantes después echa, ruidosamente, en un cenicero de lámina. Traigo más cintas, se oye que le digo y también se oye, lejos y alto, el graznido de un pijul. Arcadi no hace caso de lo que digo y sigue hablando. La idea de llenar de spahis esa playa decadente era sustituir a los guardias, que ya empezaban a habituarse a la convivencia con los prisioneros de una manera poco conveniente, no sólo habían empezado a conversar y a intercambiar información, también había nacido un mercado negro en el que los prisioneros podían conseguir, a cambio de objetos o de dinero, paquetes de cigarros, cobijas, embutidos o botellas de licor.

Desde el principio de la primavera el campo había sido visitado semanalmente por entrepreneurs, dueños de granjas o de fábricas que necesitaban mano de obra barata con propósitos diversos, levantar una cerca, transportar bultos de un lado a otro, reparar un tejado, desparasitar una comunidad de vacas, en fin, oficios efímeros que muchos aceptaban con gusto porque salían unas horas del campo y además ganaban dinero. La paga era ínfima, insultante, pero también era un instrumento para conseguir los productos que se ofrecían en ese mercado negro que no había tardado en florecer también entre las filas de los spahis.

Para septiembre los prisioneros comenzaban a perder la paciencia, la población del islote de Arcadi se había reducido a la cuarta parte y un diluvio devastador había terminado con el poco ánimo que les quedaba. No hubo primeras gotas ni preámbulo de ninguna clase, la lluvia se soltó desde el principio con una intensidad que los hizo pensar que pasaría pronto. Llegaron a uno de los tejavanes justo en el momento en que un relámpago verdoso atravesaba de lado a lado la espesura violeta de los nubarrones. Luego vino una racha completa, un bombardeo que iluminaba la playa y el mar, que de un segundo a otro había empezado a volverse muy violento. Una ola se elevó a una altura fuera de lo común y cayó de golpe sobre la arena con un estruendo que se deshizo en una mancha de espuma, una invasión que llegó hasta el tejaván, dejó a los prisioneros con el mar hasta las rodillas y se llevó arrastrando a uno que estaba mal parado. Luego vino otra ola que se llevó al resto, súbitamente se vieron atrapados en un remolino de espuma que primero los arrastró por la arena, pasándolos por encima de troncos y de lo que Arcadi supone era un grupo de tinajas, no pudo comprobarlo porque de improviso la ola cobró más fuerza, o quizá se trataba de otra ola, y de un solo envión lo arrojó contra un pilote al que se abrazó hasta que pasó la parte difícil de la tormenta. *La sensación que tuve era de que me arrojaba por los aires*, dice. «¿Cómo que por los aires?», se oye que pregunto yo. *Así, como lo oyes, por los aires*, contesta impaciente y sigue su historia, que ahora entra en un periodo de calma, *la calma después de la tormenta, que resultó bastante peor que la tormenta*, dice con una sorna que en la cinta suena poco veraz, todo lo contrario de lo que percibí cuando me lo dijo, incluso en la cinta se oye que me río, que el anexo que le hizo al refrán me parece gracioso, que me manifiesto como su cómplice. Con esa calma suya, detrás de la cual había permanentemente una tormenta, retoma el hilo agarrado al pilote de hormigón. La tormenta se disipó de golpe, como había llegado. Las vejigas color violeta que amenazaban con inundar todo el sur de Francia se volvieron nubes estándar que un viento atmosférico se llevó para otra parte. Había oscurecido y reinaba una luna lavada por la lluvia, luminosa, que paseaba su espectro por toda la playa. Arcadi se incorporó, o trató de hacerlo, porque en cuanto efectuó el primer movimiento, percibió que el pilote que lo había salvado del diluvio era parte de la alambrada del campo y que él tenía clavada una línea de púas a lo largo del costado izquierdo. A lo lejos se veían sombras solitarias deambulando, grupos fantasmales deliberando cosas. Desde donde estaba no alcanzaba a divisar ninguno de los tejavanes, pero supuso que la ola lo había arrojado hasta un sitio remoto, desde donde no había perspectiva suficiente para verlos. Se desprendió del alambre sin pensarlo mucho, sin calcular que las púas se le habían clavado en la carne y que iban a dolerle en cuanto se desprendiera de ellas. Se echó a andar y en cuanto tuvo una mejor perspectiva descubrió que no estaba en un sitio remoto, sino que la tormenta había arrasado con todos los tejavanes. Enfiló hacia el mar, donde había un grupo de personas que ni se movían ni hablaban, nada más estaban ahí esperando algo. La playa era un lodazal revuelto con una capa verdosa de plancton y yerbajos oceánicos. A medio camino entre el pilote y el grupo de personas se detuvo frente a un bulto de arena que tenía un brillo, un destello, un punto que absorbía un rayo completo de luna. Miró bien y descubrió que era un cuenco lleno de agua, que después de mirarlo mejor se convirtió en el ojo de alguien cuyo cuerpo, a primera vista, podía confundirse con un bulto. Más que el ojo y que el náufrago lo asustó que no experimentó nada, ni piedad, ni lástima, ni miedo, ni nada. Tampoco experimentó ninguna sensación al ver que a unos cuantos metros había otro cuerpo, y más allá otro, y más allá otros más, una abundancia parecida a la de aquella fila de heridos que habían llegado a morirse al campo.

Los spahis aparecieron al amanecer, con sus capas rojas volando al viento parecían los vástagos del sol. En cambio los negros que custodiaban la alambrada estaban en sus puestos, cumpliendo con su deber desde el momento en que se había disuelto la tormenta. Un oficial de megáfono y lodo hasta los tobillos comenzó a gritar las órdenes del día, el camión que usualmente daba ese servicio había sufrido daños considerables y había quedado fuera de combate. Las órdenes eran una obviedad que los prisioneros ya

71

habían calculado, sepultar a los muertos, reubicar las tinajas de la mierda, rehabilitar los tanques de agua dulce, levantar nuevamente los tejavanes. A mediodía llegaron varios camiones cargados de pacas de paja, la autoridad había previsto que los prisioneros echaran varias paletadas en el suelo de sus islotes para que no tuvieran que dormir directamente sobre el lodazal. El campo quedó reconstruido en unos cuantos días, aunque en realidad no había mucho que reconstruir, la vida en esa playa seguía haciéndose prácticamente a la intemperie. La paja resultó un desastre, venía infestada de pulgas y los prisioneros, que de todas formas terminaron durmiendo encima del limo y de los yerbajos oceánicos, tuvieron que someterse a aplicaciones dobles y hasta triples de petróleo. El remedio que se aplicó para paliar ese desastre fue sacar la paja de los islotes y arrinconarla por ahí en una infinidad de montones amarillos que fueron tomados a saco por un tumulto de ratas, que terminaron convirtiéndose en una alternativa frente al pan agusanado y las tripas nauseabundas. *Yo nunca comí rata*, dice Arcadi con un orgullo hasta cierto punto inexplicable, como si comer rata hubiese sido lo peor que sucedía en ese campo atestado de calamidades, y después cuenta cómo antes de dormir se untaba petróleo en zonas claves del cuerpo para que el olor ahuyentara a las ratas, le daba pánico abrir los ojos y descubrir a una olisqueándolo, o toparse de frente con un par de ojillos rojos. *Había colegas a los que no les importaba*, dice, *había noches que abría los ojos y veía que por la espalda de uno o sobre el pecho de otro deambulaba tranquilamente un ejemplar*. A pesar de la precaución de untarse petróleo, una mañana Arcadi descubrió la evidencia de que uno de esos ejemplares lo había visitado. Vio, atenazado por el horror, que su cinturón tenía una mordida mínima que lo hizo brincar y sacudirse como si todavía trajera la rata encima. La noche siguiente untó petróleo en su cinturón, una medida que, según la opinión de uno de sus colegas, iba a provocar que la rata, al no poder morder en ese sitio simplemente, iba a morderlo en otro que quizá fuera más comprometido. Además del petróleo en el cinturón, duplicó la dosis que se untaba normalmente en el cuerpo, luego se echó a dormir pero la preocupación no lo dejó *pegar el ojo*, o eso fue lo que él pensó, porque en la madrugada se levantó a orinar y a la hora de desabrocharse el cinturón vio que junto a la mordida de la noche anterior había una nueva, igual de mínima. La escena se repitió, idéntica, en tres ocasiones más. Arcadi sostiene que nunca estuvo tan cerca de volverse loco, por más que trataba de mantenerse despierto siempre había un instante, una distracción, un cabeceo que la rata aprovechaba para morderle el cinturón.

En octubre la población de ratas disminuyó considerablemente. Otro diluvio que hizo crecer y desbordarse los ríos Tech y Massane dejó la playa transformada en el fondo de un lago de medio metro de profundidad. El agua tardó casi dos días en regresar a su cauce y durante todo ese tiempo los prisioneros tuvieron que estar de pie con el agua hasta las rodillas. *Lo verdaderamente sorprendente*, dice Arcadi, *es que los negros senegaleses seguían ahí vigilándonos, pasando las mismas incomodidades que nosotros.* Durante las primeras horas de la tormenta, cuando los ríos comenzaron a desbordarse y el agua empezó a correr por la playa con bastante violencia, los prisioneros habían tenido que hacer esfuerzos para mantener el equilibrio y no dejarse arrastrar por el caudal. La corriente terminó en cuanto la inundación llegó a su nivel y dio paso a todo eso que los dos ríos habían arrastrado, en su versión desmesurada, a campo traviesa y colina abajo, rumbo a su desembocadura en el mar: ramas y árboles completos, trozos de viviendas como puertas o contraventanas, o tablones solitarios que habían sido parte de una cerca o de una tapia. También pasaban flotando objetos, sillas, o cubetas, o la base de una cama, cosas que en cuanto bajó el agua fueron aprovechadas, con la venia de la autoridad, por los islotes. Probablemente, los oficiales que estaban al mando de Argelès-sur-Mer habían considerado que las noches que tendrían los prisioneros, a lo largo de los siguientes días, echados encima de ese lodazal irremediable, necesitarían del consuelo de esos despojos húmedos que les había llevado el río. Junto con los objetos llegaban también animales, vacas y caballos que pasaban navegando, panza arriba, tiesos y majestuosos, solitarios o en flotillas de dos o tres que iban a detenerse, a arracimarse, si vale el término para las naves que han sido primero animales vivos, en la alambrada de púas que rodeaba el campo. Cuando bajó el agua en la playa y los ríos regresaron a su cauce, los animales se quedaron ahí, encallados, descomponiéndose, expuestos al sol que salió para anunciar que el diluvio había terminado. Arcadi no se ocupa de las infecciones que ocasionaron esas naves en descomposición, ni de que a causa de éstas el número de prisioneros quedó nuevamente diezmado, se concentra en una imagen que se repetía por segunda vez en su vida. Caminando por la playa, observando, porque no había más que hacer, los saldos de la inundación, se topó con una pila de caballos muertos, idéntica a la que había visto en Barcelona, en la plaza de Cataluña, durante los primeros días de la guerra.

A los refugiados españoles que seguían prisioneros en Argelès-sur-Mer, se sumaron un millar de gitanos que habían llegado empujados por la Segunda Guerra, más un ciento de croatas, que nadie sabía bien cómo habían llegado hasta allí, ni cuál era el objetivo que se perseguía al encerrarlos. Unas semanas más tarde llegó a engrosar la población un contingente de judíos sefarditas, una oleada de individuos vestidos de civil cuyas ropas pusieron de relieve el menoscabo de los uniformes republicanos. Poco a poco, semana tras semana, sefarditas y gitanos, que al principio habían brillado por sus ropas y sus maneras de recién llegados, fueron siendo uniformados por las inclemencias del campo, la mala alimentación, las infecciones, las noches de fiebre magnificadas por el mistral; terminaron por igualarlos a todos. También los igualaba el ritmo de la vida en esa playa, deambular a las mismas horas, formarse cuando lo exigía la autoridad, bañarse con manguera y secarse a friegas de petróleo, vaciar por turnos las tinajas de mierda y sobre todo esperar a que sucediera algo que los pusiera en libertad. Dos meses más tarde republicanos, gitanos y sefarditas se habían convertido en una banda homogénea de hombres barbudos, astrosos y esqueléticos. La convivencia era estrecha, íntima, no sólo compartían el islote y la comida, también vislumbraban un destino parecido y, en el caso de los republicanos y los sefarditas, un pasado semejante, los dos habían sido expulsados, cada quien en su tiempo, de España, una desgracia histórica que ya los venía asociando desde los preámbulos de la Guerra Civil, mediante esa idea de la derecha española y de sus curas y de sus militares, que reducía todo el proyecto republicano a una conspiración judeo-bolchevique-masónica. La Iglesia católica había confundido al demonio con los judíos y cuatrocientos y tantos años después volvía a confundirlo con los rojos.

A las visitas que hacían periódicamente los entrepreneurs de la región, se habían sumado las del embajador Luis Rodríguez y su cauda de diplomáticos, que a veces era de tres, otras de cinco y otras veces una cauda más numerosa donde se mezclaban diplomáticos mexicanos y autoridades francesas. Rodríguez era el jefe de la legación de México en Francia, era el hombre de confianza que el general Lázaro Cárdenas había designado para articular su proyecto de dar asilo a los republicanos que no podían regresar a España, que seguían atrapados en Francia en alguna de las complicaciones que habían ido multiplicándose dentro de ese lapso oscuro que iba del final de la Guerra Civil hasta los preámbulos de la Segunda Guerra Mundial. A diferencia de la mayoría de las democracias del mundo, México consideraba que Azaña seguía siendo el presidente legítimo de España y que Franco era un general golpista que se había quedado a la fuerza con la jefatura del país.

Los diplomáticos de Rodríguez deambulaban por el campo y hacían preguntas, querían levantar un censo aproximado de cuántos prisioneros, en caso de que lograra establecerse un operativo, desearían acogerse a la invitación del presidente de México. El trámite era muy sencillo, apuntar su nombre en una lista, llenar un cuestionario y esperar, durante algunos meses, a que se consiguiera un barco para que los transportara. De todas formas los prisioneros no tenían más opción que permanecer en el campo hasta que algo sucediera. Algunos pronosticaban que con el avance de la guerra se facilitaría su integración a la sociedad francesa, pero lo único que había pasado hasta entonces era que el ejército francés había reclutado republicanos españoles para anexarlos a sus filas, se trataba de un asunto voluntario, como ya se dijo, en el que se había inscrito una cantidad sorprendente de españoles. Otros habían logrado librarse del campo yéndose a alguno de los países de la órbita soviética, donde había manera de acomodarse luego de resolver ciertos trámites con el Partido Comunista. De las tres opciones, descartando la opción siempre latente de escaparse y correr con suerte, la mexicana era la que menos trámites

75

requería; el general Cárdenas mandaba a decir, en la voz de sus emisarios, que México recibiría a cualquier republicano español que aceptara su invitación.

El embajador Rodríguez llegó una tarde al tejaván de los artilleros. A su cauda de diplomáticos se había añadido otra de spahis que lo custodiaban. El grupo era una visión del más allá, un contingente de hombres vestidos de frac que sorteaban tinajas de mierda y brincaban zonas pantanosas de la playa, con la soltura de quien atraviesa un salón para buscarse un canapé. El embajador se plantó en el centro del tejaván, consciente de que su estatus diplomático era menos contundente que su traje oscuro. Arcadi recuerda que no atendió a la presentación que de sí mismo hizo Rodríguez por estarle mirando la plasta de lodo que cubría parcialmente sus zapatos de charol y que subía, en un flamazo de arena, hasta la base de las rodillas. Además de Argelès-sur-Mer, los diplomáticos habían hecho visitas, igualmente aparatosas, a Brams, a Gurs y a Vernet d'Ariège, los otros campos de la zona. Rodríguez explicó el proyecto y advirtió que aun cuando se trataba de un asunto prioritario para el gobierno de su país, había algunas dificultades que debían superar. Por una parte, el gobierno francés no se decidía a proteger a los republicanos que se acogieran a la invitación de Cárdenas durante el lapso, que podía durar semanas o meses, que tardara su barco en zarpar. Esto representaba una dificultad mayor porque un republicano sin protección podía ser capturado por alguno de los agentes que Franco había mandado a Francia con el objetivo de aprehender refugiados para llevárselos de regreso a España e internarlos en alguna de sus prisiones. Por otra parte los acontecimientos de la Segunda Guerra comenzaban a entorpecer las rutas marítimas entre Europa y América. A pesar de todo, Luis Rodríguez estaba convencido de que lograría llevarse a México a varios miles de refugiados españoles. Terminando su explicación, se sentó en una caja de madera y sobre las rodillas comenzó a elaborar una lista de quienes estuvieran interesados en inscribirse en su proyecto. Algunos se resistieron al principio, estaban seguros de que pronto Franco anunciaría un periodo de amnistía y preferían regresar a su país a seguir con la vida que habían tenido que interrumpir. Su confianza en la amnistía tenía una base endeble, creían que Franco no podía ser tan canalla, que no podía dejar, así nada más, a cientos de miles de españoles sin país y sin familia. Al final todos terminaron apuntándose luego de que el embajador les prometiera que, en caso de que llegara la amnistía, desaparecería la lista y no quedaría rastro de ese compromiso en ningún sitio. Mientras apuntaba los nombres con su caligrafía despaciosa, Rodríguez respondía a todo tipo de preguntas sobre el mundo exterior. Sus diplomáticos, mientras tanto, apuntaban mensajes y números telefónicos, la iniciativa del embajador también incluía ponerse en contacto con las familias de los prisioneros, hablar con ellas personalmente para ponerlas al tanto de la situación. Había quienes, como era el caso de Arcadi, preferían no tener ese tipo de contacto, aunque fuera por la vía de un tercero; más que el deseo de tranquilizar a su familia podía el miedo de meterlos en un aprieto con los franquistas. Los diplomáticos se fueron como habían llegado, rodeados de spahis, en una imagen extravagante que se fue disolviendo contra las luces del atardecer. Más tarde, cuando encendían la primera fogata para combatir el frío de la noche, vieron pasar a lo lejos, por la carretera, los tres Buicks negros y fantasmales de los diplomáticos.

Una semana después, en el islote de los artilleros comprobaron que el proyecto iba en serio. El embajador apareció solo, sin cauda, custodiado por dos guardias del campo. Entró al tejaván y fue dando cuenta a cada uno de los prisioneros que se lo habían solicitado de los mensajes que les enviaban sus familias. Arcadi recuerda que el embajador se veía tan satisfecho como extenuado, había conducido quién sabía cuántas horas para irles a comunicar personalmente los mensajes y entre un mensaje y otro se había quedado, durante unos instantes, dormido, con la mano en alto en el momento en que iba a decir algo. Exactamente lo mismo, cosa nada difícil tratándose de esa imagen, recuerda Putxo, un colega de Arcadi con quien me entrevisté en el sur de Francia años después de las cintas de La Portuguesa, y gracias al cual supe de la existencia de los rojos de ultramar. Ni en las cintas ni en las páginas de las memorias de Arcadi abundan los nombres de otras personas, a veces da la impresión de que pasó por todo eso solo, sin gente real alrededor, por su narración cruzan de cuando en cuando figuras etéreas, sólo nombres como el de Putxo o el de

Bages, incluso hay varios sin nombre, casi todas las mujeres por ejemplo son la mujer de alguien, la mujer de Oriol, la mujer de Narcís, incluso mi abuela, que se llamaba Carlota, aparece siempre como «mi mujer». Desde que trabajaba en la recolección de datos sobre su vida en Argelès-sur-Mer, comencé a pensar que su idea de que la guerra la había peleado otro, que otro había sido el republicano y el artillero, era un asunto serio, de otra manera no había forma de explicar al hombre en que Arcadi se había convertido sesenta años después.

Mientras Arcadi y sus colegas esperaban noticias en el campo, Luis Rodríguez y su equipo establecían lazos con las organizaciones de excombatientes republicanos y trataban de embarcar a México a los refugiados que habían logrado permanecer clandestinamente en Francia, y a los que habían conseguido ser reclamados de sus campos de prisioneros. Las oficinas de la legación ocupaban un piso en un edificio de la rue Longchamp, junto a la plaza del Trocadero en París. El equipo del embajador trataba de repartir su tiempo entre sus compromisos diplomáticos, que eran numerosos y extremadamente delicados, y la atención a los refugiados españoles que consumía la mayor parte de sus horas de trabajo. Desde la madrugada empezaba a formarse una fila, que arrancaba en la puerta del edificio donde estaba la legación y que ya para el mediodía había cubierto la acera de la rue Longchamp y había torcido río abajo en la siguiente esquina. El trabajo era interminable, aun cuando había periodos donde la legación no expedía documentos, por petición expresa del gobierno francés o porque ellos mismos necesitaban tiempo para ordenar el océano de papeles que tenían en sus oficinas, de todas formas la gente hacía una fila tentativa y apuntaba su nombre en una lista para asegurarse un lugar el día que se reanudaran los trámites y la fila fuera fila de verdad. Y mientras llegaba ese momento, el piso se llenaba de individuos que querían tratar su caso personalmente con don Luis, que por su parte no sólo atendía peticiones y escuchaba historias desesperadas en su oficina, en un restaurante, en plena calle, o en la sala de su casa, también recibía un alud de llamadas telefónicas y contestaba, de puño y letra, decenas de cartas todos los días. Durante aquella entrevista en La Portuguesa, Arcadi se había puesto a esculcar en una caja de cartón, removió papeles y objetos hasta que dio con las cartas que don Luis Rodríguez, de su puño y letra, le había contestado. Yo había visto en aquella media docena de cartas, donde el embajador le detallaba a mi abuelo los progresos de su caso, la evidencia de que aquel diplomático tenía una vocación de servicio extraordinaria. En los sobres de estas cartas puede leerse, del mismo puño y letra, su nombre y abajo: «Islote 5, Argelès-sur-Mer, Pyrénées Orientales». Aquella vez había reparado en que no se especificaba que la carta era para el campo de prisioneros y no para la población que tenía el mismo nombre, y le pregunté a Arcadi al respecto. *No había necesidad de hacerlo*, me dijo, *había mucha más gente encerrada en el campo que viviendo en el pueblo.*

El nombre de Luis Rodríguez no había llamado mi atención hasta que, espoleado por aquella plática con los alumnos de la Complutense en Madrid, volví a oír la cinta y entonces entendí que, para empezar, había que rastrear el pasado de Arcadi, todas esas zonas oscuras que él nunca estuvo dispuesto a aclarar, a la luz del embajador Rodríguez, cuya historia al final me puso en la línea de investigación del complot que Arcadi y sus socios montaron junto con la izquierda internacional. Algo oía en la voz de Arcadi, mientras escuchaba las cintas con unos auriculares en mi oscuro cubículo de investigador de la UNAM, cada vez que se refería al embajador, tanto oía que me puse a investigar el paradero del archivo de la gestión en Francia de Rodríguez. El maestro Cano, que es el experto en Historia de la Diplomacia en la Facultad de Filosofía y Letras de la universidad, me mandó con un amigo suyo que manejaba el archivo del Ministerio de Relaciones Exteriores y este amigo me dijo, luego de consultar dos o tres datos en su ordenador, que todas las cajas con la documentación que había generado Rodríguez durante esa época seguían en el sótano del edificio donde había estado su oficina, en la rue Longchamp, en París. Pedí un permiso extraordinario en la facultad y una semana más tarde iba rumbo a Francia a bordo de un avión de Aeroméxico.

The french connection

El 16 de junio de 1940 cayó el primer bombardeo sobre París y unos cuantos días después buena parte de Francia fue ocupada por las tropas alemanas. Arcadi seguía en el campo de prisioneros. Había sobrevivido a su segundo invierno y esperaba, parcialmente descorazonado, las noticias del embajador mexicano. Arcadi pensaba, cada vez con más frecuencia, que ni volvería a ver a su familia, ni saldría vivo de ahí. Unos días después del primer bombardeo, un incidente en la playa cambió de curso el destino del islote de los artilleros, que a la sazón contaba con seis excombatientes republicanos, dos judíos sefarditas y una familia de gitanos, hombre, mujer y tres niños pequeños. El resto había sido reclamado, o había escapado, con éxito o, casi siempre, sin él, o se había muerto de frío, o de alguna epidemia o de desesperación. En abril un batallón de médicos había recorrido el campo dispensando vacunas para la difteria, y el resultado no había sido la erradicación de esta enfermedad sino la muerte, por esta misma, en unos cuantos días, de mil veinte prisioneros, entre ellos varios colegas de Arcadi. El golpe había sido tremendo, no sólo porque se le habían muerto cuatro colegas, sino porque en esa vacuna, que probablemente había sido la inoculación indiscriminada de la enfermedad, cabía la sospecha de que las autoridades del campo, al no saber qué hacer con ellos, estaban planeando exterminarlos. De los doscientos cincuenta mil habitantes que había tenido, en su punto más alto, el campo de Argelès-sur-Mer, quedaban, dieciséis meses después, dieciocho mil.

Una mañana el hijo mediano de la pareja de gitanos jugaba con un cochecito pegado a la alambrada que rodeaba el campo. Un senegalés vigilaba de cerca sus movimientos pero nadie en el islote lo tomó demasiado en cuenta, era una vigilancia de rutina y además se trataba de un niño de tres o cuatro años. En un momento determinado el cochecito cruzó por debajo la alambrada y el niño estiró la mano para recogerlo. La reacción del guardia fue empujar brutalmente al pequeño, ante la mirada incrédula de los habitantes del islote, que en cuanto el niño había pasado la mano por debajo habían comenzado a atender con cierto suspenso el acontecimiento. Su padre el gitano había brincado hacia donde estaba el guardia y le había cogido la cabeza y lo había arrastrado adentro del campo, todo en un instante, mientras otros guardias corrían en su auxilio y los artilleros corrían para apoyar al gitano. Dieciséis meses de ira y resentimiento mutuo, unos por vigilar a la intemperie durante tantos meses en condiciones ínfimas y otros por ser vigilados en esas mismas condiciones, estallaron de manera incontenible. La batalla campal fue controlada, unos minutos más tarde, por un comando de spahis, cuyo líder, desde la altura de su caballo, tomó la determinación de regresar a los negros a sus puestos y a los prisioneros rijosos a España. A España, donde Franco iba a internarlos en otro campo de prisioneros probablemente peor que Argelès-sur-Mer. Como si hubieran tenido todo a punto y nada más estuvieran esperando a que algo así pasara, subieron a todo el islote, incluidos los dos sefarditas, que eran ciudadanos franceses, al vagón de un tren que dos horas después ya se había puesto en marcha hacia la frontera. Los otros vagones del tren venían llenos de rijosos de otros campos, o de otras zonas del mismo Argelès-sur-Mer. Algunos llevaban ahí metidos más de una semana encerrados en los vagones del tren de Franco, esto era lo que les había dicho un trío de desdichados que venían de Brams y que ya estaban en el vagón cuando los artilleros, dolidos todavía por la golpiza, lo abordaron. Era un vagón penumbroso que tenía dos montones de paja y un par de aberturas estrechas, casi rajas, cerca del techo. Si en Francia la situación de los republicanos era desesperada, en España, con la represión franquista que los esperaba, no tenía remedio. El tren había avanzado unos cuarenta y cinco minutos cuando el gitano comenzó a patear una tabla que, según había detectado, venía floja. De improviso había dejado a un lado al hijo que venía cargando y se había recostado en el piso para golpear la tabla con todo el pie, con los talones y las plantas y toda la fuerza de sus piernas que era mucha. El hijo que había pateado el senegalés lloraba abrazado a su madre, lloraba porque lo habían pateado y también porque había oído de los peligros que los esperaban en España, un miedo que parecía absurdo porque ellos no habían peleado la guerra y ni siquiera, como los sefarditas, habían salido de Francia durante ese periodo, sin embargo el brazo de Franco ajustaba para todos, era un brazo incluyente y largo y con toda seguridad el incidente de haber vivido en un islote de republicanos era crimen suficiente para meterlos en ese tren y encerrarlos muchos años, o de por vida, en otra playa, en una bodega, en un galerón o en un zulo, en cualquier parte donde hubiera gente purgando el crimen de haber perdido la guerra. De todas formas, si era absurdo o no, nunca iban a averiguarlo, porque un minuto después uno de los republicanos se había tirado junto al gitano y había empezado también a patear la tabla con todo el pie, con el talón y la planta y todo el ruido que producían sus botas. Luego se habían sumado otros dos, los desdichados que llevaban días a bordo del vagón habían comenzado a patear de pie, con otro ángulo y quizá con menos fuerza, no tenían mucho espacio pero su esfuerzo aplicado más arriba en la misma tabla logró que se partiera y que, una patada del gitano después, saliera volando vía abajo. Un rayo de luz entró con violencia, disipó súbitamente la penumbra y cayó todo en el torso del gitano, que instintivamente reculó, por el golpe de sol y también porque escaparse de ahí se había convertido, de un instante a otro, en una posibilidad real y daba miedo, miedo a fallar, miedo a ser capturado, miedo a romperse los huesos en el intento. De un instante a otro se veía el campo y la grava que arropaba los rieles y bastaba un instante para brincar, gracias al hueco que habían abierto la libertad estaba a un salto de distancia. En todo esto y en muchas más cosas pensaban todos los que iban en ese vagón en cuanto decidieron, animados por el rayo de sol y por lo mucho de futuro que éste tenía, ponerse a patear las tablas que estaban junto al hueco que había abierto el gitano. En cosa de un minuto, *no más*, asegura Arcadi, ese grupo de prisioneros que llevaba dieciséis meses de internamiento y una guerra perdida a cuestas había abierto a patadas un hueco por donde pasaba holgadamente una persona. La libertad estaba a un salto pero no era fácil darlo, del otro lado del hueco el campo corría a una velocidad difícil de calcular. El gitano, que a fin de cuentas era el dueño de la iniciativa, formó a sus hijos y empezó a decirles que brincaran con fuerza y de manera sesgada respecto a la posición del tren y que al caer aflojaran el cuerpo y sin más empujó al primero y luego al otro y luego al que había pateado el guardia, que todavía lloraba, y al final a su mujer, y luego se arrojó él mismo, después de despedirse de sus vecinos de islote con un gesto feroz, de hombre que acababa de ganarse la libertad a patadas. Uno de los republicanos brincó inmediatamente después y seguido de él los dos desdichados. Cuando Arcadi brincó sintió que le había faltado impulso y que los vagones que venían detrás iban a golpearlo y esto lo hizo efectuar un movimiento complicado, una torsión, una brazada excesiva que buscaba alejarse del resto del tren que, de acuerdo con su perspectiva, iba a golpearlo. Tanto movimiento en el aire lo distrajo y no pudo medir bien el trecho, el tranco, que lo separaba del piso, y antes de que pudiera percatarse de que ya estaba muy cerca de la tierra dio repentinamente con ella, un golpe seco que acabó en el acto, sin dar lugar a resonancias ni a nada más que no fuera la oscuridad y el silencio haciéndose cargo de su cuerpo.

Aun cuando todas las oficinas de gobierno y la mayor parte de las embajadas habían dejado París para trasladarse a la zona no ocupada, la legación mexicana seguía despachando en sus oficinas de la rue Longchamp. Rodríguez quería permanecer ahí cuanto fuera posible, el contacto con los grupos republicanos iba a perderse en cuanto abandonaran la capital y esto era grave porque cada semana representaba la documentación de cerca de dos mil quinientas personas. A esta documentación masiva se había sumado la petición de cincuenta y seis ciudadanos mexicanos que tenían propiedades en París, cuya ubicación podía resultar atractiva para que los alemanes montaran alguna de sus numerosas oficinas. Al momento de llegar la petición, el ejército alemán ya había dado aviso a diez propietarios mexicanos de que iba a expropiarles sus casas. Luis Rodríguez había ido a plantarse a las oficinas de la autoridad alemana y había sido recibido con prontitud, con deferencia incluso, pero también había detectado que a los expropiadores no les corría ninguna prisa y que si se esperaba a que ellos actuaran esas diez propiedades, y a saber cuántas más, acabarían llenas de soldados y de burócratas alemanes. De manera que regresó a su legación y con la ayuda de sus subordinados hizo unos carteles donde podía leerse: «Este inmueble no puede ser expropiado. Se encuentra bajo la protección del gobierno de México». Esa misma tarde, con los carteles bajo el brazo, acompañado de Leduc, su secretario, fue visitando cada una de las casas en peligro y colocando, en el lugar más prominente de la fachada, el mensaje de su legación. En una de estas casas un sexteto de alemanes ya se había repartido las habitaciones y vociferaba en su lengua cosas que no entendían las dos propietarias que se hallaban arrinconadas en el recibidor, en un impasse que don Luis y su secretario llegaron a desactivar. Las mujeres se apellidaban Amezcua y eran dos hermanas bien entradas en la cincuentena, con una fortuna cuyo origen estaba cifrado en los cargos públicos que, durante el régimen de Porfirio Díaz, había ocupado el padre de las dos. Nada más ver la cara que tenían el embajador comprendió lo que ahí estaba sucediendo, mostró sus credenciales y apenas empezaba a explicar las inmunidades que tenía esa residencia cuando un individuo del sexteto, que era parte del cuerpo diplomático destacado en Francia antes de la guerra, reconoció al secretario Leduc y lo saludó, y alguna referencia hizo respecto a un coctel que habían compartido en la residencia del embajador de Estados Unidos. Probablemente gracias a ese intercambio de palabras amistosas las Amezcua recuperaron su casa y la legación mexicana anotó otro logro en su apretado plan de actividades.

Leduc era una celebridad en la vida diplomática parisina. Las embajadas de algunos países lo invitaban para verlo ejecutar su acto excéntrico, igual que había otras que, para no diezmar sus piezas de cristalería, preferían no invitarlo. El acto de Leduc, que al principio era ejecutado con discreción y meses más tarde convocaba un corrillo de entusiastas, consistía en coger una copa, beberse el contenido mientras conversaba con uno u otro diplomático y al final, con la misma naturalidad con que había bebido, sin perder el hilo de la conversación que sostenía, darle un mordisco a la copa, y luego otros hasta que se la comía completa. La señora MacArthur, esposa del embajador de Estados Unidos, había sido una de las primeras en presenciar el acto de Leduc, hablaba con él de alguna fruslería, *small talking* para decir lo que hablaban en la lengua en que lo hacían, cuando el diplomático mexicano ejecutó ese controvertido acto que la señora embajadora halló descortés, por decir lo menos, *hair raising* para decirlo como ella lo dijo. A partir de entonces la señora MacArthur se había alineado con las embajadas que preferían no tenerlo entre sus huéspedes. Pero alguna vez, en cierta celebración muy comprometida, se vio obligada a invitarlo, no sin antes tomar la precaución de pedirle al jefe de protocolo que hablara con el señor Leduc para sugerirle, de una manera diplomática e inequívocamente firme, que se abstuviera de ejecutar su acto durante el coctel. Leduc había asistido con la intención de acatar la sugerencia, el temor que su acto producía en la embajadora le parecía bastante divertido. En la cima de aquella celebración, en el caso de que esos festejos letárgicos puedan tener un clímax, la señora MacArthur había acudido a saludar a Leduc y, animada por unas copas de más, en un plan provocador inexplicable, le había preguntado, en un tono de voz demasiado alto que capturó la atención de los que estaban cerca, entre ellos el alemán que meses después intentaría expropiar la casa de las Amezcua: «¿Qué, nuestro amigo no va a comer vidrio hoy?». Y después del disparate, para consolidarlo, había llevado su provocación al extremo extendiéndole una copa vacía. La escena tenía gracia y algo de descortesía, y también había algo bochornoso en el desafío. Todos los asistentes a esa fiesta estaban al tanto de la sugerencia que se le había hecho al diplomático, y ahora se encontraban en suspenso, esperando su respuesta o su reacción. Leduc había rechazado amablemente la copa, argumentando que sí tenía antojo de un poco de vidrio pero que prefería buscárselo él mismo y, dicho esto, se había trepado de un brinco a la mesa larga donde descansaban las bandejas con canapés y había cogido, de la lámpara que colgaba del techo, una pieza alargada de vidrio que comenzó a masticar en lo que brincaba al suelo y se retiraba y le decía a la señora MacArthur: «Buenas noches *and thanks for the wine and for the glass*».

El embajador Rodríguez y Leduc terminaron de asegurar las propiedades de los mexicanos cuando ya había oscurecido. De camino a la legación, al doblar una esquina, habían notado que un hombre vestido de oscuro y sombrero los seguía. Era el mismo que Rodríguez había percibido, con alguna frecuencia, en las ocasiones en que conversaba con refugiados en la calle, o en un restaurante, o afuera de su casa incluso. Todo parecía indicar que se trataba de uno de los hombres que Franco había mandado a Francia para que capturaran republicanos y los regresaran a España. Éste nada más los seguía, era un espía inocuo que además no parecía muy preocupado en ocultarse. Llegando a la rue Longchamp notaron que el espía se quedaba a una distancia prudente mientras ellos entraban al edificio. Al día siguiente efectuarían una operación delicada de la que nadie tenía conocimiento, y era por esto que el espía en la esquina, por inocuo que fuera, empezaba a producirles cierta preocupación. Mientras ordenaban papeles y terminaban de atar los cabos en la agenda del día siguiente, Leduc echaba vistazos por la ventana, espiaba al espía oculto detrás de la cortina. De todas formas no quedaban opciones, con espía o sin él iban a tener que articular la huida del doctor Negrín, el primer ministro de la república española, que había decidido aceptar el ofrecimiento de ayuda diplomática que le había hecho personalmente el general Cárdenas. Las amenazas y las persecuciones de que era objeto el doctor obligaban a Rodríguez y a sus colaboradores a trabajar con una mezcla de velocidad y precisión que producía vértigo. En una situación similar a la de Negrín se encontraba el presidente Azaña, pero, a diferencia de éste, él no se había dejado persuadir por el ofrecimiento del presidente mexicano, sin embargo el embajador, siguiendo las instrucciones de Cárdenas, mantenía un contacto estrecho con él, lo visitaba con frecuencia y cooperaba en lo que podía para hacerle el exilio, que además lo había pescado enfermo, más llevadero. El día que Leduc y el embajador subieron a Negrín y a sus colaboradores en un barco que los llevaría, salvos y sanos, a Inglaterra, tuvo lugar un encuentro inquietante. La huida de Negrín había estado llena de imprevistos y a punto de fracasar en más de una ocasión por la cantidad de espías y de agentes que lo vigilaban a él, más los que espiaban a los diplomáticos mexicanos; un intrincado operativo en el puerto de Burdeos que había tenido como base el Matelot Savant, un bar propiedad de un exmarino que era rojo hasta las jarcias, según decía él mismo con un orgullo desaforado. Para marcar el final de aquella misión que les había proporcionado más de un susto, el dueño del bar, naturalmente conocido como el Matelot, invitó a un trago celebratorio, por el placer, así lo dijo, de haber conspirado juntos. La concurrencia del bar se componía básicamente de bebedores, era un sitio oscuro y lleno de humo, ahí se juntaban los hombres de mar que habían atracado sus barcos en el puerto, jugaban a las cartas, se contaban historias, un naufragio a medio Atlántico del que habían salido a nado, un tiburón furioso que había sido controlado de un sólido puñetazo entre los ojos, la experiencia bárbara de haber sido tragado por una ballena y tres días más tarde escupido en una isla sola de palmera única. Leduc y el embajador Rodríguez estuvieron ahí veinte minutos, no más, el camino a París era largo y podía tener nuevas complicaciones, el Matelot les había contado, mientras bebían su whisky celebratorio, que en las últimas horas habían aumentado los retenes en la carretera y que se esperaba que la situación se pusiera imposible en la medida en que fuera consolidándose la ocupación del ejército alemán. Esto decía el Matelot mientras sus colegas jugaban cartas y gritaban hazañas desmesuradas, un ritual de marinos, una calistenia emocional que en unas horas los tendría listos para liarse a golpes, o para irse de putas, o para irse ciegos de ron dando tumbos a la litera de su camarote, cualquiera de estos finales de noche en tierra firme, o los tres juntos para los más desmesurados. Terminaban su trago celebratorio y el Matelot terminaba de informarles sobre los avances de la ocupación, cuando Leduc sintió en el hombro una mano que no apretaba pero tampoco había nada más caído, sentía algo de la presión de esa tenaza suave y quien la estaba ejerciendo en su hombro pretendía que así fuera, un apretón suave que provenía de una tenaza firme, que podía apretar más si era necesario. Leduc volteó rápido, casi brincó en su asiento y su alteración hizo voltear a Rodríguez y al Matelot hacia el dueño de la tenaza. Los tres vieron, opacado por la neblina espesa que producía la combustión masiva de tabaco, el mismo rostro, pero sólo Leduc, que sentía la mano en su hombro, reconoció los rasgos de ese diplomático alemán que le había salido al paso la tarde anterior, en casa de las Amezcua, y que respondía al nombre de Hans. Antes de que pudiera decir nada, el diplomático alemán le dijo: «¿Y ahora nuestro amigo va a comerse el vaso?». Luego sonrió y se fue.

Unos días después de que zarpara el doctor Negrín, la legación mexicana tuvo que dejar París y el edificio de la rue Longchamp y trasladarse, igual que las demás embajadas, a algún sitio cercano a Vichy, donde había montado sus oficinas el gobierno del mariscal Pétain. Pero antes, en lo que conseguían establecerse, Rodríguez y sus diplomáticos sostuvieron durante semanas una legación itinerante, del tingo al tango, brincando de la zona ocupada a la no ocupada, según su lista de prioridades donde figuraba la evacuación de grupos aleatorios de refugiados, la asistencia personal a los Azaña y las negociaciones con las compañías navieras o con dueños de un solo barco. La legación brincaba completa, con máquinas de escribir y maletas llenas de documentos, de Saint-Jean-de-Luz a Biarritz y de Montauban a Vichy y de ahí a Marsella, donde un grupo de agentes italianos sustituían las funciones de espionaje de los agentes de Franco. Los automóviles de la legación itinerante llevaban una cauda de agentes que iban jalando por todo el sur de Francia. A la animadversión que sentía Franco por el embajador mexicano se habían sumado las sospechas de la Gestapo, tan desmedidas como infundadas, de que Rodríguez mandaba rojos a México para que desde ahí se esparciera el comunismo por toda América y en unos cuantos años aquel continente en masa estuviera en posibilidades de declararle la guerra al Reich.

El día que abandonaron París el embajador levantó un acta de la situación de los republicanos españoles que todavía permanecían en Francia. Treinta mil se habían alistado como voluntarios en el ejército francés, cincuenta mil habían ingresado como trabajadores de esas empresas diversas que manejaban los entrepreneurs locales, cuarenta mil seguían recluidos en campos de prisioneros, diez mil habían caído en alguno de los asilos de inválidos, otros cincuenta mil hacían quehaceres domésticos y pequeños trabajos para ganarse unos francos, treinta mil eran beneficiarios de los organismos de republicanos españoles en el exilio, diez mil sobrevivían con sus propios recursos, otros cincuenta mil vivían en la indigencia y treinta mil andaban por ahí sin que se supiera muy bien qué hacían. El total, según el acta de Rodríguez, era de trescientos mil.

En la misma época en que se planeaba la huida de Negrín, irrumpía en la legación de la rue Longchamp un individuo que había sido agente de compras de armamento de la república, un cargo tan turbio como cardinal que le permitía hasta entonces mantener sus oficinas en París y también gozar de una importancia que, a medida que se aproximaban los alemanes y los espías de Franco, se iba convirtiendo en un lastre. El ingeniero José Cabeza Pratt, con ese título y ese nombre llegaba siempre, había ido un par de veces a hablar con el embajador, con el ánimo de que el gobierno mexicano lo socorriera en caso de caer en las fauces del enemigo, así decía el ingeniero que más adelante pondría en vilo la estancia de Rodríguez y de sus diplomáticos en la zona no ocupada. La lista de logros del ingeniero Cabeza era, además de extensa, sorprendente: había comprado maquinaria en Checoslovaquia, morteros en Bélgica, municiones en Yugoslavia, tanques en Noruega, comestibles en Canadá, cañones en Grecia, vehículos terrestres en Portugal, aeroplanos en Rusia, aparatos científicos en Suiza, sublimados en Austria, lanas en Chile y explosivos ahí mismo en Francia. El ingeniero había logrado escapar milagrosamente de un comando de la Gestapo que había irrumpido en sus oficinas en París, cuando ya la legación mexicana despachaba en Biarritz. Esperando a que los vientos cambiaran de dirección había aguantado más de la cuenta en la capital, abandonado por todos menos por su secretaria, que también era su mujer y que sin ninguna intención había terminado salvándole la vida, si es que puede sostenerse que no había ninguna intención cuando la intención era justamente la contraria, la de hundir a su jefe, que era también su marido, denunciándolo a las autoridades de la Gestapo. El episodio es una simpleza: resulta que la mujer, cansada de ese marido que la trataba como secretaria, se había enredado con un oficial alemán, un incidente de bar donde dos empujados por una fila de tragos terminan en la cama inaugurando algo, una noche o varias o una relación alterna, como fue el caso de ellos dos, que estaban casados cada uno por su parte. La mujer se quejaba de su marido cada vez que compartía la cama con el oficial alemán y éste había terminado por plantear una solución que era quitar de en medio a José Cabeza, que de por sí encabezaba la lista de los más buscados por los agentes de Franco y por otra parte le obstruía el camino a las caderas de esa mujer que lo tenía bastante enamorado. La cosa es que las denuncias en esa etapa incipiente de la ocupación tenían que convertirse de inmediato en una detención, en un arresto, porque si se denunciaba en falso entonces la Gestapo arremetía contra quien había hecho la denuncia, esto lo sabía la mujer y también el oficial alemán, que ya había generado alguna desconfianza entre sus superiores por su conducta extramarital chiflada y tornadiza. La mujer, antes de dar el paso en falso que al final dio, había puesto en un cajón del escritorio de su marido una carpeta con documentos inculpatorios suficientes para que lo regresaran esposado a España. Luego había esperado a que Cabeza entrara a su oficina –venía cabeza en alto de un negocio que acababa de consolidar en un restaurante–, para marcar el teléfono de su amante, que a su vez esperaba en el piso de arriba junto con un comando. El ingeniero entró en su oficina y cerró la puerta que dos minutos más tarde abriría de una patada el oficial tornadizo. La cerradura voló en dos pedazos, uno de éstos cayó, quién sabe con qué significado, en el escritorio de secretaria de la esposa, y lo que se vio a continuación, que fue la oficina vacía sin rastros del ingeniero, puso en jaque esa relación que había empezado en un bar, y de pésimo humor al responsable del comando que, luego de una revisión fugaz a esa oficina vacía que no tenía ni ventanas ni ruta de escape alguna, aprehendió a la mujer que había denunciado en falso. No existen ni testimonios ni documentos que permitan adivinar el destino de aquella pareja de amantes desgraciados. En cambio la volatilización del ingeniero tiene una explicación muy simple: nada más cerrando la puerta de su oficina había brincado dentro de un armario con la intención de esconder el dinero que le había generado el negocio que acababa de efectuar, estaba acomodando los billetes detrás de un entrepaño cuando el golpe en la puerta de su oficina le provocó el impulso de encerrarse en el armario. Desde ahí oyó cómo aprehendían a su secretaria, mientras le recriminaban al oficial tornadizo las locuras que lo orillaba a hacer su amante que, entonces vino a enterarse, era su propia esposa. El ingeniero simplemente había salido después de la trifulca y se había ocultado durante dos semanas en los sitios más diversos hasta que tuvo la ocurrencia de viajar a Biarritz a pedirle ayuda al embajador

Rodríguez. Tocó en la puerta de la suite que ocupaba la legación entonces, dos toquecitos discretos, tristones, todavía venía rumiando la información de su esposa que había llegado hasta sus oídos en alemán, lengua que por sus negocios mundiales entendía perfectamente. Rodríguez trabajaba solo en la suite, tenía un mapa de Francia extendido sobre el escritorio y marcaba con un círculo rojo los sitios donde debían efectuar tal diligencia y a un lado escribía, con tinta azul, la clase de diligencia que era y el día y la hora en que calculaba llevarla a cabo; por ejemplo, junto al círculo de Trabeaux, una población pequeña situada entre Biarritz y Burdeos, dice: «Refugiados con mujer y dos niños o más, 21 de junio, 9.00». Ese mapa, que sigue hasta hoy en el archivo de la rue Longchamp, era en realidad su agenda donde iba distribuyendo y priorizando su abultado quehacer. Aunque era mediodía trabajaba con las cortinas cerradas, a la luz de una lamparita que arrojaba una luz atenuada por la nube que habían ido formando, a lo largo de la mañana, una veintena de cigarrillos. En la planta baja, en la zona del restaurante, los secretarios de la legación atendían una larga fila de españoles que salía del hotel y que colmaba buena parte de la acera. Esa fila había servido de orientación al ingeniero que, como José Cabeza por su casa, había llegado hasta la puerta del embajador gracias a una negociación sagaz al nivel de las camareras. Rodríguez abrió la puerta y casi brincó del susto cuando vio a Cabeza Pratt, greñudo, barbón y con un traje claro dentro del cual era evidente que había trasegado y dormido sin tregua durante muchos días. El ingeniero entró y dejó en el suelo la maleta que cargaba, una pieza voluminosa y oscura que daba la impresión de ir arrastrando aunque estuviera separada del piso. Antes de sentarse a conversar aceptó la invitación del embajador para que hiciera uso de la ducha y del jabón y de lo que hiciera falta para restablecerle la facha de agente de compras de la república. Salió limpio, afeitado y retocado con unas palmadas de loción, pero metido de nueva cuenta entre las arrugas y los lamparones de su traje, y ésa era la prueba, pensó Rodríguez al verlo, de que en esa maleta exagerada no había ropa sino cosas que con toda probabilidad le complicarían la vida. «Necesito que me guarde esta maleta, me viene quemando las manos», dijo el ingeniero recién sentado en el borde de la cama, mirando a distancia eso que le quemaba. El embajador sirvió dos tragos de whisky y escuchó con interés el relato de la volatilización por la cual se había escabullido del comando de la Gestapo y luego, mientras reponía los tragos, Cabeza encendió un habano de La Habana que, además de espesar inmediatamente la nube de los cigarrillos, dio pie para que contara esa intimidad lastimosa de la que se había enterado en otra lengua y para la narración tampoco alegre de las que había pasado para llegar desde París hasta esa suite cargando la maleta exagerada, pues París y Biarritz se encontraban dentro de la zona ocupada y durante varios días había tenido que avanzar agachado, si no es que arrastrándose entre arbustos y yerbajos, para evitar ser atrapado por el enemigo, «de ahí que me presente en estas trazas frente a usted, señor embajador», dijo a manera de disculpa. Rodríguez le advirtió que el hotel era visitado frecuentemente por oficiales alemanes y vigilado todo el tiempo por espías de Franco y le dijo, con impecable diplomacia, que con gusto le guardaba unos días la maleta pero que debía abandonar cuanto antes y con toda discreción el hotel, porque su presencia ahí comprometía gravemente su misión.

Una semana más tarde el ingeniero Cabeza Pratt se las arregló para que Rodríguez fuera a encontrarlo al atardecer en un punto específico de la playa de Saint-Jean-de-Luz. El embajador cubrió en taxi la distancia que había entre Biarritz y esa playa. A pesar de que Cabeza le parecía un elemento sospechoso, no quería que los agentes de Franco le cayeran encima por su culpa, así que hizo todo lo que durante esas semanas había aprendido para despistar a quien pudiera seguirlo, bajarse antes del taxi, dar rodeos por callejuelas, exponerse lo mínimo en áreas despejadas, agazaparse detrás de una barda o en un portal para ver qué percibía, cosas básicas, aparentemente nimias, que aprenden los que son espiados, o los que creen que lo son, basta fijarse, aguzar el oído, no distraerse ni un instante. Así llegó Rodríguez al punto de la cita y no tuvo que otear mucho para dar con la figura lamparoneada del ingeniero que, protegido por el casco de una barca en tierra, miraba con intensidad el horizonte del mar, el ultramar hacia donde muy pronto se iría, no sin antes pedirle a su amigo el embajador que le guardara la maleta el mayor tiempo posible y que le hiciera llegar cinco mil dólares, que sacó ahí mismo del bolsillo, a esa mujer que lo había traicionado y que de todas formas seguía amando. Todo eso lo dijo otra vez greñudo, otra vez barbón, otra vez altamente sospechoso. Rodríguez prometió que guardaría la maleta lo más que pudiera, después de tanta peripecia algo de afecto por Cabeza Pratt sentía.

Dos meses más tarde el ingeniero Cabeza Pratt había refundado su oficina en La Habana, había restablecido sus contactos mundiales y conseguido una concesión del gobierno cubano para importar la maquinaria agrícola que pondría en marcha otra más de las iniciativas para volver productivo el campo de la isla; un reto enorme y recurrente que obviaba esta entrelínea insalvable: maquinaria agrícola aparte, para volver productivo el campo cubano primero había que volver productivos a los cubanos. Al ingeniero le tenía sin cuidado lo que se hiciera con la maquinaria que había importado, a base de contactos clandestinos, de la Unión Soviética; el dineral que le había generado la transacción sería invertido en nuevos proyectos lejos del mundo de la compraventa, que lo tenía aburrido. Ignoraba, o quizá lo sabía todo desde entonces, que esas máquinas que habían sido introducidas al país como piezas de ingeniería finlandesa serían el preámbulo, la avanzada de los productos soviéticos que invadirían la isla años después.

Para 1950 Cabeza Pratt ya era dueño de un par de hoteles en La Habana, uno en Varadero y otro en Santiago, enclave lleno de ritmo donde estaban los mejores soneros y un equipo de beisbol, los Leones, cuya franquicia adquirió sin tener idea de que iba a convertirse en un fanático de ese deporte que entonces era una novedad para él.

Para el año de la revolución ya poseía también una fábrica destiladora de ron y un cañaveral de innumerables hectáreas entre La Habana y Cojimar. Su estatus de empresario extranjero prominente, más su colmillo infalible, lo llevaron a negociar con la jerarquía mayor de los rebeldes que habían tomado las riendas de la isla; a cambio de ceder unas cuantas propiedades y de una suma considerable de dólares que fue registrada como «ayuda para la revolución», el nuevo gobierno le permitió seguir haciendo negocios. En unos cuantos años, montado en el axioma de que el mejor negocio está donde nadie más tiene permiso para negociar, había triplicado su fortuna. Para 1965 ya era el príncipe de La Habana, tenía una mansión en Miramar con piscina volada sobre las olas y un ejército de mulatas que lo ayudaban a sobrellevar la traición de su esposa, que, a pesar de su lejanía en el tiempo y de ese ejército que lo tenía plenamente saciado, seguía quitándole alguna noche el sueño. Poco a poco Cabeza fue concentrándose en los dos negocios que más lo atraían, uno era los Leones de Santiago, que además de ser campeones de la liga cubana estaban en negociaciones para foguearse internacionalmente, y otro era el proyecto de efectuar un *scouting* para dar con los soneros más competentes de la isla. Este proyecto había nacido como idea o, siendo más rigurosos, en forma de un sueño que retuvo al despertar la mulata con quien dormía, que en el momento de abrir los ojos le dijo: «Soñé que íbamos tú y yo en avión buscando al sonero más grande del mundo». Aquella línea breve había pegado en el blanco, Cabeza recordaría durante muchos años la mañana tibia en que había sido dicha, la brisa que animaba las cortinas y la ola estruendosa que había reventado abajo en el mar como anunciando que Su Mulata acababa de parir una excelente idea. Que durmiera con una sola mujer a la que llamaba Su Mulata y que levantara una empresa sobre esa línea soñada eran síntomas de que Cabeza había vuelto a enamorarse, cosa normal y hasta deseable en un hombre de su edad, si no fuera porque meses después, en el calor del *scouting* por todos los pueblos de Cuba, Su Mulata se había vuelto también su secretaria. De la línea soñada brincó ese mismo día al Ministerio de Aviación y Guerra para pedirle en préstamo al comandante Zariñana una de sus naves con todo y tripulación. Luego hizo un viaje a Estados Unidos y, mientras su mujer adquiría el ropero completo de prendas que vestiría su secretaria en la siguiente temporada, el ingeniero compró un sofisticado equipo de grabación portátil. Un mes después de la línea soñada volaban los dos y su tripulación hacia El Cocotal, una hondonada con bohíos y corrales de chivas en la provincia de Matanzas, donde El Coyol Valdivia, ciego de ron y sin más quórum que la maleza, oficiaba sones de gran altura. Ahí mismo comenzó ese proyecto que no terminaría nunca, pero que lo mantendría entretenido el resto de su vida. El piloto aterrizó el avión donde pudo y Cabeza Pratt y Su Mulata, seguidos por dos cambujos forzudos que iban cargándolo todo, instalaron su equipo portátil para grabarle al Coyol una docena de sones en un par de cintas de carrete abierto que inaugurarían la serie de pilas de cintas que irían, cinta tras cinta, llenando el sótano de la casa de Miramar. Cabeza gozaba viendo a Su Mulata, la veía caminar, o acercarle el micrófono al cantante, o comportarse de manera displicente con los cambujos, y todo eso era combustible para la noche que venía, o para el momento en que buscaran estar solos, a bordo del avión o confundidos con la flora y con la fauna o detrás de algún bohío, cosas que eran habituales en la Mulata, que era de por sí fogosa, pero no en el ingeniero, que antes de conocerla había sido un hombre más bien frío y calculador y que ya para esas alturas de su vida andaba desatado, descosido por esa mulata a la que le zumbaban el mango y la malanga, y así viajaban por toda la isla coleccionando canciones que iban apilando en el sótano con la idea de producir una colección de discos titulada «Los Sones de Cuba», que saldría al mercado presentada en colores cálidos y con una serie de portadas donde aparecería desde luego la Mulata rodeada de vegetación o provocativamente echada en un diván acariciando un tres cubano o erotizada por un par de maracones de Jamagüey con el mar de fondo, y aun cuando el proyecto de los sones duraría años e incluso no terminaría nunca, la Mulata, aprovechando su jurisdicción de secretaria esposa y en general de mandamás en los negocios del ingeniero, había ido adelantando en el asunto de las portadas y se había organizado estudios foto-gráficos en esta y aquella locación de arriba abajo por toda la isla, y a continuación, llena de un orgullo contagioso para el ingenie-ro, le había dado por exhibir las fotos que eran en rigor portadas de disco por venir en cualquier ocasión que se le presentara. Pero al ingeniero también le interesaban sus Leones de Santiago, que a partir de algunas contrataciones clave se habían encaramado en la tabla de posiciones del beisbol nacional. A la Mulata no le interesaba nada el deporte y sin embargo ya había logrado insti-tuirse como la reina de los Leones de Santiago, y aparecía en la portada del calendario anual que regalaba el club al principio de cada temporada. Salía descalza y envuelta en una piel de león, acariciando ardorosamente una botella de cerveza Atuey, que a la luz de esas caricias tremendamente connotadas terminaba siendo pura metáfora. En aquel calendario que colgaba en todas las cocinas de las casas cubanas quedó cifrado el principio del desastre, aunque en la historia personal de José Cabeza Pratt esa cifra había quedado marcada en el momento en que Su Mulata se había convertido en su secretaria, un error garrafal que cometía por segunda vez en su vida.

Buscando su internacionalización, los Leones de Santiago hicieron una gira por México que se repetiría año tras año de 1969 a 1975, año en que murió el general Franco. Aunque efectivamente se trataba de una gira internacional, puesto que los partidos se jugaban fuera de Cuba, también hay que decir que los tres equipos rivales eran muy inferiores y que los beisbolistas cubanos iban menos a jugar que a pasarlo bomba en los pueblos de Veracruz donde los idolatraban. Durante seis años, cada marzo, los Leones de Santiago recorrieron los campos que juntos, merced a la posición geográfica que ocupaban, formaban el Triángulo de Oro del beisbol regional. El Triángulo estaba estelarizado por los Cebús de Galatea, los Bisontes de Paso del Macho y los Hormigones de Calcahualco. El resultado de aquella liga que dotaba también de internacionalidad al Triángulo de Oro era siempre el mismo, Cebús, Bisontes y Hormigones eran invariablemente derrotados por el equipo visitante. El primer viaje, la gira de 1969, estuvo lleno de sorpresas para el ingeniero Cabeza. Orondo a más no poder aterrizó en el aeropuerto de Veracruz del brazo de Su Mulata, seguido por los veinte elementos que conformaban la escuadra internacional. En Paso del Macho, que era el primer destino, sufrieron dos bajas antes del partido que le sirvieron al dueño del equipo para darse cuenta de que la advertencia que le había hecho el comandante Zariñana, y que él no había atendido por considerarla una gilipollez, había sido más que pertinente. «No vaya a escapársele algún pelotero», le había dicho y, dicho y hecho, todavía no terminaban de instalarse en el hotel La Jaiba cuando jardinero izquierdo y catcher ya habían corrido y desaparecido entre las brechas de un cañaveral. Ahí mismo en el vestíbulo, ante las miradas llenas de sorna de una tercia de aficionados jarochos que pedían autógrafos, el ingeniero había lanzado esa advertencia que le había dicho que dijera en caso necesario el comandante Zariñana: «El gobierno revolucionario se hará cargo de las familias de aquellos que deserten». Esa frase, que sonó a cosa excéntrica para los jarochos, tenía para los peloteros de Santiago una profundidad espeluznante. El mensaje de Zariñana terminó con las deserciones, pero también sirvió para activar una deserción mayor que le partiría por segunda vez la vida al ingeniero. Los peloteros cambiaron la idea de escapar del régimen cubano por la de divertirse en grande, así que después de cada partido, jugaban dos contra cada equipo, armaban unas pachangas que ponían a castañetear las puntas del Triángulo de Oro del beisbol regional. Don José acababa de cumplir setenta y nueve años y ya no resistía las pachangas completas, así que se retiraba temprano a su habitación a dormitar mientras esperaba a Su Mulata, que sí tenía brío suficiente para cualquier tipo de festejo. La Mulata llegaba tarde pero llegaba, bailada y bebida y todavía fogosa y con ánimo de cumplirle a su marido que, cerca del amanecer, se encontraba en su mejor forma para gozar de esa mujer a la que le zumbaban el mango y la malanga. Fue en Calcahualco, después de la segunda victoria contra los Hormigones, cuando Su Mulata no llegó a tiempo y don José, con la idea de apaciguarse, salió a fumar un habano al jardín del hotel La Campamocha, y mientras caminaba por ahí entre los anturios y las aves de paraíso tirando gruesas bocanadas de humo y dándole vuelo a su vena más filosofal, fue atraído por los gemidos de una sirena que provenían de una de las habitaciones. Lo que vio a través de la ventana era una obviedad para cualquiera menos para él: Su Mulata jugaba al *double-play* con el *short-stop* y el jardinero central y lanzaba a la noche unos gemidos que su marido, y esto era lo que más lo había desconcertado, desconocía. José Cabeza llegó hecho talco a los juegos de Galatea, la tercera punta del Triángulo de Oro y ciudad donde había quedado de verse por primera vez con Arcadi. La madrugada anterior había rechazado los mimos de Su Mulata, que no obstante el *double-play* que acababa de ejecutar había llegado entera y ganosa al lecho de su marido; él simplemente se había dado la vuelta en la cama, no sabía cómo plantear lo que había visto ni qué actitud tomar, de esa madrugada en adelante, ante esa deserción mayor que acababa de activarse. Con esta espina clavada se encontró con mi abuelo en los portales de Galatea aquel mediodía de 1969. Hecho talco, pero enderezado por su nivel de campeón empresarial de Cuba, se acodó en la barra de El Pelícano Agónico y, con su clavel rojo distintivo bien evidenciado en la solapa, bebió dos menjules al hilo mientras Arcadi llegaba a recogerlo en su Ford Falcon reluciente. Joan y yo los vimos llegar, esperábamos ansiosos la aparición del dueño de ese equipo de estrellas del que todo el mundo hablaba, aunque a decir verdad quedamos decepcionados al ver que no lo acompañaba ni Barbarito Santos, primera base y jonronero natural, ni el Baby Varela, *short-stop* legendario y reciente verdugo emocional, esto no lo sabíamos, de ese señor elegante que nada más bajando del Falcon nos obsequió una pelota firmada por sus jugadores y un par de guantes que utilizaríamos todos los días y a todas horas, hasta llevarlos a un punto material impreciso entre la desintegración y la desaparición. La visita de José Cabeza Pratt fue una revelación para nosotros. Lo primero que llamó nuestra atención fue que ese cubano hablara en perfecto catalán e, inmediatamente después, que el tema de la conversación no fuera ni el beisbol, ni Cuba, ni La Portuguesa, sino la guerra que habían perdido los dos con sus secuelas en Francia. Durante esa visita sucedió algo que nos tuvo intrigados durante años y que luego olvidamos y que reapareció, en el momento más inesperado, treinta años después, cuando yo revisaba los papeles del embajador Rodríguez en el archivo de la rue Longchamp. En determinado momento de aquella reunión reveladora, Arcadi abandonó el sofá y al cabo de unos minutos regresó con una maleta negra que guardaba celosamente en un rincón de su armario, debajo de los estantes donde dormían sus prótesis, desde que teníamos memoria. Era una pieza oscura, grande y voluminosa, que nadie podía tocar porque pertenecía a un señor muy importante que algún día vendría por ella, decía mi abuela tratando de justificar la furia que se adueñaba de Arcadi cada vez que alguien osaba acercarse al objeto que custodiaba. Alguna vez una criada, con la intención de limpiar a fondo ese armario, había movido la maleta de su lugar y eso le había costado que la despidieran. Conscientes de la importancia arcana de esa pieza, que no sólo tenía poder sobre el humor de Arcadi sino también sobre el destino de la servidumbre de la casa, la observábamos, procurando no tocarla, cada vez que teníamos la ocasión.

Mirábamos detenidamente los broches, dos chapas de latón cerradas con llave más un cincho asegurado en los extremos por un candado. Cada vez que la contemplábamos, o cuando años más tarde nos acordábamos de ella, entrábamos en la misma discusión, un desacuerdo que tenía como punto de partida el peso descomunal de la maleta que más de una vez corrimos el riesgo de comprobar, la cogíamos entre los dos de la manija y no lográbamos moverla ni un milímetro. Basados en su peso, y en los nervios que le producía a Arcadi, y en una serie de golpecitos con que auscultamos un día su interior, Joan dictaminó que contenía lingotes de oro y yo me incliné por un lote de piezas de armamento, pistolas, granadas, un par de morteros. De la base de la manija colgaba un rectángulo de piel que decía: «Valija Diplomática, Legación de México en Francia». Eso era todo lo que podía saberse de esa maleta cuyo contenido desconocía hasta el mismo Arcadi, según decía mi abuela porque a Arcadi ese asunto no podía ni mencionársele. De manera que cuando lo vimos venir cargando, casi arrastrando, la maleta misteriosa, comprendimos que ese hombre amable que poseía el mejor equipo de beisbol de que teníamos conocimiento era también el señor muy importante que por fin llegaba a recoger su maleta monumental. A pesar de que sabíamos que Arcadi iba a enfurecerse, como en efecto pasó, le preguntamos al señor por el contenido de su maleta, y su respuesta nos hizo pensar que los dos podíamos tener razón: «Cosas de mayores», dijo, y puso su mano sobre una de las chapas de latón.

Al final de aquella primera visita a La Portuguesa el ingeniero obsequió a mi abuela un calendario de los Leones para que decorara su cocina, «Hay uno en cada cocina de Cuba», le dijo, seguramente para dotar de un aura doméstica a esa cubana de fuego que acariciaba, sin viso alguno de domesticidad, la botella de cerveza Atuey. Mi abuela, por si acaso no era verdad lo que había dicho el ingeniero, colgó el calendario detrás de la puerta de la alacena. A partir de entonces cada diciembre recibíamos por correo el calendario de los Leones del año siguiente, siempre con la misma mujer, siempre descalza y con la piel de león encima y siempre adoptando poses distintas, novedosas, que terminaban siendo muy parecidas a las anteriores, una rodilla ligeramente más flexionada, un poco más o menos de pasión por la botella, el pie derecho más caído o más plantado, diferencias nimias, inexistentes si no se miraba a la Mulata con bastante atención. Pero el punto relevante de aquel calendario anual era que en las líneas de ese cuerpo exuberante podía leerse el paso del tiempo, se trataba de un valor cronológico involuntario que venía añadido a la fotografía de la reina de los Leones. Cada vez que se terminaban las hojas del calendario, cada enero, llegaba un ejemplar con las doce hojas nuevas del año que empezaba, el ciclo arrancaba otra vez, aparentemente igual, pero con un año más que venía despiadadamente registrado en el cuerpo de la Mulata, que ciclo tras ciclo llegaba de Cuba más ancha y menos espectacular. Ya para 1975 el tiempo se había abultado de manera muy visible en algunas partes del cuerpo de la Mulata. Ese mismo año, en diciembre, unos días después de que muriera el general Franco, el ingeniero José Cabeza se embarcó para España. Voló de La Habana al puerto de Veracruz y de ahí, junto con su escuadra internacional de beisbolistas, abordó la nave *Danubio I*, que atracaría quince días más tarde en Vigo. Arcadi comió con él y luego bebieron menjules hasta que zarpó el barco. Aunque su regreso a España era un sueño largamente acariciado, el ingeniero iba tristón, Su Mulata, que también era su esposa y secretaria, le había pedido el divorcio para casarse con el Jungla Ledezma, *catcher* de los Cebús de Galatea. La comida con Arcadi era entre otras cosas para pedirle que le entregara un dinero, que sacó ahí mismo del bolsillo, a esa mujer que aunque lo había traicionado seguía amando; «De todas formas, cuando muera, el Estado va a quedarse con casi todo», dijo. Arcadi cumplió con su encargo esa misma noche, estaba perfectamente al tanto de que la cubana iba a casarse con el Jungla para quedarse en México, en Galatea se sabía todo. El ingeniero zarpó con sus Leones el 6 de diciembre de 1975, tenía ochenta y seis años cumplidos y el proyecto de exportar el beisbol a España, de esa forma pensaba reintegrarse a la vida de su país, al que no había vuelto durante treinta y seis años. Ya había establecido contacto con varios empresarios, su plan era hacer cuatro fechas de exhibición, cuatro partidos amistosos contra un equipo marroquí, dos en Madrid, uno en Barcelona y otro en Girona. El proyecto estaba, como todos los suyos, destinado a prosperar, tenía un plan de inserción impecable que de haberse llevado a cabo hoy en España el beisbol sería un deporte muy importante. Pero sucede que a mitad de la travesía el ingeniero Cabeza Pratt desapareció del barco y del mundo, nunca se supo si cayó por la borda o si se volatilizó como lo hiciera muchos años antes, cuando escapara en París de aquel escuadrón de la Gestapo. Los Leones regresaron a Cuba en cuanto tocaron España, el entrenador había asumido la responsabilidad del equipo y los había regresado a la isla, con alguna de las advertencias del comandante Zariñana zumbándole en la cabeza.

La Mulata se adaptó rápidamente a la vida en Galatea, hacía el mismo calor que en Cuba y ella pasaba por veracruzana sin ningún esfuerzo, además su vida social era, cuando menos en el flanco deportivo, una réplica de su vida anterior. El Jungla, que no veía más allá de su careta de *catcher*, la instituyó inmediatamente como reina de los Cebús y al año siguiente el equipo ya había importado la tradición de exhibirla en su calendario y a partir de 1976 el calendario de los Leones fue sustituido por el de los Cebús en la puerta de la alacena de mi abuela. Por otra parte el contacto con el equipo cubano, ya sin dueño que los internacionalizara, se había perdido, cosa que fue una tragedia porque a partir de entonces el único beisbol que podíamos ver era el de los equipos del Triángulo de Oro, que sin el acicate internacional que los despabilaba cada año, se volvieron ahuevados y complacientes. La Mulata siguió haciendo de las suyas, se decía que no había cebú que no hubiera gozado de su amor fogoso, y luego su grupo social de amantes fue expandiéndose hasta que, cuando menos en el imaginario de la región, tan inflamado como la pasión inagotable de la Mulata, no había habitante de Galatea que no hubiera entrado en esa carne de fuego. El tiempo siguió aglutinándose en las líneas de aquel cuerpo.

En la edición de 1979 (yo ya no vivía en La Portuguesa pero mi abuela seguía recibiendo su calendario anual), podía verse a la Mulata básicamente en la misma posición, sosteniendo con todo el entusiasmo (era poco) que le quedaba una botella de cerveza Victoria. Iba descalza y su piel de león característica, que al pasar a los Cebús se había convertido en un peluche marrón (el color de los cebúes, supongo), se había metamorfoseado (a saber por qué carambola étnica) en un juego de penacho, pechera y taparrabo azteca que dejaban demasiadas partes desnudas desde donde podían verse caer cantidades incronometrables de tiempo. El Jungla Ledezma resistió un año el trote de su mujer, seguía apareciendo con ella en actos públicos y la llevaba en el autobús del equipo cuando jugaban de visitantes en Calcahualco o Paso del Macho; después de todo era la reina de los Cebús, el icono que adornaba todas las cocinas de Galatea. El hartazgo que le producía al Jungla su rol de cornudo fue invadiéndolo progresivamente, copándolo digamos. Comenzó a beber y en un abrir y cerrar de ojos pasó de *catcher* heroico a borracho perdido, abandonó el beisbol y estableció su *axis mundi* alrededor del guarapo que servían en la cantina La Portuguesa, sitio convenientemente lejos de sus fans, que le increpaban todo el tiempo su deserción, por cierto costosísima en términos de calidad de juego para los Cebús, que mientras el Jungla se mataba bebiendo guarapo se fueron deslizando hacia una liga menor, que no jugaba en campo sino en llano y cuyos contrincantes eran las Chicharras de Chocamán y las Nahuyacas Asesinas de Potrero Viejo. Yo ya no era un niño cuando el Jungla bebía en La Portuguesa, ya podía acodarme en el tablón que fungía de barra y observar a ese jugador que habíamos admirado mucho. Bebía solo y en silencio en un rincón, su imagen me fascinaba: en unos cuantos meses se había puesto gordo, tenía los ojos hinchados, casi ni los abría, no me impresionaba tanto su ruina como la velocidad con que se había arruinado, era una ruina propia del trópico, donde todo se deteriora deprisa, con una velocidad pasmosa.

Una semana después de que zarpara Cabeza Pratt con rumbo a su nueva vida en La Habana, Rodríguez recibió en su suite un aviso del Ministerio de Asuntos Exteriores. El mariscal Pétain lo recibiría el lunes siguiente en Vichy, en el hotel du Parc, de cuatro y media a cinco de la tarde. Un lapso demasiado breve para todo lo que debía negociar. Los últimos días, además de las negociaciones que efectuaba con un armador de barcos y con el dueño de un almacén en Casablanca, que podía alojar, llegado el momento, a quinientos refugiados mientras se lograba embarcarlos a México, había visitado dos veces al presidente Azaña, cuya salud seguía deteriorándose, entre otras cosas por el acoso de los agentes de Franco. Durante la segunda visita el embajador le había entregado dos mil francos que le mandaba de México su amigo el general Cárdenas. Azaña los había aceptado a regañadientes y con la condición de que ese dinero fuera tomado como un préstamo que regresaría en cuanto estuviera en posibilidades de hacerlo.

Rodríguez llegó con media hora de anticipación al hotel du Parc. Tuvo tiempo de sentarse en un rincón del bar a darle vueltas a la conversación decisiva que iba a sostener, mientras bebía café y fumaba y observaba el ir y venir de funcionarios que habían convertido ese hotel en un edificio de oficinas de gobierno. El mostrador donde los huéspedes durante años habían pedido la llave de su habitación, o un juego extra de toallas o habían liquidado su cuenta, estaba ocupado por dos oficiales del ejército que remitían a los visitantes a tal o cual oficina, que antes había sido una habitación donde se dormía y donde no había ni máquinas de escribir, ni carpetas, ni pilas de expedientes. Extraño bandazo habían sufrido los hoteles, pensaba Rodríguez mientras esperaba la hora, él mismo había contribuido con las carpetas y los expedientes de su legación y con sus secretarios a la metamorfosis de más de un hotel y quién sabía si en el futuro, cuando la guerra terminara y los alemanes se fueran, o acabaran de establecerse, y los franceses regresaran a su vida cotidiana, con vacaciones y fines de semana largos en hoteles, quién sabía si entonces esos edificios ocupados pudieran volver a ser sitios para nada más dormir, para nada más tener sexo con alguien, para nada más desayunar en la cama antes de salir a recorrer los sitios turísticos de la ciudad. El embajador pensaba en eso mientras bebía café y fumaba y veía a los dos oficiales del ejército detrás de ese mostrador que antes habría estado ocupado, y probablemente después lo estaría de nuevo, por una francesa amable que diría «bien sûr s'il vous plaît» o «désolée», con una sonrisa según el caso, y volvía a pensar en las suites que él mismo había ocupado, un rastro dejado por medio país que alguien con sensibilidad y buen olfato podría, de ser necesario, ir detectando, habitaciones donde se había fumado demasiado y se habían trazado un número inmanejable de misiones, renta de barcos, alquiler de trenes, reuniones clandestinas, acuerdos secretos, fugas, huidas, pactos innombrables, pistas inasequibles, cosas que debían ir quedándose impregnadas en las habitaciones y en los edificios, en todo esto pensaba el embajador mientras fumaba y bebía café y mataba el tiempo. A las cuatro y media en punto subió a la oficina del mariscal, era la número 418, y el guardia que custodiaba la puerta sabía de su visita y tras un breve intercambio de palabras lo dejó pasar. La habitación de Pétain, contra sus pronósticos, no había sufrido mayores cambios, seguía pareciendo una habitación de hotel, la cama estaba deshecha, quizá había dormido una siesta o quizá la camarera no había podido hacerla en la mañana, esas cosas pasaban en su propia suite cuando empezaba a trabajar muy temprano y su concentración no resistía el ir y venir de un cuerpo extraño que recogía objetos y sacudía sábanas y las más de las veces canturreaba a medio metro de donde él trataba de concentrarse. Una tos y un carraspeo en el baño y luego el ruido de una puerta que se abría de golpe precedieron a la aparición del mariscal, un viejo ancho de bigote blanco y ojos claros que cruzó la habitación acomodándose los tirantes y que pareció sorprenderse en cuanto vio que el embajador mexicano ya estaba ahí, de pie, esperándolo. Una sorpresa fingida, actuada, porque nadie tose y carraspea así cuando sabe que está solo, pensó Rodríguez, y en todo caso la actuación y la descortesía de recibirlo mientras se subía los tirantes le parecieron un mal signo, y cosa natural por otra parte, porque ese hombre era pieza clave del poder contra el que su legación batallaba incansablemente, acababa de ser embajador de Francia ante el gobierno de Franco y un mes después se había convertido en jefe de Estado sumiso, acomodaticio y de invaluable utilidad para los intereses alemanes. El mariscal saludó a Rodríguez a distancia mientras se acomodaba en un sillón y ordenaba a alguien por teléfono una jarra de café y un par de tazas. Siéntese, por favor, le dijo al embajador mientras se tallaba con toda la mano abierta una mejilla y hacía sonar la barba que le había crecido durante el día, un gesto de hartazgo o de incomodidad que se sumaba a los signos anteriores. Rodríguez advirtió que en toda la suite no había más asiento que el que ocupaba Pétain, y antes de que pudiera pensar en una alternativa el mariscal le señaló la orilla de la cama. La oficina de Pétain era demasiado parecida a una habitación de hotel, pensó el embajador cuando se acomodaba en la orilla de esa cama deshecha, y sin perder más segundos de la escasa media hora que tenía comenzó a tratar el tema del acoso que sufría el presidente Azaña y del interés que tenía el presidente Cárdenas en el bienestar de su amigo. Pétain le respondió con gesto de extrañeza, pasándose la misma mano abierta ahora por la otra mejilla, que no tenía conocimiento de ese acoso y que desde luego le parecía una canallada, así que de inmediato impartiría instrucciones para que el asunto se investigara y se resolviera, y luego desvió la conversación para preguntarle a Rodríguez qué clase de hombre era el general Cárdenas, asunto que, por la forma en que lo preguntó, debía tenerlo intrigado. Una camarera entró con el café, colocó la bandeja encima de la cama deshecha y sirvió dos tazas. No había otro sitio donde colocarla y además la bandeja cubría algo, una mínima parte siquiera, del trabajo que no había podido hacerse. Cuando volvieron a estar solos el embajador expuso el tema que más le preocupaba, el tema que en realidad lo había hecho pelear con toda su energía esa media hora de atención del mariscal: empezó con un resumen del trabajo que efectuaba su legación, la documentación de republicanos y el rastreo de trenes y barcos para llevar a efecto la evacuación multitudinaria a México. El embajador explicó, aunque estaba seguro de que Pétain se había hecho informar minuciosamente antes de concederle la cita, que México era un territorio de grandes dimensiones donde un país como Francia podía caber cuatro veces y que tenía nada más veinte millones de habitantes, de manera que podía recibir sin dificultad a ciento treinta mil refugiados, más o menos, según sus cálculos. El mariscal lo oía con atención mientras batía compulsivamente su café y hacía un tin tin molesto con la cucharilla: había puesto cuatro terrones de azúcar que, pensaba Rodríguez, necesitarían una buena cantidad de meneos y tintines suplementarios, una paradoja, un chiste que ese hombre tuviera tanto gusto por lo dulce. Lejos, quizá a la entrada del hotel o en la misma recepción que ocupaban los dos oficiales, sonó una trompeta militar, un llamado para algo, quizá para convocar a los mozos y a las camareras o para cambiar la guardia de las habitaciones donde había gente importante. La suite del mariscal daba a un patio interior, podía percibirse el rumor amplificado, esa especie de vacío con ruido que suelen producir esos espacios, frases indiscernibles, timbres de teléfonos, el tableteo de varias máquinas de escribir, una puerta que se cierra. El mariscal fumaba, o eso hacía pensar una caja de puros y un cenicero con ceniza y un cabo despanzurrado, y sin embargo el embajador no se animaba a encender el cigarrillo que se moría por fumar, no quería alterar con nada la precaria estabilidad que había alrededor de esa conversación, un ambiente cerrado donde no podía hacerse ni un movimiento extra, ni un gesto de más, ni dejarse mucho espacio entre una frase y otra sin que el mariscal, harto desde el principio, aprovechara el hueco para levantarse e irse pretextando cualquier cosa. Lo que negociaba Rodríguez no era fácil, quería conseguir un documento donde se comprometiera a proteger a los republicanos españoles mientras llegaban los barcos que iban a evacuarlos del territorio francés. No era fácil porque al mariscal los alemanes lo tenían del cuello y los franquistas operaban en Francia solapados por ellos, todo esto se sabía pero no podía tratarse; y menos en esa suite frente a ese hombre que solapaba a los que solapaban. En los documentos de Rodríguez está registrada una parte del diálogo que sostuvieron, la transcripción fue hecha de memoria, quizá ahí mismo, a las cinco y minutos, en el mismo bar donde había esperado que dieran las cuatro y media. La idea era, creo, informar al general Cárdenas, con toda precisión, de lo que ahí se había hablado, pero además consiguió, con ese extracto montado como diálogo de teatro, un perfil perfecto de Pétain, de esas veces en que unas cuantas palabras acaban revelando la personalidad de quien las dijo:

Pétain: ¿Por qué esa noble intención de favorecer a gente indeseable?

Rodríguez: Le suplico la interprete usted, señor mariscal, como un ferviente deseo de beneficiar y amparar a elementos que llevan nuestra sangre y nuestro espíritu.

Pétain: ¿Y si les fallaran, como a todos, siendo como son renegados de sus costumbres y de sus ideas?

Rodríguez: Habríamos ganado, en cualquier circunstancia, a grupos de trabajadores, capacitados como los que más para ayudarnos a explotar las riquezas naturales que poseemos.

Pétain: Mucho corazón y escasa experiencia…

Rodríguez: Ahora sí cabe una pregunta, señor mariscal: ¿qué problema puede plantearse cuando mi patria quiere servir con toda lealtad a Francia, deseosa de aligerar la pesada carga que soporta sobre sus espaldas, emigrando al mayor número de refugiados hispanos?

A las cinco en punto el mariscal dio por terminada la reunión, volvió a prometer que haría lo posible para liberar del acoso al presidente Azaña y a su familia, y también prometió que instrumentaría la elaboración de un documento que protegiera a los emigrantes españoles. Luego se quedó en silencio mirándose algo en la manga de la camisa, como si al dar por terminada la reunión Rodríguez se hubiera esfumado. El embajador se puso de pie para liquidar esos segundos incómodos y se despidió de Pétain a distancia, como supuso que le gustaba, sin estrecharle la mano ni decir gran cosa. Salió del hotel con una sensación ambigua, había ganado el tira y afloja con el mariscal pero sentía que al resultado le había faltado contundencia, tenía el temor de que simplemente se olvidara todo lo que acababa de decirse, no quedaba ni un testigo, ni un apunte, nada que le recordara al mariscal sus compromisos.

De Biarritz la legación mexicana pasó a Montauban, una ciudad mucho más cercana al rejuego político de Vichy. Ocupó las suites 7, 9 y 11 del hotel Midi y puso a ondear banderas mexicanas en las terrazas de cada una. Rodríguez pretendía con esto extender los privilegios de territorialidad que en realidad operaban, de manera exclusiva, en el edificio de la rue Longchamp en París, pero gracias a su astucia y a que la zona libre era un auténtico río revuelto, consiguió que el suelo de las habitaciones 7, 9 y 11 pasara por territorio mexicano, por zonas diplomáticas de privilegio donde no podían entrar, a menos que el embajador o su secretario lo autorizaran, ni siquiera los empleados del hotel. La iniciativa fue clave para los tiempos que se aproximaban. Una semana después de aquella conversación con el mariscal Pétain comenzaron las redadas periódicas de la Gestapo y de los agentes de Franco. De buenas a primeras un escuadrón de franquistas entraba a saco en una casa, o en un bar, o en un hotel y se llevaban a los refugiados españoles a un campo de prisioneros o, según su importancia, directamente a España. Para septiembre el acoso a los republicanos era intolerable, Rodríguez trataba de comunicarse todos los días, a todas horas, sin ningún resultado, con el mariscal Pétain. Cansado de no recibir respuesta se fue a plantar al hotel du Parc y ahí le informaron, uno de los oficiales que habían sustituido a las recepcionistas, de que el mariscal ya no despachaba ahí y de que no tenían idea de dónde podía encontrarlo. El río revuelto de la zona libre servía también para eso, era un agua de dos filos que lo mismo ayudaba que obraba en contra. Lo más que consiguió Rodríguez fue una cita con el ministro Pierre Laval, quien sin rodeos ni diplomacias que matizaran la crudeza de su mensaje le dijo, y así quedó escrito en el informe que envió ese mismo día el embajador al general Cárdenas: «No guardo ninguna simpatía para los refugiados, a ellos debemos nuestras mayores desgracias, inclusive la de mantenerlos a pesar de la tragedia que vivimos. No me opondré, por lo mismo, a que se vayan, pero tampoco haré nada para asegurarlos entre nosotros». Rodríguez analizó la situación con sus secretarios y juntos llegaron a la conclusión de que los perjuicios que provocaba el incumplimiento del acuerdo que habían firmado podían matizarse aprovechando al máximo el margen de operación que les dejaba el río revuelto. Basados en esta conclusión, y amparados por la territorialidad difusa que habían establecido, comenzaron a dar asilo temporal a los refugiados perseguidos. Primero destinaron para éstos la habitación 7 y se distribuyeron el espacio de la 9 y la 11, procurando no mezclar las zonas de trabajo con las zonas de descanso y sueño. Pero según el número y la intensidad de las redadas algunos días había que meter perseguidos también en la 9, y cuando se trataba de republicanos sumamente distinguidos, como fue el caso del presidente Azaña y su mujer, tuvieron que echar mano también del espacio de la 11. En esas condiciones el trabajo de la legación se complicaba, porque además de los asilados, que eran un grupo heterogéneo de hombres, mujeres y niños hacinados que trataban de turnarse para usar la cama, las sillas y el retrete, estaba la multitud de refugiados, que en ese momento no eran perseguidos, pero que deseaban inscribirse en el programa de emigración que seguía ofreciendo el gobierno mexicano. Poco a poco y armados de mucha paciencia los diplomáticos mexicanos lograron establecer el equilibrio entre el flujo de asilados, el tumulto que quería inscribirse y sus horas de sueño, que era el último reducto de vida personal que les quedaba. Extendiendo esa territorialidad, que ya de por sí estaba bastante extendida, fueron ganando espacios, uno en el bar y otro en el restaurante, y así lograron aliviar un poco la sobrepoblación en las habitaciones. También consiguieron que una docena de familias francesas que simpatizaba con la causa les diera asilo a grupos de perseguidos.

Cuarenta días después de que se escapara del tren de Franco, Arcadi se apostó, oculto detrás de un montón de cascajo, frente al hotel Midi. Llevaba más de un mes errando por el sur de Francia y tenía la idea de abordar al embajador Rodríguez en cuanto lo viera. Al momento de escapar del tren había brincado mal y al caer se había golpeado la cabeza. Nada grave pero la conmoción le había durado lo suficiente para que les perdiera el rastro a sus colegas. Abrió los ojos cuando oscurecía, sobresaltado por el ruido de un tren que pasaba a toda velocidad por la vía. Lo primero que pensó fue que era el tren del que acababa de saltar y se pegó a la tierra y fue presa de la misma ansiedad que lo sobrecogía cuando trataba de protegerse de los bombardeos aéreos, se pegaba de tal manera que de milagro la tierra no cedía y se lo tragaba como él deseaba, con toda su voluntad, que lo hiciera, «tierra, trágame», dice Arcadi que repetía con desesperación, una fórmula desde cierto ángulo inútil pero que lo aliviaba, tenía la sensación de estar haciendo algo durante esos momentos en que nada podía hacerse, formulaba esa petición para no dejarse matar sin haber intervenido, sin meter las manos o siquiera una frase o una palabra. Casi de inmediato descubrió que se trataba de otro tren, era pleno día cuando había brincado, y mirando por encima de su ansiedad pudo ver que los vagones llevaban ventanas y que el perfil fugaz de los que viajaban no parecía perfil de prisioneros. El tren fue alejándose hasta que desapareció, Arcadi se puso de pie y luego de una reflexión mínima, muy subordinada a los repiqueteos de su instinto de supervivencia, comenzó a caminar hacia donde supuso que había que hacerlo, en dirección contraria de las vías, sin tirar hacia Argelès-sur-Mer y sin acercarse demasiado a la frontera española. Así comenzó a caminar hacia occidente, el único punto cardinal que le quedaba, hacia la orilla atlántica de Francia, hacia México si entraban en juego el horizonte y el destino. Caminó toda la noche, había una luna clara que le permitía ir viendo dónde pisaba, y por otra parte no se animaba a echarse a dormir, prefería esperar a que amaneciera para buscar con luz un sitio propicio, para no echarse por accidente encima de un nido de alimañas. Gracias a esta decisión, fundamentada en el miedo que sentía por los bichos del campo, quedó establecida una estrategia efectiva que le permitía avanzar grandes distancias sin peligro de ser descubierto. Ni siquiera estaba seguro de que lo anduvieran buscando y el peligro de la Gestapo y de los agentes de Franco no pasaba de ser una anécdota incubada en los días ociosos del campo de prisioneros. De todas formas se cuidaba, procuraba evadir pueblos, carreteras y zonas descampadas donde alguien pudiera echarle el ojo, pues su uniforme y su cuerpo pasado por el purgatorio de Argelès-sur-Mer debían de ser, supongo, muy fácilmente identificables. Durante diez días caminó así, siempre hacia la última coordenada que había mandado el embajador Rodríguez, una nota escueta dirigida al islote 5, donde les informaba que debido a la ocupación del ejército alemán mudarían la legación mexicana a un hotel de la ciudad de Biarritz, que ya les comunicaría, en cuanto supiera, el nombre del hotel y su dirección. El tren de Franco los había atrapado antes de que el embajador pudiera detallar su paradero, así que Arcadi caminaba sobre la coordenada general confiando en que Biarritz no sería una población muy grande y que una vez ahí no sería difícil dar con los diplomáticos mexicanos. *Durante esos días me alimenté exclusivamente de remolachas, no había otra cosa y la verdad es que al compararlas con el pan agusanado o con el lío de tripas malolientes que nos daban para comer en el campo, las remolachas terminaban siendo un alimento decoroso. (...) El agua la iba bebiendo donde podía, en un río, en un charco, eran días lluviosos así que el agua no representaba ningún problema*, dice Arcadi con su voz lejana en las cintas de La Portuguesa. Para no perder la cuenta de los días iba metiéndose una piedrita en el bolsillo cada vez que amanecía, por eso sabía que fue diez días después de haber brincado del tren que al llegar a la cima de una loma vio que, a unos quinientos metros, a mitad del campo, había un automóvil, un viejo Rosengart color azul, que súbitamente resquebrajó la serenidad que venía conservando a fuerza de monólogos optimistas, remolachas y caminatas kilométricas. De pronto se vio ante esa nave para la que imaginó un piloto generoso que podría llevarlo a Biarritz, o siquiera acercarlo, o al menos confirmarle si efectivamente estaba caminando hacia el occidente, pero inmediatamente después también imaginó el escenario opuesto. Pasar de largo era una locura, Arcadi era un náufrago y ahí, a quinientos metros, estaba el vehículo que podía rescatarlo, bastaba gritar y agitar las manos, pero también era cierto que el piloto podía ni ser tan generoso ni simpatizar con los republicanos españoles, quizá esto último, por lo que le había tocado experimentar, fuera lo más probable. Se decidió por una acción intermedia, agazaparse en un hueco natural que formaban tres pinos juntos y un brote de arbustos en semicírculo. Desde ahí, agazapado, podría esperar a que el dueño del Rosengart azul apareciera y dependiendo de cómo lo viera agitaría las manos y gritaría o mejor permanecería en silencio, recuperaría su serenidad y volvería a las remolachas y a los monólogos optimistas. En ésas estaba, agazapándose en ese hueco que le había parecido idóneo, cuando puso el pie encima de un miembro blando que hizo gritar y levantarse al dueño de la mano que aprovechaba ese hueco natural idóneo para dormitar. Arcadi brincó fuera del hueco y no se echó a correr porque no disculparse le pareció una descortesía mayor y el dueño de la mano, en la misma sintonía, al ver el desconcierto de Arcadi, ni gritó ni se enfureció como iba a hacerlo. «Perdón», balbuceó Arcadi. «Soy Jean Barrières», dijo el otro ofreciendo la mano, la derecha, que no le habían pisado. Era un hombre grande y sonriente, tenía briznas de yerba enredadas en el cabello y sus hombros amplios se recortaban contra el fondo del cielo, que tenía en ese momento un azul glorioso. Arcadi dijo su nombre y al estrecharle la mano percibió, y después comprobó con la vista, que le faltaban dos dedos. Barrières reconoció inmediatamente el uniforme y por las trazas, el rumbo y el cuidado con el que se conducía Arcadi, dedujo que se había escapado de Argelès-sur-Mer, «incluso me atrevería a asegurar», dice Arcadi que dijo, «que brincaste la semana pasada del tren de

Franco», y dicho esto sacó de la bolsa de la camisa un Gauloise y lo invitó a fumar. Arcadi le preguntó, para hacer tiempo y para terminar de comprobar que se trataba de un hombre confiable, que de dónde sacaba que le había pasado eso que había dicho. Barrières le dijo, para tranquilizarlo, todavía sonriente y con el cielo azul glorioso todavía de fondo, que era militante del Partido Comunista y que estaba en contacto con los comités de ayuda a republicanos españoles de la zona, y además tenía contactos en Argelès-sur-Mer, Brams y Barcarès, en fin, que ese azul glorioso era la evidencia de que ese hombre al que había pisado la mano le había caído del cielo. Entonces Arcadi le dijo que sus deducciones no sólo eran exactas, eran también algo intimidatorias, y le confió su proyecto de llegar a Biarritz para encontrarse con el embajador Rodríguez y subirse en uno de los barcos que se llevaban a los refugiados a México.

Jean Barrières vivía en Toulouse con su mujer y con su hermana y se ganaba la vida reparando automóviles en su taller, que estaba en las afueras de la ciudad, un sitio ideal para ocultarse que ponía a disposición de Arcadi mientras lograba averiguar si la legación mexicana seguía despachando en Biarritz o había emigrado a otra parte, como era costumbre en esa época entre las representaciones diplomáticas. Arcadi viajó en el Rosengart encantado, era la primera vez en años que viajaba en un vehículo sin que nadie le viniera pisando los talones, gozando del paisaje y de la conversación y de la perspectiva de comer algo que no fueran tripas o remolacha y de echarse a dormir, por primera vez en diecisiete meses, en un lugar con paredes y techo. El taller de Barrières era un patio largo con dos tejavanes llenos de entrepaños con herramientas y de aparatos, grandes y pequeños, cuya utilidad era un acertijo. En uno de los extremos, junto a una pila de llantas, había un solo automóvil reparándose, o eso parecía por el capó y la puerta del conductor que estaban abiertos; daba la impresión de que alguien había estado trabajando ahí y que no hacía mucho se había ido. Cruzaron el taller y llegaron a una construcción de dos plantas que estaba al fondo, caminaron por un piso lleno de manchas de aceite donde abundaban los tornillos, las rondanas y toda clase de residuos metálicos. Arcadi seguía a Jean, que iba diciendo al vuelo, con lujo de manoteos, la naturaleza de algunos de los aparatos que, aun cuando era dicha, y con bastante énfasis manoteada, seguía siendo un acertijo. Esto es una deflactadora de doble vía, y esto que ves aquí como una estufa con pico de pato es un calibrador de platinos, todo lo iba diciendo Jean con gran teatralidad, deteniéndose frente a los acertijos, presentándolos, dándoles su lugar ante Arcadi, que nada más asentía y trataba de mostrarse interesado, aunque para la cuarta presentación ya empezaba a preguntarse a qué hora iban a meterse a la oficina donde él suponía que Jean iba a alojarlo. Llegando a la puerta Jean dijo que todavía faltaba que le mostrara otro de sus aparatos, que era probablemente el único que de verdad iba a interesarle. Caminó hacia la pila de llantas que estaba en una de las esquinas; entre ésta y una estantería llena de herramental grasiento había un aparato grande y rectangular que tenía un panel lleno de botones, manijas y medidores. Jean se paró junto al aparato y en la cima de su teatralidad, cosa que hacía suponer que finalmente habían llegado al acertijo mayor, movió una palanca del panel y éste se abrió como una puerta y dejó a la vista una cavidad donde Jean, que era bastante más voluminoso que Arcadi, se acomodó sin ninguna dificultad. «En caso de que aparezca la Gestapo o los agentes de Franco», dijo.

Arcadi fue instalado en la habitación que había arriba de la oficina, un espacio con cama, retrete y ducha que estaba decorado con cierto gusto, era incluso elegante, desde luego excesivo para ocultar republicanos españoles que habían pasado meses durmiendo a la intemperie. Pero Arcadi no reparó al principio mucho en ello, quedó mudo ante la posibilidad de ducharse y de dormir toda la noche en esa cama. Jean le dio algunas instrucciones, simples, pero que debían cumplirse al pie de la letra, no debía salir, ni asomarse por la ventana, ni encender la luz, ni hacer el mínimo ruido cuando los trabajadores estuvieran en el taller. Arcadi permaneció ahí un mes completo, su anfitrión pasaba muy temprano en la mañana, antes de que llegaran sus empleados, a dejarle una canasta de víveres que preparaba Suzanne, su hermana, y con frecuencia regresaba en la tarde, ya que el taller estaba vacío, a llevarle libros y a conversar y a jugar ajedrez. Para poder escribirle a mi abuela, Arcadi le pidió a Jean su nombre, de esa manera, firmada por otro y escrita en clave, la carta podría pasar los controles de Franco sin comprometer a la familia que le quedaba en Barcelona y que llevaba más de año y medio sin saber de él. Jean sugirió que sería mejor utilizar el nombre de su hermana, así despistarían completamente a los revisores del correo. Arcadi había oído en Argelès-sur-Mer de varios casos de colegas que habían escrito a sus familias y que días después se habían enterado de que, gracias a esa carta, los franquistas habían ido con ellos, mujeres, ancianos y niños, y se los habían llevado a alguno de los campos de concentración que Franco tenía por toda España. La idea era acabar con cualquier vestigio del bando derrotado, aunque éste fuera encarnado por un viejo de noventa años, cada vestigio contaba y las cartas de los republicanos en el exilio eran un excelente vehículo para dar con ellos. El hombre que escribía a su familia para decirle que estaba bien y que los quería sin saber que con esas líneas iba a condenarlos: has destruido a tu familia con tu puño y letra. Hay material de sobra en esta línea para perder la razón.

Arcadi escribió un par de cartas firmando como Suzanne Barrières y alcanzó a recibir una, no sé de qué forma habría explicado su situación pero el hecho es que mi abuela entendió que iba a tratar de irse a México y además le escribió de vuelta el nombre de un primo lejano que había emigrado hacía años a aquel país y que había hecho fortuna vendiendo automóviles en un pueblo selvático llamado Galatea.

Una noche Arcadi leía encerrado en el baño a la luz de una vela cuando oyó que el portón del taller se abría. Apagó la llama de un soplido y se dispuso a bajar para ocultarse en la cueva, pero cuando iba abriendo la puerta de la habitación escuchó un escándalo de pasos en el patio que en cosa de segundos se detuvieron frente a la puerta de la oficina. Arcadi calculó que en lo que intentaban abrir la cerradura tendría tiempo suficiente para escapar por la ventana rumbo a la cueva, pero la puerta fue abierta sorpresivamente en un instante y ese imprevisto lo dejó paralizado en medio de la habitación a oscuras, oyendo, con el corazón brincándole en la garganta, cómo los pasos caminaban por la oficina y sin perder tiempo comenzaban a trepar por la escalera. Alguien lo había traicionado, los agentes sabían perfectamente hacia dónde dirigirse, no habían tenido, a juzgar por la continuidad de sus pasos, ni un instante de duda. Arcadi cogió un jarrón, el único objeto con el que podía golpear a alguien, y se desplazó sigilosamente detrás de la puerta. Desde ahí oyó cómo los pasos subieron la escalera y cómo al llegar al umbral de la habitación una voz dijo: «Arcadi, ¿duermes?». «No», dijo aliviado de oír la voz de Jean, y salió a su encuentro con el jarrón entre las manos y no lo vio a él sino a la rubia leonada que venía delante de él. «Soy Ginger», dijo ella, y dio paso al gesto de Jean que lo decía todo. Arcadi bajó al patio con la incógnita sobre la elegancia de la habitación completamente despejada. Caminó un rato procurando no pisar ni objetos metálicos ni manchas de aceite, y ya que vio que la estancia iba para largo se echó adentro de un Citroën que los gordos repararían al día siguiente.

Aquella escena se repetía dos o tres veces por semana, más o menos igual, se abría el portón de improviso y volaban los dos al piso superior al tiempo que Arcadi se refugiaba en uno de los automóviles. Al parecer no había manera de sistematizarlo, Arcadi había sugerido que si se le avisaba con cierta anticipación él podía salirse antes de que ellos llegaran y así podía evitarse esa situación bochornosa. «¿Qué tiene eso de bochornoso?», había zanjado Jean y a continuación, mientras evaluaba la posición de uno de sus alfiles, le había dicho a Arcadi que avisarle con anticipación era imposible porque sus citas dependían de la conjunción de dos factores, que su mujer se hubiera ido temprano a la cama y que el marido de Ginger hubiera salido de copas con sus amigos, dijo Jean mientras levantaba el alfil por encima del tablero y lo colocaba en la posición que más le convenía. «Jaque al rey», le dijo a Arcadi, que andaba distraído pensando en la relatividad de lo bochornoso: tenía apenas diecinueve años y ninguna experiencia en ese campo.

Así, durmiendo tres noches a la semana en el interior del automóvil en turno, pasó Arcadi ese mes oculto en las afueras de Toulouse, hasta que una noche, sin ruido del portón ni pasos previos que lo pusieran sobre aviso, la puerta de su habitación fue derribada de un golpe que lo hizo brincar de la cama. En cuanto cayó de pie sobre la piel falsa de tigre que fungía como tapete, dos agentes de la Gestapo le anunciaron que estaba arrestado. Arcadi llegó al centro de detención en calzoncillos y esposado por la espalda.

Conducido por los agentes que iban abriéndole paso por el centro del tumulto que formaban los detenidos de esa noche, llegó hasta un escritorio donde un militar de cruz gamada en el antebrazo le leyó los cargos. Arcadi estaba acusado, así consta en el acta que se conserva hasta la fecha en el archivo del embajador Rodríguez, de «poseer propaganda política de inspiración extranjera» y de «distribuir octavillas y boletines de origen o inspiración extranjera cuya naturaleza es contraria al interés nacional». En la parte superior del acta dice con letras capitulares: «Rotspanier», que era el vocablo alemán que definía a los rojos españoles. Después de oír los cargos y de decirle al que se los leía que no tenía idea de lo que le estaban hablando, Arcadi fue metido en un salón grande donde había otros cincuenta detenidos más o menos. En el umbral un guardia piadoso le había dado una frazada para que se la echara en los hombros. Los agentes de la Gestapo, que periódicamente espiaban las actividades de Barrières, se habían introducido a la oficina y habían descubierto, dentro de unas cajas ocultas detrás de un archivero, octavillas del Partido Comunista francés y ejemplares de las revistas *Alianza, Reconquista de España, Treball* y *Mundo Obrero*, evidencia suficiente para arrestar al Rotspanier que dormía en el piso de arriba. Esa noche Barrières entró al patio con Ginger de la mano y, al ver la puerta de la oficina abierta y la luz de la habitación encendida, supo que se habían llevado a su amigo. Un vistazo rápido al archivero que ocultaba las cajas le permitió, además de calcular la gravedad de los cargos, concluir que se trataba de una detención de rutina de las que practicaba todo el tiempo la Gestapo para establecer fianzas y obtener divisas. Sus colegas y él mismo habían pasado por eso infinidad de veces. Barrières le propuso a Ginger seguir adelante con su plan, al día siguiente pasaría por el centro a rescatar a Arcadi, no calculó, cosa rara en él, pero no tan rara si se toma en cuenta la lumbre de Ginger que lo obnubilaba, una secuela que iba a complicarle la vida. El secretario del centro de detención telefoneó a casa de los Barrières para avisar de que habían encontrado propaganda política de inspiración extranjera en el taller de Jean y que habían detenido al infractor. La mujer de Jean encendió la lamparilla del buró para apuntar el folio del acta que le había tocado al detenido y de reojo comprobó que la cama de su esposo estaba vacía. Con cierta preocupación despertó a Suzanne, su cuñada, la mujer que, sin saberlo, firmaba las cartas que Arcadi le mandaba a mi abuela. Entre las dos llegaron a la conclusión de que lo procedente era acudir al centro a pagar la fianza de Jean, para que no pasara la noche en una celda inhóspita. Era la conclusión natural, si se descarta que ninguna de las dos sospechaba que el taller era también escondite de colegas perseguidos y leonera.

¿Quién más que Jean podía ser el detenido? Abriéndose paso entre el tumulto de arrestados que esperaban su turno para que los encerraran, llegaron a la ventanilla a pagar la fianza. Era un trámite que conocían bien, lo habían efectuado dos veces desde que la Gestapo había empezado a operar en Toulouse. A cambio de una cantidad de dinero y del número de acta que la mujer proporcionó, apareció un muchacho en calzoncillos con una frazada en los hombros que respondía al nombre de Arcadi. *Al ver a esas mujeres no supe qué hacer, y sobre todo: qué no decir*, dice Arcadi en la cinta, *no sabía ni por qué se me acusaba de lo que se me acusaba, ni qué interés podían tener esas señoras en pagar mi fianza.* «¿Y dónde está Jean?», preguntó la señora, y puso a trastabillar al inexperimentado de Arcadi, que no sabía dónde estaba pero sí tenía una idea de con quién podía estar. Su trastabilleo fue tal que en cuestión de instantes ya iban los tres a bordo de un Citroën rumbo al taller.

Dos días después Jean Barrières decidió que era momento de llevar a Arcadi a las afueras de Montauban. Había logrado averiguar el paradero de la legación mexicana y cierta información sobre la manera en que los agentes de Franco iban alternando las pesquisas de republicanos. También pesaba en su decisión que en ocasiones los arrestos de rutina, sobre todo los de Rotspaniers, volvían a repetirse hasta que se convertían en condenas formales o en deportaciones a España.

Era más de mediodía cuando Arcadi se apostó detrás de un montón de cascajo que había frente al hotel Midi, iba vestido con las prendas que le había dado Jean, unos pantalones demasiado grandes que se había ajustado con un cinturón, y una camisa donde hubieran cabido fácilmente dos Arcadis; se había peinado con agua para la ocasión, y todavía conservaba algo de orden en el pelo. En la zona donde supuso que estaba el vestíbulo había una cantidad exagerada de personas, un grupo que identificó de inmediato, por su miseria y su conducta ansiosa, como españoles refugiados. Vio que la bandera mexicana ondeaba en la terraza de una de las habitaciones y decidió, porque tenía el temor de que si se exponía mucho iban a pescarlo, que lo mejor era abordar al embajador en cuanto lo viera salir. Con esa intención se apostó detrás del cascajo y esperó hasta que empezó a oscurecer y su decisión comenzó a parecerle demasiado prudente. Aprovechando el camuflaje que le brindó un grupo nutrido que se aproximaba a la puerta, se introdujo en el vestíbulo y se confundió con la multitud que estaba ahí como esperando algo. En uno de los extremos, en un escritorio que estaba metido en el territorio del bar, había dos hombres de traje oscuro que trabajaban detrás de un altero de papeles. El altero se repetía idéntico en diversos puntos del bar, encima de un trío de bancos enanos y arriba de dos mesitas redondas que en otros tiempos debían de haber soportado copas o vasos largos con bebidas frescas. Arcadi se acercó a ese par que parecía ser la autoridad que visitaba esa muchedumbre: había hombres, mujeres y niños de los que, aun cuando estaban exactamente en la misma situación que él, se sintió muy lejos. Arcadi explicó parte de su caso, nada más que el embajador lo había anotado en una lista en alguna de sus visitas a Argelès-sur-Mer y no dijo ni que había escapado, ni que había estado oculto más de un mes en Toulouse, ni tampoco que había caído en un centro de detención de la Gestapo. Uno de los secretarios, sospechando que había más historia detrás del extracto que acababan de contarles, le dijo que don Luis bajaría pronto de su oficina, a departir con los invitados, y que entonces, si quería, podía contarle a él con más detalle su situación. «¿Departir?», preguntó Arcadi desconcertado. «Hoy es 15 de septiembre, la fiesta nacional mexicana», dijo el secretario que hablaba con él, el otro escribía cosas sin pausa en una hoja larga. Hasta entonces Arcadi reparó en que entre la multitud había camareros con bandejas llenas de copas, cosa que le pareció extraña y dispendiosa en medio de una guerra, aunque después se enteró, en alguna de las charlas que sostendría durante el siguiente mes con el embajador, de que los camareros y la bebida eran una atención que el mariscal Pétain, para atenuar un poco la inutilidad de su investidura, tenía con los representantes del gobierno de México. Una atención de doble filo que funcionaba también para que los camareros, que eran en realidad espías disfrazados, averiguaran lo que fuera sobre esa misión diplomática que empezaba a ser un dolor de cabeza para el gobierno de Vichy. Ya para entonces Franco le enviaba al mariscal Pétain una lista semanal de refugiados deportables. Estas listas eran el resultado de una selección delirante, estaban conformadas a partir de los reportes de los espías franquistas, que tenían la obligación de enviar a Madrid cada semana un mínimo de diez nombres de republicanos cuya existencia fuera un riesgo para la seguridad del nuevo Estado español. También eran tomados en cuenta los reportes de la Gestapo, las observaciones de Lequerica, el embajador de España en Francia, y las suposiciones del Estado Mayor de Franco, que, con la lista de funcionarios de la Segunda República en la mano, vaticinaban que fulano o mengano deberían estar, ¿por qué no?, escondidos por ejemplo en Saint-Jean-de-Luz, y a partir de esas coordenadas histéricas salía un pelotón de agentes de Franco, siempre apoyados por la Gestapo o por la policía francesa, a efectuar una razia en ese pueblo que incluía la revisión de casas, hoteles, restaurantes, granjas, fábricas, es decir, el allanamiento integral de la población. Con frecuencia los agentes no daban ni con fulano ni con mengano y entonces, como maniobra compensatoria, arrestaban a zutano y a su familia para cumplir con la cuota de deportados que se les exigía. Los republicanos que a partir de estas listas, o a causa de que no aparecieran los que estaban originalmente en ellas, eran regresados a España, tenían que purgar condenas, durante años, en los campos de prisioneros del dictador. La legación de Rodríguez era mencionada con frecuencia en los informes que acompañaban a las listas, los espías de Franco y el embajador Lequerica aseguraban que él había ayudado a escapar a Inglaterra al doctor Negrín, y que además pretendía llevarse a México al presidente Azaña y a cuanto cabecilla republicano se le acercara en busca de ayuda. Todo esto era cierto, como también lo era que no podía hacerse nada contra los perseguidos mientras estuvieran en territorio mexicano, es decir, en las habitaciones del hotel Midi que constituían la legación de

México en Francia. Tampoco podía hacerse nada muy abiertamente, aunque algo se hacía, contra los refugiados que se habían apuntado en el proyecto de evacuación del embajador: había órdenes expresas del Reich en el sentido de evitar lo más posible los escándalos diplomáticos. Ése era aproximadamente el margen en que se movían, los dos bandos infringían cierto porcentaje de la convención: los diplomáticos mexicanos otorgaban disimuladamente asilo, mientras los agentes de Franco deportaban, por lo bajo, republicanos protegidos por el gobierno de México.

Arcadi se mezcló entre los invitados, participó en dos o tres conversaciones y aceptó, de un camarero solícito, media docena de canapés y dos copas del champán que había mandado el mariscal. Lo único que deseaba en realidad era subirse inmediatamente a un barco, llegar a México cuanto antes, recuperar a su mujer y a su hija y empezar a rehacer su vida en aquel país, casi nada. En cuanto pudo se acercó a Rodríguez, que departía con los invitados con la misma energía, un entusiasmo sobrado, que había desplegado en el campo de Argelès-sur-Mer. Rodríguez naturalmente no lo recordaba, había conocido a miles como él en los últimos meses, pero de inmediato le ofreció asilo en una de las casas de voluntarios franceses que colaboraban con la legación, «mientras no conseguimos embarcarlo», le dijo el embajador afable, poniéndole una mano encima del brazo que Arcadi interpretó como una invitación a que depositara en él su confianza.

Cerca de las ocho de la noche, don Luis llamó la atención de los invitados para agradecer su presencia en la celebración de esa fiesta tan importante para México, una intervención breve que buscaba acentuar el carácter exclusivamente social de esa reunión, aunque en el fondo, como después se enteraría Arcadi, esa celebración patria era un mero pretexto para intercambiar puntos de vista con ciertos líderes republicanos que de otra forma no hubieran podido acercarse al embajador. En un arranque de sociabilidad que le había despertado el champán, Arcadi se acercó a conversar con el secretario que, por estar escribiendo cosas sin pausa en una hoja larga, no había intervenido en su presentación. «Sí, oí lo que le decía usted a mi colega», le dijo el secretario, que bebía sorbitos de una copa que traía en la mano. Arcadi aprovechó la buena disposición del diplomático para preguntarle sobre

México, sobre Veracruz y concretamente de qué clase de pueblo era Galatea. «¿Galatea?», dice Arcadi que preguntó el secretario y que puso una cara de extrañeza que lo dejó preocupado. Luego, para compensar la nula información que tenía sobre ese rincón de su patria, el secretario se lanzó con una apología del país que representaba, le habló de sus ciudades, de sus zonas arqueológicas y sobre todo de sus escritores, con énfasis en don Alfonso Reyes, que era diplomático como él mismo. El entusiasmo del secretario empezó a crecer, citaba nombres, títulos de obras mientras le daba tragos esporádicos a su copa de champán. Su monólogo ya había logrado atraer la atención de otros que ahora formaban un semicírculo alrededor del diplomático, que hablaba y hablaba y en determinado momento, en lo que brincaba de Julio Torri a Gorostiza, mordió su copa y masticó el vidrio al tiempo que elaboraba una breve sinopsis de *Muerte sin fin*.

«Venga un momento, Arcadi», le dijo el embajador con disimulo en el oído para no interrumpir la soflama que lanzaba su secretario, que ya tenía cautivados a la mitad de sus invitados. Arcadi fue conducido del brazo hasta un lugar apartado, en la zona donde los alteros de documentos ocupaban una parte del bar. Un camarero se acercó inmediatamente a ofrecer champán y canapés, y aunque el embajador le dijo que no deseaban nada, de todas formas se quedó por ahí paseándose con la bandeja en alto, sobre la palma de la mano derecha. Rodríguez le preguntó a Arcadi en voz baja su apellido y después le informó, también en voz baja, de que su nombre aparecía en la lista de españoles deportables que acababa de enviar Franco. Arcadi sintió que se desvanecía, por un instante se vio con toda nitidez ingresando a una cárcel, alejado para siempre de su mujer y de su hija, o de pie con las manos atrás frente a un pelotón de fusilamiento, como les había sucedido a no pocos de sus compañeros de armas. «No se preocupe, Arcadi», le dijo Rodríguez sin soltarle el brazo, sin dejarle de asegurar por esa vía que podía depositar su confianza en él, «voy a darle asilo aquí mismo».

Franco mandaba sus listas por partida cuádruple, al mariscal, al jefe de la Gestapo, al jefe de sus propios agentes y a Lequerica, su embajador. Rodríguez tenía cierta relación, muy estrecha en el inciso de colaborar con los republicanos, con uno de los secretarios de la embajada de España. Este diplomático, que aparece con la inicial A. en la bitácora del embajador, copiaba clandestinamente la lista que recibía Lequerica y la hacía llegar a la legación mexicana para que Rodríguez pudiera socorrer, o siquiera prevenir, a los refugiados que aparecían en ella. La lista de A. llegaba cada lunes a las manos del embajador con una puntualidad asombrosa y siempre siguiendo una ruta distinta. En las páginas que la bitácora dedica a su invaluable colaboración, se consignan, como ejemplo, dos de las formas en que Rodríguez recibió la lista: doblada en tres dentro de un bolsillo del frac que había mandado a la tintorería y doblada en cuatro partes, debidamente protegida por dos láminas de papel encerado, metida en el sitio que hubiera ocupado el jamón dentro de un sándwich. El vestíbulo del hotel Midi comenzó a vaciarse. Luis Rodríguez, con su sobrado entusiasmo característico, se despedía personalmente de sus invitados en la puerta, a cada uno le iba diciendo algo distinto. «Quizá eran claves o santo y señas para alguna de sus acciones de salvamento», se oye en la cinta que interrumpo y que hago que Arcadi pierda el vuelo, porque después se oye un silencio, se oye que lo dejo pensando y que unos segundos largos más tarde dice, mientras da unos golpecitos con su garfio en la silla: *Puede ser, ahora que lo mencionas puede que así fuera*. El vestíbulo quedó vacío con la excepción del medio círculo que seguía festejando, con abundancia de risas y exclamaciones, el soliloquio de Leduc. Dos camareros se habían añadido al público y habían dejado ahí sobre una mesa, a disposición de quien quisiera, media docena de botellas de champán. «Acompáñeme, por favor», le dijo al oído el embajador a Arcadi, aprovechando que los espías que quedaban estaban absortos con el soliloquio. Arcadi abandonó el vestíbulo detrás del embajador, caminó un pasillo largo y subió las escaleras hasta el tercer piso. A medida que se alejaba del vestíbulo iba oyendo cómo todo aquel barullo de final de fiesta iba quedando reducido a la sola voz de Leduc que recitaba unos versos que hacían eco en el vacío de la escalera y que Arcadi recita en la cinta de memoria: *No haremos obra perdurable. No tenemos de la mosca la voluntad tenaz.*

Arcadi caminaba rumbo a las habitaciones saboreándose la primera noche de hotel que iba a tener en su vida, iba concluyendo, de manera precipitada, que los sitios donde le tocaba dormir mejoraban cada vez que se mudaba. Su entusiasmo se disipó, o más bien se emborronó con la humareda que salió en cuanto el embajador abrió la puerta de la habitación número 7 y le dijo: «Acomódese donde pueda y que pase buena noche». Arcadi se quedó mudo en el umbral. Dentro de la habitación, que no rebasaba el tamaño estándar, se hacinaba una veintena de refugiados, de todo tipo y variedad, que fumaba de manera desesperada. Tres niños correteaban y se arrojaban objetos, de un lado a otro de la cama, por encima de los hombres y las mujeres que la ocupaban. Había gente sentada, recostada y de pie, otros leían hojas de periódico o un libro, o nada más estaban ahí aprovechando el lujo de unos centímetros mullidos que les habían tocado en suerte. En medio de la cama reposaba, o quizá agonizaba, una viejecita inmóvil en la que nadie parecía reparar, que tenía la talla de los niños que se arrojaban objetos. «¡Vas a entrar o no!», gritó un hombre de guerrera y de bigote que, esperando a que Arcadi entrara y cerrara de una vez la puerta, había suspendido la lectura de su hoja de periódico. El hombre impaciente estaba medio sentado en un buró que compartía con otro individuo, también de guerrera y bigote, que dormitaba en su hombro. El panorama no mejoraba ni en el cuarto de baño, donde había un individuo leyendo sobre la tapa del retrete, otro medio sentado en el filo del bidé, y un viejo de corbata, pelo engominado y aire de cabildo, que estaba cómodamente recostado dentro de la bañera, con un suéter en la nuca que hacía las veces de cojín. Arcadi se disculpó y entró y, contra lo que le dictaba su instinto de supervivencia, cerró la puerta. El embajador había dispuesto que ni se dejaran las puertas abiertas ni se deambulara por los pasillos del hotel, le explicó, ya sin gritarle, y procurando no moverse para no alterar el sueño de su gemelo, el hombre de la guerrera. Tratando de disimular su desaliento, Arcadi se acomodó entre la cómoda y el ropero, intercambió puntos de vista con un hombre que le hablaba desde la cama y aceptó de otro un cigarro que fumó sin ganas, azuzado por el propósito de que hubiera siquiera un porcentaje suyo en esa nube que de todas formas iba a envenenarlo.

Así comenzó la primera noche de hotel en la vida de Arcadi, oyendo conversaciones aisladas, participando en algunas, dormitando y procurando no moverse, porque en ese espacio reducido, donde los cuerpos colindaban de manera tan íntima, bastaba estirarse mínimamente para que los de alrededor tuvieran que moverse un poco y consecuentemente los que estaban junto a ellos. Cada movimiento, por imperceptible que fuera, provocaba una ola que iba a reventar en alguno de los extremos de la habitación. Cerca de las doce de la noche, cuando Arcadi había logrado acomodarse y se disponía por fin a dormitar, el embajador Rodríguez abrió la puerta y sin hablar, con un movimiento enérgico de cabeza, invitó a los que quisieran a salir al pasillo un rato a estirarse. Era una maniobra que hacía cada vez que se podía, cuando estaba seguro de que los empleados del hotel no andaban cerca para husmear, que era siempre a deshoras, muy de noche o en la madrugada. Arcadi salió con los que querían espabilarse, unos cuantos prefirieron quedarse a sus anchas dentro de la habitación. En una esquina del pasillo el embajador había puesto, encima de una mesa, los canapés y el champán que habían sobrado. «Un presente del mariscal Pétain», les dijo divertido y en voz baja invitándolos a que comieran y bebieran. Otros tantos refugiados de la habitación de junto, la 9, participaron también de esos minutos de recreo. Durante tres cuartos de hora comieron, bebieron y deambularon sin decir ni pío, todos compartían el miedo de ser descubiertos y deportados a España en el tren de Franco.

En los días que siguieron Arcadi comprobó aliviado que aquella noche la habitación había estado excepcionalmente llena, lo normal era que hubiera media docena de refugiados, a veces menos, el número dependía de las listas de Franco. *La mayoría aparecía en una sola lista y después, a la semana siguiente, ya no volvía a aparecer, su nombre simplemente se desvanecía*, dice Arcadi en la cinta y en su voz puede detectarse, sesenta años después, cierta incredulidad. Nunca pudo entender por qué su nombre apareció cinco semanas consecutivas, cuando había refugiados con cargos más vistosos que los suyos que no aparecieron ni una vez. Sin embargo, hurgando en los anales de la triple maquinaria policiaca que operaba en Francia durante ese año y observando con detenimiento su historial, Arcadi no era un refugiado tan inocuo como él creía. Había escapado del tren de Franco y había sido detenido en Toulouse por la Gestapo, y a esto había que agregar los delitos de guerra que quisieran adjudicarle por su escalafón de teniente

de artillería, en resumen, y aunque efectivamente había refugiados con expedientes mucho más graves, Arcadi tenía deudas con
las organizaciones policiacas de los tres países interesados.

La vida en la habitación del hotel Midi era monótona pero
tenía sus comodidades, el embajador se las arreglaba para que sus
huéspedes tuvieran comida, periódicos, libros, un mazo de cartas
y un tablero de ajedrez. También procuraba conversar con ellos y
sacarlos de su escondite cuando menos una vez al día. Una semana después de su llegada, el embajador llamó a Arcadi a su oficina,
que estaba en la habitación número 11, para comunicarle que había
vuelto a aparecer en las listas de Franco y que lo más sensato era
permanecer en «territorio mexicano» hasta que su nombre, como
sucedía tarde o temprano con casi todos, se desvaneciera. Rodríguez trabajaba sin tregua y era capaz de sostener una conversación
larga sin interrumpir lo que estaba haciendo. En esas condiciones
recibía a Arcadi y a quien fuera a verlo, sentado en su escritorio
contra la pared, con las cortinas cerradas, fumando un cigarro
tras otro, escribiendo notas o anotando nombres y cifras en su
mapa. Rodríguez fue el primero que le dio a Arcadi razón sobre
Galatea, le contó que había estado ahí una sola vez acompañando
al general Cárdenas durante la campaña presidencial, le dijo que
hacía calor, que la gente era amable y la selva de una espesura insólita. «No se angustie, le va a ir muy bien», le decía el embajador
sin perder el paso de la carta que escribía cada vez que Arcadi le
preguntaba sobre ese pueblo remoto que ya desde entonces era su
destino. La habitación número 11 era una suite dividida en dos
espacios, uno era la oficina donde el embajador trabajaba y recibía
gente y la otra era el dormitorio donde se acomodaban él y sus
dos secretarios, los últimos sobrevivientes de esa legación que en
París contaba con quince personas y que de hotel en hotel había
ido decreciendo hasta ese extremo.

Una de esas veces en que Arcadi conversaba con Rodríguez
en su habitación, mientras intercambiaban pronósticos sobre la
permanencia de Franco en el poder, vio al fondo, en el dormitorio, una imagen a la que regresaría en sueños, según dice, durante
el resto de su vida. Era una imagen tan disparatada que le dio vergüenza confirmarla ahí mismo con el embajador y prefirió esperar
hasta que estuvo de vuelta en la habitación 7 para consultar con sus

compañeros de asilo lo que acababa de presenciar. A mitad de sus pronósticos acerca de Franco, Arcadi vio cómo en el dormitorio un viejo trataba de orientar una silla frente a la ventana, con la intención de que la luz entrara directamente sobre las páginas del libro que, unos momentos más tarde, comenzaría a leer. El viejo batallaba con la silla para orientarla adecuadamente, era un mueble grueso y sólido y él no parecía estar en sus mejores días, todo lo contrario, daba la impresión de estar al borde del colapso, tanto que una mujer, probablemente la suya, apareció en la escena durante unos instantes para socorrerlo en su maniobra. El embajador, como era su costumbre, conversaba de frente a la pared, de espaldas a la habitación, escribía una carta sobre el escritorio en una de sus hojas membretadas, así que Arcadi podía mirar con toda libertad al viejo que leía en la habitación contigua mientras escuchaba los futureos sobre el dictador. Arcadi estaba intrigado con el estatus de ese personaje que, puesto que ocupaba el único espacio que tenían para descansar los miembros de la legación, debía de ser muy importante. El viejo, probablemente llamado por el cosquilleo que debía de producirle la mirada insistente de Arcadi, levantó los ojos del libro y volteó hacia la oficina de Rodríguez, nada más para comprobar que aquel cosquilleo se lo producía ese mirón tenaz, a quien sonrió y dedicó una inclinación de cabeza, un gesto breve, lo mínimo que se debían dos personas que habían perdido la misma guerra. Después el hombre simplemente regresó a su libro y dejó a Arcadi perturbado hasta el punto de que no volvió a atender ninguno de los futureos que, sin perder el paso de la carta que escribía, improvisaba el embajador. De regreso en su habitación Arcadi contó lo que acababa de ver y uno de los que estaban ahí le confirmó que era verdad, que era cierto que don Luis Rodríguez tenía escondido en su habitación al presidente Azaña.

Según los cálculos de Rodríguez ese mes de septiembre de 1940 todavía quedaban ochenta mil refugiados en Francia, de los trescientos mil que él calculaba que habían cruzado la frontera en febrero de 1939. Hasta esa fecha, como puede comprobarse en los archivos de la rue Longchamp, la legación mexicana había documentado a cien mil refugiados españoles. Durante ese mes Rodríguez coordinaba una cantidad de empresas, tentativas la mayoría, cuyo número y versatilidad explican por qué no dejaba de trabajar ni siquiera cuando sostenía una conversación. Nada más en el apartado del transporte, por ejemplo, había conseguido un barco griego que estaba en buenas condiciones pero le faltaba combustible y bandera de un país neutral que inspirara respeto a los países beligerantes. Mientras conseguía solucionar estos dos requisitos, intercalaba la negociación de dos barcos, de bandera francesa, que acababan de atracar en el puerto de Marsella; habían transportado alrededor de dos mil heridos desde Inglaterra y una vez descargados quedaban libres para cualquier misión, así que el administrador los ponía a disposición del embajador asegurándole que entre los dos barcos podían llevarse a México a cinco mil refugiados. Los nombres de estos dos barcos eran *Canada* y *Sphinx*, el barco griego se llamaba *Angelopoulos*. A esta negociación triple vino a sumarse una propuesta de la Cruz Roja francesa, que ofrecía el *Winnipeg*, de diez mil toneladas, y el *Wyoming*, de nueve mil. La propuesta era descaradamente favorable para la Cruz Roja, pero de todas formas era una opción que, a juzgar por las notas que escribió el embajador al respecto, fue considerada con extrema seriedad. Por otra parte se trataba de una propuesta inesperada porque la Cruz Roja francesa se había distinguido por su falta de caridad y por su morosidad cínica a la hora de socorrer a los refugiados españoles. La propuesta consistía en llevarse tres mil refugiados a México y que allá el gobierno de Cárdenas llenara los barcos de combustible suficiente para el regreso y de bastimentos para socorrer a los franceses de la zona ocupada. Las consideraciones escritas del embajador Rodríguez sobre estos tres proyectos, que incluyen correspondencia con los responsables de los barcos, memorándums con el presidente Cárdenas y notas para su bitácora personal, fueron realizadas durante tres semanas de aquel septiembre y todas, con la excepción de los memorándums, están escritas a mano, con su caligrafía cuidadosa y llena de picos, encima de ese escritorio con vistas a la pared. Ese archivo, cuya carátula dice «*Angelopoulos, Canada, Sphinx, Winnipeg* y *Wyoming*», tiene más de un millar de páginas y su confección, como puede constatarse por los documentos que generó la legación durante esas tres semanas, fue alternada con todo tipo de ocupaciones: visitas a funcionarios públicos, negociaciones para conseguir vía libre por distintas aguas territoriales, conversaciones con los delegados del gobierno inglés, intercambio verbal y por escrito con seis distintos líderes de agrupaciones de exiliados en Francia y en México, la firma de más de doscientas cincuenta visas todos los días, el rescate angustioso del presidente Azaña, la fiesta del 15 de septiembre e innumerables charlas con los huéspedes que asilaba en sus habitaciones. De todas las posibilidades de transporte que barajó durante esas tres semanas, en las que invirtió cantidades significativas de tinta, papel y esfuerzo diplomático, nada más una, de manera parcial, pudo concretarse, por medio de un arreglo necesario y desventajoso, con el capitán del *Sphynx*.

Arcadi apareció cinco veces consecutivas en las listas de Franco, luego, como solía suceder, su nombre se esfumó, aunque en realidad fue a concentrarse en el padrón general de españoles que, mientras Franco viviera, no podrían regresar a su país, o sí, una vez que purgaran las condenas que el régimen les había adjudicado. Arcadi salió del hotel Midi treinta y dos días después de su llegada, el 16 de octubre de 1940, rumbo al pueblo remoto de Galatea, en Veracruz, México. Se fue con una noción aproximada de las circunstancias en que se quedaban mi madre y mi abuela, pero ignorándolo todo acerca de la suerte que habían corrido su hermano y su padre, mi bisabuelo, el hombre que detonó la primera mina de esta historia. Mi abuela, porque así juzgó que era pertinente hacerlo, no le comunicó, en la única carta que fue posible enviarle durante su exilio en Francia, lo que había sucedido con el resto de la familia, se limitó a escribir:

«Estamos bien, no pierdas tu tiempo y tus energías pensando en nosotras». No dio más detalles, los guardó para cuando su marido estuviera sano y salvo en México, pensó que era lo mejor, la información que había omitido hubiera hecho trizas a ese hombre que de por sí ya estaba maltrecho, quizá, pensó entonces mi abuela, iba a quitarle las ganas de seguir batallando para llegar a Galatea. Cuando Arcadi finalmente se enteró de lo que les había sucedido, le escribió a su mujer una carta, desde aquella selva donde se encontraba a salvo, que decía: «Mejor que no me enterase, yo hubiera hecho lo mismo en tu caso».

Lo que Arcadi ignoraba entonces era que Oriol, su hermano, había desaparecido, pero aun cuando lo supo meses más tarde por la carta de mi abuela, siguió ignorando, durante décadas, los pormenores de aquella desaparición. Oriol había permanecido varios días más en aquel hospital de Port de la Selva, los médicos le habían prometido, a él y a todos los heridos, que un transporte especial los recogería para llevarlos a la frontera y que de ahí serían trasladados a un hospital en Francia. Pero una semana después de que se retirara el último contingente republicano, en el que iban Arcadi y Bages, los heridos, que eran noventa y seis, se encontraron en una situación que no atinaban, por cruda y brutal, a descifrar. Una noche no apareció el médico al que le tocaba la guardia y tampoco fue relevado por el que tenía el turno de la mañana, ni éste fue relevado por el que debía presentarse a mediodía. Cuando llegó otra vez la noche los heridos concluyeron que los habían abandonado. Se sabe que alguno de ellos consiguió una radio y que de su comunicación sacó en claro que el transporte que les habían prometido no existía, había sido un invento de alguien o un buen deseo que no se había cumplido. Se sabe también que después de una discusión, donde abundaron las escenas de rabia, de histeria y de pánico, concluyeron que había que irse de ahí antes de que llegaran los franquistas, todos conocían alguna historia de republicanos heridos que no habían contado con la misericordia del ejército enemigo. Se sabe que se fueron de ahí, como pudieron, ayudándose unos a otros: los que tenían heridas que les permitían moverse, que nada más estaban rengos o tenían fracturado el cráneo o les habían amputado un miembro no indispensable para desplazarse solos, ayudaban a los que no podían tenerse en pie. Se sabe que en esas condiciones enfilaron hacia la frontera y que así, como la más desastrosa de las retaguardias, llegaron, por recomendación de un payés que les dijo que la frontera estaba cerrada, a la falda del Pirineo. Se sabe que en cuanto empezaron a subir la cuesta comenzó a nevar y que había unas ventiscas preñadas de hielo que dificultaban enormemente el ascenso, al grado de que los que podían moverse, o cuando menos la mayoría de ellos, optaron por dejar ahí, medio protegidos de las ventiscas por una roca enorme, a los que no podían moverse. A partir de ahí cada herido eligió al azar su rumbo y cada quien, según su herida, su resistencia y su suerte, sobrevivió o murió en su empeño. Se sabe, o quizá nada más se puso por escrito, que Oriol fue visto por última vez cerca de la cima, todavía de pie, batallando contra una ráfaga mayor que corría por el espinazo de la cordillera, a unos cuantos pasos de atacar la pendiente que desembocaba en Francia. Todo esto no lo supo Arcadi hasta 1993, por medio de una carta que recibió en La Portuguesa, escrita de puño y letra por un amigo de Oriol que había logrado llegar a Collioure y había conseguido curarse y permanecer ahí y rehacer en aquel pueblo francés su vida. Eso es todo, no se sabe nada más. Durante toda su vida Arcadi conservó la esperanza de que su hermano anduviera perdido en algún país de la órbita soviética o en algún pueblo sudamericano. «Todavía, cada vez que suena el teléfono, lo primero que piensa es que por fin lo llama Oriol», me dijo mi abuela hace unos años. A Martí, su padre, mi bisabuelo, no le fue mejor, pero al menos se sabe lo que le sucedió. Cuando el ejército franquista entró en Barcelona, Martí convalecía, en uno de los dormitorios del piso de Marià Cubí, de las fracturas que le había producido la estampida de pánico en la plaza de Cataluña. En ese piso además vivían mi bisabuela, mi abuela, mi madre, la mujer de Oriol y Neus, la hermana de mi abuelo, una tribu de mujeres que se habían deshecho de cuanto documento u objeto pudiera inculpar a los combatientes republicanos de la casa. No calcularon que en ese tipo de situaciones la gente, que bien puede ser un vecino con el que se tenía una relación cordial y civilizada, delata para congraciarse con el amo en turno y, basadas en este error de cálculo, no escondieron al bisabuelo, lo dejaron ahí convaleciente en su dormitorio mientras un trío de soldados, que sabían perfectamente por quién iban, revisaban de arriba abajo el piso. De nada sirvieron ni sus credenciales de periodista, ni la nula peligrosidad que representaba para el régimen de Franco ese viejo abatido y convaleciente. Lo sacaron de ahí esposado, a la fuerza, en medio de un jaloneo contra la tribu de mujeres que hacía todo para evitar que se lo llevaran. Martí fue metido en una celda común en la prisión Modelo, ahí esperó trescientos días a que le dictaran sentencia o a que lo dejaran en libertad. Neus, su hija, lo visitó sin falta todas las mañanas, sentía un afecto especial por él y además deseaba compensar la ausencia de su madre, que había ido una sola vez a visitarlo y saliendo de ahí lo había dado a él por muerto y a ella por viuda y se había vestido de luto el resto de su vida. Neus recuerda, con gran pesar hasta hoy, aquellas trescientas visitas donde le iba comunicando a su padre, que la oía pacientemente del otro lado de la reja, los avances, nunca muy consistentes, que iba haciendo el abogado. Poco era lo que podía hacerse cuando lo normal era que encerraran a republicanos y sin juicio que mediara los dejaran ahí durante años, o los fusilaran, como sucedía no pocas veces. A medida que pasaban las semanas y los meses Neus iba perdiendo la esperanza de sacar de ahí a su padre con vida, Martí compartía el espacio con ocho detenidos en una celda sin ventilación que tenía un solo retrete. A los cuatro meses de estar ahí tuvo una crisis respiratoria que fue atendida, tarde y mal, por el médico de la cárcel. Más tarde se enteró, y al día siguiente su hija, de que tenía tuberculosis en un grado, al parecer, bastante avanzado. El abogado trató de usar como argumento la enfermedad para liberar a su cliente, o siquiera para conseguir que lo trasladaran a un hospital o a su casa, bajo el régimen de arresto domiciliario, que se usaba a veces cuando el juez era piadoso. La decisión del juez tardó demasiado en llegar, o quizá no iba a llegar nunca; el caso es que luego de trescientos días de cautiverio, y de varios meses de un deterioro que lo fue dejando acezante y cenizo, Martí murió en su catre, sin que ninguno de sus compañeros de celda lo notara, o cuando menos eso fue lo que le dijeron a Neus, que en cuanto llegó al día siguiente a visitarlo pensó que todavía dormía y pidió que lo despertaran. Martí fue enterrado sin ninguna ceremonia en el panteón civil de Barcelona, Neus y Adolfo, su novio, fueron los únicos que asistieron. Mi bisabuela no halló razones para asistir al entierro de quien llevaba sepultado casi un año, imposible culpar a esa mujer que había perdido en muy poco tiempo a los tres hombres que había en su vida. Mi abuela tuvo que quedarse en casa a cuidar de Laia, que era pequeña, y de la mujer de Oriol, que empezaba a experimentar unos ataques de locura que la hacían echarse a correr gritando que habían matado a su marido y en su carrera iba golpeándose contra los muebles y contra las paredes y con frecuencia se hacía daño.

Después del entierro de Martí el ambiente se enrareció en el piso de Marià Cubí, Neus se fue a vivir con Adolfo y dejó ahí a la tribu: a mi abuela y a la mujer de Oriol esperando ansiosas alguna noticia de sus maridos, y a mi bisabuela, que pasaba el día completo y buena parte de la noche sentada pacíficamente en un sillón, ligeramente encorvada hacia delante, con su mano ganchuda puesta en la perilla de un aparato de onda corta que había en el salón, una caja grande y marrón con dial de luz amarfilada, donde sintonizaba programas de todo el universo radiofónico que eran transmitidos en checo y en ruso y en otras lenguas que no entendía. Las crisis de la mujer de Oriol eran cada vez más espectaculares y se repetían con más frecuencia. Mi abuela la había llevado a un hospital, en un momento en que una crisis reciente la había dejado sin ánimo para resistirse, pero el médico que las atendió las había mandado de vuelta a su casa, por prudencia y por temor, las dos mismas razones que había esgrimido otro médico, amigo de la familia, durante una visita que les había hecho semanas después, cuando los ataques comenzaban a volverse incontrolables. Lo único que decía la mujer de Oriol cada vez que los médicos le preguntaban algo o trataban de auscultarla era que Franco había matado a su marido, y oír eso y solaparlo y encima tratar con medicina a la mujer que lo decía era un riesgo que ninguno de los dos doctores había querido correr, nada más el que era amigo había dejado unos calmantes, un tubo de pastillas que no había conseguido el menor efecto.

Una mañana muy temprano mi abuela notó que la puerta del piso estaba abierta y buscando el motivo dio con la mujer de Oriol, o más bien con su cuerpo suspendido en el vacío de la escalera, que se había colgado del cuello con un cinturón que estaba amarrado de uno de los barrotes del pasamanos con un nudo trabajoso, furibundo, a fin de cuentas la última atadura de su vida. Neus ayudó a mi abuela a salir del trance legal que significaba un ahorcado en casa, y también la socorrió meses después cuando murió mi bisabuela, de manera pacífica, mientras oía un noticiario que según mi abuela, que estaba ahí junto a ella, se transmitía en una lengua escandinava.

A mi abuela y a mi madre les tomó muchos meses conseguir dinero y un barco que las llevara a México en plena Segunda Guerra Mundial. Zarparon finalmente del puerto de Vigo el 3 de julio de 1943. Neus se quedó, se casó con Adolfo, tuvo a Alicia, su hija, en fin, rehízo como pudo su vida, es el único miembro de la familia que, por no haberse exiliado ni tampoco haberse muerto, logró permanecer en Barcelona. El dinero para el viaje llegó a manos de mi abuela de forma, si no misteriosa, sí curiosamente oportuna. Llegó después de mucho buscarlo con amistades y conocidos; Neus y su novio, que eran la única familia a la redonda, no tenían ni un céntimo y mi abuela era huérfana desde niña y no tenía hermanos, ni tíos, ni primos a quien recurrir, no en esa época donde nadie sabía quién vivía y quién había muerto. El dinero llegó justamente cuando había que comprar los pasajes para el barco que zarparía de Vigo y llegó de una persona inesperada, de manos del médico amigo de la familia que alguna vez había llevado una dotación de calmantes inocuos para la mujer de Oriol.

El presidente Azaña, como ya se ha dicho, era una de las prioridades de la legación de Rodríguez. El general Cárdenas mandaba preguntar semanalmente por su salud, por su situación política y por la intensidad de los acosos a que lo sometían los agentes de Franco.

Unos días antes de la fiesta mexicana de independencia, Luis Rodríguez había acudido a una recepción en la embajada de Suecia. No es completamente seguro que haya sido la embajada de aquel país, la forma en que está registrado este incidente en su bitácora se presta a confusiones; pero dejando de lado esta imprecisión, se sabe que ahí Rodríguez, en determinado momento del coctel, fue abordado por Hans, el diplomático alemán que habían conocido en aquel intento de desalojo en París y que posteriormente los había desasosegado con su presencia, aparentemente casual, en aquel bar de Burdeos, justamente después de que habían ayudado al doctor Negrín y a su comitiva a embarcarse a Inglaterra. Rodríguez se sorprendió al ver que se le acercaba, no sabía en qué sector de la diplomacia acomodar a ese personaje con quien había coincidido en momentos cruciales. Hans le estrechó la mano y le dijo, muy cerca del oído para que nadie más oyera, que acababa de ordenar a un comando de élite de la Gestapo que entrara en una hora a la casa que estaba ubicada en el número 23 de la rue Michelet y que aprehendiera a todos sus habitantes, y que él esperaba, le decía al embajador todavía sin soltarle la mano, que hiciera algo de provecho con esa información y que le deseaba mucha suerte, y entonces se despegó de su oído, le sonrió amistosamente y hasta entonces, antes de darse la media vuelta e irse, no le soltó la mano. Rodríguez había salido de ahí pitando y había logrado sacar al presidente y a su mujer de la casa y se los había llevado al hotel Midi.

A principios de noviembre, tres semanas después de la partida de Arcadi, murió el presidente Azaña en el territorio mexicano de la habitación número 11, su enfermedad progresiva se había adelantado a los agentes que querían regresarlo a España. La historia del exilio del presidente está ampliamente documentada, se ha narrado de diversas formas y abundan los ensayos al respecto. Su entierro fue una ceremonia desangelada, esto puede comprobarse en las fotografías que se hicieron ese día en aquella ceremonia que se malogró a causa de la creciente hostilidad que manifestaba el gobierno francés ante cualquier acto republicano. A pesar de esa hostilidad, que consiguió disuadir a casi todos los que hubieran querido rendirle homenaje, Luis Rodríguez hizo un esfuerzo histórico porque a don Manuel Azaña se le enterrara con los honores que merecía un presidente. Cuando se enteró de la grosera austeridad con que el gobierno francés pretendía que se le sepultara, movió todas sus fichas diplomáticas para que el mariscal Pétain lo recibiera. En menos de doce horas –la premura era importante porque el entierro ya tenía fecha y hora–, Rodríguez, con la ayuda del cada vez más valioso Hans, había conseguido una audiencia, a las once de la noche, en la suite de hotel que entonces funcionaba como oficina del mariscal. El encuentro fue bastante parecido al anterior, con la diferencia de que Rodríguez sabía que Pétain ni era hombre de fiar, ni su gobierno gozaba de mucha autonomía. En esas condiciones, sin darle tiempo ni oportunidad de que explicara, o cuando menos tratara de matizar, la escasa solidez de sus compromisos, el embajador le dijo que ya que había conseguido boicotear el entierro, siquiera otorgara su permiso para que el féretro del presidente Azaña fuera cubierto por la bandera republicana española, porque a esas alturas ya el gobierno de Vichy había dispuesto que el féretro se cubriera con el pabellón franquista. El mariscal oyó con atención, luego se tomó su tiempo encendiendo un habano y al cabo de unas cuantas bocanadas comenzó a armar un circunloquio, un pretexto extenso, un monólogo necio e insostenible que iba encaminado hacia un no rotundo. Rodríguez lo interrumpió, no quería perder el tiempo oyendo ese no demasiado largo, que por otra parte estaba siendo pronunciado por un jefe de Estado que mandaba menos que obedecía. Lo interrumpió poniéndose de pie y diciéndole estas palabras, que al día siguiente repetiría durante la ceremonia fúnebre, frente a ese cortejo insuficiente que aparece en las fotografías: «Entonces lo cubrirá con orgullo la bandera de México, para nosotros será un privilegio, para los republicanos una esperanza y para ustedes una dolorosa lección».

Casi dos meses después, el 27 de diciembre de 1940, Luis Rodríguez volvió a reunirse con el mariscal Pétain, su misión en Francia había terminado. Los agentes de Franco y de la Gestapo habían conseguido inmovilizar su legación y, por otra parte, el general Cárdenas había percibido que su embajador comenzaba a correr peligro. Aun cuando Rodríguez no había logrado concretar ni una sola de las evacuaciones masivas, regresó a México, su misión, al final, había terminado siendo otra: su formidable talento diplomático ayudó a sobrevivir a los miles de refugiados que se acercaron a él con la ilusión de ser tocados por su aura protectora. *El embajador caminaba por las calles de Montauban como en un trance mágico, era un hechicero de frac ante el cual se doblegaban las fuerzas del mal*, dice Arcadi en una de las cintas. El proyecto de evacuar masivamente republicanos, esa misión imposible que le había encargado el general, había encontrado así, por esa vía que rozaba el encantamiento, una forma alternativa de hacerse posible.

El embajador se despidió del mariscal en una ceremonia breve, iba acompañado por sus dos secretarios, y Pétain, según muestra la fotografía testimonial, se había hecho acompañar por tres hombres y una mujer, todos de nombre y cargo desconocidos. La fotografía fue tomada en el momento en que Rodríguez dirigía al mariscal, que en ese instante buscaba algo disimuladamente con la mano en la superficie de una mesilla que tenía junto a él, sus palabras de despedida. La ceremonia tuvo lugar, como todas las de esa época, en una habitación de hotel. Al fondo, detrás de

135

las personas que la integran, se ve la puerta del cuarto de baño abierta y una cama deshecha que tiene debajo un par de pantuflas. Después de la despedida Rodríguez y sus secretarios, debidamente pertrechados por sus inmunidades diplomáticas, viajaron a París para dejar el archivo de la legación, que durante los últimos meses había sido trasladado de hotel en hotel, en el sótano del edificio de la rue Longchamp. Luis Rodríguez tenía treinta y siete años cuando terminó su misión en Francia. A principios del año siguiente, el 15 de enero de 1941, recibió en la Ciudad de México, en su nueva oficina, un telegrama donde se le comunicaba que el gobierno francés acababa de distinguirlo como Comendador de la Legión de Honor.

Arcadi zarpó de Burdeos el 16 de octubre de 1940. Supo que su viaje estaba arreglado la tarde anterior mientras jugaba ajedrez y, como detalle premonitorio, se encontraba aplicando el primer jaque mate de su vida, que también sería el último, porque desde entonces no ha vuelto a jugar ese juego que sin remedio lo remite a Argelès-sur-Mer y a ese peregrinar lastimoso por Francia que estaba a unas horas de terminarse. El embajador Rodríguez tocó la puerta y sin esperar respuesta asomó la cabeza para pedirle a Arcadi que fuera a su oficina: tenía una propuesta que hacerle que seguramente iba a encontrar interesante. Después de tantos días dentro de esa habitación la propuesta del embajador, aun sin conocerla, le pareció feliz e inmejorable. Con ese ánimo caminó por el pasillo rumbo a su oficina y se acomodó frente a él, o más bien frente a su espalda, nervioso por lo que fueran a decirle. El embajador, como era su costumbre, comenzó a hablar mientras escribía, le dijo a Arcadi, que lo oía desde la orilla de su asiento, con los pies muy juntos y las manos batallando fuerte una contra la otra, que acababa de conseguirle un pasaje en un barco que iba a Nueva York, y además un poco de dinero para que de ahí tomara otro barco o un tren que lo llevara a México. «Era lo mejor que podía conseguirle», dijo, y su voz salió ligeramente ensordinada porque lo había dicho encorvado, demasiado cerca del escritorio y además se encontraba rodeado por una nube de humo que atenuaba las cosas, las que podían verse y también las que podían escucharse. «A cambio necesito que haga usted algo por mí», siguió diciendo y hasta entonces no dejó de escribir y, con un movimiento ágil, quizá excesivo para ese hombre dado a la ceremonia, le dio la vuelta a su silla y se acomodó frente a Arcadi y le dijo, ahora con la voz ya libre de cualquier sordina, dándole la espalda al escritorio y a la nube: «Necesito que se lleve usted algo a México y que me lo guarde los meses o los años que haga falta». Arcadi se quedó mudo, la súbita noticia de su viaje acababa de procurarle un hueco en el estómago. Dejar Europa y la cercanía con España parecía tan descabellado como permanecer ahí, tan lejos de España. Aceptó, sabía que debía abordar ese barco, aun cuando se sentía completamente paralizado por el temor y la incertidumbre, y aunque el encargo que estaba a punto de hacerle el embajador fuera llevarse un cebú en barco y tren hasta los confines de Galatea. Rodríguez metió medio cuerpo debajo de su escritorio y de ahí sacó, e inmediatamente puso junto a los pies de Arcadi, una maleta negra enorme, la misma que permanecería veintitantos años en el fondo del armario de La Portuguesa. La maleta le pareció a Arcadi demasiado grande, pesada e inmanejable como un cebú. «Son documentos y objetos personales de un personaje importante del gobierno de la república», dijo Rodríguez mientras se recomponía la corbata y se acomodaba nuevamente en su escritorio frente a la pared. Reanudó la escritura del documento y siguió con su explicación, parecía que las palabras que pronunciaba se activaban con las que escribía, una suerte de interdependencia donde el trazo activaba al sonido y viceversa. Primero explicó cómo pensaba trasladarlo hasta el barco que estaba atracado en un puerto de la zona ocupada. A Arcadi le pareció que se trataba de un operativo complejo con grandes márgenes para el fracaso y así lo dijo, pero el embajador lo tranquilizó haciéndole ver que se trataba de un procedimiento del que él mismo y sus secretarios echaban mano con frecuencia. Luego vinieron las instrucciones para la entrega de la maleta: debía llevársela a México y una vez instalado, en Galatea o en donde fuera, debía enviarle un telegrama con su dirección al secretario particular del general Cárdenas, que ya estaría al tanto del asunto. La maleta estaba cerrada con un candado y la llave la tenía el dueño, que por lo pronto se había instalado en Cuba. Su misión consiste en conservar esa maleta, cerrada y en buen estado, hasta que su dueño la recoja, no importa, le repito, que pasen meses o años, le dijo Rodríguez y después agregó, para tranquilizarlo respecto a la legalidad del acto de cruzar el mar arrastrando ese cebú: «La maleta lleva toda clase de inmunidades diplomáticas, no tiene usted de qué preocuparse, nadie va a preguntarle nada ni a pedirle que la abra». Al día siguiente Arcadi se enteraría de que no sólo la maleta viajaba con inmunidades: el secretario Leduc apareció muy temprano en la habitación 7 cargando un traje oscuro para sustituir las prendas escasamente diplomáticas que le había obsequiado Jean Barrières y un documento que lo acreditaba como funcionario especial de la legación de México en Francia.

El embajador Rodríguez escribía y bebía café cuando Arcadi entró a despedirse, el traje le quedaba grande y encima Leduc y uno de los refugiados habían tratado de ajustárselo con una serie de puntadas muy visibles y bastante torpes; el resultado general era la ilusión de que Arcadi en cualquier instante podía extraviarse dentro de su propia ropa. «Va usted a llegar a Galatea hecho un príncipe», le dijo el embajador apenas lo vio entrar, y además tuvo la atención de dejar de escribir y de ponerse de pie frente a él. Arcadi pensaba que no había forma equitativa de agradecerle a ese hombre lo que había hecho por él, aun cuando en ese momento expresó su gratitud lo mejor que pudo, dijo unas cuantas palabras, según él, frías y bastante torpes. «No tiene que agradecer, Arcadi», dijo el embajador abrazándolo con afecto pero también, supongo, sintiendo algo de piedad por ese muchacho catalán que iba a tratar de rehacer su vida en aquel pueblo selvático. «Será mejor que se dé prisa, no pierda conmigo el tiempo que después puede hacerle falta», dijo separándose de Arcadi, y mientras le recomponía las solapas y el nudo de la corbata, lo tranquilizó diciéndole que seguramente volverían a coincidir algún día en México, como en efecto iba a suceder treinta y tantos años después, pero no de la forma en que en ese momento los dos imaginaban. Arcadi salió recompuesto aunque inclinado por el peso excesivo de la maleta, que era mucho mayor del que podía a simple vista atribuírsele; Leduc cogió una de las asas y así, con el peso repartido, cruzaron el pasillo, bajaron las escaleras y abordaron los tres el automóvil negro. Hicieron el trayecto hasta

Burdeos sin más contratiempos que los habituales, un par de retenes donde un oficial, francés en el primero y alemán en el segundo, hizo preguntas y revisó sus documentos. Leduc había tomado la precaución de decirle a Arcadi que hablara lo menos posible y que de preferencia se limitara a responder con monosílabos; aunque el trámite se efectuaba en francés no quería correr el riesgo de que alguno detectara el acento catalán de Arcadi y concluyera, con toda justicia, que un diplomático mexicano que hablaba así constituía toda una irregularidad. Llegando a Burdeos fueron directamente al Matelot Savant, ese restaurante que desde la evacuación del doctor Negrín y su séquito se había ido convirtiendo en el punto nodal de las maniobras de evacuación del embajador Rodríguez. Los recibió el viejo Matelot en persona y después de las formalidades, que se redujeron a la informalidad de un trago de whisky bebido de golpe y una serie de palmoteos en la nuca y en los hombros de Arcadi, los condujo a una mesa donde tres republicanos, una mujer y dos hombres, departían mientras llegaba la hora de abordar el barco. «Buenas tardes», dijo Arcadi yéndose de lado por el peso de la maleta, y ligeramente escorado por el golpe súbito del whisky. La inclinación que llevaba hacía que su traje se viera más grande todavía, que él mismo se encontrara más al borde de la desaparición. Los republicanos le hicieron sitio en la mesa, habían llegado ese mismo día de París, luego de una temporada donde los tres, cada uno por su parte y con su propia historia, habían estado en vilo, con el futuro suspendido, permanentemente ocultos en una habitación, en un sótano, en una trastienda y también permanentemente en contacto, por carta o por la intermediación de civiles solidarios, con los diplomáticos de la legación mexicana que finalmente, como habían hecho con otros tantos, los habían salvado de las garras y las fauces y las armas y las órdenes de deportación de los agentes de Franco. Cada uno de los que departían en esa mesa tenía una historia de longitud y espesura similar a la de Arcadi, y ellos cuatro, que hablaban y bebían golpes de whisky y que celebraban el viaje que venía, no eran más que una parte mínima de esa multitud, de ese ejército, de ese país en trozos donde cada habitante tenía historias de longitud y espesura similar a las historias de ellos. Arcadi anotó en sus memorias una sinopsis del calvario por el que habían pasado sus tres compañeros de mesa, cada uno por su parte, cada quien en su sótano o en su trastienda. A cada uno le dedicó un par de páginas, tres en el caso de la mujer. Se trata de sinopsis minuciosas, de historias muy bien aprendidas porque se dijeron en aquella mesa y luego se siguieron diciendo a bordo del barco y después en el vagón del tren y al final cada uno se llevó tres historias más la suya, y quizá alguno de los tres haya escrito también una sinopsis de la vida de Arcadi, o haya dicho o siga diciendo, cada vez que alguien lo escucha, una de las versiones de su historia en un monólogo maníaco e interminable. Durante varios días, después de releer las memorias de Arcadi, estuve dándole vueltas a la idea de hacer algo con estas historias; el material que está ahí escrito es una tentación, son tres historias resumidas y perfectamente documentadas pero, concluí días después, no son nuestras, son las historias de otros, y en una maniobra parecida a la del embajador Rodríguez, que salvó lo que pudo, a un refugiado de cada diez, o de cada mil, decidí, mientras pensaba que era imperativo viajar a Francia a hurgar en el sótano de la rue Longchamp, que salvaría exclusivamente la historia que me define, la que desde que tengo memoria me perturba. Salvo la historia de Arcadi porque es la que tengo a mano, que es lo que hace uno siempre en realidad, lo que es factible hacer, salvar, amar, herir, dañar a quien se tiene a mano; los demás son la historia de otro.

El complot

Gracias al maestro Cano, ese viejo experto en asuntos diplomáticos de la Facultad de Filosofía y Letras, conseguí que me recibiera el cónsul general de México en París; el maestro había hablado con él por teléfono y él se había «mostrado encantado», según me dijo textualmente, de recibir a un investigador con tanto interés en el exilio republicano. «¿Aunque sea yo antropólogo?», le pregunté a Cano, porque me parecía un poco extraño entrar a un archivo histórico con esa facilidad. «No menosprecie usted mi influencia», me dijo Cano divertido, y luego agregó: «No va a dejar pasar usted esta oportunidad, ¿verdad?». Unos días más tarde, como dije, ya iba yo a bordo de un avión rumbo a París, con una fotocopia de las memorias de Arcadi que había ido anotando en los márgenes y una libreta donde había ordenado mis dudas y los huecos que había percibido en las cintas de La Portuguesa. Me hospedé en un hotel que me consiguió el cónsul, una prueba más de la influencia que sobre él tenía el maestro Cano, y al día siguiente me presenté muy temprano en el edificio de la rue Longchamp. El jefe del archivo, un hombre de setenta años que llevaba treinta en el mismo escritorio, me condujo hacia la zona donde estaban las cajas con la documentación del embajador Rodríguez. Usted perdonará el desorden, dijo al ver mi reacción frente a las pilas de cajas, y después se fue y me dejó husmear a mis anchas. Me tomó medio día orientarme en aquel mundo de oficios, documentos y cartas personales, pero tres días después había conseguido los datos que necesitaba para completar la historia. Llené dos libretas con cifras, datos y pasajes importantes de la gestión de aquel embajador heroico, sobre todo en los campos que tocaban el paso de Arcadi por Francia, hice listas minuciosas de lugares, de nombres, de compañías, de las ocupaciones temporales de los republicanos y de la proporción que estos ocupaban como fuerza laboral en el país; todo eso puede averiguarse a partir de los documentos del embajador y yo, habituado por mi oficio a trabajar con los detalles, fui formando en esos cuadernos un perfil casi científico de la gestión de Rodríguez. En aquel universo de documentos encontré el acta que levantó la Gestapo la noche de la detención de Arcadi en Toulouse, aquella que pone «Rotspanier» en letras rojas grandes, y también encontré un dato que desconocía: con el acta viene un anexo de información sobre Arcadi en donde, entre otros datos, se especifica que es miembro del Partido Comunista, y se da un número de filiación, y que su padre y su hermano también lo son, y se dan otros dos números. Yo no sólo ignoraba esto, también había tratado el tema con Arcadi y él me había dicho que no pertenecía a ningún partido ni organización política, cosa que siempre me había parecido rara porque Bages, su amigo íntimo, recibía todo el tiempo correspondencia del partido y se carteaba con media docena de camaradas en Francia. Aquel dato, además de hacerme sentir engañado por mi abuelo, me hizo sospechar que había una parte de su historia que ignoraba.

El último día acepté una invitación a cenar que me hizo el cónsul: me había propuesto, a manera de despedida, que probáramos los caracoles que servían en Bon, un restaurante que, según la información que soltó mientras conducía su automóvil, que era desde luego negro, había sido diseñado íntegramente por Philippe Starck. El cónsul se había interesado desde el principio en mi investigación, le había sorprendido mucho que todo ese material histórico que llevaba años durmiendo en su sótano pudiera serle útil a alguien, además, claro, del maestro Cano, había dicho. Antes de aquella cena yo creía que su interés y sus continuas preguntas eran su forma de controlar todo lo que sucedía en su consulado, pero me equivoqué. Entramos al restaurante y nos sentaron en la parte alta, en una mesa desde donde teníamos un panorama completo del diseño de Starck, una jungla de formas plagadas de vértices que devoraba paredes, sillas, mesas y cubertería. «Yo al señor Starck en mi casa le permitiría, como mucho, poner una lamparita», dije sin pensar que al cónsul podía gustarle mucho ese diseño. El cónsul se rio de buena gana y dijo que él, al señor Starck, no le permitiría ni eso y luego advirtió que esa jungla de vértices pasaría a segundo plano en cuanto llegaran los caracoles, como efectivamente sucedió. Mientras bebíamos un aperitivo y conversábamos de cualquier cosa, el cónsul, que a medida que se aproximaba su platillo de caracoles iba dejando de ser hombre robusto y se iba convirtiendo en gordo goloso, me pidió que lo llamara por su nombre, sin anteponer su rango, y eso me dio pie para preguntarle directamente sobre el interés que tenía en mi investigación. «Muy simple», dijo, «mi abuelo murió en el campo de prisioneros de Vernet.» Ése fue el punto de partida para la conversación que duró hasta que salimos de la guarida del diseñador Starck, luego de haber recorrido y comparado el historial de cada uno, y también la manera en que esa condición omnipresente de haber heredado una guerra perdida había interferido en nuestra forma de mirar el mundo. La conversación fue una tormenta, con sus periodos de calma cada vez que el cónsul, todavía más gordo, se abismaba en el sabor y en la textura de alguno de sus caracoles. Justamente después de probar uno, que a juzgar por el abismo en que cayó debió de ser el mejor de la noche, dijo sin mirarme, mientras entresacaba con un instrumento largo hasta el último rastro de aquel manjar: «¿Y nunca se te ha ocurrido visitar Argelès-sur-Mer?». La pregunta me dejó helado, no por ella misma sino porque se trataba de una obviedad, de un trámite elemental en mi investigación que ni siquiera se me había ocurrido. «Te lo digo porque yo estuve hace poco en Vernet», dijo, y entonces volteó a verme. Se limpiaba la boca con la servilleta y su doble acierto le había puesto los ojos brillantes, había dado en el blanco con su pregunta, luego de haber dado en el blanco con su instrumento largo. Yo empecé a darle vueltas a la posibilidad de hacer ese viaje y antes de que viniera el camarero a levantar la orden de los postres ya había decidido que ese viaje era una misión urgente que tenía que efectuarse al día siguiente. Me quedaba todavía una semana en Europa y decidí cambiar la visita que pensaba hacerle a Pedro Niebla en Madrid por esa visita a Argelès-sur-Mer que, desde la altura de aquella cena estupenda, se me antojó como un viaje de arqueología interior, una experiencia cuyos probables hallazgos me ayudarían a obtener un mejor perfil de Arcadi y, consecuentemente, de mí mismo. Al día siguiente cogí un avión que en menos de una hora me llevó hasta Perpignan, al sur de Francia. Caminé hasta la zona de taxis del aeropuerto y le pedí a uno que me llevara a Argelès-sur-Mer. El chofer, un viejo amable, trató de convencerme de que hiciera el trayecto en autobús, que iba a costarme la mitad y además había uno a punto de salir, pero yo no quería perder nada de tiempo, estaba impaciente por llegar y así se lo dije y él, que era un viejo amable, no insistió más. La carretera estaba vacía, era un jueves de enero, un mes flojo para los destinos turísticos que viven del sol y de la vida en la playa. El viejo era un parlanchín que me obligaba de cuando en cuando a responderle, cada vez que su pregunta exigía algo más que un ruido o un monosílabo de mi parte. Le contestaba distraídamente y lo atendía poco, quería meterme bien en el paisaje, en ese territorio donde pensaba que había algo mío. Tan convencido estaba de ello que entrando a Argelès-sur-Mer me sorprendió el poco efecto que la ciudad produjo en mí. Le pedí al chofer que me dejara en la zona de los hoteles, ya había visto al pasar dos que estaban cerrados, había olvidado que los hoteles de playa suelen cerrar durante los meses de invierno, pero el viejo amable me aseguró que habría algunos abiertos: «En esta calle seguramente encontrará alguno», dijo. «Déjeme aquí», le dije, para buscarme uno por mi cuenta y también para librarme de su cháchara, que empezaba a ser una verdadera interferencia. Caminé dos manzanas, cargando mi maleta, que era pequeña, y mi portafolios, que había engordado todos los días con fotocopias de documentos y notas que iba tomando. Trataba de decidir en qué hotel alojarme, había pasado tres que estaban abiertos y el mecanismo de elección que utilizaba era el de la simple vista, el que más me gustara, el que más me latiera, para usar esa expresión mexicana tan exacta, que integra la vista pero también la reacción que lo que se ha visto provoca en el corazón; una joya, en realidad, de la síntesis: lo que entra al ojo y da en el blanco y entonces provoca un latido. Hacía frío en la calle, y el viento del mar que estaba enfrente, a unos doscientos metros, exageraba el rigor de la temperatura. Al final de la segunda manzana que caminé, en la esquina, vi un hotel que estaba abierto y que me hizo detenerme y que me latió en el acto: era un edificio azul y viejo, de tres plantas, con un letrero grande que decía «Cosmos». Entré a la recepción, que era espaciosa y llena de madera, y alquilé una habitación a un precio que resultó irrisorio en cuanto lo comparé con lo que me había costado la habitación en París. Eso me hizo pensar en que mi investigación empezaba a costarme demasiado cara y que a ese paso pronto liquidaría mi raquítica cuenta de ahorro de profesor de antropología. Dejé mis cosas en la habitación y salí a caminar, era temprano, no daban todavía las diez y el café con dos inmundos panecillos que me habían dado a bordo del avión me había quitado el hambre. Caminé hacia el centro de la ciudad, una maniobra de protección... supongo, porque lo lógico, si es que efectivamente no quería perder nada de tiempo, hubiera sido tirar para el mar, meterme de una vez a la playa donde mi abuelo había estado prisionero durante diecisiete meses; la verdad es que me perturbaba tanto descubrir vestigios, muchos o pocos, como no descubrir ninguno; en el fondo sabía que mi Argelès-sur-Mer era el que me había heredado Arcadi, no era un territorio físico sino un recuerdo, una memoria con más de sesenta años de antigüedad, y esa memoria, que era la que yo trataba de reconstruir, difícilmente iba a coincidir con ese territorio físico que era sesenta años más joven. Con todo y que había optado por el centro de la ciudad porque ya intuía que en la playa me esperaba el desencanto, nunca esperé que la diferencia entre los dos Argelès-sur-Mer fuera así de brutal. Curioseando por las calles, donde el clima era más benigno que en la orilla del mar, di con el edificio del Ayuntamiento y, sin pensarlo mucho, me introduje y fui recibido por una señorita deseosa de ayudar a los visitantes. Para no desairarla y también porque sentía curiosidad, le dije que andaba buscando información de la ciudad, su historia, su composición sociopolítica, sus actividades preponderantes, esas cosas que suelen publicar las oficinas de turismo de las localidades. La señorita cogió un cuadernillo de un montón que tenía junto a ella y me lo obsequió, era un compendio de todo lo que esa ciudad, y sus playas, ofrecían al turista, más una versión resumida de su historia. Salí del Ayuntamiento y me senté en un café a analizar la información, pedí algo de comer porque el espejismo de plenitud que me había dejado el desayuno del avión había desaparecido. Leí, con un desasosiego creciente, el capítulo donde se contaba la historia de la ciudad. Transcribo textualmente, traduciéndolo al vuelo del francés, el primer párrafo: «Situada en el Roussillon, a la orilla del Mediterráneo, Argelès-sur-Mer es uno de los balnearios más importantes de Francia. Su clima benigno y su situación privilegiada, entre el mar y la montaña, atraen cada año a más de doscientos mil visitantes». Luego de dos o tres párrafos más donde se ensalzan sus hoteles, sus restaurantes y el tradicional cariño que prodiga a los turistas su gente, viene la parte histórica, que arranca con los condes de Roussillon en el momento, siglo XII, en que los reyes de Aragón les arrebatan la ciudad y se quedaban con ella. Luego narran, más bien a brincos, la época en que la ciudad perteneció al reino de Mallorca y posteriormente su regreso a la tutela de los reyes de Aragón. Más adelante viene un salto hasta el siglo XVII, cuando por medio del Traité des Pyrénées, Francia se queda con esa región que había sido de España. Lo que sigue después de esta información es este párrafo: «A principios del siglo XX, Argelès no era más que una aldea rural como tantas otras, donde la gente vivía de trabajar la tierra y de la artesanía. La moda de las vacaciones de verano y el aumento del turismo sacaron a la ciudad de su somnolencia. Desde hace cuarenta años la ciudad ha experimentado un desarrollo considerable que se refleja, por ejemplo, en la ampliación de los servicios de playa y en la construcción, en 1989, de Port-Argelès». Me desconcertó la ligereza con la que el folleto pasaba de principios del siglo XX al año de 1989, y mi desconcierto fue mayor al voltear la página y encontrarme con un gráfico histórico que registraba las fechas importantes del lugar. Transcribo lo que ahí se consigna, otra vez traduciendo al vuelo, a partir de finales del siglo XIX:

1892: Construcción de las primeras villas y chalets.
1929: Creación del Syndicat d'Initiative.
1931: Organización de los primeros torneos de tenis.
1948: 4 000 veraneantes en la playa.
1954: Inauguración del primer camping.
1962: La zona es elevada al rango de Estación de Turismo y Balneario.
1971: Creación de la Oficina de Turismo.
1989: Inauguración de Port-Argelès.

Del desconcierto pasé a la incredulidad y, bastante animado por un principio de indignación, salí del café y volé al Ayuntamiento, donde fui otra vez recibido por la señorita que, pese a sus deseos de ayudar, no pudo hacer mucho: lo más que hizo fue sacar un libro de título *L'Histoire d'Argelès-sur-Mer*, el texto original de donde habían extraído el resumen que le daba cuerpo al folleto. Me senté ahí, en una mesa con sillas que me señaló la señorita, y durante un buen rato revisé las páginas buscando algún vestigio de la estancia de los republicanos españoles en esa playa que hoy es un paraíso turístico del sur de Francia. No encontré nada, y tampoco encontraría ni un vestigio en la oficina de turismo que visitaría al día siguiente, ni en la página de Internet de la región del Roussillon por la que me puse a navegar esa misma noche, en mi confortable habitación del hotel Cosmos, aturdido por tantas cosas que en unas cuantas horas había visto y pensado. La historia oficial de Argelès-sur-Mer no registra que en 1939 había más de cien mil republicanos españoles en su playa, pero sí establece en su gráfico histórico, como uno de los puntos importantes del desarrollo de la comunidad, que en 1948 cuatro mil veraneantes disfrutaban de esa misma playa. Con ese ruido en la cabeza salí del Ayuntamiento y di media vuelta, cogí un taxi para no fatigarme, llevaba la intención de invertir el resto del día en recorrer la playa, los siete kilómetros completos, que había ocupado el campo de refugiados. Le pregunté al taxista, que aparentaba edad suficiente para saberlo, que si tenía idea de dónde había estado ese campo, que si podía decirme a grandes rasgos de qué punto a qué punto corría la alambrada que contenía a los prisioneros. Me dijo que la mayor parte de la playa estaba ocupada por ellos y que en un descampado que había entre un camping llamado L'Escargot y otro de nombre L'Étoile Déshabillée había un pequeño obelisco conmemorativo. Le pagué y le di las gracias, me pareció reconfortante que alguien recordara ese capítulo extirpado de la historia de Argelès-sur-Mer. Me eché a caminar por la playa azotado a rachas por un viento frío, el mistral que tanto había hecho sufrir a Arcadi y a sus compañeros de desgracia, iba pensando que algún vestigio de esos cien mil hombres tendría que haber quedado, algo, lo que fuera, un trasgo, una cauda tenue, una presencia como la que seguramente había dejado don Luis Rodríguez en las habitaciones del hotel Midi que le sirvieron de oficina, o como la que dejó mi bisabuelo adherida a las paredes de la prisión Modelo de Barcelona, algo tenía que haber pegado a la arena, o a las rocas, o mezclado con el agua, cualquier cosa que sirviera de nexo entre esa playa y la playa que trabajaba en mí, un trozo de alambre, la huella de un spahi, las pisadas de la rata que le mordía el cinturón a Arcadi, la vibración, el trasgo, el fantasma de los miles de muertos que ahí hubo. Hacía frío y la playa estaba desierta, no había, naturalmente, turistas tirados de cara o espalda al sol y yo caminaba asombrado del paso implacable del tiempo, que había conseguido que esa arena donde los hombres se tiraban a morir, sesenta años después recibiera hombres que se tiraban ahí mismo, y cuyos cuerpos dejaban la misma marca en el suelo, para gozar de la vida y ponerse morenos. Caminé media hora sin detenerme acompañado por el vaivén del mar y por los golpes del mistral que con todo y abrigo me hacía estremecer, lo veía pasar furioso y golpear la arena y levantarle crestas, caminaba concentrado en todo lo que me rodeaba, en la arena, en las piedras y en el agua, buscaba vestigios, una presencia, cualquier rastro de los cien mil republicanos, iba aplicando mi olfato de antropólogo en cada palmo de aquel territorio, trataba de no distraerme con los clubes de playa y con los campings que alteraban el entorno con sus letreros estentóreos, uno detrás del otro se sucedían, parecía un complot para terminar de sepultar los vestigios que yo buscaba, Aqua Plage, Espace Surf, Club Mickey Tayrona, Central Windsurf, Le Jump, Club Center Plage, y mezclados con estos clubes de playa estaban los campings, de nombres más franceses y letreros menos estentóreos y con sus tráilers largos, pocos por la temporada pero suficientemente visibles, L'Arbre Blanc, Bois de Valmarie, Le Bois Fleuri, Le Dauphin, Le Galet, La Sirene, Le Neptune, Reˆve des Îles. Me detuve a mirar un letrero donde se explicaba que desde 1989, año en que, por cierto, se había inaugurado el Port-Argelès, en esa playa se aplicaba un tratamiento revolucionario de limpieza: se trataba del Meractive, un procedimiento ecológico antibacteriano inventado por el ingeniero J. M. Fresnel, cuyo palpable resultado era *un sable parfaitement nettoyé*, una arena perfectamente limpia, que le había granjeado, año con año desde el 89, la codiciada bandera azul de las playas limpias, el Pavillon Bleu des Plages Propres. Mi playa de Argelès-sur-Mer era un lodazal infecto donde abundaba el excremento, la tifoidea, la tuberculosis, los miembros gangrenados, los cuerpos en descomposición y en general el desconsuelo, el desamparo, la desesperanza y la derrota. Fui sorprendido por una lluvia súbita, rara para la temporada, que me empujó a refugiarme en uno de los clubes de playa donde, para justificar mi presencia chorreante, tuve que pedir una copa de calvados y oír varios temas del álbum que estrenaba en francés Enrique Iglesias, nuevamente me sentí asombrado del paso implacable del tiempo, que en sesenta años había logrado borrar la historia de los cien mil españoles que en 1939 habían sido encerrados ahí, a cincuenta metros de mi copa, y de los miles que habían muerto ahí mismo, en esa porción de arena donde caía la voz amplificada del cantante. Sentado y chorreante, bajo el amparo de esa banda sonora adversa, quizá ligeramente afiebrado, me pareció que esa playa, lo que esa playa había logrado borrar, tenía que ver con el episodio que me había tocado protagonizar en la Complutense de Madrid, con los alumnos de Pedro Niebla: en esa playa y en aquella aula había la misma voluntad de olvidar ese pasado oscuro y, en realidad, nada remoto. La lluvia pasó y dejó la arena húmeda, fangosa en algunas zonas. Aunque la copa me había infundido cierto ánimo, me sentía afiebrado y al borde del abatimiento, y sin embargo decidí que había que terminar con la playa ese mismo día, de una buena vez. Aunque había un andador de adoquín empecé a caminar por la arena, sorteando cuando se podía las áreas de fango e internándome en ellas cuando no había más alternativa, aunque se tratara de una falsedad flagrante porque el andador estaba permanentemente disponible a unos cincuenta metros de distancia, me empeñaba en caminar por ese lodazal que me trajo de golpe el recuerdo de las mierdas del Jovito, los lodos primigenios donde convivían la playa muerta y la viva, el desecho que a la vez era el principio de otra cosa, algo de alivio sentía al verme enlodados los zapatos, era una forma de acortar la brecha de sesenta años que separaba una playa de la otra, ahí estaba yo caminando en el lodo que, con la salvedad del Meractive, ese intruso limpio, era básicamente el mismo que le había complicado la vida a Arcadi y a sus colegas, ahí estaban el rastro y la presencia, algo tenía que haberse quedado adherido, las huellas, la derrota, el desamparo. Me sentí con fuerza para buscar el obelisco, ya sin fiebre y sin bruma de licor caminé con energía permitiendo que cíclicamente la séptima ola, más larga y con más lengua que las seis que la precedían, me mojara los zapatos, los calcetines y los pies, un permiso absurdo si se quiere, si se mira con distancia, y sin embargo ahí, en el ojo del huracán, parecía un remedio, un antídoto eficaz contra la amnesia de la playa. Así llegué al descampado que había entre L'Escargot y L'Étoile Déshabillée, empezaba a oscurecer, demasiado temprano por ser enero; seguí la senda que había, un camino sinuoso de arena flanqueado por matorrales y palmas enanas, lo caminé completo hasta que llegué a la carretera sin encontrar el monumento. Pensé que lo había pasado de largo y volví sobre mis pasos, era casi de noche y de cuando en cuando la selva de matorrales y de palmas era cruzada por el balazo del mistral, una ráfaga sólida que lo sacudía todo, incluso a mí, que ahora era más vulnerable a causa de mis pies mojados. A mitad del camino me detuve llamado por un objeto blanco, quizá nada más de color claro. Avancé en esa dirección abriéndome paso entre los matojos, pensaba que ese objeto debía ser parte del monumento y me equivoqué, ese objeto era todo el monumento que había, un poste que terminaba en pico pero que en forma alguna podía ser considerado obelisco, un poste enano como las palmas que lo rodeaban con una inscripción y unos cuantos nombres que leí con avidez sin reconocer ninguno, un poste olvidado, sepultado por el breñal, una ruina impresentable que logró conmoverme, su material cariado y su pintura leprosa eran a fin de cuentas un rastro y una presencia, le puse una mano encima y lamenté no llevar una flor o doce, busqué en las bolsas de mi abrigo y encontré que lo único que podía servirme era el bolígrafo, un instrumento estándar que había comprado en el aeropuerto de París y que sin más me arrodillé y clavé a los pies del maltrecho monumento, diciendo o no sé si nada más pensando: «Aquí dejo mi rastro y mi presencia».

De regreso en mi habitación me di un baño largo y reflexivo donde tomé algunas determinaciones, la principal era que tenía que moverme de ahí, estaba seguro que de no hacerlo las metamorfosis de la playa comenzarían a hacerme daño. Algo tenía de diabólica la idea del cónsul republicano, pensé que en mi próximo viaje a París tendríamos que intercambiar puntos de vista a la orilla de otro plato de caracoles. Mientras repasaba los sucesos del día, con una toalla echada en la cara para protegerme de la luz cruda del baño, recordé que en las cintas de La Portuguesa Arcadi había mencionado, en más de una ocasión, a su amigo Putxo, y se había referido a él porque era el único de sus conocidos que, luego de haber sufrido la experiencia del campo de prisioneros, en una maniobra donde había cierto masoquismo, se había establecido en la zona, muy cerca de Argelès-sur-Mer, se había casado y había montado un negocio y había tenido hijos y nietos franceses. Salí de la bañera con la toalla en la cintura y revisé la guía telefónica, encontré los números de los tres Putxos que había, uno en Port-Vendres, otro en Banyuls y otro en Cerbère, que era la localidad más lejana. Aunque era un poco tarde decidí que haría las llamadas para terminar cuanto antes con mi estancia en ese pueblo. En el número de Port-Vendres no había nadie y el segundo que marqué, el de Cerbère, fue contestado por el Putxo que andaba buscando. Me sorprendió la familiaridad con la que se refería a Arcadi, su colega de islote al que no vio durante décadas, y también que estuviera al tanto de su muerte, que acababa de ocurrir hacía entonces muy poco. Me contó que estaba retirado y que tenía una fábrica de muebles que manejaban sus hijos, un negocio próspero que les permitía a él y a su mujer una vida desahogada en la recta final, así dijo. Le expuse brevemente la serie de acontecimientos que me habían conducido hasta ahí y también le hice un resumen de mi desasosiego. Me propuso que lo visitara al día siguiente. Por lo poco que le había dicho se dio cuenta que yo ignoraba una parte importante de la historia de mi abuelo. De Putxo sabía lo que había quedado grabado en las cintas de La Portuguesa, que en una fuga masiva del campo de concentración lo habían alcanzado dos tiros en la clavícula y que lo habían dado por muerto y luego lo habían tendido en un cuarto junto a una docena de cadáveres y que un tiempo después, nunca supo si horas o días, se había levantado de su falsa muerte y se había ido caminando rumbo al sur.

A la mañana siguiente tomé el tren hacia Cerbère y luego un taxi hasta su casa, que resultó ser un caserón junto a la playa lleno de habitaciones vacías y con un salón enorme y acogedor, que parecía fincado en las aguas del Mediterráneo, donde ardía un fuego de leños que era una invitación para quedarse ahí cuando menos todo el resto del invierno. Putxo apareció en el salón, donde una criada me había indicado que esperara, traía el pelo húmedo de la ducha y su afeitada reciente, con su dosis de colonia, le daba un aire de jovialidad. No se parecía en nada a Arcadi, era más bajo y más grueso y de ojos oscuros y tenía una cabeza calva que era la antítesis de la melena blanca de mi abuelo; sin embargo había algo que los hacía semejantes, la forma en que hablaban, ciertos gestos, la manera en que puntualizaban ciertas frases con la mano abierta haciéndole un tajo al aire, pero sobre todo se parecían en los ojos, algo se arrastraba detrás de su mirada, muy al fondo la misma criatura se movía en los ojos de los dos. La criada que me había abierto la puerta apareció con una bandeja donde había dos tazas, una jarra de café, pan y un plato rebosante de embutidos. Pasó en medio de los dos y fue a instalar el servicio en una mesilla que había frente a la chimenea. El primer mordisco de fuet me abrió un apetito voraz y me hizo recordar que no comía en forma desde la cena con el cónsul. «Cómetelo todo si te apetece», dijo Putxo, «a mí me queda estómago para desayunar café y algo de fruta si acaso». Después puso los ojos en el fuego y con su taza entre las manos contó, de manera elíptica y desordenada, las andanzas y las penurias que había compartido con Arcadi en el islote del campo de prisioneros. Junto al fuego de la chimenea, enmarcado por un ventanal enorme, se veía el mar; era una mañana fría y había tendida sobre el agua una bruma densa. Yo lo escuchaba atento mientras comía procurando, sin mucho éxito, disimular mi voracidad. Ya conocía la mayoría de las anécdotas pero había algunos pasajes que Arcadi no había mencionado, quizá porque no le parecían importantes, como uno donde aparecía el gran rabino de Francia compartiendo con ellos, durante más de un mes, el islote. «¿Nunca te contó eso?», preguntó Putxo al ver mi cara de extrañeza, y después agregó una frase que me hizo moverme hasta la orilla del asiento: «Pero si hablamos de esto la última vez que nos vimos». «¿Y cuándo fue eso?», pregunté. Putxo, ahora completamente seguro de que yo ignoraba una parte importante de la historia de mi abuelo, me narró la visita que le había hecho Arcadi en 1970, esa que en La Portuguesa había quedado registrada como un viaje a Holanda a comprar una máquina despulpadora de café. También me contó de las conversaciones que habían tenido y de los días enteros que Arcadi había pasado mirando el campo catalán desde un picacho en los Pirineos. Todavía faltaban cinco años para que muriera Franco y ese picacho en territorio francés era lo más cerca que Arcadi podía estar de España. Me pareció que esa imagen era la quintaesencia de la orfandad, del desamparo, sentí un golpe de melancolía y otro de rabia porque aquel dictador no sólo había destruido la vida de Arcadi, también, durante treinta y cinco años, le había impedido que la reconstruyera, como si perder la guerra y perderlo todo no hubiera sido castigo suficiente. Después de contarme eso Putxo se levantó y fue por un montón de fotografías, de donde fue sacando media docena de imágenes donde aparecían él y Arcadi en distintos momentos de aquel viaje. De la melancolía que me había producido Arcadi en el picacho pasé súbitamente a la molestia, por segunda vez en ese viaje no me gustó nada que mi abuelo me hubiera engañado de esa manera ni, sobre todo, que hubiera tantas evidencias de aquel engaño. Recuerdo una que me pareció especialmente flagrante: Arcadi aparece risueño, con el garfio en alto y una boina calada hasta las cejas, frente a una mesa de restaurante que comparte con Putxo. La fotografía fue tomada por un camarero, los dos amigos ocupan los extremos y en medio se ve la mesa, platos con restos de bichos marinos, una botella de vino casi terminada, la canasta de pan vacía, en fin, la imagen congelada en el preámbulo de los postres y de los licores digestivos. Lo que me ofendía de la imagen no era tanto su calidad de prueba de que nos había engañado a todos, sino la desfachatez alegre con que lo había hecho. Todavía no me recuperaba de la impresión cuando Putxo, decidido a regresar la historia a su cauce original, dijo: «Supongo que tampoco estás al tanto de que tu abuelo era parte de un complot que montó en los sesenta la izquierda internacional».

Dejé atrás el fuego confortable y el platón de embutidos que no había podido seguir comiendo y me dejé llevar por Putxo, a bordo de su jeep, a la zona de la montaña donde había pasado Arcadi la mayor parte de su supuesta estancia en Holanda. Fui de piedra en piedra pensando en lo que acababa de revelarme Putxo y desde cada una miraba, la verdad muy conmovido, el campo catalán que Arcadi quería hasta el extremo de habernos engañado a todos. Caminé un rato por ahí resistiendo los empujones de un viento helado y disfrutando el olor intenso de la yerba que cubría a retazos la montaña. En una piedra específica, no puedo explicar por qué, sentí que había llegado al mirador de Arcadi, no había huellas ni rastro pero puedo jurar que sentí su presencia, y ahí, tocado por la enormidad del mar y de la tierra, decidí que seguiría el consejo que me había dado Putxo a bordo del jeep y que volaría cuanto antes a Burdeos, a buscar a la hija de Jean-Paul Boyer, el Matelot Savant.

Cuando entré al Matelot Savant, ese bar de marineros que había sido clave en las operaciones del embajador Rodríguez y en la historia de mi abuelo, tuve la impresión de que era exactamente igual al que había conocido Arcadi sesenta y tantos años antes, quiero decir que parecía que el tiempo no había pasado dentro de ese bar, a pesar de que en la barra había una sofisticada máquina registradora con pantalla de ordenador y de que, de cuando en cuando, sonaba el teléfono móvil de alguno de los marineros que ahí bebían e intercambiaban las mismas historias de siempre. Marie Boyer, la hija del Matelot que era rojo hasta las jarcias, había salido cuando llegué, pero el barman, que estaba al tanto de mi visita, me invitó a sentarme en una de las mesas y me sirvió un café con leche, que era lo que me apetecía. Pronto descubrí que el aire antiguo y sumamente clásico de ese bar de marineros se debía, en buena medida, a que no había ni televisor ni bocinas con música, que suelen ser las escotillas por donde irrumpe el mundo contemporáneo. En una pared del fondo, junto a una mesa donde conversaba un trío de lobos de mar, había una colección de fotografías con marco, ese recurso de los restaurantes de años con cierto prestigio que sirve como memoria de lugar y a la vez da confianza y algo de orgullo a los clientes que descubren que Gérard Depardieu, cuya foto en efecto estaba, comió ahí mismo, en tal mesa. Me acerqué a la pared pensando que era probable que hubiera una foto de don Luis Rodríguez o incluso de Arcadi, pasado de tragos, el día que abandonó Europa. Recorrí, con la taza en la mano, la colección de fotografías, además de Depardieu reconocí al futbolista Zidane, a Georges Moustaki, a Juliette Binoche y a Diego Rivera, que aparecía en blanco y negro de bombín, con su overol característico, abrazado a un hombre flaco y nervudo, de pelo blanco, que supuse debía de ser Jean-Paul Boyer, el legendario Matelot. A cierta altura de la pared la visión de las fotografías se complicaba porque quedaban exactamente arriba de la mesa donde departían los tres lobos de mar. Una imagen de esa zona llamó poderosamente mi atención: era un grupo de hombres sentados a una mesa al aire libre y detrás de ellos había una selva que me recordó en el acto a La Portuguesa. Me excusé con el lobo que estaba justamente debajo y para molestar lo menos posible estiré el brazo y descolgué la fotografía para verla de cerca. Noté que al barman no le había gustado que la descolgara y que no había dicho nada porque mi cita con la dueña del bar me situaba en un nivel distinto del que tenían los parroquianos comunes. Me alejé de la mesa de los lobos para revisar la fotografía con tranquilidad. Lo primero que advertí fue que en el centro del grupo estaba el hombre flaco y nervudo, más viejo que cuando abrazaba a Diego Rivera, e inmediatamente después sentí una púa, un rejón, una daga entera en el estómago, al reconocer en esa jungla la selva de La Portuguesa y junto a JeanPaul a Arcadi, todavía con brazo de carne y hueso, y junto a ellos a Bages, a Puig, a Fontanet y a González, la alineación completa de los patrones de la plantación de café. Dejé mi taza en una mesa que había ahí cerca y me senté a contemplar esa imagen que descuadraba, además de mi investigación, los referentes históricos de mi familia y las coordenadas emocionales con las que había crecido. Estaba en plena deriva frente a la foto cuando sentí una mano en el hombro y oí una voz, la de Marie Boyer, que decía: «Vaya forma de enterarte».

Pasamos a la trastienda, donde había un escritorio y cajas con todo tipo de bebidas. Marie extrajo de un cajón del escritorio una cinta de video donde había registrado las andanzas de su padre, una suerte de documental, rodado originalmente en Súper 8 treinta años atrás, donde, además del protagonista, aparecían Arcadi y sus socios en La Portuguesa, cada uno dando su versión sobre aquel complot de la izquierda internacional. Marie había rodado todo aquel material con la intención de hacer un documental en forma, pero la investigación y el montaje le habían tomado demasiado tiempo. «Y para mil novecientos ochenta y tantos que lo terminé», dijo sin nostalgia ni resentimiento, «pensé que era demasiado tarde, que las aventuras de un viejo comunista no podían interesarle a nadie». Después de aquella conclusión lapidaria que yo encontré bastante triste, Marie metió el video a la máquina reproductora y salió de la oficina, me dejó solo y a merced de aquellas imágenes.

La Portuguesa fue fundada en 1946 por los cinco refugiados catalanes que habían coincidido en aquella mesa de los portales de Galatea. A partir de aquel menjul fundamental comenzó a trabajarse en ese proyecto que empezó siendo una extensión de cemento en medio de la selva donde se desecaban granos de café. La sociedad que ahí se formó tenía un equilibrio muy difícil de conseguir; Puig, ese hombre de Palamós que era calvo, miope y muy alto, y González, el individuo corpulento de barba roja, fungían como los hombres de oficina, eran los que llevaban las cuentas y planeaban las estrategias económicas de la plantación. Como contraparte Arcadi y Bages, ese barcelonés enorme e iracundo que había hecho la guerra en la batería de mi abuelo, eran los hombres de acción, los que salían a conseguir clientes y maquinaria y los que aprendían las diversas técnicas de cultivo de café que se utilizaban en la zona. El quinto era Fontanet, ese hombre bajito e hiperactivo al que yo conocía por fotos y que vi por primera vez en movimiento en el video de Marie: era un rubio parecido al actor James Stewart, era el loco del grupo, siempre andaba metido en algún proyecto descabellado, era el único soltero, como ya dije, y tenía una resistencia sobrenatural para el alcohol y la parranda. Además de que las funciones de cada uno estaban perfectamente asignadas, aquel grupo funcionaba muy bien porque los cinco estaban hermanados, unidos de forma irremediable por la misma desgracia, y además los cinco compartían la certeza de que saldrían de aquella desgracia juntos; para ellos México no era el exilio sino el país donde estaban pasando una temporada antes de que pudieran regresar a España. Sobre todo esta última condición era la que los mantenía herméticamente unidos, no estaban ahí construyendo una casa para siempre, estaban como de viaje, un viaje largo e intenso si se quiere, pero desde luego una estancia temporal. Los cinco miraban su exilio con un sesgo cándido, con una ingenuidad del calibre de aquella con la que habían entrado a Francia, sintiéndose refugiados cuando todo a su alrededor indicaba que eran prisioneros de los franceses.

El año en que fundaron La Portuguesa la ONU emitió una condena contra el régimen de Franco y recomendó a todos los países que rompieran relaciones diplomáticas con España. La noticia fue celebrada en grande por Arcadi y sus socios, esa condena parecía el síntoma inequívoco de que Franco se iría pronto, por las buenas o derrocado por una coalición internacional, y la consecuencia de eso era que ellos podrían regresar a su país a rehacer su vida. Habían pasado, a fin de cuentas, muy pocos años, apenas siete, desde su exilio. La Portuguesa prosperó y comenzó a producir dinero muy rápidamente, el ritmo trepidante de trabajo de los cinco catalanes muy pronto dejó atrás al resto de los negocios de café de la región, que pretendían competir contra ellos sin modificar el compás relajado con que se trabaja en el trópico. Aquel negocio que crecía deprisa comenzó a ser visto por sus dueños como el capital que iban a llevarse a España una vez que Franco se fuera, incluso, durante esos años, empezó a discutirse la idea de construir sus casas dentro de la plantación de café, de urbanizar una zona del predio donde podrían vivir todos juntos con sus familias, que ya para entonces formaban una población considerable. La decisión que debían tomar sobre si se construían o no esas casas no era un asunto menor, ninguno perdía de vista que se construye una casa cuando se piensa permanecer mucho tiempo en un sitio, y no dejaban de pensar que, con toda seguridad, de un día para otro iba a llegar la noticia de que podían volver a su país. La esperanza fue debilitándose con el tiempo, no la esperanza de regresar sino la de regresar por esa vía idílica, la de la coalición de democracias que terminaría echando al dictador del poder.

En 1949 cierta información, no oficial pero bastante fidedigna, comenzó a ensombrecer el panorama; la habían recibido, cada uno por su parte, Bages y Fontanet, que seguían manteniendo contacto con colegas del Partido Comunista exiliados en Francia: dos bancos estadounidenses, contraviniendo la recomendación de la ONU, habían otorgado un par de créditos millonarios al gobierno de Franco. Para ese año ya se había resuelto la discusión sobre si se construían o no las casas en el predio de La Portuguesa, los cinco socios vivían ahí con sus familias y eso había cohesionado todavía más el negocio y también, de manera colateral, había originado una extraña comunidad de blancos que hablaban catalán en medio de una selva que había sido territorio indígena desde hacía milenios.

En 1951, en una pieza de información no sólo fidedigna sino hecha pública en los diarios de México y de todo Occidente, se anunció que España acababa de ser admitida en la OMS, y un año después, en 1952, se sumó la mala noticia de que España ya era parte de la UNESCO. A pesar de las evidencias de que el mundo comenzaba a aceptar la dictadura de Franco como un gobierno normal, la gente de La Portuguesa seguía pensando que el dictador estaba por caer. Unos meses después del palo de la UNESCO llegó a La Portuguesa el palo definitivo, Arcadi y Carlota ya tenían para entonces tres hijas, y Laia, mi madre, era una muchacha de catorce años que hablaba un catalán canónico y un español mexicano perfecto, de ojos azul abismal como los de su padre y con una melena rubia que le llegaba hasta la cintura y que Teodora, que además de su criada era su antípoda, le cepillaba todo el día con un celo desconcertante. Antes del palo final, como preámbulo, llegó la noticia de que varias democracias de Occidente, desde luego con la excepción de México, comenzaban a abrir embajadas en territorio español, y unos meses más tarde, el 15 de diciembre de 1955, el locutor del noticiario radiofónico *Sal de uvas Picot* dijo una línea que situó de golpe en la realidad a los habitantes de La Portuguesa: «A partir de hoy España es país miembro de la Organización de las Naciones Unidas». El locutor dijo esto y, como si hubiera dicho cualquier cosa, pasó a comentar los resultados del beisbol regional.

Esa misma noche los socios y sus mujeres se reunieron en la terraza de Arcadi. En un acto de digestión colectiva, envueltos en la humareda de los puros que se encendían para despistar a los escuadrones de zancudos y chaquistes, trataron de darle un encuadre positivo a esa noticia que, a fin de cuentas, no hacía sino reafirmar la situación de esas cinco familias que, en lo que esperaban a que Franco se fuera, habían invertido ahí muchos años y habían tenido hijos y levantado un negocio y construido casas y relaciones y afectos y eso parecía, a todas luces, el cimiento del porvenir. Pero ese encuadre se resquebrajó horas después, cuando ya las mujeres se habían ido a la cama y los republicanos, expuestos al whisky y al fresco de la madrugada y todavía fumando para defenderse de los escuadrones de insectos que atraía la luz eléctrica, empezaban a concluir que el porvenir estaba efectivamente cimentado pero no por su gusto ni porque así lo hubieran elegido ni deseado, sino porque el dictador que gobernaba su país no les había dejado otra opción. La noticia de la ONU había acabado con la posibilidad de que se fuera por las buenas y eso los depositaba en la otra opción que fue dicha por Fontanet en un silencio, dramatizado al máximo por la nota larga y tosca que producía una campamocha. Con un cabo de puro humeante retacado en el oeste de la boca dijo: «Hay que matar a Franco». Nadie dijo nada y Puig, bastante preocupado por el significado de aquel silencio, se puso sus lentes de miope y echó mano de la botella de whisky para rellenar los vasos de sus colegas. Después Fontanet, desorientado por el silencio que sus palabras habían causado, se puso a hablar de manera festiva de un negocio con caballos percherones que acababa de cerrar con el licenciado Manzur, un prominente hacendado de la zona. Al día siguiente Arcadi salió temprano a chapear la selva, los socios se iban turnando para recortar todos los días los yerbajos y las raíces que se apoderaban del camino durante la noche, si no lo hacían La Portuguesa corría el peligro de quedar aislada del mundo, encerrada, sin vía de escape, por la maleza voraz; era un trabajo que hacían ellos mismos por disciplina, tenían la idea de que delegar todo el trabajo a los empleados, como era normal hacer en la zona de Galatea, iba volviendo inútiles a los patrones y sobre todo los iba distanciando del pulso de la casa y del negocio. No había actividad en la plantación donde no estuviera cuando menos uno de los cinco socios trabajando cuerpo a cuerpo con los empleados. Arcadi trozaba a machetazos los brotes, las ramas y las raíces que comenzaban a desdibujar el camino, cuando Bages, que era de todos con quien tenía más cercanía, salió de entre la maleza como un oso gruñendo cosas ininteligibles y con facha de haber dormido mal, y le dijo que llevaba toda la noche dándole vueltas a la idea de Fontanet y que estaba dispuesto y se sentía capaz de viajar a España para matar a Franco, y que además la sola idea lo hacía sentirse extraordinariamente vivo y con la sensación de que, por primera vez desde que habían perdido la guerra, tenía en sus manos el timón de su vida. Arcadi había llegado por su parte a la misma conclusión, así que unas horas después se reunieron en la oficina de la plantación con Puig y González, que eran la parte conservadora del grupo. González, fumando y sudando copiosamente, mesándose la barba roja con cierta desesperación, enumeró una serie de argumentos contra la idea de Fontanet, una filípica sobre la necesidad de asumir, de una vez por todas, que nunca regresarían a España y que los cinco morirían de viejos en La Portuguesa, una idea que a todos deprimió, incluso a Puig, que mientras se quitaba y se ponía nerviosamente las gafas de miope, y caminaba de allá para acá flexionando exageradamente sus piernas demasiado largas, trataba de apoyar la filípica de González sin mucha energía, tan poca que bastó una frase de Bages para convencerlo y dejar a González en una desventajosa minoría: «No me da la gana de que Franco se salga con la suya», dijo, y después golpeó la mesa con un manotazo que mandó al suelo un bote con lápices, una taza vacía y una máquina de escribir. A González no le quedó más que alinearse con sus socios, en el fondo no le disgustaba la idea de cargarse al dictador.

Dos semanas más tarde, Arcadi, Bages y Fontanet, a bordo del automóvil descapotable de este último, viajaron a la Ciudad de México para entrar en contacto con un grupo de republicanos que tenía la misma inquietud y que, según se había enterado Bages por sus colegas exiliados en Francia, ya había avanzado parte del camino y tenía contactos que ya trabajaban en Madrid. La reunión inicial fue en un café de la calle Madero, en el centro de la ciudad, al que Arcadi, que había hecho todo el viaje en el asiento trasero del descapotable, llegó con el pelo revuelto y los ojos enrojecidos por el viento de la carretera. Detrás de él venía Bages diciéndole con grandes aspavientos y gruñidos que su peinado era impresentable, y comandando la incursión iba

Fontanet, impecablemente vestido con una americana amarilla y golpeándose la palma de una mano con los guantes de conducir que sujetaba con la otra. «Buenas tardes», dijo Fontanet, dándose un último golpe de guantes en la palma. Sus interlocutores eran un hombre y una mujer que, según dice Bages en el video de Marie Boyer, eran personalidades destacadas dentro del exilio republicano. En aquel café se trataron generalidades, la pareja sometió a los tres de La Portuguesa a una especie de interrogatorio y al final los invitó a una reunión que tendría el grupo completo, esa misma noche, en un piso de Polanco. Las preguntas de la pareja de exiliados prominentes los habían dejado desconcertados pero todavía con suficiente ánimo para llegar a la reunión nocturna, que no fue en un tugurio clandestino y oscuro como esperaban, sino en un penthouse rodeado de ventanales que daban al bosque de Chapultepec. El sitio, más lo que ahí se trató, terminó de desconcertarlos. Había una veintena de personas de todos los pelajes, junto a los exiliados republicanos departían personajes del Partido Comunista Mexicano, un líder del Sindicato de Trabajadores, una pareja de empresarios cuya función no quedaba muy clara y un senador en funciones del PRI cuya presencia no había manera de explicar. Aun cuando se trataba de un proyecto bastante articulado, que contaba, por ejemplo, con un itinerario detallado, día por día y hora por hora de los movimientos rutinarios del general Franco, algo tenía ese grupo de caótico, de poco convincente, que los hizo desistir; los tres habían salido del penthouse con la impresión de que se les había invitado exclusivamente por el dinero que pudieran aportar. «Si esto lo vamos a pagar nosotros», dijo Fontanet en cuanto abandonaron el edificio, «prefiero hacerlo a nuestro aire», y dicho esto se golpeó otra vez la palma de la mano con los guantes de cabritilla. De regreso en La Portuguesa, de aquel viaje que oficialmente había sido la participación de los tres en las Jornadas del Café que habían tenido lugar en un auditorio de la ciudad, el proyecto comenzó a enfriarse y fue convirtiéndose, poco a poco, en una cosa latente de la que se hablaba con frecuencia cuando se quedaban los cinco solos en esas madrugadas de whisky, puro y nubes de zancudos en la terraza de alguno, pero poca cosa más, finalmente aquella reunión caótica en Polanco los había asustado un poco, ahí se dieron cuenta de que para asesinar al dictador se necesitaba un ejército perfectamente coordinado, repartido entre México y Madrid, que rebasaba con mucho sus posibilidades.

El negocio de La Portuguesa seguía viento en popa, su plantilla de empleados había aumentado espectacularmente y las familias de estos, que se afincaban en los alrededores de la plantación, comenzaban a formar la comunidad que, con los años, se convertiría en un pueblo satélite de Galatea, que ya para entonces, gracias a una enmienda constitucional que había improvisado el gobernador de Veracruz, gozaba de un anexo, una especie de apellido que se escribía siempre junto al nombre original: Galatea, la Ciudad de los Treinta Caballeros. Para 1960, la mayoría de los hijos mexicanos de los exiliados catalanes estaban en edad de entrar a la universidad y empezaban a emigrar a Monterrey o a la Ciudad de México, y algunas de las hijas ya se habían casado y en La Portuguesa comenzaban a nacer los primeros nietos, una prole de criaturas mestizas que ahondaban, una generación más, las raíces que inevitablemente seguían echando los republicanos en el país que los había acogido. Las ventajas productivas que tenía el aumento en la población de trabajadores de la plantación comprendían también un germen de descontento social que comenzó a hacerse grande y a volverse un punto de choque permanente entre los empleados y los patrones, los unos comenzaron a sentir como una afrenta las posesiones de los otros, que vivían ahí mismo en sus casas grandes, separados por una alambrada de las casas chicas de ellos. Ese enfrentamiento que lleva siglos en México y que se agrava cuando los otros son extranjeros y blancos y tienen más que los unos, que llevaban siglos siendo pobres en ese mismo suelo.

A mediados de 1961 el líder de los trabajadores exigió más de lo que podía dársele y se embarcó en una revuelta que no prosperó porque no contaba con el apoyo de todos los empleados, pero sí generó una tarde violenta, destrozos en la maquinaria y un incendio, y también una escaramuza donde Arcadi y González, además de llevarse una buena dosis de golpes, fueron conducidos, junto con el líder, a la prisión municipal de Galatea. El encierro duró poco, unas horas, en lo que el abogado del negocio pagó la fianza de los tres detenidos, y sirvió para que se generara una amistad entre el líder y Arcadi, cosa que González, que había presenciado todo, reprobó con dureza, y con esa desesperación que lo llevaba a transpirar y a mesarse la barba roja con demasiada energía, en la junta que celebraron al día siguiente los socios. La conversación con el líder, de la que Arcadi hizo un resumen puntual mientras se tocaba cada dos por tres un parche que tenía en el pómulo, había versado sobre la posibilidad de conseguir apoyo logístico para matar al dictador español. En aquella junta Puig se alineó con González, no sólo le parecía un despropósito revivir el proyecto del magnicidio, sino revivirlo gracias a las alucinaciones de ese líder sindical a quien, encima, le habían pagado su fianza, y todo esto lo dijo con sus gafas en la mano, tratando de enfocar a sus socios con su mirada extraviada de miope. Como ya empezaba a ser costumbre en ese rubro Puig y González perdieron por mayoría y además, una vez que analizaron detenidamente el nuevo proyecto, se dieron cuenta de que no era ningún despropósito. El líder sindical pertenecía al Movimiento Independiente de Río Blanco, la fracción veracruzana de un movimiento mayor, de alcance continental, que se llamaba Izquierda Latinoamericana y que entonces tenía el objetivo específico de combatir a la Alianza para el Progreso, el programa militar, disfrazado de programa social, que había implementado el presidente Kennedy para sofocar los brotes de la izquierda en el continente. Unos meses más tarde, a principios de 1962, llegaron a La Portuguesa, invitados por el líder, dos cabecillas de Izquierda Latinoamericana, un colombiano barbado y siniestro que respondía al nombre de Chelele, y un catalán de apellido Doménech, que parecía un cristo de ojos verdes vestido de militar. Este último era un republicano que había llegado a México a finales de 1939, procedente del campo de Argelès-sur-Mer, y que sin perder el tiempo se había integrado a las filas de la guerrilla veracruzana. A fuerza de sangre fría y algunos méritos criminales había logrado ascender a los altos mandos de la izquierda beligerante, poseía una destacada condición de animal de guerra, según apuntó el Chelele, lleno de admiración por la carrera fulgurante de su colega, a la hora del menjul. Doménech no sólo sabía quiénes eran Arcadi y sus socios, también estaba al tanto de su proyecto magnicida, y había ido a La Portuguesa con la intención de entusiasmarlos para que viajaran a Múnich, donde iba a celebrarse el Congreso del Movimiento Europeo, cuyo tema central era analizar de qué manera podían echar a Franco del poder. Ignoro qué pretexto habrá esgrimido Arcadi para hacer ese viaje a Alemania, supongo que también algo relacionado con el negocio del café. Mi abuela y las demás esposas daban por hecho que la perspectiva de regresar a España había quedado sepultada después de la noticia de la ONU. Arcadi, Bages y Fontanet volaron a Alemania, mientras Puig y González se quedaban al frente del negocio, cubriendo la retaguardia, ya plenamente convencidos de que el proyecto no era para nada un despropósito. Ya entonces el régimen franquista había motejado el evento, con bastante mala leche y también con algo de temor, como El Contubernio de Múnich. Lo que ahí se dijo y se acordó está perfectamente documentado, así como las represalias que tomó Franco contra los asistentes que le quedaron a tiro. La noche de la clausura, cuando Arcadi y sus socios cenaban en el restaurante de su hotel y hacían planes para el día siguiente, que sería el último que pasarían en la ciudad, se acercó un individuo al que reconocieron en el acto, un francés que había participado activamente en las rondas de discusión. Lo invitaron a sentarse y a compartir con ellos el café y los licores digestivos. El francés, que hablaba el castellano con un fuerte acento, comenzó a hacer una revisión de lo que se había tratado en el congreso, una revisión deportiva y ligera que pretendía desencadenar una conversación. La mesa se animó rápidamente, al tema del congreso se sumaron anécdotas de La Portuguesa, de la posguerra en Francia y una ronda más de copas y unos puros. Después de la primera calada, Bages, con un puro que se veía ridículamente pequeño en su mano monumental, apuntó que no le encontraba sentido a fumar si no había que defenderse de una nube de zancudos, e inmediatamente después despanzurró el puro completo contra el cenicero. Arcadi fumaba y bebía su copa en un estado de mudez que contrastaba con el ánimo festivo de los demás y que llevó a Fontanet a preguntarle un par de veces si se encontraba bien. Bages se interesó por los motivos que había tenido el francés para aprender castellano y el francés no desaprovechó el pie que se le daba para hacer un recuento de su participación, primero con el Partido Comunista y posteriormente en solitario, en las redes de solidaridad que se organizaron para socorrer a los refugiados españoles después de la guerra, y luego empezó a contar las peripecias que había hecho con los diplomáticos mexicanos para sacar al doctor Negrín del país; y entonces fue cuando Arcadi, completamente sorprendido, cayó en la cuenta de que ese hombre, cuyo rostro le había parecido familiar desde el primer momento, era el del Matelot Savant, el dueño de aquel bar en Burdeos donde veintidós años atrás se había despedido de Europa. Antes de irse a sus habitaciones dieron un paseo por los jardines del hotel, era una noche cálida de junio todavía con sol al fondo. La conversación, que llegaba a su punto culminante mientras caminaban los cuatro por un sendero de pinos que bañaba un rayo anaranjado, cayó donde, a esas alturas, era inevitable: matar a Franco. El Matelot y sus colegas llevaban años trabajando en ello, operaban directamente con un comando en Madrid y ya habían hecho un intento que había fallado por una minucia que tenían perfectamente identificada.

Durante el vuelo de regreso a México, luego de un prolongado brindis con champán que organizó Fontanet por «la inminente muerte del dictador», los tres socios tuvieron la oportunidad de establecer sus posiciones. Fontanet estaba dispuesto a viajar a Madrid y a pegarle él mismo un tiro en la cabeza a Franco; Bages ya no estaba seguro de querer viajar a Madrid pero tenía muy claro su compromiso y estaba convencido de que era necesario meterse hasta el cuello para conseguir su objetivo. Arcadi era el que tenía más dudas, desde luego quería matarlo pero le parecía que no había que comprometerse tanto, que su participación podía ser exclusivamente económica, proveer de medios y dinero a un matón como el Chelele para que se encargara del trabajo. «¿Y eso qué chiste tiene?», preguntó Fontanet, y luego recargó la cabeza en la ventanilla y se quedó dormido. Bages recuerda, en el video de Marie Boyer, que Arcadi no pegó el ojo en todo el viaje y que, a partir de entonces, su relación con el proyecto empezó a ser menos apasionada, más cauta, quizá lo afectó lo que oyó en Múnich o la reaparición del Matelot en su vida o quizá nunca estuvo muy convencido del magnicidio y se iba acobardando a medida que el plan se concretaba, y aunque llegó hasta donde tenía que hacerlo, no sé qué tanto jugó su voluntad en aquel proyecto, ni qué tanto se dejó arrastrar por la voluntad de los otros, la misma duda que planea sobre aquel 11 de enero de 1937, el día que empezó su guerra y la nuestra. Nunca he sabido qué tanto influyó la voluntad de su padre en la suya, qué tanto creía Arcadi en la república: qué clase de rojo era.

Aquel encuentro en Múnich no había sido ninguna casualidad, el Matelot había sido avisado por Doménech de la presencia de ese trío que era la clave para el operativo que llevaban años fraguando: vivían en Veracruz, cerca de la zona de rejuego de Izquierda Latinoamericana, tenían mucho dinero y una propiedad enorme y su interés por matar a Franco no se había contaminado con el resto de los grupos que en México pretendían lo mismo. En la opinión de Doménech aquellos grupos difícilmente iban a conseguir su objetivo, porque las facciones de izquierda, más los diversos clanes que habían formado los republicanos, los tenían paralizados, sin ninguna operatividad para echar adelante su empresa. Esa asepsia que percibían Doménech y el Matelot en el grupo de La Portuguesa tenía también un lado inconveniente: se estaban embarcando en una empresa magnicida con cinco individuos que llevaban más de veinte años metidos en la selva, prácticamente aislados del mundo.

En noviembre de 1963 llegó el Matelot a La Portuguesa y se instaló, naturalmente, en casa de Arcadi. Venía de La Habana muy contento porque había conseguido un donativo millonario de José Cabeza Pratt, el exagente de compras de armamento de la república que había levantado un imperio económico en Cuba y que, unos años más tarde, caería en Galatea con los Leones de Santiago, su invencible equipo de beisbol. Cabeza, que llevaba veinte años patrocinando proyectos para matar al dictador, había encontrado el de ellos sumamente atractivo, pues además de que hacía dos décadas que su maleta negra reposaba en La Portuguesa, al año siguiente Franco cumpliría veinticinco años en el poder y qué mejor regalo que darle un poco de candela, había dicho el Matelot imitando el acento de catalán del Caribe con que se expresaba el ingeniero. Por esas fechas Laia ya había terminado la universidad, se había casado con mi padre y se paseaba por los cafetales con una panza de ocho meses de embarazo. Arcadi se puso todavía más nervioso cuando se enteró de que aquel encuentro con el Matelot en el hotel de Múnich no había sido una casualidad, como lo había revelado el mismo Matelot con una ligereza desconcertante, luego del primer menjul de bienvenida que había ofrecido Bages en la terraza de su casa. Con la excepción de los cinco socios y del líder sindical, el Matelot era para todos un experto cafetalero francés que inspeccionaba la región en compañía de Doménech y el Chelele, otros dos personajes expertos en el mismo negocio. Según plantea Bages en el video de Marie, era la inminencia del nacimiento de su primer nieto lo que más desequilibraba a Arcadi, la llegada de la siguiente generación de sus descendientes lo hacía revalorar su vida en La Portuguesa, todo lo que había construido, su vida ordenada y apacible que el magnicidio pondría en riesgo, en jaque; además Arcadi había comenzado, cada vez con más insistencia, a formularse una pregunta: «Y si matamos a Franco y se nos abre la posibilidad de regresar a España, ¿seré capaz de dejar todo esto y regresar?» A esas alturas, a finales de 1963, Arcadi había pasado más de la mitad de su vida en esa selva que, súbitamente, sacudido por la posibilidad de irse de ahí, empezaba a considerar como su verdadero hogar. Arcadi trató este tema, que lo tenía permanentemente malhumorado y taciturno, en las oficinas de la plantación; cuando González vio hacia dónde iba el discurso de su socio comenzó a apoyarlo con demasiada vehemencia, manoteaba, fumaba y vociferaba con tal energía que terminó por desarticular e interrumpir el planteamiento de Arcadi, y además dio pie para que la reunión cambiara de rumbo hacia una noticia que Fontanet quería comunicar y que una vez dicha dejaría a Arcadi sin manera de reinsertar su discurso; Bages y él venían de Orizaba, donde habían conseguido una cantidad importante de dinero, donada por otro grupo de republicanos, que serviría para redondear las finanzas del proyecto. Esto lo dijo Fontanet, que se había sentado con la silla volteada, con el respaldo al frente, y luego se había sacado el puro de la boca y había lanzado al piso, de manera despectiva, un escupitajo de tabaco, exactamente igual que lo hubiera hecho James Stewart.

Dos años antes, en 1961, el Chelele, el guerrillero colombiano que había llegado con Doménech, había asestado un duro golpe a la Alianza para el Progreso del presidente Kennedy. Ramón Hernández, alias el Cochupo, destacado y carismático político de

Barranquilla, había sido elegido por la Alianza para ser llevado, a como diera lugar, a la silla presidencial de Colombia. A cambio de la presidencia el Cochupo había pactado todo tipo de arreglos, siempre ventajosos para Estados Unidos, con los estrategas de Kennedy. Faltaban meses para que se revelaran los nombres de los candidatos cuando el Cochupo ya despachaba en su oficina a todo lujo y se paseaba por las calles de Barranquilla con una escolta de agentes estadounidenses que lo protegían. El Chelele, alertado por unos colegas del servicio secreto cubano, había detectado la operación desde el principio y, de acuerdo con la comandancia de Izquierda Latinoamericana, había decidido terminar de una vez con ese problema que irremediablemente iba a brotar en el futuro. La manera de hacerlo había puesto en contacto al Chelele con Doménech, que era entonces el encargado de explosivos en la comandancia de Río Blanco, en Veracruz. Doménech lo había aprendido todo de un experto que había mandado el Ministerio de Guerra de la Unión Soviética, un comunista valenciano que se había refugiado en aquel país después de la Guerra Civil y que había diseñado la mina en serie, un filamento imperceptible, de diez o veinte metros de largo, cargado de puntos de explosivo plástico que era capaz de volar un automóvil en movimiento con un margen de error mínimo. Doménech y el experto valenciano habían producido una mina en serie en el laboratorio de Río Blanco y, en un operativo que rayó en la perfección, se habían cargado al alcalde de Coatzacoalcos, que ya empezaba a negociar con los estrategas de la Alianza que tenían especial interés en controlar ese enclave petrolero. Cuando el valenciano regresó a la Unión Soviética, Doménech se convirtió en el único diseñador de minas en serie del mundo occidental. El golpe de Barranquilla, un bombazo brutal que esparció pedazos del Cochupo, de sus escoltas y de sus dos automóviles a más de cien metros de distancia, le valió a Doménech su ascenso a la comandancia de Izquierda Latinoamericana. Por su parte Jean-Paul Boyer, el Matelot, había tenido contacto con Doménech durante su estancia en el campo de prisioneros, y posteriormente había seguido su brillante trayectoria en la guerrilla mexicana. Luego de que fallara el primer atentado contra Franco, una pifia en la fórmula que había dejado al explosivo mudo, el Matelot había hablado con Peter

Schilling sobre la conveniencia de trabajar con Doménech para el siguiente atentado. Schilling era el director de una compañía alemana de medicinas que tenía su principal laboratorio en Madrid, un parapeto que le servía para ocultar su verdadera labor, que era la de coordinar y llevar a feliz término el atentado contra Franco. Schilling había sido agente doble durante la ocupación alemana en Francia, era el jefe de inteligencia de la embajada del Reich pero también, a título personal y por razones que hasta hoy no he podido descifrar, se ocupaba de proteger a los republicanos que eran asediados por sus propios agentes. Peter Schilling, cuyo nombre seguramente no era éste, es el hombre que aparece en los archivos del embajador Luis Rodríguez con el alias de Hans, era el alemán misterioso que estaba al tanto de todos los movimientos de la legación mexicana y que admiraba, o cuando menos así lo parecía, el talento de comer vidrio que tenía el secretario Leduc. Schilling era, en ese año de 1963, la cabeza del complot que pretendía matar a Franco, él fue quien financió los viajes del Matelot y quien dio su beneplácito para reclutar a Doménech y a los cinco rojos de ultramar que vivían en La Portuguesa. Arcadi y sus colegas no alcanzaban a percibir que estaban metidos, de pies a cabeza, en un complot de la izquierda internacional, no podían saberlo porque ni Doménech ni el Matelot les habían dado toda la información.

Durante la comida de Navidad de ese año Arcadi pudo contemplar de bulto el lío en el que se estaba metiendo. La comida era un acontecimiento, rigurosamente pagano, que se hacía para no desentonar con las fiestas de la localidad, ésas sí con lujo de rezos, con sus niños dioses ocupando el lugar de honor y animadas por la música que repartía la rama por todas las casas de la selva. La rama era un grupo de cantantes espontáneos que, a cambio de unas monedas, una cerveza o un vaso de guarapo, cantaban, de puerta en puerta, piezas coloniales, llenas de vegetación y frutas jugosas, al tiempo que blandían una rama de árbol decorada con esferas y listones de colores. La comida de Navidad de Arcadi era una celebración íntima, acudía su familia y el servicio de la casa, nada más, era una comida anual donde los empleados se sentaban en el comedor y se contrataba una tropa de camareros, siempre resacosos por los excesos de la Nochebuena, que durante ese día se encargaban del trabajo de la servidumbre. Aquel

25 de diciembre de 1963 estaban dispuestos en la mesa todos los elementos del lío que tenía a Arcadi permanentemente taciturno. Estaba su mujer, sus hijas, sus trabajadores, mi padre y Laia con su hijo recién nacido en los brazos. Contrapesando esa alineación estaban, salpicados entre aquella intimidad, el Matelot, que ahí se hospedaba y que desde una semana antes ya festejaba ruidosamente los preparativos de la cena; el Chelele, que acometía sus trozos de lechón como si estuviera batiéndose contra un estratega de Kennedy; y Doménech, cuya facha crística acaparaba las miradas de la servidumbre y que cuando pinchaba un piñón o espurgaba una ciruela para extirparle el hueso, hacía pensar a Arcadi que estaba removiendo los intestinos de una bomba. La comida transcurrió en relativa calma, si se descuenta el guirigay alrededor de los festejos religiosos que intercambiaban el Matelot y sobre todo Doménech, que era técnicamente un comecuras, y en ese tenor se puso a contar una serie de anécdotas, llenas de mecagoendiós, mecagoenlavirgen y risas explosivas, que hacían santiguarse continuamente a Jovita, a Teodora y al resto de la servidumbre. Los dos mundos que convivían en esa mesa tenían como único referente común a Arcadi, que pertenecía a uno y a otro pero también se daba cuenta de que eran mundos incompatibles, y él tenía muy claro a cuál pertenecía entonces. Seguramente en aquella mesa había empezado a formularse esa idea de que otro, y no él, había peleado la Guerra Civil. El final de aquella comida quedó marcado por un suceso en el que Arcadi detectó un mal fario irremediable, según dice él mismo en el video con una compunción verdaderamente tierna. El escándalo que hacía un perro afuera dejó a la mesa súbitamente en silencio, Jovita reconoció antes que nadie que se trataba del Gos, el perro de la casa, y además anticipó que iba a pelearse, con otro perro, supuso, y apenas lo estaba diciendo cuando el Gos irrumpió en el comedor perseguido por un tigrillo que cruzó de un brinco la mesa entera y cayó del otro lado con las zarpas desplegadas y en posición para arrancarle la cabeza a su adversario. Arcadi brincó, los animales se habían detenido junto a él y él trataba de alejarlos de ahí protegiéndose con las patas de su silla, pero su maniobra distrajo al Gos y el tigrillo aprovechó para plantarle un manazo que le hizo tiras un cuarto trasero y le sacó un borbotón de

sangre que manchó al instante su pelambre blanca. Arcadi iba a intervenir, todo esto pasaba en cuestión de segundos, cuando el Chelele pegó un brinco también felino por encima de la mesa y fue a caer en medio de la batalla de las bestias, en una posición tal que dejó acorralado al tigrillo entre un sillón y una mesita de café. Con un movimiento relampagueante, el colombiano le clavó en el morro la punta de su bota, donde relumbraban los tallones de más de una guerrilla. El tigrillo huyó volando por una de las ventanas. La mesa siguió sumida en el mismo silencio que había, no más de treinta segundos atrás, cuando la correteza había interrumpido la suposición de Jovita. El Chelele se limpió, en sus pantalones verde olivo, la grasa que le había dejado en las manos el platillo que devoraba, y mientras los demás trataban de socorrer al Gos, que chillaba debajo de un carrito con licores, él retomó su lugar en la mesa y se sirvió una ración gigante de espaldilla y dijo a Jovita y a Teodora, que lo miraban indecisas entre la admiración y la repugnancia: «En mi tierra todo el tiempo lidio con vainas como ésa».

En febrero de 1964, Fontanet organizó una junta en la terraza de su casa, donde, después de la primera tanda de menjules, Doménech les comunicó a todos que los explosivos estaban listos y posteriormente, sin darles tiempo para procesar la información, el Matelot explicó a grandes rasgos los movimientos del operativo que proponía la gente de Schilling en Madrid. Durante las semanas siguientes viajaron casi todos los días a la comandancia de Río Blanco, una serie de viajes que oficialmente se conocía como inspecciones cafetaleras de rutina. Ahí Doménech y el Matelot, con un plano de Madrid abierto sobre la mesa que ocupaba la mitad de la oficina de operaciones, discutían con los socios de La Portuguesa los detalles del magnicidio. Todo estaba escrupulosamente calculado, se trataba de un plan perfecto, teóricamente infalible, cada inciso estaba respaldado por una carpeta de información donde se especificaba, por ejemplo, por qué se había elegido tal calle, o tal esquina, o tal hora, o por qué iba a colocarse la mina en serie en tal ángulo y por qué se sabía la velocidad que llevaría el coche del caudillo al cruzar tales coordenadas. Todo estaba perfectamente claro y documentado, tanto que los temores de Arcadi comenzaron a diluirse. Incluso Puig, que tradicionalmente había

171

manifestado su reticencia al proyecto, empezaba a entusiasmarse y a participar más activamente en los preparativos y en las discusiones, y esto había atenuado un poco la mala disposición que seguía teniendo González. La oficina de operaciones de la comandancia en Río Blanco era un bohío con techo de palma y suelo de tierra donde el calor, azuzado por los siete cuerpos sudorosos y arracimados en torno al mapa, alcanzaba los grados centígrados de una quemazón. La convivencia física intensa dentro de aquel bohío, más las discusiones que más de una vez rozaron los límites de la bronca, provocaron situaciones que no ayudaban a la cohesión del grupo. A la tensión que producía la antipatía mutua que sentían González y el Matelot, se había sumado el desequilibrio que generaba la excesiva empatía entre Doménech y Fontanet; aunque uno era un guerrillero desharrapado y el otro un príncipe, se habían identificado plenamente en el renglón de las parrandas y en la resistencia sobrenatural al alcohol que tenían los dos. Bages y Arcadi se preocuparon la primera vez que los vieron llegar al bohío, con una hora de retraso para la junta y con un aspecto que campeaba entre la resaca y los últimos reflujos de la borrachera, sin embargo, fuera del retraso, todo había transcurrido de manera normal, incluso Fontanet había hecho una observación de una agudeza muy particular sobre un error de cálculo en la mezcla de los explosivos. La misma escena se repitió dos veces más, sin incidentes ni anormalidades, salvo que en una misión tan comprometida y con lujo de explosivos, así se lo dijeron sus socios a Fontanet porque a Doménech no le tenían mucha confianza, más valía que estuvieran todos en sus cinco sentidos. Por otra parte el dinero que habían invertido en el proyecto los socios de La Portuguesa, más otro tanto en donativos de otros grupos republicanos, estaba depositado en una cuenta de banco, de la que Doménech tenía firma y ya González había detectado un faltante que había servido para pagar una de aquellas parrandas. Pero el asunto de las parrandas y del dinero faltante pasó a segundo término porque, en el momento en que empezaba a plantearse, apareció Katy en la puerta de la comandancia general, una joven inglesa rubia de ojos verdes y uno ochenta de estatura que era la novia de Doménech. Katy, que había volado desde Londres alarmada por las historias que se contaban de su novio, decidió que se instalaría en el bohío para no perder de vista al guerrillero, una decisión ridícula porque a Doménech Katy le importaba un rábano y de todas formas se iba por ahí a buscarse aventuras con las nativas de Río Blanco, que le encantaban.

Había otra cosa que preocupaba a los socios de La Portuguesa, que había sido detectada por Bages y dicha sin venir a cuento, irrumpiendo en mitad de una discusión sobre unas toneladas de café molido que debían enviar a Estados Unidos; luego de un manotazo de los suyos en la mesa, que mandó al suelo un platón donde había dulces de leche, gruñó: «¿Y dónde coño está el Chelele?». La pregunta de Bages abrió un silencio en la mesa, el guerrillero colombiano no podía simplemente desaparecer con toda la información que tenía, sabía demasiado, y tenerlo lejos y fuera de control era un peligro. El caso se planteó durante la siguiente reunión en la comandancia y fue zanjado por Doménech, desde luego apoyado por Fontanet, con una invectiva sobre la indudable integridad del Chelele, que después pasó por la solidaridad que probadamente existía entre los militantes de la izquierda internacional, y que terminó con el anuncio, que dejó fríos a todos, de que el líder sindical también estaba al tanto y que tampoco diría nada. «¿Y cuál es la situación de Katy?», preguntó Arcadi al borde de la desesperación, y en cuanto Doménech iba a comenzar a responderle brincó Fontanet y le dijo que cómo se atrevía a dudar de la integridad de esa mujer que además de comunista intachable era la pareja de un guerrillero heroico; y por la forma en que lo dijo, Arcadi y Bages, que lo conocían como si fuera su hermano, supieron que se aproximaba una complicación mayor. «Lo que nos faltaba», le dijo Arcadi en voz baja a Bages en la noche, mientras revisaban con una linterna una zona del cafetal donde había caído una plaga. Coincidieron los dos en que tenían que hacer algo, incluso retirarse del proyecto si era necesario. Pero al día siguiente, cuando se reunieron los cinco en la oficina de la plantación, concluyeron que dar marcha atrás no era un asunto tan simple, en primer lugar Fontanet y Puig, que en los últimos días se habían dejado seducir por el encanto bárbaro de Doménech, pensaban que lo del Chelele se estaba sobredimensionando y que de ninguna manera debían dar marcha atrás porque, y esto lo dijo Puig cubierto por un aura donde convivían el entusiasmo y el pánico, de todas formas ya eran culpables; aun cuando dieran marcha atrás los otros iban a matar a Franco con el dinero de ellos, basados en un plan que se había fraguado en su propiedad, de manera que, concluyó Puig ya ligeramente escorado hacia el pánico, más valía quedarse para siquiera tener un mínimo de control. Mientras tanto, en la comandancia general de Río Blanco, el ambiente seguía enrareciéndose, a Doménech, Katy efectivamente le importaba un rábano, pero también comenzaba a molestarle lo dispuesto que estaba siempre Fontanet para ayudarla en cualquier cosa, desde ponerle una silla para que se sentara, hasta consolarla cuando Doménech se iba con sus nativas y ella se quedaba tirada y llorosa en un catre que había en un rincón del bohío. Arcadi habló con Fontanet una noche mientras, como empezaba a ser costumbre, revisaban con una linterna la evolución de la plaga en la zona norte del cafetal, le dijo que la situación era insostenible, que tenía que olvidarse de Katy porque iba a ser ridículo que el proyecto se viniera abajo por un lío de faldas, y más en él que tenía a su disposición a todas las faldas de la comarca. Esa misma noche Arcadi llegó a la crispación después de recibir una llamada telefónica: el embajador Rodríguez, con quien había tenido durante los últimos veinte años contactos telefónicos esporádicos, y que entonces era el embajador de México en Colombia, le dijo, después de saludarlo con la amabilidad de siempre, que se había enterado por el ingeniero Cabeza Pratt del proyecto en el que Arcadi y sus socios andaban metidos. Le dijo para tranquilizarlo que se trataba de información confidencial y clasificada, no de un chisme que se hubiera esparcido por media Latinoamérica, pero también hizo hincapié en que la información existía y constituía un punto vulnerable del proyecto. Arcadi balbuceó dos o tres argumentos antes de que el embajador fuera directamente al grano: «Mi llamada, Arcadi, y quiero ser muy enfático en esto, obedece a mi necesidad de desaconsejar la participación suya y la de sus socios en este complot de trascendencia internacional». Arcadi balbuceó otras tres cosas antes de colgar el teléfono y salir volando a casa de Bages para contarle lo que acababa de suceder; se sentaron a deliberar en el desayunador, estaban los dos en pijama, Bages sirvió dos vasos de whisky y, antes de probar el suyo, dijo: «Estamos jodidos».

En lo que los rojos de ultramar se iban adentrando en la maraña del complot para matar a Franco, en España se promovían los festejos de la paz que hacía veinticinco años, desde el primer día de la dictadura, reinaba en el país. La iniciativa se anunciaba con mucho bombo en las primeras planas de los periódicos y era la consecuencia natural del maquillaje sistemático con que Franco había conseguido atenuar su condición de dictador, para irse metamorfoseando en un mandatario normal, aceptado por la ONU y por la gran mayoría de las democracias internacionales, que había logrado situar a la Guerra Civil, ese cisma que había partido a España en dos, como un acontecimiento menor. Por esos días el poeta Jaime Gil de Biedma escribió un ensayo, luminoso como todos los suyos, donde decía: «La Guerra Civil ha dejado de gravitar sobre la conciencia nacional como un antecedente inmediato, se ha vuelto de pronto remota».

Pero el maquillaje sistemático del caudillo no había llegado ni a México ni a La Portuguesa, donde la Guerra Civil era una herida abierta y los republicanos seguían en pie de guerra contra el dictador que no los dejaba regresar a su país. En aquella noche de whiskys en pijama, Arcadi y Bages llegaron a la conclusión de que no hablarían de la advertencia del embajador Rodríguez ni con los demás socios, ni con el Matelot ni con Doménech, de quien desconfiaban cada vez más. En la comandancia general cada quien había establecido terminantemente su posición, y la información que tenía Rodríguez, que en realidad era la misma que tenían Katy o el Chelele, no iba a alterar en nada esas posiciones y en cambio sí iba a tensar todavía más la convivencia, que ya entonces, en la víspera de la prueba de los explosivos, era insoportable. Esa tarde la situación en la comandancia general había alcanzado nuevos límites: mientras se ponían de acuerdo en los detalles de la prueba del día siguiente, el Matelot y González se habían hecho de palabras. La discusión era sobre las responsabilidades que tendría cada uno en la prueba, y de pronto González, fuera de sí, con el color subido hasta los tonos de su barba, gritó que qué cojones hacía esa rubia borracha ahí metida todo el tiempo. Un silencio hermético cayó sobre la mesa, el gesto que hizo Doménech los dejó helados, se puso de pie pesadamente, se sirvió un trago de ron y dijo, mirando a la cara a cada uno, con unos ojos donde había restos de innumerables asesinatos: «Si tanto les molesta, sáquenla de aquí». Nadie se movió ni abrió la boca, Doménech se bebió su vaso de un trago y como si no hubiera pasado nada dijo: «Sigamos con lo de mañana». Esa noche Bages fumaba un puro en su terraza cuando vio que por la orilla del cafetal pasaban, sigilosamente y a paso veloz, Fontanet seguido de Katy, que le sacaba medio metro de estatura. Bages salió alarmado tras ellos y, como quien contempla los prolegómenos del desastre, los vio meterse en casa de Fontanet, que estaba a unos quinientos metros de la suya. De todas las amenazas que pendían sobre el proyecto esa locura le pareció la más grave de todas, y más después de haber visto hacía unas horas el gesto criminal de Doménech. Cuando iba de regreso, pensando en contarle a Arcadi lo que estaba pasando, se encontró con Puig, que venía de revisar la plaga que seguía extendiéndose por la zona norte del cafetal. Puig le dijo que ya lo sabía, que hacía tres noches González había visto lo mismo, y entonces Bages y Puig repararon en que hacía días que ni tenían reuniones de socios, ni hablaban entre ellos, ni de ese desastre que se avecinaba, ni de la plaga que se estaba devorando parte del cafetal. Según el testimonio de Bages, que en el video de Marie dice más cosas de Arcadi que de él mismo, mi abuelo estuvo a punto de contarle a Carlota lo que estaba sucediendo. Se sentía cada vez peor con su doble vida, que además de obligarlo permanentemente a mentir, le impedía trabajar y disfrutar de su familia, que acababa de alcanzar la tercera generación; al final Arcadi había pensado que el proyecto para él estaba a punto de terminar, que al día siguiente harían las pruebas y después Fontanet y el Matelot se irían a Madrid a perpetrar el magnicidio y él, en la medida en que su familia ignorara el complot, podría volver a su vida normal, así que lo mejor, pensó Arcadi entonces, era mantener a Carlota al margen.

Al día siguiente salieron muy temprano a probar los explosivos, a que Doménech les enseñara de qué forma montarlos y cómo hacerlos explotar. Era el último inciso antes del viaje a Madrid. La prueba era simple pero había que tomar medidas para que la explosión no alarmara a los vecinos. Doménech eligió la curva oculta de un lecho seco de río que en la prehistoria había sido afluente del río Blanco y que volvía a llenarse de agua cada vez que caía un chubasco, cosa bastante frecuente en esa zona, y también muy conveniente, pues el caudal se llevaría hasta el último rastro de la explosión. La prueba se había programado a las siete de la mañana para que la detonación coincidiera con las explosiones de dinamita que tres días a la semana, a esa misma hora, tronaban en las aguas del río Blanco. Aquellas explosiones obedecían a un método brutal que usaban los pescadores de la región: lanzaban media docena de cartuchos al río, que, al hacer explosión, levantaba desde el fondo un hongo de agua y lodo cargado de peces muertos. El método era sumamente efectivo, pescaban cincuenta o cien peces de un solo cartuchazo que luego iban a venderse al mercado y a freírse en una sartén que quedaba oliendo a pólvora. Los socios de La Portuguesa llegaron en el automóvil de González, Puig recuerda que en todo el trayecto no se pronunció una sola palabra, que incluso Fontanet, el más extrovertido de los cinco, iba mirando la carretera silencioso y meditabundo. Aunque llegaron puntualmente Doménech ya estaba ahí con una muestra de su mina en serie colocada y un montón de cajas y ladrillos y pesos muertos que, con la ayuda del Matelot, había puesto encima como simulacro del coche del caudillo. Cuando empezaron las explosiones en el río Blanco se colocaron alrededor del simulacro de su automóvil, Doménech decía que era importante que todos supieran cómo operar el explosivo, por si algo imprevisto pasaba; luego se colocó debajo del coche simulado y fue explicando de manera muy didáctica la forma en que debían seriar los explosivos, había que ir engarzándolos punto por punto en el filamento y posteriormente había que agregarle a cada punto una gota de catalizador, y este último paso había que darlo con sumo tiento porque en cuanto la gota entraba en contacto con el material explosivo, el punto se volvía sensible y podía activarse si no se manejaba con precaución. Doménech explicaba esto mientras aplicaba el catalizador y el resto lo escuchaba tratando de no perder detalle, registrándolo todo a través de los huecos que quedaban entre las cajas y los ladrillos y la pedacería de hierro que fungía de peso muerto. Cuando terminó se deslizó hacia atrás, todavía de espaldas contra el suelo, con un movimiento que dejaba patente su experiencia en escabullirse por los territorios donde peleaba guerrillas, un movimiento veloz, preciso y sagaz que pareció hecho por un cuerpo motorizado. Se puso de pie y se retiró del automóvil simulado y todos lo siguieron para aprender cómo operaba el aparato de control remoto con el que iba a activar su mina de serie. Parado a una distancia prudente, junto a una roca enorme, Doménech explicó el procedimiento y justamente después de que explotara uno de los cartuchos de dinamita del río Blanco, dio la orden de que todos se protegieran detrás de la roca y oprimió el interruptor. El ruido que produjo la mina en serie fue un estruendo mayor que desde ningún ángulo podía confundirse con los cartuchos de los pescadores. El coche simulado del caudillo voló por los aires como lo había hecho el del Cochupo en su tiempo, la explosión produjo poco humo pero dejó en el aire un olor a veneno químico que picaba en las narices. Doménech se levantó y, junto con él, su grupo de aprendices. Con una señal imperativa que nació en sus cejas y fue a parar en un movimiento de mano, les indicó que revisarían el lugar de la explosión, de manera fugaz porque lo recomendable era abandonar la zona cuanto antes, no fuera a ser que llamadas por ese tronido colosal llegaran las gentes de por ahí. A medio camino Puig detuvo al pelotón para decirles que Arcadi no venía. Bages y Doménech corrieron detrás de la piedra donde se habían agazapado y encontraron a Arcadi tirado, inconsciente, espolvoreado de tierra y de pedruscos: una pieza metálica, la parte de una máquina de las que habían servido de peso muerto para el automóvil simulado del caudillo, le había caído de mala forma en el brazo izquierdo. Del brazo de Arcadi salía un reguero de sangre que escurría y formaba un charco, una poza que no alcanzaba a formarse porque de inmediato era absorbida por la tierra.

La prueba había sido un éxito rotundo y Fontanet y el Matelot debían irse a Madrid cuanto antes, dijo Doménech mientras acomodaban a Arcadi, inconsciente y con un torniquete lodoso a la altura del codo, en el asiento trasero del coche de González. Bages y González trasladaron a Arcadi a un hospital de Orizaba, mientras Puig y Fontanet se reunían con Doménech y el Matelot en la comandancia de Río Blanco; Peter Schilling tenía todo a punto en Madrid y esperaba la llegada de los explosivos y de los dos agentes de ultramar. Doménech explicó que ya había una fecha específica para matar al dictador, un día y una hora en que

Franco tenía programado un acto: la inauguración de la primera sucursal del Bank of Oregon, la institución bancaria que significaba el principio de las grandes inversiones estadounidenses en España, y asistir a su acto inaugural era una prioridad para el dictador. Cerca del mediodía, en un momento en que pudieron estar a solas, Puig le dijo a Fontanet que no le había gustado nada la ligereza con la que Doménech había tomado el accidente de Arcadi. A Fontanet tampoco le había gustado, pero entendía que una misión de esa envergadura no podía retrasarse por un accidente que, por otra parte, había sido oportunamente atendido y estaba bajo control.

Laia y mi abuela llegaron al hospital de Orizaba convocadas por lo que oficialmente había sido un accidente con una máquina despulpadora de café, hablaron con un médico que les explicó la situación, que en ese momento no era grave pero tenía elementos para complicarse. Arcadi estaba en una cama, en una habitación grande donde convalecía una decena de enfermos. Le habían hecho una cirugía de emergencia en el brazo y estaba en un estado de somnolencia que alarmó a Carlota aun cuando el médico le aseguró que se debía a los efectos de la anestesia. A media tarde, cuando Arcadi ya no tenía energía ni para abrir los ojos y presentaba una palidez espectral, el médico decidió que tenía que volver a intervenirle el brazo.

La reunión en la comandancia general terminó cerca de las cinco, todo estaba a punto, la parte del proyecto que iba a hacerse en ultramar había quedado concluida. Katy había estado presente durante aquella última reunión, oyéndolo todo recostada en su catre como lo había hecho casi en todas, luego había decidido quedarse en el bohío mientras los demás se iban a comer a la cantina. Después del accidente de Arcadi una celebración parecía un exceso, pero luego de una discusión, que pasó por un episodio de gritos entre Puig y Fontanet, habían concluido que era importante tener un acto social mínimo para que el final de ese proyecto quedara plenamente establecido. Puig, según cuenta él mismo en el video, asistió a la comida a regañadientes, nada más porque se trataba de la clausura de ese proyecto que ya empezaba a detestar; en cambio Fontanet, apenas unos minutos después de la discusión a gritos, se había puesto locuaz y eufórico, como si ya hubiera matado a Franco. Doménech estaba más bien pensativo y de vez en cuando reía alguna de las ocurrencias de Fontanet o del Matelot, que eran los que llevaban la fiesta en la mesa, y Puig, cada vez que podía, le recordaba a Fontanet que no hacía ni doce horas que Arcadi había sufrido el accidente, y que encima él todavía tenía la responsabilidad de viajar a Madrid y con esa fiesta y ese ritmo iba a llegar maltrecho y tembloroso a colocar las minas. Tres horas más tarde, cerca de las ocho, Puig intentó llevarse a Fontanet, ya se había bebido mucho en la mesa y la conversación, que a esas alturas estaba acaparada por Doménech, empezaba a ir por derroteros peligrosos. Con más traza de corsario que de cristo, Doménech hablaba con demasiados detalles sobre una sesión de tortura que él había conducido en la cárcel de La Unión, en la frontera entre El Salvador y Honduras; hablaba en un tono monocorde y con los ojos fijos en un punto indefinido entre los hombros de Fontanet y los del Matelot. A las nueve y media se levantó Puig a hablar por teléfono con Mariona, su mujer, para decirle que iba tarde y también para preguntarle si sabía algo de Arcadi. El teléfono estaba sobre la barra y desde ahí la mesa de sus colegas, la única que a esas horas seguía ocupada, tenía un aspecto teatral, estaba envuelta en una nube de humo y las tres figuras aparecían difuminadas por la luz escasa que caía desde un foco. El dueño de la cantina dormitaba en una silla detrás de la barra y se sobresaltaba cada vez que Doménech lo sacaba de su amodorramiento para pedirle más tragos. Después de hablar con su mujer Puig marcó el número del hospital de Orizaba, y luego de mucho insistirle a la voz que le había contestado logró que Carlota se pusiera al teléfono. La escuchó decirle con la voz llorosa y mormada que habían tenido que operar otra vez a Arcadi y que a mitad de la intervención habían detectado un principio de gangrena gaseosa, y que en el intento de extirpar la carne contaminada habían ido amputando secciones pequeñas hasta que, al cabo de cinco horas, el médico había decidido que había que amputar el brazo completo. Puig colgó el teléfono desencajado, por lo que acababa de decirle mi abuela y porque, mientras se lo decía, el monólogo de Doménech se había convertido en una discusión a tres voces y, en unos instantes, había evolucionado en una gritería que había despertado al cantinero y puesto de pie a Doménech, que, fuera de sí había sacado un revólver de la cintura y apuntándole a Fontanet en la cabeza le había gritado un parlamento donde aparecía Katy. Fontanet brincó de su silla y encaró a Doménech, el Matelot trató de contenerlo, de hacerlo entrar en razón mientras Puig, a grandes zancadas, corría a la mesa para tratar de sujetar a Doménech por la espalda, un intento que falló porque en los segundos que le tomó llegar de la barra a la mesa ya Doménech había disparado dos tiros y Fontanet yacía despatarrado en el suelo. Doménech y el Matelot desaparecieron inmediatamente de la escena, Puig trató de socorrer a su amigo, se arrodilló junto a él y en cuanto vio la dimensión del daño, la rapidez con que la sangre se iba de ese cuerpo, trató de confortarlo y de procurarle un final en paz.

Unas horas más tarde Puig, Bages y González irrumpieron en la comandancia general de Río Blanco y la encontraron vacía, no había ni planos, ni documentos, ni nada. Doménech, el Matelot y Katy se volatilizaron junto con el dinero que había en la cuenta del banco, y los tres socios de La Portuguesa que quedaban en pie concluyeron que denunciar el asesinato de Fontanet, por el grado de implicación que tenían en el complot, era del todo imposible, más valía decir que su amigo había muerto en un pleito de cantina; una muerte, por lo demás, bastante común en aquella selva.

Siguiendo las instrucciones de Schilling el Matelot viajó solo a Madrid. Después del asesinato de Fontanet, él, Doménech y Katy se habían ido a la Ciudad de México y desde una habitación en un hotel del centro terminaron de cuadrar la operación. El Matelot viajó el día que estaba previsto, llevaba los filamentos y los puntos de explosivo escondidos en una maleta de mano, y el líquido catalizador en una botella de loción. El plan que llevaba era muy sencillo, llegando a Madrid debía trasladarse a una dirección específica en el barrio de Lavapiés y ahí debería esperar instrucciones de Schilling y, sobre todo, no debería moverse por ningún motivo de ese piso. Al día siguiente, veinticuatro horas después de su llegada, preocupado porque los tiempos del magnicidio comenzaban a descuadrarse, se decidió a marcar el número de contacto que le había mandado Schilling para que lo usara sólo en caso de que fuera estrictamente necesario. Aunque el teléfono fue descolgado nadie le contestó del otro lado, él tampoco dijo nada y a partir de ese momento comenzó a sospechar que las cosas no iban bien, faltaban dos días para el atentado y nadie había entrado en contacto con el hombre de los explosivos. Cinco minutos después de la llamada infructuosa, un comando de la policía de élite de Franco derribó la puerta del piso y lo aprehendió.

El Matelot pasó once años preso y fue liberado en la primera amnistía después de la muerte de Franco. Regresó a Burdeos y ahí murió en 1986, cerca de los noventa años. De Peter Schilling o Hans o como quiera que se llamara nunca se supo nada, Marie Boyer estuvo durante muchos años tras su pista hasta que, por insistencia de su padre, desistió en 1982. Marie tampoco pudo seguir la pista de Doménech, pero asegura que Jean-Paul, su padre, tenía contacto con él aunque lo negaba permanentemente. Con quien sí dio fue con Katy, o mejor dicho, Katy apareció en el Matelot Savant en 1980; había dejado a Doménech unos días después de que el Matelot abordara el avión rumbo a Madrid y había regresado a Londres, a casarse con un novio que la esperaba y a montar una vida estándar de la que se sentía muy satisfecha. Durante tres horas habló con el Matelot sobre su pasado común en la selva de Veracruz, tenía la intención de contrastar unos recuerdos con otros, de aclarar ciertos pasajes, de hacerse una versión más precisa de aquella historia que seguiría rumiando el resto de sus días. Después regresó a esa vida de la que se sentía muy satisfecha, aunque a veces, dijo, todavía pensaba en Doménech, por puro morbo, completó, aunque Marie detectó más que eso en la manera en que Katy se refería a ese hombre que, veinte años atrás, había matado por ella.

Arcadi salió del hospital, sin el brazo izquierdo, una semana después del desastre. Bages lo puso al tanto de la muerte de Fontanet: no había sido una pelea de cantina, como le había dicho Carlota, y lo habían enterrado en el jardín de su casa, envuelto en una bandera republicana. Del destino de Doménech y el Matelot nunca se enteraron, aunque al correr de los días quedó claro que el proyecto de matar a Franco había fallado. Tampoco supieron que durante aquella semana trágica, cuando todo en La Portuguesa comenzó a venirse abajo, el gobierno del dictador estrenaba, en todos los cines de España, la biografía filmada *Franco, ese hombre*, como parte de los festejos del veinticinco aniversario de la paz.

La guerra de Arcadi

El día que murió Franco hubo una conmoción en La Portuguesa. Recuerdo nítidamente las escenas fúnebres que transmitía la televisión, pero sobre todo el gesto de incredulidad con que Arcadi las miraba. Después del noticiario se reunieron todos en la terraza de Bages, no a celebrar, como habían imaginado siempre que lo harían, sino a preguntarse qué iban a hacer de ese día en adelante. Aun cuando la muerte de Franco había despejado el camino, pasaron dos años antes de que Arcadi se decidiera a regresar a Barcelona. Cada semana le comunicaba a Carlota un pretexto distinto que aplazaba el viaje: cuando no había que supervisar una siembra, había que cosechar, o desecar, o triturar, o moler, cualquier cosa le servía para no enfrentar lo que él sospechaba que iba a sucederle. Los tres meses que habían destinado para ese viaje de reencuentro terminaron reduciéndose a quince días en los que Arcadi se paseó como una sombra por el territorio de su vida anterior. En medio de aquel ir y venir, que tuvo a Carlota todo el viaje con los pelos de punta, descubrió que no reconocía casi nada. Su hermana Neus, con quien había hablado por teléfono cada diciembre durante treinta y siete años, era una voz que para nada correspondía con esa señora que, efectivamente, se parecía a él pero con quien, y esto lo venía a descubrir ahí de golpe, no tenía nada que ver. Arcadi había construido otra vida del otro lado del mar, mientras su hermana había purgado ahí mismo, como había podido, varias décadas de posguerra. Lo mismo le pasó con la ciudad que recorrió ansioso buscando referentes, buscándose a sí mismo en tal bar, en tal esquina, en tal calle, hasta que se armó de valor y fue al piso de Marià Cubí con la idea de pedirle al conserje que lo dejara merodear, ver el vestíbulo y las escaleras, y si era posible entrar a su antiguo piso; pero cuando llegó descubrió que el edificio había sido demolido y que en su lugar había un mamotreto moderno de vidrios ahumados lleno de consultorios y oficinas. Pero el golpe definitivo, al parecer, se lo dio la lengua, el catalán que había preservado, junto con sus amigos, durante tanto tiempo en La Portuguesa, y que había transmitido a dos generaciones, era una lengua contaminada, híbrida, con un notorio acento del ultramar. Durante aquellos quince días Arcadi, que llegó buscándose a Barcelona, terminó, a fuerza de frentazos y desencuentros, por borrar su rastro y luego le dijo a mi abuela que ya había tenido suficiente y que quería regresar a casa, que para él su hermana era una voz y Barcelona una colección de filminas que desfilaba cada domingo por la pared en la casa de La Portuguesa.

A partir de entonces, era el año 78, Arcadi comenzó un viraje vital del que no regresaría nunca. La primera señal, que entonces pasó desapercibida, fue la asiduidad con que lo visitaba el padre Lupe; era uno más de los visitantes que caían cíclicamente a La Portuguesa, una comunidad flotante de personajes de todo tipo, políticos, funcionarios del gobierno, el entrenador de los Cebús, el director de la banda municipal, el gerente de una incipiente cadena de supermercados, el alcalde y hasta el gobernador del estado de Veracruz, todos iban ahí de visita con la misma intención, que en general era sacarles un donativo, en dinero o en especie, a los catalanes. El padre Lupe era una autoridad eclesiástica en Galatea, dirigía una parroquia y originalmente se había acercado a Arcadi para pedirle un donativo, era un franciscano de hábito y sandalias con una desagradable propensión a los mimos ñoños y un mal aliento que nos hacía huir de su saludo. Luego Arcadi comenzó a devolverle las visitas, se metía a conversar durante horas con él en su parroquia, hasta que un día Teodora, la criada eterna, se lo encontró en misa de siete, sentado entre dos viejecitas murmurantes y enjutas, muy peinado y bien vestido, con su prótesis de gala y un misal donde iba siguiendo, fervorosamente, las oraciones que decía el padre Lupe. Teodora lo vio y no se quedó a la misa, fue directamente a avisarle a Carlota y Carlota, que ya algo sospechaba, fue a hablar con Bages a la oficina de la plantación. Lo de Arcadi era una rareza, pero la verdad es que todo empezaba a cambiar en aquella comunidad: González llevaba meses en cama porque había sufrido una serie de infartos y, como el médico se lo había advertido, moriría en menos de un año, seguido por su viuda cuatro meses después. Los Puig, cuyos hijos estudiaban en la Ciudad de México o se habían casado y vivían en otro sitio, habían regresado a España a principios del 76 y desde entonces no habían vuelto, incluso le habían pedido a Bages que vendiera la parte que les correspondía de La Portuguesa y que les enviara el dinero, cosa que Arcadi y Bages resolvieron comprándole su parte por medio de una temeraria maniobra económica que dejó severamente tocado el equilibrio financiero de la plantación. Carmen le había pedido el divorcio a Bages después de cuarenta y tantos años de casados, y hecha esta petición había regresado a Figueras, donde le quedaban una hermana y un sobrino, y ahí había descubierto que su matrimonio había desaparecido con la guerra y que no constaba en ninguna acta. Bages se había quedado solo en su caserón, sus hijos, como los de todos, habían emigrado a la capital y él comenzó a extender la hora del menjul, la continuaba con el vino de la comida y de ahí se encadenaba con una sucesión de whiskys hasta que oscurecía. De manera que lo de Arcadi era un elemento más de los nuevos vientos que azotaban a La Portuguesa, así se lo dijo Bages a Carlota y luego le prometió que hablaría con él.

La misa de siete de Arcadi fue convirtiéndose en cosa de todos los días, oía los sermones del padre Lupe, comulgaba y después se iba a trabajar a la plantación. «Tú no puedes comulgar, Arcadi», le decía Bages a la hora del menjul en la terraza, «eres un rojo y los rojos no comulgan». Las misas de Arcadi tuvieron su efecto colateral en la gachupinada de Galatea, la sociedad de españoles que vivía ahí desde antes de la guerra, el grupo de católicos franquistas, que tradicionalmente había visto con cierta repugnancia a los refugiados, ahora invitaban a Arcadi y a Carlota a sus bailes en el casino español. Bages montaba en cólera, manoteaba y golpeaba la mesa y del golpe tiraba los menjules al suelo y se levantaba con los brazos al aire como un oso y gritaba: «¡Ostiaputamecagoenesosfachasdemierda, Arcadi, *collons*, no puedes claudicar así!», y volvía a golpear la mesa y entonces se iba al suelo un plato con aceitunas y un servilletero. Y Arcadi lo miraba impasible, sus ojos azul profundo imperturbables encima de la ira del oso, no había cómo hacerlo reaccionar, de los bailes del casino español había pasado a las oraciones en la mesa,

185

antes de comer sus alimentos; yo recuerdo el día, era el verano del 82 y estaba ahí de vacaciones, ya entonces vivíamos con Laia y papá en la Ciudad de México: Arcadi golpeó el canto del plato con el filo de su garfio y dijo que antes de comer deseaba decir una oración, y enseguida comenzó a darle gracias al Señor por los alimentos recibidos, juntó la mano con el garfio y elevó los ojos al techo y siguió con una parrafada sobre el pan y sobre el vino. Para ese año Bages había extendido también hacia atrás la hora del aperitivo, inauguraba el día a las siete y media de la mañana con un carajillo y luego encadenaba uno tras otro, cada vez con menos café, para terminar con tazas de whisky puro justamente antes de la hora del menjul. Paralelamente, como paliativo para la soledad en que lo había dejado Carmen, empezaba a visitarlo un hatajo de nativas, y en ese remolino alrededor de su figura monumental, y de lo que quedaba de su fortuna, reapareció un día la Mulata, que había sido reina del beisbol, mujer del ingeniero Cabeza Pratt y amante del Jungla Ledezma. Después del Jungla, *catcher* de los Cebús y el último de sus amantes de quien se recuerda el nombre, la Mulata había comenzado a perderse en una progresión suicida de cuerpos y de tragos. Hay quien dice, y aunque debe de ser una exageración resulta bastante ilustrativa, que en 1978, para celebrar el encuentro final del campeonato, no el del Triángulo de Oro sino el de una liga inferior, se acostó en la noche con todos los integrantes del equipo campeón, las Chicharras de Chocamán, y de madrugada, a título rigurosamente compensatorio, con todas las Nahuyacas Asesinas de Potrero Viejo, que habían quedado subcampeones. A partir de esta nota de gloria incuestionable dentro de su especialidad, la Mulata se había dedicado a vagabundear por Galatea y a gastarse en tragos la modesta herencia que le había dejado el ingeniero Cabeza y que el gobierno cubano había esquilmado cobrándose a lo chino un impuesto revolucionario. Con todo y lo desmedido del impuesto, la cantidad le había dado para un lustro ininterrumpido de guarapo. La Mulata bebía a sorbitos de un botellín cochambroso que cargaba siempre en sus vagabundeos, dormía donde la sorprendía la noche y comía lo que alguna mano piadosa le daba. Al paso de los años Galatea fue olvidando que había sido reina del beisbol y estrella de calendario y también, no se sabe exactamente cuándo, dejó de ser la Mulata para convertirse en la negra Moya; así, como la negra, apareció durante un breve periodo en la vida de Bages, revuelta con el hatajo de nativas que lo visitaba. Carlota casi se volvió loca cuando la vio tomando aperitivos en la terraza, ataviada con un vestido largo que usaba Carmen, en la misma pose presuntuosa que había adornado durante años la puerta de su cocina. Aquella breve estancia sirvió para que yo le preguntara qué había dentro de la maleta negra de su exmarido Cabeza Pratt. Tuvo que hacer un esfuerzo, cerró teatralmente los ojos, hizo una mueca y antes de responderme se bebió el menjul de un sorbo y le gritó a una de las criadas que le sirviera otro, sus uñas largas y llenas de mugre parecían una enfermedad sobre el cristal. Como si súbitamente lo hubiera recordado todo, se enderezó en la silla y dijo: «¿Y quién es ese señor Cabeza?».

La posición de Arcadi se fue extremando hacia un punto radicalmente opuesto del que Bages comenzaba a alcanzar, y entre los dos quedó un vacío que, en 1990, los orilló a vender tres cuartas partes de la plantación; fue la única forma que encontraron para salir de las deudas que, durante años de descuidos y malos manejos, había engendrado el negocio, aunque según Carlota y Laia algo más sensato podía haberse hecho, si no hubieran estado los dos tan metidos en sus cosas. El primer efecto de aquella reducción drástica del terreno fue la notoriedad que adquirió el elefante; al quedarse sin selva donde triscar, había tenido que empezar a hacer su vida alrededor de las casas. Llevaba quince años de ser la única mascota, el Gos había muerto en el 70 y él había ocupado con tal convicción su lugar, que de un día para otro su alimentación había pasado de la paca de forraje a la tinaja de alimento para perro. Ya entonces el elefante era un ejemplar viejo, tenía cierta incontinencia y una considerable torpeza destructiva, de un pisotón aniquilaba una podadora de césped o echaba una barda abajo de un recargón, y además iba soltando, de manera caprichosa y aleatoria, plastas de caca amarilla sobre una maceta o sobre un asador de carne, o encima de la cajuela de alguno de los automóviles.

Arcadi había dejado de frecuentar el casino español y de asistir a sus misas, y en su lugar había comenzado un repliegue que al principio tuvo lugar en una habitación donde habilitó una especie de estudio para leer y pensar, según explicó, y que con el tiempo fue evolucionando en una cosa más seria, que para 1992 se había convertido en una guarida de donde no salía más que un par de horas para tomar el aperitivo con Bages. Bages, por su parte, en el otro extremo, había contratado una vistosa plantilla de criadas, excesivas para las necesidades de un viejo solo, que, según Teodora y Carlota, dormían por turnos con él, cosa que era de agradecerse porque ya entonces Bages llevaba varios años herméticamente borracho y su séquito impedía que se fuera a Galatea a hacer destrozos y a meterse en líos y así todo quedaba en familia. La cosa no pasaba de que Bages se metiera a correr a medianoche al cafetal y que amaneciera cubierto de tajos y maguilones, o de que fuera a gritarle a Arcadi, en la cima de una de sus fases iracundas, a cualquier hora del día o de la noche, que ya era hora de que mataran a Franco.

La primera vez que oí a Bages gritando eso pensé que era parte de su delirio alcohólico y no el eco de aquel magnicidio que habían estado a punto de realizar. Era 1995 y yo estaba ahí con la idea de grabarle a Arcadi esas cintas con las que pensaba llenar los huecos que había en sus memorias. Entonces ya había sacado su estudio de la casa y se había trasladado a un cobertizo en medio de la jungla, se había dejado crecer el pelo y la barba y estaba en los huesos, más que un vagabundo parecía un santo. Siguiendo las órdenes de Carlota, que, aunque había decidido que no quería verlo más, estaba al pendiente, Teodora le llevaba de comer tres veces al día unos platos fastuosos que contrastaban con la austeridad de Arcadi y que eran, la mayoría de las veces, devorados por el elefante, que vivía una vejez perezosa echado afuera del cobertizo. De una caja de cartón donde conservaba algunas pertenencias Arcadi había sacado sus memorias para dármelas, aquel día en que, quizá harto de mis preguntas sobre la guerra, había cedido, no sé si para que por fin me callara o para ponerme sobre la pista del complot, o quizá para que me diera cuenta de que efectivamente había sido otro, y no él, quien había peleado la Guerra Civil; y para comprobarlo bastaba verlo convertido en un santón de la selva. Puede ser que Carlota se hubiera equivocado cuando, desde lo alto de la escalerilla de *El Marqués de Comillas*, vio a Arcadi esperándola en el muelle del puerto de Veracruz, y lo que vio entonces desde arriba fue un hombre normal al que no se le notaban las secuelas ni de la guerra ni del campo de prisioneros; si Carlota hubiera observado con más atención habría descubierto que ese hombre era otro, que la pequeña Laia tenía razón cuando no vio en él al hombre de la fotografía. El repliegue de Arcadi tenía que ver con su capitulación, con su retirada, era la representación de la derrota, en el fondo se parecía al repliegue de los miles de individuos que vivieron la guerra y que, puestos frente a la memoria de aquel horror, decidieron, como él, replegarse, darle la espalda, perder aquel episodio incómodo de vista, pensar que esa guerra había sido peleada por otros, en un lugar y en un tiempo remotos, tan remotos que en aquella aula de la Complutense y en la playa de Argelès-sur-Mer, unas cuantas décadas más tarde, apenas quedaba memoria de esa guerra. Al final, al maquillaje que con tanta dedicación puso el general Franco sobre la Guerra Civil se fue sumando el acuerdo colectivo de olvidar.

Arcadi murió de un cáncer voraz a mediados de 2001. Yo lo vi unas semanas antes, mi abuela había muerto hacía un año y Bages estaba en el hospital, convaleciendo de un infarto con muy mal pronóstico. Arcadi seguía metido en su cobertizo, que ya para entonces había sido tomado por las alimañas por más que Teodora, la criada inmortal, trataba de combatirlas con todo tipo de venenos. Al mal aspecto que tenía se sumaba que ya no quería ponerse su prótesis y eso lo hacía verse más desvalido. Hacía una semana que el elefante se había perdido en la selva y Arcadi sostenía, con una aprensión que rayaba en la demencia, que se había ido a morir a otra parte. Le conté que había estado releyendo sus memorias y oyendo las cintas que habíamos grabado y que la idea de hacer algo con todo eso empezaba a entusiasmarme. «Mira que eres necio, nen», me dijo, eso fue todo. Después me miró extrañado, como si no me reconociera, y luego volvió al plato de huevos revueltos que se estaba comiendo con la mano.

La última hora
del último día

Yo vuelvo a ti huyendo del reino incalculable.

VICENTE HUIDOBRO

1

Yo a Marianne quería verla muerta. Quería que se muriera, o que alguien o algo la matara porque yo no tenía ni el valor ni la fuerza para hacerlo. Quería que desapareciera esa mujer que golpeaba a mamá hasta dejarla tirada en el suelo con sangre en la boca. Quería eso hasta que de verdad pasó.

Marianne también me golpeaba a mí, pero lo que de verdad me dolía, la razón por la que quería verla muerta, era la sangre de mamá. Con frecuencia sueño que escapo de Marianne, que voy corriendo por la casa, huyendo de esa mujer que en un instante y por cualquier cosa monta en cólera y se me echa encima. Escapo como puedo, o trato de hacerlo porque ella es mucho más alta y más fuerte y en su persecución tira cosas, sillas, un perchero, la mesilla del teléfono, objetos que a veces la hacen dar un traspié y eso me da aire y reduce, aunque sea un instante, la angustia y la tensión. Corro perseguido por ese escándalo de cosas que caen y con ella pisándome los talones, acezando y resoplando como un animal, tirando manotazos para pescarme del cuello o de los pelos. Corro como quien intenta escapar de una ola enorme. Más que de un sueño recurrente, se trata de un recuerdo que no cesa, de la reproducción continua de aquello que de verdad pasaba. «Lo que de verdad me dolía», «lo que de verdad pasaba», «hasta que de verdad pasó»; no sé si está bien que en la primera página de una novela aparezca escrita tantas veces la palabra «verdad».

Todo lo que podía hacer cuando Marianne me perseguía era correr y brincar fuera de casa por la ventana, cosa que hacía de un solo salto limpio y que a ella, por ser más grande, le tomaba esos segundos que yo aprovechaba para correr por el jardín rumbo al cafetal y esconderme porque, si me pillaba en el descampado, no tenía con qué protegerme y quedaba a merced de su fuerza y de su furia. Mientras cruzaba el jardín oía cómo mamá, alarmada por el revuelo de la persecución, por el escándalo que hacían los objetos al caer, corría detrás de su hermana para impedir que me golpeara, y unos pasos detrás de ella venía Sacrosanto y alguien más, una fila de gente tratando de detener a la loca que acezaba y resoplaba un vaho herrumbroso a un palmo de mi nuca, y que muchas veces lograba pescarme de un manotazo antes de que alcanzara el cafetal, y ese manotazo bastaba para enviarme al suelo y luego me caía encima a horcajadas y en ese instante, casi siempre porque a veces tenía tiempo de molerme a golpes, mamá trataba de sujetarla por la espalda y entonces caían las dos al suelo, y yo las veía trenzadas rodando hacia el cafetal, mamá tratando de contener a Marianne y Marianne golpeándola sin piedad en el cuerpo y en la cara, con un puño cerrado que producía ruidos escalofriantes al estrellarse contra la piel y los huesos, y un instante más tarde, casi siempre porque a veces tenía tiempo de molerla a golpes, llegaba Sacrosanto a separarlas, o mi padre, o Arcadi, más bien llegaban a quitarle a Marianne de encima y a someterla por la fuerza, cuando se podía, porque había veces que el primero que la sujetaba salía volando de un golpe o de una sacudida furibunda y al final lo que quedaba eran las dos mujeres tiradas en el suelo, con el pelo y las faldas revueltas, sin un zapato casi siempre, mamá malherida y Marianne sometida por la fuerza de dos o tres personas, con la cabeza contra el suelo, sin quitarme ni un instante los ojos de encima mientras alguien le ponía una inyección que la enviaba rápidamente a un limbo químico. Después se la llevaban arrastrando y ella, que ya se estaba yendo al limbo, me miraba desafiante con sus ojos azules, medio ocultos detrás de una maraña de pelo revuelto y lleno de sudor y de yerbajos. La escena de esas dos mujeres adultas peleándose a golpes era para mí el fin del mundo, el mundo se acababa en esa sangre que le salía a mamá de la nariz o de la boca y por eso yo a Marianne quería verla muerta; no soportaba que golpeara a mamá, pero sobre todo, no soportaba que la golpeara por mi culpa.

Aquella historia con Marianne, que con los años ha ido convirtiéndose en sueño recurrente, regresó con toda nitidez hace unas semanas cuando Laia, mi madre, llamó por teléfono para contarme una visita que le hizo al señor Bages. El teléfono sonó cuando estaba frente al ordenador, concentrado en mi trabajo, a un océano de distancia de la selva donde nací y crecí, y conforme me iba contando lo que tenía que decirme, yo iba pensando que, por muy lejos que me vaya, aquella selva siempre acaba alargando un tentáculo que me lleva de regreso. Lo que me contó Laia entonces fue que Arcadi, su padre, había dejado un desorden legal al morir y que ahora, en cuanto ella había tratado de vender lo que nos queda en aquella selva, había descubierto que la casa de Bages estaba construida justamente en ese terreno que, por alguna razón que prometió explicarme después con los planos del predio en la mano, es nuestro. A mí lo que decía mi madre no me importaba nada, yo estaba frente a mi computadora escribiendo una novela que sucedía en Dublín y no me daba la gana de involucrarme en su historia. «Lo que tienes que hacer es dejar a Bages en paz, le queda poca vida y en cuanto se muera podrás recuperar *tu* terreno», le dije recalcando el «tu», para que quedara claro que yo allá no tengo nada. Pero ella siguió adelante y, en lo que yo me ponía a deambular, un poco desesperado, entre los muebles de mi estudio, empezó a contarme la visita, su viaje en coche a La Portuguesa desde la Ciudad de México y su encuentro con el viejo republicano que a fuerza de whisky se ha convertido en una ruina, en la perfecta metáfora de aquella plantación de café que fue mi casa. Todo lo que dijo Laia por teléfono me siguió importando poco, lo cual es desde luego un mecanismo de defensa contra esa selva que todo el tiempo irrumpe en mi vida y en mis sueños, pero en cuanto empezó a contarme el enfrentamiento que había tenido con una de las sirvientas de Bages, dejé de deambular malhumorado por mi estudio y me senté en el filo de la silla: la criada, por defender a su patrón del expolio que erróneamente interpretaba en la conversación, se le había echado encima y en la trifulca Laia se había luxado un brazo. A continuación, mientras yo iba cayendo en el precipicio de mi sueño recurrente, mientras la veía otra vez tirada en el suelo con la boca llena de sangre, me pidió que fuera a hablar con Bages. «Vivo en Barcelona, mamá, ¿te acuerdas?, a doce horas de avión, tenemos un océano de por medio», dije abandonando de un brinco el filo de la silla y poniéndome a deambular otra vez malhumorado. Cuando colgué el teléfono estaba seguro de que no iría, ya vería, y así se lo dije, si en las vacaciones de verano, durante nuestro viaje anual a México, seguía el tema vigente, estando allá, me escaparía a hablar con el viejo Bages. Pero resulta que unos días más tarde recibí un tercer diagnóstico sobre mi ojo izquierdo, había visitado a los tres mejores oculistas de Barcelona y ninguno había podido librarme de una aparatosa infección, agudizada por las horas que paso todos los días frente a la computadora. Los dos primeros me habían recetado un tratamiento con antibióticos que había funcionado exclusivamente durante el periodo en que tomaba los medicamentos, y ese último había propuesto un tratamiento similar, con otra combinación y otra dosis que básicamente era lo mismo. En lo que consideraba si visitar o no a un cuarto oculista, me encontré con Màrius bebiendo café en la barra del Tívoli, un sitio que está entre su casa y la mía, y al ver que seguía con el ojo izquierdo maltrecho, me dijo lo que yo ya empezaba a pensar: «La única persona capaz de curarte ese ojo es la chamana». «A esa conclusión estoy llegando», le dije a Màrius, a ese hombre que además de ser mi vecino nació en La Portuguesa igual que yo, en esa selva de Veracruz que irrumpe en mi vida todo el tiempo. De manera que unos días más tarde decidí juntar los dos proyectos, el de hablar con Bages y el de visitar a la chamana, y compré un billete de KLM para volar a México.

2

Jaleados por Lauro y El Titorro nos habíamos ido a meter al establo de las vacas, justamente donde mi padre había dicho que no quería vernos ni por equivocación. El establo era un territorio proscrito para nosotros en cuanto se lo asociaba con esos chavales que sin ningún escrúpulo, y a pesar de que se los mantenía y se los aupaba para que algún día salieran de pericoperro, robaban costales de café de la bodega, o latas, paquetes y botellas de las casas, que luego vendían en el mercado de Galatea. Aquello era el trópico, la selva que todo lo pudre y lo carcome, el paraíso corrompido por las alimañas y los bichos insalubres, y las plantas y las raíces y las extensiones nudosas de esas plantas que si no se las troceaba todo el tiempo con el machete podían acabar devorándose el camino y las casas. «Se quedó dormido junto a un laurel de la India y en la tarde despertó abrazado por una raíz», aseguraba El Titorro que le había pasado a su padre una vez que dormía la gigantesca mona. «Puros cuentos», le decía al Titorro el caporal cada vez que lo sorprendía contando la aventura de su padre, «lo que sucede», completaba el caporal, «es que tu padre es un borracho», y lo decía como si ése fuera un problema en aquel culo vegetal del mundo, donde la única forma de vislumbrar algo esperanzador era con una buena dosis de tragos circulando por el torrente sanguíneo. Lauro y El Titorro guardaban una parte de las botellas que se robaban para bebérselas en el crepúsculo, a la hora en que los moscos caían encima de cualquier cuerpo con sangre, a la hora en que el sol se iba poniendo y con su decadencia sembraba la selva de melancolía, de una tristeza húmeda y vital que había que combatir con unos tragos. Arcadi y sus colegas eran de whiskys y menjules, y en el caso particular del señor Bages los whiskys, ya desde aquel año de 1974, empezaban a ocupar un espectro amplio y generoso que arrancaba a las siete de la mañana, cuando se preparaba su primer carajillo, y terminaba, o declinaba, o caía de bruces para ser más específicos, sobre las nueve y media de la noche, la hora de su crepúsculo personal que lo alcanzaba siempre en alguna de las terrazas, todas las noches de la misma forma que era irse despeñando poco a poco hasta que su cabeza rodaba cuerpo abajo y se daba de frente contra la mesa, o se quedaba recargado sobre el descansabrazos o, como pasó en no pocas ocasiones, la cabeza se iba tan cuerpo abajo que él mismo acababa de bruces en el suelo y entonces sus amigos, que observaban crepúsculos menos violentos, lo auxiliaban, le echaban una chaqueta o el mantel encima cuando soplaba el norte y hacía fresco, y le espantaban periódicamente del cuello y de la cara las palomillas y las campamochas, y ya cuando se iba cada quien a su cama, a gestionar cada uno su crepúsculo, le avisaban a Carmen para que enviara al mozo o a las criadas a recoger a su marido. Todo esto era parte de la cotidianidad, nadie pretendía que en aquella plantación de soldados exiliados, de catalanes sin patria, de españoles hijos de Hernán Cortés rodeados de indígenas vengativos, tuviera que vivirse a palo seco. La dosis exagerada de realidad que había en la plantación exigía dosis igualmente exageradas de alcohol, de menjules, de whiskys y de guarapos, y también de ginebras que venían de Inglaterra y que era lo que Laia y Carlota bebían, y cuento esto para que se entienda por qué, cada vez que alguien me pregunta cómo llevaban el exilio los soldados que habían perdido la guerra, o cómo soportaba mi familia vivir en aquella selva tan lejos de Barcelona, yo respondo que borrachos, que gracias a esa ficción de esperanza que proporciona media botella, y cuando me preguntan por el saldo real del exilio, por lo que quedó y nos dejaron aquellas décadas de plantación de café, nunca digo ni que nos volvimos profundamente republicanos, ni que al correr del tiempo fuimos viendo que no éramos ni mexicanos ni españoles, ni que nos convertimos en una familia rabiosamente antifranquista, sino que digo, respondo, sin la menor malicia ni cinismo, que el único saldo real es que nos fuimos convirtiendo en una familia de alcohólicos, y lo pienso y lo digo y ahora lo escribo con toda objetividad, sin consideraciones morales, porque al final se sobrevivió, se sacó adelante a aquella tribu echando mano de lo que había, de lo que servía para no desmoronarse, para no perder la cabeza y todo el juicio en episodios negros como aquel desastroso día de la invasión. Pero estaba yo contando aquella vez en que Joan y yo, jaleados por Lauro y El Titorro, y también por el alcohol que íbamos bebiendo, nos fuimos a meter al establo que no era nada especial por sí solo, pero que con la compañía de esos dos chavales se convertía en un sitio proscrito por mi padre. Así fuimos caminando de noche por el cafetal, mientras en alguna de las terrazas se bebían menjules y whiskys y se hablaba de la cosecha de café, o de las desproporcionadas exigencias del alcalde Changó, o de cuándo llegaría el día en que el hijo de puta de Franco iba a morirse y todos los republicanos abandonados en aquella selva, «dejados de la mano de Dios», iban a poder regresar a sus casas. Todo eso lo íbamos oyendo como un murmullo que se iba quedando atrás e iba siendo sustituido por los ruidos de la selva, ese fragor sordo que no para, ese estruendo velado y contenido por tantas ramas, la música continua de los grillos y las chicharras rajada todo el tiempo por un tecolote, un picho, un pijul, el cascabel de una culebra, el gruñido de un perro o un cerdo, el relincho de un caballo, el ramoneo despreocupado de una chiva o de una vaca, o el paso categórico del elefante; ese era el fragor que iba sepultando al ruido de la terraza y conforme nos alejábamos de las casas yo me iba entusiasmando más y más con la perspectiva de hacer algo que estaba prohibido y, sobre todo, de hacer algo con ellos, de compartir lo que fuera con esos dos chavales indígenas que más bien nos despreciaban y nos hacían a un lado, porque siempre nos había quedado claro que los dueños de la selva eran ellos, ellos sabían cómo conducirse dentro de ella y cómo controlar a sus bestias, dominaban el territorio mientras nosotros vivíamos en nuestra Cataluña de ultramar, en nuestro país de mentiras, donde se vivía y se hablaba y se vestía como si estuviéramos en la calle Muntaner y no en esa selva infecta y fantástica. Encima ellos sabían que nuestra estancia era pasajera, que unas cuantas décadas no significaban nada en su dinastía que se medía en milenios, ellos sabían que al cabo de un tiempo nos iríamos de ahí y que la plantación de La Portuguesa sería devorada por la vegetación y que nuestro paso sería borrado por la selva, que de nosotros no quedaría ni rastro, como en efecto ha pasado y yo he podido comprobar hace muy poco. Joan y yo seguíamos a Lauro y al Titorro cafetal

201

adentro rumbo a los establos, bebiendo los cuatro fraternalmente de la misma botella que habían robado de nuestra alacena, y a nosotros nos daba igual, en esa noche de camaradería intensa casi hubiéramos suscrito el proyecto de asaltar nuestra propia casa para repartir el botín entre los que tenían menos, entre los pobres que veían de lejos nuestras comidas dispendiosas, y nuestra ropa cara que nos compraban en la Ciudad de México y nuestro televisor; en ese estado de ánimo llegamos al establo, sintiéndonos tan hijos de la selva como ellos, sintiéndonos de los suyos, una ilusión que no lo parecía, que tenía pinta de ser una verdad palpable, tan real como el establo y la paja y la tierra batida y lodosa que pisábamos y el olor a mierda de vaca que lo invadía todo, el mismo olor que percibíamos los cuatro y que nos hacía partícipes a Joan y a mí de esa cosa real. «Dame el quinqué», le dijo Lauro al Titorro y éste trepó como un mono a un altillo donde había costales de forraje y en un momento bajó con una lámpara de aceite y unas cerillas. La llama que encendió Lauro produjo un haz modesto pero suficiente para vislumbrar gran parte del establo, las vacas, los corrales y abajo nuestros zapatos llenos de lodo, y mi pantalón roto por alguna rama que me había enganchado en nuestro tránsito por los cafetales, dos cosas, la mierda en los zapatos y mi ropa desgarrada, que confirmaban la realidad de lo que ahí sucedía, y que me infundieron un ánimo maníaco que sirvió para contrarrestar el desánimo creciente de mi hermano, que empezaba a mirar con serias dudas nuestra presencia en ese establo, nuestro empeño por ser como esos niños de la selva. Una vez encendida la lámpara Lauro ofreció una última ronda de tragos y mientras él bebía lo suyo nos designó a cada quien una vaca y aclaró que había elegido «las más mansitas», porque él y El Titorro ya las tenían dictaminadas a todas, y la puntualización de este conocimiento que ellos poseían y nosotros no, me provocó en el ánimo un descalabro que no contabilicé por no menguar mi proceso de integración, mejor me concentré en seguir los pasos de Lauro que, después de designarle a cada quien su vaca, se quitó los pantalones y se montó en la suya, y en lo que trepaba al lomo del animal, con la ayuda de unas cajas de madera, pudimos ver, con la luz temblona de la lámpara, que tenía una erección desproporcionadamente larga, un palo flaco y nudoso como un tallo que insertó con gran precisión, después de quitar de en medio la cola, con una delicadeza que parecía fuera de lugar. El Titorro cogió otras cajas y siguió uno a uno sus pasos, y sin que la vaca se diera por enterada, le clavó un pitorro chato y gordo, y antes de que Joan y yo pudiéramos replantearnos nuestra integración con la selva, ya los dos trasegaban con bufidos teatrales encima de sus vacas y aprovechaban para recordarnos, desde la superioridad que les daban la altura y esa gimnasia incuestionablemente viril, que éramos un par de maricones, jotos y mayates, volteados, chotos, rotos y putos, y todo lo iban intercalando entre los bufidos y nosotros, en lugar de mandarlos a la mierda como correspondía, nos quedamos pasmados, porque en el fondo envidiábamos la resolución con que estaban atados a su tierra y a su tiempo, y un instante después, por eso que envidiábamos y para acallar los insultos, cogimos las cajas y subimos cada uno a su vaca, yo con los zapatos llenos de lodo y sin el pantalón que me había desgarrado una rama y así, con cierta desesperación porque me urgía dejar de ser maricón, choto, volteado y puto, me fui metiendo y comencé a sentir placer, un placer supeditado a los componentes de esa integración que yo buscaba, como si yo embonado dentro de la vaca hubiera sido, durante ese lapso, parte real de la selva, como si durante ese paréntesis se hubieran fundido por fin mis dos mundos.

La lámpara se había apagado cuando terminamos, busqué a tientas mis pantalones y al ponérmelos sentí que se habían batido de mierda y lodo, los había dejado colgados en un pesebre, demasiado cerca de las patas de la vaca y ella los había pisado y restregado contra los fangos del piso. Saliendo al campo vi, con la luz de la luna, que yo era el único que llevaba manchados los pantalones, Joan, que tampoco era niño de la selva, los tenía limpios y enteros, sin mierda ni desgarrones. Íbamos los cuatro en silencio por el cafetal, ninguno se atrevía a hablar, ni siquiera ellos que unos minutos antes, desde la imponente altura de su vaca, nos habían insultado a placer; caminábamos en un silencio que yo agradecía porque no deseaba oír comentarios sobre mis pantalones llenos de lodo, que era lo que en realidad me preocupaba porque esas manchas contrastaban con los pantalones limpios de mis tres acompañantes, hablaban de mi incompetencia en ese territorio que era mío, porque ahí había nacido y ahí estaban mi familia y mi casa. Caminábamos en silencio rodeados por aquel fragor de bichos y bestias que no calla nunca, absorbidos por la humedad y la calina y los olores verdes y vivos de la savia, aturdidos por esa vitalidad exacerbada de la selva, que colindaba todo el tiempo con la transgresión.

3

De pronto aparecía Marianne hecha una furia, nunca se sabía bien por qué, ni tampoco lo que sería capaz de hacer, aparecía hecha un basilisco con la greña rubia desordenada y sus ojos azules y estrábicos y lo que quedaba era huir despavorido y esconderse debajo de un sillón o de una furgoneta, o arriba de un árbol o en el cafetal, aunque ahí, si no cuidaba uno bien lo que podía verse entre las ramas, se corría el riesgo de ser descubierto y de correr la misma suerte que le había tocado por ejemplo a Lauro, por citar un caso, un percance que tengo fresco en la memoria, ese de Lauro el hijo de Teodora, una de las criadas, que por incauto, por no haberse ocultado bien y haberse dejado una rodilla fuera, al aire, había sido descubierto por Marianne que, sin perder un instante, había metido la mano entre dos cafetos y había sacado en vilo al chaval que lloraba y pedía a gritos clemencia, o auxilio a alguien que anduviera cerca, porque él ya tenía la mano de esa mujer furibunda en el cuello y estaba a punto de recibir de ella el puñetazo que iba a mandarlo cafetal adentro con la nariz rota y un burbujeo de sangre en el centro de la cara que iba a convertirse en lodillo en cuanto diera con la frente en la tierra, y la cosa hubiera pasado a mayores, como había ocurrido más de una vez, si no es porque Laia oye que su hermana había escapado hecha una furia, porque aunque estuviera lejos Laia oía siempre el revuelo que levantaban sus fugas, el portazo contra la pared, las cosas que iban cayendo a su paso y los gritos de las criadas avisando de que la señorita Marianne había escapado, y eso bastaba para que Laia saliera disparada porque en medio de esas trífulcas solían estar siempre sus hijos, Joan y yo, los otros niños de la casa que ponían enferma a Marianne, y Laia solía llegar en un santiamén armada con una escoba, una escoba inútil que nunca usó, y recorría a grandes zancadas el cafetal, guiándose por nuestros gritos histéricos, hasta que daba con Marianne que siempre estaba fuera de sí, en el proceso de azotar a alguien con la fuerza bruta de sus veintitantos años, su fuerza inconmensurable, su fuerza sin riendas de loca que era casi siempre incontrolable, y entonces cuando Laia daba como dio entonces con ella, le gritaba que parara, que dejara en paz a esa criatura, o a ese señor cuando era el caso, y entonces Marianne se olvidaba de su víctima, como se olvidó aquel día de rematar a Lauro que sangraba en la tierra, y se enfrentaba con una furia redoblada contra su hermana que ya estaba ahí frente a ella, armada con su escoba absurda y soportando la presión del griterío de las criadas, y de Sacrosanto y de Carlota que le pedía llorando que no fuera a lastimarla, la horrenda presión de tener que apalear a su hermana porque si no era capaz de matar a alguien, y ahí, en medio del griterío, toda arañada por su carrera a través del cafetal, Laia hacía fintas y amagos con su escoba inútil, mientras su hermana le tiraba golpes efectivos y escupitajos y mordiscos y unas patadas que mi madre esquivaba como podía, o que a veces no podía esquivar y se iba al suelo doblada de dolor con su escoba tonta entre los brazos y ése era el momento que aprovechaba Marianne para patearla más o para buscarse una piedra con que partirle la cabeza y cuando la cosa llegaba a ese extremo, como había llegado aquel día en que Lauro fue la víctima, Sacrosanto, que era un muchacho desnutrido y bastante menos sólido que mi madre, tenía que intervenir y aupado y ayudado por las criadas trataba de contener a Marianne, generalmente sin mucho éxito porque la señorita era bastante más alta y más fuerte que todos ellos, le bastaba sacudirse para quitárselos de encima, para que fueran volando uno a uno por los aires y fueran cayendo en medio del cafetal, pero aquella resistencia flaca servía siquiera para dar tiempo a que llegara Arcadi, o mi padre, o el señor Rosales, que era el caporal de la plantación, y entonces sí, cualquiera de los tres brincaba sobre esa fiera que era mi tía la loca y la tiraba al suelo y se le sentaba encima a horcajadas tratando de esquivar las mordidas y los escupitajos en lo que llegaba Jovita con la inyección, esa jeringa llena de líquido ámbar que le metían en un hombro, o en un muslo, o donde se pudiera según hubiera caído al suelo, según se hubiera acomodado el hombre que trataba de controlarla a horcajadas, y una vez inyectada empezaba a amainar su furia y en unos cuantos segundos, un minuto quizá, dejaba de escupir y de tirar mordiscos y de gritar insultos y poco a poco, invadida por el bálsamo color ámbar que recorría su organismo, se iba tranquilizando y adormeciendo hasta que llegaba a un punto en que era factible cargarla entre dos hasta su habitación. La jeringa era el remedio extremo que se aplicaba cuando la furia de Marianne se había salido de su cauce, o sea con mucha frecuencia, y el resto de los días podía mantenérsela dentro de una relativa normalidad con sus dosis puntuales de mesantoina y de fenobarbital, las pastillas que dopaban a la bestia, la idiotizaban y le aflojaban la tensión de la mandíbula, y eso más la baba que comenzaba a escurrírsele era siempre buena noticia, era el anuncio de que estábamos atravesando por un periodo de calma donde no tenía uno que andarse cuidando de sus embates brutales, *fair weather*, mar tranquila, un periodo que había sin embargo que vigilar, había que ir viendo cómo las pastillas perdían su efecto y también había que calcular cuándo la bestia podía empezar a desperezarse, cuando ya no había baba y empezaba a posar en objetos sus ojos estrábicos, unos ojos que no podían corregirse con gafas porque Marianne en sus periodos iracundos las rompía, unos ojos que se adivinaban debajo de la greña llena de lodo y babas que le cubría parcialmente la cara, unos ojos que sembraban el terror cuando se posaban en mí y me obligaban a comprobar obsesivamente, con un juego de miradas nerviosas, que la cadena estuviera bien sujeta a la pared y que Marianne estuviera bien sujeta a la cadena. A media tarde, para reforzar la medicación que iba después de la comida, aparecían Jovita o doña Julia con un remedio de la chamana disfrazado de merienda, un vaso espumoso cargado de tilas y flores mercuriales, y algunas sustancias más oscuras que la chamana extraía del hígado de los monos, o eso decía para dejar claro que sus remedios eran tan efectivos y sofisticados como el fenobarbital y la mesantoina que llegaban cada semana de la capital. Aunque es cierto que más de una vez se la vio trepando un árbol o brincando de una rama a otra detrás de un chango, una cosa inverosímil porque la chamana era una mujer lenta, gorda y gruesa, pero en esas situaciones, y en algunas otras, no era raro verla correr entre la maleza, o más bien oírla corriendo, con una agilidad sobrenatural y también con un grado de destructividad nada más comparable al del elefante que vivía con nosotros y que, como la chamana, más que desplazarse por la selva iba abriéndole una brecha.

A Marianne no podía dejársela desatendida y despúes de la poción de la chamana se la sentaba nuevamente en su mecedora en la terraza, para que se distrajera y tomara el fresco mientras llegaba la hora de la cena y con ésta el bendito momento en que volviera a dársele la mesantoina y el fenobarbital, pero mientras se llegaba hasta esa hora, para no correr riesgos y siendo consecuentes con el acuerdo a que habían llegado con Arcadi los otros dueños de la plantación, a Marianne se le ponía, por si acaso, una elegante gargantilla que se cerraba con llave y que estaba unida a una cadena que iba a dar a una alcayata clavada en la pared, esa cadena y ese amarre que veía yo con aprensión cada vez que mi tía empezaba a despertar de su letargo químico. Un remedio inhumano por el que nadie daba nunca explicaciones, supongo que porque habían llegado todos juntos, su familia y sus vecinos, hasta ese punto, hasta esa solución inevitable porque cuando Marianne empezó a crecer dejó rápidamente de ser la joya de La Portuguesa, dejó de recordarse que era la primera hija del exilio nacida ahí, dejó de tenerse en cuenta que ella era la punta de la prole de republicanos nacidos en México, y empezó a vérsela como una amenaza, porque a los quince años era una mujer perfectamente desarrollada que hablaba y se comportaba como una niña de tres, y ese desequilibrio entre el cerebro y el cuerpo fue haciéndose más evidente conforme el cuerpo crecía y se desarrollaba, y entonces las rabietas de niña, sus enfados, porque encima tenía muy mal genio, se fueron convirtiendo en las crisis y en los ataques de una mujer loca, que además tenía una fuerza descomunal y daba pánico y así, prácticamente de un día para otro, la niña se convirtió en eso, en la loca, y comenzó a hacer cosas que cogieron a todos desprevenidos, golpes a su madre y a su hermana, golpes a las criadas, episodios horribles que esa gente que vivía con ella y que la había visto nacer, podía soportar y tolerar, cuando menos un tiempo en lo que se pensaba qué hacer con ella, pero otra cosa distinta era la gente de La Portuguesa, las otras familias que también de buenas a primeras se enfrentaban con la hija loca de Arcadi y Carlota, y que después de varios incidentes ya no tenían por qué soportarla y comenzaron a exigirle a Arcadi lo mínimo que puede pedírsele a un jefe de familia: que pusiera orden en su casa, que metiera a Marianne en cintura porque la situación había sobrepasado rápidamente sus límites, y la aprensión que generaban sus explosiones tenía en estado de sitio a la plantación. De un día para otro se dieron cuenta de que el asunto estaba fuera de control, una mañana en que Bages, como lo hacía todos los días desde que habían fundado la plantación, izaba una vieja bandera republicana, que había cargado y defendido durante todo su exilio por Francia, en un asta que había clavado frente a su casa. Se trataba de una ceremonia sentimental que hacía Bages solo pero que era importante porque todos ellos consideraban que La Portuguesa era su país en el exilio, su república, su Cataluña, la España que les quedaba, y la bandera de Bages, y su ceremonia, les reafirmaba todo aquello, era un acto sentimental y por ello tremendamente efectivo, muy al estilo del astronauta que clava su bandera en la Luna y eso es suficiente para que sienta que es suya. Aquella mañana Bages amarraba su bandera al cabo del asta cuando Marianne se acercó a ver lo que hacía, algo normal en ese jardín que era de todos, pero que Bages no encontró ni normal ni nada por el gesto que llevaba la niña, su media sonrisa y sus ganas evidentes de hacer una trastada, así que la saludó de manera breve y cortante, casi sin verla, procurando no darle ninguna conversación porque quería completar su ceremonia íntima en paz, esa ceremonia que no hacía nadie más que él, con la excepción de un par de días en que la malaria lo había postrado en la cama y entonces Arcadi había tenido que hacerse cargo de enganchar la bandera en la mañana y de arriarla en la tarde, todo bajo la celosa supervisión de Bages que observaba los movimientos de su colega desde la ventana, con un cristal de por medio y sostenido por dos de sus criadas. Conozco estos detalles porque Laia tiene una fotografía de aquel momento que ella misma tituló en la parte de atrás con una letra larga y negra trazada con estilográfica: «Papá arriando la bandera». En esta imagen puede verse lo que he descrito, Arcadi jalando el cabo del asta y la bandera subiendo a media altura y Bages, de bata y pijama, greñudo y pachón, con mala cara de malaria y sus dos criadas sirviéndole de apoyo, una de ellas Chepa Lima, esa vieja odalisca que hace muy poco se lió a golpes con Laia a causa del último terreno que nos queda en La

Portuguesa. Desde entonces las criadas, y esto es lo que más llama mi atención ahora en esta fotografía, eran la parte fundamental de la vida de Bages, y aunque entonces seguía herméticamente casado con Carmen, alguien observador hubiera podido prever la forma en que Bages iba a terminar viviendo, rodeado de esa mafia que no lo deja ni a sol ni a sombra, ese grupo de cinco o seis chicas indias que viven desde hace años con el viejo soldado y que, de una forma extraña, yo diría que siniestra incluso, le han dado la vuelta al paradigma mexicano del blanco que gobierna al indio, porque en esa casa el único que no manda es el patrón, ahí sí se han consumado cabalmente la independencia del imperio español y la revolución mexicana, las indias tienen oprimido al viejo que a sus noventa y tantos años, según me ha dicho Laia, sigue apasionándose con sus carnes morenas y también sigue dando alguna batalla el viejo íncubo. Pero vuelvo a la mañana en que Bages izaba su bandera observado de cerca por Marianne, en un momento en que la relación de la niña con la plantación era muy tensa, porque ya había hecho una serie de gamberradas que las otras familias no tenían por qué tolerar, por eso Bages había optado por el saludo breve y cortante, pretendía cumplir rápidamente con su ceremonia y después irse a la oficina a atender los asuntos del día, pero resulta que Marianne detectó la hostilidad que sin duda había tenido el saludo y pasó, de manera explosiva como pasaba siempre ella, a tirarle un manotazo a la bandera mientras le espetaba violentamente a Bages que ella quería hacerse cargo de la ceremonia. Bages la había apartado y había dicho, otra vez breve y cortante, que nadie más que él podía hacerse cargo de esa ceremonia, cosa que era cierta porque entonces la malaria todavía no lo había puesto dos días fuera de combate. Marianne lo entendió, o eso creyó Bages, y se fue por ahí llorosa y cabizbaja, pero unos instantes después, cuando la bandera había alcanzado su máxima altura y Bages amarraba el cabo al asta, llegó Marianne por detrás con un palo que le reventó al soldado en la cabeza. Sin permitir que se enfriaran ni el golpe ni el suceso, Bages le quitó a Marianne el palo de las manos y la arrastró hasta casa de Arcadi, tuvo que cargarla como un saco por la cintura mientras ella gritaba y pataleaba, así que cuando llegaron a casa, Carlota, Arcadi y las criadas ya estaban afuera alertados por el griterío, pero Bages ignoró ese comité de recepción, pasó de largo mascullando maldiciones hacia el desayunador donde humeaban dos platos intactos, y ahí depositó a Marianne en una silla, como quien deja un paquete antes de sentarse a la mesa, cosa que hizo con el palo todavía en la mano al tiempo que empezaba a contar lo que había pasado, mirando severamente a Arcadi que siguiendo los pasos de su amigo se había sentado en su propia silla, frente a su propio plato todavía humeante, para oír lo que tenían que decirle, ninguna sorpresa porque ahí relucían Marianne, el palo y la cabeza herida de Bages, la secuencia de los elementos que el mismo Bages narraba con un exceso de improperios, ninguno para Marianne desde luego, ni para ellos que eran los padres, sino improperios en general y al aire, vías de fuga para su enorme enfado y mientras se desahogaba y trataba de plantear, haciendo acopio de sosiego, los extremos que empezaba a alcanzar aquella situación incontrolable, Carlota le examinaba la herida recién abierta en la cabeza y mandaba a doña Julia por algodón y gasas y un poco de alcohol para hacerse cargo del nuevo daño que había causado su hija, un daño que se sumaba a otros y que empezaba a arrinconarlos en una posición incómoda frente al resto de los habitantes de la plantación, así que mientras Bages se quejaba y Arcadi lamentaba lo ocurrido y prometía tomar medidas urgentes, Carlota y doña Julia limpiaban la herida y la cubrían con una gasa, observadas atentamente por Marianne, la causante del daño, que no se había movido de la silla donde Bages la había depositado, y ya entonces bebía uno de los brebajes con yerbas tranquilizantes que le había preparado la chamana. Esa misma noche Arcadi tomó las medidas más drásticas que pudo, habló seriamente con Marianne, le dijo que si no se comportaba no iba a tener más remedio que internarla en un sanatorio, opción que ni él ni Carlota se atrevían siquiera a contemplar, pero que de no poner un remedio efectivo iban a terminar haciendo. Por otra parte a Marianne no le afectaba la amenaza del sanatorio, simplemente no la entendía y como Arcadi esa noche estaba por tomar medidas drásticas y palpables, optó por redoblarle, previa consulta telefónica con el doctor Domínguez, las dosis de fenobarbital, un remedio francamente bestia, resultado de la situación extremosa, del entorno en que vivían y supongo que de la época, principios de los años sesenta, cuando los niños nacían de madres dopadas por cócteles de barbitúricos y los médicos recetaban talidomida con una ligereza histórica, la época en que los «efectos secundarios» no eran un factor de consideración a la hora de medicarse. Esa noche Arcadi, puesto a tomar medidas que fueran muy evidentes para la comunidad, además de redoblar la dosis de fenobarbital, les encargó a Jovita y a Sacrosanto que no dejaran nunca sola a Marianne y que intervinieran en cualquier acto de ella que pudiera derivar en un estropicio. Las medidas drásticas de Arcadi funcionaron hasta que una semana después del palazo a Bages dejaron de funcionar, durante una comida que ofrecía Puig en su terraza al alcalde de Galatea, una comida crítica que se hacía periódicamente, cada vez que las fuerzas del entorno se revertían contra los cinco extranjeros que poseían la plantación, por causas que estaban generalmente fuera de su control y que siempre obedecían al mismo motivo: los indios, los habitantes de esas tierras, se quejaban de que los españoles o les hablaban muy golpeado, o los hacían trabajar demasiado, o no les respetaban tal fiesta o tal puente, o cualquier otro motivo planteado siempre desde la visión del trabajador explotado frente a su explotador, que encima era extranjero y hablaba en una lengua rara, y estos argumentos, cuya traducción práctica era el puro resentimiento que toda la región sentía frente a la plantación, eran sumamente útiles para los gobernantes de la zona porque les permitía, por ejemplo al alcalde, amenazarlos periódicamente, de manera encantadora y con unos tragos de por medio, con el artículo 33 de la Constitución mexicana que lo facultaba para echar del país a cualquier extranjero que atentara contra el orden y la feliz convivencia de la sociedad, cosa que desde la óptica del trabajador indígena y explotado, que era invariablemente la óptica del alcalde, calificaba como delito suficiente para echar a todos los extranjeros de La Portuguesa y del país; y aunque los patrones, formados todos en el Partido Comunista, en la guerra que habían perdido, y en la injusticia atroz del exilio, eran incapaces de explotar a nadie, no querían exponerse a discutir mucho el tema y simplemente aceptaban las multas preventivas que establecía el alcalde, unas multas cuyo pronto pago volvía sordos los oídos de los funcionarios, los hacía incapaces de enterarse de las quejas exageradas, cuando no inventadas, de los trabajadores, y evitaban que los soldados republicanos y sus familias tuvieran que marcharse a un segundo exilio. Aquellas multas preventivas eran un primor, iban desde la donación para pavimentar o alumbrar tal calle, hasta la compra de una furgoneta para la querida del alcalde o del predio donde el gobernador de Veracruz, una vez terminada su legislatura, planeaba construirse una casa para retirarse, un primor aquellas multas de las que no quedaban ni actas, ni comprobantes, ni recibos, y que se establecían en aquellas comidas periódicas en La Portuguesa, a la hora que llegaban a la mesa los habanos y los tragos fuertes. Justamente a esa hora, aquella tarde, apareció Marianne, cuando empezaba el crepúsculo y fumar se volvía una urgencia para combatir los escuadrones de tábanos y chaquistes que caían en masa en cuanto se encendía la luz eléctrica, apareció a la hora de las negociaciones formuladas y tragadas a fuerza de Gran Duque de Alba de importación, a la hora en que se jugaba, por enésima vez, si se aplicaba o no el temible 33 frente al alcalde, que era entonces un tal Froilán Changó, que llevaba cuatro años en el poder y cada visita a la plantación regresaba más insaciable. Changó era un gordo que, con la excepción del día de su concierto de despedida, vestía siempre de caqui, el eco militar de sus antepasados, y que en esa ocasión ocupaba, como en todas las anteriores, la cabecera de la mesa, un espacio amplio que había diseñado Puig para sí mismo, desde el cual podía echar mano de las botellas del bar, de la campanilla con que llamaba a la servidumbre, y gozar de la mejor vista de la mesa que era el enorme volcán que surgía de la selva como un cono azul con nieve en la punta. Puig sostenía que desde su lugar, luego de pasar media comida expuesto a esa visión majestuosa, de tanto ir los ojos a esa punta lejana con nieve, comenzaba a sentirse frío, no importaba que la selva hirviera; pero al cuerpo gordo de Froilán Changó le fallaba el termostato, o era miope y sus ojos no alcanzaban la punta del volcán, porque a medida que avanzaba la comida él iba sudando y mojando su camisa caqui temerariamente ajustada, que ya para la hora delicada de los tragos el sudor la había dejado de un color marrón subido. Los vinos y los primeros tragos de brandy habían puesto festivo al alcalde y también algo lascivo porque entre carcajada y carcajada, como complemento para la catarata de obscenidades que había empezado de pronto a liberar, tocaba la campanilla para que apareciera una criada y él, en su calidad de alcalde constitucional de Galatea, le hacía algunas preguntas y de paso le metía un poco de mano mientras regresaba a la carcajada abierta y expuesta, arqueado contra el respaldo y enseñando su dentadura grisácea donde faltaban cuatro piezas cardinales. Los patrones de La Portuguesa lo pasaban mal en esos momentos donde lo que cabía era salir corriendo, pero su deber era aguantar los desplantes de la autoridad y tolerar cualquier exceso de ese marrano que, de no haber tenido aquel poder ilimitado, nunca hubiera sido invitado a esa mesa; quiero decir que en esas comidas la corrupción era total: el alcalde iba a extorsionar a esos extranjeros que odiaba y mientras lo hacía comía con ellos y fingía que lo pasaba bomba, y ellos detestaban a ese cerdo que no era más que un hampón que periódicamente los esquilmaba y sin embargo lo agasajaban, le reían sus chistes palurdos y sus obscenidades y no decían nada cuando les tocaba el culo a sus criadas; y todo aquel teatro servía para quitarle a aquella transacción su calidad de asalto, cuando puede ser que lo mejor hubiera sido el asalto tal cual, que el alcalde Changó los obligara con violencia a darle dinero y ya está, se hubiera perdido lo mismo y se hubieran ahorrado esas comidas tan desagradables, la visión del tapir aquel metiéndose los cubiertos al hocico y posando sus labios en la copa, pero no, encima del asalto había que purgar la ceremonia, el circunloquio, el regodeo, y aquella tarde en especial, justamente a la hora de los tragos y los puros y la mano en el culo y la carcajada expuesta, Marianne, en un descuido de Jovita y doña Julia, brincó fuera de la bañera donde la enjabonaban, escapó del baño, de su habitación y de la casa y salió corriendo al jardín, perseguida por las criadas y por Carlota y Carmen, la mujer de Bages, que la habían visto pasar desnuda frente a la terraza mientras fumaban y bebían menjul y esperaban a que el jabalí terminara de esquilmar a sus maridos, y habían salido detrás de ella volcando a su paso la mesilla y las bebidas, y detrás iba Sacrosanto, por si se requería su apoyo, tratando de mirar para otro lado porque le parecía impropio que lo vieran que iba viendo la desnudez de la señorita, pero Marianne era muy fuerte y muy alta y muy veloz como ya he dicho y en unas cuantas zancadas atravesó medio jardín y comenzó a dirigirse, para desesperación de Carlota y Carmen, hacia donde estaban la luz y el jaleo, que era la terraza de Puig donde fumaba y bebía tragos y tocaba culos y exponía sus maxilares podridos el alcalde constitucional por la gracia del tongo don Froilán Changó, gran cerdo y excelentísimo jabalí mayor de la región. Hacia aquella luz y aquel jaleo corría Marianne cuando la criada, que esquivaba uno de los acercamientos del altísimo tapir, pegó un grito y soltó la bandeja y se llevó las manos a la cara y miró con tal impresión hacia el jardín que hizo voltear a los comensales e hizo fijar la vista al alcalde que fumaba y bebía y se descuajaringaba mirando en esa misma dirección y que en ese instante, obnubilado por el humo y el Duque de Alba, pensaba que por fin se le hacía justicia a su persona y a su rango con esa rubia que corría desnuda hacia el sitio donde él bebía y se descoyuntaba; pero González y Arcadi interrumpieron la ensoñación del alcalde Changó, brincaron en dirección a Marianne y cortaron de tajo su carrera, González que era grande y gordo la detuvo, procurando meter poco las manos y respetar hasta donde fuera posible el cuerpo desnudo de la hija de su hermano de exilio, pero algo agarró en su intento, una mano bajó más allá de la espalda y Marianne respondió furibunda conectándole una trompada que le hizo sangre súbita en la boca, sangre manchando su barba roja, y luego gritó a todo pulmón una frase que encajó como un guante en el silencio profundo que guardaban todos: «¡No me toques el culo!», gritó sin saber que también lo hacía por todas las criadas a las que el alcalde había metido mano y no se habían atrevido a gritar, como ella, que después de conectar su trompada había sido cargada en vilo por Arcadi, que ejercía su derecho de sujetar a su hija loca aunque fuera por el culo, y se la llevaba lejos de los belfos de Changó, parcialmente cubierta por el mantel que Fontanet había arrancado precipitadamente de la mesa. Arcadi desapareció por el jardín con su hija a cuestas, seguido por las mujeres y Sacrosanto, en una procesión a la que el volcán, pintado en ese momento por un rayo agónico de sol, daba un toque religioso. «Y adónde se llevan a la chamaca», preguntó el alcalde, súbitamente desinteresado en meterle mano a la criada que lo atendía, y antes de que alguien pudiera responderle apuntó a Fontanet con el dedo índice de la mano donde le humeaba el puro y le dijo: «Y por qué tanta prisa en taparle sus cositas»; Fontanet, que llegaba a la mesa un poco sofocado por la carrera que le habían hecho pegar lo miró como si no pudiera creer lo que estaba oyendo y cuando estaba a punto de protestar por eso que el alcalde había dicho y que no podía tener lugar en esa mesa, Bages lo detuvo y empezó a decirle al invitado que Marianne estaba enferma, que sufría un retraso mental y que no era responsable de sus actos y que lo que ahí había sucedido es que la niña había escapado del baño y se había echado a correr, nada más, que la mujer que había llegado corriendo hasta ahí era en realidad una niña metida en el cuerpo de una mujer. «¡Pos qué mejor!», interrumpió el alcalde Changó y después se desvertebró en una tanda de carcajadas, con manotazos en la mesa, una secuencia que los dejó helados a todos porque las multas preventivas que eran un primor nunca habían llegado a ese nivel, o casi nunca porque lo cierto es que una vez, muy al principio de su legislatura, Changó le había dicho a Fontanet, en una confidencia entre un tequila y otro, con la boca babeante y calurosa demasiado cerca de su oreja, que lo del artículo 33 de la Constitución preferiría negociarlo con Carlota, con Carmen y con Isolda, y que negociando con ellas era probable, si ellos estaban interesados, que les consiguiera la nacionalidad mexicana a los exiliados de La Portuguesa, para que no tuvieran que seguir lidiando con el temible artículo de la Constitución. Fontanet no había sabido qué responderle entonces, simplemente se había quedado callado mientras la boca babeante y caldeada se despegaba de su oído y pasaba como si nada a otro tema, a preguntarle cómo era la vida en España y luego a decirle delante de todos, y casi a gritos, que comparada con la Revolución Mexicana la Guerra Civil había sido una mariconada, que de ninguna manera podían compararse «esos putos gachupines» con «titanes de la talla de un Pancho Villa o un Emiliano Zapata»; «ésos sí eran hombres», le había dicho entonces a Fontanet y toda la mesa se había echado a reír con ganas la ocurrencia de Froilán Changó, una mesa donde había funcionarios, deportistas veracruzanos, líderes sindicales y muchachas de la vida alegre, o triste si se veía con detalle la manera en que se insinuaban, la forma en que eran tratadas y el lodazal erótico en que terminaban siempre esas insinuaciones; una mesa de restaurante en el puerto de Veracruz donde se celebraba

San Froilán, el santo del tapir mayor de Galatea, que festejaba por todo lo alto y a la orilla del mar, el día de su llegada al mundo, el día del santo que lo había amparado al nacer, una fiesta donde había sido invitada la crema y nata de la región y donde Fontanet representaba a los extranjeros de La Portuguesa, una encomienda que solía tocarle porque era el único soltero de los socios y además después de cumplir siempre había forma de irse con alguna de las invitadas de la vida triste que le encantaban. En aquella comida, muy al principio de la legislatura del alcalde, Fontanet había visto que la extorsión que les hacía periódicamente el poder podía llegar hasta las mujeres de sus colegas, pero inmediatamente había descartado esa posibilidad porque Changó y su boca caldosa ya estaban muy adentro en un viaje de tequila cuando lo habían dicho, y en esas condiciones, había pensado entonces Fontanet, la sugerencia no calificaba como amenaza, sino como una grosería simple de borracho, así lo había interpretado y después la fiesta había seguido y él había olvidado momentáneamente el episodio, porque le había parecido un comentario descalificable, pero también porque la boca babeante había pasado de insuflarle la sugerencia con vaho en el oído, a espabilarse y a ponerse vivaracha y a divertirse a distancia a costa de él, a decirle aquello de que la Guerra Civil había sido pura mariconada y luego habían pasado, la boca y su alcalde, a cuestiones más arquetípicas y más inmanejables para Fontanet: después de rellenar su vaso constitucional de tequila Froilán comenzó a decir que México se había jodido con la llegada de Hernán Cortés, ese español que había entrado por ahí mismo, por Veracruz, muy cerca de donde ellos celebraban esa fiesta, ahí mismo a unos cuantos metros habían desembarcado con el único objetivo, así lo había dicho el alcalde, de violar a las mujeres indígenas y de manchar así para siempre «la gloriosa raza de bronce». Fontanet había empezado a empalidecer porque además de ser el único español que había en aquella mesa, tenía un gusto bien conocido, abundante y notorio, por las nativas. La filípica de Froilán Changó, que había empezado con la voz muy alta para sobreponerse a la música de los jaraneros que animaban su fiesta, había quedado en ese momento sin fondo musical, la pieza había acabado y algún funcionario les había dicho a los músicos que hicieran una pausa en lo que el alcalde terminaba su espiche, de manera que la última parte de su revisión histórica, de esa simplificación de los hechos que su boca babeante dedicaba a Fontanet, se había oído limpia y sin interrupciones; levantando el dedo de la mano con que sostenía el puro, el alcalde había dicho, en un tono festivo que hizo que la sentencia sonara a chiste, que quizá era la hora de la revancha, de que los hombres de la raza de bronce como él mismo, los herederos de Cuahutémoc y Zapata, le dieran la vuelta a la tortilla violándose a unas cuantas españolas; y dicha su atrocidad se había echado a reír como acababa de hacerlo en la terraza de Puig, en aquella sobremesa de negociaciones con tragos y puro, que había sido interrumpida por la desafortunada aparición de Marianne. Fontanet había reducido todo lo que se había dicho en aquella comida de santo a meras bravuconadas de borracho, pero aquella tarde, al enfrentarse a la forma en que Changó había frivolizado el drama de la hija de Arcadi, comprendió que todo aquello que había dicho hacía cuatro años lo había dicho muy en serio, y algo iba a decir él al respecto, a dejar en claro que ése no podía ser el tono de las negociaciones, pero el alcalde, después de partirse de risa y desvertebrarse, hizo una señal con la mano para avisar a sus hombres de que se iba, que la comida para él había terminado y que era hora de regresar a trabajar a su palacio de gobierno; dos hombres que habían permanecido toda la comida haciendo guardia en el jardín, y que se habían llevado la mano al arma en el momento de la corretiza, se acercaron a su jefe para ayudarlo a incorporarse, porque los tragos ya empezaban a inutilizarlo y Froilán Changó no estaba dispuesto a correr el riesgo de caerse delante de esa gente a la que tenía cogida por el cuello y a su merced, así que debidamente apoyado por sus hombres se puso de pie, dio cuatro o cinco pasos en dirección a su automóvil y se detuvo para decirles a sus anfitriones, a todos menos a Arcadi que seguía lidiando en su casa con su hija, que ya hablarían de negocios más adelante, y señalando hacia ellos con el dedo índice de la mano donde humeaba el puro, completamente serio y ya sin rastro de las carcajadas que acababa de soltar, les dijo: «La próxima vez quiero que la comida me la sirva la chamaca», e hizo un ademán con la cabeza que apuntaba en la dirección por donde acababa de irse Marianne cargada por Arcadi. Luego dijo: «Que pasen ustedes buena noche» y siguió su camino tambaleante hacia el automóvil oficial.

Aquello fue para Marianne la gota que derramó el vaso, por su culpa el alcalde había puesto en jaque a la plantación y Arcadi y Carlota, por no internarla en la infernal institución mental que prestaba sus servicios en Galatea, y al no estar dispuestos a idiotizarla con más carga de fenobarbital, le pusieron aquella elegante gargantilla que la amarraba con una cadena a la pared de la terraza, para que tomara el fresco de la tarde en su sillón, sin causar más problemas, sujeta por el cuello como un perro.

4

Marianne era la hermana mexicana de Laia, la punta de una estirpe que por culpa de la guerra nacería en aquella selva. Para Arcadi esa niña era el regreso al orden, el final de un paréntesis de nómada y de desterrado porque tener hijos, esto debía de pensar entonces, significa anclarse a la tierra donde han nacido, tener otro país, prodigarse en otra latitud, y eso no era poca cosa para ese soldado que más de una vez había considerado que su vida estaba irremediablemente destruida y que lo que quedaba era esperar el final. Pero resulta que años después, contra todo pronóstico, se reencontró con su mujer y que muy pronto engendraron una hija. Aquello era un augurio extraordinario porque lo normal en la vida de Arcadi hubiese sido que, después de perder la guerra, hubiera seguido perdiéndolo todo. Carlota quedó embarazada y aquella diana coincidió con la inauguración de la plantación de café, un negocio que prometía prosperidad, una vida estable e incluso cierta abundancia. Las cosas habían cambiado de cariz cuando, en plena posguerra, Arcadi había logrado sacar a Laia y a Carlota de Barcelona y conseguido que cruzaran el mar, en un viaje lleno de penurias, hasta esa selva mexicana donde él las esperaba desde hacía años. Todo aquello parecía la evidencia de que, después de perder la guerra, puede tenerse una victoria.

Marianne nació rubia, grande y saludable, el acontecimiento fue muy importante porque, como vengo diciendo, se trataba de la primera criatura que nacía en La Portuguesa. Hacía poco que Arcadi y sus socios habían inaugurado sus casas dentro de la plantación y aquel nacimiento parecía la consolidación del proyecto de vivir juntos, con sus familias, en el mismo terreno, algo así como la fundación emocional de la república que les había arrebatado el general Franco, una ilusión a fin de cuentas que el nacimiento de Marianne, la primera republicana nativa de la plantación, fortalecía.

La encargada de traer a Marianne al mundo fue la chamana, ese portento moreno y tosco que cuando cerraba los ojos parecía una piedra, una piedra con un brillo distintivo en los pómulos que bien podía ser de sudor, o un efecto fosfórico producido por el limo o el liquen; poseía un tórax soberbio que la hacía verse enorme cuando estaba sentada, y sentada cuando andaba de pie, tenía el ancho de un gigante aunque de altura no rebasaba el metro y medio; era un personaje imprescindible en el microcosmos de La Portuguesa, pues no sólo era capaz de aliviar cualquier enfermedad, también tenía, a contrapelo de su ruda corporeidad, una sensibilidad fuera de lo común para dictaminar una plaga, o el mal de ojo en una cosecha, o el embrujo que descomponía un cuerpo y que cualquier médico hubiera confundido con una enfermedad. En La Portuguesa se confiaba mucho en ella, no había médicos en la plantación y el consultorio que había en Galatea era un tejaván a los cuatro vientos que atendía el doctor Efrén, un viejo alcohólico de bigotito y manos trembleques, cuyos títulos de médico nadie había visto nunca y que, entre paciente y paciente, se iba terminando un botellín de ron y luego, cuando no había tomado la precaución de llevar un repuesto, continuaba con el alcohol medicinal y el yodo. Lo del yodo, que es un dato desaforado y sórdido, se sabía porque a veces el doctor Efrén aparecía por la calle, después de cerrar puntualmente su consultorio, con la boca manchada de un amarillo inequívoco y un poderoso aliento a erizo de mar. Por esto y por otras cosas, también sórdidas y desaforadas que ahora no vienen a cuento, fue que cuando Carlota había anunciado que estaba de parto, nadie pensó en don Efrén y fueron directamente a buscar a la chamana que, por otra parte, gozaba del prestigio que le había dejado la curación de Fontanet, que unas semanas antes, mientras levantaba una valla en el lado sur del cafetal, había sido mordido por una nahuyaca, esa serpiente con un veneno capaz de matar una vaca en cinco minutos. Arcadi y Bages habían corrido a auxiliarlo y habían visto que su colega iba asfixiándose y poniéndose azul por segundos y que se arrastraba desesperado haciéndose daño con los troncos y las ramas de los cafetos. Bages lo cogió en vilo y lo llevó al bohío de la chamana y ella, con una tranquilidad que rozaba la irrealidad e incluso la pose, ordenó que tendieran al herido en el suelo y después de mirarlo, no más de un par de segundos, le rasgó el pantalón a mano limpia, puso un dedo en la llaga que era, según contaba Arcadi, de un horrible azul marino, y le pidió su machete a Bages para efectuar una incisión, tosca y precisa, a un palmo de la mordida; después succionó a boca limpia el veneno, escupió el producto en una cacerola, se limpió el morro con el dorso ingente de su mano y se fue a buscar un frasco de polvos que tenía en una repisa; luego puso la cacerola al fuego, roció con los polvos el veneno que acababa de escupir, y en cuanto aquella mezcla comenzó a soltar un humo pardusco, la chamana anunció que Fontanet estaba curado, que se lo llevaran de ahí y que por ese servicio se le debían cinco pesos. Bages y Arcadi pusieron cinco monedas en su basta palma y luego vieron cómo la chamana se guardaba el dinero en un sitio indeterminado entre los riñones y las nalgas, y después, sin decir ni adiós ni nada, se quedaba profundamente dormida, como una piedra. Fontanet se había recuperado velozmente y unas cuantas horas después ya trabajaba de vuelta en la valla del cafetal.

Cuando el parto de Carlota alcanzaba su punto climático, la chamana llevaba más de una hora dormida, había encargado a las criadas que atendieran las contracciones y que la avisaran cuando pudiera verse la cabeza de la criatura, cosa que hicieron sacudiéndola con creciente violencia hasta que despertó, hasta que regresó a la vida con un mechón de pelo que le había caído en medio de la cara y en la boca una mueca que podía ser el principio de un cabreo o, en un descuido, el proyecto de una sonrisa. La chamana se incorporó en cuanto salió de su letargo, mandó el mechón a su sitio con un cabezazo enérgico y pidió una manta para recibir a la criatura.

Arcadi entró primero en la habitación donde convalecía Carlota, con la niña recién nacida en los brazos y la chamana aplicándole un masaje en las piernas que, de no haber sido por su gesto impávido, podía haberse pensado que estaba pasando por un trance intenso de lujuria; se acercó a ver a la niña y a preguntarle a Carlota cómo se encontraba, lo que de verdad le apetecía era estar solo con ellas pero la chamana no dejaba de masajearle las piernas a su mujer, ora las pantorrillas, ora las rodillas y ora muy al fondo de los muslos, con la mano muy dirigida a palpar, por la forma en que exploraba y apretaba, la médula del sacro o el alma del iliaco. «Me haces daño», dijo Carlota y entonces la chamana bajó con el mismo gesto nulo, pero sin reducir la intensidad, a los talones y a los pies. Los masajes de la chamana que empezaron, al parecer, ese día, duraron décadas, eran un componente inamovible de la vida en La Portuguesa; a mediodía, antes de la comida, se encerraban durante cuarenta y cinco minutos, Carlota se tendía desnuda en su cama mientras la chamana le untaba lociones y linimentos en todos los rincones del cuerpo.

Más de una vez espiamos, mi hermano y yo, esas sesiones al amparo de la noche artificial que procuraban los postigos, la brisa del ventilador y la radio sintonizada en la hora de Agustín Lara; eran unas sesiones penumbrosas, llenas de olores a violeta, a lima y a canela, que hoy me parecen intensamente eróticas, ligeramente perversas, tanto que ahora que estuve con la chamana para que me curara el ojo, le pregunté si hallaba placer en aquellos masajes que le daba a Carlota. La pregunta la desconcertó un poco pero enseguida me respondió que no, que le hacía esos masajes porque notaba que le servían y porque Carlota era una mujer a la que quería como a una hermana, pero que era cierto, e innegable, que algo de morbo le producía ponerle las manos encima a un cuerpo tan blanco, «tan lechoso», dijo textualmente, supongo que para no caer en la entrega total, para salvarse por ese calificativo que tenía una partícula, mínima si se quiere, de grosería; me dijo lechoso y no blanco para dejarme ver, o así lo interpreté entonces, que aquellas sesiones no podían haberle producido placer porque eran, más bien, la prestación de un servicio, una transacción entre la que sirve y quien le paga, y ella sabía que, por más que quisiera a su patrona, y por más que Carlota la quisiera a ella, nunca podrían trascender el paradigma latinoamericano de que los blancos mandan y los indios sirven y esto las convertía, muy a su pesar, en enemigas potenciales. Pero ahora que lo escribo y vuelvo a pensar en esto me pregunto: ¿y la perversión de manosear un cuerpo que no le estaba destinado?; puede ser, aunque me parece que para gozar en esos términos se necesita cierto refinamiento y La Portuguesa era una selva brutal y la libido de sus habitantes rudimentaria, así que opto por creer en lo que me dijo la chamana: el placer que sentía al manosear a mi abuela tenía más que ver con la revancha que con la lubricidad.

En cuanto Arcadi entró en la habitación, lo que de verdad le apetecía era estar solo con su mujer y su hija recién nacida, y con Laia que entraría un minuto después, un poco enfadada porque su hermana había tardado horas en llegar y ella había tenido que esperar aburrida, jugando por ahí a algo que le había puesto las rodillas negras y sendos manchones de lodo en los antebrazos y en la cara. «Mira cómo te has puesto, Laia», le dijo Puig que venía entrando en la habitación detrás de Arcadi, y detrás de él venían los otros tres socios, todos querían ver a la primera criatura que nacía en la plantación y Arcadi no tuvo más remedio que guardar sus ganas de estar solo con su familia para otro momento. La vida en la comunidad era así, así se había ido configurando, entre todos iban tirando y saliendo adelante, se apoyaban unos a otros cuando los sofocaba el exilio y todo lo que tenían, sus casas y su negocio, se debía al empuje colectivo, y en esas circunstancias, y desde cierta perspectiva, aquella niña recién nacida era de todos. Nadie se imaginaba que aquel nacimiento feliz, que aquel momento fundacional de La Portuguesa, era el germen de la catástrofe, el principio de otra espantosa pérdida, el primer capítulo de la siguiente guerra que también iba a perderse.

5

Marianne crecía normalmente, se relacionaba con Laia y con los demás niños de la plantación, como lo hubiese hecho cualquier niña de su edad, pero en cuanto cumplió tres años, Carlota empezó a notar que los ojos se le escapaban y a partir de ahí, en unos cuantos días, comenzaron a embonar las piezas de la verdadera Marianne, justamente después de que Carlota viera lo que vio en la habitación de su hija. Carlota no quería alarmar a Arcadi, la plantación atravesaba por un periodo crítico, pasaba por una cosecha prematura de emergencia y lo de Marianne, junto al trasiego de camiones y jornaleros temporales que tenía patas arriba La Portuguesa, parecía un asunto si no trivial, sí muy poco definido, muy pegado a la corazonada y al presentimiento, que desde luego podía posponerse para otro momento. En una de sus sesiones de masaje Carlota rompió el riguroso silencio que solía observarse a esas horas dentro de la habitación para contarle a la chamana, que a fin de cuentas era el único doctor que tenía a mano, de los ojos estrábicos de su hija y de una cosa que le había visto hacer y que la tenía preocupada, contó que Marianne de pronto se había quedado como ausente, unos instantes vertiginosos en los que se desconectó de su entorno y se fue a algún sitio lejano del que por fortuna regresó pronto.

La chamana, sin decir una palabra, suspendió el masaje y se fue directamente a su guarida, ese bohío oculto en la selva que hasta hoy está protegido por toda suerte de estacas, collares y amuletos colgantes, y ahí comenzó a preparar cataplasmas y a «bendecir» el huevo que iba a servirle para hacer un diagnóstico. A primera hora de la tarde regresó a la casa cargando un paquete de remedios, que en sus manazas se veía más pequeño de lo que en realidad era. La niña sonrió en cuanto vio a la chamana, que le simpatizaba a pesar de su severo rostro pétreo, quizá porque más allá de esa piedra que era su cara lograba percibir su aura mágica, una magia que yo no he dejado de comprobar a lo largo de mi vida y que experimenté por primera vez de niño, cuando Laia me llevó a su bohío para que me viera esta misma infección recurrente que tengo en el ojo izquierdo, que me llena de pus los conductos lagrimales y produce una hinchazón en el párpado que no me deja ver bien. La chamana entonces me había hecho sentar en el centro de su choza, frente a un caldero que ardía y que, combinado con el calor que de por sí hacía, volvía infernal la temperatura de su consultorio. Aquel día, luego de mirar fugazmente la infección, cogió de la estantería uno de sus huevos bendecidos y me lo pasó por enfrente de los ojos; después murmuró unas oraciones ininteligibles y al cabo de un rato, en lo que Laia conjuraba su impaciencia despachándose medio puro, partió el huevo y me enseñó que la yema y la clara estaban completamente negras, «Aquí está tu enfermedad», dijo señalando el interior del huevo e inmediatamente después lo tiró a la lumbre. Ese mismo día en la noche, como ha pasado siempre que la chamana me aplica su huevo mágico, yo estaba radicalmente curado, o eso pensaba, porque desde luego no sabía que décadas después, en Barcelona, volvería a padecer la misma infección. Para Joan y para mí ir al médico significaba visitar el bohío y someternos a un repertorio mágico, y la primera vez que fuimos auscultados por un doctor de bata blanca, cuando ya vivíamos en la Ciudad de México, sentimos desconfianza de su simpleza, del escaso instrumental y de la nula ceremonia con la que alcanzaba su diagnóstico. Pero nos habíamos quedado en esa tarde en que la chamana llegó cargando su paquete de remedios, y después de aplicarle a la niña la tanda de cataplasmas, la tendió en la cama y le pasó uno de sus huevos bendecidos por todo el cuerpo. Marianne se reía con ella mientras la chamana, que probablemente sonreía aunque nadie podía notarlo, pasaba de arriba abajo ese huevo que en sus manazas parecía una aceituna. Carlota, Laia y Teodora contemplaban la maniobra al pie de la cama, mi abuela crispada y nerviosa por la «ausencia» de su hija, pero también por lo que había visto en su habitación y que por vergüenza, y porque albergaba ciertas dudas de lo que habían visto sus ojos, no le había dicho a nadie. La chamana terminó y se fue con el huevo cerca de la ventana, lo partió, analizó su interior y lo tiró en una cacerola que se puso bajo el brazo.

226

«¿Qué has visto?», preguntó Carlota que seguía al pie de la cama flanqueada por las niñas que, contagiadas por ella, ahora tenían un semblante grave y serio. La mirada que le dirigió la chamana le produjo un ataque de pánico, la cogió del brazo, cosa que no hacía nunca, mandó a las niñas a jugar fuera y una vez que estuvieron solas volvió a hacerle la misma pregunta. Por toda respuesta la chamana le enseñó el huevo en la cacerola y lo que Carlota vio le revolvió el estómago, «No puedo hacer nada», dijo la chamana, «lo siento», y salió de la habitación y se internó en la selva para enterrar el huevo. Al día siguiente, en lo que Arcadi organizaba un viaje urgente para visitar a un médico en la ciudad, Marianne cayó en otra de sus ausencias, Laia corrió a avisarle a Carlota y las dos, arrodilladas junto a ella, la vieron irse más lejos que de costumbre hasta que cerró los ojos y quedó tendida e inmóvil, en el mismo desorden con que había alcanzado el suelo. Carlota comenzó a buscarle el pulso, a pasarle nerviosamente las manos de las muñecas al cuello, y de ahí a la frente y a la cara, y algo de tranquilidad sintió cuando comprobó que no estaba muerta, sino desmayada o profundamente dormida. Sacrosanto cogió a Marianne en brazos y la llevó a su cama, la tendió sobre la colcha con un cuidado excesivo, como si temiera que un movimiento brusco pudiera desajustar su relojería interior, interrumpir esa energía básica que la conservaba dormida en lugar de muerta, dormida en un sueño profundo que de inmediato convocó a su alrededor a la plana mayor de la plantación. Bages y Puig cogieron un coche y volaron a México por un médico, todos pensaban, igual que Sacrosanto, que era mejor no mover a la niña, no desajustarla. En las doce horas que tardaron en regresar, Arcadi hizo todo tipo de cábalas y pronósticos, y sobre todo intentó mantener la calma; Carmen, la mujer de Bages, e Isolda, la de Puig, transmitían a Carlota una solidaridad que él se sentía incapaz de darle, y los gestos de aliento que Fontanet y González tenían con él empezaban a abrumarlo. El ambiente se volvió irrespirable al atardecer, cuando la habitación de Marianne quedó a oscuras y las sirvientas empezaron a encender las lámparas de queroseno y fue por éstas, por su luz amarilla y desigual, por las sombras tétricas que manchaban el haz, que Arcadi reparó en que no había salido en todo el día de esa habitación, así que sin decir nada salió rumbo al cafetal, a fumar y a reconfortarse él solo que era lo que en realidad necesitaba, pensar un poco lejos del lecho de su hija, y de la angustia de su mujer y del torpe consuelo de sus colegas, y ahí caminando entre los cafetos, aprovechando una luna espléndida que bañaba de luz azul la selva, golpeando con una vara la maleza para espantar a las serpientes, comenzó a pensar en lo que no debía, lo que no hubiera pasado si no hubiese perdido la guerra, si no hubiera tenido que huir de España y si el destino no lo hubiese confinado a aquella selva, sin hospitales y sin médicos y sin manera de hacer nada por su hija que yacía dormida o desmayada o quizá ya muerta, y adentrándose todavía más en esa línea destructiva de pensamiento, concluyó que su hija estaba como estaba por culpa de una sola persona, por culpa del dictador que no lo dejaba regresar a su país a reactivar esa vida que había dejado interrumpida, y después se detuvo en seco, dejó de pensar en lo que no debía, esa noche no le quedaban redaños para lidiar con tanto veneno. A las seis de la mañana llegaron Bages y Puig con el médico, un tal doctor Domínguez que les habían recomendado y que a cambio de unos honorarios desproporcionados había aceptado hacer el viaje a La Portuguesa. Arcadi había regresado de su caminata por el cafetal cerca de la medianoche, iba repuesto y casi furioso cuando entró en la habitación de Marianne y vio a Carlota dormida, arrodillada en el suelo con medio cuerpo echado encima de la cama y el brazo derecho como almohada debajo de la cabeza; daba la impresión de que se había quedado dormida mientras lloraba. Arcadi había intentado convencerla de que se echara en el sillón, para que descansara y al día siguiente tuviera fuerzas y entereza para soportar lo que pudiera venir, pero Carlota se negó en redondo, jaló una silla, la arrimó hasta la orilla de la cama y se sentó ahí, dura y espartana, a vigilar a su hija. «No quiero que despierte y me vea dormida», dijo, así que Arcadi jaló una silla y la puso junto a la de ella y se sentó, también duro y espartano, a vigilar junto a su mujer la respiración de Marianne, una respiración suave, apacible, «casi angelical», decía Carlota cuando se refería a ese episodio lóbrego de su vida. Así los encontraron Bages, Puig y el doctor al amanecer, entraron a la habitación y los vieron de espaldas en sus sillas, parecían una pareja de viejos contemplando un paisaje o el ir y venir del mar.

El doctor saludó brevemente, se lavó las manos en el aguamanil y dispuso junto al cuerpo de la niña el instrumental que iba sacando de su maletín. Puig apagó la lámpara y abrió puertas y ventanas para que corriera la brisa y disipara los residuos de la noche que seguían ahí estancados. El doctor sintió el pulso de Marianne en la muñeca, le puso el brazalete para medirle la presión, revisó pupilas y oídos asomándose por un instrumento largo y metálico y finalmente comprobó sus reflejos golpeándole las rodillas con un martillo de goma. Después, mientras tomaba muestras de sangre y pasaba un hisopo por la cavidad bucal para efectuar un cultivo, hizo unas cuantas preguntas que terminaron de redondear, a reserva de que los análisis indicaran otra cosa, su diagnóstico: la niña tenía meningitis y despertaría en cuanto cediera la inflamación, podía permanecer dormida unas horas o varias semanas, no se sabía, y tampoco podía calcularse si iba a despertar como era antes o con alguna lesión que ya tratarían cuando llegara el momento y que podía ser algún tipo de parálisis, o que la niña quedara ciega o sorda, o que perdiera la capacidad del habla, o todas esas cosas juntas en el peor de los escenarios o, en el mejor de ellos, ya rozando el milagro, podía pasar que se levantara como si nada, que amaneciera normalmente un día como si se hubiera acostado a dormir la noche anterior; y ante tanta incertidumbre, dijo el médico, había que tomar medidas y mientras decía esto comenzó a sacar de otro maletín las piezas para ir armando, en lo que Arcadi y Carlota le hacían preguntas, una percha para colgar suero y después les enseñó cómo conectar las vías a la niña, para que no se deshidratara mientras dormía ese sueño profundo de longitud incierta. «¿Y los ojos?», preguntó Carlota, y el doctor le dijo que no tenía que ver con eso, que probablemente la niña era estrábica o miope y que seguiría empeorando mientras no le pusieran gafas. Cuando se agotaron las preguntas y los pormenores de la manutención del cuerpo dormido quedaron debidamente explicados, el doctor regresó el instrumental a su maletín y se sentó en la cama a escribir una receta larga y detallada con fórmulas que tendrían que conseguir en México, dijo mirando a Puig y a Bages que en unas horas, después de desayunar los olorosos platillos que ya preparaban las criadas en la cocina, estarían emprendiendo el camino de vuelta al consultorio del doctor.

Quince días más tarde llegaron por correo los resultados de los exámenes que confirmaban el diagnóstico del doctor: Marianne tenía meningitis. Carlota no quedó conforme, ni ese día ni nunca, porque justamente antes de la primera ausencia de su hija, ella había presenciado una visión tan estrafalaria que prefirió no revelarla a nadie, porque no tenía ninguna prueba y lo que pensaba que podía haber sucedido se contraponía con el diagnóstico científico del doctor. Una noche había entrado a la habitación de Marianne, como lo hacía siempre, para ver que todo estuviera en orden, que su hija dormía bien, que estaba arropada, que no hacía ruidos desconcertantes ni estaba a punto de caerse de la cama. En el momento en que abrió la puerta vio que un vampiro se levantaba del cuerpo de la niña y, después de revolotear desorientado unos instantes, salió volando por la puerta con tanta velocidad que Carlota tuvo que agacharse para que no la golpeara en la cabeza. Lo que Carlota vio era desde luego una rareza, pero no tenía nada de sobrenatural porque en la plantación había vampiros que se alimentaban de la sangre del ganado y con cierta frecuencia aparecían volando de noche entre las casas; sin embargo a Carlota le preocupaba que el tiempo en que había enfermado su hija coincidía exactamente con la aparición del vampiro, y pensaba con insistencia en la posibilidad de que el problema de su hija no fuera la meningitis, sino algún parásito que le hubiese inoculado el animal; por otra parte, y como agravante de aquellas dudas que la atormentaban, el remedio de las gafas para los ojos de Marianne, tan súbitamente anómalos y sobrecogedores, parecía una ingenuidad.

Carlota pensó en el vampiro hasta el final de sus días y, fuera de la chamana, nadie supo nada hasta hace muy poco, cuando debilitada por la enfermedad de la que murió, decidió liberarse de ese lastre y le contó a Laia lo que había visto, con un preámbulo excesivo para que mamá no fuera a pensar que su madre, a causa de una demencia senil fulminante, confundía capítulos de su vida con los de la novela de Bram Stoker. Carlota decía, y aquí habría que descontar las alteraciones que pudo sufrir la imagen de tanto recordarla y repensarla, que al abrir la puerta había visto que Marianne tenía la cara cubierta con un paño negro, pero que pasado apenas un instante se había dado cuenta de que no era un paño, sino un vampiro que, unos segundos después, se echó a volar. Lo primero que hizo después de recobrarse del susto inicial fue precipitarse sobre su hija para revisar si el animal le había hecho algún daño; como no veía gran cosa encendió una lámpara y lo primero que vio fue a Marianne mirándola con un gesto y una actitud que la hicieron retroceder, «Parecía una desconocida», decía Carlota para describir el momento en que sintió que su hija «comenzaba a irse». Bastante desconcertada por el rechazo de Marianne, se acercó a ella para comprobar que el animal no la hubiera mordido o rasguñado, revisó cuidadosamente la cara, la cabeza y el cuello y no encontró nada, ni el más mínimo rasguño, y esto la hizo dudar de lo que había visto. Cuando apagó la lámpara para retirarse de la habitación, Marianne seguía mirándola con esa mirada penetrante que no le conocía. Al margen de lo que haya visto Carlota aquella noche y descontando que el tiempo pudo haber transformado la imagen original, en La Portuguesa surgían cíclicamente personajes que alegaban haber sido mordidos por un vampiro y aseguraban que aquello había transformado de manera decisiva sus relaciones con el entorno. Esta imaginería, alimentada por las historias de vampiros que programaba el cine ambulante de Galatea, fue encarnada en los años setenta por Maximiliano, un personaje que aparecía aleatoriamente por las noches, con sombrero grande y chaparreras, luciendo un bigote y unos ojos fúnebres que hubiese envidiado Emiliano Zapata. Lauro y el Chubeto juraban que habían visto a Maximiliano, en los establos de la plantación, chupándole la sangre a las vacas, y el señor Rosales, que era el caporal, los paraba siempre en seco y los acusaba de fantasiosos y de habladores. Lo cierto es que Maximiliano le daba un susto al miedo, aparecía de improviso deambulando por el cafetal o por el jardín, con una mirada torva que oficialmente se adjudicaba al guarapo, produciendo un ruido rítmico con las correas y los herrajes de las chaparreras, y después desaparecía selva adentro, se iba tras la siguiente copa, o quién sabe si por la siguiente vaca.

Unos días después del diagnóstico del doctor Domínguez, los habitantes de La Portuguesa ya habían aprendido a convivir con el cuerpo dormido de la niña, entre Carlota y las criadas se ocupaban del suero y de la higiene, y los demás desfilaban con cierta frecuencia por la silla que estaba ahí permanentemente para quien quisiera hacerle una visita y cooperar con la terapia recetada, que consistía en hablarle al cuerpo dormido de cualquier cosa porque así, según había reiterado un par de veces el doctor, esa bulla continua a su alrededor podía influir para que despertara más pronto. «Ésas son mafufadas», había opinado la chamana en cuanto se enteró, y para sustituir esa terapia, que según ella no servía para nada, le pidió a Carlota permiso para aplicarle a la niña unos masajes, y desde su posición inmóvil debajo del marco de la puerta, en lo que esperaba con cara de piedra el visto bueno, miró con profundo desdén la percha donde colgaba la bolsa de suero. A las visitas verbales que recibía Marianne, se sumaron los masajes mudos de la chamana que, una semana más tarde, *motu proprio* y sin consultarlo con nadie, empezó a colgarle a la niña toda suerte de amuletos, comenzó amarrándole un lazo rojo al tobillo, «Para el mal diojo», explicó, y luego siguió día tras día, después de su masaje silencioso, colonizándole el cuerpo con plumas, esferas de colores, frutas desecadas, lazos, toda suerte de objetos que iba colgando de los dedos de los pies y de las manos, o del pelo, o prendidos con alfileres del vestido, «Ya verás cómo se cura», decía con su rostro impasible, mirando la pared como si fuera el horizonte, cada vez que Arcadi o Carlota le preguntaban que si no eran ya demasiados tiliches los que tenía su hija encima, «Ya verás como la curan mejor que esas agüitas», decía y miraba con encono la percha que había dejado ahí el doctor Domínguez, y ellos la dejaban hacer, no querían descartar ninguna posibilidad, ni la ciencia, ni la magia, ni la cura conversacional que había recomendado el médico y que tres semanas más tarde ya había progresado hacia lo abiertamente social, porque durante una comida colectiva que había organizado Carmen, la mujer de Bages, se les ocurrió que en lugar de estar escapándose a la habitación de Marianne para monologar con su cuerpo dormido, podían sacar su cama y transportarla hasta la terraza donde se celebraba la comida; así que los cinco soldados republicanos, entusiasmados de más por los whiskys que habían bebido de aperitivo, y auxiliados por Sacrosanto, transportaron la cama por el jardín, en un contingente bamboleante donde la extravagancia mayor era el señor Puig, que iba detrás muy erguido y tan alto como la percha que iba sosteniendo, unido a la cama por la sonda que Marianne tenía en el brazo. Todo esto lo sé porque Laia conserva fotografías de aquel día y un par de ellas forman parte de la marea de imágenes que invade las mesitas, las estanterías y la parte superior de la chimenea del salón de su casa. La otra foto, la que no es del contingente bamboleante, fue hecha con maestría por el ojo enemigo de la criada; gracias a esa enemistad la composición de aquel grupo que come y bebe, o mejor, que ya ha comido y bebido, resulta no sólo rara, también parece que quien estaba detrás de la cámara se empeñó en que los comensales aparecieran con su peor aspecto. Aquel ojo enemigo ilustra la colisión entre los dos mundos que poblaban la plantación: los dueños milenarios de esa tierra frente a los nuevos dueños, los nativos contra los invasores, los indios que servían ese banquete de domingo a la intemperie mientras los extranjeros blancos comían, bebían y se carcajeaban. El ojo enemigo de aquella criada, que quizá nunca en su vida había hecho una fotografía, no veía ni buscaba en la foto lo mismo que sus patrones, no iba tras la imagen congelada de una comida familiar y entrañable, estaba accediendo a una petición, cumpliendo una orden, haciendo su trabajo, desquitando un sueldo, así que ni avisó cuando se disponía a oprimir el obturador, ni dijo que por favor dijeran whisky, ni tomó en cuenta que las frentes de Fontanet, Arcadi y la mujer de González estaban fuera de cuadro, ni que la barriga de Bages era demasiado protagónica, en fin, lo que ella hacía era cumplir mientras su ojo enemigo registraba, no esa comida entrañable, sino a la tribu invasora que la hacía trabajar y servir por tres perras un domingo. «Gracias, Xóchitl», deben de haberle dicho cuando les dijo que ya había hecho la fotografía, y ella, con toda seguridad, respondió «de nada» muy sonriente, y luego debe de haber entregado la cámara a Puig y se debe de haber ido a seguir fregando platos. O quizá el encuadre raro se deba nada más a que Xóchitl lo ignoraba todo de la técnica fotográfica, quizá se deba a esta simpleza y yo, como más de una vez me lo ha hecho ver Laia, estoy exagerando, puede ser, sin embargo se trata de una exageración, de una invención si se quiere, rigurosamente basada en la realidad, en lo que en aquella selva sucedía y todavía sucede: que los blancos mandan y lo tienen todo, y los indios no tienen nada y sirven y obedecen. El caso es que en aquella fotografía que perpetró el ojo enemigo de Xóchitl puede verse que, junto a la mesa donde todos comen, beben y se carcajean, está la cama y encima de ella, vestida con un atuendo blanco de domingo, yace Marianne, dormida y ajena al jaleo, invadida de amuletos de todos tamaños, que le cuelgan de los pies, del vestido, del pelo y de las manos y que se extienden, como una ola que se encrespa, hacia la cabecera. Laia está de pie junto a la cama, parece que monta guardia para que el sueño de su hermana sea apacible, y junto a ella aparece Teodora, la criada que era de su edad y su amiga íntima, con quien compartía absolutamente todo, hasta que crecieron y entonces la cuna y el color de piel y el aspecto y la posición social las separaron, fueron distanciadas en resumen por lo que tenía cada una de futuro. Laia y Teodora montan guardia junto a la cama, se ven sonrientes y sudorosas, parece que andaban jugando por ahí cuando alguien les gritó que se acercaran porque iban a hacer una foto, y probablemente después de que Xóchitl disparara el obturador, ellas salieron disparadas a seguir jugando. Todos miran a la cámara, al ojo enemigo de la criada que cumple lo que se le ha pedido, excepto González que mira hacia abajo, hacia su copa, mientras se mesa su barba roja, y Carlota, que desde su silla mira con aflicción a Marianne; la mesa está cubierta con un mantel claro que arrastra por las baldosas y debajo de éste viene saliendo la cara de un perro, pillado en el momento justo en que el mantel le cubre la cabeza como si fuera un velo, seguramente andaba buscando restos de comida debajo de la mesa sin reparar en que Xóchitl acababa de pescarlo en una de sus salidas a la superficie, ni en que lo había inmortalizado de esa manera, ni en que sesenta años más tarde, en el salón de Laia, seguiría compareciendo como la criatura más extraña de la foto.

Marianne despertó a los cuarenta y cinco días, cuando todos empezaban a acostumbrarse a monologar con su cuerpo dormido y a traerla de acá para allá en su cama por todas las casas de la plantación. Despertó como si nada una mañana después del masaje de la chamana, abrió los ojos y dijo que tenía ganas de hacer pipí, y dicho esto se levantó, sin saber que llevaba cuarenta y cinco días conectada a una botella de suero, y en su camino al baño jaló la percha que cayó al suelo con un gran escándalo que incluyó el de la botella haciéndose añicos contra el suelo. Llamada por el estrépito, Carlota voló a la habitación de Marianne y ahí encontró que se había obrado el milagro, su hija estaba de pie y parecía sana y en un instante comprobó que veía, oía y hablaba. «Me quitan esto, por favor», dijo la niña señalando el enchufe de la sonda y también el pañal, un poco extrañada porque no sabía a qué hora le habían puesto esos accesorios, y una vez liberada por Carlota, que no se echaba a llorar para no asustarla, se sentó a hacer pipí como si nada. «Un milagro», confirmó el doctor Domínguez que había sido llevado otra vez desde la ciudad, y otra vez había sido exageradamente remunerado por Arcadi. Unos días más tarde, abrumado por las dudas de Carlota, Arcadi organizó un viaje a México para que le hicieran a Marianne radiografías y unos análisis más completos. Los resultados fueron los que todos conocían ya: la niña estaba perfectamente, se había curado como por arte de magia. Así se cerró para todos el capítulo de la meningitis de Marianne, para todos menos para Carlota que, pese al resultado de los exámenes, no dejaba de pensar en el vampiro, ni en la forma en que su hija la había mirado aquella noche, y conforme pasaban los meses, y con todo y que el médico y su ciencia decían lo contrario, notaba que su hija no había quedado del todo bien, había algo en ella que no era normal, hasta que una mañana no aguantó más y le pidió a la chamana que la revisara. El interior del bohío ardía por el efecto de la lumbre que multiplicaba el calor, Carlota y Marianne sudaban sin parar mientras la chamana, seca y puede ser que hasta fresca, desplazaba su enorme masa a lo largo de las estanterías, y cogía un frasco, o una cazuela, o descolgaba una maraña de yerbas que pendía del techo. Mezcló una pócima en el caldero que le dio en un frasco a Carlota, luego tendió a Marianne en el suelo y abriendo apenas la boca murmuró una oración mientras le pasaba por el cuerpo uno de sus huevos infalibles. Carlota sollozó ruidosamente y luego rompió a llorar en silencio porque ya sabía lo que iba a salir de ese huevo, lo sabía desde que la había visto despertar, lo había sabido sin tregua desde la noche del vampiro. Cuando terminó la chamana partió en dos el huevo y vertió el contenido en una de sus cazuelas. Lo observó gravemente durante unos segundos y se lo pasó a Carlota que vio, aterrada, exactamente lo mismo que había visto un día antes de que Marianne cayera en su sueño profundo.

6

1974 fue el último año de gobierno del alcalde de Galatea, a fuerza de chanchullos electorales había logrado mantenerse dieciséis años en el poder y para despedirse con bombo, y darle a su imagen futura un toque fresco y juvenil, organizó un concierto en un descampado que había en la orilla norte del cafetal, en La Portuguesa. La idea era pésima y el proyecto hacía agua por todas partes, pero Arcadi y Bages no podían negarse, no había cómo y además no tenía sentido, ya habían pasado la parte más cruda de su mandato, habían capoteado todo tipo de extorsiones y esa última arbitrariedad no parecía tan complicada: consistía en ceder, durante unos cuantos días, una zona de la plantación que en esa época no se utilizaba. Por otra parte, como había sido siempre, no tenían más remedio que complacer al alcalde que en un enfado, si se le antojaba, podía enviarnos a todos a un segundo exilio. Pero Arcadi y sus socios no estaban solos, otros empresarios de la región también habían sido invitados a cooperar con la magna despedida de Froilán Changó que, además del concierto, de «música moderna», decía orgulloso el alcalde, incluía un banquete popular y multitudinario que pagaría el dueño de la concesionaria Ford, y una estatua en la plaza que patrocinaría un refresco fuertemente carbonatado y de color chillón, misteriosamente líder del mercado, que tenía el disparatado nombre de El Sabalito Risón, y el logotipo de un sábalo sonriente que guardaba un desagradable parecido con el gato de *Alicia en el país de las Maravillas*. La fábrica del Sabalito pertenecía a un cuñado del alcalde y su liderazgo obedecía a la desaparición súbita, a la obvia mano negra, que habían sufrido en los últimos años la Coca-Cola y la Pepsicola en la región; aquella conveniente ausencia había favorecido las ventas de ese brebaje dulcísimo e inmundo que sembró durante años de diabetes la zona, y que convirtió el acto simple de beber un refresco en una ruleta rusa del sabor, pues nunca sabía uno a qué iba a saber el refresco de limón o el de naranja, porque no sólo no coincidía el sabor que se anunciaba en la etiqueta, sino que tampoco sabían nunca igual dos refrescos de la misma fruta, lo normal era que un refresco de naranja supiera a grosella y otro también de naranja a esencia de canela. Además del banquete y la estatua, los festejos de despedida incluirían también la inauguración de un hospital construido por el gremio de cañeros, con quirófano y tres habitaciones, que dirigiría el hijo del doctor Efrén y llevaría, en letras bañadas de oro sobre la fachada, el nombre largo de «Hospital Alcalde Licenciado Froilán Changó». Por último habría una espectacular sesión de juegos pirotécnicos, que cerrarían con broche de oro el banquete popular de su último día en el poder, y que pagarían, por su complejidad y altísimos costos, entre varios empresarios e instituciones: supermercado el Radiante Tulipán, cervecería Mondongo, gasolinería El Chivato, motel El Alborozo y el mismo excelentísimo Ayuntamiento de Galatea, la Ciudad de los Treinta Caballeros. Arcadi sospechaba que algo iba a pedirles el alcalde para su despedida, porque en la comida donde se festejaba su último San Froilán en el poder, había asistido a la tirante conversación entre Bonifaz Mondongo, el dueño de la próspera cervecería, y el secretario de eventos especiales, que había sido nombrado, y su puesto inventado, para coordinar los esfuerzos económicos y físicos que entrañaba la despedida.

Desde la trágica muerte de Fontanet, que había sido arteramente asesinado en una cantina, Arcadi y Bages tenían que turnarse para asistir a los compromisos sociales del alcalde, y en aquel último santo fue cuando Arcadi había calibrado la magnitud de la despedida al enterarse, accidentalmente y entre un tequila y otro más, del proyecto de los juegos pirotécnicos que se habían importado de China, con unas cantidades prohibitivas de pólvora, un despliegue de andamiajes dignos de un edificio, y el lujo añadido de un experto en cohetes que viajaría especialmente desde Los Ángeles, California, para poner en escena todo el material de importación, respaldado por un impresionante currículum que incluía los cohetones alegóricos con que se había celebrado la última entrega de los premios Oscar y la serie de explosiones coloridas con que cada año empezaba y se clausuraba el carnaval de Nueva Orleáns. El chino de la pólvora y los andamiajes había sido invitado al santo del alcalde, era un burócrata del gobierno de la revolución que había viajado a México para supervisar el montaje de sus productos y para asegurarse de que su cliente pagara la cuenta, porque ya antes habían tenido experiencias amargas con otras alcaldías de pueblos mexicanos que pedían pólvora y estructuras para sus festividades y una vez quemados los cohetones «si te he visto no me acuerdo» y «no te pago ni por las buenas ni a lo chino». Pero la misión de aquel señor, que se había sentado frente a Arcadi en esa comida, no terminaba con la supervisión y el cobro del material, pues don Froilán Changó había prometido al gobierno de aquel lejano país que donaría unas tierras para que un equipo de científicos realizara experimentos. Tres años antes Froilán había sido condecorado, gracias a una inverosímil trama de corruptelas, como «Amigo Ilustre de la Revolución» por el mismo Mao Tse-Tung, en Pekín, en una ceremonia solemne en la que él había llenado de alabanzas al líder comunista y de piropos a las «chinitas», vulgaridad que el traductor pasaba al chino con el más conveniente «mujeres de China», y una vez que había llenado el podio de eso y de semblanzas exageradas de Galatea, se había lanzado con el generoso ofrecimiento de regalarles unas tierras para sus experimentos, y como los chinos sospechaban que el día que dejara el poder iba a dejarlos a ellos con un palmo de narices, y como también sabían que el dinero de los cohetes no llegaría nunca a China a menos que fueran a por él, habían enviado a aquel señor, el delegado Ming, un cuadro medio de la alcaldía de Pekín cuyas inquietudes, que eran muchas, que eran en realidad todo lo que él en esa misión tenía, iban siendo traducidas al castellano por el secretario de negocios de la alcaldía de Galatea, que decía que sabía chino. Arcadi le contaría más tarde a sus colegas, porque el tema de los donativos para la despedida había empezado a volverse agobiante, de la conversación que había tenido durante la comida con el funcionario chino, una conversación de la que había entendido menos de la mitad pero donde, a pesar de la rudimentaria traducción del secretario Gualberto Gómez, había traslucido su profunda preocupación de que los mexicanos le jugaran chueco al gobierno revolucionario. El pobre chino ni comía ni bebía de la preocupación, les contaba Arcadi a sus socios, pero tampoco parecía que controlara mucho ni el proyecto que iba a supervisar, ni el dinero que iba a recibir, ni el predio que a su país le iban a donar, el pobre chinito no controlaba absolutamente nada y, gracias a las deshilachadas traducciones del secretario Gualberto, entendía la tercera parte de lo que se le decía; lo que le quedaba en aquella comida tormentosa era ver cómo el alcalde festejaba su santo, cómo se desvertebraba en cada una de sus carcajadas y cómo golpeaba la mesa y palmoteaba el lomo de sus colaboradores que se acercaban a decirle «feliz santo, don Froilán», «muchos días de éstos, licenciado Changó», «que Dios nos lo conserve muchos años, su excelencia», y cosas por el estilo. La historia de los juegos pirotécnicos había inquietado a los socios de La Portuguesa, Arcadi los había reunido a todos en su terraza para contarlo, porque al ser los valedores más frecuentes de los negocios oscuros del alcalde, era seguro que iba a pedírseles algo para la fastuosa despedida, algo mucho más costoso que los cohetones de China con su experto importado de Hollywood; de manera que cuando se enteraron de que la única cooperación que se les exigía era un pedazo de terreno para montar el concierto de «música moderna» se quedaron tranquilos, no sabían que después del festejo que les había tocado apadrinar, y que dejaría sumida a la plantación en la desgracia, les iba a tocar cargar con el ofrecimiento que el alcalde Changó le había hecho tres años atrás en Pekín al pueblo de China, porque unos días antes de la sofisticada pirotecnia que marcaría su adiós definitivo, Changó se había enfrentado al chino y a sus ayudantes que exigían la tierra prometida, además del pago inmediato del material que se había importado. La escena se había dado en la oficina de Changó, en el palacio municipal de Galatea, y sus habitantes la recuerdan hasta la fecha, porque en determinado momento cúspide de la discusión, cuando el secretario Gualberto había hecho con las ideas del delegado Ming una maraña y las gesticulaciones y los gruñidos y los aspavientos se habían convertido en el único vehículo de comunicación posible, los dos ayudantes, que eran dos chinos temibles y sobrealimentados, habían arrinconado al alcalde al borde del balcón de las grandes solemnidades y frente a todos los ciudadanos que pasaban en esos momentos por la plaza, lo habían apergollado y habían amenazado con lanzarlo al vacío si no cumplía en el acto con sus dos demandas; así que Changó no tuvo más remedio que extraer una paca de dinero de su caja fuerte para liquidar su cuenta, y lo de las tierras lo resolvió como había resuelto siempre la mitad de los conflictos económicos que había tenido su legislatura: «Eso que lo pongan los españoles», y dicho y hecho, cuando en La Portuguesa apenas empezaba a calibrarse la tragedia que había dejado el concierto, llegó el secretario de gobierno Axayácatl Barbosa, acompañado por un contingente de chinos y apoyado por un policía municipal, que llevaba la encomienda de dotar de valor legal al legajo de expropiación que había firmado a toda prisa el alcalde. Arcadi y Bages le habían pedido explicaciones al secretario Axayácatl, pero éste no había hecho más que leerles el legajo firmado por el alcalde y cuando le pidieron más explicaciones, por ejemplo de qué forma podía amparar la ley esa expropiación instantánea, Axayácatl los invitó a pasar al palacio de gobierno, cosa que hicieron Arcadi y Bages inmediatamente, Arcadi se subió hecho un zombi a la furgoneta, iba destrozado por lo que había sucedido en su casa la noche anterior, tenía la cabeza ocupada por lo que le había pasado a Marianne, que en esos momentos deliraba en su cama y que, para consolidar la desgracia, moriría tres días después, a pesar de los esfuerzos que la chamana y un médico de México hicieron por mantenerla viva. Arcadi y Bages llegaron a la plaza de Galatea donde un grupo de trabajadores, coordinado por un rubio que era la luminaria en pirotecnia que había llegado de Estados Unidos, levantaba la sofisticada estructura. Cruzaron la plaza buscándose un camino entre los tubos y las piezas metálicas que cubrían el adoquín, irrumpieron en el palacio y exigieron ver al alcalde pero el secretario particular, habituado a los exabruptos que solía provocar el talante autoritario de su patrón, los mandó a esperar a un salón, pero Bages no iba dispuesto a perder el tiempo en antesalas, lo hizo violentamente a un lado y también a un guardia obeso que no ofreció la mínima resistencia, y cuando abrió la puerta se encontró con los ojos furibundos del alcalde, que algo arreglaba con dos indios de sombrero y, sin levantarse de su asiento, sin hacerles ni un gesto a los señores que hablaban con él, empezó a decirles a Bages y a Arcadi, sin dejarlos pronunciar ni una palabra, que esa expropiación era inamovible, que no podría quitarla ni Dios padre, que lo mejor era que regresaran a su plantación sin hacer tanto irigote y que si no abandonaban inmediatamente su oficina, su palacio y Galatea, los iba a encerrar en la cárcel mientras él personalmente iba a violar una por una a las mujeres de la plantación y después, antes de que su gobierno alcanzara su inminente final, les aplicaría el artículo 33 de la Constitución y los mandaría a todos a Nicaragua. Bages quedó desarmado y mudo frente a ese poder ilimitado, ante esa crudeza inconcebible, y Arcadi aprovechó ese momento de pasmo para sacar de ahí a su amigo y evitar que en la explosión de furia que él calculaba que vendría después los metiera en un lío mayor con el alcalde. Pero Arcadi se equivocaba, los disturbios del día anterior habían afectado profundamente a Bages, lo habían acobardado; después de aquel palo, que venía a sumarse a otros muchos, Bages se volvió súbitamente viejo, envejeció ahí mismo mientras Arcadi lo sacaba del palacio municipal y lo conducía por la plaza rumbo a la furgoneta.

7

En el verano de 1974, tres meses antes de la invasión, el mundial de futbol fue marcando el ritmo de la plantación. Arcadi instaló el televisor en la terraza, era el único que había en varios kilómetros a la redonda y el salón de casa no era suficientemente grande para contener a la multitud que quería mirar los partidos transmitidos en directo desde Alemania. «¿Y eso está pasando ahorita mismo en otro país?», preguntaba Teodora, la criada asombrada de que ese hecho milagroso se produjera ahí mismo, en esa selva que, como ella misma declaraba con frecuencia, «estaba dejada de la mano de Dios». Ver las imágenes de otro país bajando a ese aparato, que soltaba tronidos y se sobrecalentaba en un extremo de la terraza, en algo redondeaba la relación de la servidumbre con aquellos señores que, como esas imágenes, también habían llegado de lejos, y por otra parte, como razonaría la misma Teodora después del encuentro entre Holanda y Bulgaria, si llegaba «eso desde quién sabe dónde, ¿cómo iba a ser que no llegara la mano de Dios?». Meses antes de que empezara el campeonato nos habíamos llevado el chasco de que España y México habían quedado fuera en las eliminatorias y nos habían dejado sin equipo, pero en cuanto hubo pasado el descalabro, un descalabro nada menor pues de dos posibilidades que teníamos no habíamos logrado ninguna, González propuso con mucho tino que nuestro equipo fuera Holanda porque Cruyff jugaba en el Barça, y Neeskens se uniría al equipo la temporada siguiente. Al Barça lo seguíamos en las páginas de *Las rías de Galatea*, el periódico local que era propiedad de un viejo gallego que había hecho fortuna durante la primera mitad del siglo pasado y que, como todos los españoles de la zona, tenía una estrecha relación con Arcadi y sus socios, tanta que cada lunes, como una atención para sus suscriptores catalanes, que éramos exclusivamente los que vivíamos en la plantación, publicaba el resultado del partido del Barça, con una letrita que había que buscar entre el remolino de noticias que generaba la liga regional de beisbol, y con mucha frecuencia se trataba de resultados que habían tenido lugar una o dos semanas antes, es decir, que el triunfo o la derrota del equipo llegaba hasta nosotros cuando ya los culés de Barcelona la habían celebrado o digerido, y quizá olvidado porque ya iban dos partidos más adelante. El fenómeno se parecía al de las estrellas, que brillan de noche con una luz que viene de tan lejos, y que salió hace tanto tiempo de quién sabe qué confín espacial, que es probable que la estrella que uno ve ya se haya extinguido desde hace años, y me parece importante escribir esto para que se sume al montón de irrealidades que constituían nuestra vida, un montón de irrealidades que contrastaba con la realidad brutal, incontestable y absoluta que proveía permanentemente la selva. Encima la noticia que publicaba los lunes el gallego aquel nada más contenía el nombre del equipo rival y el número de goles que se habían anotado, nunca había ni fotografías, ni detalles del partido, ni tabla de posiciones para enterarnos de cómo íbamos con relación a los otros equipos, y esta información en bruto, despojada de su contexto, nos hacía ver al Barça, además de como a una estrella que en un descuido ya se había extinguido, como a un héroe solitario que se batía cada semana con un enemigo distinto. Aquel descalabro de habernos quedado sin equipo en el mundial representaba la situación de la prole que había nacido y crecía en la plantación, una prole que vivía como en España pero que había nacido en México y por esto tenía dos países y dos identidades. Pero había otra lectura, menos optimista, que nos hacía sentir que no éramos ni de un lugar ni del otro, éramos, en todo caso, de ese limbo vegetal que gravitaba al oeste de Barcelona. Por otra parte, y por ese mismo limbo en que vivíamos, nuestra afición por esas dos selecciones incompetentes estaba fuertemente acotada por los hechos: España no podía ser nuestro equipo porque era el país del que nos habían echado y además lo gobernaba el dictador, el verdugo de nuestra familia, y México tampoco porque cada dos por tres se nos hacía sentir que no éramos de ahí, que éramos los invasores y los herederos de Hernán Cortés y de su tribu de rufianes que habían llegado a México a rebautizar esa tierra con el nombre de Nueva España, y acto seguido se habían entregado a la violación desenfrenada de las pobres mujeres mexicanas, cuyas criaturas irían conformando una recua de hijos de la chingada, una fina recua que era representada todos los días por alguien en La Portuguesa, un trabajador, un criado, el dueño de un establo de caballos, un político o su excelencia el señor alcalde; todos ellos, en determinado momento, recurrían a la retórica del conquistado, del violado, del chingado, y reclamaban, por ejemplo, un aumento de sueldo o una contribución, con una rabia y un resentimiento que hacía parecer que los dueños de la plantación, lejos de estar negociando la donación o el sueldo, acababan de violarle a su madre.

En aquel territorio de la indefinición donde no podíamos sentirnos ni mexicanos ni españoles, nos sentíamos del Barça, o del sucedáneo que teníamos a mano, que en el mundial de 1974 era la gloriosa selección de Holanda.

Meses antes de que empezara el mundial nos habíamos enterado, de buenas a primeras, de que el Barça había sido campeón de liga; aquel lunes el director de *Las rías de Galatea* había redoblado sus atenciones con una información más completa, no sólo con el anuncio de que habíamos ganado, sino con una fotografía en blanco y negro de Johan Cruyff y una lista parcial de los cracks que conformaban ese equipo y que todavía recuerdo; es más, cada vez que coincido con mi hermano Joan en algún lugar del planeta, siempre sale a cuento aquella fórmula mágica, aquel conjuro que nos transporta a la plantación, a aquel limbo que está al oeste de Barcelona donde nacimos por obra y gracia de la guerra: Sadurní, Rifé, Torres, Rexach, Asensi, Marcial, Sotil y Cruyff. La foto del crack holandés era una imagen borrosa donde apenas se distinguía el uniforme y por supuesto ninguna de las facciones o el gesto del jugador que peleaba el balón a otro, al número siete de algún equipo de uniforme claro; sin embargo, con todas sus carencias, era una imagen llena de garra y de épica que de inmediato se convirtió en un tesoro que fue a parar a un marco con vidrio, para que la humedad y las manchas que dejaban los insectos no terminaran de desdibujar la única imagen del astro que, en 1974, había llegado a ese rincón de Veracruz. El lunes que fuimos campeones, aunque en realidad lo habíamos sido una semana antes, Puig descorchó unas botellas de champán para celebrar ese acontecimiento que no se repetía desde el campeonato de 1960.

Puig había llamado a todos a grandes voces mientras Isolda, su mujer, auxiliada por dos de sus criadas, montaba una mesa de mantel blanco y largo, con platones de embutidos y un islote de copas metido en una bandeja. El gallego de *Las rías de Galatea* fue convidado al festejo, porque era amigo de la plantación, pero también porque era nuestro nexo involuntario con el equipo, una categoría que él mismo, según pudo constatarse en esa ocasión, se tomaba muy en serio pues él, que era más bien desaliñado, apareció todo vestido de blanco, desde los zapatos hasta el sombrero Panamá, seguido por un séquito que encabezaba su mujer, una morena fogosa que llevaba una cazuela de pulpos, y se completaba con dos mozos que cargaban cajas de vino, «Para que no falte de nada en este día histórico», dijo, y de inmediato se sirvió una copa del champán que había sacado Puig y se instaló en el centro del festejo como si hubiera sido el más culé de todos, y como si su desorden editorial no nos hubiera tenido ese mediodía festejando el campeonato con una semana de retraso. El caso del gallego tenía gracia, de tanto escribir cada lunes los resultados de los partidos del Barça, había terminado convertido en un barcelonista furioso, que ya para esos días renegaba del Celta, que había sido su equipo de toda la vida. Unas semanas después de aquel festejo llegó una carta de la tía Neus, la hermana de Arcadi que se había quedado en Barcelona después de la guerra y de quien sólo conocíamos la voz que salía cada fin de año por el teléfono; la carta, donde ponía a su hermano más o menos al tanto de su vida, traía un anexo que nos dejó perplejos y que progresivamente iría perplejizando a La Portuguesa y después, como una infección, a Galatea y sus alrededores: dentro del sobre venía un papelito blanco y rectangular con un garabato que, según explicaba Neus, era la firma de Johan Cruyff. Aquel garabato que de boca en boca fue convirtiéndose rápidamente en objeto de culto había sido conseguido por Alicia, la hija de Neus y prima de Laia, que en uno de sus trabajos periodísticos se había encontrado con el futbolista en el aeropuerto de El Prat, le había pedido un autógrafo para sus sobrinos que vivían en México y se lo había dado a su madre para que lo enviara en la siguiente carta, así de simple, con esa naturalidad había llegado a la selva aquel objeto increíble que fue colocado en otro marco, sobre un fondo azulgrana, y colgado junto a la fotografía del astro en la habitación que compartía con mi hermano Joan. Pero el interés desmesurado que produjo el autógrafo de Cruyff, un raro efecto que promovió aquel intenso boca a boca, pronto nos obligó a exhibirlo a determinadas horas en la terraza, porque durante los días que había pasado dentro, los curiosos que iban desfilando para contemplarlo, una tropa heterodoxa y generosa de niños y adultos, habían dejado los pasillos de la casa negros de barro, y por otra parte, como si el barro por los pasillos no hubiera sido motivo suficiente, Sacrosanto, que había quedado inmediatamente fanatizado por el garabato de Cruyff, había expresado sus temores de que alguien se colara en nuestra habitación y lo hurtara, y como sugerencia propuso la iniciativa de exhibirlo en la terraza que, según él, pondría remedio a los dos inconvenientes, al del robo y al de los lodazales porque ahí, como siempre había alguien, sería más fácil controlarlo; de manera que, al ver que Sacrosanto se había tomado la protección del autógrafo como un asunto personal, optamos por hacerle caso y exhibirlo a ciertas horas, no calculamos que eso podía ser interpretado en la clave de aquellas casas que exhibían la imagen de la virgen o de un santo para que los fieles fueran a adorarla, y que esta confusión ayudaría a que la noticia del autógrafo se fuera expandiendo a gran velocidad más allá de La Portuguesa y llegara hasta Potrero Viejo, Ñanga, Conejos y Paso del Macho, desde donde los devotos, no del futbol ni de Cruyff, sino de cualquier objeto que tuviera aires de reliquia llegaban a contemplarlo. El autógrafo era expuesto en el lapso que había entre el final de la siesta y el primer menjul, que era servido puntualmente a las seis por Sacrosanto y para entonces, de acuerdo con las estrictas normas que había vociferado Arcadi, ya no podía haber extraños armando bulla en la terraza. Durante las horas de exhibición había un hervidero de peregrinos con diversas intenciones, rigurosamente vigilados por Sacrosanto y por nosotros que de vez en cuando, y en nuestro papel de dueños de ese objeto increíble, dábamos una escueta explicación sobre su origen, o sobre los variados actos heroicos que había realizado el futbolista por los estadios del orbe, y hago notar las diversas intenciones porque cuando llegaron los negros de Ñanga, que eran viejos amigos de la plantación, se postraron frente al objeto, que Sacrosanto ya había montado junto a la fotografía borrosa en una tabla cubierta de terciopelo morado, y se pusieron a entonar canciones de sus antepasados africanos que hablaban, según contaron antes de irse, del apego a la tierra y la labranza, valores que bien poco tenían que ver con ese futbolista, que efectuaba sus hazañas en campos incultivables y en una tierra que no era la suya. En la misma frecuencia de los negros de Ñanga llegaban otros desorientados, y debidamente orientados por el púrpura obispal que cubría la tabla donde Sacrosanto colgaba el autógrafo, se arrodillaban con mucha ceremonia y arrobados por la devoción pedían cosas y después enganchaban una medalla en la superficie púrpura, o una petición escrita, o un milagrito, de forma que al cabo de unos días el autógrafo de Cruyff había cambiado de hábitat y se encontraba en el centro de una marea de objetos pequeños y brillantes, vírgenes, ángeles, jesucristos, niños dioses, más algunas figuras de la devoción local como el niño jaguar, el papalotl, un Quetzalcoatl de lámina, una diosa Chalchiuhtlicue bordada en hilos de colores y la virgen Tonantzin pintada en una hoja de casuarina, todo eso rodeaba la firma del futbolista y así se quedó hasta el último día de su exhibición, cuando Sacrosanto, desencajado, echó con cajas destempladas a unos peregrinos que venían de Motzorongo y en los que el mozo había adivinado, o alucinado, intenciones nada nobles, y para evitarnos a todos un susto nos pidió, desde su crispación, que nos lleváramos el cuadro mientras él acompañaba a los peregrinos fuera de la plantación. Al margen de los bravos de Motzorongo, que efectivamente tenían pinta de facinerosos, Arcadi y mi padre ya habían advertido que tantos extraños alrededor de Marianne, que sesteaba en la terraza a la par de la exhibición del autógrafo, constituían una convivencia explosiva que podía detonar en cualquier momento. De manera que el destino del cuadro purpurino, con facinerosos o sin ellos, era regresar a la pared de nuestra habitación, donde permaneció los siguientes años, lejos de los ojos de sus devotos. Cuando perdimos definitivamente La Portuguesa, Joan se hizo cargo del cuadro y lo colgó en el salón de la casa donde vive en la Ciudad de México, le puso a la tabla un marco grueso de madera oscura que le dio una novedosa dignidad y también una nueva identidad porque el día que me reencontré con él pensé que era un collage del pintor Gironella hasta que, de

247

pronto, comencé a distinguir las figuras y los milagritos y en cuanto llegué al autógrafo y a la imagen borrosa del astro holandés, el corazón me dio un vuelco.

El equipo de Holanda, comandado por Cruyff, que desde la llegada de su autógrafo era nuestra estrella particular, pasó holgadamente a la segunda fase en el mundial del 74, empató con Suecia y le ganó a Uruguay y a Bulgaria. Arcadi, como he dicho, sacaba la televisión a la terraza que había sido reforzada con sillas del comedor y una mesa grande donde Teodora, doña Julia y Jovita preparaban cosas para picar, un surtido de tapas mestizas donde campeaban las butifarras de importación, la cecina y los langostinos de Potrero Viejo, y unas sofisticadas tortinas de patata que hacía Jovita siguiendo las rigurosas instrucciones de Laia, que eran un poco excesivas porque el rigor incluía el ritmo con que debían batirse los huevos, un ritmo que mamá iba marcando con números, un, dos, tres, cuatro, un, dos, tres, cuatro, como si fuera encaramada con un megáfono en la punta de una piragua. La mesa de viandas todo el tiempo era acosada por mayates, moscas, abejas y marimbolas, que formaban una nube histérica que iba de un platón al otro y que era sistemáticamente espantada por Lauro, el hijo de Teodora que era contemporáneo nuestro, y que estaba ahí apostado con un ejemplar de *Las rías de Galatea*, listo para ser descargado contra un bicho que se pasara de listo, y a pesar de que su encomienda era ejecutada con un celo conmovedor, durante el partido contra Bulgaria tuvo que ser relevado de su puesto por Chubeto, su primo, porque en uno de los goles holandeses, no se sabe si por júbilo, descuido, o por simple mala leche, había reventado una campamocha contra la pierna de jabugo que había aportado a la mesa el señor Bages. El complemento de las viandas era el bar que había instalado Sacrosanto a un lado del televisor, desde donde había una vista privilegiada del terreno de juego y esto hacía que los niños nos peleáramos por ser sus asistentes, por ocuparnos de los hielos, o las hojas de yerbabuena, o la enjuagada de los vasos sucios en una palangana enorme de metal. Para el juego contra Uruguay, que era el primero, Arcadi había dispuesto un bar muy completo, había una tinaja llena de hielo con cervezas, refrescos inmundos del Sabalito Risón, y botellas de vino blanco que llevaba cada partido el gallego del periódico, ese culé advenedizo que inmediatamente había suscrito, y redoblado, nuestra pasión por la selección holandesa, y para que su entusiasmo quedara patente, como si las doce botellas que llevaba cada partido no fueran el testimonio de un forofo eufórico, se presentaba con una camiseta anaranjada que le venía pequeña, del tono exacto que usaba la selección holandesa, sólo que la suya tenía unas palmeras estampadas entre el pecho y la barriga, y una leyenda que rezaba: «En Veracruz la vida es más sabrosa». En el bar que regenteaba Sacrosanto también había tragos fuertes, whisky, ron y varias garrafas del guarapo que se vendía en la cantina de abajo, que era lo que tomaban siempre los empleados de la plantación, siempre menos aquel verano de futbol cuando, en respetuosa consonancia con los patrones, se pasaron al whisky y dejaron arrumbadas las garrafas. Eran los tiempos en que la señal que salía de la Ciudad de México iba volando de repetidora en repetidora rumbo al puerto de Veracruz, y volaba tan alto que para poder pescarla, para poder atrapar esa señal que iba de paso, se había tenido que fabricar una estructura altísima, un armatoste que sobresalía entre las copas de los árboles, con una antena en la punta que capturaba imágenes, manchadas por ráfagas periódicas de estática, que a la menor provocación climatológica, una ventisca o un chipichipi, desaparecían, iban perdiendo el contorno hasta que se disolvían en la borrasca electrónica que ocupaba toda la pantalla. Una de aquellas borrascas cayó en el centro del juego de Holanda contra Brasil, cuando ya estábamos adentrados en la segunda fase del mundial y con los ánimos bastante caldeados en la terraza, porque en cuanto tuvimos de rival a la selección carioca, la servidumbre de casa, los empleados de la plantación y los vecinos que eran el público mayoritario, se olvidaron de nuestro autógrafo de culto y de nuestra admiración por Cruyff, y desertaron en masa y comenzaron a aplaudir la samba de Rivelino, de Jairzinho y de Dirceu. Durante aquel juego no dejó de soplar el viento norte, era un viento a rachas que consonaba con el enfado resoplante del señor Puig, que se tomó muy mal, y como una afrenta a su persona, la escandalosa deserción de los empleados, y en algún momento del partido estuvo a punto de cortar el flujo de whisky y de regresar a los desertores a los garrafones de guarapo y a su embriaguez tenebrosa. El viento soplaba con un *in crescendo* que, cuando empezaba el segundo tiempo, se materializó en una tormenta, aupada por violentos ventarrones, que tiró la antena de su estructura y nos dejó la pantalla borrascosa y el alma pendiendo de un hilo. Cuando todavía no terminaba el lamento que nos arrancó la desaparición de Jairzinho haciéndole a Neeskens un contagioso juego de cintura, el fiel Sacrosanto, que por cierto era el único que, quizá porque era el guardián del autógrafo, no había desertado de la hinchada naranja, ya brincaba fuera de su barra estratégica y, sin que le importara arruinar las galas blancas con que iba vestido, salió a la selva a recoger la antena y, ayudado por Arcadi y por mi padre, y por media docena de espabilados, trepó por la estructura y al ver que un arreglo expedito era imposible, porque el viento había arrancado de raíz los tornillos, decidió que permanecería ahí, expuesto al aguacero y a los vendavales, con la antena en ristre como una Juana de Arco empapada y trágica, hasta que el partido tuviera a bien finalizar. Así, controlando de vez en cuando que a Sacrosanto no lo hubiese liquidado un rayo, o que un ventarrón no se lo hubiese llevado hasta Orizaba, fue como terminamos de ver aquel juego, con los dos goles heroicos que metieron los nuestros en la portería de Emerson Leao.

La terraza se abarrotaba también cuando el juego, por la diferencia de horario entre los dos continentes, caía a las ocho de la mañana; entonces los tragos se transformaban en zumos y cafés y en un chocolate que humeaba dentro de una olla enorme y que se servía con cucharón. El espacio se llenaba con sillas de la casa y con las que la gente iba llevando y acomodando en los huecos que quedaban libres, y también había quien se montaba en el barandal o en la jardinera. La plantación se paralizaba durante los juegos de Holanda y todos nos metíamos en esa terraza, incluido el Gos, que era nuestro perro, y el elefante que, no sé si ya lo he dicho, se había quedado a vivir ahí como resultado de una estampida de animales que habían escapado, años atrás, del circo Frank Brown.

En medio de toda aquella multitud, parcialmente protegida detrás de la barra de Sacrosanto, estaba Marianne, mirando de un lado a otro con sus ojos estrábicos más allá del juego, más bien observando a la concurrencia y bebiendo uno de los brebajes con pócima tranquilizadora que le preparaba la chamana, y aunque estaba con la gargantilla atada a la pared, y Sacrosanto estaba a un paso de ella, a pesar de ese cerco estrecho que la acotaba, su presencia vigilante en la silla, su tremenda fuerza contenida, «amartillada» como un arma pienso ahora, generaba una incómoda tensión en los que convivíamos con ella todos los días, una tensión que aparentemente no nos afectaba pero que impedía en nosotros la relajación completa, la entrega total a las líneas maestras con que Johan Cruyff iba liquidando a sus rivales porque sabíamos que Marianne, que vigilaba todo con sus ojos azules estrábicos, medio ocultos detrás de su greña de loca, podía estallar por cualquier cosa y en cualquier momento. Además de las nubes de moscas, mayates y marimbolas que iba liquidando primero Lauro con *Las rías de Galatea*, y después Chubeto a mano limpia, había que lidiar con las mariposas que se iban posando sobre la luz de la pantalla y el remedio era, después de mucho DDT, un ventilador cuyo chorro de aire barría los insectos y de paso enfriaba un poco el regulador de voltaje, que era un cacharro de fierro pintado de verde, con una bombilla pulsante que salvaguardaba el televisor de que, en una de esas subidas o bajadas que solía dar la electricidad, se le fundieran los bulbos y nos dejara en la plantación sin contacto con el exterior. En el juego contra Suecia, que empatamos a cero, el elefante se tiró a hacer la siesta a un lado de la terraza, que era una cosa que no hacía nunca pero, quizá ese día, se había sentido cómodo junto al alboroto que generaba el partido; se echó a dormir con gran estrépito junto al barandal y, como era su costumbre, no se fijó en que una de sus patas traseras había caído encima de la bicicleta que usaba Sacrosanto para hacer recados, y ese destrozo que normalmente hubiera sacado a Arcadi de quicio, a la luz del probable triunfo de nuestro equipo, fue tomado con una ligereza insólita. Cuando el primer tiempo alcanzaba los quince minutos, Leopito, un chaval que ayudaba en las jornadas de siembra y de cosecha, se trepó cuidadosamente en el lomo del elefante, como hacía con cierta frecuencia, y siguió el juego desde esa altura privilegiada. Al chaval le gustaba treparse ahí por gamberro, por desafiar a la mole y porque eso le daba, según había dicho él mismo varias veces, estatus de valiente. A mí me parecía lo contrario, que ese acto confirmaba que era un muchacho idiota. Al medio tiempo, Leopito bajó a devorar viandas y a beberse un Sabalito Risón de grosella bautizado a hurtadillas con whisky, y en cuanto empezó el segundo tiempo volvió a esa altura privilegiada que lo hacía a la vez valiente e idiota, pero ya entonces fue imitado por otros dos chavales, el Chollón y El Titorro, que escalaron con cuidado hasta la posición de Leopito y fueron festejados por la parte simplona de la multitud que veía el partido. «Ahora resulta que le van a Suecia, ¿no?», dijo con sorna el señor Puig, mirando a la mayoría olmeca y totonaca que había desertado en el juego contra Brasil. «Pues yo sí», dijo el Heriberto, que era un gordo moreno de manos adiposas y con un diente de oro que tenía a su cargo el almacén y a quien, para más definición, apodaban El Tláloc. Después de aquella rotunda afirmación, él mismo añadió: «Porque ahí nacieron mis abuelitos», y luego soltó una carcajada reveladora, que nos enseñó a todos que no sólo tenía un diente de oro, también un colmillo y un par de muelas. El chiste del Tláloc, que encima presumía siempre de que era descendiente directo del dios mexicano de la lluvia, levantó una carcajada general que provocó que el elefante pegara un respingo, un movimiento brusco e instantáneo que hizo rechinar las ruinas de la bicicleta que tenía debajo y mandó volar por los aires a los tres chavales, y después, como si nada hubiera pasado, reanudó su sueño colosal.

El chorro de aire del ventilador barría todo tipo de insectos excepto las viudas, esas mariposas enormes y negras que se plantaban en la pantalla y por más que el chorro las golpeaba con fuerza, a veces con tanta que manchaban la imagen con el polvillo aceitoso que se les arrancaba de las alas, no lograba moverlas de su posición porque, según Sacrosanto, que era aficionado a los pasquines científicos, la panza del insecto generaba un importante magnetismo al entrar en contacto con las fuerzas electrónicas que liberaba la pantalla, una explicación que se daba por buena, seguramente por pereza, y que nunca nadie se ocupó de verificar. Las cuijas también eran inmunes a los poderes del ventilador, eran unos bichos engañosos que a simple vista parecían lagartijas pero que con la luz de la pantalla, al adherirse con fuerza en ella, dejaban aflorar su naturaleza psicodélica, se volvían traslúcidas y permitían que los colores de las imágenes que pasaban debajo de ellas formaran diseños estrambóticos con los órganos que palpitaban en su interior. Pero había un tercer bicho que se peleaba el territorio de la pantalla con las viudas y las cuijas: el tlaconete, un molusco marrón, largo y baboso que dejaba una estela húmeda en sus recorridos y, como era de arrastre muy lento, su ruta hacia la pantalla era muy previsible y por tanto controlable, con un método que, ahora que lo escribo, me parece inadmisible y salvaje: bastaba echarle encima un puño de sal para que el tlaconete se retorciera y se fuera plegando sobre sí mismo hasta la desintegración, hasta quedar convertido en un pequeño charco de baba, y durante este proceso desgraciado, que a nosotros nos divertía una barbaridad, el molusco producía un sonido agudo que parecía un grito. Pero a veces durante esas mañanas de mundial, en periodos de mucha tensión futbolística, cuando nadie atendía ni el suelo ni las paredes, ni había nadie preparado con un puño de sal, lograba colarse un tlaconete hasta el campo de la televisión y se iba resbalando juego abajo hasta que alguien lo echaba de ahí, generalmente Arcadi que como era el dueño de la casa ocupaba el palco de honor, y además el garfio que tenía en lugar de la mano que había perdido en un accidente era el instrumento ideal para desterrar al bicho.

Durante el partido final entre Holanda y Alemania Federal hubo una premonición que nos desmoralizó desde el principio. Y como si esto no hubiese sido suficiente, media hora antes de que empezara el partido apareció Maximiliano, ese personaje que, de acuerdo con la imaginería de la plantación, se colgaba de las vacas para chuparles la sangre del cuello. Maximiliano tensó el ambiente en la terraza, era un tío esquelético, de color verde, que murmuraba parlamentos inasequibles y que llegó directamente a pedirle vasos de guarapo a Sacrosanto; y aunque se fue justo antes de que empezara el partido, dejó instalada una mala onda que podía palparse; su dieta a base de sangre era un asunto nimio, junto a esa carga negativa tan poderosa que iba derramando por ahí. Inmediatamente después de la retirada de Maximiliano vino la premonición. No entrábamos todavía al minuto quince del primer tiempo cuando el grito destemplado de doña Julia, y el paso de una serpiente nahuyaca de varios metros, a la velocidad de un proyectil, entre las piernas de la hinchada, sembraron el pánico en la terraza. Primero vino el grito y luego el siseo inconfundible de la víbora y los otros gritos de quienes iban siendo tocados en los tobillos por esa bestia rápida, húmeda y fría. «Se jodió el campeonato», dictaminó El Tláloc una vez que la bestia, como todos habíamos podido ver, había salido por entre los barrotes del barandal rumbo a la selva. Y así fue, Alemania nos clavó dos goles y nosotros nomás uno, el campeonato se había jodido por culpa de la nahuyaca, y Holanda quedaba subcampeón, un resultado que nos dejó una tristeza volátil, porque el triunfo del Barça en la liga era capaz de relativizar cualquier otra catástrofe futbolística. Ahora que voy escribiendo estas líneas me queda claro que el paso de la nahuyaca entre las piernas de todos, un acontecimiento raro porque las serpientes suelen más bien rehuir a las personas y más a las multitudes, no significaba que perderíamos la final de futbol: era el aviso de que se avecinaba el día de la invasión.

8

Conforme me adentraba en la selva, a bordo del todoterreno que alquilé en cuanto me bajé del avión de KLM, comenzaron a salirme al paso un montón de recuerdos que estaban ahí, esperándome. Había sido demasiado ingenuo al pensar que podía pasarme la vida sin regresar a La Portuguesa, y que podía preservarla de la ruina con el acto simple de ignorar su deterioro. Lo que vi en cuanto llegué me hizo recordar lo que había pensado siempre, que la selva es de ellos y que nosotros estábamos de paso, que con el tiempo, de nosotros, que parecíamos los amos y señores de aquella plantación, no quedaría ni rastro, eso fue exactamente lo que vi en cuanto llegué, no que no había ni rastro, que hubiese sido más fácil: vi la forma en que estamos desapareciendo. Ya todo es selva menos la casa ruinosa de Bages que sigue en pie como el último vestigio de aquello que fue un cafetal y una próspera comunidad; todo lo que queda de aquella república sentimental es esa casa ruinosa presidida, y esto fue lo que de verdad me partió el alma, por su ruinosa bandera republicana. «La ruina que sigue a la ruina», pensé. Apagué el motor frente a la casa y permanecí un rato cogido al volante sin decidirme a bajar, acobardado frente a esa ruina, o quizá esperando una señal, en todo caso me pareció un preámbulo pésimo para la operación que me había encomendado mi madre. Precisamente cuando esperaba una señal reparé en la canción que venía oyendo en el iPod, una canción francesa que dice: «la dernière heure du dernier jour, à la bonne heure, à nos amours»; lo anoto porque, por alguna razón, esa idea de «la última hora del último día» no sólo me infundió el valor y la decisión que me faltaban para bajarme del coche, para poner los pies por primera vez en años en esa selva, también me pareció que esa parte de la línea estaba relacionada con el día de la invasión, con el momento en que La Portuguesa comenzó a irse a pique, con el instante en que vi lo que no debí haber visto nunca. Antes de bajar del todoterreno me puse el iPod en el bolsillo, lo hice con un movimiento reflejo del que apenas fui consciente, pero ahora que lo voy poniendo por escrito pienso que bajé con ese pequeño artefacto de la modernidad para que me defendiera del mundo arcaico donde acababa de poner los pies, para que me sirviera de amuleto contra esa selva, o mejor, contra lo que había de mí mismo en ella. Caminé hacia la puerta de la casa sintiéndome protegido, con la determinación que el conjuro de «la última hora del último día» me había insuflado, un hechizo que no sólo eran las palabras y su significado, también el timbre de la voz que las cantaba, la forma en que eran dichas y la música que las sostenía, una fórmula mágica integral que oída en otro momento quizá me hubiera parecido una canción común y corriente. Era un día nublado y húmedo y soplaba algo de norte, hacía fresco y era probable que lloviera en la tarde. Cuando estaba ya muy cerca de la puerta apareció Chepa Lima con un gesto huraño y una pregunta de bienvenida que sumé a la ruina que veía por todas partes: «Y qué busca por aquí el señorito», dijo y enseguida, sin darme tiempo para responderle nada, dio media vuelta y dijo que iba a avisarle al patrón. «Pasa, nen, endavant», oí que gritaba Bages unos segundos después, con un ánimo donde podía detectarse un resto de jolgorio. Crucé el recibidor, el comedor y el salón que se comunicaba con la terraza, tres espacios demasiado amplios para un viejo que vivía solo, estaban amueblados con las mismas piezas, ahora horriblemente desvencijadas, que tenía cuando yo era un niño. De inmediato sentí el golpe del olor a encierro, había un tufo general a humedad, a tabaco y a orines, todas las ventanas estaban tapadas por unas cortinas lustrosas de terciopelo rojo, y esto obligaba a Bages a tener las luces encendidas todo el tiempo, un contrasentido en aquella selva donde la luz del sol, incluso en un día nublado como aquél, entra a saco por todas partes. Al final del salón, acurrucado en un equipal en la terraza, enmarcado por la única ventana que tenía las cortinas descorridas, estaba el viejo Bages, encorvado, con una manta en las piernas y una taza en la mano, miraba hacia la selva o quizá nada más posaba ahí los ojos. Como estaba de espaldas a la ventana, tuve un momento para observarlo sin que se diera cuenta, frente a él tenía una mesa donde había un teléfono inalámbrico, una cafetera y media botella de whisky con la que, a juzgar por el jolgorio con el que me había invitado a entrar, iba bautizando los cafés de la mañana. Junto al suyo había un equipal vacío y a sus pies dormitaba un perro al que no le importó que un extraño irrumpiera en la casa. «Hola, Antoni, com anem, com va tot», le dije. Bages brincó en su asiento y con cara de sorpresa me dijo: «Pero a qué hora has arribat, pasa, nen, seu aquí», y dijo esto poniendo la mano sobre el asiento del equipal vacío que estaba junto al suyo. «Pero si acabas de saludarme a gritos hace un minuto», le dije y por la cara que puso entendí que no lo recordaba y también calculé que la misión que me había encargado Laia sería mucho más difícil de lo que había previsto. «Seu aquí», repitió manoteando sobre el equipal y, en lo que me disponía a ocupar el lugar que me había ofrecido, vi con pena lo viejo que estaba, él que era un oso se había puesto flaco y enjuto y vestía, y esto me horrorizó tanto como la bandera que seguía ondeando frente a la casa, su camisa guerrera de soldado republicano, una prenda agónica, color marrón deslavado, que le venía grande y que estaba sembrada de lamparones y quemaduras de puro. «¿Sabías que tu abuelo y yo estuvimos a punto de matar al cabrón de Franco?», me dijo en cuanto me senté. «Ya lo sé, Bages», le respondí, y él, apretando la mano que acababa de poner sobre mi antebrazo, dijo «Qué más da», y añadió: «Vols un whisky?». «¡Ya ha bebido bastante, señor!», gritó Abelina, una de sus criadas que estaba agazapada en algún sitio entre la terraza y el salón. «¡Calla y trae dos vasos largos y una bandeja con hielos!», gritó Bages súbitamente revivido y recompuesto, furibundo, incluso desencorvado, y si la criada le hubiera replicado, si se hubiese puesto un poco flamenca, seguramente el viejo hubiese abandonado su equipal de un salto para ir a gritarle de cerca cuatro cosas. «Te tienen bien controlado», dije para disipar un poco la furia de Bages. «A mi no m'ha controlat mai ningú», zanjó, y yo me arrepentí de lo que había dicho porque en esa casa lo que justamente no había era control. En un extremo de la terraza estaban apiladas una docena de cajas de madera con productos importados de España, vinos, turrones, embutidos empacados al vacío, viandas que seguía comprando Bages como si en su casa viviera una familia completa; era una forma cara y lastimosa de pasar por alto que La Portuguesa se había acabado y que él llevaba años solo viviendo con sus criadas en ese caserón. Una de las cajas, que escapaba a la precaria cubierta de plástico que protegía la mercancía de la lluvia, tenía un hoyo que había hecho algún roedor, un mapache, una rata o un tejón. «Agafa el que vulguis», me dijo en cuanto se dio cuenta de que estaba mirando sus cajas. «Después buscamos un vino para la comida», le dije, y añadí, «si es que quieres invitarme a comer.» «Aquesta és la teva casa, nen, ja ho saps», y me dio unas palmadas en la nuca, como si de verdad fuera un *nen*.

La que llegó con los vasos largos fue Chepa Lima, la criada que detentaba la autoridad en esa casa, se acercó a la mesa con una bandeja y colocó sonoramente y con un gruñido los dos vasos y un recipiente con hielos. «¿Se ofrece algo más?», preguntó mirando hacia la jungla, hacia un tlacoache que olisqueaba sospechosamente la base de una palma y que quizá calculaba las posibilidades que tenía de correr y zamparse uno de los jamones importados de Bages, sin que lo pilláramos. «Nada», dijo el patrón, «puedes irte». La relación de Bages con sus criadas era famosa en Galatea; desde que Carmen, su mujer, lo había dejado para volverse a España, se había aficionado, como lo había hecho en su tiempo su amigo Fontanet, a la dimensión erótica de las nativas que, años después de soportárselo todo, empezaban a cobrarle sus excesos, vivían a su costa y lo trataban, las cuatro «odaliscas» que ahí vivían, como a un esposo borracho y calenturiento al que hay que tolerar porque es el que aporta la comida y el vestido y, sobre todo, el estatus, porque sus cuatro criadas, según me había contado Laia, no hacían más que mirar todo el día la televisión, viajaban cada mes al puerto de Veracruz a comprarse ropa, andaban de arriba abajo por Galatea en el automóvil del patrón y cada vez que a éste se le iba el santo al cielo, organizaban parrandas con sus novios en casa y se bebían los vinos y se comían los jamones que llegaban por barco, todo a cambio de mantener la casa más o menos limpia y de permitirle al señor que de cuando en cuando les metiera mano o a veces, cuando no había manera de evitarlo, Chepa se metía desnuda con él en su cama y lo dejaba «hacerle porquerías», me había dicho Laia antes de soltar una carcajada. Esas cajas amontonadas donde yo veía un nexo de Bages con el pasado eran para Laia los bastimentos que el viejo compraba para que las criadas estuvieran contentas y no lo abandonaran, y puede que tuviera razón, aunque también era cierto que mi madre estaba muy enfadada con él por la forma en que la había tratado, y por la zacapela con las criadas en la que se había visto envuelta. Bages cogió dos cubitos de hielo, que en unos instantes por el calor habían menguado en tamaño y consistencia, los puso en mi vaso y sirvió tres dedos de whisky; después hizo lo mismo con su vaso, pero mis tres dedos crecieron a cinco o seis en el suyo, «salut», dijo, y chocamos los vasos y también los ojos y durante un instante sentí que el fulgor que le quedaba en la mirada, espoleado por el entusiasmo que le provocaba beberse sus seis dedos de whisky, armonizaba con su camisa guerrera, y que a fin de cuentas el haber peleado y perdido una guerra, y el haberse resistido durante décadas de exilio a la pérdida total, le daban el derecho de usar esa camisa, de izar todos los días esa bandera; incluso me avergoncé de haber sentido pena y, mientras duró ese fulgor, pensé que la misión que me había encargado Laia era una putada y que lo decente era esperar a que el viejo muriera para vender esa parcela, y no cobrarle, ni decirle, ni insinuarle nada acerca de la deuda que tenía con mi madre porque, todo esto pensaba mientras duraba el fulgor, Bages era el único nexo vivo que teníamos con la guerra y había que protegerlo porque sin él, sin esta pieza clave, «nos será mucho más difícil entender el rompecabezas de nuestra pérdida y de nuestra ruina», pensé y el fulgor pasó, di un trago largo al whisky que me había servido Bages y me sentí feliz de estar ahí, sentado en esa terraza, palpitando confortablemente a ochocientos cincuenta metros sobre el nivel del mar donde nací y crecí, me sentí orgulloso de estar junto al compañero de guerra de Arcadi y olvidé por el momento la fórmula mágica que me había insuflado valor, y el tótem electrónico que me protegía desde el fondo del bolsillo. Al siguiente trago de whisky comenzó a llover, una lluvia de gotas gruesas y espaciadas que de inmediato disparó toda la paleta de aromas de la selva, el perro se desperezó con el sonido del agua sobre las hojas, y fue a instalarse a la orilla de la terraza, a montar una guardia, como lo habían hecho siempre los perros de La Portuguesa, para que los bichos que escapan del agua no escaparan por nuestro territorio, así que Floquet, así se llamaba el perro en honor a Copito de Nieve, el gorila blanco de Barcelona, no había terminado de instalarse cuando ya le ladraba a una tarántula y a un par de arañas capulinas que buscaban el techo y el abrigo de la terraza. «Molt bé, Floquet, molt bé!», gritaba Bages entusiasmado con la bravura de su perro que no era blanco como el gorila de Barcelona, sino negro azabache, «pero qué más da», decía Bages cuando alguien le hacía notar la excentricidad de aquel nombre. Floquet logró ahuyentar a las arañas, la tarántula optó por el cobijo de un helecho y las capulinas corrieron espantadas selva adentro, así que, como no había más enemigos que repeler por el momento, el perro se echó ahí, pendiente y listo por si se aproximaban otros bichos. La lluvia arreció y yo bebí lo que me quedaba de whisky, y todavía feliz le dije a Bages: «De pronto he tenido la certeza de que somos las dos puntas de la guerra, tú que la hiciste y yo que me empeño en que no se nos olvide, cuando quizá», agregué, «lo normal sería olvidarlo todo». «¿Y por qué hemos de olvidarlo todo?», dijo Bages con una irritación que dio al traste con mi entusiasmo y mi felicidad, «¿vamos a olvidarlo porque hemos perdido?» «No», le respondí, «porque ya todo ha pasado, se ha ido, y la prueba somos tú y yo solos conversando en los últimos metros cuadrados que nos quedan de La Portuguesa», dije esto y enseguida me arrepentí, era una idea confusa que pretendía ser un matiz de lo que en realidad deseaba decir: la prueba somos tú y yo conversando entre estas ruinas. «Quizá deberías pensarte la propuesta de Laia», le dije para aprovechar su irritación y no estropear otro momento del día con eso que tenía que decirle. La propuesta de mi madre era que vendiera esa casa y se comprara un piso de proporciones normales en la Ciudad de México, o una casita en Galatea si no quería abandonar la zona, y la saqué al tema porque me parecía que Bages podría vivir mejor, el tiempo que le quedara, en un sitio más manejable, menos ruinoso; aunque, por otra parte, no podía quitarme de la cabeza la idea de que Laia quería recuperar su parcela y convencer a Bages de que se fuera de ahí para resolver su asunto financiero, así que lo dije y decidí que no insistiría si Bages no hacía crecer el tema, y además aclaré, porque vi en su gesto lo mucho que le había molestado lo que había dicho: «No te enfades, Bages, tenía que decírtelo, no hablemos del tema si no te apetece». Bages repuso los tragos, ahora sin hielos porque en el recipiente había quedado un charco de agua caldeada, tres dedos para mí y seis o siete para él, y en cuanto terminó me miró fijamente y me dijo: «Quiero morir aquí y en paz, como tu abuelo, ¿vale?». Chepa Lima llegó a la terraza con una bandeja donde había jamón y butifarra negra, productos que, sin ninguna duda, habían salido de las cajas que importaba su patrón. «Muchas gracias, Chepa», dije para ganarme su simpatía, o quizá no tanto, me conformaba con restarle virulencia al rencor que sentía por mí, y de paso al que yo sentía por ella porque sabía que había golpeado a mamá y tenía que contenerme para no armar ahí una trapatiesta. Por otra parte me preocupaba y me daba asco que a la hora de la comida me sirviera una sopa escupida por las cuatro odaliscas, o alguna cosa más dañina como una carne tratada, tratada con magia oscura quiero decir, uno de esos bocados embrujados que te comes y a partir de ese momento infeliz tu vida no vuelve a ser la misma. En cuanto Chepa se fue me acerqué a la bandeja para, con el pretexto de apreciar mejor los embutidos, buscar si a simple vista podía distinguir un escupitajo o alguna yerba cargada de maldiciones, dije que el jamón y la butifarra, a pesar de haber cruzado el mar, tenían una pinta estupenda y, por precaución, esperé a que Bages picara algo primero y después, por si acaso, cogí una loncha de jamón de la misma parte de la bandeja de donde él había cogido la suya. Di un trago largo a mi whisky recién servido para fijar el sabor del jamón y de una butifarra que había cogido siguiendo las mismas precauciones. Luego la lluvia, que hasta ese momento había sido tupida y de gotas gruesas, comenzó a amainar y a volverse fina hasta que cinco minutos más tarde dejó de caer del todo y un rayo de sol, que era el anuncio de que el cielo comenzaba a despejarse, entró a la terraza y pegó directamente sobre la pila de cajas de madera. Floquet estaba de pie martirizando a un tlaconete que se había aventurado a cruzar la terraza con una lentitud suicida que el perro aprovechaba para destazar con saña al pobre bicho. «Floquet, ets un fill de puta», le dijo Bages mientras se metía a la boca una rodaja de butifarra, y después volteó a verme, volvió a chocar su vaso contra el mío y preguntó, con un tono paternal que iba bastante mal con su camisa de guerrero republicano y su aspecto de borrachín: «Y tu madre cómo está, fa temps que no la veig». «Qué dices, Bages», repliqué, «si hace una semana estuvo aquí mismo y tus criadas le montaron un follón.» «¿Laia estuvo aquí?», preguntó genuinamente sorprendido, aunque yo pensé que podía estar haciéndose el olvidadizo para que no tratásemos el escabroso tema por el que yo estaba ahí sentado en su terraza, así que dejé a un lado la decisión que había tomado hacía unos minutos, durante mi breve periodo de felicidad, y le dije, con más malicia de la que pretendía: «He venido desde Barcelona para hablar contigo y ahora resulta que no recuerdas ni que Laia estuvo aquí»; dije esto y sentí que había dicho una bajeza, que encima era un poco mentira porque también estaba ahí para que la chamana me revisara el ojo. Bages se quedó mirándome con una fijeza y una seriedad que me hicieron pensar que iba a dejar de hacerse el olvidadizo y el tonto y que estaba dispuesto a abordar de una buena vez el capítulo de la parcela, pero lo que me dijo con esa seriedad y esa fijeza fue: «¿Y ya se puede hablar catalán en Barcelona?», y después agregó, con una media sonrisa de pillo: «¿Sabías que Arcadi y yo estuvimos a punto de cargarnos a Franco?», luego se puso serio otra vez y se enderezó en su equipal para gritarle a Chepa que nos llevara un par de puros; «ya ha parado la lluvia y ahora vendrán los moscos», dijo cerrando un ojo con complicidad. Una tercera criada, que no era ni Chepa ni Abelina, llegó con una caja de puros de San Andrés Tuxtla. Yo todavía no sabía de qué forma responder al monólogo inconexo que acababa de soltarme Bages, me quedaba casi claro que no podía estar haciéndose el turco con el tema de la parcela, de todas formas yo ya había decidido, como he escrito más arriba, que hablaría con Laia para que dejáramos en paz al pobre viejo, pero también me interesaba que él se enterara de que, aun cuando esa parcela era nuestra y de que la venderíamos cuando lo estimáramos pertinente, habíamos decidido, por el cariño que le teníamos, que la conservara el tiempo que él quisiera. «Gracias, guapa», le dijo Bages a la criada e inmediatamente después tronó un grito de Chepa que, desde algún rincón de la cocina, exigía la inmediata presencia de la muchacha: «¡Altagracia!». El grito acabó de disolver lo que pensaba decirle a Bages, que ya había empezado a disolverse con la llegada de los puros y, a decir verdad, se había desintegrado del todo frente a la inquietante presencia de Altagracia, tan inquietante que, apenas se hubo ido, en lugar de rehacer mi discurso, solté: «Qué guapa *aquesta noia*, Bages». El viejo sonrió socarrón y dijo mientras encendía su puro con grandes llamas: «Hay que echar mano de todo para sobrellevar la vejez», e inmediatamente después dijo, echando un nubarrón de humo por la nariz y por la boca: «Vols un altre whisky?», y sin darme oportunidad de decir que sí o que no escanció los tres dedos que me tocaban y con éstos se terminó la botella, «las gotas de la felicidad», dijo agitándola con torpeza sobre mi vaso, intentando que escurrieran desde el fondo hasta los últimos vestigios. «Gracias», le dije y luego calé mi puro y eché hacia arriba un primer nubarrón que pegó en el centro de una mancha de chaquistes que ya me auroleaba la cabeza. «¡Altagracia!», gritó Bages mientras me miraba con complicidad, con unos ojos donde se leía con mucha claridad el propósito de que yo disfrutara con otra visión, más dilatada y profunda, de su criada. «Tráenos otra botella y más hielos», ordenó Bages, y antes de que la mucama cumpliera con el encargo se asomó Chepa Lima a la terraza para repetirle al señor que ya había bebido mucho. «¡Calla!», gritó Bages y Chepa murmuró, «Allá usté», y luego envió a esa mujer que, en esa ocasión, me pareció todavía más guapa, a lo mejor porque ya estaba preparado para contemplar su belleza, o quizá porque la vi más de cerca en cuanto se agachó encima de la mesa para dejar la bandeja donde venía una botella nueva y otro recipiente con hielos, que unos minutos más tarde estarían convertidos en agua caldeada. Mientras ponía las cosas sobre la mesa le vi las manos, pequeñas y largas, y de ahí pasé a las rodillas y a las corvas que me quedaban muy cerca y después a los pies, que eran pequeños y sin embargo alargados como las manos, y mientras ella reposicionaba la botella y el recipiente de los hielos para que Bages no fuera a tirarlos en una de sus trastabilladas, le vi, desde muy cerca, un hombro, el cuello, el perfil de la boca y tuve el impulso de acercarme a olerle la zona que había detrás de su oreja, un paisaje claroscuro bañado a chorros por su cabellera negra que, desde donde yo estaba porque no me animé a arrimarme, olía a agua de gardenias y su cuerpo a ropa limpia, lo sé porque en cuanto se fue removió el aire y dejó un rastro; «Qué guapa», repetí ahora para mí mismo y también abrigué la ilusión, quizá hasta el proyecto, de seducirla, de liarme con ella, total estaba ahí solo, sin más cosas que hacer que conversar con Bages y consultar a la chamana, así que había tiempo de sobra para intimar con Altagracia, y cuando esa ocurrencia agarraba calado de ensoñación y yo pensaba que igual podría extender mi viaje, hacerlo más largo y diverso, me detuve en seco, paré y dije: «Ya estoy un poco borracho, Bages, estic una mica torrat», dije en catalán, «y si no me das algo sustancioso de comer soy capaz de hacer una tontería», una «bestiesa», dije textualmente y lo escribo porque esta palabra catalana define mejor lo que hubiera podido hacer y, por fortuna, no hice. El cielo había vuelto a encapotarse y Floquet se había ido, en algún momento corrió detrás de algo y no había regresado; una nube interrumpía el rayo de sol que hasta hacía muy poco medraba en la terraza, primero sobre las cajas de productos importados, y luego pasando por el cuerpo dormido del perro, por una jardinera descuidada, que era más bien un breñal salpicado de anturios y copas de oro, y justamente frente a nuestros pies, ahí, la nube había interrumpido su ruta. Un pijul cantaba inquieto selva adentro, con un graznido hondo que era el anuncio de que no tardaba en volver a llover en La Portuguesa. La comida fue servida, sobre la misma mesa donde habíamos liquidado el whisky y el jamón y la butifarra negra, por un factótum que me recordó a Sacrosanto, apareció en la terraza con un mantel blanco y dos servicios de mesa y, a diferencia de las criadas, me saludó muy amablemente e incluso me hizo un poco de conversación en lo que ponía todo a punto, una conversación que me desconcertó porque parecía que me conocía, que sabía cosas de mí, y estaba concluyendo que Bages, o Chepa Lima lo habían puesto al tanto cuando me interpeló directamente: «No se acuerda usted de mí, ¿verdad?». Le dije que no, ligeramente contrariado. «Soy Cruif», dijo, con una sonrisa entre amable e ingenua que volvió a recordarme a Sacrosanto, y entonces recordé y le dije: «Claro, eres el hijo del señor Rosales», y él para darme la razón, asintió con un modismo que, por como lo dijo y por lo mucho que contrastaba con su solemnidad, me hizo reír: «A huevo», dijo y después de decirlo, acaso por mi risa, se quedó turbado y dio media vuelta y se fue. Cruif era uno de los hijos del caporal que por haber nacido en 1974, el año que vivimos fanatizados por Johann Cruyff, recibió ese nombre conmemorativo, Cruif Rosales, y además sirvió de precedente para que otros padres de la zona, al tanto de las hazañas, reales e inventadas, que contábamos del crack, le pusieran Cruif a sus hijos, un fenómeno similar, aunque a escala modesta y regional, al de todos esos padres que después de las olimpiadas de Montreal le habían puesto Nadia a sus hijas, como homenaje a la gimnasta rumana. Yo al Cruif factótum, de entrada, no lo recordaba, era un crío cuando me fui de La Portuguesa y ahora se presentaba conmigo hecho un adulto, pero en cuanto me interpeló, me había obligado a mirarlo con más atención y había visto en su cara la de aquel crío, que desde entonces tenía una nariz desmesuradamente ancha que iba escoltada por dos ojitos hundidos y negros. Pero había otro Cruif con quien sí había tenido mucho contacto, Cruif Hernández, que trabaja en la alcaldía de Galatea y que, gracias a la amistad que su mentor, Laureano Ñanga, tiene con lo que queda de nuestra familia, me ha arreglado durante todos estos años algunos asuntos alrededor de mi acta de nacimiento, un documento anómalo que reposa en el registro civil de Galatea, donde no se entiende si soy mexicano o español, y el punto específico donde nací aparece como «un lugar indefinido entre Galatea y San Julián de los Aerolitos»; ese documento, con el que batalla Cruif periódicamente, cada vez que yo o cualquiera de los que nacimos en la plantación necesita comprobar que nació y es hijo de alguien, ilustra a la perfección nuestro desarraigo, y comprueba esa idea que tengo de que el exilio de uno lo heredan sus descendientes durante varias generaciones. Dejé el puro encendido para que siguiera produciendo humo y de vez en vez hacía una pausa en la comida para reactivar los nubarrones que mantenían a raya a los chaquistes. Un plato de huevos revueltos con frijoles montados sobre un bistec rebajó con eficiencia los niveles de ensoñación erótica que había alcanzado con la explosiva combinación del whisky y los encantos de Altagracia. Bages picoteaba con desgana lo que le habían puesto, un pescado blanco hervido, «como recomendó el médico», había dicho Cruif al dejar el plato porque sabía que el señor hubiera preferido lo que yo estaba comiendo. No se sabía si Cruif no estaba al tanto de las butifarras negras que había devorado su patrón, o si buscaba equilibrar las toxinas del embutido con la carne menos violenta del pescado, y tampoco quedaba muy claro qué papel jugaba el médico frente al torrente de whisky que bebía Bages todos los días. Los huevos y el bistec me habían bajado a tierra y me sentía con ánimo suficiente para buscarme una botella de vino en una de las cajas, cosa que hice auxiliado por el atento Cruif que no dejaba de decirme, como en su tiempo lo había hecho Sacrosanto, «Tenga cuidado», «Déjeme hacer eso a mí», «Regrese usted a su lugar que yo se lo llevo». Por otra parte había notado que ese muchacho servicial montaba la misma guardia incómoda que su padre, el caporal de la plantación, que durante toda la comida permanecía de pie junto a la mesa, por si algo se les ofrecía a los señores que comían y conversaban y de vez en cuando, para no perder la conciencia de que ahí había un trabajador escuchándolo todo, le daban un poco de bola preguntándole algo, ofreciéndole comida de la que había en la mesa o haciéndole, de vez en cuando, una broma.

Bages vio que yo miraba con curiosidad la guardia que montaba el factótum al pie de la mesa y le dijo, mirándome otra vez no sé si con socarronería o desde alguno de los pliegues adonde lo habían llevado tantos whiskys: «Lo mismo hacía el pesado de tu padre». «Que en gloria esté», replicó Cruif muy serio y sin moverse de su sitio. «Lo bueno es que éste anda a su aire y no se embolica con las criadas», dijo Bages desde el mismo pliegue y a manera, supongo, de piropo.

Al final de la comida, cuando Cruif regresaba de la cocina con la bandeja del café, se desató una lluvia torrencial, un estruendo de agua que amplificaban las hojas de la selva. Bages se levantó de su equipal con una agilidad que me sorprendió porque, basado en su aspecto decrépito y en lo que se había bebido, yo había calculado que ya no podría moverse por sí mismo, pero en cuanto abandonó su asiento me pareció que todavía era un hombre alto y que algo conservaba del oso que había sido. «Haré una siesta», dijo, a modo de disculpa y se metió en la casa rumbo al baño mientras Cruif volaba a acondicionarle el sillón, a ponerle una almohada a la altura de los riñones y a prepararse con una manta para echársela encima una vez que llegara a su destino, y mientras el patrón salía del baño, se había quedado de pie, inmóvil, como un Manolete con el trapo entre las manos. Acepté la manta que me ofreció después de arropar al viejo, porque con la lluvia había llegado el fresco del norte, y yo tenía ganas de echarme en el diván que había en la terraza; el whisky seguido del vino más la digestión de la comida me iban conduciendo a una siesta profunda que se disparó en cuanto tuve la manta encima y me conecté con el sonido de mi infancia que es el de la lluvia, con los olores que despierta el agua al mojar la selva y con esos ochocientos cincuenta metros sobre el nivel del mar que es la cota donde mi altímetro biológico encuentra su punto de reposo; y una vez conectado me quedé dormido, consentido por todos esos elementos entrañables y ahora que escribo esto y recuerdo la manera en que me despeñé y perdí en aquella media hora gloriosa de siesta, noto que he echado en falta todos los días de mi vida fuera de La Portuguesa. Cuando abrí los ojos me asusté porque no recordaba dónde estaba, seguía lloviendo y me había despertado la discusión que una vez más sostenían Bages y Chepa Lima sobre la conveniencia de que el señor quisiera beber más whisky. Bages estaba de vuelta en su equipal, con un jersey sobre su camisa de guerrero republicano y el pelo peinado hacia atrás con agua. Echado en una esquina de la terraza, Floquet mordisqueaba un palo largo que de cuando en cuando golpeaba contra el mosaico y producía un ruido agudo y seco que se perdía aleteando en un rincón del techo. «Vols un altre whisky?», me preguntó Bages, pasando por alto la pataleta de Chepa Lima, en cuanto vio que había abierto los ojos. «Preferiría otro café», le dije, «para quitarme de encima la siesta», agregué para que mi deserción del trago no fuese tomada como una traición, pero en cuanto vi el efecto que había producido mi petición en la pesada de Chepa, añadí una coda que me situara solidariamente junto a Bages: «Y después del café desde luego que me bebería otro whisky contigo, faltaba más», dije para dejar bien claro de qué lado estaba. Regresé a ocupar mi lugar en el equipal junto a Bages y le conté lo bien que había dormido y mi teoría de que donde mejor se duerme es en los sitios que tienen la altura exacta sobre el nivel del mar donde has nacido, y después, porque me pareció que estaba interesado en el tema, comencé a decirle que en Guixers, en casa de Màrius Puig, también hago unas siestas formidables porque es un sitio que tiene exactamente la misma altitud que La Portuguesa, pero Bages me paró en seco y me dijo: «Del Màrius prefiero no saber nada».

Había dejado de llover, y antes de que se hiciera de noche, le dije a Bages que iría a saludar a la chamana; hacía meses, como he venido contando, que tenía una infección que iba y venía, y la situación había empezado a inquietarme, los tres especialistas que habían dictaminado, cada uno por su cuenta, que se trataba de una conjuntivitis agravada por las horas que paso todos los días frente a la pantalla de la computadora, me habían recetado gotas y pomadas que no hacían más que disimular la infección y, durante los últimos meses, ya habían ascendido al nivel de los antibióticos y uno de ellos, el doctor Català, empezaba a contemplar la posibilidad de una intervención con rayo láser, cosa que me espantaba. La chamana, no sé si ya lo he dicho, me había librado dos veces de una infección similar, una cuando era niño y otra cuando era ya un adulto con demasiadas horas frente a la computadora, y en esa última ocasión la chamana me había hecho ver que las infecciones en el ojo izquierdo no son necesariamente un problema ocular, pueden ser la manifestación de un desajuste en la energía del cuerpo. Los brujos y los curanderos, la gente que trabaja en el reacomodo de estas energías, tienen el ojo izquierdo mucho más desarrollado que el derecho, la misma chamana lo tiene así, por ahí, según me explicó aquella vez, «entran y salen sus poderes». Lo mío no tenía que ver con el poder ni con la magia, sino con el desajuste energético, esto había dictaminado aquella vez y yo, años más tarde, sentía que la dolencia era exactamente la misma. Cuando salí de la casa de Bages pensaba en esto, y también pensaba que había tardado demasiados meses en animarme a cruzar el mar para verla, que había perdido tiempo y dinero con los especialistas y eso quería decir, iba pensando ya un poco avergonzado, que no había confiado suficientemente en ella y que, en cuanto le contara lo que me habían dicho mis oculistas europeos, porque a la chamana no hay forma de ocultarle eso ni nada, iba a decirme lo que me decía siempre en casos como éste: «Y por qué andas tirando tu dinero con esos fantoches, ¡serás pendejo!». A Bages lo había dejado en la terraza preparándose su enésimo whisky y sosteniendo por enésima ocasión el mismo rifirrafe con Chepa Lima que insistía en controlar el flujo de bebida que el patrón iba ingiriendo, sin ningún éxito, aunque puede ser que en el tiempo que duraba ese rifirrafe, el hígado de Bages se ahorrara un par de tragos que, sumados a los que se ahorraba en los otros rifirrafes, acabarían al final del día escatimándole un vaso completo de whisky. «Llévale esto a la chamana», me había dicho Bages antes de que saliera rumbo a su bohío, y me había dado un billete de cien pesos que me guardé en la bolsa de la camisa. «Regreso en un rato», le dije y al salir de la casa me sentí aliviado, algo tenía Bages de opresivo que no había notado hasta entonces, hasta que dejé de tenerlo enfrente y me encontré fuera, lejos de su terraza y desde ahí, a unos cuantos metros de su casa, miré el todoterreno de alquiler que estaba ahí a mi disposición, recién lavado por el diluvio que acababa de caerle encima, y sentí un alivio que traté de reprimir porque algo tenía de vergonzoso, y sin embargo metí la mano en el bolsillo para palpar el iPod, el tótem de la modernidad que me protegía de la ruina de Bages que es también la mía, y en cuanto lo hice además de la ver-güenza que me dio, también me sentí un poco canalla. Comencé a caminar selva adentro, hacia la zona de la plantación que ha ido sepultando la maleza y que ahora es propiedad de una compañía papelera estadounidense. Esta compañía compró casi todo el te-rreno seis meses después de que muriera Arcadi y desde entonces no han hecho ahí absolutamente nada, aunque de tanto en tanto un grupo de personas, «unos siniestros de americana clara y ga-fas de sol, se pasean por ahí, toman medidas, hacen anotaciones, luego se emborrachan en una cantina de Galatea, y se tira cada quien a su nativa, y al día siguiente salen rumbo a sus oficinas en Atlanta, y si te vi no me acuerdo», me había dicho el viejo en algún momento de nuestra conversación en la terraza. En cuanto abandoné el jardín de la casa y me interné en la jungla, sentí el golpe virulento de la humedad, un calor mojado que reverberaba desde el suelo y caía de las hojas de los árboles; al día le quedaba todavía una hora de luz, encendí el cabo que todavía tenía de puro porque los nubarrones de moscos comenzaban a arreciar. Floquet había dejado su palo largo y su modorra en cuanto vio que me ponía de pie, y había abandonado detrás de mí, siguiéndome los pasos como si fuera mi perro fiel, la terraza y la casa y ahora ca-minaba conmigo selva adentro, caminaba detrás y a mi lado y de pronto se adelantaba con la intención, supongo, de demostrarme quién era el que estaba al día en esa brecha. El cafetal seguía ahí, en medio de un breñal inexpugnable donde podían distinguirse las filas de cafetos, que seguían produciendo con su ritmo habitual granos que nadie recogía desde hacía años; brotaban, maduraban, se pudrían y después caían a tierra sin que nadie los aprovechara, cumplían así cada año, desde hacía muchos, su ciclo estéril, un ciclo por otra parte típicamente mexicano, un ciclo tocado por el contrasentido que existe entre ese campo rico y exuberante y la gente que vive alrededor muriéndose de hambre. En un claro de la selva vi a lo lejos la nave donde se producía el café y el galerón de las oficinas desde donde mi abuelo y sus socios dirigían el negocio, Floquet corrió un trecho corto a lo largo del claro y después volteó a mirar si lo seguía, si me había entusiasmado esa idea suya de que fuéramos a explorar la nave, y quizá un poco más allá donde debían de seguir los establos, ya sin animales y seguramente derruidos por el abandono y devorados por la vegetación. La selva se espesaba en ciertos tramos, a veces tenía que agacharme para evitar un tallo largo que se arqueaba sobre el camino o una rama que lo obstruía, y otras había que abrirse paso a saco, tanto que iba lamentando no haber cogido un machete de casa de Bages. Todo el tiempo oía, y olía y sentía la presencia de la vida que hervía del otro lado de la cortina vegetal, un zumbido, una palpitación intensa y permanente, la reverberación de lo muy vivo, de lo más vivo, lo vivo al límite y sin ningún matiz, el ruido y la reverberación, el aire saturado de savias y de jugos, el aire pegajoso, viscoso, untoso, mucilaginoso. El perro y yo llegamos a lo que queda de la casa de Arcadi, de mi casa, y ahí me quedé mudo frente a la ruina, porque el desapego que tienen los nuevos dueños por ese terreno ha dejado margen para que la gente de la zona, los dueños tradicionales de esas tierras, vandalicen las casas; de la nuestra queda la estructura, con los años los vándalos se han ido llevando las rejas y las ventanas, los muebles de los baños, las alacenas y las repisas, las tejas del techo, las tuberías y los tinacos y han dejado nada más lo que yo he visto, el cascarón de la casa tomado por la selva. Donde estaba el salón, donde mirábamos la única tele de la plantación, crece una maraña de ortigas y una palma real que sobresale entre las vigas del techo, y dentro de nuestra habitación hay un árbol de plátano entre un grupo de arbustos y dos tallos de milpa. Precedido por el perro, que parecía que iba leyéndome el pensamiento, di una vuelta por la casa, por donde se podía porque había sitios donde el breñal cortaba el paso. El espectáculo no era tan conmovedor como había esperado, como Laia me había dicho

270

que sería, porque todo estaba tan saqueado que no parecía la casa, parecía otro sitio. Al cruzar de vuelta al salón vi que las raíces de la palma habían destruido buena parte del piso, y fue cuando salí a la terraza, quizá porque su construcción simple no ha permitido que se deteriore tanto, quizá porque recordé vívidamente lo que ahí había sucedido, que se me vino encima el día de la invasión.

9

El día de la invasión empezó con una de las crisis de Marianne. El jaleo que habíamos tenido en la plantación los últimos días, a causa de los preparativos para el concierto, había provocado, entre otras cosas, que a Carlota y a Teodora se les fuera el santo al cielo, y se olvidaran de encargar las cápsulas de fenobarbital que necesitaba Marianne para conservar su punto de equilibrio. Sacrosanto había irrumpido esa mañana en el desayunador para decirle a Carlota que el fenobarbital se había acabado y Arcadi había salido disparado, dejando su plato de huevos intacto, a decirle al caporal que dejara todo lo que tenía que hacer para concentrarse en la búsqueda de un frasco de pastillas, que peinara las farmacias de Galatea, Fortín y Orizaba y que, si no hallaba ahí el medicamento, extendiera su pesquisa hasta Jalapa y, de ahí, si no había suerte, que siguiera hasta México. El caporal salió también disparado, se montó en la furgoneta y empezó una búsqueda frenética que culminó, gracias al pitazo de un boticario, en Veracruz, donde había un cargamento de medicamentos detenido por la autoridad portuaria. Mediante un soborno el señor Rosales había conseguido que el almacenista de la aduana abriera el paquete y le vendiera un frasco a un precio astronómico. El caporal había regresado sudoroso y satisfecho después de las cuatro de la tarde, cuando los preparativos del concierto ya habían inundado de gente extraña la plantación, y después de que Marianne hubiera sufrido la crisis que le había provocado la ausencia de fenobarbital en su sistema nervioso. Los medicamentos de Marianne se encargaban mensualmente a una farmacia de la Ciudad de México, pero en aquella ocasión se les había ido el santo al cielo y en lo que Arcadi salía a buscar al caporal, Teodora había volado a buscar a la chamana para que intentara controlar la crisis, que era inminente. Marianne desayunaba de mal humor como siempre, se comía a regañadientes lo que le habían servido y se metía con Carlota y con nosotros,

«¡qué me miras!», «¡no me molesten!», «¡pareces loca!», le gritaba a mi abuela, el ambiente usual del desayuno que se pacificaba en cuanto se tomaba sus medicamentos con el vaso final de leche. Pero esa mañana no había fenobarbital y Marianne comenzaba a ponerse nerviosa y el ambiente en la plantación no ayudaba porque, desde hacía días, el equipo de logística del alcalde Changó había tomado posesión de nuestra propiedad, y desde muy temprano llegaban camiones con tubos para las gradas y planchas de madera para la escenografía y pululaban técnicos y carpinteros por todas partes, y ese día se había añadido una plaga más que era la parte electrificada del evento, unas bocinas enormes y un sistema de microfonía chirriante que, en cuanto la chamana hizo su aparición, comenzó a lanzar una pedorrera de sonidos agudos que hizo correr despavorido al Gos y dar un peligroso respingo al elefante que en ese momento, como era habitual en él, metía la cabeza por la ventana para ver si alguien se compadecía y le ponía algo de comer en la trompa, y a causa de aquel peligroso respingo, su cabeza golpeó el marco y el golpe cimbró de manera alarmante la pared del desayunador. «Nada más falta que se nos venga esa pared encima», dijo Carlota visiblemente salida de quicio. Marianne miró con recelo a la chamana que se había sentado al lado de ella, «¡Qué haces tú aquí!», le gritó, y la chamana se quedó impasible, mirándola como si fuera una piedra que ni entendía ni se conmovía con los aspavientos de los seres animados. Doña Julia apareció con una jarra de agua que le había pedido la chamana para mezclar ahí mismo el brebaje, era una situación de urgencia y si no se actuaba rápido Carlota iba a tener que recurrir a la inyección y ésa era una medida que, aunque se aplicaba con asiduidad, no le gustaba y prefería evitar, porque al aplicar esa inyección la niña se quedaba idiotizada, babeaba y se movía con dificultad y no podía articular bien las palabras. «¿Quién crees que va a tomarse eso?», gritó Marianne y a la vez le tiró un manotazo a la chamana que, contra todo pronóstico, esquivó con impecable agilidad. Al oír el grito y el revoloteo que había armado el manotazo, Sacrosanto apareció con la cadena preparada en una mano que ocultaba en la espalda. Ya para entonces había una expectación irrespirable, Joan y yo no nos atrevíamos ni a parpadear porque sabíamos que cualquier movimiento, incluso de párpados, era capaz de desatar la ira

273

de Marianne contra nosotros. Detrás de Sacrosanto habían entrado Laia y Arcadi, que venía de hacerle el encargo urgente al caporal. La chamana había terminado de mezclar su pócima y la vaciaba en una taza, se había pasado a otra silla para evitar otro manotazo pero ya entonces Marianne había entrado de lleno en su crisis y, sin dar tiempo de reaccionar a nadie, brincó de su silla y tiró la jarra que fue a dar a las piernas de Joan y lo hizo gritar y brincar instintivamente y a partir de ese momento la cosa se salió de madre, Sacrosanto trató de ponerle la cadena en la gargantilla pero al ver sus intenciones Marianne le dio un empujón que lo mandó al suelo e inmediatamente después comenzó a manotear contra Joan y contra mí. Al ver lo que se nos venía encima echamos a correr por el pasillo y ella detrás de nosotros, con algo de desventaja y de retraso porque le costó trabajo esquivar las sillas y los cuerpos que le impedían el paso, que obstruían su carrera imparable y furibunda hacia los niños de la casa; de un instante a otro Joan y yo estábamos una vez más inmersos en la pesadilla de ser perseguidos por Marianne, que gritaba como una loca mientras nosotros tratábamos de calcular las posibilidades que teníamos, encerrarnos en un baño o en la habitación de Arcadi, o salir corriendo de la casa y perdernos por el cafetal que fue lo que al final hicimos, brincamos por la ventana, como lo habíamos hecho en otras ocasiones, y comenzamos a correr desesperados rumbo al cafetal con Marianne pisándonos los talones, a pesar de la desventaja y el retraso que le habían impuesto las sillas y los cuerpos; detrás de ella venía Laia y detrás de Laia, Arcadi y Sacrosanto, persiguiéndola a toda velocidad porque sabían que podía pasarnos cualquier cosa si caíamos en sus manos; yo corría detrás de Joan lo más rápido que podía, lo más rápido que he corrido nunca y sin embargo sentía que a cada paso Marianne se aproximaba más y más, tanto que alcanzar el cafetal me parecía imposible y si Marianne lograba pillarme en el descampado no iba a tener ni debajo de qué meterme, ni de qué forma quitarme de encima las patadas y los mamporros. En determinado momento de la persecución Marianne cogió un palo, lo lanzó al vuelo contra sus perseguidores y le dio a Arcadi de lleno en la cabeza y eso hizo que Sacrosanto abandonara su carrera para auxiliar al patrón y que Marianne perdiera un poco el paso y nos diera tiempo de internarnos en el cafetal, justamente cuando Laia le caía a su hermana encima y rodaba con ella recibiendo patadas y puñetazos de Marianne que ya para entonces era una bestia, una loca capaz de matar a alguien si no se la detenía, y en cuanto Joan y yo habíamos oído el ruido de la caída, nos habíamos parado en seco para contemplar, una vez más, cómo su hermana golpeaba a mamá y entonces, como pasaba siempre, Joan y yo tratamos de ayudarla pero Marianne nos envió a volar por los aires de una sola sacudida, y aquella escena horrible de mamá tirada recibiendo una lluvia de golpes terminó como era habitual, con Laia defendiéndose de la tunda pero sin conectar ni un golpe, por más que nosotros, desesperados, le gritábamos: «¡Pégale, mamá!», «¡pégale!», y ella sin hacer nada hasta que llegó Carlota, unos segundos después con la jeringa preparada, y entre Arcadi, que sangraba de la cabeza, y Sacrosanto se la quitaban de encima. Carlota tuvo que administrarle la inyección que nunca quería ponerle, una maniobra nada fácil porque mi tía no paraba de moverse y de gritarle a Arcadi que era un cerdo porque le había manchado la cara de sangre, cosa que era cierta pues, distraído como estaba con el forcejeo, Arcadi no había reparado en que su pelo empapado en sangre dejaba caer, cada vez que sacudía la cabeza, una constelación de gotas rojas. Por otra parte, y esto hacía la maniobra menos fácil todavía, el esfuerzo para sujetarla tenía sus puntos flacos, porque la fuerza de Sacrosanto no era suficiente, además de que no se animaba a poner las manos encima de la niña, y Arcadi no podía cogerla con el garfio por miedo a lastimarla y lo que hacía era sujetarla con su única mano y apoyarse encima de ella con el antebrazo de la prótesis. Marianne, todavía más enfurecida por las gotas de sangre que le caían encima, había comenzado a tirar patadas y a retorcerse y a gritarle más insultos a su padre y en esas condiciones había tenido Carlota que aplicar su remedio extremo, en la parte media de un muslo con un piquete que la hizo brincar y dar un cabezazo que fue a dar a la mandíbula de Sacrosanto. Todo pasaba en un instante, mientras nosotros ayudábamos a Laia a incorporarse y le preguntábamos: «Mamá, ¿estás bien?», «Què t'ha fet la Marianne?», y ella se cogía el cuello, en la parte donde su hermana le había dejado los cinco dedos de la mano marcados, cinco manchas rojas que al día siguiente serían un manchón purpurino, al día siguiente cuando ya hubiese sobrevenido la tragedia que se cocinaba desde hacía días en la plantación, y desde hacía años en nuestras vidas porque, ahora que lo voy escribiendo y poniéndolo todo en orden, veo que lo que pasó tenía que pasar así y no de otra manera, aunque también es cierto que, y ésta es quizá la verdadera desgracia, los acontecimientos tienen una lógica contundente una vez que han sucedido, y que antes de que ocurran todo lo que hay son cábalas, intuiciones y pronósticos de aquello que puede pasar o no, o que puede suceder de una manera o de otra. Y aquí conviene que no le dé más vueltas, que no me interne demasiado en el poco control que tenemos sobre los acontecimientos, y que me concentre en esto, en lo que estoy haciendo ahora, en reconstruir aquel mundo, en revivir lo que pasó, en leer la vida de adelante hacia atrás, que es la única forma en que puedo entenderla y controlarla. Marianne cayó pronto en el estado de idiotez que tanto desesperaba a Carlota, y en cuanto dejó de patalear y proferir insultos, Arcadi y Sacrosanto la llevaron casi a rastras hasta la casa y en su arrastre no dejaba de mirarnos con sus ojos estrábicos donde la furia, gracias a la magia de la inyección, comenzaba a desaparecer. Además del cuello a Laia le dolía un golpe en las costillas y el labio de abajo había comenzado a hinchársele y tenía sangre, en la trifulca había perdido un zapato y su pie descalzo, y la cojera con la que empezó a andar hacia la casa, acentuaban horriblemente su derrota; yo iba llorando junto a ella, porque no soportaba ver así a mi madre, golpeada de esa manera brutal por su hermana, y todavía soportaba menos que ella nunca metiera las manos y fuera incapaz de responderle los golpes a esa loca, y esto era lo que más me hacía llorar, un llanto de rabia y de impotencia que me hizo decirle a Laia eso de lo que me he arrepentido toda la vida, le dije: «Quisiera matar a Marianne», «Quisiera verla muerta para que nunca vuelva a pegarte», y Laia, al oír esto, se detuvo en seco y después de mirarme con espanto me cruzó la cara de un bofetón que me tiró al suelo y me gritó que nunca jamás me atreviera a repetir eso, y yo, lloroso y herido y lleno de rabia volví a gritarle desde el suelo que quería que Marianne muriera y que fuera pronto para que dejara de hacernos daño y entonces Laia me miró otra vez asustada, espantada de que su hijo odiara de esa manera a su hermana, y sin decir nada más se dio la vuelta y siguió renqueando hasta la casa. Eran las ocho y media de la mañana y el día era ya un desastre, toda esa violencia se amplificaba por el caos en que estaba sumida la plantación desde hacía días. A los chirridos de las pruebas de sonido se habían sumado los martillazos y el escándalo y la humareda que producía un generador eléctrico que trabajaba con diésel, un cacharro enorme de color amarillo situado justamente detrás de nuestra casa, y que cada vez que cogía ritmo soltaba un cumulonimbus denso y negro, el vestíbulo de una tormenta que se metía por las ventanas de la cocina y luego recorría solemnemente los pasillos de la casa. Marianne había sido depositada en su cama, dormía profundamente bajo los efectos del nocáut químico que le había producido la inyección de Carlota. Arcadi y sus socios veían que el concierto de despedida del alcalde, que en un principio había sido pactado como un evento en la periferia de la plantación que no alteraría nuestra cotidianidad, comenzaba a crecer de manera inquietante. González, que era quien se encargaba de las finanzas de La Portuguesa, llevaba días diciéndoles a sus socios que aquello sería una pésima inversión, que los beneficios que pudieran sacar de ese favor que le hacían al alcalde nunca serían tan cuantiosos como los destrozos que se multiplicaban todos los días, aunque la verdad era que no se trataba ni de un favor ni de un intercambio, simplemente no tenían más remedio que hacerlo porque si no se complacía a Changó, éste iba a aplicarnos el artículo 33 de la Constitución y nos iba a expulsar del país a un nuevo exilio. A esas horas los cuatro socios deambulaban nerviosos por la plantación, el caporal se había ido a buscar el fenobarbital por todas las farmacias de la región, y había dejado a dos muchachos controlando la entrada, que era un paso improvisado que habían abierto en el otro extremo de la propiedad, con la idea de que los que trabajaban en el escenario y posteriormente el tumulto que asistiría al concierto no pasaran delante de las casas, aunque lo que acababa pasando es que aquella cuadrilla interminable de trabajadores, una vez que había franqueado la entrada, se desplazaba por todos los rincones como Pedro por su casa, llevábamos ya una semana de verlos con el mono del Ayuntamiento asomados por la ventana, o sentados en las tumbonas que tenía Puig en su jardín, o correteados por el Gos que no entendía lo que pasaba o, como vimos un par de veces, tocando con precaución, curiosidad y algo de pánico la piel rugosa del elefante mientras dormía una de sus siestas inexplicables, inexplicables porque con tanto ruido y tanto movimiento no se veía cómo podía pegar ojo. Los muchachos a los que el caporal había encargado el control de la entrada mientras salía a buscar el fenobarbital eran un retén laxo sin mucha iniciativa y por su puerta se colaba prácticamente quien quisiera. A las diez de la mañana ya rondaban por la plantación los primeros jipis, los jipis locales que no se perdían un evento donde pudiera haber más jipis y ocasión de hacer fogatas y de rasguear una guitarra y forjar consignas espontáneas alrededor del *peace & love*. Unos días antes Laia, mientras miraba por la ventana a un par de ellos olisqueando por los rincones del jardín, tratando de encontrar un yacimiento de hongos beta, había soltado una larga perorata, la casa, según ella, iba a llenársenos de jipis, de jipis latinoamericanos, tardíos y trasnochados, que, por pura imitación del modelo sajón del *flower power*, se vestían con pantalones acampanados, camisas con flores bordadas y huaraches, y que lejos de intentar parar la guerra de Vietnam o de encumbrar el amor libre en las páginas de la Constitución, se limitaban a vagar por ahí, a no bañarse, a consumir cualquier tipo de pastilla o hierbajo que los hiciera sentirse como auténticos *flower powers* de San Francisco, o a oír a Jefferson Airplane sin entender lo que decían las canciones, o a encender fogatas y rasguñar guitarras y a cantar el abominable «Perro Lanudo». Todo eso, según ella, hacían los jipis que amenazaban con invadirnos la casa, y también se amancebaban por el campo, entre los arbustos o a mitad de una pradera, como los jipis modélicos de Woodstock, sólo que estos no formaban tribus rubicundas con los hijos que iban teniendo por los campos y que iban creciendo libremente sin taras ni ataduras sociales, sino que estos en cuanto la novia se embarazaba corrían a cortarse el pelo, a bañarse y a casarse por la iglesia. «Qué falsos nuestros jipis en comparación de los jipis modélicos», decía Laia refiriéndose a aquella tribu sajona que asumía con valentía todas las etapas de la vida, y que han ido llegando a los setenta años con sus pelos largos blancos, sus atuendos y collares, sin bañarse desde 1963 y fumando porros y bebiendo como cosacos y compartiendo sus mujeres; «aquellos sí son jipis, no los nuestros», remataba, «que van claudicando y al cabo de unos años obligan a su hijo a hacer la primera comunión y en cuanto le crece un poco el cabello le dicen: córtate esos pelos que pareces un mecapalero.»

El asunto de los hongos beta no era cualquier cosa, Sacrosanto y el señor Rosales tenían que echar todos los días a tres o cuatro intrusos que irrumpían en nuestra propiedad para hacerse de esos hongos que crecían espontáneamente dentro de la plantación, y quizá también crecían afuera pero de ahí eran inmediatamente depredados por esos jipis que Laia detestaba. El caso es que aquellos hongos tenían un alto potencial psicotrópico y que las irrupciones en la propiedad se habían multiplicado desde que Lauro y El Chollón, sin el permiso de nadie, se habían puesto a vender canastas de hongos beta en el mercado de Galatea. La constante presencia de intrusos era un fenómeno indeseable por varios motivos, pero el que más preocupaba era el contacto de esos jóvenes con Marianne, que todos los días veía pasar alguno frente a la terraza, correteado por Sacrosanto o por el caporal, y nunca se sabía cómo iba a reaccionar, o peor, se temía que alguno de ellos pudiera hacerle algo, porque por más que estuviese enferma y estallara de improviso en aquellos prontos brutales en los que era capaz de arrancarle la cabeza a quien estuviera enfrente, no podía soslayarse que a los ojos de esos intrusos que amenazaban con invadirnos la casa, Marianne era una mujer joven, rubia, guapa, que estaba sentada sola en la terraza, es decir, una tentación, así que un día, el mismo en que se enteraron del mercado negro que habían montado Lauro y El Chollón, el caporal, siguiendo las órdenes de los patrones, había quemado la ladera donde crecían los hongos. El asunto quedó zanjado temporalmente, los chavales que asaltaban la plantación se enteraron de que los hongos habían sido erradicados, pero en esos días previos al concierto habían empezado a llegar jóvenes de otras comarcas a los que alguien había encandilado con la historia de los hongos que crecían en La Portuguesa y el asunto revivió.

«Nada más esto nos faltaba», dijo Bages con un cabreo de los suyos y golpeó la mesa con tal fuerza que tiró al suelo la cafetera que acababa de poner Sacrosanto; no había terminado de sentarse en la terraza de Arcadi para beberse un café, cuando vio a lo lejos, husmeando en los linderos de la casa de Puig, a una pareja de muchachos que se agachaban a mirar debajo de las hojas de una mafafa, con la ilusión de dar con una familia de hongos. Después del manotazo y de volcar la cafetera que por nada le cae encima a Arcadi, Bages se levantó y se dirigió a grandes zancadas hacia el lugar donde los muchachos investigaban los bajos de la mafafa. «¿Puedo ayudarles en algo?», dijo con una voz que los sacó de golpe de la concentración que exigía su pesquisa. Los muchachos dijeron que nada, que sólo andaban mirando la interesante estructura de esas hojas y se disculparon y se escurrieron entre unos matojos. Arcadi y Bages caminaron hasta la puerta del concierto y ahí vieron que a los chavales que había dejado el caporal podía colárseles cualquier turba y entonces decidieron que hablarían con el responsable del concierto en la alcaldía para que enviara, desde ese momento, un grupo de policías que se hicieran cargo del control del acceso y de los asistentes al concierto que ya empezaban a aparecer por los rincones más remotos de la plantación, unos asistentes que llegaban llamados por la cosa gregaria y el huateque, pero también por la leyenda de los hongos beta, y además por la presencia del grupo Los Locos del Ritmo, que figuraba en el programa de esa noche como el número sustancial, después de que tocaran los dos grupos regionales que se encargarían de ir calentando la fiesta para que Los Locos, que venían aterrizando de una gira prácticamente clandestina por España y el sur de Estados Unidos, brillaran en ese evento que suponía la mayor experiencia internacional que podía tenerse en aquella selva dejada de la mano de Dios. A Arcadi le tembló la mano cuando llamó a la alcaldía para que enviaran refuerzos, porque él y sus socios sabían que un cuerpo policiaco mexicano que mantiene el orden es siempre un arma de dos filos, y estaban al tanto de que la policía de Galatea estaba compuesta de bandidos, hampones y asesinos disimulados bajo un uniforme y una que otra charretera. La decisión se meditó y se discutió rápidamente en la oficina y, con todo y las dudas de Arcadi, se solicitaron los refuerzos que llegaron media hora más tarde en la parte de atrás de un camión que transportaba refrescos del Sabalito Risón; una docena de elementos parcialmente uniformados y acomodados aleatoriamente en los espacios libres que dejaban las cajas. «Soy el comandante del operativo», dijo, mientras brincaba a tierra, un morenazo con un torso que merecía unas piernas más largas. Arcadi y Bages cogieron la mano regordeta que les extendía el comandante a manera de saludo, se habían acercado hasta el área donde se celebraría el concierto para dejar bien claro que su campo de acción sería la vigilancia de la puerta y los alrededores del escenario, para no dar pie a que esa sexteta de uniformados se pusiera a curiosear por la zona íntima de la plantación, aunque la realidad era que dando pie o sin darlo la cosa andaba ya desde esas horas un poco descontrolada, y la prueba eran los muchachos que acababan de sorprender revisando los bajos de la mafafa. «Soy Teófilo y estoy al servicio de ustedes», dijo el comandante una vez que hubo estrechado las manos de Bages y de Arcadi, con una marcialidad que quedaba destruida por la barriga que erupcionaba por encima del cinturón. «¡A trabajar, mis jovenazos!», gritó y en el acto bajaron los cinco que esperaban la orden a bordo del camión, entre los refrescos. Arcadi le explicó al comandante Teófilo que el caporal había tenido que ausentarse y que a los muchachos que había dejado en su lugar se les habían colado ya una buena cantidad de individuos que seguramente permanecerían dentro de la plantación hasta que comenzara el concierto, y eso, si no empezaba a controlarse, terminaría complicando el montaje del escenario y las labores en la plantación. «Ningún problema, mi jefe», dijo Teófilo, «aquí estamos nosotros para mantener el orden», y mientras decía esto describía con su mano regordeta un arco imaginario que comprendía a sus cinco subalternos, otros morenazos de barriga erupcionada que parecían sus clones. «Muchas gracias, comandante», dijo Bages, «nos ha dejado más tranquilos», añadió con un creciente desasosiego. Para esas horas, las 10:30 de la mañana, Marianne todavía dormía profundamente, vigilada de cerca por la chamana, que montaba una guardia silente y celosa, mirando con fijeza la pared y haciendo rechinar la silla cada vez que se reacomodaba. Había instalado en una estufa piedras de incienso que humeaban la habitación y sus reacomodos en la silla obedecían a las abanicadas que aplicaba de vez en vez a las brasas. La humareda que había en la habitación de Marianne era considerable e insano el calor que provocaba la estufa encendida, yo había entrado buscando a Laia y había tenido que salir de inmediato porque el ambiente era irrespirable. Encontré a Laia en la cocina envuelta en su propia nube, en el cumulonimbus oscuro y aceitoso que periódicamente expulsaba el generador a diésel, estaba sentada en una silla con la cabeza echada hacia atrás, para que Teodora y doña Julia pudieran aplicarle con tino un trozo de hielo en el labio y dos extremos de pepino que le iban pasando alternativamente por las marcas que le había dejado Marianne en el cuello y por los alrededores del ojo izquierdo, que una vez enfriado el golpe mostraba un notable magullón. En cuanto Laia me vio mirando la curación que le hacían, contemplando las lastimaduras que le había dejado su hermana en la cara, hizo un movimiento con la mano para quitarse de encima el hielo y los pepinos, se incorporó en la silla y mirándome fijamente, con un ojo más gacho que otro por la tunda, me dijo que lo mejor era que olvidáramos lo que había sucedido, que de ahí en adelante serían más rigurosos en el control de las pastillas de Marianne y que eso no tenía por qué repetirse, y entonces me puso una mano cariñosa en la mejilla para acentuar eso que acababa de decirme y que yo no había creído del todo, porque los prontos de Marianne no siempre tenían que ver con la medicación, súbitamente venía esa fuerza que se apoderaba de ella y no había Dios que la controlara, y además eso mismo ya se me había dicho las veces que necesitaba para desconfiar, para no creerlo, para que me quedara muy claro que Marianne estaba fuera de control, por eso no podían dejarla sola ni a sol ni a sombra, por eso le habían puesto esa gargantilla, «venga, nen, que no passa res», dijo Laia palmeándome como a un perro la cabeza y regresó a su posición en la silla para que siguieran curándole las evidencias de que algo sí que había pasado y sin duda seguiría pasando, y en esa angustia comenzaba yo a abismarme cuando se oyó afuera un griterío que se superpuso al ruido del generador de diésel y a la bullanga que producía el montaje del escenario y las graderías; Laia se puso de un brinco fuera de la casa y yo detrás seguido por las criadas, me subí al barandal de la terraza para ver lo que pasaba más allá, cerca de la casa de Puig, donde vi a un policía de uniforme que perseguía a un muchacho, una escena inconcebible esa del policía pisoteando macetas y tiestos, e inmediatamente después, una vez que había completado su aprensión comenzaba a pisotear al muchacho, una, dos, tres veces hasta que le sacó un grito, un grito escalofriante que fue el punto final de la persecución y del derribo, porque lo que siguió fue la intervención de otro policía uniformado que lo levantó cogido de una axila y lo comenzó a arrastrar, como un ave herida, rumbo a la zona del cafetal donde se preparaba el concierto. Laia interrumpió el arrastre para pedirle explicaciones al policía, el chaval iba aterrado y adolorido y además al jalarlo de un ala lo lastimaban, «¿qué hacen ustedes aquí?», preguntó Laia, que por ser partícipe de sus propias trifulcas no había reparado en que desde temprano había jipis rondando las mafafas, ni en que Arcadi había pedido refuerzos policiacos a la alcaldía. «Aquí manteniendo el orden, señorita», dijo el policía e iba a agregar algo más pero en eso llegó Puig y puso a Laia al tanto de lo que estaba sucediendo y mientras el policía aprovechó para seguir cumpliendo con su deber y continuó jalando al pobre chaval de un ala.

10

«Qué haces ahí tan tristón», preguntó la chamana, desparramada contra el tronco de un árbol, mirándome con mucha sorna desde hacía no sé cuánto tiempo. Estaba tan concentrado en la tromba de recuerdos que caía sobre la terraza derruida, sobre esa ruina que había sido mi casa, que su voz me hizo brincar y al Floquet, que estaba echado junto a mí, pegar dos ladridos. «¿Hace mucho que estás ahí?», pregunté con la voz pastosa, como si acabara de despertarme de un largo sueño. «Algo», dijo lacónica la chamana, y después agregó, «¿y el soldadito no te dio algo para mí?». «¿Quién?», pregunté desconcertado pero inmediatamente después, conociendo su mala leche, que era célebre e ilimitada, agregué: «El soldadito no es Bages, ¿o sí?». «Pos quién va a ser si no», dijo, mirándome con más sorna aún y todavía echada contra el tronco, un tronco grueso y contundente que se le parecía bastante. «¿Y qué tal estás?», le pregunté mientras me buscaba en todos los bolsillos el dinero que me había dado Bages, pasé velozmente por todos hasta que lo encontré en el de la camisa.

«Pos ya ves», dijo la chamana despegándose trabajosamente de su árbol gemelo, y haciendo un gesto con la cabeza que fue a dar al corazón de lo que había sido La Portuguesa, de lo que habíamos sido ella y yo en esa misma selva, bajo esos mismos árboles, y fue a dar al corazón para poner de relieve la ruina que nos tenía rodeados y, de paso, la impertinencia de mi pregunta. «¿Y cómo quieres que esté esta pobre mujer?», me pregunté yo mismo mientras le entregaba el billete de Bages. «¿Vas a ver otra vez al soldadito?», me preguntó. «Sí, chamana», le dije, aunque en realidad no estaba seguro, porque en cuanto había abandonado la casa del viejo, y visto la reluciente 4×4, había considerado la idea de largarme de ahí en cuanto resolviera el asunto del ojo, sin decirle nada a Bages, que de todas formas, con su demencia senil y tantos whiskys, ni siquiera debería acordarse ya de que yo acababa de estar ahí. «Necesito que le lleves una yerba», me dijo y después se quedó mirándome fijamente a la cara y yo noté que se estaba poniendo vieja, una cosa normal en cualquier persona pero insospechada en ella que siempre nos había hecho pensar que pasaba por el tiempo incólume, como una piedra. «Vamos a curarte ese ojo», dijo e inmediatamente después dio media vuelta y comenzó a dirigir sus pasos rumbo al bohío, sus pasos trepidantes de siempre que iban abriendo brecha pero que, a la vez, eran inexplicablemente gráciles y hasta ligeros, si es que esto es posible, si es que no es una contradicción fuera de aquel microcosmos donde la vida discurre en otra frecuencia. Un par de pichos se comunicaban en la copa altísima de un árbol, volteé a verlos porque había demasiada violencia en los graznidos de uno de ellos, y lo que vi fue sus figuras negras, sobre una rama, recortadas contra el fuego del atardecer. La chamana encendió un cabo de puro, y yo hice lo mismo con el mío porque las nubes de moscos comenzaban a ser insoportables. Soplé un primer nubarrón hacia arriba y después produje otro, menos alto, para irme envuelto en él durante unos cuantos metros. «A ver si tú puedes curarme el ojo», le dije en cuanto soplé el segundo nubarrón, «porque el médico de Barcelona no ha dado pie con bola», agregué y mentí porque me parecía ridículo decirle que había visitado a tres oculistas a los que les había pagado un dineral y no habían resuelto absolutamente nada, y también me parecía que tantas visitas a médicos de bata blanca podían ser tomadas por ella, con cierta razón, como una infidelidad; pero inmediatamente después de manifestar mi esperanza y de verbalizar mi mentira, al ver que ella ni respondía nada ni hacía ningún gesto ni ningún ruido o carraspeo de asentimiento, me arrepentí del comportamiento excesivamente occidental que iba observando, lamenté no haber inhibido esa manía de ir llenando el silencio con sentencias, cuando el protocolo era, como bien lo sabía yo, no hablar cuando no fuera necesario y, sobre todo, no entender el silencio como una carga, ni sus secuelas como una descortesía, porque mientras caminaba detrás de ella, tirando nubarrones y aprovechando la brecha que me franqueaba, y mirando con curiosidad lo que en las copas de los árboles se decían pichos, papagayos y pijules pensaba, con cierto resentimiento, que la chamana no me había preguntado ni por mi mujer ni por mis hijos, ni se había interesado por la vida que llevo en Barcelona, si me iba bien o si extrañaba la selva, y sobre todo me provocaba resentimiento que no me hubiese dicho nada de la muerte de Arcadi y de Carlota, porque la última vez que la chamana y yo nos habíamos visto todavía vivían los dos, y también me apesadumbraba que no hubiese hecho ni la más mínima referencia al estado en que se encontraba La Portuguesa, a la manera en que esa selva, que seguía siendo su casa, se había devorado la mía, a la forma despiadada en que esa jungla nos había borrado del mapa y, pensaba ya en tono melodramático, al golpe artero con que esa puta selva me había despojado del territorio de mi infancia; y sin poder contenerme solté: «Es una pena el estado en que está la plantación», y la chamana, que seguía con paso firme delante de mí, soltando nubarrones episódicos como si fuera una locomotora, no dijo por supuesto nada, no me respondió porque mi comentario no tenía sentido, ella sabía, igual que todos los que vivían ahí, que esa selva había sido de los suyos desde hacía milenios y que los años de La Portuguesa no habían sido sino un momento dentro de una extensión enorme de tiempo, y ahí donde yo veía destrucción, la decadencia y la ruina, ellos veían el regreso a la normalidad, a la selva tal como había sido siempre y si mañana los nuevos dueños de esos terrenos decidían construir ahí una fábrica, los nativos se sentarían otra vez a esperar, con su paciencia imperturbable y milenaria, a que la selva volviera a devorarlo todo y les regresara a ellos su hábitat, como había pasado siempre ahí donde el tiempo no iba en línea sino en un círculo detrás de otro y visto desde ahí, desde el tiempo de la chamana que iba en espiral, nuestro reencuentro no era gran cosa, ni tampoco la muerte de Arcadi ni la ruina de mi casa, todo quedaba simplificado a ir pasando de un círculo al otro. La chamana entró en su consultorio, en su bohío por el que efectivamente no había pasado el tiempo, todo seguía igual y al margen de lo que el tiempo en línea había hecho con la plantación. En esa caminata de cinco minutos siguiendo a la chamana, recorriendo el sendero que iba despejando su locomotora, ese sendero que yo había recorrido mil veces, comprendí mi ingenuidad y la de todos nosotros, que habíamos sido siempre unos intrusos en esa selva, entre otras cosas porque transitábamos de otra manera por el tiempo. En

286

cuanto entré en el bohío de la chamana se disipó, en el acto, mi resentimiento y lo apesumbrado y ajeno e intruso que me iba sintiendo, y de inmediato me sentí nuevamente integrado, otra vez parte de esa selva que cada vez entiendo menos. Ahora que lo pienso y que voy poniendo esto por escrito, me parece que aquella integración se debía a que el entorno me era familiar, e incluso entrañable, a que el tiempo en línea no había pasado por ese bohío que, igual que su dueña, iba sumando años en espiral. La chamana se puso a buscar unos polvos, levantaba sus brazos robustos para manipular los frascos que tenía en la estantería, con sus ramas al aire volvió a asemejarse al árbol en el que unos minutos atrás se había desparramado; viéndola ahí de pie, con su tronco milenario estirándose para alcanzar alguno de los elementos que almacenaba en la estantería, me pareció ridícula la compasión que había sentido por ella, aquel «pobre mujer» que había pensado mientras rumiaba las ruinas que iba mirando, las ruinas mías que, como digo, no tenían que ver con ella que, bien plantada en su mundo como había estado siempre, sin haber salido nunca de esa selva, sin haber dudado jamás de dónde venía, se encontraba en posición para decirme «pobre» a mí: «Pobre de ti que ya ni encuentras el sitio donde has nacido», y a partir de esta sentencia que empezaba a darme vueltas en la cabeza, mientras yo daba vueltas en el bohío buscando dónde sentarme, pensé que el exilio es mucho más que no estar en el sitio donde has nacido, y que es mucho más que no poder regresar: es no poder volver, aunque vuelvas. «Y a poco le pagaste a ese doctor», dijo la chamana mientras olisqueaba un polvo amarillo. «Sí», le dije y como ya sabía lo que seguía, no agregué nada más, esperé a que terminara de analizar el polvo para que me dijera: «Si serás pendejo, ¿que no te he curado yo siempre ese pinche ojo?», y dicho esto hizo un mohín, alzó ligeramente la comisura izquierda de la boca y el movimiento cruzó mejilla arriba y fue a rebotarle en el rabillo del ojo, un movimiento casi imperceptible que yo interpreté como una carcajada. «Ya lo sé, chamana, qué quieres que haga, me he equivocado», me defendí. «Siéntate ahí», ordenó señalando un espacio en el piso que había entre dos canastos. Luego empezó a decirme aquello de las energías que entran y salen del cuerpo por el ojo izquierdo, y que eso no era conjuntivitis sino un desajuste emocional (aunque en realidad me dijo: «No son esas chingaderas que te dijo el doctor, es el desmadre que tráis adentro»). Mientras preparaba los polvos y el huevo, y ponía una cacerola en la lumbre, comenzó a contarme del día que Carlota vio que un vampiro se levantaba del cuerpo de Marianne, esa historia que yo ya conocía porque Carlota se la había contado a Laia; pero la versión de la chamana era distinta, estaba orientada de otra forma, porque ella no dejaba ver si creía o no esa historia, nada que ver con la versión de Laia que más bien se reía y confirmaba su hipótesis de que esa selva era el sitio ideal para volverse loco. «¿De verdad crees que fue el vampiro?», le pregunté a la chamana y como no dijo nada, ni le vi ninguna intención de agregar detalles a la historia, le pregunté directamente por Maximiliano, ese hombre que de niño me daba morbo y miedo, y entonces ella me miró y dijo: «¿Y a qué viene a cuento ése?». «La gente decía que era un vampiro», repliqué rápidamente. «¿Tú crees lo que dice la gente?», preguntó, y después añadió, «parece que ni fueras de aquí». Ese comentario me dejó por segunda vez, en menos de cinco minutos, en *off side*, y me hizo sentir nuevamente ridículo, porque había dado por hecho que si alguien podía explicarme el capítulo del vampiro era la chamana, incluso empezó a darme vergüenza la rapidez con que yo había replicado que Maximiliano era un vampiro nada más porque la gente lo decía, la chamana, no sé si aposta o involuntariamente, sacaba todo el tiempo a flote mi ingenuidad, la ingenuidad de pensar que esa selva era lo que a mí, a nosotros, nos había pasado en ella, cuando lo más probable es que Bages fuera efectivamente un soldadito y que en esa selva no hubiese cambiado absolutamente nada ni con La Portuguesa ni sin ella y, más que nada, que era probable que nosotros para esa gente no hubiéramos significado gran cosa e incluso es probable, como la realidad se había empeñado en demostrarnos, que toda esa gente nos odiara, que nos toleraba ahí porque aportábamos ciertos beneficios, y sobre todo porque eran perezosos y no querían invertir su energía en echarnos, pues sabían que tarde o temprano la selva iba a acabar con nosotros, que no había necesidad de esforzarse porque estaba claro que no éramos ni de ese mundo ni de ese tiempo y que lo único que existía de verdad ahí era la selva y sus criaturas, la única verdad era ese cosmos vegetal que crece y se multiplica permanentemente y que todo lo contagia y lo contamina y al final lo integra a su corpus húmedo, palpitante y desproporcionadamente vivo, vivo al borde de la descomposición, vivo al límite, y entonces, ya situado en ese ferrocarril mental, mientras la chamana preparaba sus instrumentos para curarme, con el puro todavía echándome humo en la mano, pensé que seguramente tampoco la chamana me apreciaba, que iba a curarme el ojo estimulada por el dinero que iba a cobrarme, igual que mis oculistas de Barcelona, y en cuanto pensé esto, en cuanto caí en la cuenta, todo adquirió un orden matemático, una lógica aplastante: el desinterés y el silencio de la chamana tenían más que ver con el desprecio que con la manera indígena de ser que yo estaba imaginando y entonces, como por arte de magia, de *su* magia quiero decir, me sentí en paz ahí, me sentí de cierta forma curado, me quedó claro que la chamana era como la selva, que las dos eran lo mismo: eran verdad, y justamente cuando llegué ahí, se me acercó con el huevo en la mano, en su mano enorme que volvía todo pequeño, y antes de pasármelo por el ojo y de ponerse a murmurar sus conjuros indescifrables, me dijo algo que confirmaba todo lo que en ese instante de claror acababa de pensar: «No se te olvide que tu abuela bebía un chingo». Ahí estaba la confirmación, la forma en que ellos nos habían visto siempre, lo que para esa selva, de verdad, significábamos. «Quítate los zapatos y acuéstate en el suelo», dijo. Yo obedecí rápidamente y como pude, porque mis movimientos estaban restringidos por los canastos que me flanqueaban, me quité las botas y me tendí en el suelo de tierra tratando de no pensar más en eso que había estado pensando todo el tiempo, o cuando menos no pensarlo mientras duraba la curación. La chamana comenzó a auscultarme, fue subiendo por mi cuerpo desde las plantas de los pies, diciendo uno de sus conjuros ininteligibles y sin hacer ningún gesto que me diera un indicio de cómo me encontraba. Algo hervía en la cazuela que estaba en el fogón, se oía el burbujeo y de pronto brincaba para fuera una gota que caía en la lumbre y hacía parpadear la llama, aquel parpadeo era como un relámpago en el interior del bohío que estaba a media luz. Había oscurecido y la neblina se metía con timidez por la puerta y la ventana, llegaba hasta el umbral, se estancaba ahí y de cuando en cuando se deshacía de un gajo largo que entraba y flotaba un poco a la deriva y después se deshilachaba y se disolvía contra algún objeto. La chamana se entretuvo en la zona del estómago y luego siguió con el pecho, el cuello y las orejas, yo permanecía inmóvil para no interferir en su concentración, respiraba de cerca su aliento que era una mezcla de olores intensos donde convivían savias y lodazales, el sexo y las flores, la humedad de las sombras y el alma viciosa de la putrefacción, sentía en plena cara el golpe del aliento que aportaba densidad a su conjuro, y en dos ocasiones vi cómo la neblina que entraba a gajos largos, antes de desintegrarse, se revolvía con las palabras que pronunciaba y parecía que de la boca le salía un fantasma, un fantasma que aun cuando yo intentaba no pensar en nada, pensé que era el espíritu de la selva que se metía en ella, que ella no era más que el vehículo de esa fuerza ingobernable, de esa verdad con la que nuevamente iba a curarme. De pronto cambió el ritmo de la ceremonia, la chamana interrumpió sus murmullos, sus andanadas de aliento sólido, y me miró con una fijeza que me hizo estremecer, entonces abrió la boca para decir algo, me pasó el huevo lentamente por los ojos, y yo ya no pude ni oír lo que dijo, ni ver lo que hacía después con el huevo, caí en una catatonia que pudo durar varias horas, no lo sé con precisión porque cuando abrí los ojos estaba solo, empapado de pies a cabeza y tiritando de frío, era de madrugada y a la niebla, que seguía en la puerta y en la ventana, se había sumado un frente fresco, el anuncio de que al día siguiente entraría en La Portuguesa un temporal. Me incorporé trabajosamente, me dolían todos los huesos, parecía que alguien me había arrastrado de arriba abajo por la selva, tenía lodo en la ropa y en el pelo y las manos llenas de raspones como si hubiese tratado de agarrarme cuando me revolcaban, o de retener a alguien o a algo extraordinariamente fuerte. La chamana había dejado unas veladoras encendidas a mi alrededor, parecía la marca de tiza que hacen los policías siguiendo el contorno de un cadáver. Me puse de pie y toqué la cazuela que antes de quedarme dormido se calentaba en el fogón, estaba fría; busqué alguna señal y lo único que encontré fue un manojo de hierbas, metido en una bolsa de plástico, puesto encima de una mesita que estaba junto a la puerta; pensé que era el encargo de Bages, así que lo cogí y en su lugar dejé un billete de cien pesos que saqué con las manos

290

temblorosas de la billetera, la tarifa que, supuse, debía pagarle a la chamana. Lo de la ropa mojada y el lodo lo resolví antes de salir de ahí, pensé que la chamana me había puesto alguno de sus emplastes, alguna vez la había visto poner uno enorme, que ocupaba una hoja de palma y que había cubierto de pies a cabeza al señor Rosales; decidí dar por buena esa explicación y no darle más vueltas al asunto. Lo de las manos pensé que era mejor olvidarlo, cualquier posibilidad me ponía la carne de gallina. Salí del bohío rumbo a la casa de Bages, tratando de vislumbrar el camino con la luz de la luna que alcanzaba a filtrarse entre la niebla, y haciendo un ejercicio de memoria sobre esa brecha que había recorrido mil veces. A medida que caminaba me iba desentumeciendo y el dolor general de huesos se iba retrayendo hacia ciertos puntos de los brazos y las piernas. Cuando llegué a las ruinas de lo que había sido mi casa vi que en el barandal de la terraza, justamente donde hacía unas horas había estado recordando vívidamente el día de la invasión, había una majestuosa garza blanca, arropada por una niebla espesa, y cuando pasaba de largo frente a ella, con el iPod que me había sacado del bolsillo en la mano, sentí un nudo en el estómago, ese pájaro majestuoso erguido sobre mis ruinas me produjo miedo y rencor, era otra de las encarnaciones del mensaje que no cesaba de acosarme: aquí no queda nada tuyo; no puedes volver, aunque vuelvas. Seguí caminando a tientas por la selva, apretando en la mano mi nexo con la modernidad, hasta que vi el destello de la luna que traspasaba los velos de la niebla para estrellarse contra el capó del 4×4. Floquet comenzó a ladrarme y hasta entonces no reparé en que me había dejado solo cuando la chamana había hecho su aparición. «Eres un cobarde», le dije en cuanto se acercó a saludarme, moviendo la cola y arrimándose para que le diera palmaditas en la cabeza. La casa de Bages estaba a oscuras, dejé la bolsa de yerbas enganchada en la aldaba y caminé hacia el 4×4 acompañado por el entusiasmo de Floquet, abrí la puerta y sentí un alivio inmenso al acomodarme frente al volante, no me importó nada el dolor agudo que sentí en cuanto me puse el cinturón de seguridad, eché a andar la máquina y volví a sentir confort al ver la luz azul y tenue del tablero de controles, conecté el iPod y, antes de poner música, encendí la luz de la cabina y me miré el ojo izquierdo en el retrovisor: estaba curado, el ojo estaba perfectamente blanco y no había rastros de la infección. Comencé a avanzar lentamente por el camino, Floquet me acompañó ladrando unos cuantos metros y después desistió, dio media vuelta y caminó en dirección contraria rumbo a la casa de su amo. Lejos, a la altura del volcán, comenzaban a caer los primeros rayos, el anuncio de esa tempestad que ya no iba a tocarme. Vi en el reloj del tablero que eran las cuatro de la mañana y al tiempo que iba dejando atrás la selva fui pensando en la garza blanca y en el enigma de mis manos heridas, y en la tarde horrible de la invasión.

11

Todo empezaba a suceder demasiado rápido esa mañana, los acontecimientos iban agolpándose uno detrás de otro y yo no podía quitarme de encima el deseo de que Marianne muriera, era un deseo que iba más allá de mí y sobre el que no tenía ningún control, sabía que estaba mal desear la muerte de alguien y que era todavía peor desear la muerte de la hermana de mi madre y sin embargo lo deseaba, no podía evitarlo, era un deseo que parecía ordenado por otro, como aquel que me había invadido una vez que Teodora se había empeñado en llevarnos a misa, para que se nos quitara «lo renegados», había dicho y acto seguido nos había hecho arrodillar en el altar y, sin rito de iniciación que mediara, nos había invitado a comulgar. Joan y yo nos arrodillamos junto a ella sin mucha idea de lo que aquello significaba, por más que Teodora nos decía: «Están a punto de recibir el cuerpo de Cristo», no lográbamos empatizar con la emoción que ella sentía, ni siquiera entendíamos lo que significaba eso de «recibir el cuerpo» de alguien, porque lo único que veíamos era una simpleza donde no cabían demasiadas interpretaciones, veíamos al padre Lupe, asiduo visitante de la plantación, dando a sus fieles hostias que iba sacando de un copón dorado que junto a él, con una solemnidad que nos parecía ridícula, sostenía El Titorro, ese niño desastroso que era amigo de Lauro y con quien habíamos estado en el establo la noche de las vacas. Cada vez que el padre Lupe ponía una hostia en la lengua de un fiel decía la frase «el cuerpo de Cristo», la misma frase que nos había adelantado Teodora, que volteaba a mirarnos todo el tiempo para ver en nuestros gestos si ya habíamos comprendido la relevancia de aquel acto, cosa que desde luego no sucedía porque para nosotros, que habíamos crecido al margen de la imaginería católica, el padre Lupe era un amigote más de los que recalaban en La Portuguesa y el detalle de sacar la lengua para que él nos pusiera ahí una oblea, que había cogido con la mano del copón que controlaba El Titorro, nos parecía más bien repugnante; para nosotros Lupe era un gordo de mal aliento que intentaba congraciarse a fuerza de cosquillas, cachetes y chistes estúpidos, era, de los amigos de Arcadi, el que más mal nos caía y sin embargo, por respeto a Teodora, ahí estábamos arrodillados oyendo el ritmo de «el cuerpo de Cristo» que repetía el gordo aquel, con tal ritmo y tantas veces que lo que yo empecé a oír ahí arrodillado conforme el amigote de mi abuelo se aproximaba fue «el puerco de Cristo» y me dio risa, una risa ahogada porque todos, hasta El Titorro que era en sí mismo un chiste, estaban muy serios. «¿De qué te ríes?», preguntó Teodora desconcertada porque a las claras se veía que no estábamos captando la intensidad del momento, y como efectivamente no la captábamos le dije, con toda naturalidad y en la voz más baja que entonces me salía, que me reía porque parecía que el padre Lupe decía «el puerco de Cristo». Teodora se puso lívida y no pudo decirme nada porque en ese momento el padre Lupe le decía «el puerco de Cristo» y ella estaba obligada a sacar la lengua; yo dudaba entre sacarla o no, y lo mismo le pasaba a Joan, no contábamos con que el padre, al vernos arrodillados junto a Teodora, simplemente pasó de largo, nos dejó ahí arrodillados y El Titorro, al ver el plantón que nos había dado el cura, le jaló la sotana y se lo hizo ver con un rápido secreteo en el oído. «Esos niños no están bautizados», le dijo Lupe al Titorro, aunque en realidad lo dijo mirando con enojo a Teodora, y después siguió avanzando en la línea de fieles que lo esperaban arrodillados, profiriendo la enigmática línea «el puerco de Cristo» cada vez que uno de sus fieles sacaba la lengua, y aunque yo sabía que lo que decía era «cuerpo», no era capaz de oír otra cosa que no fuera «puerco». «El puerco de Cristo, el puerco de Cristo», comencé a decir en cuanto salimos de la parroquia, un bodrio barroco que varias generaciones de curas habían terminado de arruinar con capas de pintura verde pastel y angelotes e imágenes de un mal gusto que rayaba en lo divino. «El puerco de Cristo», decía yo entre risas y Joan me secundaba con unas temerarias carcajadas, temerarias porque lo que a continuación nos dijo Teodora, que nos paró en seco, nos dejó aterrados: «Si vuelven a repetir eso los va a castigar Dios». «¿Y cómo va a castigarnos?», preguntó Joan todavía riéndose. «Va a hacer que se mueran tu papá y tu mamá.» La respuesta de Teodora nos asustó mucho y sirvió para que yo dejara de repetir en voz alta la frase blasfema, pero no para que dejara de pensar en ella y de repetirla mentalmente con una obsesión que me sentía incapaz de controlar, aun cuando sabía que se trataba de una línea maldita, de un hechizo verbal que segaría la vida de mis dos padres. Teodora hacía lo mismo que ha hecho la Iglesia durante siglos para retener a sus fieles: sembrar el miedo; pero con todo y el miedo que efectivamente me había metido yo no dejaba de pronunciar mentalmente «el puerco de Cristo», por más que sabía que las consecuencias serían irreparables y funestas, por más que sabía que estaba mal y peor, por más que deseaba no hacerlo, no lograba sacarme de la cabeza ese hechizo y ese mismo día en la tarde, andando solo por el cafetal, me descubrí aterrado diciendo la línea en voz alta, aterrado pero a la vez fascinado por el poder que Teodora me había revelado, el poder para acabar con la vida de alguien cifrado en una fórmula de cuatro palabras. Yo por supuesto no quería matar a mis padres, no quería que mis padres murieran, pero tampoco podía sustraerme a la fascinación que me producía que unas cuantas palabras fueran capaces de provocar algo tan grave, tan grave como dejar huérfanos a dos niños, así que aun sin querer matar a mis padres, aun queriéndolos mucho, iba yo por el cafetal diciendo obsesivamente en voz alta «el puerco de Cristo, el puerco de Cristo», exactamente de la misma forma y con la misma compulsión que iba diciendo aquel día «que se muera Marianne, que se muera Marianne», pero entre la fórmula de Cristo y la de Marianne, había una diferencia importante: que aquel día yo sí quería que se muriera Marianne y cada vez que lo decía no me asfixiaban ni el terror ni el arrepentimiento porque, pensaba entonces, sin Marianne viviríamos mejor y ya no habría nadie que golpeara a mamá, no de esa forma que me desesperaba, sin que ella metiera las manos y dejándose lastimar y hacer daño. Ese mismo día de la invasión había llegado a mi límite, iba caminando por el cafetal deseando en voz alta la muerte de Marianne y oyendo a lo lejos los martillazos que pegaban sin tregua los constructores del escenario, y el escándalo de la planta de energía que llenaba la plantación de humo de diésel, era un día pésimo para llegar al límite porque de vez en cuando me topaba con un policía o con un operario o con un joven de los que se habían podido colar desde temprano que o me saludaban o me preguntaban qué andaba haciendo por ahí solo y taciturno, y yo tenía ganas de contestar que lo que andaba haciendo era desear la muerte de Marianne, pero no decía nada, sólo trataba de oxigenarme a lo largo del cafetal porque había llegado a mi límite, lo cual era un hecho sin importancia porque yo era un niño, y a quién le importa que un niño llegue a su límite, si eso pasa todo el tiempo, si la educación consiste en meter en orden al niño cada vez que llega a ciertos límites, pero yo entonces no lo veía así, yo sentía que desde ese límite podía desatar una tormenta, que pronunciando mi fórmula, mi hechizo, con el empeño suficiente, acabaría provocando la muerte de Marianne, se trataba de un delirio infantil, de un hecho sin importancia, aunque ahora que lo pienso y que lo pongo por escrito, me queda claro que un delirio hay que atenderlo venga de quien venga, que un niño deseando la muerte de alguien con esa rabia es un punto de poder, un número negativo, una sombra que en algo desajusta el entorno. Antes de ese día, no hacía ni una semana, Marianne nos había pegado otra correteza. Aprovechando una siesta suya en la terraza, uno de esos periodos de somnolencia que le provocaba el fenobarbital, nos metimos a su habitación con la idea de hojear unos cómics de su colección, tenía decenas de revistas apiladas y escrupulosamente acomodadas, sabía exactamente qué cómic iba en qué pila y el lugar que en ésta le correspondía. Acabábamos de verla dormida en su mecedora, con la cabeza ladeada, la boca abierta, los brazos desmayados al lado del cuerpo y la melena rubia cubriéndole parcialmente la cara. Sacrosanto, como lo hacía desde el día en que Marianne había corrido desnuda por el jardín en presencia del alcalde, había tomado la precaución de engancharle la cadena a la gargantilla, por si despertaba súbitamente y se echaba a perseguir a alguien como una loca, como la loca que era aunque en casa no pudiera pronunciarse esa palabra, no podía decirse que Marianne estaba loca ni de chiste. Sacrosanto la había asegurado con la cadena, y lo había hecho todo compungido, todo pucheros y resoplidos porque Sacrosanto estaba en contra de que amarraran a la niña, «como si fuera un animalito», le había dicho a Arcadi más de una vez y Arcadi le había respondido lo que decía siempre, que a él tampoco le gustaba pero la alternativa era peor, era meterla al manicomio de Galatea y comparado con aquel hervidero de locos la cadena no sólo era un remedio benévolo, también era el medio, el vehículo, el salvoconducto para que Marianne pudiera permanecer en la plantación. Era el año 1974 y en aquella selva dejada de la mano de Dios no llegaban ni las ONG, ni había derechos humanos y en comparación con lo que se veía por ahí la gargantilla de Marianne no parecía un remedio violento ni mucho menos. A pesar de la explicación que Arcadi le había dado dos o tres veces Sacrosanto no estaba convencido de las bondades de la gargantilla y todos los días aseguraba compungido a la niña, con cara de que no le gustaba nada cumplir con esa orden, cosa excepcional en él que era un hombre al que agradaba mucho servir, que había sido capaz de inmolarse como un pararrayos aquel día del mundial de futbol en que un ventarrón nos había dejado sin antena. «¿Está dormida?», le preguntamos a Sacrosanto y él, que vigilaba celosamente su sueño barbitúrico, nos había dicho: «Como una piedra», y entonces nosotros habíamos corrido a su habitación a hojear sus cómics, tomando siempre la precaución de fijarnos en el lugar y la posición exacta en que los tenía, cosa no tan difícil porque de todo su universo de cómics nos interesaban dos alteros, el de Lorenzo y Pepita y el del Gato Félix, y no nos interesaban para nada Kalimán, ni Periquita, ni Tarzán, ni La Pequeña Lulú, ni Chanoc, ni Memín Pinguín, no nos interesaba ninguno de ellos que eran la mayoría, y ahora que voy poniendo esto por escrito recuerdo con mucha claridad nuestro gusto por el cómic de Lorenzo y Pepita, un gusto matizado por la añoranza y la envidia que nos producían los personajes: un matrimonio con hijos, perro y casa en un suburbio estadounidense, cuyas historias eran de una domesticidad acogedora; Lorenzo iba a trabajar mientras Pepita preparaba la comida, y más adelante comían juntos con sus hijos que acababan de llegar del colegio, y por la noche veían televisión, una vida familiar vulgar y sosa que nos fascinaba justamente por eso, porque era la vida que no teníamos, porque nosotros vivíamos en permanente zozobra, supeditados a todo tipo de fuerzas oscuras e incontrolables, y también al acoso de mi tía la loca, el enemigo que nos minaba en la intimidad, desde adentro como los bichos que nos colonizaban cíclicamente el organismo y que la chamana echaba fuera con unas infusiones fétidas: taenia solium, taenia saginata, ascaris lumbricoides, giardia lamblia, entanioeba histolytica, strongiloides stercolaris, ancylostorna duodenale y necator americano. La domesticidad de Lorenzo y Pepita nos fascinaba, eran una familia sin parásitos ni parientes locos, con una estabilidad envidiable, no los habían echado de ninguna parte, no tenían enemigos ni fuera ni dentro de casa, ni sus días, ni cada minuto de esos días, gravitaban alrededor de una guerra perdida. Hace muy poco, cuando regresé al mundo del cómic arrastrado por mis hijos, me encontré con Astérix, la historia que tendría que haber leído en La Portuguesa, y me encontré con ella en la vida que llevo ahora en mi barrio de Barcelona, que se parece a la de Lorenzo y Pepita, y ahí en sus páginas vi, con treinta y tantos años de retraso, que nuestra comunidad se parecía a la suya, con su convivencia intensa, sus grandes comidas al aire libre, con esa lengua que sólo hablaban ellos y el mago que todo lo resolvía con pócimas, y sobre todo se parecía en la permanente zozobra, en el temor, en el miedo de que en cualquier momento podían ser invadidos por el otro, en la certeza de que fuera de la empalizada, cruzando los límites de su propiedad, se convertían automáticamente en enemigos.

Aquel día, mientras Marianne hacía su siesta química, bien asegurada con la gargantilla, aprovechamos para hojear sus cómics, nos pasamos una hora sacando revistas y metiendo cartoncitos en su lugar para que no se nos olvidara el sitio que les correspondía, y al cabo de ese tiempo nos dimos cuenta de que faltaba un cartón y ya no fuimos capaces de recordar a qué cómic correspondía. Joan y yo abandonamos la habitación de Marianne con cierto temor pero también convencidos de que no iba a reparar en ese error que nos parecía insignificante, pero en la tarde, después de comer, apareció furibunda en nuestra habitación, gritando fuera de sí, ya sin rastros de su siesta química, y antes de que pudiéramos decir nada se nos tiró encima, estábamos en el suelo jugando parchís y para nuestra fortuna tropezó con una silla y eso nos dio tiempo de incorporarnos pero no el suficiente como para huir de ahí porque Marianne de un manotazo pescó a Joan de un pie y le dio un golpe que lo envió al suelo justamente cuando yo, en un acto menos de valor que de reflejo, le arrojé el tablero del juego y eso la descontroló un instante, instante que Joan aprovechó para brincar por la ventana rumbo al cafetal. El alboroto en nuestra habitación había hecho correr a Sacrosanto y a Laia que iba gritando a su hermana que no se atreviera a ponernos una mano encima, pero yo ya estaba demasiado acorralado, me tenía contra una esquina, junto al baño, sin posibilidad de escapar, y justamente cuando pensaba que Laia estaba al llegar y que no iba a pasarme nada y que me rescatarían a tiempo, Marianne me dio un golpe en la cabeza que me tiró al suelo y desde ahí vi cómo Laia y Sacrosanto entraban en la habitación y cómo Marianne, sin quitarme los ojos de encima, tentaleaba en los alrededores del lavabo hasta que daba con algo sólido, una pastilla de jabón que sin ningún miramiento lanzó contra mi madre y se la clavó en el centro de la frente, fue un golpe brutal de sonido inolvidable que la hizo perder el paso y caer al suelo, y cuando pensé que lo que seguía era que me machacara a golpes Marianne se detuvo, oteó el campo de batalla, me vio a mí ovillado abajo del lavabo, a Laia despatarrada en el suelo con las dos manos en la cara y a Sacrosanto aterrado afuera de la habitación, y entonces consideró, como no podía ser de otra manera, que había ganado el combate. En cuanto Marianne salió triunfal de la habitación yo me desovillé para socorrer a Laia que tenía un chipote en evolución en el centro de la frente y en cuanto me acerqué se incorporó y me preguntó: «¿Estás bien?», esa pregunta que se hacen los que han sufrido un accidente. Esto había pasado una semana antes del día de la invasión, el día en que yo había llegado a mi límite y caminaba dando zapatonadas por la tierra húmeda del cafetal diciendo mi fórmula mágica, «que se muera Marianne, que se muera la loca», iba diciendo con un rencor asfixiante y ahora que lo pienso y que lo escribo, veo que la cólera me impedía apreciar la otra parte de Marianne, porque en ese momento no era más que la loca furiosa que nos golpeaba y no tenía en cuenta, no podía hacerlo porque la odiaba, el reverso de nuestra relación, porque aquella vida de golpes y corretizas tenía su contrapunto que era Marianne desnuda bajo la ducha con sus pechos y su pelambre y su sexo de mujer adulta expuesto ante mis ojos espías, un sexo que miraba con curiosidad pero también con deseo, con un deseo de niño que tenía más de juego que de urgencia y sin embargo adivinaba que ahí, entre esos pliegues que Marianne se tallaba largamente con la esponja, latía el misterio de la vida. Aquel misterio estaba relacionado con las cosas excesivamente vivas que componían la selva, con ese sexo ambiental que se prodigaba en la circulación de la savia y en los aromas de la flora putrefacta y que se concentraba en el núcleo de un anturio o en el interior de una guayaba; y así, urgido y jugando fui acercándome a la cama de Marianne cuando dormía sus siestas químicas profundas, aquellas que le sobrevenían al combinar mesantoina y fenobarbital con la inyección tranquilizante, y que tenía que hacer en la cama porque en la terraza podía caerse de la silla y estrangularse con la cadena, y siguiendo los latidos de la vida, como un perro o quizá como un cordero, le metía la mano entre los muslos, sorteaba la barrera de las bragas y jugando y urgido y con un vértigo creciente iba desplegándole los pétalos y sentía cómo al cabo de un rato se le iba volteando y mojando el sexo, se iba distendiendo el canal de la vida y la habitación iba llenándose de su olor primigenio, de una bruma que olía a mar, y a selva y a flora podrida.

12

El caporal regresó de Veracruz con el fenobarbital cuando Marianne apenas salía del sueño químico de la inyección. Había despertado después de un ataque de tos que le produjeron las piedras humeantes de la chamana y, como solía pasar, se levantó de la cama como si nada, como si unas horas antes no hubiera masacrado a su hermana, ni hubiera asustado de muerte a sus dos sobrinos, ni hubiera puesto la casa patas arriba. Comió sola en la mesa atendida por Teodora y discretamente monitoreada por Sacrosanto, porque si se daba cuenta de que la estaban vigilando, si se sentía acosada por la mirada de alguien, no tardaba en ponerse violenta, en gritonear o en arrojar algo, un vaso o un tenedor, o el plato lleno de comida como había sucedido en más de una ocasión. Antes de que se levantara de la mesa, Sacrosanto le dio su dosis habitual de medicamentos, un acto químicamente temerario, de unas consecuencias que nadie fue capaz de calcular, un acto imprudente que era el resultado de una deliberación rápida y muy práctica de Arcadi, que pensaba, probablemente con razón, que precisamente ese día de caos en la plantación era importante tener a Marianne bajo control y evitar cualquier tipo de furia o pronto que pudiera sobrevenirle, y pensando en esto, después de comunicárselo a Carlota, le dijo a Sacrosanto que a pesar de que la niña hubiera recibido esa inyección tranquilizadora era importante que tomara puntualmente su ración completa de medicamentos, «No importa que pase la tarde un poco atontada», le había dicho Arcadi a Sacrosanto y éste que, como he dicho, sentía una especial devoción por Marianne, había cumplido la orden con su cara compungida y pensando que era un exceso, que la niña ya estaba bastante «lentita» con la inyección, así lo dijo, así se refería siempre, al estado lerdo al que llegaba Marianne luego de tomar sus medicinas. Después de la comida que transcurrió en paz, sin gritos ni objetos arrojados, Sacrosanto, como lo hacía siempre, llevó a Marianne a la terraza y la ayudó a sentarse en la mecedora porque cinco minutos después de haberse tomado las pastillas, que ese día se habían potenciado con los ecos de la inyección, la niña ya comenzaba a trastabillar y a perder el paso. Marianne se derrumbó en la mecedora y Sacrosanto enganchó la cadena a la gargantilla, era importante tenerla bajo un control férreo porque la plantación comenzaba a llenarse de extraños.

El concierto comenzó a las seis y media como se había previsto. El escenario estaba en parte terminado y un par de electricistas todavía estaban montando unas bombillas cuando comenzó a tocar el grupo El Mico Capón, una banda de arpa y jaranas que era muy del gusto del alcalde, que había llegado puntualmente en su automóvil blanco y largo y él mismo, como si la máquina fuera una prolongación suya, iba también vestido de blanco, con traje, sombrero y botines blancos, unos botines cortos que, una vez que ocupó su silla y cruzó la pierna, dejaron ver un par de calcetines transparentes como medias de mujer. «¡Permiso, compañeros, permiso!», iba gritando uno de sus guardaespaldas para que la multitud que a esas horas llenaba el cafetal dejara pasar sin apretujones a su excelencia. Al alcalde se lo veía orondo, caminaba ceremoniosamente entre la multitud y agradecía de vez en cuando con la mano el saludo de algún admirador que él imaginaba, porque ahí no había admiradores suyos sino entusiastas de Los Locos del Ritmo que habían llegado de los pueblos y las rancherías de alrededor e incluso de ciudades lejanas como Jalapa o Puebla. Ismael Aguado, un oscuro empresario que tenía un rancho junto a La Portuguesa, había visto el follón desde temprano y a media tarde se había acercado a casa para informarse y se había encontrado con Laia que ya a esas horas lucía una descomunal hinchazón en el labio, un ojo negro y una horrenda marca en el cuello. «Pero ¿qué te ha pasado, mujer?», preguntó Aguado zalamero, tirándole como era su costumbre los tejos a mi madre y, ahora que lo pienso debió de haber preguntado eso con la esperanza de que hubiera sido mi padre el autor de esos golpes y así él, que estaba siempre puesto, hubiera encontrado una coyuntura para introducirse. «Me caí en el baño», mintió mi madre y yo que estaba ahí junto a ella tuve ganas de decirle a Aguado que eso no era cierto, que todo eso que no había forma de hacerse en una caída se lo

302

había hecho su propia hermana, su hermana Marianne que estaba loca, pero Aguado me producía tal desconfianza que, a pesar del odio que sentía por mi tía, pensé que lo decente era apoyar a mi madre y callarme la boca. Aguado se enteró del concierto que se avecinaba, y al saber que tocarían Los Locos del Ritmo se puso él mismo como un loco, y puede ser que el odio que toda la vida he sentido por esa banda empezara ahí, porque me parecía fundamental odiar todo lo que Aguado amara. A las seis y media de la tarde la plantación era un hervidero, el alcalde había tardado una eternidad en llegar a su silla, que era una especie de trono blanco puesto sobre una tarima frente al escenario. En una de las fotos que el señor Puig tomó ese día aparece la silla blanca, sola y en alto rodeada por la multitud, al mirarla se tiene la impresión de que se trata de un gag fotográfico de esos que se hacen con Photoshop. El alcalde había tardado en llegar a su silla, a pesar de que sus guardaespaldas no escatimaban en técnicas para abrirse paso, gritaban, empujaban, picaban las costillas con sus macanas o movían a un par de jóvenes a golpe limpio, con un puñetazo en la espalda, una patada en las corvas o un sopapo en la oreja; los guardaespaldas no escatimaban esfuerzos y ni así pudieron sentar a tiempo a su excelencia, que por supuesto quería presenciar desde el principio su propio concierto, pero la multitud era tal y tan espesa, que su excelencia se perdió las primeras canciones de El Mico Capón y fue tan grande su molestia y tan patente, que el secretario Axayácatl Barbosa tuvo que subir al escenario entre una pieza y otra a pedirles a los músicos que comenzaran desde el principio, y como estos se mostraron reticentes y empezaron a alegar conceptos etéreos como su dignidad artística, el secretario Axayácatl no tuvo más remedio que advertirles que si no repetían el show desde el principio no iba a pagarles lo que les había prometido, y como resultó que la dignidad artística no era un concepto etéreo sino con mucho peso específico para los músicos de El Mico Capón, el secretario Axayácatl les dijo que si no repetían inmediatamente todo el show los metía en la cárcel y en el camino violaba a «la chamaca», dijo esto refiriéndose a la arpista, que era una mujer por la que el alcalde se desvivía y la única razón por la que era fan del grupo de El Mico Capón. Puestas así las cosas tuvieron que hacer a un lado su dignidad artística y empezar otra vez desde el principio. Esto me lo contó años después Eleuterio Assam, que era el líder del grupo y además estaba casado con Gloria Fenellosa, la deseada arpista; coincidí con ellos, ya de adulto, en una boda en Galatea, uno de esos compromisos ineludibles donde los invitados menos íntimos, los que no son ni de la familia ni muy amigos, son agrupados en mesas plurales donde nadie conoce a nadie y ahí fue donde haciendo un poco de conversación con la pareja que estaba junto a mí, me fui enterando de que ellos eran los que habían comenzado aquel desastroso concierto de La Portuguesa, y de la horrible extorsión que les había hecho el secretario Axayácatl Barbosa aquel día. Me contaron que Gloria tocaba el arpa en la Sinfónica de Jalapa y que Eleuterio había dejado la música para encargarse de los negocios de su padre, una decisión que nada había tenido que ver con la grosería del alcalde, aclaró Eleuterio, quizá para evitar que yo arriesgara alguna conclusión. «De hecho ya habíamos olvidado todo aquello», puntualizó.

El señor Puig era aficionado a la fotografía, tenía un cuarto oscuro montado en su casa y gracias a su afición queda algo de memoria visual de aquellos tiempos en La Portuguesa. En su colección de fotos pueden verse las comidas, el trabajo en el cafetal, las casas y las oficinas de la plantación y eventos como aquel concierto, que registró con especial meticulosidad porque ya él y sus socios sospechaban que acabaría mal, había demasiada gente y, fuera de los cinco policías que había mandado el municipio, no había quien pusiera orden, y más valía, pensaron ellos, que hubiera un registro gráfico de lo que iba sucediendo; así que Puig se paseaba con su cámara desde antes del concierto, era un tío muy largo de gafas que resaltaba en aquel gentío de jóvenes más bien bajitos y de jipis indígenas que aprovechaban sus atuendos de manta, sus pulseras, sus collares y sus huaraches, aditamentos que de por sí usaban ellos y sus ancestros desde hacía mil años, para insertarse en la moda juvenil cosmopolita, una inserción que consistía en dejarlo todo tal cual estaba, pero ahora suscribiendo el léxico y las actitudes del *peace&love*, y fondeando su nueva vida con Atahualpa Yupanqui, o en su defecto con Los Locos del Ritmo, que era lo que ahí había. Todo esto iba registrando Puig con su cámara, parecía el reportero de algún periódico, lo sé porque mientras ejecutaba su labor alguien, probablemente Arcadi, le hizo una extraña fotografía, donde aparece él tomando a su vez una foto, rodeado por todas partes de ese personal que ya he descrito.

Hace unos años, cuando Laia se enteró de que yo trabajaba en un texto sobre La Portuguesa, me dijo que Màrius, su hijo, había conservado el archivo, y que lo sabía porque había recibido varias fotografías de diversas épocas de la plantación que el mismo Màrius le había enviado desde Barcelona. Laia había mantenido un contacto mínimo con los Puig, primero con la viuda y después con Màrius, un contacto que al principio había sido muy intenso, con mucho intercambio de documentos y llamadas telefónicas debido a los trámites que exigía la venta de sus tierras, pero cuando el asunto legal se hubo solucionado el contacto se fue reduciendo a una carta de vez en cuando, a veces cada dos años, y en ocasiones algún envío nostálgico como las fotografías, o los dos kilos de café veracruzano que Laia le enviaba esporádicamente con alguien que viajaba a Barcelona. «Es una pena que se comuniquen tan poco habiendo vivido los dos el mismo exilio», le dije aquella vez a Laia y ella me respondió, con ese gesto que pone cuando no quiere hablar de un tema y lo que va a decir será el punto final y definitivo: «Aquello no fue por nuestro gusto, además no veo por qué el Màrius y yo tengamos que tener más contacto». Màrius nació después que Marianne, es diez años menor que mi madre, pero a diferencia de ella, que ha tratado de llevar una vida normal, lo más parecida posible a la de Lorenzo y Pepita, él vivió la plantación a contrapelo, era rico, blanco, extranjero y homosexual, y esa combinación era una bomba en Galatea y sus alrededores, una bomba que sacaba de sus casillas a Puig, su padre, y a Bages y Arcadi, que continuamente tenían que ir a rescatar a Màrius de la cárcel o de algún tugurio o rincón patibulario, como aquel que se había alquilado en el mercado de Galatea, un cuartucho arriba de los puestos del pescado, que había arreglado como una leonera para poder ver a sus novios que tenían prohibida la entrada a La Portuguesa. Puig montaba en cólera cada vez que se enteraba de las andanzas de su hijo, así que Màrius prefería recurrir a Arcadi o a Bages cuando se le complicaban las cosas. Pero un día esas cosas se salieron de control, Aurorita, la dueña del puesto de pescado que estaba justamente debajo de la leonera, llamó a Arcadi a la oficina para avisar de que

Màrius estaba malherido. Eran las siete de la mañana y Arcadi había sido el primero en llegar, por eso había cogido él la llamada de auxilio que, de haberse hecho una hora más tarde, le hubiese tocado al mismo Puig. Arcadi pasó por casa de Bages para contarle lo que había sucedido y después se montó en su coche y condujo hasta el mercado de Galatea. Había acordado con su socio que primero vería la gravedad de la herida y después le avisarían a Puig, porque Aurorita ya había hecho, tiempo atrás, un par de llamadas similares que habían disparado la ira de Puig y al final había resultado que Màrius ni estaba tan mal y que Aurorita era un poco histérica. Arcadi llegó al mercado de Galatea y subió directamente al departamento de Màrius. Llamarle departamento a aquello es una inexactitud porque se trataba de un viejo granero que, aunque Màrius había ido acondicionándolo, conservaba todavía sus líneas generales como, por ejemplo, los barrotes en las ventanas y la forma de entrar en la buhardilla, mediante una escalera de madera enclavada en la calle entre dos puestos de fruta, aunque ya en esa época Màrius, por seguridad pero también por chulería, había sustituido la escalera de madera por una escala de gato que le había dejado el capitán de un barco noruego, que lo visitaba cada vez que atracaba en el puerto de Veracruz. Cuando Arcadi llegó se encontró con el imprevisto de que la escala estaba recogida y no había forma de subir a la buhardilla. Todo el mercado estaba al tanto de la trifulca que había armado «el español», así conocían a Màrius, y había cierta expectación por ver qué era lo que iba a hacer Arcadi, una expectación divertida y cachonda, llena de risitas cómplices porque todos sabían que el español era mayate y que usaba el granero para retozar con los jovencitos del mercado, y además habían visto en una ocasión la pataleta que había hecho Puig al descubrir la «pocilga» donde se «divertía» su heredero, así había dicho como si el sexo fuera nada más un juego y no una necesidad inaplazable y urgente. «Màrius, sóc l'Arcadi, tira'm l'escala!», gritó y en el acto apareció un joven moreno que tiró la escalera. Arcadi trepó observado atentamente por la gente del mercado, eran las siete y media de la mañana y había una niebla tropical que bajaba hasta la altura de la buhardilla, así que Arcadi no había podido ver bien desde abajo al joven, pero en cuanto llegó arriba y logró incorporarse en aquel espacio agobiante, vio que Màrius estaba ovillado en un rincón cubierto por una manta y que el joven moreno que lo acompañaba estaba tiritando por la humedad y por los nervios y que tenía, y esto lo escandalizó, un manchón de carmín en la boca y la pintura de los ojos corrida de tanto llorar. Arcadi lo miró asombrado porque un muchacho con maquillaje de mujer, «de bailarina de cancán», diría más tarde, era una rareza a esas horas y en ese mercado horrible y en ese purulento trópico. El joven se quedó a su vez mirándolo y antes de que Arcadi pudiera presentarse o decir nada, comenzó a sollozar y le dijo que él había matado al español por celos. Arcadi miró nuevamente el bulto cubierto con la cobija y vio que no se movía y sintió que «el alma se le iba a los pies», así lo diría más tarde, con esa expresión tan precisa y plástica, tan dramática, que suele decirse como si fuera cualquier expresión y no esa imagen misteriosa, profundamente mística de un hombre que, ante un asombro mayor, siente cómo el alma se le despeña cuerpo abajo y lo deja vacío, vulnerable, listo para morirse de ese asombro. Arcadi se agachó junto al bulto y retiró la cobija y lo primero que vio fue que Màrius estaba echado sobre un charco de sangre, con las manos puestas sobre el estómago protegiendo el mango de un puñal. «No em toquis el ganivet, si us plau», dijo Màrius con un hilo de voz. Arcadi apareció en la puerta de la buhardilla, como un ser fantasmal borrado por la niebla, y suplicó la ayuda de la gente que seguía ahí expectante. El silencio que vino después de su súplica, porque el español no era ni muy bien visto ni muy querido, fue desactivado por un oportuno grito de Aurorita: «¡Hay que ayudar al mayatito, no hay que ser!», y ese grito movilizó a tres mecapaleros que improvisaron una camilla con unas tablas y entre los tres, sin que Arcadi tuviera oportunidad de intervenir en nada, bajaron el cuerpo doliente de Màrius y lo colocaron en el asiento trasero del automóvil. Arcadi repartió dinero y agradecimientos y voló al bohío de la chamana que lo arreglaría todo a fuerza de emplastes, mejunjes, oraciones excéntricas y murmullos sumamente misteriosos. Después de aquella experiencia y una vez recuperado, Màrius, que entonces tenía casi treinta años, acordó con su padre que se iría a vivir a Barcelona, y Puig, para ayudarlo pero también para ir preparando su propio regreso, le compró un piso y un local para que fuera montando un negocio, y Màrius lo hizo tan bien que cuando los Puig regresaron a su tierra pudieron vivir holgadamente hasta el final de sus días. Màrius sigue al frente de ese exitoso negocio que es un restaurante llamado La vasta China, un nombre ingrato porque en sus mesas se sirven porciones más bien magras y el local es de unas dimensiones claustrofóbicas, sin embargo, pese a su nombre disparatado, lleva más de dos décadas funcionando a tope en el barrio de Sant Gervasi. En fin, siguiendo el consejo de Laia me presenté un día en el restaurante, que por cierto queda muy cerca de casa, y ahí entré en contacto con Màrius, que ahora es un hombre mayor y muy refinado, un hombre serio que durante el día dirige su negocio y en las noches sale a buscar amores furtivos en los saunas de Barcelona. Gracias a nuestro pasado común, aunque con cierto destiempo porque él era un adulto y yo un niño cuando vivíamos en la plantación, entramos rápidamente en confianza, como si fuéramos de la misma familia, «Aquella selva nos hizo parientes», dijo el día que nos encontramos y a partir de entonces nos vemos con frecuencia y, curiosamente, hemos vuelto a ser vecinos. La primera vez que me invitó a su casa de campo en Guixers era domingo y yo tuve la ocurrencia de llevar a mi mujer y a mis hijos, se lo había preguntado antes a Màrius y él se había mostrado encantado con la idea pero al estar ahí en su casa quedó claro que no era muy de niños, y que era también algo misógino, y a partir de entonces nos hemos visto solos, comemos periódicamente en un restaurante del barrio (jamás en el suyo) pero, sobre todo, en su casa de Guixers, quizá porque crecimos los dos en el campo y ahí nos sentimos más cómodos conversando, por ejemplo, un jueves por la mañana a la intemperie, luego preparamos algo de comer y antes de regresar a Barcelona hago una siesta fantástica en el sillón que tiene junto a la chimenea, una de esas siestas de las que empecé a platicarle a Bages pero que en cuanto se había enterado de que la cosa tenía que ver con Màrius había cortado por lo sano. Ahí en esa casa fue donde miré con detenimiento las fotografías de Puig, que había visto descuidadamente de niño, sin mucho interés porque La Portuguesa todavía estaba ahí, completa y vigente, y yo no tenía entonces ninguna necesidad de reconstruirla. La idea de Laia no sólo me había conducido a la memoria gráfica de la plantación, también me había permitido hacerme amigo de

Màrius que es, por decirlo así, el guardián de mi memoria, y ahora que lo tengo y lo frecuento, no puedo explicarme cómo no lo busqué antes, cómo no procuré desde hace años nuestro acercamiento, porque hay cosas que no puedo compartir más que con él, cosas simples, un olor, un ruido, una temperatura y cierto grado de humedad, la canción nocturna de un búho, el paso de una bestia detrás del breñal, el olor a boñiga y a paja y a fruta podrida, el trazo urgido de una víbora, la niebla y las urticarias, un puro a la hora de los moscos y el menjul que los dos sabemos preparar de aperitivo, todo dicho y experimentado en catalán de ultramar, esa lengua mezclada con palabras castellanas pero también náhuatls y otomíes, y también con jarochismos del español que se habla en Veracruz, esa lengua trenzada con rebotes: *pazumáquina*, *pazumango* y *pazuputamadre*, cosas que no puedo compartir con nadie que no haya nacido en esa selva. Ahí en la casa de Guixers vi, y miro todavía cada vez que voy, la colección de Puig, ahí está la foto del trono del alcalde el día del concierto y, junto a ésta, otra donde se puede ver a su excelencia cómodamente sentado, en el momento en que suelta una carcajada muy al principio del concierto, quizá cuando el secretario Axayácatl acababa de lograr que El Mico Capón empezara otra vez su show; se ve que es muy al principio porque el alcalde se fue emborrachando conforme avanzaba el concierto, de forma rotunda y muy patente, y en esta fotografía todavía se lo ve fresco, recién duchado y vestido de blanco, recién enfundados los pies en sus calcetines de media de mujer, que se ven perfectamente porque a la hora de soltar la carcajada, suelta también las piernas que automáticamente ascienden y esto provoca que se le vean sus siniestros calcetines. Puig lo iba fotografiando todo y mientras él recopilaba imágenes Joan y yo espiábamos el concierto desde el tejado de la casa, veíamos a esa horda de jipis latinoamericanos cabeceando y moviendo las caderas con las piezas étnicas del grupo Los Garañones de Acultzingo, un quinteto de minotauros con el pecho al aire que tocaban lo mismo una pieza andina que un son jarocho, con una mezcla inverosímil de instrumentos acústicos y eléctricos que producían una pasta sonora difícilmente descifrable.

13

De aquella pléyade de personajes que llevó el autógrafo de Johan Cruyff a La Portuguesa, los negros de Ñanga fueron los más entusiastas. Habían llegado como todos a mirarlo y a dejarse seducir, y también como todos iban prejuiciados y bien dispuestos a añadir ese objeto a la recua de símbolos que contaban con su devoción, ni siquiera se interesaban por su origen ni por su naturaleza, que con toda seguridad los hubiera desconcertado, iban por el poder de convocatoria que este objeto tenía. A nadie le importaba que se tratara de la firma de un futbolista holandés, es más, es probable que muchos de los peregrinos ni siquiera entendieran lo que «futbolista holandés» significaba, lo relevante era el poder que ese objeto tenía en sí mismo, el poder de hacer bajar a la gente desde Naolinco, Zentla o Yahualica, una cosa rara pero habitual en aquella tierra donde los signos eran fundamentales, donde la magia y la religión se entrecruzaban y los dioses indígenas se disfrazaban de dioses católicos, y aquella eclosión entre lo occidental y lo indígena daba lugar a una órbita religiosa donde cabía todo, lazos rojos, ojos de venado, muñecos, ropa «trabajada», santos de yeso, nahuales, animales totémicos, figuritas de barro, estampas de la virgen, y en esa galaxia de objetos con poder, entraba perfectamente el cuadro púrpura donde estaban expuestos el autógrafo y la fotografía borrosa de Johan Cruyff.

Hace unos años, en una llamada telefónica a mi hermano Joan, él en su casa en México y yo en la mía en Barcelona, nos pusimos a enumerar de memoria las figuras que tenía la chamana en el altar que presidía su bohío, yo iba escribiendo lo que íbamos recordando y el resultado fue una lista que ilustra a la perfección aquella órbita religiosa: un Chac mool y un Tláloc de barro, una dentadura de tiburón, una veladora encendida dentro de un vaso rojo que tenía pintada la efigie de la virgen de Guadalupe, otra con la efigie de Cristo Rey, una chapa del PRI, un niño dios de barro con pañal y piel excesivamente rosa, una pata de cerdo disecada, un cáliz de iglesia (no sé si robado, donado o aparecido) donde hacía algunas pócimas, un collar de ajos, un caracol marino que tocaba a veces en alguna curación, tres ojos (no sé de qué bestias) que formaban un triángulo equilátero, un Batman de plástico que a insistencia suya (una insistencia parca y pétrea y sin embargo insoslayable) habíamos donado, una figura de yeso de san Martín de Porres y otra de la virgen de Montserrat (donación de Isolda, la mujer de Puig), un frasco azul de Nivea con una planta mágica de nombre «pelos de bruja», un Cristo crucificado, una fotografía enmarcada de Carlota y otra de ella misma abrazando al padre Lupe, un afiche de la diosa Chalchiuhtlicue, otro de Quetzalcóatl y a todo esto, esporádicamente y durante una temporada, fue a sumarse el autógrafo de Cruyff que ella solicitó para efectuar algunas curaciones. En esta reciente incursión que hice a su bohío, comprobé que la lista que habíamos hecho Joan y yo por teléfono era bastante precisa, habíamos acertado en todo excepto en un mico disecado y en un platito con una imagen bucólica llena de verdes y azules que dice «Catalunya» (donación de Fontanet).

Regreso a los peregrinos que visitaban el autógrafo de Cruyff cuando lo teníamos expuesto en la terraza, a ese grupo de negros de Ñanga que, a diferencia de los otros peregrinos que nada más miraban o se postraban, se ponían a tocar los tambores y a bailar, regresaban una y otra vez, un día tras otro, a diferencia del resto que iba una sola vez y quedaba, digamos, saciado. «¿No serán peligrosos estos negros?», preguntaba Teodora preocupada y luego agregaba que no eran cristianos y que bailar así frente a una imagen era una falta de respeto; «Pero si la imagen es la firma de un futbolista», le decía Laia para tranquilizarla, pero Teodora vivía metida dentro de esa órbita donde cabía todo, hasta el Batman de plástico. La danza que un día sí y otro también ejecutaban los negros era una mezcolanza que conservaba algún aire de danza africana, dos o tres requiebros o actitudes y unos gritos pero nada más, porque hacía siglos que sus antepasados habían llegado a México y sus lazos con África se reducían a la facha que tenían, y a la «pureza de su sangre», decían ellos para contrarrestar la suspicacia que despertaba tanta pasión africana, y también para disimular el hecho de que en aquella selva nadie había querido nunca intimar con un negro y ellos habían tenido que relacionarse unos con otros y décadas más tarde, con tanta endogamia, ya no podía distinguirse quién era quién. En la pared de la choza del patriarca, que efectivamente parecía una vivienda africana con sus escudos y sus lanzas clavadas junto a la puerta, colgaba una sucesión de retratos al carboncillo, y de fotografías en el caso de los más recientes, de los patriarcas de aquella tribu, la tribu de Ñanga como se hacían llamar en recuerdo del hijo de un príncipe negro que había llegado como esclavo a Veracruz en las crujías de un barco negrero. La decena de patriarcas que colgaba de aquella pared ilustraba perfectamente los estragos genéticos que asolaban a su exigua población: los diez eran idénticos, tenían la nariz ganchuda, una manzana de Adán descomunal y la tendencia del ojo izquierdo a mirar para arriba por su cuenta, que a veces rebasaba los límites del párpado y dejaba el ojo completamente en blanco. El patriarca en los tiempos de Cruyff, que por supuesto reunía todos los distintivos de su pueblo, se llamaba Chabelo, un nombre no muy africano que por otra parte no era raro, porque los patriarcas anteriores que habían tenido contacto con la plantación habían sido Benito y Carlomagno. Este último se había acercado a La Portuguesa desde su fundación, con la idea de establecer algún tipo de alianza con los españoles; aquella asociación al principio parecía estrambótica, como el nombre de su promotor, pero con el tiempo comenzó a cobrar una sólida lógica, porque en aquel universo indígena estas dos tribus, la de los negros y la de los españoles, eran consideradas por los indios como tribus enemigas, así que el líder Carlomagno, que entonces era un viejo encorvado de nariz ganchuda, de pelo y ojo blanco, que usaba su lanza como bastón y un taparrabos tachonado de motivos africanos, se acercó a la plantación a ofrecer su alianza estratégica y también la mano de obra de su pueblo. El linaje de aquellos negros se remontaba hasta el África de mediados del siglo XVI, y estaba centrado en la figura de Yanga, el príncipe de los dincas, hijo del rey de los bora del Alto Nilo, al sudoeste de Gondoco. Un mal día de aquel siglo convulso, había aparecido un pelotón de soldados españoles que irrumpió, sin ningún protocolo, a mitad de una ceremonia, con una grosería que pasaba por pisotear las ofrendas que había puesto el pueblo para sus dioses, y también por patear cabras, gallinas y chiquillos indistintamente. En un minuto la aldea había sido invadida y pisoteada y al minuto siguiente los soldados, repartiendo patadas y gritos, habían cogido a los pobres negros y amarrado del cuello a uno detrás de otro en una hilera lastimosa. El objetivo de aquella invasión al sudoeste de Gondoco era secuestrar mano de obra y meterla a la fuerza en las crujías de un barco rumbo a Veracruz para que allá, en aquellas tierras lejanísimas de Nueva España, los negros echaran una mano, o más bien se hicieran completamente cargo de las labores del campo, concretamente de las cosechas de caña de azúcar, que constituían uno de los motores económicos de la recién consolidada expansión del imperio español. Parece que el negro Yanga fue sorprendido en su cabaña mientras se acicalaba para la ceremonia de los dioses de la fertilidad, que un soldado de casco y botas hasta los muslos entró y lo cogió del cuello ante los ojos de la atónita princesa, que se hallaba concentrada en la labor de pintar el distintivo de los dincas en las mejillas de su marido. A Yanga lo amarraron como a todos a la fila de los esclavos y después de que los enviados del imperio le prendieran fuego a la ciudadela, lo subieron al barco ante el doble desconcierto de sus súbditos: el que les producía ese secuestro salvaje, y el de ver cómo el príncipe, que era el puente entre los dioses y su pueblo, era vejado y humillado por esa tribu de hombres blancos y barbados. El viaje en barco negrero fue una pesadilla, los soldados, calculando que en el trayecto su botín de esclavos sufriría una merma, atiborraron la crujía; donde cabían doscientos habían metido cuatrocientos cincuenta, en un espacio oscuro, húmedo y salitroso que iba por debajo de la línea de flotación del barco, y donde escaseaban la comida y el agua y desde luego las literas y los retretes, y en esas ignominiosas condiciones, en ese zulo infernal donde los negros iban hombro con hombro y pecho con espalda y no tenían espacio ni para sentarse, ni para sesgarse un poco a la hora de defecar, hizo su viaje Yanga, el otrora príncipe de los bora del Alto Nilo, que vio con desesperación cómo muchos de sus súbditos, menos dotados que él, morían de pie, apoyados en los cuerpos de sus paisanos. De cuando en cuando los soldados abrían la tapa de la crujía y, como era costumbre en los barcos negreros, sacaban a los muertos y los tiraban al mar, aplicaban ese método conocido simple y llanamente como «el purgue», una palabra rara y en desuso, obviamente derivada de «purga», que aparece en las «actas reales de los barcos negreros», que hasta la fecha se encuentran en un sótano del fuerte de San Juan de Ulúa en el puerto de Veracruz. Gracias a estas actas ahora puede saberse que en el barco del príncipe Yanga, que tenía el nombre de *Nuestra Señora de Covadonga III*, llegaron ciento cinco negros de los cuatrocientos cincuenta que habían embarcado después de la incursión militar en el Alto Nilo. Antes de subirlos a unas carretas que los llevarían a su destino, los negros tuvieron su primera comida al aire libre luego de dos meses y medio de encierro, ahí mismo en los muelles del puerto se les sirvió, según consta en el acta, encima de una improvisada mesa formada con cajas de madera, «una cabeza de bagre, una patata y un vaso de agua de piña». En el acta también dice que uno de los negros, «el más distinguido», tenía pintado en la mejilla «un símbolo prehistórico», refiriéndose, al parecer, al distintivo dinca que le había pintado a Yanga su mujer. Después de la frugal comida y antes de volverlos a hacinar en esas carretas que normalmente transportaban aves de corral, un enviado del virrey leyó un edicto donde se especificaba que a partir de ese momento todos los bora del Alto Nilo pasaban a ser esclavos de la corona española. El edicto fue leído en castellano y ninguno de los destinatarios, que no hablaban más que dinco, entendió ni una palabra. El acta, que está firmada con un garabato ilegible y fechada en el año de 1552, tiene un título tan simple que toca lo brutal: «Expedición negrera XXXII-IV». Presumiblemente, después de la lectura del edicto, las carretas repartieron a los esclavos por los cañaverales de Veracruz y ahí, en grupos de diez o quince, trabajaron los pobres negros durante décadas, sin sueldo y hasta la extenuación. Pero resulta que Yanga no sólo era «el más distinguido», como bien rezaba el acta, también tenía un espíritu incompatible con su condición de esclavo y desde su primer día de trabajo en los cañaverales de Metlác, comenzó a sembrar las semillas de una rebelión que estalló dieciocho años más tarde, en 1570. Todo empezó con una vengativa matachina de los españoles que eran dueños de las plantaciones de caña, muy bien planeada y con el fin de que el virrey se enterara del descontento general que hervía en la tribu bora del Alto Nilo, y también en otras que de inmediato se sumaron a la rebelión y que suscribían las arengas libertarias del príncipe Yanga, que había cambiado su dinco natal por el castellano y se había rebautizado como Gaspar Yanga. Así fue como el heredero de la nación de los dincas, al sudoeste de Gondoco, se reconvirtió en comandante guerrillero y reunió un potente ejército de rebeldes, que sumaba más de quinientos negros con sed de venganza y un físico hercúleo que habían ganado con dieciocho años de jornadas bestiales y extenuantes. «Los negros que no morían extenuados por el trabajo inhumano del cañaveral se convertían en hombres extremadamente fuertes, en verdaderos centauros agrícolas», apunta el historiador Cosme Villagrán en su libro *Negros y chinos de Veracruz*, donde analiza minuciosamente la importancia que han tenido estas razas en el desarrollo de la región. En el capítulo dedicado a la rebelión, Villagrán duda de la cifra del ejército de Gaspar Yanga: «Aun cuando fueran quinientos los hombres del ejército de rebeldes, no cometo una imprudencia al asegurar, basado en los censos poblacionales de fray Toribio de Valverde, que había muchos, quizá la mitad, que seguían a Yanga por sus ideales libertarios, aunque no fueran precisamente negros». Como quiera que fuese, Gaspar Yanga dio el golpe en 1570 y luego de asaltar junto con sus secuaces las casas más ricas de la región, se refugió en las faldas del Citlaltépetl, y con el tiempo se ocultó en la sierra de Zongolica y en los alrededores del Cofre de Perote. La rebelión de los negros que era, como he apuntado más arriba, técnicamente una guerrilla, hizo durante los siguientes treinta y nueve años, hasta 1609, la vida imposible al virreinato; durante todo ese tiempo, refugiados en la clandestinidad que les ofrecía la selva, atacaron permanentemente a las fuerzas del orden y lo hicieron con todo tipo de armas y estrategias, «igual destrozaban un cuartel con balas de cañón, que envenenaban un regimiento con pócimas, o lo diezmaban a golpes de vudú», apunta el historiador Villagrán. Para mantener la revuelta en pie, un tema muy gordo que entrañaba mucha inventiva ideológica y el techo y el rancho de quinientos elementos durante más de tres décadas, los negros de Yanga (como se los conocía popularmente) asaltaban las diligencias que recorrían el camino de México a Veracruz, y de Veracruz a Jalapa, y lo hacían siguiendo el protocolo clásico de los salteadores de caminos, que salían de improviso en una curva, empuñando sus armas y con la boca y la nariz cubiertas por un pañuelo, un detalle hasta cierto punto hilarante en esos negros que andaban siempre con taparrabos. Al poco tiempo de iniciada la revuelta, el príncipe Yanga, seguro de que nunca más regresaría a sus dominios, ni volvería a reencontrarse con su princesa, se casó con una mujer, plebeya y veinticinco años menor que él, pero que también había sido secuestrada, en una redada posterior, en el Alto Nilo, al sudoeste de Gondoco. El primer hijo de Yanga nació en 1571, recibió el nombre de Ñanga y la responsabilidad de ser el príncipe heredero de la nación dinca en el exilio. Ñanga creció en el centro de la revuelta y a los doce años se integró en el ejército, comenzó a desmantelar cuarteles, y a cargarse soldados del virrey y a asaltar diligencias con una efectividad y una maestría que lo llevaron a tomar el mando cuando el príncipe, que ya por pura temporalidad era rey, comenzó a sentirse fatigado de tanta lucha. En 1609 el virrey, agobiado por las presiones de los terratenientes veracruzanos, se vio obligado a pactar con Yanga y con Ñanga, y con todos los miembros de su ejército, los invitó a abandonar la clandestinidad, prometió no ejercer ninguna acción legal contra ellos y olvidar los treinta y tantos años de tropelías que habían dejado sensiblemente tocada la gobernabilidad en ese territorio. Durante los siguientes años la lucha armada de los negros se transformó en una efectiva batalla política, que fue consiguiendo victorias insólitas para la época, como la abolición de la esclavitud en esa zona de Veracruz y con el tiempo, en el año 1624, cuando Yanga ya era un rey vetusto, la fundación de una comunidad autónoma, gestionada por ellos mismos, que fue bautizada como San Lorenzo de los Negros, aunque un tiempo después, por motivos que obedecían menos a la corrección que a la ambición política, cambió su nombre por San Lorenzo de Cerralvo, por insistencia del virrey don Rodrigo Pacheco y Osorio, que era marqués de aquella localidad. Trescientos años después, en 1932, el pueblo de San Lorenzo, cuya población seguía siendo mayoritariamente negra, obtuvo el nombre de Yanga, que le correspondía desde el principio.

El príncipe Yanga tuvo una vida muy larga, «más allá de los cien», dice Cosme Villagrán, sobrevivió a su mujer que era mucho menor que él, y se casó otras dos veces. Los últimos años de su vida recogió los frutos de su ingente lucha, vivió como un viejo sabio mimado por su pueblo y entregado a la vida doméstica, con una energía que dejó un saldo de once hijos, repartidos entre su segunda y tercera mujer, que fueron a sumarse a los catorce que tuvo con la primera, en los tiempos aciagos, y ociosos, de la clandestinidad. La historia de Ñanga, en cambio, en los años de San Lorenzo, fue un rosario de exabruptos que acabaron diluyendo sus hazañas legendarias en los tiempos de la guerrilla; la desgracia de ser un rey sin reino, un hombre de la realeza bora que por un palo del destino había acabado como esclavo en Veracruz, a años luz del sudoeste de Gondoco, fue poco a poco trastornándolo; y tampoco ayudó la laxitud social y política que comenzó a corromper a los habitantes de San Lorenzo, hombres acostumbrados a pelear y a estar en pie de guerra, que no encontraban cómo encajar su ímpetu belicoso en las tareas rutinarias que les imponía el Ayuntamiento. Ñanga estaba llamado a ser rey y su rol de alcalde, aun cuando era la culminación de la lucha de su padre y de la suya, le pareció poca cosa y para paliar su frustración se puso a reproducir, primero de manera inconsciente y más tarde desde la conciencia exacerbada que le proporcionaba el aguardiente, los protocolos que observaban los bora del Alto Nilo al sudoeste de Gondoco. Existe la fotografía de un retrato de Ñanga pintado por un tal Junípero, cuyo paradero se desconoce, que forma parte del seguimiento que el virreinato hacía de los grupos de esclavos que llegaban a Veracruz; esta fotografía, que se encuentra hasta hoy en la sección de anexos de las «actas reales de los barcos negreros», se titula *El alcalde de San Lorenzo*, y en ella aparece, de cuerpo completo y plenamente emperifollado, el mismísimo rey Ñanga, rodeado por sus cuatro primeras damas que lo miran hacia arriba con adoración, porque están arrodilladas en el suelo, no se sabe si por sugerencia de Junípero, o si el artista no hizo más que copiar la realidad; en todo caso el cuadro nos ofrece un generoso acercamiento a la «patología real», según la terminología del historiador Villagrán, que «padecía» el alcalde, y también, y este detalle fue el que más me interesó cuando vi la foto del retrato, que se trataba de un negro espigado y atlético, como se supone que era su padre, con una nariz chata y gruesa que nada tenía que ver con la nariz ganchuda, ni desde luego con el ojo en blanco, de los negros que

visitaban La Portuguesa. Ñanga comparece ante el pintor Junípero con mucho orgullo, con los brazos cruzados y un pie adelantado que nos permite apreciar las sofisticadas sandalias que
utilizaba; desde aquella extremidad enviada al frente, como señal
de su carácter emprendedor, de su paso firme, se levanta una tú-
nica verdosa, que por sus brillos y pliegues bien podría ser de seda,
que lo cubre hasta las clavículas, hasta lo que alcanza a verse de
éstas porque el alcalde, que en realidad era rey, tiene echada al
cuello una piel de zorro, o «de vil coyote», si se atiende a la interpretación de la pintura que ofrece el historiador Villagrán en el
volumen mencionado anteriormente. La cabeza de Ñanga está
tocada con un arreglo de flores y plumas que recuerda los pena-
chos que utilizaban los gobernantes prehispánicos, y del cuello,
salida entre la pelambre de zorro o «de vil coyote», le cuelga una
calavera, un cráneo que por sus dimensiones debe de haber perte-
necido a un hombre pequeño o a un niño, y que con toda seguridad le servía para mezclar los elementos de sus pócimas, aunque
el historiador Villagrán apunta, con esa inexplicable mala baba
que se le agudiza a medida que se adentra en la biografía, que en
sus últimos días «el alcalde de San Lorenzo utilizaba su calavera
para mezclar aguardiente con yerba santa y luego, in situ (*sic*), se
lo bebía». Las mujeres que adoran a Ñanga arrodilladas en el suelo están vestidas con túnicas, también de aspecto sedoso, y tienen
tocados de pluma, mucho más modestos que el de su rey; cada
una de ellas sostiene una cesta con algo, fruta, una masa que parece de pan, un montón de flores y un águila viva, otra metáfora
del carácter emprendedor del monarca, de la sagacidad, la fuerza
y el buen ojo con que había llevado a los bora del Alto Nilo desde
la ignominiosa esclavitud hasta la apacible autonomía donde todos se aburrían como ostras. Aquella pintura de Ñanga, cuya
fotografía se encuentra hasta la fecha, como dije, en uno de los
sótanos del fuerte de San Juan de Ulúa en el puerto de Veracruz,
es la representación gráfica de la «patología real» que efectivamente carcomía al rey que también era alcalde, su vestimenta
extravagante y sus alardes poligámicos correspondían a su gobierno, caprichoso y anárquico, que el virreinato pasaba por alto
con tal de que los negros permanecieran encerrados en su territorio autónomo, y al virrey le importaba poco que el dinero que se

destinaba al Ayuntamiento de San Lorenzo, se lo gastara el alcalde en ajuares y fastos. La historia de Ñanga se parece a la de muchos gobernantes, de pueblos recónditos, que acaban enloqueciendo envenenados por su poder ilimitado, se parece, para no ir más lejos, a la de Froilán Changó, aquel nefasto alcalde de Galatea; pero a diferencia de ésta, la historia del negro tiene un reino perdido que la matiza y la distingue de las otras. Ñanga efectivamente se volvió loco de poder, pero también es verdad que aquella pérdida era elemento suficiente para enloquecerlo, y es aquí justamente, en el asunto de la pérdida, donde los negros de Ñanga y los españoles de La Portuguesa teníamos algo en común: las dos tribus arrastrábamos un reino perdido, cuando lo que tocaba, la única solución posible, era de verdad perderlo. He ido reconstruyendo la historia de Yanga y Ñanga y de los bora del Alto Nilo, al sudoeste de Gondoco, la he ido reconstruyendo a partir de ciertos textos, entre los que se encuentran el libro de Cosme Villagrán y las «actas reales de los barcos negreros», y también he aprovechado lo que Laureano Ñanga, secretario de Obras Públicas del Ayuntamiento de Galatea y heredero directo de esta historia, me ha ido contando, y he procurado ignorar el conveniente sesgo que Laureano le ha dado a la biografía de Ñanga, un sesgo que añade a la vida excéntrica del alcalde de San Lorenzo una orientación homosexual y una serie de anécdotas donde aparece mucho más libertino, mucho más enloquecido de lo que, se supone, era. Pero estábamos en el día en que Carlomagno apareció por primera vez en La Portuguesa; aquel momento quedó plasmado en una fotografía que es parte de la colección de Màrius, y que está en la serie «A Sight of the Mexican Jungle» de la Fundación Barbara Forbes, donde aparece Arcadi junto a Carlomagno el día que se conocieron. La jungla espesa que aparece detrás, más la vestimenta de mi abuelo, que no sé por qué precisamente ese día iba vestido como de safari, hacen pensar que la foto fue hecha en África, incluso la fundación la rechazó al principio porque aquello parecía más bien *the african jungle*, pero el empresario Aguado, nuestro inefable vecino, había pujado con tal energía y había ofrecido una justificación tan esmerada, que el curador de la Forbes había terminado incluyéndola. No se sabe muy bien por qué el empresario Aguado eligió esa fotografía y no cualquiera de las otras, que son para mi gusto mucho mejores, donde puede verse la gestación de La Portuguesa, cuando todavía no construían ni sus casas ni era aquello una comunidad sino un cafetal en potencia, cuando españoles, negros e indígenas trabajaban codo con codo haciendo los surcos donde más tarde plantarían el café. Desde aquel día histórico en que el patriarca Carlomagno había aparecido en la plantación, se había establecido una firme alianza entre La Portuguesa y los negros de Ñanga, una relación que nunca había contado con el beneplácito ni de los trabajadores ni de las criadas, a los que no les daba la gana ni de pronunciar bien sus nombres, Carlomagno era «Carlomango» y su sucesor Benito era simple y llanamente «Negrito», y cada vez que podían, criadas o trabajadores, les hacían perradas a los pobres negros. Benito, el sucesor, había tenido un patriarcado efímero porque cuando Carlomagno pasó a mejor vida, él tenía su misma edad y la misma nariz ganchuda y el ojo blanco idéntico, y por supuesto no resistió ni tres años y pronto dio paso al siguiente patriarca en la línea, a Chabelo, también de idéntica cara pero veinte años más joven que sus antecesores. Dice Màrius que el funeral de Negrito fue muy conmovedor, a él le tocó formar parte de la delegación representativa de La Portuguesa que fue a Ñanga a mostrar su solidaridad con el patriarca muerto. Laia también estuvo ahí acompañando a Arcadi pero ella todo lo que vio, según me ha dicho, fueron las mismas danzas que veíamos siempre en la plantación, «No sé si el Màrius es más sensible que yo y por eso se conmovió tanto», me dijo Laia el otro día por teléfono con un tremendo retintín. Según Màrius aquella memorable ceremonia «destapó» su devoción por África, cosa que por otra parte es cierta porque cada año se inventa un viaje al continente negro, a pesar de las protestas de Ming, su pareja, que es algunos años mayor que él y que cada viaje soporta menos los aviones y el turismo esforzado. De modo que las visitas que pagaban los negros al autógrafo de Johan Cruyff y las vistosas danzas que ejecutaban frente a éste tenían un fuerte componente de solidaridad con Arcadi y sus socios; por otra parte y como compensación, los negros gozaban del desprecio que les dispensaban los trabajadores y las criadas que sin perder el tiempo habían rebautizado a Chabelo como «Chabuelo», por su pelo blanco y sus maneras de patriarca viejo. El ceremonial africano que dispensaban los negros era sumamente mestizo, porque además de que las danzas no eran precisamente canónicas incluían una especie de taconeo jarocho (es un decir porque iban descalzos), y a los bongós, las congas y las tumbadoras con que hacían su música, habían añadido un violín, «cosas de estos tiempos», se disculpaba Chabelo cuando alguien cuestionaba la pureza del ceremonial. Años antes, durante el patriarcado de Carlomagno, cuando la relación con la tribu de Ñanga llevaba poco tiempo y no las tres décadas y pico que cumplía en 1974, los republicanos, en una tarde de menjules en la terraza que se prolongó con whiskys hacia la noche, se sintieron en la obligación social de integrar a Carlomagno y a su hijo Tebaldo a la tertulia; los dos negros, con sus caras idénticas, habían aparecido de improviso con el obsequio de un cuenco de frutas y se habían plantado, como lo hacían siempre, sin decir nada y con extremada solemnidad, frente a los patrones que disfrutaban del fresco mientras avivaban las brasas de la nostalgia, a fuerza de recuerdos acomodaticios, ensoñaciones sobre la tercera república y una consistente batería de tragos. Carlomagno y Tebaldo habían aceptado sentarse un momento con ellos, luego de colocar trabajosamente su cuenco de fruta encima de la mesa que estaba invadida de platos, vasos y ceniceros; el tema de la conversación, que no era más que el avivamiento de aquellas brasas, los enganchó inmediatamente, les impresionó mucho la historia de esos hombres que habían salido expulsados de su país por haber perdido una guerra, era una historia con la que Carlomagno y su hijo no podían más que simpatizar porque ellos también se sentían exiliados, aun cuando su tribu ya era más mexicana que africana. Aquello sucedía, según las cuentas que he hecho con Laia, y después con Màrius, en 1955, cuando Arcadi y sus socios ya habían perdido la esperanza de regresar a España porque Franco no sólo seguía en el poder después de casi veinte años de haber dado su golpe de Estado, sino que ya era tratado por el resto de los países como un presidente normal. En aquella terraza, en aquel año, ya se soñaba con la muerte del dictador y también se acariciaba la esperanza de que alguien organizara un complot para asesinarlo. Todo aquello lo oyeron Carlomagno y su hijo durante un rato considerable, quizá hora y media, envueltos en la humareda que hacían los puros y bebiendo limonada porque el alcohol lo

321

tenían prohibido por su religión, «¿Y qué religión es ésa?», había preguntado Fontanet con curiosidad, «La religión africana», había respondido severo Carlomagno. Al día siguiente apareció Tebaldo en la oficina y les dijo que su padre lo había mandado a que les pidiera una fotografía de Franco. «¿Para qué?», preguntó Arcadi. «Para hacerle un vudú», respondió Tebaldo. Nadie en la plantación tenía una foto de Franco, pero la idea de hacerle vudú al dictador les pareció tan atractiva, que el mismo Arcadi se montó en la furgoneta y fue a pedir una foto al archivo de *Las rías de Galatea*. La posibilidad de matar a Franco con un envión de magia negra, a control remoto y sin mayores implicaciones, era un proyecto tan seductor, tan irresistible, que había que apoyarlo, aun cuando ninguno de los socios se tomara muy en serio el vudú de Carlomagno. Ésta es una historia que mi abuelo, al final de su vida, se empeñaba en negar porque le daba vergüenza haber estado involucrado en aquella conspiración esotérica, pero su empeño era inútil porque todos habíamos visto durante años el muñeco del general Franco que tenía en la oficina. «Tú y yo sabemos que ese muñeco existía, Arcadi», le dije a mi abuelo en dos o tres ocasiones, cuando yo estaba obsesionado con la idea de reconstruir su historia, que es también la mía, y él me respondió invariablemente todas las veces que estaba loco, «Tu ets boig, nen», como si entre los dos el propenso a la locura hubiese sido yo, como si aquel muñeco hubiera sido un escape más deshonroso que el whisky, o los menjules, o la bandera de Bages, o el catalán que hablábamos; en realidad en La Portuguesa todo era escapar de ahí, por eso vivíamos como en la calle Muntaner, en nuestra Cataluña imaginaria, dentro de nuestra empalizada de Astérix, en una huida permanente hacia el reino perdido. Los republicanos se habían inventado todo aquello para no morir de desesperación y a mí el proyecto del vudú, en contra de lo que pensaba Arcadi, siempre me ha parecido un capítulo más de aquella permanente huida, ni más ni menos. Media hora más tarde Arcadi estaba de vuelta con la foto de Franco, una foto donde la cara del dictador salía de perfil, como en las monedas, «La llevaré al patriarca», dijo Tebaldo y de inmediato emprendió el regreso a Ñanga, por el camino que usaban ellos que era a campo traviesa porque si lo hacían por la carretera, como hubiese sido lo más práctico y normal, la gente no tardaría en hostilizarlos, en burlarse de sus taparrabos y de sus lanzas y escudos, y en gritarles: «¡Pazuputamadre, pinche negro, regrésate a África!», como si ahí donde vivíamos todos hubiera sido el jardín de Luxemburgo, y no la selva infecta. En la oficina de la plantación, el proyecto del vudú se había tomado básicamente como una actividad divertida, pero la verdad es que en el fondo todos esperaban que la magia negra de Carlomagno tuviera algún efecto y la prueba era la velocidad con la que Arcadi había conseguido la fotografía. Dos días más tarde había llegado un enviado del patriarca, un muchacho negro idéntico a todos los hombres de Ñanga, que respondía al nombre de Lorena; fue directamente a la oficina y les dijo a los socios que el muñeco estaba listo y que el patriarca Carlomagno los invitaba esa noche a la ceremonia donde le darían el «soplo vital». Puig trató de posponer el acto porque esa noche recibirían la visita de un empresario canadiense que estaba interesado en comprar café para venderlo en una cadena de supermercados que operaba en Ontario, pero Lorena replicó que aquello era imposible pues la ceremonia dependía de la alineación que los astros tendrían esa misma noche; Puig lo consultó con sus socios y entre todos concluyeron que, con vudú o sin éste, la posibilidad de hacerle daño al dictador era la cosa más seria del mundo. Una vez que el enviado de Carlomagno se hubo ido, resolvieron que al empresario podían atenderlo perfectamente sus mujeres, apoyadas por el caporal, que estaba capacitado para responder cualquier pregunta sobre las calidades y los precios del café. Había escrito más arriba que tanta ceremonia alrededor del autógrafo de Cruyff, aquel día de 1974, obedecía a la estrecha relación que los negros de Ñanga habían tenido durante décadas con La Portuguesa, pero también hay que decir que Lorena era uno de los motores de aquel entusiasmo. Aquel joven negro, de nariz también ganchuda e idéntica manzana de Adán y ojo casi blanco, que era ya un adulto en los tiempos del autógrafo, había profesado desde la época del vudú una desmedida pasión por Màrius, y esa pasión terminó redundando en la deferencia y las atenciones que de por sí tenía la tribu de Ñanga con nosotros. No se sabía si Lorena era homosexual y por eso lo habían llamado así, o si ese nombre estrambótico lo había vuelto como era, el caso es que, cuando comenzó a ir con más frecuencia a la plantación,

Puig, que ya estaba al tanto de la sexualidad de su hijo, puso el grito en el cielo porque Lorena era un negro cachondo de maneras femeninas que, en la medida en que cogía confianza, se había ido desinhibiendo. Lorena aparecía en la plantación con cualquier pretexto, llegaba con un cuenco de frutas y se sentaba en la terraza a conversar con Sacrosanto mientras éste velaba las siestas químicas de Marianne o, con el pretexto de aprender a cocinar, por ejemplo, la *carn d'olla*, se apostaba en la cocina entre Carlota y doña Julia, y como a todos les caía en gracia el negrito, le hacían un hueco y conversación mientras él desplegaba sus encantos, con un ojo siempre atento al jardín por si aparecía Màrius. Pero esto que cuento ahora de manera tan explícita, el gusto de Lorena por Màrius que por escrito parece tan evidente, tan craso, no lo era tanto, ninguno nos dimos cuenta de que entre Màrius y él había una tormentosa relación, ni de que las idas a Ñanga a recoger a Màrius tenían que ver con ésta; en Lorena veíamos a un negrito maricón que nos simpatizaba y que la mayoría de las veces nos alegraba el día, y a Màrius lo veíamos muy a su aire. No fue hasta hace muy poco, en una de nuestras tardes en Guixers, que le pregunté sobre Lorena, porque aparecía en varias fotografías, una de ellas frente al perol de *carn d'olla* precisamente. «Con él me pegué mis primeros polvos», me respondió Màrius tan tranquilo y añadió lascivo, después de darle un trago a su whisky y de cerciorarse de que Ming, su pareja, lo estaba oyendo: «Tenía el príapo del tamaño de su lanza».

A la ceremonia del «soplo» asistieron los socios más Màrius y Laia, Arcadi había cargado con su hija para quitarle peso a la presencia del hijo de su amigo que había insistido hasta el bochorno en acompañarlos a Ñanga, y así, con la presencia de Laia, el asunto quedaba como una actividad divertida para «los niños». Lo primero que notaron al llegar a casa de Carlomagno fue la solemnidad del acto, los negros habían construido una especie de altar donde comparecía el instrumento del magnicidio, un monigote de tela burda con la fotografía de la cara de Franco pegada a la cabeza; la composición era extraña porque la cara del general estaba de perfil y eso forzaba la antropometría del cuerpo que estaba de frente. Alrededor del altar comparecía la tribu en pleno, hombres, mujeres y niños, todos idénticos, se habían solidarizado con la historia de los españoles que les había transmitido Carlomagno. El espacio estaba delimitado por cuatro hogueras y había un grupo de congas, tumbadoras y bongós alimentando permanentemente la ceremonia. Los socios de La Portuguesa se sentían un poco fuera de lugar porque no habían calculado que aquello era un acto muy serio, y habían ido vestidos como cualquier día y con ánimo más bien ambiguo y receloso, y en cuanto llegaron ahí y fueron colocados en el centro del cuadro que marcaban las hogueras, cayeron en la cuenta de que todo aquello se había montado para ayudarlos y que lo que ahí se fraguaba era un asesinato, ni más ni menos, porque el asesinato empieza con la disposición del que va a cometerlo, con la instrumentalización del deseo de matar a alguien. Ésta era justamente la lectura del vudú que no soportaba Arcadi, que durante años había dicho que el vudú no había sido más que un divertimento y al final había terminado por negarlo del todo, por erradicarlo de su historial, cuando la realidad es que aquella noche en Ñanga, y luego durante varias semanas, los socios de La Portuguesa no sólo habían deseado, colectivamente y de forma organizada, la muerte del dictador, habían ido mucho más allá al materializar ese deseo en la figura del muñeco y esto, siendo rigurosos, no tiene nada que ver con la diversión ni con el juego. La ceremonia fue un acto lleno de parrafadas en su lengua, un dinco macarrónico, y bailes mestizos, y al final Carlomagno pidió que uno de los españoles se acercara para dar el «soplo» al muñeco, un honor que asumió inmediatamente Fontanet que era, como he dicho en alguna parte, el más limítrofe de todos, y que asumió cumpliendo con entusiasmo la petición de que se quitara la camisa y se descalzara, un entusiasmo demasiado físico que chocaba un poco con el aura religiosa que despedía el acto, parecía un deportista listo para competir cuando se acercó al altar donde lo esperaba Carlomagno con el dedo índice lleno de pintura negra, preparado para trazarle rayas en la cara, en el pecho, y en las manos y en los pies, y una vez terminado el diseño, que según Laia duró una eternidad, Carlomagno lo acompañó frente al muñeco y Fontanet, debidamente asesorado, reflexionó un instante, cogió aire y sopló suavemente para insuflarle vida al hechizo.

Aquella noche regresaron a La Portuguesa con el muñeco, que guardaron en la oficina de Arcadi, porque nadie quería tener ese objeto cargado de magia en casa, ni dejarlo en un área común de las oficinas, les daba vergüenza lo que pudieran pensar los empleados, así que Franco fue a parar a una gaveta de donde lo sacaban todos los días, antes de la hora del menjul, y siguiendo escrupulosamente las instrucciones de Carlomagno, le iban clavando cada uno, por turnos, agujas en la cabeza y en el corazón. Así lo hicieron durante algunas semanas hasta que desanimados por la información que obtenían del director de *Las rías de Galatea*, según la cual la salud del dictador no sufría ninguna merma, lo dejaron, olvidaron al muñeco en el fondo de la gaveta, en la oficina de Arcadi. Varias décadas después, la tarde en que bebía whisky con Bages en su ruinosa casa, con mi iPod totémico en el bolsillo, salió al tema el muñeco y el viejo me contó una cosa deprimente, me dijo que con el tiempo el muñeco había ido quedándose en el olvido y que muy de vez en cuando alguien lo recordaba y entonces se hacían bromas sobre el monigote de Franco y se hablaba con desparpajo y mucha chunga de lo inocua que era la magia de Carlomagno, en fin, que aquel episodio, al cabo de unas semanas, se había convertido en un entremés folclórico, en una más de las extravagancias que tenían esos negros amigos de la plantación, y en una anécdota que salía a veces a la hora del menjul, con cualquier pretexto, «como aquella noche en que me quedé traspuesto y medio dormido en la silla», me contó Bages, quizá para aligerar lo que a continuación iba a revelarme, «y el hijo de puta del Fontanet me señaló la cabeza y les dijo a los muchachos: "¿Y si le clavamos las agujas del vudú?"». Dos años más tarde, cuando ya nadie se acordaba del vudú, Bages salió de madrugada a caminar al jardín porque la lenta digestión de los langostinos que había cenado no lo dejaba dormir, eran cerca de las tres y lo sabe porque a esas horas, por alguna razón misteriosa, el elefante hacía lo que llamábamos «el tour du propietaire», se despertaba súbitamente a las tres menos cuarto, siguiendo algún campanazo de su reloj interno, y se ponía a recorrer los jardines con una actitud que no era la del vigilante ni la de la fiera que protege el sueño de sus amos, sino más bien la del dueño satisfecho de su hacienda que recorre con orgullo sus dominios; a veces se cargaba un árbol, una silla o un parterre, y eso nos hacía pensar que era sonámbulo, aunque Sacrosanto, que era aficionado a leer pasquines y folletones científicos, sostenía que los destrozos se debían a que los elefantes ven mal de noche. Bages había salido aquella noche cuando el *tour du propietaire* concluía y el elefante regresaba a su rincón y al sueño, y caminando por ahí, haciendo tiempo para que las burbujas del bicarbonato pusieran en circulación el atasco de langostinos, vio que había luz en la oficina de Arcadi, cogió una linterna y caminó hasta allá para apagarla, porque pensó que la había dejado encendida por descuido, pero cuando llegó vio a su socio sentado en su escritorio, bebiendo whisky de una botella y clavándole un alfiler tras otro al muñeco de Franco, empecinado en hacer funcionar esa magia que prometía franquearle su regreso a España.

Años más tarde Joan y yo hurgábamos en la oficina de Arcadi, era un sábado en que él y sus socios estaban reunidos para revisar la contabilidad de la plantación y nosotros jugábamos con las máquinas sumadoras, las hojas y los sellos de goma, uno de esos días en que podíamos andar a nuestras anchas por las oficinas, porque era sábado y no había secretarias ni empleados y nosotros íbamos de un escritorio a otro husmeando, disfrutando de ese raro placer infantil que se experimenta cuando te conviertes en el dueño, aunque sea efímero, de los dominios de un adulto y usas su instrumental y te adueñas de sus clips y de sus lápices, una actividad rara en esa selva donde se supone que el placer está a la intemperie, en los jardines a la sombra o bajo el sol y no en aquel galerón lleno de escritorios y máquinas sumadoras que nos daba tanto morbo; y aquella vez hurgando a fondo, porque habíamos echado mano de una silla y una caja para alcanzar las gavetas, dimos con el muñeco de Franco, aunque entonces no sabíamos de quién era esa cara de culo porque desde luego en La Portuguesa no había ninguna foto suya; sólo vimos que se trataba de un militar y nos hizo gracia lo patoso del juguete y también nos intrigó cuál sería el motivo por el que Arcadi guardaba ese mono sucio y mal hecho; por otra parte intuimos que ésa era otra de las cosas sobre las que más valía ni preguntar ni hacer olas y simplemente lo dejamos ahí donde lo habíamos encontrado. A partir de entonces, cada vez que había contabilidad, íbamos a meternos a las oficinas con la consigna de visitar al muñeco, y fue durante la tercera visita que nos atrevimos a clavarle los alfileres que tenía ahí Arcadi en un frasco, eran largos y tenían la cabeza negra, parecían más bien espinas de pescado, y nos habíamos atrevido a clavárselos porque el muñeco ya tenía dos cuando lo vimos por primera vez, uno en la cabeza y otro en el corazón, y lo que hicimos fue concentrarnos en las zonas libres, el pecho, las piernas, los brazos y el culo, y hacíamos esto sin saber que lo que teníamos entre las manos era un vudú e ignorando que, cada vez que traspasábamos la tela burda del muñeco, cabía la posibilidad de que le estuviésemos haciendo daño al verdugo de nuestra familia. Un sábado se nos ocurrió presentarles el muñeco a Jacinto, el hermano de Màrius, que era más grande que nosotros, y a Pep y a Pol, que eran los nietos de González y tenían más o menos nuestra edad, esos niños que también vivían en La Portuguesa y de los que no digo nunca nada porque ellos son la historia de otro y no quiero perder el tiempo contando historias que no sean mías, simplemente los incluyo cuando nuestras historias se cruzan, como sucede también con la vida donde uno va cruzándose con muchas personas y establece relaciones que pueden durar años o minutos, y después no las vuelve a ver nunca, o si, al cabo de varias décadas, cuando ya no se tiene nada en común con ellos ni tampoco hay nada que decirse, porque al final lo que hay es un alma sola que cruza de cabo a rabo la vida, o la novela, y de paso y por accidente va cruzándose con otras almas solas: una abrumadora cuadrícula de la que yo elijo una sola línea. Aquel sábado llegamos con Jacinto, Pep y Pol y esperamos a que la batalla de la contabilidad alcanzara su punto de maduración para escurrirnos a la oficina de Arcadi y presumir del misterioso muñeco que tenía nuestro abuelo en su gaveta. La recepción fue decepcionante, Jacinto que era el mayor de todos preguntó que cuál era el chiste de ese muñeco tan feo, a lo que nosotros respondimos que el chiste era clavarle alfileres y entonces le dimos el frasco y él, como queriendo comprobar si de verdad había en ello algo de chiste, sacó uno por uno y los fue enterrando en el muñeco, luego lo pasó a Pep y a Pol que lo examinaron con el mismo escepticismo y desclavaron un par de alfileres para después volverlos a clavar con un lánguido desinterés. «I qui és aquest pallasso?», preguntó Jacinto señalando la fotografía de Franco y como no supimos qué decirle salió de la oficina airado diciendo que no había hecho más que perder el tiempo y que nuestro juego era una tontería y una mierda, y como era el mayor fue seguido por Pep y Pol, y Joan y yo nos quedamos ahí con nuestro juego tonto entre las manos, ignorando qué era lo que hacía ese juego divertido y trascendente, incapaces de imaginar al general retorciéndose en su palacio cada vez que su vudú recibía un aguijonazo.

La chamana, que se reía de la magia de los negros de Ñanga, siempre con su risa pétrea y parienta de la mueca, vaticinó desde el principio que ese vudú no le haría «ni cosquillas» al general, y como se vio con el tiempo tenía razón. Lo mismo sucedió con otras intentonas mágicas de Carlomagno, como aquella muy dramática durante el extraño coma que padeció Marianne, cuando llegó a la plantación con un gran despliegue de personal y montó un irigote lleno de congas, tumbadoras y bailes, algunos de ellos muy paroxísticos, que tuvieron a la plantación en vilo porque cada determinado tiempo la sacerdotisa, que era la mujer de Carlomagno, gritaba: «¡Ya despierta, ya despierta!», y toda la plantación se agolpaba en la puerta y en las ventanas para constatar ese milagro africano que al final no llegó, por más que Carlomagno, muy presionado por lo mal que estaba quedando, pasó del baile erguido al paroxístico que antes mencioné, y que consistía en tirarse al suelo y con cierto ritmo convulsionarse mientras la sacerdotisa gritaba: «¡Ya le ha transmigrado el diablo, ahora despierta la niña!», y al final no despertó, ni tampoco el diablo transmigró al cuerpo de Carlomagno que, en un momento específico, magullado de tanto bailar con paroxismo por los suelos, suspendió de un manotazo el trabajo de las congas y las tumbadoras, y anunció que su magia había calado hondo y que era cuestión de horas que la niña despertara y sin decir más abandonó la plantación seguido por su tribu. Al día siguiente Arcadi y Carlota, que habían creído en las palabras de Carlomagno porque necesitaban creer en cualquier cosa, dieron por buena la idea que expresaba la chamana, cada vez que encontraba el momento oportuno: «Esos negros no son ni brujos ni nada: son pinches negros». A pesar de su incompetencia en el plano mágico, la tribu de Ñanga fue siempre muy querida en La Portuguesa y aun cuando se sabía, de forma comprobada y reiterada, que eran brujos chambones, se los seguía consecuentando el empeño que ponían en ayudarnos cuando, por ejemplo, caía una plaga en el cafetal, o la plantación sufría una racha de mal agüero, entonces ellos llegaban con sus tumbadoras a hacer faramallas y aspavientos y después Arcadi y sus socios les agradecían mucho su esfuerzo.

Aquel aciago sábado de contabilidad, Joan y yo, severamente tocados por la decepción que había producido nuestro juego tonto, regresamos al frasco los alfileres que habíamos usado y los guardamos junto con el muñeco en la gaveta; al cerrar la portezuela y quitar la cala y la silla en las que solíamos treparnos, tuve la impresión de que el capítulo del *ninot*, así llamábamos en catalán al muñeco, se había cerrado para siempre. Décadas después, hace dos veranos para ser exactos, cuando visitábamos a mi madre en su casa de la Ciudad de México, en uno de esos viajes anuales que hacemos para que la abuela vea a sus nietos y desempolve su catalán hablando con ellos, mi hija, que es todavía pequeña, apareció en las escaleras cargando un muñeco, venía de hurgar en los cajones, igual que yo había hurgado toda mi infancia en los de Arcadi, y había dado con ese muñeco que abrazaba mientras bajaba las escaleras. «Què t'has trobat, nena?», decía Laia con ese tono complaciente que tienen las abuelas con sus nietos, aunque éstos sean unos gamberros y acaben de dejarles la habitación patas arriba. Mi hija llegó al salón donde Laia y yo conversábamos, «Què tens aquí?», volvió a preguntar Laia, tratando de enfocar con los ojos achicados porque no tenía puestas sus gafas; «M'he trobat un ninot», respondió mi hija y nos enseñó su hallazgo y yo casi me caí de la silla al ver que era el mismo muñeco de Franco, ya sin la cara de culo que se le había caído con los años, pero todavía con los alfileres clavados, uno en la cabeza y otro en el corazón.

14

La relación entre Màrius y Lorena duró una cantidad inverosímil de años y resistió un increíble número de crisis, los dos eran bastante infieles y no se tocaban el corazón antes de enredarse con otro, o con muchos otros como sucedía en las temporadas de alta fogosidad. Todo esto me lo ha contado recientemente Màrius, porque en aquella época, como ya he dicho, lo que se sabía era que el hijo de Puig era amigo de Lorena y que llevaba una vida misteriosa y llena de desapariciones en la que a nadie le apetecía indagar. Los republicanos habían puesto un cerco a la información de Màrius, habían corrido un velo para proteger a su amigo que se sentía más tranquilo ignorando las andanzas de su hijo y, como suele pasar en las comunidades pequeñas, las cosas eran como lo decían los mayores y dentro de la plantación Màrius era solamente un tío raro, y no el maricón con el que todos cachondeaban en Galatea. Durante años Màrius y Lorena se toleraron las infidelidades, aunque el negro sobrellevaba muy mal la leonera que Màrius había montado y con frecuencia irrumpía en el mercado y le hacía unos tangos famosos y muy sonados que, entre otras cosas, dieron origen a un son que han grabado muchos grupos, entre ellos el de Arcadio Betancourt y sus ursulinas, de título «Las muinas del negro», y que estrofa por estrofa cuenta cómo el protagonista de la canción, que no es otro que el mismo Lorena, llega al mercado vestido de mujer (esto es una licencia del autor) y grita desde abajo una serie de improperios a su novio español, que en esos momentos retoza con un amante chino, un detalle étnico que parece otro invento del autor pero que es una verdad rigurosa y comprobable. El son es original de un tal Adalberto Uzueta, aunque en realidad no tiene nada de original porque todo lo que hizo Adalberto fue calcar esa escena que vio y después, y éste es su mérito, la ordenó en versos y le puso música, una originalidad similar a la de estos folios que escribo, que no son más que una calca de lo que sucedía en aquella selva, no son más que la realidad ordenada de manera que pueda leerse y entenderse como una historia que va de aquí para allá como la vida misma. Cada vez que Màrius bebe de más en nuestras tardes de jueves en Guixers, pone un cedé con una versión hip-hop de «Las muinas del negro» que hicieron Los Fatal, una banda sevillana que, según la información que aparece en el cuadernillo, viajaron de promoción al puerto de Veracruz y ahí se engancharon con el son que transformaron en hip-hop con bastante fortuna. Màrius ostenta esa canción como un trofeo y cada vez que la pone sube el volumen a tope para que su pareja, que cuando estoy yo en la casa no hace más que bufar por los rincones, la oiga y se enfade y se amohíne «por el pasado oscuro de su novio», y esto lo dice Màrius con mucho orgullo, pero a mí me parece, y se lo he dicho en dos o tres ocasiones, que lo que es verdaderamente oscuro es su presente porque en Barcelona, donde nadie está al tanto de su pasado, Màrius pasa por ser un vecino respetable de Sant Gervasi que tiene un restaurante y que desayuna en el Baixas y toma café en el Tívoli, como lo hacen nuestros vecinos, una comarca de burgueses vetustos que ignoran desde luego que entre otras cosas Màrius es un pedófilo que nació en la selva y que es el personaje psicológico de importancia en «Las muinas del negro», canción que, por otra parte, ninguno de nuestros vecinos burgueses y vetustos conoce.

En 1974, al día siguiente de la invasión que marcó el principio del fin de La Portuguesa, llegó, como ya se ha contado, el secretario de gobierno Axayácatl Barbosa, acompañado por el secretario Gualberto Gómez, que iba fungiendo como el traductor de Ming, el delegado chino que había viajado hasta Veracruz con la misión de darle seguimiento al pago del material que se había usado en la pirotecnia, y de hacer valedera la oferta del alcalde Changó, aquella que había formulado frente al líder de la revolución, una oferta imprudente que consistía en donarle a China un terreno para que sus ingenieros agrónomos hicieran experimentos con hortalizas. Ming había llegado a la plantación acompañado por los dos gigantes chinos que lo protegían de las inclemencias del gobierno municipal, y entre todos formaban un contingente extrañamente homogéneo porque Axayácatl, Gualberto y el policía municipal que los acompañaba, aunque eran muy morenos, tenían los ojos achinados. No hubo forma de parar aquella expropiación impulsiva que ya venía consolidada en el acta que con orgullo agitaba el secretario de gobierno Axayácatl Barbosa, con un orgullo altanero en el que había bastante de revancha, y que le achinaba todavía más los ojos. El delegado Ming, temerariamente traducido por el secretario Gualberto (una traducción intrascendente pues el único destinatario era Axayácatl, que no lo oía por estar pensando en sus cosas y cogiendo briznas de yerba que se llevaba a la boca y luego escupía con inexplicable fogosidad), iba improvisando al vuelo su proyecto de hortaliza y dándoles instrucciones a los gordos, diciéndoles qué parte del terreno había que chapear, en cuál había que hacer un túmulo y con qué ángulo había que cavar las zanjas que servirían de desagüe. Uno de los gordos tomaba nota mientras Gualberto le comunicaba a Axayácatl, que por ir filosofando y masticando briznas no atendía con el rigor que la situación exigía, una delirante traducción del chino que probablemente no tenía nada que ver con lo que decía el delegado Ming. Lorena estaba aquel día en la plantación, había ido con Chabelo y su primera dama a presentar sus condolencias por la desgracia de la noche anterior, y como estaba al tanto de la hortaliza experimental que pretendían poner en funcionamiento los chinos, atajó al secretario de gobierno Axayácatl para decirle que estaba interesado en sumarse al proyecto, como parte de la cuadrilla de trabajadores que seguramente iban a necesitar. Lorena pretendía ganarse un dinero, pero también quería una coartada para estar todo el día en la plantación, siguiendo de cerca los movimientos de Màrius. Dos días más tarde ya estaba la cuadrilla dándole forma a esa hortaliza con la que el gobierno de la revolución pretendía expandir sus patentes de cultivo (un sistema parecido a la hidroponia) por América Latina, y también experimentar con ciertas semillas, porque sus científicos sostenían que, por ejemplo, una planta china de arroz desarrollada en otra latitud podía dar una serie de pistas que serían fundamentales para las técnicas de transgénesis en las que empezaban a adentrarse. Con el delegado Ming y sus dos gordos, iban los tres ingenieros agrónomos de la revolución que se paseaban en bata blanca por el terreno y de vez en cuando cogían una muestra de tierra, una hoja, un trébol o una brizna de las que Axayácatl tenía a bien masticar; los ingenieros se desplazaban como si estuvieran dentro de un laboratorio y no en ese predio expropiado donde la cuadrilla de trabajadores nativos, con Lorena ya entre ellos, seguía las instrucciones imposibles del secretario Gualberto que, al traducir al español las tareas concretas que le iba diciendo Ming, se había dado cuenta de que él era mejor traduciendo conceptos volátiles y no tan comprometidos, porque a la que el chino decía cavar una zanja aquí, Gualberto daba la orden de levantar un túmulo, o si se trataba de dejar la vegetación tal cual estaba, cosa que Ming expresaba en su lengua y reafirmaba con un ademán de la mano sobre la yerba, Gualberto ordenaba dejarlo todo limpio, sin un solo yerbajo o brizna. Los malos entendidos no eran muchos, eran todo lo que había, y los chinos tenían que armarse de paciencia y al final de la jornada tenían que quedarse a rehacerlo todo, incluso los ingenieros, que habían hecho el viaje exclusivamente para supervisar, acababan las jornadas con la pala y el azadón entre las manos, y lo mismo pasaba con los gordos y también con Ming, lo cual era el colmo porque se trataba de un personaje con cierto nivel en el organigrama de la revolución. Al pasar de los días, mientras Lorena vigilaba las entradas y salidas de Màrius, y de paso cavaba una zanja donde había que levantar un túmulo, fue fraguándose una empatía con el secretario de gobierno Axayácatl Barbosa, que por tanto andar filosofando y masticando briznas del campo, terminó reparando en la musculatura de Lorena y adelantando un pronóstico sobre su príapo, que debía de tener como mínimo las dimensiones de su lanza. Más que homosexual Axayácatl era un ilimitado, el poder municipal se le había subido a la cabeza y consideraba que un hombre como él debía tener derecho absolutamente a todo, a una esposa con hijos y a una recua de amantes de varias denominaciones, así que un buen día se acercó a Lorena y le dijo que en su furgoneta tenía cerveza helada, pero el negro negó con la cabeza y le dijo que su religión se lo prohibía; «¿y qué religión es ésa?», preguntó Axayácatl legítimamente extrañado porque en Veracruz no había religión ni dios que prohibiera al rebaño ponerse hasta las trancas, «la religión africana», contestó Lorena, e inmediatamente agregó, porque en el secretario de gobierno veía una oportunidad dorada para sus propósitos, que en vez de cerveza le aceptaría con gusto un Sabalito Risón. Cuando iban llegando al sitio donde tenía que estar la furgoneta, Lorena se percató de que no había ni cervezas ni Sabalitos, y de que la invitación era una cita exclusivamente galante, y como eso coincidía al dedillo con sus propósitos, se puso a sacarle aullidos al secretario con su príapo, y tuvo que sacárselos al amparo de unos arriates porque tampoco había furgoneta. El propósito de Lorena era darle celos a Màrius y, ya que se estaba metiendo con el segundo de a bordo de la alcaldía, empezar a darle a su futuro una proyección política. La vida sexual de Lorena se tomaba a chunga y a guasa, era una fuerza descarriada de la naturaleza que, por eso que ya expliqué más arriba, ninguno asociaba con las desapariciones misteriosas de Màrius, y a sus méritos comprobables había que agregar lo que en la plantación se decía de él, anécdotas exageradas o de plano inventadas, si es que puede cuantificarse la exageración y la invención en ese hombre que poseía un príapo de cuento. Lauro y El Chollón aseguraban que una tarde se habían llevado a Lorena con las vacas, y que la pobre anfitriona de aquel cipote había caído desmayada y acometida por «hartas tembladeras», y también juraban que un día habían tenido que ayudarlo a hacerse un pajote, porque lo habían hallado desesperado, debajo de un árbol lele, tratando de alcanzarse la punta y los dos niños, conmovidos por ese hombre que estaba siendo tiranizado por su propio cuerpo, se habían puesto a liberarlo a cuatro manos de su tortuosa calentura. «¡Ya no le inventen cosas al negrito, carajo!», gritaba el caporal cada vez que oía a los niños contar estas historias, que por otra parte eran innecesarias porque a todos nos quedaba claro que Lorena había llegado al mundo con la misión de fertilizar a cuanto ser vivo se lo permitiera, «¿si no para qué Dios le dio ese pitote?», sentenciaba Teodora, que hasta en las manifestaciones más pedestres veía la mano del Creador. Bastaron unos cuantos días para que el secretario de gobierno Axayácatl Barbosa se enamorara perdidamente de Lorena; el primer síntoma fue que en lugar de llevárselo debajo de los arriates, tuvo a bien alquilar una habitación en el motel El Alborozo. Lo del alquiler es un decir porque el propietario tenía negocios con la alcaldía y le quedaba claro que a Axayácatl había que tratarlo a cuerpo de rey, así que no sólo ponía a su disposición la más lujosa de sus habitaciones, también se la llenaba de fruta y bebidas y había dado instrucciones al gerente para que subsanara con eficacia y prontitud cualquier necesidad, por descabellada que fuera. Las necesidades del secretario eran pocas y siempre las mismas, una botella de ron Batey, un puro de San Andrés Tuxtla, y un aislamiento hermético para dejarse amar sin interrupciones por su negro; en cambio Lorena de inmediato tuvo necesidades complejas que empezaron por las lociones, los afeites, los jaboncitos de colores y las cumbias colombianas en el hilo musical, y que fueron creciendo hacia la solidaridad con su tribu, cuya manifestación más notoria era el patriarca Chabelo, con alguna de sus primeras damas emergentes, pasándose un domingo de aúpa en la piscina de El Alborozo. Dos meses más tarde la relación entre Lorena y el secretario alcanzó su punto de inflexión, Axayácatl propuso montarle un piso junto a la alcaldía para ir formalizando el romance, y también porque sus encerronas en El Alborozo empezaban a ser del dominio público, y esta intención de formalizar sembró cierto estrés en la existencia relajada de Lorena, y una mañana llegó atribulado a la plantación a contarle a Teodora y a doña Julia, y más tarde a Laia y a Carlota, de los avances vertiginosos que empezaba a experimentar su relación; las mujeres lo confortaron y lo aconsejaron, pero lo verdaderamente relevante de aquellas sesiones fue su veloz trascendencia, porque en la tarde de ese mismo día Màrius ya se había enterado de que los acostones de su novio con el secretario de gobierno iban en serio, y en ese mismo instante, para joderlo, había tomado la determinación de acostarse con el delegado Ming, que seguía tratando de concluir la infraestructura de la hortaliza de la revolución y que al principio fue esquivo y refunfuñón pero unos días más tarde ya se encerraba con Màrius en otra habitación del mismo motel El Alborozo. Entonces la batalla entre Lorena y Màrius fue campal y acabó, luego de unos meses, destruyendo su larguísima relación y, simultáneamente, dando origen a dos relaciones que serían mucho más largas, porque lo que empezó Màrius como una estrategia para darle celos a Lorena, fue convirtiéndose en una relación sostenida que pasó de El Alborozo a la leonera del mercado, y en aquel escenario purulento, entre moscas, vísceras sanguinolentas y frutas podridas, donde el chino se entregaba a Màrius jalonado por el asco y la pasión, tuvieron lugar escenas de vodevil, estelarizadas por los cuatro interesados, que no perderé el tiempo en describir, quizá nada más el eje argumental que era inmutable: Lorena llegaba a gritarle a Màrius cosas de su amante chino (exactamente igual que en el son «Las muinas del negro») y detrás de él venía el secretario de gobierno Axayácatl Barbosa, gritándole al negro que no se rebajara, que no hiciera esas escenas y preguntándole a gritos que si el amor y el piso que le daba no le bastaban para que se olvidara de ese putarraco. Mientras tanto el proyecto de la hortaliza de la revolución comenzaba a dar sus frutos, aunque no los esperados, los ingenieros habían tenido que reorientar sus cálculos porque en ese terreno había factores que no habían contemplado, como la alta mineralidad de la tierra y una bacteria benéfica para las plantas de café pero no para las del arroz, y aquella reorientación de cálculos arrojaba un resultado demoledor, decía que dadas las condiciones del terreno, cualquier transgénesis sería imposible antes de una década. Màrius y Ming, pese a las escandalosas infidelidades de mi paisano, construyeron una pareja sólida, tanto que cuando el señor Puig decidió que no podía más con los follones de su hijo y que lo mejor era que se fuera yendo de avanzada a Barcelona, en lo primero que pensó Màrius fue en llevarse a Ming, que es el chino con quien montó el restaurante La vasta China y el mismo con el que comparte hoy su vida y que bufa y resopla cada vez que aparezco yo en la casa de Guixers.

El delegado Ming desertó de la hortaliza revolucionaria justamente cuando los ingenieros volvían a reorientar sus cálculos y enviaban un informe a China donde comunicaban que la transgénesis del arroz en esas tierras era imposible y que lo recomendable era dar por concluida la misión y volver a casa, cosa que, hasta donde se sabe, hicieron, aunque según Lorena, a quien cualquier tema relacionado con Ming pone viperino, los gordos y los ingenieros se quedaron en el puerto de Veracruz y montaron una papelería en el barrio chino, y gracias a la distribución nacional de cromos de Pokémon, que les fue cedida por una compañía japonesa, hoy viven una jauja económica que Lorena, ese negro amoral y entrañable, no duda en calificar de inmoral.

La relación entre Lorena y el secretario de gobierno Axayácatl Barbosa también fue asentándose, Lorena superó, parcialmente, los celos enfermizos que sentía por la relación de Màrius con el chino y se concentró en su pareja y en su futuro político. Aquellos celos lo habían llevado al extremo de hacerle vudú a su exnovio, había montado una ceremonia, que Chabelo había visto con malos ojos, donde le había dado el «soplo» al muñeco, y después le había ido a contar a Laia sus intenciones, pero mi madre, que había comprobado una y otra vez que la magia de los negros era chambona, ni siquiera le había prestado atención. Lorena, siguiendo el proyecto que había pensado y repensado en la intimidad, fue colocándose en la alcaldía de Galatea; Axayá-catl, gracias a sus habilidades políticas, había podido sortear, sin perder su posición, tres alcaldes al hilo y cuando se avecinaba el cuarto, en 1998, decidió que había cumplido cabalmente su en-comienda frente a la ciudadanía y pidió su jubilación, un trámite innecesario pues había robado dinero a dos manos durante más de cuatro décadas. Lorena, que era mucho menor que su amante y mentor, fue escalando posiciones y llegó a diputado de Ñanga con representación en el Parlamento de Veracruz, y recientemen-te, en 2004, ya viudo de Axayácatl, que murió *in coitu* una tarde tórrida de agosto, fue nombrado secretario de Obras Públicas en el Ayuntamiento de Galatea, un cargo que hasta hoy desempeña con el nombre que se puso cuando vio que su carrera política iba en serio: Laureano Ñanga.

15

«Todo va a pedir de boca», decía el secretario Axayácatl a Arcadi en sus idas y venidas del concierto a la zona de las casas, un vaivén que obedecía a cosas muy diversas: que su excelencia mandaba preguntar si podían obsequiarle «un purito de esos cubanos con los que terminan ustedes sus comidas», o que se había acabado el ron o el guarapo o los refrescos y su excelencia preguntaba si podían mandar a comprar más, o que a una prima hermana de su excelencia le «andaba de ganas de ir al baño» y que si no sería mucha lata que usara uno de los baños de la casa; una serie de peticiones que tensaban todavía más la tarde, se sumaban a la inquietud que empezaban a generar los grupos de jóvenes que se colaban en la zona privada de la plantación, en busca de esos hongos beta que hacía tiempo habían sido quemados y erradicados. Ya para esas alturas los intrusos tenían que ser controlados por el caporal y sus hombres, porque la vigilancia, de por sí laxa, de los policías que había enviado el Ayuntamiento se había relajado todavía más e incluso el comandante Teófilo se había apoltronado, en una silla de lámina, junto al trono de su excelencia para disfrutar mejor del concierto y beberse el brandy que, por supuesto, había proporcionado Arcadi. Todo esto puede verse y comprobarse en otra de las fotografías de la colección de Puig, donde aparecen las dos autoridades, cada una con su copa en la mano, comentando algún incidente del concierto, con la solemnidad de quien contempla el *Réquiem* de Mozart; la foto fue hecha en el momento en que su excelencia le dice algo al comandante Teófilo, se ve que de su boca acaba de salir una palabra y tiene la cabeza escorada hacia la derecha para que su compañero lo escuche mejor; por su parte Teófilo, sin dejar de mirar lo que sucede en el escenario, lo atiende con una notoria sumisión, tiene un gesto de entrega al jefe que le sienta muy mal a la copa de gran señor que sostiene en el aire, con una delicadeza que, al asociarse con su barriga y su manita gorda, resulta desternillante. El alcalde tiene su copa en la mano derecha, y en el límite inferior de la fotografía, alcanza a verse que con la izquierda se está jalando el pantalón a la altura de la ingle, parece que las prendas ajustadas que viste le han oprimido demasiado un testículo y que ha aprovechado el forzoso escoramiento a que lo ha llevado el comentario en la oreja de su canchanchán para liberarlo de la presión. Joan y yo bajamos del tejado desde donde observábamos el concierto, y nos dedicamos a triscar por ahí el resto de la tarde y en ocasiones, cuando se oía el grito de la multitud o alguna canción audible y contagiosa, volvíamos a nuestra posición en las alturas y mirábamos desde ahí a aquella masa movediza, una masa inusual en esa zona del cafetal donde no solía haber nunca nadie. Durante toda la tarde vimos cómo el caporal echaba gente de la plantación, sabíamos que iban a buscar los famosos hongos beta, pero en ningún momento nos preguntábamos cuál era el gancho de esas setas ni qué utilidad podían tener, nuestra vida provinciana no daba para más, vivíamos en las márgenes del mundo y si alguien nos hubiera explicado los encantos de los paraísos psicotrópicos de todas formas nos habría parecido exagerado, si no absurdo, el esfuerzo que hacían esos chavales por conseguir los hongos, sus enfrentamientos con el caporal y el riesgo de hacerlo enfadar y de que acabara todo aquello en un acto violento. Yo seguía furioso con Marianne y también seguía deseando su muerte, sobre todo cada vez que veía a Laia con sus golpes ya maduros y oscurecidos afeándole las facciones, «¡Que se muera la loca!», seguía diciendo y zapatoneando furibundo. En algún momento de aquella tarde horrible, que había ido descomponiéndose porque a mitad del concierto ya había una seria amenaza de chubasco, Sacrosanto había montado en cólera y había echado a un trío de jipis que se habían acercado a la terraza donde Marianne sesteaba, todavía aturdida por la mezcla de la inyección y de las cápsulas de mesantoina y fenobarbital. El cielo se había cargado de vejigas oscuras, de un oscuro cercano al violeta o al azul profundo, y a lo lejos, a la altura del pico de Orizaba, podían verse los avances de una tormenta eléctrica. El trío de jipis había llegado hasta las casas, no se sabía muy bien de qué forma porque los hombres del caporal no descuidaban ni un momento esa zona, que era en todo caso la importante, donde estaban las familias y las casas, lo que había que proteger y preservar; hasta ahí habían llegado aquellos tres, buscando no se sabía bien qué, o quizá nada más curioseando, intentando comprobar aquellas cosas que se decían de los españoles de La Portuguesa, cosas tontas referentes a la lengua que se hablaba y a las comidas familiares al aire libre, cosas sin importancia que en esa selva donde no había muchas distracciones acababan siendo materia de conversación e incluso tema predilecto y objeto idóneo para los chismes y las habladurías, porque además de los que ahí vivíamos siempre había algún personaje, el alcalde mismo, o el cura, o el gobernador o una estrella del beisbol que recalaban ahí, a comer o a beber un aperitivo y casi siempre a darle a alguno de los republicanos un sablazo, y quizá aquellos tres además de la entendible curiosidad también pensaban en el sableo, en coger algo de alguna de las terrazas y salir corriendo. «¡Qué buscan aquí!», había gritado Sacrosanto montado en cólera, cuando salía de la casa con un té para la niña y los había sorprendido viéndola, mirándola con curiosidad y cierta malicia, porque Marianne tenía algo raro, era una mujer aparentemente normal pero miraba y, sobre todo, desafiaba con la mirada como la niña que era, y también hablaba así y así se comportaba, sin filtro ni tapujo alguno, y en cuanto se había acercado aquel trío, aturdida y todo con los calmantes, los había interpelado con cierta grosería, con una grosería extraña porque estaba «lentita» y la calma química le torcía la boca y eso había divertido mucho al trío que, más allá de las cosas tontas que de los españoles se contaban, y sin desde luego dejar de lado el sableo, quizá estuvieran ahí buscándola a ella, porque todos sabían que había una rubia loca que no salía nunca de la plantación, pero sobre todo sabían, y quizá por eso estaban ahí, que un día esa rubia se había desnudado en presencia del alcalde y había corrido así desnuda y con sus carnes blancas al aire por todo el jardín y eso ahí, una rubia desnuda en aquel territorio era un fenómeno que provocaba mucha expectación, quiero decir que es casi seguro que aquellos tres hubieran llegado hasta allí triscando con la idea de ver a la española encuerada, porque lo que en realidad se decía en los alrededores de la plantación, como suele pasar con los rumores y los chismes, es que no era raro encontrarse así con Marianne, que se pasaba el día con sus partes al aire, todo esto lo sabía Sacrosanto y es por esto que había montado en cólera, una cólera que lo hizo gritar: «¡Qué hacen aquí!», e inmediatamente dejar el té y, con esa desmesura que tiene la violencia en el trópico, coger un machete que estaba ahí colgando de un clavo, desenvainarlo, y antes de que el trío pudiera responderle hacer el amago de que arrasaría con ellos a machetazos y ellos, riéndose como si Sacrosanto hubiera hecho un chiste, o quizá de nervios, salieron corriendo de regreso al concierto. «¿Te hicieron algo, mi niña?», preguntó Sacrosanto preocupado, y yo que estaba ahí viéndolo todo, y todavía furibundo contra ella, le dije que no había pasado nada, que los chavales estaban ahí curioseando y que no entendía por qué había sacado así el machete, con esa violencia y Sacrosanto comenzó a defenderse de mi comentario desorbitado por el coraje que yo le tenía a Marianne, cuando ella misma, con esa mala leche que se le agudizaba con las resacas de los medicamentos, nos mandó callar con uno de sus gritos y al ver que ni Sacrosanto ni yo hacíamos caso, quiso levantarse de la mecedora pero la gargantilla se lo impidió, se alzó un poco y de inmediato fue jalada, devuelta con violencia a la silla, y ahora que lo recuerdo y que lo escribo ya era mucha la violencia que ahí se estaba generando, la de ella, la que había en mí y en mi deseo de que muriera, la violencia de Sacrosanto y las nubes que se oscurecían cada vez más y convocaban más de cerca los relámpagos. Marianne fue devuelta por la cadena y cayó en el asiento con la cara de sorpresa, casi cómica, la que ponía siempre, como si en cada ocasión que la cadena la retenía fuese la primera vez; luego se revolvió en la silla, como una fiera, pero desistió pronto porque ya sabía, había aprendido, que más valía no forzar la gargantilla, no promover el roce del cuero contra su cuello, así que se quedó quieta, expectante pero quieta, furibunda y sin embargo quieta y haciéndome saber, por la ira con la que me miraba, que si no llevaba cuidado ella sería la que me iba a matar a mí, y a mí, no sé por qué, en lugar de darme miedo como hubiese sido lo normal me dieron ganas de desafiarla, de joderla, de chingarla y entonces me acerqué y supe por qué quería joderla, porque en ese momento mi ventaja frente a ella era absoluta y era mi oportunidad de hacer algo que nos redimiera a mi madre, a mi hermano y a mí, me acerqué todo lo que

342

pude, a una distancia que me mantuviera a salvo por más que ella manoteara y le dije, articulando cada letra lo mejor posible y en voz alta para que pudiera oírme porque a esas horas, no sé si ya lo he dicho, había un escándalo en la plantación que no nos dejaba ni hablar, un escándalo al que tuve que sobreponerme para decirle a Marianne una sola palabra: «loca». Sacrosanto brincó en cuanto oyó lo que había dicho y me miró sorprendido y asustado y un segundo más tarde, el tiempo que a la palabra que acababa de pronunciar le tomó cruzar el velo de la mesantoina y el fenobarbital, Marianne tiró un manotazo que no llegó a mi cara porque yo había calculado la distancia, pero lo tiró con tal fuerza que la mecedora se volcó y ella cayó al suelo y ahí siguió manoteando y pataleando hasta que Sacrosanto logró contenerla, se le echó encima hasta que dejó de patalear y entonces la ayudó a incorporarse y vimos el daño que le había hecho la gargantilla en el cuello, le había dejado la piel viva y en lo que Marianne trataba de acomodarse en la mecedora se quejó y se llevó las manos al cuello y yo salí corriendo, más asustado que redimido, atemorizado con aquel daño que le había infligido, que era mínimo si se comparaba con la muerte que le había deseado, y si se comparaba también con todo el daño que nos había hecho. Cuando salía corriendo oí que Sacrosanto gritaba: «¡Vas a ver!», una amenaza tonta porque los dos sabíamos a la perfección que yo era el hijo de los patrones y que él era el sirviente y que por más mal que yo hiciera nunca sería tan malo como él al denunciarme, así funcionaba esa selva, con esa lógica había operado el día que Màrius le metió mano a uno de los niños que trabajaban en la plantación, un escándalo que había sacado al señor Puig y a sus socios de sus casillas pero a la vez se había solucionado en la terraza, a la hora del aperitivo, de la manera en que se solucionaban las cosas ahí, hablando severamente con Màrius y echando de la plantación al niño que había sido manoseado, la lógica latinoamericana que opera en la convivencia entre los blancos y los indios, esa lógica que todavía hoy te permite abusar de la sirvienta o del chofer, porque son indios y su palabra, y su denuncia, no valen nada frente a la de uno que no lo sea. «Nunca he podido digerir aquello que le hiciste al Vicentillo», le dije a Màrius una tarde de franqueza en su casa de Guixers, refiriéndome al incidente del niño que había manoseado en la plantación. Se lo dije porque estaba un poco borracho, pero también porque es verdad que no he podido digerirlo y ese episodio del que nunca había hablado estorba en nuestra amistad, porque no comprendo qué mecanismo lo lleva a hacer esas cosas y además tengo hijos; y acabé diciéndoselo porque había tratado de resolverlo de una forma torpe que ya he explicado aquí, presentándome con mis hijos y mi mujer en su casa, sabía que no pasaría nada y pensé que el hecho de convivir en familia con él exorcizaría en mí, o si siquiera atenuaría, la historia sórdida que tuvo con Vicentillo, pero me equivoqué, aquello no hizo más que acentuarla, sufrí mucho cada vez que le dirigía la palabra a mis hijos, vigilé la intención de cada una de sus miradas y aunque es verdad que no distinguí nada anormal, nada de lo que yo temía, sufrí todo el tiempo, y entendí que si quiero seguir siendo su amigo tengo que serlo solo y sin cuestionar esa debilidad suya, aprender a convivir con él y su defecto o dejarlo de ver y mientras tanto no volver a hablar con él del tema porque aquella vez que lo saqué a colación él me respondió una cosa que zanjó mi intento de sanear dialogando nuestra relación: «Yo tampoco he podido digerirlo», dijo, como si lo que le hizo al Vicentillo no hubiera sido cosa suya. Después de decirle loca a Marianne salí corriendo rumbo al cafetal, las nubes cargadas de lluvia habían oscurecido la tarde y las descargas eléctricas que hacía unos minutos aguijoneaban el volcán, ahora caían más cerca de La Portuguesa. Aquel día los negros, como pasaba siempre en los periodos críticos de la plantación, se habían ofrecido a echar una mano; Bages les había dicho, más que nada para no desairarlos, que una tormenta podía ser útil para que el concierto terminara pronto y todos esos intrusos que nos invadían se fueran rápido a su casa, de manera que Chabelo y sus discípulos, entre los que estaba el infaltable Lorena, se habían instalado desde muy temprano en una zona invisible del jardín para poner en marcha, a fuerza de bailes y tamborazos, la maquinaria de la lluvia. La ceremonia de los negros pasó desapercibida, sus ritmos mágicos quedaron sepultados debajo del escándalo que hacían los trabajadores del Ayuntamiento, y su coreografía africana estaba fuera del campo de visión; Bages era el único que estaba enterado, pero con todo el movimiento que había se olvidó del asunto y lo recordó hasta bien entrada la tarde, cuando los

primeros relámpagos comenzaron a estallar encima del Citlaltépetl. Tomando en cuenta la estadística que indicaba con toda
claridad que la magia de aquellos negros era inocua y chambona,
lo que puede pensarse es que aquella tormenta se desamarró espontáneamente, con total independencia de la ceremonia africana, sin embargo yo en mi huida hacia el cafetal, con el inútil «vas
a ver» que había gritado Sacrosanto todavía resonándome en los
tímpanos, vi a lo lejos la danza de los negros y concluí, de forma
automática y sin ninguna duda, que ellos eran los promotores de
la tormenta.

Los Garañones de Acultzingo tocaban una versión atronadora
de «Juana la Cubana» y un grupo de intrusos que había llegado
hasta esa zona de la plantación la bailaba animadamente, con un
ritmo y unos movimientos que no sólo contrastaban con la danza
africana que se celebraba a unos metros de ahí, sino que daba la
impresión de que podían anularla, así que pensé en denunciarlos
en cuanto viera a Arcadi o a alguno de sus socios, porque aquel
grupo, además de interferir con la magia de Chabelo, corría a los
chavales por los surcos que había entre los cafetos y eso era algo
que nosotros no hacíamos nunca porque, como en más de una
ocasión se nos había dicho, se amargaba el café; mientras iba viendo todo esto noté que el elefante estaba también ahí, no con los
chavales sino ahí en el cafetal, y lo sabía porque había todo un
surco con los cafetos pisoteados, una impronta característica del
elefante pero también muy poco habitual, se había metido ahí
una sola vez huyendo de un incendio que había consumido, hacía
años, una de las bodegas, un incendio por cierto espeluznante, no
por la destrucción, que había sido mayor sin rebasar los límites de
la desgracia exclusivamente material, sino por la chispa social que
lo había encendido: un jornalero se había hecho un tajo en la
pierna con una máquina, una herida no muy grave pero sumamente aparatosa, con mucha sangre, que terminó en el consultorio del hijo de don Efrén, aquel doctor alcohólico de bigotito y
manos templeques que había velado durante décadas por la salud
de Galatea; el hijo también se llamaba Efrén, sin el «don» para
distinguirlo del padre, y heredó su forma oscura de practicar la
medicina y su gusto por los botellines de ron, los frascos de alcohol medicinal y los goteros de yodo. Nosotros, como he contado,

confiábamos en la chamana y no nos fiábamos de los médicos de bata blanca, y en cambio los trabajadores se negaban a dejarse curar por una india y exigían un médico que les diera una receta y, sobre todo, un acta de incapacidad firmada que les permitiera, bien respaldados por la ley, recuperarse tranquilamente de sus dolencias. González llevó a César, el jornalero herido, al consultorio de Efrén, y regresó tres horas después con él, ya curado y legalmente incapacitado para trabajar durante quince días. César era quien manejaba la zaranda, la máquina que escurría los granos de café después de que pasaban por la lavadora, era una máquina compleja porque durante años habían ido parchando las descomposturas con piezas inventadas, un resorte, una goma, un alambrito agarrado a la cabeza de un tornillo, de manera que en el momento del accidente, la máquina era un Frankenstein que sólo entendía César y por tanto su recuperación era esperada con cierta ansiedad, sobre todo porque a la primera consulta sobre la zaranda que le había hecho Bages durante su convalecencia, César le había dicho que estaba de baja médica por un accidente laboral y que no tenía por qué ocuparse, durante ese periodo, de asuntos de trabajo. Quince días más tarde apareció César en las oficinas con un bastón, la pierna todavía vendada y una nueva baja médica que le otorgaba otros quince días de convalecencia, firmada por la mano tembleque de Efrén, o Efrencito como era mejor conocido en la plantación. La historia se repitió dos veces más exactamente igual, aparecía César por las oficinas con su baja médica renovada y su pierna maltrecha envuelta en una venda. La operación al tanteo de la zaranda comenzaba a reflejarse en la contabilidad de la plantación, cada vez que surgía algún desperfecto, un resorte, un engranaje, una pieza rota, había que resolverlo a golpes de inspiración porque César se negaba a cooperar mientras estuviera de baja médica, y la ley lo respaldaba, como él mismo decía cada vez que Arcadi o Bages le insinuaban que su actitud comenzaba a costarles mucho dinero. En ese tira y afloja estaban cuando un día el doctor Angulo, un amigo de Arcadi que vivía en Orizaba, llegó a comer a La Portuguesa y a la hora de los digestivos salió en la conversación el caso de César y de su herida incurable que iba ya para los dos meses. El doctor se interesó en el caso porque le parecía extraño que la herida ni cicatrizaba ni se complicaba en una infección mayor y, según lo que se le había explicado, permanecía en una especie de limbo que, si se miraba con malos ojos, era muy conveniente para el trabajador, así que animado por Arcadi y también por los anises que habían bebido, el doctor Angulo se levantó de la sobremesa para ir a revisar la herida. Lo primero que vieron al llegar a la casa, una casa modesta de madera con techo de palma, fue a César, sentado en un sillón desvencijado, bebiendo cerveza; a su alrededor correteaba una galaxia de niños desharrapados y a su mujer podía vérsela al fondo, cocinando algo en el fogón. «Buenas tardes, César», dijo Arcadi y enseguida explicó el motivo de su presencia y añadió que tenía la impresión de que Efrencito no lo estaba curando bien y enseguida ofreció los servicios de su amigo, y antes de que César pudiera protestar el doctor Angulo ya le quitaba el vendaje para revisarle la herida, tocó aquí y allá y pidió permiso al paciente para hacerle un cultivo, «¿Duele?», preguntó César sin soltar la botella que tenía en la mano, «Nada», dijo el doctor y en un momento cogió una muestra de la herida y la metió en un tubo de ensayo. Al día siguiente el doctor Angulo llamó a Arcadi para decirle que la herida de César difícilmente iba a curarse porque estaba continuamente alimentada con caca de caballo. Una investigación mínima, con dos o tres compañeros suyos y el testimonio del doctor Efrencito, sacaron a la luz que César se infectaba a mansalva la herida para seguir de baja médica. El caso enfureció a los socios de La Portuguesa y decidieron por unanimidad echar a César, su chanchullo lo había señalado como un individuo funesto, y además, de tanto batallar contra la zaranda que era un Frankenstein, habían aprendido entre todos a resolver sus dolencias y sus caprichos. César llevó su caso a la alcaldía pero su fraude era tan evidente que, a pesar de que se fallaba siempre por sistema en contra de los españoles, esa vez se falló en contra de él y tuvo que irse de la plantación. Unos días después, un domingo a medianoche cuando todos dormíamos, César se metió en la plantación, roció de gasolina las paredes de la bodega donde se guardaba el café ya empaquetado, y le prendió fuego. Huyendo de aquellas llamas, que según la gente pudieron verse en Galatea y en San Julián de los Aerolitos, fue que el elefante había ido a recalar asustado al cafetal, igual que aquella tarde, cada vez más amenazada por la lluvia que invocaban los negros con sus bailes. El elefante fuera de control podía convertirse en un arma de destrucción masiva, y aunque era el alma más pacífica de la plantación, y aunque jamás se lo había visto enfadado, sí había ido dejando a lo largo de los años, de manera involuntaria, pruebas de los destrozos que era capaz de producir; había destruido objetos y aparatos con una escalofriante contundencia y nos hacía correr despavoridos cada vez que lo veíamos buscando un sitio donde caer para hacer la siesta. En su larga estela de destrucción había árboles, un par de muros, el capó de la furgoneta que usaba el caporal, una máquina podadora de césped, un asador de carne y dos capítulos tétricos que incluían seres vivos, el primero de ellos fue el de dos pollitos que nos había comprado Carlota en el mercado y que Joan y yo cuidábamos con dedicación y esmero, les habíamos hecho una casa con una caja de cartón y todos los días les poníamos agua y alpiste, y no los sacábamos nunca de ahí porque ya en alguna ocasión otros pollitos se habían tirado al pozo, así que con estos habíamos extremado las precauciones, pasaban la mayor parte del tiempo en nuestra habitación y los dejábamos salir de la caja a ratos y bajo estricta vigilancia, porque además del pozo también nos preocupaba que el Gos, o que algún felino o víbora se los comiera. Pero una tarde nos distrajimos, bajamos la guardia, fuimos por un chocolate y los dejamos un momento solos en su caja, al aire libre tomando el sol y picoteando alpiste, y cuando regresábamos al jardín vimos aterrorizados cómo el elefante pasaba por encima de la caja y seguía de largo como si nada, como si no acabara de perpetrar un homicidio doble de un solo pisotón; Joan y yo corrimos al sitio donde estaba la caja y todo lo que encontramos fue una plasta de cartón, alpiste y plumas amarillas. El segundo capítulo fue también dramático, aunque ahora que lo escribo también me parece que tuvo su lado cómico: cada vez que el elefante se echaba a dormir aparecía su compañero de siestas que era Félix, un viejo gato que vivía en la plantación desde antes de que yo naciera, un buen día había aparecido en el jardín y desde entonces se había quedado, exactamente igual que el elefante, que también había recalado ahí después de participar en la estampida que había dejado sin animales al circo Frank Brown, y en lo que los socios de La Portuguesa pensaban si lo devolvían o llamaban al director del zoo de

Veracruz, nos fuimos encariñando con él y como nadie lo reclamaba ni él hacía nada por irse terminó quedándose. Quizá por esto, porque los dos habían llegado de la misma forma a la plantación, dormían juntos la siesta, el elefante se echaba con gran estrépito y enseguida llegaba el gato a acurrucarse junto a él; hasta que un día el elefante cambió de posición durante el sueño y acabó con la siesta y con la séptima vida de su compañero; o eso fue lo que creímos que había pasado, lo que pudo reconstruirse a partir del saldo de aquella tragedia, porque el elefante se había levantado con normalidad, fresco y de buen humor después de su siesta, y se había ido a caminar por la selva, y no fue hasta el día siguiente, casi veinticuatro horas más tarde, que Teodora descubrió un manchón negro en el césped, que a primera vista parecía de lodo pero que, mirado con atención, era todo lo que quedaba del pobre Félix. «Lo bueno es que murió sin sufrimiento», había apuntado entonces Sacrosanto, que siempre tenía lista alguna frase para consolar a los demás, mientras erradicaba con un azadón los restos del gato. Aquellas evidencias de su destructividad nos hacían pensar en el momento hipotético en que orillado por el dolor, el miedo o el acoso, perdiera el control y arrasara la plantación; aquello era algo en lo que a veces se pensaba y nada más, el elefante enloquecido no podía ser una de nuestras preocupaciones porque en La Portuguesa teníamos miedos más arraigados, más clásicos, como el miedo a la invasión, o a la expulsión, o a la revuelta indígena, el miedo a quedarnos otra vez sin nada, otra vez sin país, el miedo a purgar un segundo exilio.

Siguiendo el surco devastado por su paso di con él, estaba junto a la barda que delimitaba la plantación ramoneando unos yerbajos, con la cabeza metida en la propiedad del empresario Aguado; a pesar del escándalo de la música electrificada y del jaleo de los jóvenes que corrían y bailoteaban cerca de ahí y de los relámpagos que caían cada vez más cerca, al elefante se lo veía tranquilo, extrañamente ajeno al caos que lo rodeaba, era probablemente el único habitante de La Portuguesa que no acusaba la neurosis que empezaba a minarnos a todos, aunque unos minutos más tarde, en plena revuelta, cruzaría corriendo el jardín, con la trompa en alto y barritando a todo pulmón y, milagrosamente, no dejaría más que cosas rotas y golpes simples, personas tiradas que al cabo de un momento, una vez recuperadas del susto, se levantaban y se iban andando solas, algunas rengueando, otras cogiéndose un brazo, pero solas. La horrenda versión de «Juana la Cubana» había sido la última de los Garañones de Acultzingo e inmediatamente después, cuando yo ya caminaba de regreso a casa luego de haber visto al elefante, subieron al escenario Los Locos del Ritmo, lo supe por el griterío que provocó su aparición, pero también porque inmediatamente comenzaron, temerosos de que la lluvia los interrumpiera en cualquier momento, con la absurda canción de «Popotitos», ese tema menso que oíamos en la radio de las criadas sobre una flaca desvaída que no era un «primor», pero bailaba que daba «pavor», una cosa absurda que te produzca pavor el baile de una flaca, pero en fin, esas eran las estrellas mexicanas de rock que permitía el gobierno, grupos de jóvenes inocuos, insulsos, que cantaban sus desavenencias con un perro lanudo que no los dejaba estar solos con sus novias, años después de que Jim Morrison cantara que le apetecía matar a su padre y tirarse un polvo con su propia madre; aquello era lo que había en la fiesta del alcalde Changó quien, por cierto, a esas alturas, de acuerdo con el minucioso registro fotográfico que hizo Puig, ya se echaba sus cabezaditas en el hombro de su comandante Teófilo, ese hombre de manos cortas y tórax inconmensurable que finalmente había optado por la convivencia y el brandy, y había dejado de lado, o peor, en manos de sus ayudantes, la seguridad del evento. El alcalde pasaba de la somnolencia alcohólica que lo depositaba en el hombro rechoncho de su comandante a la explosión jubilosa y rockera que lo llevaba a alzar su copa, y casi siempre a derramarla, y a mostrar con sus carcajadas sus dientes cubiertos de toscas amalgamas y sus calcetines de mujer con sus respingos; el ánimo del alcalde subía y declinaba según los reflujos del ánimo general y del griterío que profería o escatimaba el populacho, era, como quien dice, un títere de la colectividad, lo sé porque Màrius estuvo ahí cerca y me lo ha dicho. La horda de bravos que brincaban, bailaban y serpenteaban, que ya para esas horas se habían cargado el césped, los arbustos y algunos árboles, hacían de su excelencia el alcalde, que seguía sentado en su trono blanco, un personaje excéntrico; hay una foto donde aparece él adormilado, a punto de ir a dar nuevamente al hombro rechoncho del comandante, rodeado de jóvenes que, de acuerdo con la memoria visual de Màrius, están bailando la canción «Popotitos», y uno de ellos, que aparece a su izquierda, está pegando un salto tremendo y puede vérsele con las piernas recogidas en el aire y la greña dispersa tapándole la cara, a una altura insólita, más arriba de la cabeza del alcalde cuyo trono, como se ha dicho, estaba montado sobre una tarima. Precisamente después de que Puig hiciera esa foto, al parecer a la mitad de «Popotitos», cayó un relámpago con un tronido que se superpuso a la canción e inmediatamente después comenzó el chubasco. Los músicos tenían un techo precario que resistió la siguiente pieza, que fue desde luego «Perro Lanudo», después de la cual tuvieron que retirarse, pero antes de esto, cuando comenzaba el aguacero, un numeroso grupo de chavales que no habían podido entrar al evento, y que se habían quedado ahí oyendo la música fuera de la plantación, aprovechó el desconcierto que generó la lluvia para meterse a la fuerza, y la violenta cargada que hicieron produjo, como reacción, que la gente que estaba dentro derribara una de las alambradas y que decenas de asistentes irrumpieran bruscamente en las zonas privadas de La Portuguesa. Yo veía todo esto desde el cafetal donde me había sorprendido la lluvia, iba corriendo a comunicar el paradero del elefante y también la presencia de los intrusos, pero cuando llegué al jardín vi que bajo el alerón de la parte trasera de casa había una veintena de desconocidos refugiándose del chubasco; y conforme me acercaba vi que en las demás casas pasaba lo mismo, detrás de la de Bages había otro tumulto y más allá, camino de las oficinas, un grupo de individuos desorientados buscaban donde resguardarse del agua que caía con mucha fuerza. La oscuridad que habían promovido los nubarrones se había sumado a la del atardecer, sobre la selva había caído una noche súbita, y el escándalo del diluvio sobre la flora y la tierra había puesto un velo al estruendo de la música eléctrica, un velo que más que atenuar distorsionaba el estrépito. Por momentos, a causa del espectacular juego de relámpagos que iluminaba de golpe toda la plantación, el paisaje alcanzaba notas dramáticas y, sobre todo, potenciaba la irrealidad del entorno, ponía de relieve esa situación anómala: las siluetas de los invasores se recortaban aquí y allá con cada fogonazo de luz blanca, cada rayo calaba mi retina con una impronta del peligro. Arcadi y sus socios estaban concentrados en la terraza de Puig, y mi padre, que había llegado hacía unas horas de México, departía con ellos, no tenían ángulo para ver lo que había empezado a pasar hacía unos instantes, hablaban alrededor de la mesa y bebían un menjul intranquilo, porque estaba claro que la situación no estaba para aperitivos, pero por otra parte, supongo, estaban contentos de que la lluvia acelerara el final del concierto y de que ese paréntesis de caos en La Portuguesa estuviera a punto de cerrarse. Yo los veía de lejos, desde la punta del cafetal, mientras corría hacía ellos, estaban ahí sentados como siempre, como si no pasara nada, como si estuvieran atravesando, montados en una ristra de tragos, una tarde cualquiera; vi con ansiedad cómo, en el instante en que un relámpago dibujaba las siluetas de media docena de intrusos que se amontonaban debajo de una palmera, los patrones de la plantación, permanentemente expuestos bajo la luz eléctrica de la terraza, estallaban en una carcajada por algo que decía Puig, que estaba de pie con una toalla en los hombros y un menjul que acababa de ponerle en la mano una de sus criadas, ¿cómo podían reírse?, ¿por qué nadie era consciente de que nos estaban invadiendo la casa? Me iba acercando a la terraza y lo iba viendo todo a través del montón de lluvia que me caía en los ojos, procuraba no caerme porque en la plantación bastaban unos minutos de tormenta para que el suelo se volviera un lodazal, un pantano, donde los pies podían hundirse hasta el tobillo, que sacaba a flote a los «gusanos de agua», unas larvas blancas que vivían en el limo del subsuelo y que salían a la intemperie, o eran expulsadas, siempre que caía cierta cantidad de lluvia, y esa noche las larvas refulgían cada vez que estallaba un relámpago, eran un hervidero, un lío de criaturas nerviosas que invadían la tierra y se pegaban en los zapatos y en los pantalones. En algún momento pensé que lo mejor era ir a casa, que estaba más cerca, pero rápidamente descarté la idea porque no vi a nadie en la terraza y adentro no sabía quién podía estar, y en cualquier caso era mejor avisar del desastre en casa de Puig donde sí había gente a la vista que podía hacer algo. Dos minutos más tarde me enteraría de que en la terraza de casa había alguien, que la lluvia me impedía ver, y además el lodazal que entorpecía mis pasos me distraía. En las últimas fotos que hizo Puig aquel día, antes de reunirse con sus socios en la terraza, pueden verse los destrozos a los que fue sometida la zona del concierto, en cuanto empezó a llover aquello se convirtió en un barrizal sobre el que muchos seguían bailando, mientras otros, más entusiastas, habían pasado a los patinazos y a los revolcones en el fango. Son estas fotos una serie de imágenes infernales donde las personas aparecen tiranizadas por la lluvia y por el lodo, batidas en el suelo o cayendo de mala forma como para romperse un hueso y en las que sin embargo todos, hombres y mujeres, sonríen, y la asociación de estas sonrisas con el acto inmundo que las provoca, hace pensar en un sabbat donde se baila alrededor del macho cabrío. Esas fotos infernales que hizo Puig antes de refugiarse de la lluvia en su terraza, han quedado como el preámbulo de la desgracia que llegó unos minutos más tarde. Hay una imagen que Màrius hizo ampliar y enmarcar, y que cuelga en el salón de su casa en Barcelona, es una foto por la que Puig, su padre, recibió el único premio de su vida, si se descuenta el galardón Blue Jay of Ontario, que les fue otorgado, a él y a sus socios, por la Cámara de Comercio de aquella región canadiense, como reconocimiento a la calidad del café que se producía en la plantación; descontado éste, no queda en la biografía de Puig más premio que el Barbara Forbes Award, una medalla que otorga esa asociación de fotógrafos con sede en Austin, Texas, en cuya sala de exhibiciones se presentó, gracias a la persistencia del empresario Aguado, esa breve selección de fotografías, de la que ya he hablado antes, titulada: «A Sight of the Mexican Jungle»; y en medio de aquel batiburrillo que, basado en una caprichosa jerarquización, había curado el empresario, iba esta foto que fue premiada y después incluida en el catálogo de fotografías que tiene la asociación colgado hasta la fecha en su página de Internet. En la imagen que preside el salón de la casa de Màrius, una de las últimas que hizo Puig aquella tarde, se ve al alcalde con su traje blanco, su copa de brandy en la mano y la cabeza sobre el hombro rechoncho del comandante Teófilo quien, a su vez, también dormido y con copa en la mano, recarga su cabeza en la del alcalde; alrededor bailan bajo la lluvia y se revuelcan en el lodo aquellos jóvenes infernales a quienes el «Perro Lanudo» ponía eufóricos, mientras el alcalde y su comandante, aislados del escándalo y bajo el chubasco inclemente, duermen la mona de sus vidas. La versión de esta fotografía colgada en Internet lleva un título que ideó la gente de la Fundación Barbara Forbes, donde es evidente la mala leche y el desprecio que estos fotógrafos de Texas observan frente a sus vecinos mexicanos; el título es simple e incisivo: *Mexican Dreams*. Otra de las fotos de la serie final nos tuvo a Màrius y a mí divertidos toda una tarde; durante esa etapa, hace unos meses, pasé mucho tiempo en la casa de Guixers observando, con una lupa, las fotografías de Puig; estaba reconstruyendo esta historia y necesitaba hurgar en los detalles de cada imagen, había querido llevarme la colección a Barcelona para mirarla en mi estudio con calma y tener la oportunidad de ir haciendo notas de manera más ordenada y sistemática, pero Màrius se había negado en redondo aduciendo pretextos absurdos, había salido con una serie de cautelas y miramientos excesivos, como si las fotos hubieran sido de Robert Capa, y no de Puig el exiliado, y tan mal se había puesto cada vez que le había insistido en que me prestara la colección, que terminé observando las fotos y haciendo mis notas en el comedor de su casa, expuesto a los bufidos de Ming el chino, y distraído por las continuas intervenciones de mi anfitrión: «Aquesta foto és bellíssima», decía mirando una imagen con los ojos entrecerrados. «Fem un gin tonic?», gritaba desde la terraza cada vez que consideraba que yo había pasado demasiado tiempo observando las fotografías, y cuando le decía que no, salía de la cocina con un platito y una sonrisa de sátiro: «Vols una oliveta?». Pero aquella tarde en especial la interrupción de Màrius fue muy provechosa, y además llegó justo cuando empezaba a cansarme de observar y de hacer notas, fue él quien me señaló un detalle que me hizo soltar una carcajada y dar un manotazo en la mesa que provocó un bufido largo y profundo del chino. La foto es un encuadre típico de concierto, con la banda en pleno tocando seguramente el inefable «Perro Lanudo», y un montón de machitos cabríos, inmunes al lodazal y al chubasco, apiñados frente al escenario. Los Locos del Ritmo tienen mala cara, se ve que temen que de un momento a otro se venga abajo la precaria techumbre y que el efecto del agua sobre los instrumentos eléctricos les dé un susto. La imagen es, nuevamente, de una excentricidad pasmosa, el escenario con sus músicos eléctricos está embutido en la espesura de la selva, hay en la composición un rudo contraste entre la farándula musical y la vegetación salida de su cauce, que no le pide nada al proyecto de aquel empresario que montaba óperas en la selva del Amazonas. Siguiendo la observación que con una sonrisa socarrona acababa de hacerme Màrius, puse la lupa sobre la batería de la banda, concretamente sobre el tambor grande donde los grupos suelen poner su nombre, y lo que vi me hizo soltar una carcajada y dar el manotazo que puso a bufar al chino: el nombre no era Los Locos, sino Los «Cholos» del Ritmo. «Así que encima esos hijos de puta eran unos impostores», le dije a Màrius y él, que estuvo ahí en primera línea, me aseguró que eran muy convincentes, «tocaban tan mal como los auténticos», dijo. Haciendo memoria recordamos que algo se había dicho al día siguiente en *Las rías de Galatea*, pero no había tenido ninguna relevancia porque lo que sucedió después del concierto acabó eclipsándolo todo. Pero yo me había quedado corriendo bajo el chubasco rumbo a la terraza de Puig, donde los patrones, permanentemente alumbrados por la lámpara que colgaba del techo, acababan de estallar en una carcajada; iba tratando de mantener el equilibrio en el lodazal, con lluvia en los ojos, los zapatos y los pantalones llenos de larvas, y vigilando con creciente aprensión, cada vez que caía un relámpago, las siluetas de los invasores recortadas sobre el fogonazo blanco, debajo de un alerón, o de una palmera, o errando de un lado a otro movidos por la curiosidad y la malicia, porque ya he dicho que se decían cosas, casi siempre exageradas, de la vida que llevábamos y de las cosas que ahí sucedían, o quizá erraban porque no sabían cómo salir de la plantación, no se sabía, todo pasaba en segundos y no había tiempo para hacer ningún diagnóstico. Los falsos Locos del Ritmo suspendieron el concierto al terminar la segunda canción, el techo se había venido abajo y se había producido algún chispazo, así que los impostores no quisieron tocar más pese a las exigencias y amenazas del secretario Axayácatl que, en cuanto había visto que su patrón y el comandante seguían enfrascados en la mona de sus vidas, había aceptado el argumento de los chispazos y la electrocución, que por otra parte eran argumentos más sólidos y palpables que la dignidad artística que habían esgrimido, dos horas antes, los integrantes del grupo El Mico Capón. La gente que había venido desde lejos para ver a la banda internacional se sintió muy defraudada y pronto pasó de la euforia al enfado y del enfado a la cólera. La música se acabó justamente cuando yo alcanzaba la terraza de Puig, de pronto no quedó más que el ruido de la lluvia cayendo sobre la selva y un murmullo de voces que crecía. Entré en la terraza chorreando agua, más que del cafetal parecía que había salido del fondo del río, y en lo que iba a explicar lo que había visto, lo que me preocupaba y me había hecho correr a la intemperie bajo el aguacero, cayó un relámpago ensordecedor que fundió la instalación eléctrica y dejó la plantación a oscuras. «¿Qué hace toda esta gente aquí?», preguntó Bages exaltado, porque al verme recién sacado del río se había topado, por primera vez, con los intrusos que empezaban a llenar el jardín, y en lo que decía esto se puso bruscamente de pie y algo de vidrio, probablemente su vaso, cayó al suelo y se hizo pedazos; yo ya no tuve que explicar nada, enseguida cayó otro relámpago que iluminó a la turba; el Gos ladraba con desesperación a lo lejos, quizá en el sitio donde se había caído la valla, y el caporal, con una linterna en la mano, trataba de hacerse oír frente a un grupo que le gritoneaba y le exigía responsabilidades. Mi padre me dijo que corriera a casa y que me encerrara ahí con todos, y que no saliera nadie hasta que la crisis hubiera terminado, y dicho esto se fue con los demás a enfrentar a la camarilla que acosaba al caporal. Salí nuevamente al chubasco y al lodazal rumbo a casa, habían pasado apenas unos minutos desde que empezara mi carrera por el cafetal y ya costaba trabajo desplazarse por el jardín, tuve que abrirme paso entre la gente que estaba ahí, bajo la lluvia, pensando qué hacer o hacia dónde dirigirse; en mi tortuoso desplazamiento me topé de frente con Lorena que buscaba desconcertado a los suyos, escrutaba la oscuridad con los ojos muy abiertos y al toparse conmigo esbozó una sonrisa, su sonrisa irresponsable de negro pícaro y dijo: «Ya viste cómo llueve, nuestra magia es grande»; yo le dije que sí con prisa porque me urgía llegar a casa y también porque entonces no dudaba de la efectividad de sus hechizos. Al llegar vi que la única luz era una lámpara de petróleo que había encendido Sacrosanto y que colgaba de un gancho en la terraza. Todo había sucedido demasiado rápido, el final del concierto y la invasión habían cogido por sorpresa al mozo y a Marianne que estaba, como era habitual, esperando la hora de la cena en la terraza. Sacrosanto había sido sorprendido por la turba y cuando había querido maniobrar, meterse en casa o llamar a alguien para que lo ayudara, ya no era posible porque los intrusos bloqueaban la entrada y observaban una actitud que no invitaba ni a la negociación ni al diálogo. Pero esto no son más que suposiciones porque nadie pudo preguntarle nada a Sacrosanto, ni nadie volvió a verlo después de esa noche. Lo que yo vi llegando a casa, después de mirar la lámpara de petróleo, no necesitaba explicaciones: Sacrosanto había desenganchado el machete y amenazaba con éste a la turba; estaba de espaldas a Marianne, la defendía valientemente con su cuerpo al tiempo que discutía con un par de chavales, y antes de que yo pudiera oír nada de lo que decían, uno le arrebató el machete, mientras el otro lo empujó con fuerza y lo hizo caer violentamente al suelo. Todo pasaba en segundos, yo estaba ahí pasmado sin poder entrar a casa cuando Marianne, al ver que los intrusos le habían pegado a Sacrosanto, alcanzó una de sus furias súbitas y se levantó bruscamente, y antes de que la cadena volviera a jalarla hacia atrás, empujó la mecedora y quedó de pie, sujetada por la gargantilla, pero en una posición que le permitió golpear brutalmente en la cara al muchacho que había empujado a Sacrosanto, y darle un par de patadas a otro que tenía cerca, y en cuanto quiso golpear a uno de más allá sufrió un tirón de la cadena que la hizo perder el equilibrio y caer también al suelo. Los intrusos estaban paralizados frente a esa rubia furibunda que los atacaba pero uno de ellos, el que se había llevado el golpe en la cara, arremetió contra Marianne que seguía en el suelo, comenzó a darle patadas y Marianne, que era más fuerte que él, lo cogió de un pie y lo tiró junto a ella y ahí comenzó a tupirlo de golpes en la cara y en el tórax hasta que otro de sus colegas comenzó a golpearla a ella. A partir de ese momento empezó el pandemónium, la docena de invasores que había al principio frente a la terraza se había multiplicado y ya no había forma, no sólo de entrar a casa, sino de avisarle a alguien de lo que estaba pasando, y a mí lo único que se me ocurrió fue pedir auxilio a todo pulmón, auxilio para esa mujer a la que todo el día le había deseado la muerte pero en ese instante, cuando otros estaban a punto de hacer realidad mi deseo fervoroso, pensé que no podía permitirlo ni iba a soportar que alguien la matara, así que cogí la correa del Gos que estaba ahí puesta en un equipal y con ella comencé a pegarle en la espalda al individuo que golpeaba a Marianne, y pude hacerlo dos veces porque cuando iba a intentar la tercera el individuo reviró y me golpeó a mí, era un muchacho de cola de caballo y afeites jipis que apelaban al *peace&love* y a la tolerancia y sin embargo me dio un golpe que nada tenía que ver con eso, un trancazo certero que me envió al suelo y me dejó aturdido. En cuanto pudo recuperarse Sacrosanto se trenzó a trompadas, ya sin su machete que había volado con el empujón, contra el individuo que tenía Marianne encima, pero de poco sirvió su esfuerzo y en todo caso enardeció al resto de los intrusos, que a esas alturas de la trifulca ya habían alcanzado a digerir que esa mujer rubia y blanca era un peligro, una fiera y un enemigo a vencer como cualquier otro. Sacrosanto, que no era ni muy fuerte ni muy feroz, quedó otra vez fuera de combate, y a mí lo único que se me ocurrió al ver cómo golpeaban entre cuatro a la pobre Marianne, que se retorcía desesperada en el suelo sujeta por la cadena, fue arrastrarme hasta donde estaba Sacrosanto, pedirle la llave de la gargantilla y liberarla para que pudiera defenderse sin esa desventaja, era todo lo que podía hacer porque entonces ya me parecía muy claro que nadie vendría a ayudarnos, los que estaban dentro de la casa o no podían salir o no se habían enterado de lo que estaba pasando en la terraza, y los que estaban fuera como mi padre y mi abuelo andaban enfrascados en sus propias batallas, así que me arrastré hasta donde yacía Sacrosanto maltrecho, con sangre en la boca y doliéndose de un golpe en las costillas, pero no alcancé a pedirle la llave porque en el instante en que iba a hacerlo, un instante capturado dentro de los segundos en que estaba ocurriendo todo, cambió el cariz de la violencia: el jipi que me había golpeado a mí, el que originalmente había sido golpeado por Marianne, un tal Chuy según oí, ordenó a sus compañeros que pararan porque la golpiza comenzaba a ser excesiva, «Se está yendo la muchacha», dijo textualmente Chuy y en cuanto sus compañeros suspendieron el chubasco de golpes él extendió el cuerpo ovillado de Marianne y ante la vista de todos, ante la de ellos pero también ante la mía y la de Sacrosanto, le arrancó las bragas, se abrió la bragueta y comenzó a violarla. Entonces para mí el tiempo se detuvo, cayó en la terraza un espeso silencio, una coraza que durante varios segundos no permitió que pasara el escándalo de la tormenta y los relámpagos, una sordera equivocada y vana porque lo que tocaba era cerrar los ojos. Marianne tenía sangre en la cara y en el vestido y tan inerte como estaba pensé que se había muerto y me sentí aliviado de que no hubiese visto el abuso que se cometía con ella y también me alivió que nadie más de la familia estuviera viendo lo que yo veía, se trataba desde luego de un alivio relativo, de un pretexto para no desmoronarme porque viéndola muerta no dejaba de pensar que las palabras que durante toda la mañana había dicho y con tanta saña repetido, la habían matado, pero al instante siguiente, porque todo pasaba muy deprisa, Marianne abrió los ojos y su mirada estrábica dio contra los míos, estábamos los dos tirados en el piso y a mí esa mirada me dejó de pronto sin el alivio de verla muerta, súbitamente desmoronado, y fue desde aquel fondo que percibí que no había ningún silencio y que los amigos de Chuy lo jaleaban a gritos y a frases procaces y a silbidos, y entonces me levanté y en cuanto quise hacer algo, algo a la altura de mi desventaja, algo seguramente inútil e inocuo, fui retenido por dos de sus colegas y entonces volví a gritar auxilio y le grité a Sacrosanto que hiciera algo, dos o tres veces, pero él seguía muy golpeado, fuera de combate, miraba extraviado a la pobre Marianne que ya ni se defendía, estaba tumbada inmóvil, inerme y con la cabeza que se le sacudía de forma grotesca, emancipada del cuerpo, según el ritmo que le imponían los violentos enviones de Chuy, «¡Déjenla ya!», gritaba yo inútilmente porque nadie podía oírme con aquel escándalo de gritos, agua cayendo a raudales y unos relámpagos que lo iluminaban todo y un instante después nos dejaban sumidos en la oscuridad mortecina que procuraba la lámpara de petróleo. De pronto la multitud se dispersó y sobre los gritos se oyó un griterío e inmediatamente después pasó corriendo el elefante, con la trompa en alto y barritando con un ímpetu que mandó callar a todos y a todo, a los invasores y a los relámpagos, pasó de largo haciendo temblar la casa, arrollando a quien no lograba quitarse y su carrera contundente, que se percibía como un derrumbe, como un desgajamiento de la tierra, hizo que Chuy abandonara precipitadamente el cuerpo inerte de Marianne y que en la terraza se organizara una turbamulta de chavales aterrorizados, que no sabían si echarse a correr o quedarse ahí o irrumpir en la casa para refugiarse. La terraza se llenó de piernas y yo perdí de vista el cuerpo de Marianne, quedé libre de las manos que me sujetaban gracias al desorden súbito. Me abrí paso como pude para socorrerla, para ver si seguía viva y en qué condiciones la había dejado el animal que la había violado y en cuanto llegué hasta ella, en cuanto por fin dieron mis ojos con los suyos, vi que otro hombre la violaba aprovechando el caos, otro hombre que se había abierto un espacio, entre el tumulto de piernas y zapatos, acometía con dureza y brutalidad su cuerpo. Me acerqué hasta él, lo jalé con toda mi fuerza de los hombros y del cuello y, cuando por fin quedamos cara a cara, vi que el hombre era Sacrosanto.

La fiesta del oso

Porque no había nadie en la montaña
sino las últimas estrellas
y el aire era una inmensa pesadilla.

GONZALO ROJAS

Who was waiting there, who was hunting me.

LEONARD COHEN

Primera parte

1

Se sabe que el estallido de la primera bomba pasó a rastras, como un animal, por debajo de su catre y que, un instante después, se fragmentó en un estertor de luz que subió por las paredes y dibujó un relámpago en el techo. Se sabe que ese estallido, más los cuatro que siguieron, hicieron pensar a Oriol que sus esperanzas de abandonar ese catre con vida eran escasas. Se sabe también que un cuarto de hora más tarde Oriol ya había incluido ciertos matices en ese pensamiento negro: los bombardeos, según un nervioso cálculo que efectuó, tenían lugar en el puerto y él estaba en las afueras del pueblo, lejos, internado en un barracón que había sido habilitado como hospital, y no era difícil que un hospital despertara la piedad del enemigo. Se sabe que hacía varias semanas que cargaba esquirlas de granada en una nalga y la herida, curada precariamente por un médico en pleno campo de batalla, se encontraba en un punto entre la infección galopante y la gangrena, un punto que daba para la fiebre permanente y el delirio, y que encajaba muy mal con el bombardeo, constituía algo así como el colmo de la desgracia, porque la guerra estaba perdida y él todo lo que deseaba era irse a Francia, ponerse a salvo de las represalias del ejército franquista que los bombardeaba desde el aire y por tierra venía pisándoles los talones. Quizá lo más fácil para Oriol hubiera sido agarrarse a su primer pensamiento, dar por hecho que sus posibilidades de sobrevivir eran escasas y simplemente rendirse, abandonarse, dejar de consumirse frente al futuro que era poco y parco, un futuro que probablemente no llegaría más allá de la siguiente bomba, y en todo caso hacerse ilusiones, acorralado como estaba por los estallidos y el resplandor colérico, era ocioso y torpe. Se sabe que Oriol, al ver que la guerra estaba perdida, había dejado a su mujer en Barcelona y que, buscando la manera de escapar de España, había ido con su hermano del tingo al tango hasta que, orillado por la gravedad creciente de su herida, había aceptado internarse en ese barracón donde convalecía con otros noventa y cinco soldados republicanos, postrados en catres como el suyo, o en el suelo, con diversas heridas y dolencias, algunos con miembros amputados, mancos, cojos, tuertos, un desastroso batallón de soldados malheridos y moribundos. Se sabe que esos soldados casi no contaban con medicamentos, ni recibían de nadie la mínima conmiseración, y también se sabe que había un médico que hacía lo que podía y que después del primer bombardeo, de aquellos estertores de luz que trepaban por las paredes y sumían a los soldados en la desesperación, les prometió que un autobús iría por ellos y los conduciría a un hospital en Francia, donde estarían a salvo de las represalias y podrían recuperarse con el apoyo de una plantilla de médicos a la altura de su desgracia, un pelotón blanco, pulcro y sonriente que desde ese sanatorio improvisado e infecto parecía una alucinación. Se sabe que el médico que hizo esta promesa no era médico, sino enfermero de una clínica de Figueras y puede pensarse, en su descargo, para suavizar el número de víctimas que un doctor experimentado hubiera podido evitar, que tenía buenas intenciones y que su único empeño era el de ayudar y servir a esos hombres que, de otra forma, no hubieran contado ni con su medicina precaria, ni con la promesa del autobús que, entre un bombardeo y otro, les infundió cierta esperanza, les hizo vislumbrar un futuro más allá de los estallidos y del furioso resplandor. Quizá para Oriol hubiese sido más fácil agarrarse a su primer pensamiento, como dije, porque morirse ahí mismo en ese catre, removido continuamente por la onda expansiva de las bombas que caían en Port de la Selva, hubiese sido lo normal, hubiese sido mucho menos difícil que seguir huyendo a Francia, porque además de la herida, que ya le hacía la vida imposible, eran los primeros días de febrero de 1939 y afuera del barracón, en esa intemperie que los aviones franquistas tenían sembrada de bombas, hacía un frío que él no se sentía capaz de remontar. Se sabe que Oriol tenía un par de coartadas emocionales que le impedían claudicar y rendirse, su mujer en Barcelona que lo quería vivo, y su hermano Arcadi que lo había dejado ahí porque ya no podía cargar con él y le había hecho prometer que haría un esfuerzo, que abordaría ese autobús que llegaría al día siguiente y que en unos cuantos días se reuniría con él del otro lado de la frontera. El proyecto del autobús, como he sugerido unas líneas más arriba, debe de haber levantado el ánimo de los heridos, de aquellos que podían comunicarse o siquiera entender lo que pasaba, porque había algunos que llevaban días sin abrir los ojos, estaban concentrados en el combate cuerpo a cuerpo contra la herida, la fractura, la putrefacción que amenazaba con comérselos vivos. Aunque es verdad que «levantar el ánimo» en aquel barracón de moribundos, donde los gemidos se mezclaban con el olor penetrante de los linimentos y con la pestilencia de la carne podrida y la gangrena, es una expresión desproporcionada; aquel autobús era, como mucho, la pieza que contenía el derrumbe. Se sabe que el día siguiente llegó con un silencio de muerte, los primeros rayos de sol, que entraron por los intersticios que había en las tablas del barracón, iban espesados por las toneladas de tierra que había levantado el bombardeo, eran, más que luz, una muestra, una laja, un corte transversal de aquel paisaje destruido; la suma, en suma, de lo que al final queda: el polvo. El médico nocturno se fue en cuanto irrumpieron en el barracón los primeros rayos espesos, y conforme fue avanzando la mañana, los soldados heridos fueron sospechando que el médico de relevo no iba a llegar y, por más que no querían pensarlo, también pensaron en la posibilidad de que el autobús tampoco apareciera. Se sabe que cerca del mediodía un hombre con el uniforme parcialmente desgarrado y un aparatoso vendaje en la cabeza forzó la puerta del consultorio con la ayuda de una muleta; alguien gritaba con una desesperación que estaba a punto de volverlo loco, a él y quizá a otros pero a esas horas y ante la demoledora certeza de que los habían abandonado, el barracón en pleno había caído en la abulia y el desánimo; quitado el autobús había sobrevenido el derrumbe y frente a la desesperanza general el dolor de uno no pasaba de ser un molesto runrún. Sin embargo este hombre, que estaba menos hundido que los demás, le procuró al desesperado una inyección de morfina y después, apoyándose en la misma muleta con la que había violado la puerta, regresó al consultorio y se puso a manipular la radio y ahí se enteró de que la guerra se había perdido y confirmó que no habría médico de relevo, ni autobús para huir de España, ni pelotón blanco y pulcro que los esperara en Francia. Se sabe que el hombre del vendaje aparatoso y la muleta respondía al

nombre de Rodrigo y que, precariamente encaramado en un poyete, contó lo que acababa de escuchar y propuso a aquella tribu
abúlica que lo miraba desde el más allá un plan de escape a la
frontera, un plan desesperado y de éxito improbable que buscaba
siquiera evitar que los franquistas, que estaban por llegar a Port de
la Selva, les echaran el guante o el cepo. El plan era una simpleza,
consistía en subirse al camión de la Cruz Roja que estaba afuera
del barracón y cuyas llaves había encontrado mientras revolvía
cajones buscando la ampolleta de morfina; las llaves eran un manojo tintineante que Rodrigo agitaba triunfal desde la cima del
poyete, ante la contemplación escéptica de sus colegas heridos. Se
sabe que a su plan se apuntaron unos veinte, entre ellos Oriol; el
resto prefirió esperar la llegada del ejército enemigo, o quizá ni eso
y ya no tenían energía para preferir nada, o ya ni se enteraban o
estaban muertos. Se sabe que aquella veintena trágica se acomodó
en el camión siguiendo una jerarquía espontánea, los más heridos, o los más cabrones, en los asientos y en las camillas, y el resto,
según sus dolencias y su predisposición al viaje, de pie o acurruca-
dos en el suelo. Oriol viajó medio sentado en una camilla, con el
cuerpo apoyado en la nalga que no tenía esquirlas y cuidando que
la herida, que no paraba de supurar, no fuera a rozar la pierna del
que tenía al lado, porque le daba vergüenza mancharlo pero también porque no soportaba el dolor que le producía cualquier contacto, por mínimo que fuera. Su posición de privilegio dentro del
camión escapaba a la jerarquía espontánea, obedecía exclusivamente a la casualidad, había caído ahí y ahí se había quedado a
pesar de que no calificaba ni como herido muy grave y por supuesto como cabrón tampoco, porque Oriol, como muchos de
los que huían a Francia en aquel camión, era un soldado accidental que había interrumpido su carrera de pianista para ir a la
guerra, era un hombre normal, ni valiente ni cobarde, sin mucho
talento para la aventura, medianamente fuerte y con una resistencia para el dolor y la desgracia que había ido descubriendo en el
transcurso de la guerra. Quiero decir que Oriol, como muchos de
los soldados que se habían enrolado voluntariamente en las filas
republicanas, era un hombre que no tenía pasta de soldado, era
músico, hijo de un periodista que también se había enrolado en la
guerra y hermano de Arcadi que lo esperaba del otro lado de

la frontera, mientras aguardaba el momento de regresar a España para terminar su carrera de abogado. Se sabe que Rodrigo pasó del poyete al volante y que, aun cuando llevaba una pierna gravemente herida y la cabeza cubierta con ese vendaje aparatoso, comenzó a improvisar una ruta rumbo a Francia. Aunque su objetivo no estaba lejos, la circulación por las carreteras era imposible, había un atasco permanente donde convivían automóviles, camiones, autobuses, carretas tiradas por caballos o por bueyes, gente con su casa a cuestas tratando de irse de España con sus hijos y sus animales. Rodrigo había nacido en Besalú y conocía muy bien las faldas de los Pirineos, así que improvisó una huida por caminos vecinales, una huida errática que pronto, en cuanto el paisaje comenzó a ganar altura, alcanzó la nieve. Se sabe que aquella huida fue una pesadilla para los pasajeros, que daban tumbos cada vez que las ruedas enfrentaban un bache o un camino empedrado o la brutalidad de los trayectos a campo traviesa, de los que hubo varios según se sabe y fue en uno de ellos, entre Beget y Rocabruna, ya en las faldas de la montaña, donde el camión cayó en una zanja que estaba disimulada bajo un manto de nieve, de la que sacarlo, con esa tropa que apenas podía tenerse en pie, era impensable. Los heridos fueron saliendo con dificultad del camión, el morro había quedado clavado en la zanja y había dejado la caja escorada, con el piso convertido en una pendiente, no sólo impracticable para algunos heridos, también había hecho que tres o cuatro rodaran y fueran a dar al fondo del camión. Se sabe que ayudándose unos a otros fueron saliendo y que una vez afuera trataban de hacer algo por los que no podían moverse, aunque también los hubo menos solidarios, algunos que inmediatamente echaban a andar montaña arriba, rumbo a la frontera o cuando menos lejos de sus camaradas moribundos, de los que preferían no saber nada. La guerra se había perdido y no habría ni represalias ni condecoraciones y todo quedaba relegado a la conciencia de cada soldado. Oriol era de los que habían conseguido salir por sus propias fuerzas y enseguida había entendido que lo decente era ayudar a los que no podían hacerlo, aun cuando al poner los pies en la nieve las piernas se le hundieron hasta las rodillas y comprendió que cada segundo invertido en el rescate de sus compañeros restaría sus posibilidades de llegar con vida a Francia. El frío que le subía desde las piernas más los gruesos copos que le caían encima y que iban calándole la ropa despiadadamente, magnificaron la fiebre que tenía y lo situaron en el averno de los castañeteos y las temblorinas, con una virulencia que apenas lo dejaba cooperar con las maniobras de rescate, y en todo caso que ayudara quien necesitaba desesperadamente ayuda era una anomalía, que el tuerto ayudara al ciego y el roto al descosido. Se sabe también que Oriol se llevó un susto en cuanto bajó del camión y se hundió hasta las rodillas en la nieve, un susto desde luego relativo, muy matizado por la situación y el entorno que constituían un horror mayor, un horror urgente que era necesario enfrentar, un horror de vida o muerte que relativizaba también su propia herida, que en otras condiciones, sin tantos soldados agonizando alrededor, sin tanto tuerto convertido en rey, hubiera merecido pasar por un quirófano y varias semanas de convalecencia en un hospital, porque en cuanto entró en contacto con el frío, descubrió que en la pierna herida no tenía ninguna sensación, nada en absoluto, y supo entonces que empezaba a cargar con un cuerpo muerto que iba a tener que arrastrar montaña arriba. No sé si Oriol llegó a pensar en esto pero a mí me parece, sin ánimo de exagerar, que esa pierna muerta era la metáfora de lo que estaba ocurriendo: me parece que Oriol arrastraba el cadáver de la España que en ese crudo invierno de 1939 acababa de morir. Se sabe que Rodrigo, que no era el más entero sino el que tenía más ánimo, se arrastró hasta el fondo del camión y comenzó a amarrar por la cintura a los que no podían moverse; era imperativo que los heridos graves salieran rápido de ese fondo que comenzaba a ponerse helado, y aquello era lo más que podía hacerse a pesar de los alaridos que provocaba porque la maniobra incluía arrastrar esos cuerpos maltrechos por el suelo del camión, y es probable que a más de uno ese arrastre, que era pura fuerza sin dirección ni gobierno, le multiplicara las fracturas o le abriera en las heridas nuevas heridas. Supongo que el suelo metálico del camión también debe de haber obrado contra la pierna herida de Rodrigo, y me parece que haberse puesto a rescatar heridos, con lo maltrecho que debe de haber estado, fue un acto decididamente heroico. Se sabe que hubo dos soldados que se quedaron ahí en el fondo helado, uno se había negado a salir, no se sentía con fuerza ni para ser amarrado y arrastrado por sus compañeros y había preferido quedarse ahí, tapado con una manta, a esperar a que pasara la tormenta o a que alguien con bártulos menos rudimentarios lo sacara sin arrastrarlo tanto o es probable que ya ni tuviera mucha conciencia y que todo lo que buscara fuera que lo dejaran en paz; como quiera que haya sido, el hombre se quedó ahí, al lado de otro que había muerto presumiblemente durante el viaje y cuya muerte no había sido percibida por nadie, hasta el momento en que Rodrigo había tratado de amarrarle la cintura para sacarlo de ahí y había notado, por la rigidez y el rictus, que hacía horas que no había vida en ese cuerpo, y supongo que Rodrigo debe de haberse planteado, de manera fugaz porque no disponía de tiempo, la conveniencia de arrastrarlo de todas formas hacia fuera y de sepultarlo pero, tomando en consideración que los dos cuerpos fueron dejados ahí, pronto debe de haber pensado que había que irse cuanto antes, emprender inmediatamente la ascensión de la montaña porque la tormenta empeoraba a cada minuto y el cielo tenía un severo tono de borrasca, y enterrar a ese muerto con un metro de nieve encima de la tierra, sin picos ni palas, ayudado por el grupo de cojos, mancos y tullidos que lo esperaba tiritando fuera del camión, era algo que no podía plantearse en serio, así que Rodrigo debe de haber considerado, y quizá esto ya sea demasiado suponer, que ser testigo de su muerte era todo lo que podía hacerse por ese colega muerto. Se sabe que Oriol permaneció ahí, tirando de la cuerda de una forma más bien simbólica, hasta que terminó la maniobra de rescate, y que después se puso a caminar en la fila que iba detrás de Rodrigo, que a esas alturas de la huida tenía más ánimo que orientación y conocimiento del terreno, y también es cierto que su acto decididamente heroico había terminado por complicarle las heridas de la pierna. Con el paso ralentizado por lo mucho que se clavaba en la nieve su muleta, Rodrigo comenzó a conducirlos por una ladera escarpada que atacaron justamente cuando los gruesos copos de nieve se transformaban en una apretada borrasca que, por momentos, les impedía ver en qué pedrusco ponían el pie. Se sabe que Oriol iba ayudando a un tal Manolo, lo ayudaba por la misma razón que había tirado simbólicamente de la cuerda, porque le parecía que era lo decente, pero también comenzaba a pensar que Manolo, en lugar de salvarse gracias a su ayuda, podía llevárselo ladera abajo. Me parece, aunque probablemente esto ya sea otra vez suponer demasiado, que Oriol, en medio de aquella batalla que libraba contra la nieve y la fiebre, contra la cuesta cada vez más escarpada de la montaña, debe de haberse preguntado si lo verdaderamente decente no era salvarse él mismo, si no era una indecencia con su mujer y con su hermano atarse a la suerte de Manolo, un hombre al que ni conocía y mucho menos estimaba. Irse al fondo del barranco con él parecía un despropósito. Lo que fuera que Oriol pensara, si estaba o no muy convencido de ayudar a Manolo es irrelevante en cuanto se piensa en la majestad de su gesto, el enorme esfuerzo que tuvo que hacer, malherido como iba, al intentar salvar al otro, un esfuerzo supremo en la misma sintonía del que acababa de realizar Rodrigo donde, más que a una persona, lo que los dos estaban salvando era el honor de la especie. Por otra parte también es cierto que Oriol estaba profundamente comprometido con ese hombre al que ni siquiera conocía, formaban parte los dos de la misma hermandad trágica, habían peleado contra el mismo enemigo y habían perdido la misma guerra. Se sabe que Oriol iba siguiendo con mucha dificultad a Rodrigo, avanzaba penosamente porque Manolo empezaba a perder el paso, se apoyaba cada vez más en él y comenzaba a costarle mucho sacar las botas de la nieve. Oriol tiraba y tenía la impresión de que, más que de su colega, estaba tirando de la montaña entera. Al esfuerzo de cargar con todo aquello resistiendo esa tempestad de perros, hay que añadir que Oriol no podía darse ni un respiro, no podía hacer ni una pausa porque era esencial no separarse de Rodrigo, un metro bastaba para perderlo de vista, para que el guía fuera engullido por la borrasca y Oriol se quedara aislado, cargando con su colega moribundo, perdido en ese limbo blanco surcado por ráfagas y trozos de hielo que se le pegaban en la ropa y en la cara. No sé cuánto tiempo habrán resistido con ese paso, ni tampoco cuánto lograron ascender en la montaña, seguramente muy poco porque se sabe que Rodrigo comenzó a flaquear pronto, tenía un dolor insoportable en la pierna y la faena de hundir y sacar la muleta de la nieve lo había dejado agotado. Se sabe que de pronto Rodrigo se detuvo en seco y volteó hacia atrás con la mirada vacía, con unos ojos que deben de haber sembrado el pánico en Oriol porque en ellos no había ni ruta ni proyecto de salvación y además estaban enmarcados por un rostro lleno de hielo, quemado por el viento glacial y parcialmente cubierto, con la intermitencia que imponían las ráfagas, por una parte del vendaje que le escurría de la cabeza y dejaba al aire una herida en la cabeza, cristalizada por el frío que parecía el tajo de un hacha. Se sabe que Oriol volteó instintivamente hacia atrás, siguiendo la línea de los ojos vacíos de Rodrigo, y que descubrió, con más pánico todavía, que detrás de él no venía nadie, que todo lo que quedaba de aquella tropa de heridos eran ellos, Manolo que ya ni trataba de ponerse en pie, Rodrigo hecho una ruina y él mismo que de pronto se había convertido en el más entero de la tropa, en el único capaz de sacar adelante a la última retaguardia del ejército republicano. Se sabe que a Rodrigo lo vio tan mal, con ese tajo y ese hilacho de venda sanguinolenta agitado por las ráfagas, que pensó que si había que sostener algún tipo de diálogo había que optar por Manolo, pero en cuanto trató de separarse de él y de incorporarlo para que pudiera oírlo, reparó en que su hermano de desgracia estaba muerto y en que él llevaba arrastrándolo así quién sabe cuánto tiempo. Se sabe que ante la mirada todavía vacía de Rodrigo, Oriol tendió el cuerpo de Manolo en la nieve y comenzó a recomponerle la ropa, a alinearle la guerrera con la camisa y a quitarle de la cara, ayudándose con un trozo de nieve, un manchón de sangre que le afeaba el rostro; también se sabe que en cada movimiento invertía Oriol mucha dedicación, como si aquella pompa, que era a fin de cuentas poner un cuerpo en orden, fuera a conjurar el caos, la ferocidad implacable de la montaña que se cernía sobre ellos; y se sabe que una vez que el cadáver de Manolo quedó más o menos acicalado, Oriol valoró la posibilidad de sepultarlo en la nieve, aunque enseguida vio que bastaba con dejarlo ahí tendido para que en unos cuantos minutos quedara sepultado por la tormenta. Mientras llegaba a esta conclusión, oyó que Rodrigo le decía, a gritos porque el vendaval hacía casi imposible cualquier diálogo: «¡La cédula!», y después agregó algo que Oriol ya no entendió pero que sería, supuso, que había que tener datos del muerto para avisar a sus familiares, e inmediatamente se puso a hurgarle en los bolsillos hasta que dio con la cédula de identidad; un gesto aquel remarcable de optimismo, por todo el futuro que entrañaba en esos dos hombres que estaban también a punto de morir. Se sabe que Oriol guardó el documento en su morral y que se acercó a Rodrigo para comunicarle lo que había pensado, y que en cuanto comenzaba a decirlo Rodrigo lo detuvo en seco y le dijo que siguiera adelante, que se fuera yendo y que él lo alcanzaría más tarde, que bastaba con llegar a la cima y después bajar para estar en Francia, que estaban ya muy arriba y que en ese punto los Pirineos no eran una montaña tan alta, y después de decirle todo eso le entregó su cédula y le dijo, mirándolo con unos ojos ya no vacíos pero donde no había tampoco mucha vida: «Por si no consigo alcanzarte». Se sabe que Oriol se echó a andar sin más, no podía hacer otra cosa, iba malherido y si no aprovechaba el tiempo que quedaba antes de que cayera la tarde, el ascenso iba a complicársele todavía más; y yo supongo que también habrá visto algo en los ojos de Rodrigo que le hizo entender que ya no quería hacer más esfuerzos, que prefería quedarse ahí a esperar lo que viniera, un golpe de suerte, el enemigo o una avalancha. En aquel territorio gobernado por la fuerza bruta Oriol había pasado, en unas cuantas horas, del abatimiento en su cama de hospital al ánimo que le había insuflado la voluntad inquebrantable de salvarse, mientras que Rodrigo había hecho el recorrido contrario, su gesta por salvar a todos terminaba a media montaña, regresando dócilmente a la tierra, dejándose cubrir por la nieve que le caía encima, de la misma forma en que, a metro y medio de distancia, Manolo se fundía con la montaña. Se sabe que Oriol vio así por última vez a Rodrigo, sentado, vencido, difuminado por la borrasca inclemente, y lo vio porque, en cuanto se echaba a andar, Rodrigo le gritó y le dio su muleta, «A mí ya no me sirve», le habrá dicho y supongo que entonces Oriol debe de haberse alejado más inquieto, más triste por ese gesto que era la capitulación de su colega, es probable que hasta sintiéndose desolado, y esto me hace pensar en la desconcertante relatividad de las relaciones humanas, la desasosegante certeza de que una persona sin apellido ni historia, con la que se ha convivido unas cuantas horas, llega a ser más importante para una biografía que algunas de las que han pasado a tu lado toda la vida; y escribo esto ateniéndome a un hecho incontestable: el único referente que durante años tuvimos de las últimas horas de vida de Oriol fue una carta de Rodrigo, y ésta es la prueba irrefutable de su importancia. Pero esto ya es demasiado colegir cosas, demasiada teoría para esa tormenta de hielo y nieve, para ese horizonte salvaje en el filo del cual Oriol, entre el remordimiento y la firme intención de largarse de ahí cuanto antes, contempló a su colega vencido, cogió la muleta que le ofrecía, probablemente le dijo gracias, dio media vuelta y se echó a andar dando primero un paso, luego clavando la muleta en la nieve y después arrastrando su pierna muerta. Se sabe que era la última hora de la tarde, que el resplandor de un sol débil apenas lograba traspasar el espesor de la borrasca, cuando Oriol intentó vislumbrar por última vez la cima; supongo que iría sintiéndose liberado pero también espantosamente solo; no sé qué tanto era consciente del papel que le tocaba, no sé si sabía que era el último hombre de la última retaguardia, la exhalación final de la república, el último hilacho de aquello que se malogró y no fue. No se sabe cuántas horas batalló Oriol contra la tormenta, tampoco se sabe cómo es que pudo ascender la primera parte de la montaña, con Manolo a cuestas, la pierna muerta y nada para apoyarse, ni una muleta ni un palo; la verdad es que a partir de aquí no se sabe nada sustancial, aunque es cierto que durante décadas logramos recomponer el final de la historia, un final que de tanto repetirse terminó convirtiéndose en la pieza que ayudó a la familia, a todos menos a mi abuelo Arcadi, a aceptar que Oriol había muerto en 1939, cuando trataba de huir a Francia. Finalmente llegó el momento en que la borrasca espesa terminó tragándose el último sol de la tarde y la oscuridad, el cansancio y el sufrimiento físico que le producía la herida lo obligaron a detenerse y a buscar refugio, una cueva donde consiguió acurrucarse y quedarse dormido, para siempre. Un final ciertamente piadoso el que le inventamos al tío Oriol, porque igual podía haberse desbarrancado, o haber sido devorado por un lobo o por un oso de los Pirineos, pero como he dicho la familia necesitaba un final, cuanto más dulce mejor, para poder mandar a Oriol al otro mundo. Mi abuelo Arcadi, desde aquella despedida en febrero de 1939, en aquel barracón inmundo de Port de la Selva, no había dejado de pensar que su hermano seguía vivo en Francia o, con una convicción que rayaba en la insensatez, en algún país de Sudamérica. Los dieciséis meses que Arcadi estuvo encerrado en el campo de concentración de Argelès-sur-Mer, ese páramo donde el gobierno francés encerraba a los republicanos españoles que huían de la represión franquista, los pasó imaginando que en cualquier momento aparecería Oriol, cojo y de bastón, pero recuperado y saludable después de su paso por el hospital francés que le habían prometido; durante cada día de todos esos meses el corazón le dio un vuelco cada vez que oía por la megafonía del campo que iba a hacerse un anuncio, y cuando un guardia se acercaba a su barracón estaba seguro de que iba a preguntarles si alguno de ellos tenía un hermano que se llamaba Oriol. Cuando por fin logró salir del campo se fue exiliado a Veracruz, porque a España no podía volver y ahí, en el culo vegetal del mundo, tuvo a bien fundar La Portuguesa, una plantación de café donde, por obra y gracia de la Guerra Civil, fuimos naciendo sus descendientes, una runfla de exiliados, híbridos y apátridas, ni españoles ni mexicanos, ni veracruzanos ni catalanes, entre los que me cuento yo. Durante cada día del resto de su vida en La Portuguesa, Arcadi esperó la llegada de una carta de su hermano o, cuando tuvimos teléfono en la plantación, de una llamada; o bien esa escena que imaginaba obsesivamente desde los tiempos del campo de concentración, sólo que entonces retocada por el tiempo, las circunstancias y el delirio: la de su hermano llegando de improviso a la plantación, viejo y cojo pero saludable, y además laureado por su desempeño en el piano de la orquesta sinfónica de, pongamos, Buenos Aires, consagrado por una serie de solos que habían puesto a sus pies a medio continente. Pero nada de eso sucedió nunca y aunque aquel final que inventamos para el tío Oriol, que murió congelado en los Pirineos mientras trataba de escapar a Francia, fue convirtiéndose en la historia oficial, Arcadi jamás perdió la esperanza de que su hermano siguiera por ahí vivo y cojo, una esperanza que con el tiempo fue tomándose a chunga y a risa y cada vez que sonaba el teléfono alguno decía: «Ahora sí que es Oriol». O cuando desaparecía algo, un mechero o el frasco en que guardábamos el café, el mismo Arcadi preguntaba, con una nostalgia socarrona: «¿Y no se lo habrá llevado mi hermano?». Pero toda aquella chunga y aquella risa, y sobre todo buena parte de la esperanza de Arcadi que subyacía debajo de aquel jolgorio, se vino abajo cuando en 1993 recibió una carta en La Portuguesa, que venía de Francia y que había sido escrita de puño y letra por Rodrigo, el hombre que había comandado la huida del hospital de Port de la Selva y que en mitad de la tormenta y la borrasca le había dado su muleta a Oriol y le había dicho que siguiera adelante, que bastaba con llegar a la cima y descender un poco para ponerse a salvo en Francia. Rodrigo vivía entonces, en ese año de 1993, en Collioure, y escribía esa carta porque sentía «cierto compromiso» con Oriol, «ese pianista que estando mortalmente herido trataba de salvar a otro soldado que iba arrastrando montaña arriba». Rodrigo contaba en esa carta, que tiene doce folios escritos en francés con letra menuda y apretada, de los años que había tardado en localizar a Arcadi, de cómo había dado con sus datos gracias a un viejo comunista de Barcelona al que había conocido casualmente, y después describía, con muchos detalles, la huida del hospital y la agónica ascensión a la montaña. Lo que explica Rodrigo en esa carta nos sirvió a todos para confirmar lo que siempre habíamos pensado, y a mí en particular, años después, para reconstruir el final del tío Oriol en uno de mis libros. Aquello nos sirvió a todos menos a Arcadi, porque en cuanto recibió esa noticia que llegaba demasiado tarde le pareció menos doloroso y más natural seguir pensando que Oriol aparecería cualquier día en la puerta, cojo, saludable y con sus laureles de gran solista de piano; así que sencillamente ignoró lo que Rodrigo decía: «Y qué va a saber este francés de mi hermano», farfullaba cada vez que el tema salía en alguna conversación. El final de Oriol que contaba Rodrigo era tan ambiguo que cabía incluso el final que le habíamos inventado y que durante años, a fuerza de repetirlo, se había convertido en el final oficial. Rodrigo, que efectivamente no podía más y había decidido abandonarse a media montaña, cambió de parecer un par de minutos después, cuando se sintió recuperado y con ánimo suficiente para seguir los pasos de Oriol. La ascensión sin muleta le pareció imposible al principio pero perseveró, según explica en la carta, gracias a que había visto a Oriol subir sin instrumento y encima arrastrando a un hombre montaña arriba; el recuerdo de aquella «visión conmovedora» le hizo «ver que la salvación era todavía posible». La noche había caído completamente y la visibilidad era mínima, pero el rastro de Oriol, de la muleta y de la pierna que arrastraba y dejaba un surco en la nieve podía seguirse sin mucha dificultad: «Media hora después», aunque quizá, especifica en su carta, «fue hora y media o dos», vio que el rastro de Oriol terminaba en un socavón que había entre dos piedras. Aguzando un poco la vista, Rodrigo vio un manchón de sangre sobre la nieve y un morral donde estaba el documento de identidad de Oriol, el de Manolo, ese hombre que había muerto más abajo, y el suyo, que en un gesto «hasta cierto punto irracional», concede Rodrigo en su carta, le había entregado. El socavón vacío, la mancha de sangre y el morral abandonado hacían concluir a Rodrigo, escribía al final de su carta, que Oriol había muerto ese día, cerca de ahí, porque con la herida que llevaba y la borrasca que azotaba la montaña le parecía improbable que hubiera sobrevivido. «¿Y qué clase de evidencia es ésa?», se defendía Arcadi cada vez que alguien esgrimía la carta para recordarle que su hermano había muerto en 1939. No deja de ser sorprendente lo mucho que se parecen las dos versiones de la muerte de Oriol, porque nosotros, hasta el año 1993, lo único que sabíamos era que Arcadi lo había dejado en aquel hospital de Port de la Selva, esperando el autobús que lo llevaría a Francia; y a partir de ahí, con esos pocos datos más la evidencia de que nunca se había sabido nada más de él, habíamos imaginado que la huida se había complicado y que el tío Oriol, tratando de evitar caer en las garras del ejército franquista, había tratado de cruzar los Pirineos. La herida y el frío que hacía nos parecían elementos suficientes para pensar que lo más seguro era que Oriol hubiera muerto en el intento, en esa cueva donde terminaba la historia que imaginamos para él. La historia imaginada y la historia real testificada y escrita décadas después por Rodrigo se parecen mucho, no por casualidad sino porque en el fondo las guerras son historias simples, básicas, donde hay quien gana y quien pierde y todos los que tienen que huir al exilio sobreviven o mueren, heridas más o heridas menos, de forma similar. No podría ser de otra manera, esa vulgaridad de matarse unos contra otros tiene que tener, a nivel colectivo y personal, un final vulgar y previsible. Esto es lo que se sabe de Oriol, o quizá debería decir lo que de él se sabía porque hace unos meses, en el sur de Francia, supe de él otra cosa que me hizo sentar a escribir estas páginas.

2

El 14 de abril del año 2007 desperté dándole vueltas a la posibilidad de romper un compromiso que, con una ligereza inexplicable, había aceptado seis meses antes. Con tanto tiempo por delante se me había hecho fácil decir que sí y en cuanto la fecha me cayó encima me sentí desconcertado y arrepentido. Mi mujer y mis hijos habían salido temprano de casa, cada uno a hacer sus cosas, y yo me había quedado un rato más en la cama. La noche anterior me había desvelado viendo una película rusa y lo que más me apetecía era hacer café y sentarme a verla otra vez con una libreta y un bolígrafo para transcribir un poema que es la sustancia de esa película, un hermoso y contundente poema dicho en ruso, una lengua que no entiendo y cuya traducción subtitulada al español debe de tener las lagunas propias del género: el subtítulo es un añadido orientativo que va supeditado a la imagen, debe entenderse a toda velocidad, de un solo golpe de ojo y no admite relecturas ni mucha reflexión, porque inmediatamente después ya está uno leyendo el siguiente, y luego el próximo. Con todo y eso había atesorado un verso que, aun cuando no fuera exactamente lo que el poeta ruso quería decir, me había impresionado profundamente. El compromiso que con inexplicable ligereza había aceptado era participar en una charla pública que tendría lugar en el sur de Francia, en Argelès-sur-Mer, un sitio oscuro de mala memoria, un punto geográfico maldito, una playa que durante décadas ha sido tabú para mí y para toda mi familia, y como no tuve valor para dejar plantado a quien me había invitado, para sentarme en pijama a beber café y a repasar de arriba abajo la película rusa, unas horas más tarde, procurando mantener a raya mis fantasmas, ya estaba en Argelès-sur-Mer hablando otra vez de la puta guerra, con los codos hincados en la bandera republicana que cubría la mesa, ante un grupo de lectores que vivía en esa ciudad. Al final del acto se acercó a la mesa una mujer que llevaba vestido negro, la cabeza cubierta con una pañoleta y un trapo pardo y ruinoso amarrado al cuello que hacía las veces de *foulard*; media hora antes la había visto sentada en la última fila y había pensado que era un personaje verdaderamente extraño, e inmediatamente después, porque el profesor que conducía el acto hablaba sin parar y yo tenía tiempo de pensar en ésta y otras cosas, me había preguntado qué parte de mi libro, que era el motivo de ese acto, podía interesarle a esa mujer que parecía una vagabunda. A fuerza de empujones fue abriéndose paso entre la docena de personas que se habían acercado a la mesa para que les firmara el libro, utilizaba una violencia excesiva y la gente no se atrevía a decirle nada porque su aspecto era raro, era feo y siniestro para decirlo con toda precisión. Lo primero que hizo cuando por fin llegó a la mesa fue dedicarme una mirada larga, reprobatoria y cargada de sorna, acentuada por una encía despoblada que afloró debajo de su media sonrisa; sin dejar de mirarme ni de sonreír se puso a buscar algo entre sus ropas y al cabo de unos segundos de tensa expectación, porque de aquellos trapos podía salir desde un libro hasta un arma de fuego, sacó una fotografía, acompañada de un papel sucio doblado en cuatro que me entregó sin decir palabra. Después dio media vuelta y se fue, ya sin violencia porque la gente se había alejado de ella, y me dejó con un par de preguntas en la punta de la lengua. En un intento por encajar con naturalidad aquel encuentro estrambótico, guardé en el bolsillo de la americana lo que me había dado y, como si no hubiera pasado nada, me puse a firmar ejemplares y a departir con mis lectores. Pero antes de guardar los documentos había visto fugazmente, y mal porque no llevaba puestas las gafas, que la fotografía era una vieja imagen de tres soldados en el campo, de los tiempos de la Guerra Civil. El instante que me había tomado ver lo que la vieja acababa de darme fue suficiente para sentir un poco de asco, porque el papel estaba sucio y lleno de lamparones, parecía una fracción, una costra de su cuerpo maltrecho y ruinoso. Veinte minutos más tarde, cuando pasamos a la terraza para clausurar el acto con una copa de vino, había olvidado completamente el incidente; después de todo no es raro que a los escritores que tocamos el tema de la Guerra Civil se nos acerque gente con documentos, con cartas y fotografías con la esperanza legítima de que su historia o la de su padre o abuelo, ese episodio que ha marcado su vida y la de sus descendientes, se sepa y, si es posible, se difunda. Yo estaba ahí invitado por la asociación FFREEE (Fils et Filles de Républicains Espagnols et Enfants de l'Exode), que está formada por los hijos de los republicanos que en 1939 perdieron la guerra y tuvieron que exiliarse al otro lado de los Pirineos, un grupo de entusiastas que tienen la convicción de que es imprescindible cultivar, proteger y preservar la memoria de aquel cisma que hasta hoy, a unos cuantos millones de personas, nos define y nos distingue. Al presidente de la asociación, el hombre que me había invitado y a quien, por alguna razón, no había tenido el valor de decirle que no, le parecía importante mi libro porque en sus páginas aparece uno de los campos de concentración donde el gobierno francés, al final de la Guerra Civil, había encerrado, en unas condiciones infames, a los republicanos españoles que iban huyendo de la represión franquista. Aquel campo estaba ahí mismo, en la playa de Argelès-sur-Mer y mi abuelo Arcadi, como narro en aquel libro, estuvo ahí dieciséis meses prisionero, soportando un maltrato sistemático e ininterrumpido que hoy forma parte de uno de los episodios más negros de la historia de aquel país: los republicanos, perseguidos por la ira franquista, buscaban asilo en Francia y el gobierno francés los recibía como si fueran criminales y los encerraba en un campo de concentración. Explico esto para reiterar, y dejar bien asentado, que la invitación a celebrar el 14 de abril en aquella playa de nefasta memoria me pareció, de entrada, fuera de lugar y un poco sarcástica, pero el presidente de FFREEE me lo había puesto de tal manera que negarme había sido imposible y esa mañana, mientras valoraba la posibilidad de no asistir y quedarme en pijama viendo la película rusa, había pensado que hablar del campo de concentración *in situ*, en ese territorio maldito y tabú, era una forma impagable de normalizar mi relación con esa playa y, todavía mejor, era mi manera particular de combatir el olvido, un olvido que por otra parte denunciaba yo mismo en aquel libro diciendo que la playa de Argelès-sur-Mer tenía una especie de amnesia porque hoy es un sitio de veraneo altamente frívolo lleno de bares y cuerpos tomando el sol en la misma arena, en el punto exacto donde decenas de miles de españoles agonizaban de hambre, de enfermedad o de frío, hace no tantos

Fils et Filles de Républicains Espagnols et Enfants de l'Exode

Conférence de Jordi Soler

Auteur de "Los Rojos de Ultramar. Les Exilés de la Mémoire" (Belfond)

Avec son quatrième roman, "Les exilés de la mémoire", Jordi Soler, aujourd'hui installé à Barcelone, nous plonge dans les souvenirs son grand-père, républicain espagnol exilé au Mexique.

Le Monde DES LIVRES

Le Monde des Livres du 16 février 2007

Du camp d'Argelès à Veracruz : sur la trace des exilés de la mémoire

L'Indépendant du 20 janvier 2007

Jordi Soler. Guerre d'Espagne : un Mexicain réveille les mémoires

L'Humanité du 25 au 31 janvier 2007

Samedi 14 Avril 2007

Argelès-sur-Mer
17h . Espace Jules Pams de Valmy
18h30 . Animation musicale avec la Chorale Memòria d'Ille-sur-Têt

Avec la collaboration de la ville d'Argelès-sur-Mer

años. Hay muy pocas cosas, en realidad, que puedan hacerse contra el olvido, plantar un monumento, colocar una placa, escribir un libro, organizar una charla y poco más, porque lo natural, justamente, es olvidar, y en este punto, y a estas alturas de la historia que voy contando me pregunto: ¿y si toda esta monserga de la puta guerra y sus secuelas no es simplemente un lastre? Por otra parte, estamos en el siglo XXI y España y Francia ya no son lo que eran en 1939, ya no hay pesetas ni francos, ni siquiera hay frontera entre los dos países: para viajar hasta el lugar donde iba a efectuarse la charla, me había subido al coche que estaba aparcado en casa, en la calle Muntaner, en Barcelona, y había conducido durante dos horas, sin hacer una sola parada, hasta Argelès-sur-Mer; había hecho en dos horas la misma ruta que a Arcadi, mi abuelo, y a gran parte del éxodo republicano, le había tomado semanas completar en 1939. Las huellas de aquel exilio han quedado sepultadas debajo de una autopista de peaje por la que puede conducirse a ciento cuarenta kilómetros por hora y de una turbamulta de turistas que untados de cremas exponen, en la playa larga de Argelès-sur-Mer, sus cuerpos al sol. Lo que puede hacerse contra el olvido es muy poco, pero es imperativo hacerlo, de otra forma nos quedaremos sin cimientos y sin perspectiva, esto fue lo que pensé y por lo que al final renuncié a mi mañana doméstica, me quité la pijama y me subí al coche pensando obsesivamente en ese verso de la película rusa que había memorizado y que me había quitado el sueño: «Vive en la casa, y la casa existirá».

El Ayuntamiento de Argelés-sur-Mer, y esto ilustra claramente lo mucho que han cambiado las cosas, está ahora administrado por los hijos de los hombres que en 1939 eran prisioneros del campo de concentración; de esto me enteré en el coctel que se servía, como punto final del acto, en esa terraza enorme que tenía vistas al viñedo, de donde salía el vino que bebíamos, con el mar de fondo, un mar plateado por la primavera que acababa de caerle encima. Era una tarde estupenda y yo, a esas alturas, comenzaba a sentirme muy bien de haber aceptado la invitación y de haber hecho lo poco que puede hacerse para combatir el olvido; en ese momento me sentía capaz de asegurar que la Guerra Civil y sus secuelas son un lastre en la medida en que se ignoran, y constituyen un vehículo importante para proyectar el futuro si se desvelan a fondo todos sus detalles. Lleno de optimismo me acerqué a la mesa para rellenar mi copa, era una mesa larga que ocupaba el centro de la terraza, estaba cubierta con unos manteles blancos que tocaban el suelo y de cuando en cuando eran levantados por un golpe de viento, y esto hacía que a la mesa le quedaran las patas al aire y que pudiera verse lo que había debajo, cajas con botellas, unas cuantas sillas plegadas, una pila de manteles blancos, una cazuela enorme donde probablemente se había cocinado algo de lo que había sobre la mesa, y en medio de todo esto, ajenos a los vistazos intermitentes que me procuraba el viento, dos gatos se arrebataban una pieza de pollo, escenificaban una batalla violenta y muda con una rabia y una saña que me dejó estremecido; durante unos pocos segundos, en los dos vistazos que me permitió el mantel, vi a los gatos tirarse zarpazos y volar y rodar por el suelo, y unos instantes después los vi escapar corriendo a toda velocidad. Rellené mi copa de una de las jarras que había repartidas a lo largo de la mesa, unté de *foie* una galleta que me llevé a la boca, después cogí un poco de jamón y aprovechando que me había quedado solo y que no tenía que sostener ninguna conversación, me escabullí para disfrutar de las espléndidas vistas que ofrecía la terraza, todavía impresionado por el encono y la fuerza y la ira que habían desplegado los gatos debajo de la mesa; sobre todo me había impresionado la discreción, la forma sorda en que habían liberado esa tremenda energía que desbocada hubiera dado para arruinar la fiesta y sin embargo, a pesar de su estallido de rabia, ninguno de los invitados, excepto yo, había reparado en las fieras, probablemente porque siempre he tenido mucha debilidad por esos bichos. El episodio había sido una simpleza y a mí me había dejado inexplicablemente nervioso, exageradamente inquieto, quizá no era del todo cierto que yo estaba ahí normalizando mi relación con esa zona de Francia que hasta entonces había sido un tabú, un territorio del que nunca se habla y mucho menos se visita, sino que en realidad, por más que el tiempo lo ha limado casi todo, yo estaba ahí comprobando que justamente hace falta un monumento, y una placa y una charla pública de vez en cuando para dejar asentado que aquella playa, donde murieron tantos soldados republicanos, no podrá ser nunca una playa normal; pensaba en esto, sumido en ese desaliento súbito que por alguna razón habían motivado los gatos, trepado en una piedra grande que me permitía ver todo el viñedo y más allá la nefasta playa, la playa infausta de áspera memoria que se veía a lo lejos. Miraba el horizonte y a sorbos de vino trataba de diluir las contradicciones que me sacudían, cuando recordé a la mujer que se había acercado al final de la charla para darme la fotografía y el papel lleno de lamparones. Dejé la copa en un hueco que había en la piedra donde estaba encaramado y metí la mano en el bolsillo de la americana. Era una carta escrita a mano, con algunas tachaduras y una letra infantil que exigía más atención de la que yo estaba dispuesto a invertir ahí mismo, de pie en mi mirador, frente a ese paisaje que agudizaba todavía más mis contradicciones, así que pospuse la lectura de la carta que estaba fechada dos días antes en un sitio de nombre Lamanere, y miré la fotografía, ahora con detenimiento y descubrí, con una mezcla de sorpresa y miedo, que en la foto aparecía Martí, mi bisabuelo, flanqueado por Arcadi, mi abuelo, y por Oriol, mi tío, el hombre que había desaparecido en la cumbre de los Pirineos en 1939. Completamente aturdido me senté en la piedra, y al hacerlo tiré la copa que había dejado en el hueco, la golpeé sin querer con el pie y salió volando y se hizo añicos contra el suelo. Volví a mirar la foto con incredulidad, le di la vuelta y leí lo que estaba escrito con tinta de estilográfica azul, con una letra manuscrita que era seguramente la de Oriol: «1937. Frente de Aragón». Mi agobio que hacía un minuto se avivaba con el paisaje se desvaneció de golpe (¿qué hacía con esta foto de mi familia aquella señora?), y me preguntaba esto cuando reparé en que con la otra mano seguía sujetando la carta, la fracción de la vieja llena de lamparones y caligrafía infantil que en ese instante comencé a leer con una ansiedad que se estrellaba contra su intricada caligrafía y, sobre todo, contra su léxico que campeaba entre el francés y el catalán. Primero la leí, como pude, a trompicones, y después hice una segunda lectura para confirmar lo que había entendido y que, desde la escasa capacidad de raciocinio que me quedaba en ese momento, me parecía una historia poco menos que imposible. La persona que firmaba la carta, un o una tal Noviembre Mestre, expresaba su enfático desacuerdo con el destino que Oriol, el hermano de Arcadi, tenía en el libro que yo había escrito y del

que acababa de hablar esa misma tarde. Su enfado parecía despro-
porcionado y dejaba la impresión de que, más que haber leído el
libro, alguien le había contado de qué trataba. Aunque esta ambi-
güedad, claro, podía deberse también a la torpeza con que estaba
escrita la carta; para reconstruir el destino que Oriol había tenido, una reconstrucción francamente escueta pues el hermano de
mi abuelo, en aquella historia, era un personaje secundario, me
había basado en esa carta que había escrito Rodrigo y que había
enviado a La Portuguesa en 1993. En esa página de mi libro, que
tanto había molestado a Noviembre, dice textualmente: «Oriol
fue visto por última vez cerca de la cima, todavía de pie, batallando contra una ráfaga mayor que corría por el espinazo de la
cordillera, a unos cuantos pasos de atacar la pendiente que desembocaba en Francia». Esto era lo que hasta ese día se sabía de
Oriol, que había estado muerto durante décadas hasta esa tarde
en que, encaramado en la piedra con vistas a la nefasta playa,
atónito, aturdido, estupefacto, supe que el hermano de Arcadi
había estado vivo todo ese tiempo, había sido amigo de Noviembre Mestre y como prueba me enviaba esa foto que Oriol había
conservado hasta el «verdadero día de su muerte». La palabra
«verdadero» que utilizaba Noviembre acentuó la tormenta interior que me sacudía en la cima de la piedra porque yo había
cometido una especie de crimen; si bien era cierto que entre todos habíamos urdido la falsa muerte de Oriol, también era verdad
que había sido yo quien lo había matado por escrito y esta reflexión, que quizá en otro momento me hubiera dado risa, me
pareció entonces muy grave, me hizo pensar que mi deber era
hacerle una visita a esa mujer, a ese hombre o a ese seudónimo,
para enterarme, aunque fuera por un tercero, de lo que había sido
de mi tío durante todo ese tiempo en que para nosotros había estado muerto. La carta de Noviembre era mucho más que la precisión de un lector que ha pillado en falta al escritor de un libro,
como aquellos que se toman la molestia de escribir para decirte
«se ha equivocado usted, no era el siglo XI sino el XIII», o «ese
viento que usted describe no es el mistral sino la tramontana», era
mucho más que una precisión, era la denuncia de un asesinato.
Eché una última mirada a la fotografía y vi, con algo de dificultad
porque el atardecer ya iba a pique contra el mar, la cara sonriente

de Oriol, la cara del hombre que ignora que unos meses más tarde perderá la guerra, y a su mujer y a su familia, y convalecerá abatido en un hospital, arrinconado por el dolor y la gangrena, y que paulatinamente se irá convirtiendo en un cadáver y que décadas más tarde llegará el día en que el nieto de su hermano le pegará por escrito el tiro de gracia. Oriol sonríe y se le ve relajado, casi feliz, en la mano izquierda lleva un cigarrillo al borde de la extinción que se ha ido fumando entre risa y risa, la risa de un soldado que de improviso, en el campo de batalla del frente de Aragón, se ha encontrado con su padre y con su hermano; o quizá sonríe porque el fotógrafo lo ha sugerido, porque era uno de esos cretinos que piensan que en las fotos se sale mejor sonriendo, aunque se esté en medio de una puta guerra. Regresé la fotografía y la carta al bolsillo de la americana pensando en cuánta razón tenía Arcadi cuando, para minimizar la información que en 1993 había llegado en la carta de Rodrigo, decía: «Y qué va a saber este francés de mi hermano». Quizá Arcadi no estaba tan equivocado y su hermano, pensé, efectivamente, había sido un notable solista de piano, no en Sudamérica pero sí en Francia, o en algún otro país de Europa. Respiré profundamente antes de bajarme de la piedra y lamenté lo complicado que iba a ser reintegrarme al coctel. Después de lo que acababa de saber, no quedaba más que posponer mi atribulamiento, así que mientras caminaba hacia el centro de la terraza tracé rápidamente un plan, estaría quince minutos más en el coctel, media hora a lo sumo y después regresaría a Barcelona. Había rechazado la invitación de dormir en Argelès-sur-Mer porque al día siguiente había prometido a mis hijos que los llevaría a ver un partido de básquetbol, y si dormía ahí iba a tener el tiempo muy justo para llegar, aunque ahora que voy poniendo esto por escrito, me parece que el juego de básquet, ese compromiso que, a pesar del viaje, me había empeñado en sostener, era un pretexto para no dormir en la nefasta playa. Llegué al centro de la terraza, a la mesa larga de los manteles largos, a beber otra copa de vino y cuando estaba por reintegrarme a alguna de las conversaciones que seguían animando el coctel, llamó mi atención un gato que se había echado debajo de un arbusto, y al mirarlo mejor vi que era uno de los que habían protagonizado la violenta batalla que tanto me había conmovido. Siempre he tenido debilidad por esos bichos, como dije, así que me acerqué al arbusto con la intención de acariciarlo y cuando llegué hasta él vi que tenía sangre en el cuerpo, la mitad de la cara mordida y que estaba muerto.

3

A pesar de la tormenta, Noviembre había elegido bajar por la parte escarpada de la montaña. A cambio del riesgo que suponía el descenso por ahí, lograría llegar a casa más rápido y la cabra que iba cargando en los hombros, envuelta en una gruesa manta de lana, tendría más posibilidades de sobrevivir. Noviembre conocía al detalle ese camino y tenía presentes sus peligros, había perdido más de un animal en el desfiladero, y esa noche caía mucha nieve y las ráfagas lo obligaban periódicamente a detenerse, nunca a resguardarse porque Noviembre era un tipo enorme y entonces todavía era joven y prácticamente inamovible. La cabra que traía en los hombros se había perdido a mediodía, había bajado con todo el rebaño antes de que comenzara la tormenta y no fue hasta que las encerraba en el cobertizo cuando vio que faltaba una y, sin pensárselo dos veces y ya con la tormenta en sus prolegómenos, había vuelto a subir la montaña a buscarla hasta que dio con ella. La había encontrado echada, cubierta de nieve, con una pata atrapada entre dos piedras y emitiendo un balido permanente de baja intensidad que no servía tanto para pedir auxilio como para partir el alma. Cuando la envolvía en la manta notó que la cabra oponía muy poca resistencia y esto lo preocupó y lo hizo optar por el camino rápido, por la ladera escarpada donde tenía que mirar muy bien en qué sitio ponía el pie. Cada vez que lo golpeaba una ráfaga tenía que detenerse y fue en una de estas pausas, mientras recibía en el pecho y en la cara los porrazos del viento, que Noviembre tropezó con el cuerpo de Oriol, que estaba ovillado y parcialmente oculto en un socavón de la montaña. Al principio Noviembre pensó que se trataba de un animal, la situación era confusa, era noche cerrada y el viento, preñado de hielo, soplaba con furia, así que antes prefirió asegurarse y mover el cuerpo con el pie, un acto imprudente del que podía hacer gala ese hombre gigantesco frente al que las bestias preferían dar media vuelta antes que tirarle un mordisco o un zarpazo. Como el cuerpo no se movía se agachó para mirarlo de cerca y entonces descubrió que efectivamente se trataba de un hombre, de otro más porque durante las últimas semanas se había topado con media docena de soldados republicanos, con todos había intercambiado algunas palabras y a uno de ellos, que iba herido, lo había ayudado a bajar y le había ofrecido hospedaje y comida; pero aquel soldado había encontrado que la cabaña de Noviembre estaba demasiado cerca de la frontera, demasiado a tiro del ejército enemigo y encima la disposición y la gentileza de aquel gigante le habían parecido sospechosas, así que a pesar de sus heridas y del cansancio que arrastraba desde hacía semanas, había preferido seguir de largo y adentrarse un poco más en Francia. Con todos esos encuentros Noviembre, que era un hombre rústico que vivía en la montaña, al margen de la guerra que había terminado del otro lado de los Pirineos, se hizo una idea general de lo que estaba sucediendo, un panorama esquemático que se reducía al deber de ayudar y ser solidario con los vencidos, por eso es que en cuanto vio que aquello que había removido con el pie no era un animal sino un soldado de esos que habían perdido la guerra, puso la cabra en el suelo, acercó su cara a la de Oriol y al ver que respiraba trató de reanimarlo. Cuando intentaba moverlo un poco para quitarle la nieve que le había caído encima, puso por accidente la mano sobre la herida y sintió una plasta lodosa que, en medio de tanto hielo, palpitaba a una temperatura volcánica. Con una maniobra rápida y precisa, patrimonio exclusivo de los hombres de su talla, despojó a la cabra de la manta y, con un aspaviento enérgico, envolvió el cuerpo perdido de Oriol. Inmediatamente después, sin pensarlo mucho ni perder el tiempo, se quitó el abrigo y envolvió a la cabra. En cuanto tuvo a los dos bien arropados se los echó encima, uno en cada hombro, de un solo envión digno de Goliat, y comenzó a descender la cuesta. Con las dificultades que generaba el peso que cargaba en la espalda, cada paso que daba se le hundía la pierna hasta la rodilla y en dos ocasiones tuvo que dejar a Oriol y a la cabra en el suelo para poder salir de un túmulo de nieve que le llegaba a la cintura. En esas condiciones, efectuando ese esfuerzo titánico en medio de la tormenta, sin más abrigo que una camisa ligera de lana, logró Noviembre bajar por la montaña cargando a Oriol y a la cabra. Cuando llegó a la cabaña pasaba de la medianoche, depositó cuidadosamente los dos cuerpos en el suelo y encendió un fuego en la chimenea.

Después de aquel exitoso rescate, Noviembre saldría todas las noches a recorrer la ladera de la montaña en busca de soldados perdidos o necesitados de su ayuda. Con el tiempo el gigante iría perfeccionando la ruta y aguzando el olfato y la vista, iría desarrollando una mirada experta que no sólo le serviría para ubicar su objetivo, también le proporcionaría un diagnóstico instantáneo sobre el hombre que deambulaba extraviado por la nieve, o por los pastos verdes o quemados por el sol según en qué época del año. Noviembre podía distinguir desde muy lejos si se trataba de un soldado o de un civil, y si éste tendría confianza en la ayuda que iba a ofrecerle o si era mejor dejarlo solo o señalarle nada más un referente, el punto hacia el cual debía dirigirse. La figura del gigante patrullando todas las noches esa ladera de los Pirineos me fascinó desde la primera conversación que tuve con él.

Unos días después de mi visita a Argelès-sur-Mer fui a Lamanere, el pueblo donde estaba fechada la carta que me había entregado esa mujer horrible que parecía una vagabunda. Había resuelto que la única forma de hacerle justicia a Oriol, de reordenar nuestra genealogía y de paso matizar mi asesinato por escrito, era enterarme bien de esa historia que nos habíamos perdido por matar al tío antes de tiempo; la verdad es que yo en aquel viaje decidía muy poco, iba remolcado por las circunstancias rumbo a casa de un extraño que estaba enfadado conmigo, fundamentado en la idea, que podía no ser cierta, de que en el remitente de una carta que se entrega en propia mano hay una invitación implícita, una voluntad de ir más allá de lo que se ha dicho en el papel. Crucé la frontera y unos kilómetros después, a la altura de Le Boulou, tiré hacia el oeste, tierra adentro, por una carretera vecinal que corre a lo largo de los Pirineos, en dirección a Prats de Molló, la única población de esa zona que registraba el plano del sur de Francia que llevaba. El día anterior había rastreado en Google la poquísima información que hay en la red sobre Lamanere; además de un rudimentario plano que imprimí y que me sería de gran utilidad, encontré estos datos: en 1901 había 510 habitantes en el pueblo; en 1954, la cifra había decrecido a 284; en 1968 había caído hasta 198 y hoy, a principios del siglo XXI, la cifra ronda los 36 habitantes. También había aprovechado para averiguar si había rastros de Oriol en el ciberespacio. Tecleé lleno de suspense su nombre y añadí las palabras «piano, *soliste*», en francés, con la idea de dar con una nota periodística de su probable carrera de pianista en Francia e, inmediatamente después, al no obtener ningún resultado, cambié el *soliste* francés por un *solo* más universal; como tampoco encontré nada probé con otras combinaciones, consciente de que se trataba de una maniobra absurda porque lo que no aparecía por ningún lado era su nombre, pero de todas formas lo intenté con las palabras *music, musique*, «intérprete» y, por no dejar escribí «filarmónica de Buenos Aires», pero todo, desde luego, fue inútil, el nombre de Oriol no existía en la red, lo cual me pareció hasta cierto punto normal; su carrera de pianista, si es que la había tenido, debía de haber ocurrido en los años cincuenta, en los sesenta como mucho, y si, como era natural suponer, no había sido una superestrella del piano, no tendría registro en Internet. Hacía unas semanas también había buscado el nombre de un futbolista argentino, un crack internacional bastante famoso en los sesenta que había jugado parte de su vida en México, y había comprobado con amargura, porque había sido su forofo, que de él en la red no queda ni rastro; la Internet es demasiado nueva y desprecia todo lo que no es de rabiosa actualidad, pensé entonces como consuelo, para relativizar la decepción que me había producido la ausencia de mi tío en los anales electrónicos de la música europea. En cuanto dejé atrás Le Boulou y entré en la carretera vecinal, bajé las ventanillas para contagiarme del entorno, un bosque con parches de selva de un verde infeccioso lleno de marañas y tentáculos que inmediatamente me recordó, porque eran finales de abril y no había ni rastro de nieve y había sol, a la selva de Veracruz donde nací. La carretera, precariamente asfaltada, se iba angostando a medida que subía por la montaña y pasando Serralongue, el último pueblo antes de Lamanere, se hizo tan delgada que en algunos tramos sentía que iba a campo traviesa por el bosque, metiendo el morro del coche en la intricada vegetación. Aparqué en la orilla del pueblo, más bien apagué el motor cuando no había más carretera por donde seguir, bajé del coche y en lo que me ponía el anorak, porque con todo y el sol corría una tramontana de neumonía, vi que el pueblo estaba muy cerca de la cumbre de la montaña, tan cerca que me pareció un despropósito que el fundador de Lamanere no hubiese plantado su casa justamente en la cima, hubiera quedado igual de lejos de todo pero con unas vistas espléndidas. Sus razones habrá tenido el fundador, pensé, seguramente abajo con la protección de la montaña sopla menos el viento y desde luego las vistas son un valor en un piso en Barcelona pero no necesariamente lo son ahí, donde lo que sobra son vistas. Esa reflexión me hizo sentir un intruso y de ahí pasé a temer que ir a hablar con Noviembre fuera una pésima idea, que fuera una idea incluso violenta esa de aparecer súbitamente en su casa un martes de abril, y antes de subirme al coche y regresar por donde había llegado, me metí en el único bar del pueblo y pedí algo de comer y un poco de vino a una señora que no pudo disimular la sorpresa que le causaba ver un turista en ese pueblo que no visita nunca nadie, y mucho menos un martes. «¿Qué lo trae hasta aquí?», me preguntó en francés, y yo le respondí una cosa que me dejó tan sorprendido como a ella: «No estoy seguro», y después balbuceé algo sobre lo mucho que me interesa esa zona de los Pirineos que la dejó satisfecha, tanto que regresó al partido de rugby que emitía el televisor y, mirando de reojo la tabla y el cuchillo, comenzó a partir con gran autoridad un salchichón. En cuanto liquidé el plato de embutidos y la media botella de vino que me había servido, le pregunté a bocajarro, un bocajarro inducido por el vino, que si sabía cuál era la casa de Noviembre Mestre. Mirándome de reojo como había hecho con el salchichón, me dijo que vivía en la última casa del pueblo, e hizo un ademán con la cabeza hacia esa dirección. Caminé por la única calle que pronto se convirtió en una escalera y subí hasta que llegué a la casa que estaba al final y que era, sin duda, la última. Era una sólida casa de piedra, recortada contra el cielo azul hiperoxigenado de la montaña, con un par de ventanas pequeñas y una puertecita de madera. Desde que había aparcado el coche no había visto más alma que la dueña del bar y a esas alturas comenzaba a parecerme que la cifra de 36 habitantes era puramente decorativa. Toqué la puerta un par de veces y oí que alguien se movía dentro y al fondo percibí que había un televisor encendido, con el mismo partido de rugby que veía la señora del bar. Estaba seguro porque las incidencias del juego iban siendo narradas por un locutor con voz pausada, de bajo profundo, impropia para las descargas agudas e histéricas que necesita una voz que narra gestas deportivas. En lo que esperaba a que alguien me abriera vi que junto a la puerta colgaba una jaula de pájaros deshabitada y llena de óxido y con unos signos de abandono que hacían pensar que el último pájaro que había vivido ahí lo había hecho en los tiempos gloriosos de las minas de carbón, cuando Lamanere tenía 510 habitantes según el censo, probablemente inflado, de aquella época. Como la puerta estaba entreabierta y no había vuelto a oír ningún movimiento, la empujé y asomé la cabeza al interior. «¿Noviembre?», pregunté, y desde el fondo de la casa el hombre que estaba sentado frente al televisor me hizo, sin siquiera voltear para ver quién acababa de entrar a su casa, una señal ambigua con la mano que algo tenía de bienvenida, de pase usted si quiere pero por favor no incordie que estoy viendo el rugby. Me desconcertó su frialdad, iba preparado para que ese hombre montara una bronca por la muerte prematura de Oriol, pero no para que me recibiera con esa indiferencia, y pensaba esto cuando, con los ojos ya más acostumbrados a la oscuridad que había dentro, pude distinguir con más precisión su cuerpo, y conforme fui liquidando los tres metros que había entre nosotros con la idea de saludarlo propiamente y acaso estrecharle la mano, fui viendo sus hombros enormes, su cabeza gigante, sus brazos interminables que eran tan anchos como mis muslos, y en cuanto estuve lo suficientemente cerca se puso de pie, levantó pesadamente ese cuerpo que descansaba en el sillón y que erguido, con todo y los noventa y tantos años que llevaba encima, era el cuerpo más grande que he visto en mi vida.

Aquella primera conversación fue más bien un soliloquio torrencial que, sin dejar de mirar el partido de rugby, fue soltándome Noviembre desde el sufrido sillón que lo soportaba; la historia era bastante sólida, parecía que el gigante la había contado muchas veces o que pensaba con frecuencia en ella, no titubeaba y los detalles eran de una precisión un poco artificial; daba la impresión de que era un texto que había aprendido de memoria, porque en las ocasiones en que le había pedido alguna explicación, o que incidiera en algún pasaje, se me había quedado mirando en silencio y después había retomado el hilo de su historia, como si yo no le hubiera preguntado nada. Desde aquel primer encuentro percibí que el gigante era un poco idiota, un idiota social, porque después iría descubriendo que poseía una gran inteligencia para relacionarse con la montaña. Aquel soliloquio duró casi dos horas y terminó con el gigante poniéndose de pie y diciéndome que estaba cansado, al tiempo que me despedía agitando una de sus manazas. Mientras regresaba por la estrecha carretera rumbo a Serralongue pensé que, para empezar, era necesario conocer el territorio de las proezas del gigante, tener la experiencia de caminar por ahí, de ver lo que él y Oriol habían visto, de oler la hierba y los pinos, de sentir en la cara los mismos golpes del viento y, sobre todo, encontrar y meterme en esa cabaña, colgada en la cima de los Pirineos, donde había vivido Noviembre cuando era cabrero y rescataba republicanos perdidos, la cabaña donde había vivido mi tío esos años en que lo habíamos dado por muerto. Aquel empeño por recuperar todo lo que quedara de Oriol, los detalles de su biografía y los paisajes donde vivió después de su supuesta muerte, estaba fundamentado en la culpabilidad que yo sentía, pero sobre todo en la necesidad de esclarecer esa historia que de inmediato identifiqué como mía. Con el tiempo, porque después de aquella primera visita seguí yendo a su casa durante poco más de un año, desarrollé un genuino afecto por el gigante, y mis viajes, que al principio eran pura indagación sobre la vida de Oriol, comenzaron a transformarse en visitas caritativas; empecé llevándole latas de Coca-Cola o una barra de turrón, y acabé cargando en la cajuela una caja llena de alimentos que compraba en el súper antes de coger la carretera para ir a Lamanere. Unos días después de aquella primera conversación, me subí al coche y seguí las instrucciones que yo mismo, basado en una fotografía aérea de la región y en la historia que comenzaba a revelarme Noviembre, había anotado en una libreta. Quería ir a ver esa cabaña donde Oriol, junto a la cabra maltrecha, había regresado a la vida, el punto específico donde el hermano de mi abuelo se había deshecho de sus coordenadas personales y se había convertido en otro. En la fotografía había visto que el sitio donde debía de estar la cabaña era más asequible desde el lado español de los Pirineos, así que conduje hasta Camprodón, subí por una carretera angosta que terminaba en Espinavell y después recorrí parte del trayecto, un camino de tierra y pedruscos, trazado muy cerca de la cumbre, que desemboca en Francia, del otro lado de la montaña. Este acceso a la cumbre, que por su trazo difuso y escaso calado no aparece en los mapas, lo encontré hurgando en las vistas de satélite de Google Earth. La información que había destilado del soliloquio de Noviembre era sumamente vaga, sin embargo al encontrarme ahí, en la cima de los Pirineos, viendo a lo lejos la mole del Canigó y la cadena montañosa que va dispersándose hasta llegar al valle, me pareció que, ante semejante inmensidad, no había otra forma de dar con la cabaña que la vaguedad, la corazonada y el instinto. Bajé del coche y comencé a andar, caminé más de una hora hacia el oriente, tratando de mantenerme en la cima, rumbo al punto donde calculé, con ayuda de la fotografía de Google, que estaba Lamanere. Haber llegado ahí en automóvil, en un viaje de dos horas desde Barcelona, me parecía un obstáculo para apreciar realmente las dimensiones de la montaña, y la sensación creció con un par de llamadas que me entraron al móvil y que tuve que contestar. El malestar se debía a la violenta irrupción que representa el sonido de un teléfono en medio del bosque. Algo no casaba entre la naturaleza y la tecnología y el teléfono era el eslabón, la referencia que me hacía saber, permanentemente, que ese paisaje milenario que se había conservado así desde el principio de los tiempos, ahora estaba bañado por las microondas y vigilado por el ojo en el cielo de Google, y esto lo convertía en territorio del mundo tecnológico, ese mundo que es la antípoda del bosque, lo contrario de la brisa ligera que en ese momento peinaba la cima de la montaña. Lo más sencillo hubiese sido desconectar el móvil, ignorar microondas y vibraciones de la modernidad y regresar la montaña a su estado original, pero resulta que el teléfono, además de ser un trasto molesto que obstaculizaba mi experiencia, era el indicador de la frontera entre los dos países. De un lado operaba una compañía telefónica, y del otro, otra, y cada vez que, en mi camino levemente errático por la cima, cruzaba la línea virtual que divide a España de Francia, mi incursión se registraba en la pantalla del teléfono, que cambiaba de Movistar a Bouygtel. Esto que puede pasar por un divertimento frívolo, «ahora estoy en Francia y ahora doy un paso y estoy en España», no lo era en absoluto porque yo necesitaba saber de qué lado de la frontera estaba la cabaña de Noviembre, pues ese dato iba a dimensionar la historia que acababa de contarme, iba a darle un peso específico a un episodio que me había revelado el gigante. Cuando llevaba caminando un poco más de una hora, tratando de mantenerme en la línea fronteriza gracias a la pantalla del teléfono móvil, divisé a lo lejos una cabaña de piedra, una casita construida en la ladera que parecía que en cualquier momento, a causa de una ventisca o por el topetazo de una cabra, podía bajar rodando hasta el valle. La cabaña tenía que ser ésa, no había otra más cercana al punto geográfico donde estaba Lamanere, y además se ajustaba perfectamente a su descripción. «Una cabaña solitaria, con dos chimeneas, que parece a punto de rodar cuesta abajo», había dicho Noviembre en su lengua de cabrero de los Pirineos que campeaba entre el francés y el catalán. Aunque estaba clavada en plena ladera, no quedaba claro a qué país pertenecía, yo hubiera dicho que a Francia, pero durante mi caminata había comprobado que la frontera electrónica, que iba siendo trazada escrupulosamente por las dos compañías telefónicas, no era una línea recta que corría por el espinazo de los Pirineos, como yo había supuesto, sino que con mucha frecuencia se creaba una suerte de meandro electrónico que hacía que Francia invadiera el lado español y viceversa. Las fronteras en Europa, que antes eran un trazo en un plano, ahora las imponen los empresarios, los dueños de las compañías de teléfonos, por ejemplo, o los dueños de los bancos o de las líneas aéreas; basta pagar una llamada de España a Francia, o coger un avión o hacer una transferencia bancaria entre estos dos países, para comprender que en Europa no se han abolido las fronteras, simplemente han cambiado de administrador. En cuanto comencé a caminar hacia la cabaña, unos metros después del espinazo de la cordillera, quedó claro que ésta se hallaba en Francia. En la pantalla del móvil se había instalado la compañía Bouygtel, y cuando llegué a la puerta, imaginé al detalle la figura gigantesca de Noviembre cargando en los hombros a Oriol y a la cabra, agachándose y, probablemente, volviéndose de lado para poder meterse por esa abertura que estaba concebida y hecha para gente de dimensiones normales, desde luego no para un gigante con esos dos cuerpos encima que aumentaban notablemente su volumen. Noviembre tendió los cuerpos, el de Oriol y el de la cabra, en el suelo y después prendió un fuego en la chimenea. De la misma forma en que mi tío se deshizo en esa casa de sus coordenadas vitales, Noviembre reorientó las suyas. Después de aquel rescate le pareció que él, además de cuidar cabras, podía salvar gente perdida en la montaña y con esa simpleza, sin más elementos que aquello que tenía enfrente de las narices, se puso a hacerlo. Cuando Oriol abrió los ojos se encontró envuelto en una manta, dentro de una casa en la que no había estado nunca y acompañado por una cabra que le olisqueaba insistentemente las rodillas; lo último que recordaba era su batalla descarnada e inútil contra las borrascas de los Pirineos; más allá de la cabra y de sus pies, vio a un hombre gigantesco, medio arrodillado frente a la chimenea, que alimentaba con troncos el fuego. Esa sorpresa inicial, que no duró más que un instante, fue interrumpida por el dolor que tenía en la pierna; sin el entumecimiento beatífico que le había procurado el frío de la montaña, el dolor era de una intensidad insoportable, tanto que soltó un quejido que hizo a la cabra replegarse contra la pared y al gigante girar en redondo e incorporarse con alguna brusquedad. Oriol lo vio desenrollarse y avanzar hacia él, encorvado porque el techo no podía con su estatura; una enorme llamarada solferina, que puso un punto infernal en el interior de la casa, estalló detrás del gigante, un rojo vivo que, durante un instante, hizo que Oriol se olvidara del dolor de pierna, del hambre y la sed que lo escocían y de todo lo que no fuera el miedo mortal a ese hombre que podía arrancarle la cabeza de un zarpazo. «Bonjour», dijo Noviembre con una sonrisa donde faltaba un colmillo y que era del todo insuficiente para atenuar el susto, la llamarada infernal, y el efecto del atizador que sostenía en la mano, un bártulo que tenía el aspecto y las calidades de un arma homicida. Un breve intercambio de palabras bastó a Noviembre para darse cuenta de que su huésped estaba en las últimas. Sin tomar en consideración que era más de medianoche, ni la tormenta de nieve que emborronaba la montaña, fue a buscar ayuda y regresó, una hora más tarde, con una mujer que llevaba un abrigo oscuro con los faldones blancos de nieve. Tenía la cabeza cubierta con un velo que, a medida que se arrodillaba junto al cuerpo agonizante, fue levantando con mucha parsimonia hasta que dejó al descubierto dos ojos de un verde abismal, que puso primero en la herida y después en el gesto suplicante de Oriol, que en esa hora había tenido tiempo y dolor suficiente para pensar que se moría. Se sabe que Oriol, después de entrar en contacto con los ojos de aquella mujer, perdió el conocimiento. También se sabe que en cuanto aquella mujer puso los pies dentro de la casa, la cabra, que hasta ese momento había observado una mansedumbre agónica, se incorporó y comenzó a brincar y a dar unos chillidos ensordecedores. De lo que pasó después se sabe poco, quiero decir que no se sabe más que el resultado de la intervención, que fue Oriol volviendo a la vida tres días después y descubriendo con espanto que le faltaba una pierna. ¿Cómo pudo aquella mujer practicar una operación de tal calibre en esa cabaña donde no había, ya no digamos instrumental, sino cosas muy básicas como agua corriente o una cama? La descripción que ha hecho Noviembre de lo que ahí sucedió escapa a la lógica y, sin embargo, coincide con las investigaciones que he efectuado, no sólo en esa zona de los Pirineos donde aquello no era tan raro, también en tres hospitales de Barcelona, donde he consultado a cirujanos que amputan miembros, y no he tenido más remedio que creer que sucedió así, como me lo han explicado media docena de veces. Cuando trato de imaginarlo, más que una película lo que veo es una secuencia de instantáneas: el gigante sentado a horcajadas sobre el cuerpo de Oriol, la cabra aterrada que chilla pegada contra la pared, la mujer alumbrada por el fuego, tirante y tensada por el esfuerzo que demanda la operación, la musculatura pintada a rayas en el cuello y más allá hasta las clavículas, un hombro que ha quedado al aire y que refulge cada vez que crece en la chimenea una llamarada solferina, la vorágine del pelo, negro, espeso, milenario, pelo que más parece un dominio del reino vegetal, y los ojos verdes cada vez más hondos con frecuencia velados por un mechón de pelo espeso, milenario, negro, que ella se quita de la cara con una mano y se deja en la sien una traza de sangre y después más y más sangre, una cantidad inenarrable de sangre, sangre en las manos y en los antebrazos, sangre en el hombro y las clavículas, sangre en el pelo milenario y negro, sangre en la nieve que sigue en los faldones del abrigo y que, cada vez que la acometen las luces del fuego, lanza un destello.

4

Todo esto me lo fue contando Noviembre desde ese sillón que crujía y que, cada vez que se movía, parecía que iba a venirse abajo; me lo fue contando en una serie de soliloquios frente al televisor, que estaba invariablemente encendido, una manía que al principio me molestó pero que, poco a poco, fui asimilando como parte indisociable del proceso. El televisor encendido lo ponía de un ánimo, digamos, narrativo y lejos del aparato, cuando salíamos a caminar por la montaña, el gigante se volvía silencioso, introvertido, hosco incluso cuando trataba de sacarle alguna cosa. En todos esos meses de viajes a su casa fui desarrollando un fuerte apego a su persona, un apego donde simultáneamente había compasión y admiración. Su vida solitaria en ese pueblo y la miseria en la que vivía me daban lástima pero, paralelamente, salir a caminar con él al bosque me producía un orgullo que tenía mucho de infantil, ir andando a la sombra de ese hombre que yo, desde mi altura estándar, veía tan alto como los árboles. Y con frecuencia imaginaba que lo llevaba conmigo a Barcelona y llegaba a casa y lo presentaba a mis hijos. «Miren, es Noviembre, mi amigo del que tanto les he hablado», y mis hijos lo miraban, con cierto resquemor, mientras él batallaba para meterse por la puerta y acomodarse, con los omóplatos tocando el techo y la cabeza gacha, en medio del salón. Por otra parte el gigante se había convertido en una suerte de nexo con la verdad, en la pieza que me permitía liberar a Oriol de la muerte que le habíamos inventado, aunque conforme me fui enterando de los pormenores de su vida real, me ha quedado claro que el destino que le habíamos inventado era más piadoso, más aséptico, mucho mejor en todo caso que esa otra historia oscura y perturbadora de la que el gigante no me dijo nunca nada, porque no quería o porque la ignoraba, o quizá simplemente porque era un poco idiota. Una historia tras la que me puso esa misma mujer que me había abordado en Argelès-sur-Mer con la carta sucia y la fotografía. Esa misma vagabunda apareció ruidosamente una tarde en casa de Noviembre, con el gesto burlón que ya le conocía, e interrumpió el soliloquio con una violencia inaudita, con una brusquedad propia de las parejas que han convivido demasiados años y han podido comprobar que la relación no puede romperse por más que se falten al respeto. Aunque la verdad es que no podría esclarecer qué clase de relación tenían esa mujer horrible y el gigante que, como he dicho, era un poco idiota. Aquella tarde el soliloquio fue de esa mujer que, como primera medida, le apagó el televisor a su amigo y se puso a contarme, ahí mismo de espaldas a la pantalla, la forma en que se habían enterado de que yo había matado a Oriol en mi libro; a mí me quedaba claro, por dos o tres cosas que había dicho, que Noviembre no lo había leído y hasta ese día no había logrado hacer que me contara cómo habían dado conmigo en aquella presentación. «Muy sencillo», comenzó a explicar la vagabunda mirándome con la misma sorna que me había dedicado en Argelès y, de vez en cuando, buscando con los ojos la complicidad de Noviembre, que seguía impávido en su sillón, como si la mujer fuera uno de los personajes que veía en la tele. «Te oímos en la radio», dijo, «y por lo que contaste y el apellido que tienes, pensamos que se trataba del mismo Oriol.» Luego dijo que se habían enterado del sitio donde iba a hablar por un afiche que ella había visto en Serralongue y añadió que al principio habían pensado que se habían equivocado. «Porque en cuanto te di la foto no tuviste ninguna reacción», me dijo la vagabunda desafiante, como si mi pasmo de aquel día hubiera sido un acto deliberado y no producto del desconcierto que me había provocado su cercanía y su mugriento obsequio. «No es él», le había dicho de regreso al gigante y lo habían confirmado al pasar los días, durante todo ese tiempo que a mí me había costado decidirme a ir, a reabrir aquel episodio familiar que parecía definitivamente resuelto. «No reaccioné ante la foto porque no pude verla bien, acababa de quitarme las gafas en ese momento», le dije a la mujer y ella se echó a reír como una loca frente al gigante que seguía mirándola como si estuviera dentro del televisor. Desde aquella tarde, la vagabunda, que en realidad se llama Sonia, aparecía de vez en cuando, irrumpía en la casa para buscar algo en la cocina, o en un armario, o para exigirle a Noviembre algo en una lengua veloz, salpicada de francés y catalán, que yo no alcanzaba a comprender del todo. Una noche, cuando me subía al automóvil para regresar a Barcelona, esa mujer extraña cuya cercanía me resultaba incómoda, me cogió de un brazo y arrimó demasiado su cara a la mía para decirme: «Tendrías que ir a ver a Isolda». «¿A quién?» pregunté, haciéndome instintivamente para atrás, intentando que no notara la repugnancia que me producía su mano. «Es una mujer que sabe cosas de tu tío.» «¿Qué cosas?», pregunté con cierta violencia porque su mano huesuda y pelada por el frío y la intemperie pasaba ya demasiado tiempo en mi antebrazo y yo empezaba a sentirme un poco crispado. «Las cosas que Noviembre no va a contarte, porque adoraba a tu tío y prefiere hacerse de la vista gorda», y mientras me iba diciendo esto liberaba, demasiado cerca de mi cara, un aliento espeso donde había un siglo de olores condensados, agrios, pútridos, una concentración del poso de todas las cosas. «Algún día puedo llevarte a su casa, si quieres», me dijo antes de enviarme un vaho nauseabundo que quedó ahí, como un nubarrón de tormenta, en cuanto se fue y me dejó solo con las llaves del coche en la mano, con la angustiosa sensación de que estaba a punto de desenterrar algo que quizá era mejor dejar como estaba.

5

De lo que pasó inmediatamente después de que le ampu-
taran a Oriol la pierna se sabe muy poco. Noviembre la enterró
antes de que su huésped recuperara la conciencia, de esa forma
resolvió el penoso asunto, lo zanjó y le puso punto final porque,
hasta donde se sabe, Oriol no quiso ir nunca a mirar el sitio del
entierro, ni tampoco hizo nada para enterarse de los detalles. Sin
embargo mi tío debe de haber pensado un montón de cosas el día
que despertó y se vio sin pierna. ¿Qué piensa un hombre en ese
trance?, ¿cómo se asume que una parte tuya ha muerto y ha sido
enterrada?, ¿qué cosas se preguntan y cuáles se dicen?; me parece
que aquél fue el momento en que Oriol se convirtió en otra persona, así lo indica la cronología de los hechos que he ido sabiendo
y, además, resulta difícil ignorar la carga simbólica de esa pierna
amputada que por una parte es la pérdida, el doloroso desprendi-
miento de la vida anterior y, por otra, la metamorfosis, la trans-
formación del hombre completo en hombre tullido que, en el
caso de Oriol, terminó desembocando en un proceso irreversible
de envilecimiento, de animalidad, de descenso al pantanal de la
especie. De aquel periodo, después de que Oriol, al parecer sin
rechistar, se hubiera convertido oficialmente en un tullido, se sabe
que una madrugada en que nevaba con mucha intensidad irrumpió el gigante en la cabaña con el ímpetu y los modos de una locomotora, cimbró las paredes con su pisada sobrenatural y soltó
un bufido que fue a repercutir hasta las llamas de la chimenea. Se
sabe que llevaba la barba y las greñas manchadas de nieve, y un
soldado desfallecido en el hombro que iba cubierto de hielo de los
pies a la cabeza. Se sabe que aquel soldado, a pesar de la costra de
hielo que llevaba encima, no tenía más que un cansancio que lo
dejó un día completo fuera de combate, deshelándose junto al
fuego que el mismo Oriol iba morosamente alimentando. Ya para
entonces el gigante salía todas las noches en busca de republicanos

perdidos; cogía sus bártulos de rescatista y salía por la puerta sobrado y contundente como un tren. El desconcierto del soldado al volver en sí en aquel entorno extraño se diluyó al ver a Oriol, un hombre con el uniforme de su propio ejército que tiraba ramas al fuego con una displicencia casi plástica; antes de que pudiera decir algo, porque la inconsciencia y el deshielo le habían dejado una especie de óxido en las quijadas, una tumescencia, digamos, reverenda, se sintió apaciguado por la feliz certeza de que no había caído en manos del enemigo, y eso era más de lo que podía desear y merecer. Había escapado de España unas semanas después que Oriol y eso le había permitido constatar la magnitud de la represión franquista: la ponzoña del dictador llegaba más allá de los soldados que habían perdido la guerra, llegaba hasta sus familias, hasta cualquier individuo al que pudiera notársele un mínimo gesto de simpatía por la república. Una sola conversación bastó para que Oriol entendiera que no sólo el regreso a su país era imposible, también lo era cualquier contacto con los suyos, que hasta entonces, según se sabe, no había hecho, porque una carta, un mensaje, o una llamada telefónica fugaz y furtiva podía ser interceptada por la policía de Franco y perjudicar seriamente a su mujer y al resto de la familia. Ahora que voy poniendo esto por escrito y que conozco la historia completa, me pregunto si perjudicar a su mujer y a su familia era impedimento suficiente para que Oriol no escribiera o llamara; quiero decir que es probable que a Oriol aquella restricción revelada por el soldado lo hubiera aliviado de la obligación de comunicarse. Supongo que no sería fácil para él escribir o llamar para decirle a su mujer: «Vivo en la montaña como un vagabundo, en la cabaña de un cabrero gigante, y encima me he convertido en un inválido porque me han cortado una pierna». Con lo fácil que era, supongo que mi tío habrá reflexionado, ignorarlo todo y simplemente seguir tirando, con lo fácil que era para un descastado como él. Oriol fue convirtiéndose en una especie de pariente del gigante, o en una rémora casi sería mejor decir. Su relativa invalidez, más su tendencia a la abulia y al inmovilismo, lo tenían postrado en una quietud, en una mansedumbre de la que no salía más que para acompañar al gigante en sus incursiones a Lamanere. La vida en aquella cabaña colgada en la cima de los Pirineos giraba en torno al ciclo fisiológico de las cabras. Se sabe que Oriol echaba la mano cuando tocaba ordeñarlas, o cuando había que reparar algo en el cobertizo, y que se quedaba solo, echando displicentes ramas al fuego, cuando el gigante llevaba al rebaño montaña arriba; se quedaba solo postrado en su jergón, a darle vuelo a su deprimente monólogo interior y a su inconcebible vida vegetativa. Se sabe que la única variación que registró aquel periodo la constituyeron los republicanos que caían de cuando en cuando en la cabaña; el paso de aquellos soldados que iba rescatando el gigante le fue dando a Oriol un panorama bastante preciso de lo que sucedía en España, y de los grupos guerrilleros que empezaban a formarse en las inmediaciones de los Pirineos. Se sabe que durante esos meses salió a ratos de su monólogo interior para conversar al menos con una docena de republicanos y que más de uno regresó para intentar convencerle de que se uniera, en la medida en que su invalidez se lo permitiera, a ese esfuerzo de resistencia contra Franco que más adelante, ante la ocupación del ejército alemán, fue fundiéndose con la resistencia francesa. Se sabe que esta situación cambió radicalmente el paisaje alrededor de la cabaña, y también que terminó removiendo la quietud y transfigurando, de la peor manera posible, la abulia de Oriol. Por alguna razón, que tiene que ver seguramente con la orografía del territorio, muy propicia para el desplazamiento clandestino, de un día para otro comenzaron a aparecer individuos, parejas o familias completas, que iban huyendo de los alemanes e intentaban introducirse por esa ruta a España, para después escapar a Inglaterra o a América. Yo a estas alturas de la historia todavía me empeñaba en encuadrar el inmovilismo de Oriol como otra de las reacciones del hombre que, al perderlo todo, más una pierna, se encierra en una catatonia de la que sale al cabo de unos años, una vez trascendido el temporal; una reacción no tan extraña en la gente que pierde la guerra y tiene que irse y dejarlo todo de golpe; y a veces, buscándole un filón a esa catatonia, un lustre menos psiquiátrico, tratando de encontrar un destello de su voluntad en ese inconcebible inmovilismo, me daba por pensar que mi tío sencillamente ponía en práctica esa virtud estúpida, tan apreciada por el universo judeocristiano, que se llama resignación.

La mujer que atiende el único bar de Lamanere, esa señora que también pasa el día con el televisor encendido, y que me indicó la primera vez dónde quedaba la casa del gigante, recuerda las incursiones en el pueblo de aquella pareja dispar; los veía venir de lejos bajando la cuesta, dando tumbos, Noviembre con su andadura trepidante, con dos tambos de leche cogidos de una cuerda sujeta a su cuello, y Oriol acurrucado en sus brazos, con la muleta cogida entre los muslos y agarrado con una fuerza histérica de su cuello. «Como un niño temeroso de caerse», me dijo la mujer mientras rebanaba un embutido. Llegando al pueblo, presionado por un pudor que iba creciendo a medida que se acercaban a las primeras casas, Oriol le pedía al gigante que lo bajara a tierra y a partir de ahí hacían el camino uno al lado del otro, al ritmo lento y vacilante que imponía la muleta. El recorrido que hacían era siempre el mismo, pasaban por la tienda para comprar bastimentos y vender la leche que habían ordeñado, saludaban a unas cuantas personas en la calle, porque los más preferían ocultarse o hacerse los desentendidos, y después recalaban en el bar de esta señora que, fuera del televisor con rugby y de los años que le han pasado a ella por encima, se conserva exactamente igual y ejecuta exactamente la misma actividad que hace un poco más de siete décadas. La pareja no pasaba desapercibida en el pueblo, le parecía simpática a unos cuantos pero la mayoría veía en ellos una asociación contranatura, una afrenta a esa apacible comunidad donde pronto se les bautizó como «la bête et le petit soldat», un gracejo del que estoy al tanto, no por el gigante al que no debe de gustarle nada, si es que alguna vez se enteró de ello, sino por un dibujo que conserva la regenta del bar y que me enseñó, de manera pretendidamente casual, otra vez que recalé ahí, nuevamente con un apabullante encuentro de rugby en el televisor. «Regardez a votre ami», me dijo con una mala leche compleja y subida, e inmediatamente después, cuando calculó que yo había visto lo suficiente, que me había quedado claro que mi amigo, en su lejana juventud, hacía rarezas socialmente cuestionables, me quitó el dibujo de las manos y en su lugar puso la cuenta del salchichón y el vino. Se sabe que en una de aquellas vistosas incursiones a Lamanere, Oriol decidió que haría una llamada, *la* llamada a Barcelona, una llamada impulsiva y tardía porque ya hacía más de dos años que había desaparecido y su familia lo daba ya por muerto, una llamada para ver cómo iban las cosas y para anunciar que estaba vivo, aunque tullido, y supongo que para vislumbrar si había alguna posibilidad de regresar. Eso es lo que supongo yo, y más o menos lo que piensa el gigante, porque la verdad es que a medida que me adentro en la vida y obra de ese pariente mío, entiendo menos sus decisiones, sus acciones y sus móviles. En fin, el caso es que, al parecer, para no comprometer a su familia llamó a Pepín, un primo de su mujer que se había quedado en Barcelona y que, según sus cálculos, debía de estar al tanto de la situación de su prima. Pepín le dijo, de manera veloz y concisa, que su prima, desde el final de la guerra, había pasado por una temporada turbulenta, salpicada de ataques de ira y de ansiedad, que el desequilibrio que la había acompañado siempre se había acentuado en los últimos meses a causa del ambiente enrarecido que había en la casa, la policía de Franco había irrumpido para llevarse al padre de Oriol y de Arcadi a la prisión Modelo y su propia ausencia, la falta de algún signo o gesto que le permitiera saber si Oriol vivía o había muerto en la huida, había ocasionado que unos meses antes de esa llamada desastrada su mujer se ahorcara en el vacío de la escalera, con un cinturón suyo que había amarrado con un nudo iracundo del barandal. Se sabe que unos días después de aquella desafortunada llamada, el primo Pepín fue aprehendido en su casa e inmediatamente después fusilado en el campo de La Bota, en las afueras de Barcelona, acusado de conspirar contra el nuevo régimen, un delito que nada tuvo que ver, hasta donde se sabe, con la desafortunada llamada de Oriol. La muerte intempestiva de Pepín se llevó entre otras cosas, a la fosa común, el dato de que Oriol seguía vivo; ahí se perdió, para nosotros, la oportunidad de saber que el tío no había muerto en febrero de 1939, cerca de la cumbre de los Pirineos. Se sabe que a partir de entonces Oriol no vuelve a entrar en contacto con nadie, con ningún conocido de su vida anterior quiero decir, y se concentra en su vida nueva, esa vida elemental y siniestra, impropia de ese hombre con muchos años de escuela y cierta cultura, impropia de ese pianista llamado a ejecutar solos históricos en Argentina, en Francia o en Inglaterra. Quizá sea el momento de asumir que es un poco artero juzgar cualquier cosa a siete décadas de distancia, desde el siglo XXI, juzgar una situación que no he experimentado nunca, la de perderlo todo en una guerra, una línea que se dice fácil y que de tanto decirla ha perdido su hondura y su calado; con la de guerras que hay en todo el mundo, con la de ensayos y novelas y películas que existen sobre la Guerra Civil, todas llenas, estofadas y engordadas por la frase, mil veces repetida, «perderlo todo en una guerra» y sin embargo, en cambio, y a pesar de todo, basta detenerse un momento, abstraerse un segundo para captar que esa línea es grave, dura y determinante y que es capaz de trastocar a un individuo, de volverlo loco. Escribo esto sin pretender que sea una disculpa para lo que voy a contar de Oriol, haciendo un intento por no juzgarlo, simplemente voy contando lo que hasta hoy he sabido. En esa época en que los Pirineos empezaron a llenarse de peregrinos, los rescates del gigante comenzaron a diversificarse; de vez en cuando, y con creciente frecuencia, tenía que ayudar a una familia judía, o a una de comunistas especialmente significados, que casi siempre tenían la misma configuración, una señora sola con dos o tres hijos, o con un par de ancianos, gente a la que es preciso ayudar, orientar y acaso defender y brindar asilo, como lo hacía el gigante que, desde el final de la guerra, se había convertido en el anfitrión, en el guía, en el sherpa y en el salvador de esa zona de los Pirineos en la que había nacido y que conocía palmo a palmo. En aquella multiplicación de los peregrinos que animaba los bosques en el invierno de 1941, el gigante rescató a una señora, a sus tres hijos pequeños y a un anciano que era su suegro. Estaban, según Noviembre, «hechos una piña en mitad del temporal», abandonados a su suerte, sin ninguna posibilidad de salvación pues era impensable que en esas condiciones lograran encontrar el camino de descenso, y no había cueva, ni socavón ni piedra donde pudieran resguardarse, no había nada más que la Providencia encarnada por el gigante, que se echó en un hombro a dos de los niños, en el otro al viejo y fue seguido por la señora, y por el mayor de sus hijos, que en su asombro no sabían si estaban siendo rescatados por un espíritu del bosque o secuestrados por el hombre de las nieves. El gigante irrumpió en la cabaña con el salvamento más tumultuoso de su historia, e inmediatamente fue ayudado por Oriol y por un guerrillero español que convalecía ahí de una hipotermia. Entre los dos reanimaron al viejo mientras el gigante y el hijo mayor acomodaban a los niños frente al fuego de la chimenea. «Nunca tuvimos tanta gente en la cabaña», dice el gigante que no podía evitar sonreír cada vez que hablaba de aquellos rescates, de aquella actividad heroica, de aquel oficio que él se inventó para salvar un montón de vidas, no recordaba cuántas, o quizá nunca quiso decírmelo porque era un hombre modesto que seguía pensando que aquello que hizo lo hubiera hecho cualquiera en su lugar, y también insistía en minimizar su heroísmo asegurando que se trataba de algo muy fácil para él, que conocía al dedillo ese territorio. Quizá en lugar de escribir sobre su gesta heroica debería haber aprovechado esta energía para hablar con un alcalde o con un ministro para que se reconociera, de manera oficial y pública, a este hombre que prestó sus servicios a españoles y franceses, a judíos y a comunistas, un reconocimiento que le hubiera permitido siquiera pasar una vejez sin estrecheces, o cuando menos que algún funcionario hubiera incrementado la pírrica pensión que mensualmente recibía. Más de una vez, durante el proceso de investigación, me planteé esto y acto seguido regresé a estas líneas que son, en rigor, lo que a mí me toca hacer, lo que me atañe y corresponde. Por otra parte, el gigante ha muerto y ya es demasiado tarde para este tipo de lamentaciones. Una vez dispuesta la familia frente al fuego, mientras devoraban el caldo tenue que Oriol había confeccionado a toda prisa, la señora, una mujer que según el gigante «era menuda y rubia, de treinta y cinco años aunque parecía de cincuenta», comenzó a contar una historia que era su carta de presentación y también la única manera que tenía de agradecer el providencial rescate y el techo, y el fuego y el leve caldo tenue que sorbía como un pajarillo de la cuchara mientras desplegaba su agradecimiento contando los pormenores de su desgracia, como quien decide pagar un favor contando algo muy caro y muy íntimo, algo que le contaría exclusivamente a alguien muy especial. O quizá esta señora se sentía agobiada por el silencio que había dentro de la cabaña y decidió que contaría algo para romperlo, para acabar con el protagonismo de los chisporroteos explosivos del fuego y de los golpes de las cucharas contra los cantos del plato y el esmalte de los dientes; por la razón que fuere la señora, ese pajarillo con las mejillas peladas por el frío y unos ojos acuosos donde repercutían las llamas de la chimenea, contó que venían huyendo de París, donde hasta entonces habían vivido, porque una noche de hacía dos meses cuatro soldados alemanes habían irrumpido de manera brutal en su casa, habían disparado contra la cerradura de la puerta y habían trepado como caballos hasta el dormitorio de ellos, de ella y de su marido, con una velocidad y un aplomo que después la habían hecho pensar que aquellos cuatro caballos sabían a lo que iban, porque se trataba de una casa grande, de dos plantas, con siete habitaciones y ellos habían ido directamente a la suya; la velocidad del procedimiento no permitía otra conclusión: en cuanto los había despertado el disparo contra la cerradura, un instante después, ya estaban los cuatro metidos en el dormitorio, encañonándolos con unas armas largas. Llevaban unos cascos y unas botas y unos gestos que contrastaban con las sábanas revueltas por el sueño, con el desorden de las almohadas, con las gafas encima de la cubierta de un libro, con el vaso de agua bebido a la mitad y sobre todo, recordaba la señora mientras sorbía nerviosamente su caldo, con los pantalones de su marido que colgaban del respaldo de una silla, con el cinturón todavía puesto, listos para que la sirvienta los llevara a la tintorería o para que el marido, que quizá fuera un hombre austero y ahorrativo, se los volviera a poner a la mañana siguiente. El contraste de los cuatro soldados se agudizaba frente a esos pantalones, según recordaba la señora, ese pajarillo maltratado por la vida y por los reflejos de la nieve y las ventiscas, ya sin el plato en la mano porque el guerrillero diligente, al ver que no quedaba sopa, se lo había quitado y no había podido hacer lo mismo con la cuchara porque ella la tenía bien cogida, con una mano del cuenco y otra del mango, como si fuera agarrada del manubrio de un patinete. Nadie en la cabaña le quitaba los ojos de encima, su suegro y sus hijos la miraban con extrañeza, con cierta recriminación anticipada por lo que estaba a punto de contar, y el gigante, Oriol y el guerrillero con franca expectación, con auténtico suspenso, tanto que este último, en cuanto ella se cogió de la cuchara la animó para que siguiera, para que no huyera de la historia en ese patinete hipotético que agarraba con una energía desmesurada, como si ese mango y ese cuenco fueran su sostén y como si sin ellos no pudiera contar lo que venía sin venirse abajo. La señora contó, de acuerdo con las actas a las que he tenido acceso, que todos aquellos contrastes, las gafas y el libro contra las botas, los cascos contra las sábanas y las armas contra los pantalones desmayados de su marido, los fue viendo a retazos en lo que seguía el haz luminoso de las linternas, que cuando no daban contra uno de estos símbolos de su intimidad, la enceguecían con su luz, y esto la dejó paralizada, sembrada en la cama sintiendo un terror que se despeñaba hacia adentro desde los ojos, y cuando éste «le llegaba al estómago», dijo literalmente la señora, cuando se sentía «totalmente paralizada», uno de los soldados metió medio cuerpo encima de la cama para sacar, casi en vilo, a su marido, que en lugar de preguntar a sus agresores de qué se le acusaba, volteó a verla a ella, con una expresión donde más que sorpresa había resignación, otra vez la maldita virtud, como si el hombre ya esperara, ya supiera que alguna noche los soldados alemanes irrumpirían en su casa, porque era un empresario judío conocido y a los que eran como él les pasaban entonces esas cosas, eran hechos prisioneros y su caso servía de escarmiento, redondeaba el mensaje del Reich, no se puede ser judío y empresario, no se puede ser judío y significarse, no se puede ser judío y vivir como si no se fuera judío, no se puede ser judío y punto, y aquel que lo sea se expone a que vayan los soldados a su casa y se lo lleven, como le pasó al marido de esa señora que, cogida con fervor a su cuchara, ante los ojos atónitos de sus anfitriones, contaba cómo su marido, en camiseta y calzoncillos, la había mirado y ella, y esto era lo que más le dolía y no se perdonaba, no había podido liberarse del terror ni salir de su parálisis para hacer algo, para interponerse entre los soldados y su marido, para arrebatárselos y regresarlo a la cama, o cuando menos para gritar algo, una razón o un alarido de auxilio, pero al final no había hecho nada, se había quedado ahí, sentada en la cama, sin moverse ni abrir la boca, mansa, cobarde y, otra vez la palabra, resignada ante ese flagrante atropello. «No podía haber hecho usted nada, aunque se lo hubiera propuesto», le dijo entonces el guerrillero diligente y caballeroso, y la señora le respondió que eso no la disculpaba, que la utilidad del grito o del forcejeo era irrelevante, que lo importante hubiera sido manifestarse de cualquier forma contra esa injusticia y decirle con ese gesto a su marido: «Me duele que te arranquen de mi vida», «Estoy contigo», «Ya verás, no pararé hasta que te liberen estos canallas». Cuatro semanas después del arresto la señora no había recibido ninguna información, iba todos los días a intentar hablar con alguna autoridad alemana y todo lo que había conseguido eran desplantes y largas de una secretaria «demasiado voluptuosa y bella para ser exclusivamente secretaria», sostenía con rencor la señora, y por más que había pedido auxilio a la gente importante de París que se relacionaba con ellos antes de la ocupación, no había conseguido absolutamente nada, nada tangible o cuantificable quiero decir, porque palabras y mensajes de solidaridad había recibido algunos, no tantos como lo ameritaba la situación, y todos escuetos y breves y poco comprometidos, porque en unos cuantos días los parisinos habían aprendido los peligros que entrañaba relacionarse con judíos, y ella, en esas cuatro semanas, había terminado por aceptar que estaba sola, que por su marido no podía hacer nada y que por más que insistiera no le darían ninguna información, así que decidió hacer lo mismo que el resto de las familias que estaban en situación parecida, y cogió todo el dinero y las joyas que tenía a su alcance, cerró la casa y se fue con los niños y el suegro siguiendo el éxodo de la gente que por temor dejaba París, y así, luego de un vía crucis que incluía jornadas interminables a pie, días sin comer y noches al raso con sus tres niños y el suegro, había llegado hasta ese punto en los Pirineos de donde el gigante providencialmente los había rescatado. El plan de la señora, según decía, era ir a Venezuela, donde vivía su cuñada, la hija de su suegro y hermana de su marido, que era la coordenada fija que habían convenido cuando estalló la guerra. Él le había dicho a ella, por si acaso, previendo un desastre que entonces les parecía ajeno y lejano pero del que ya se hablaba como posibilidad remota, que en caso de separación violenta la consigna era encontrarse en Venezuela, en casa de Irene, un dato que la señora, esa noche de la confesión, tenía entre ceja y ceja. Estaba convencida de que su marido los alcanzaría allá una vez que fuera liberado por el ejército alemán, no consideraba que en ese momento, mientras ella hablaba con sus anfitriones, su marido podía estar recluido en un campo de concentración fuera de Francia, de donde difícilmente saldría, y no lo consideraba porque le parecía otro asunto lejano y ajeno, otra catástrofe que no podía pasarle a ella, y también es verdad que considerar aquello no iba a ayudarla en nada sino al contrario, podía suprimir la única fuente de energía que le quedaba; quiero decir que es probable que la señora, deliberadamente, hubiera optado por no pensar en eso. Lo que he podido averiguar sobre ella se reduce a los días que pasó en la cabaña. Se sabe que se apellidaba Grotowsky, que tenía cuarenta y un años de edad, no treinta y cinco como suponía el gigante, que había trabajado como enfermera voluntaria en el hospital Notre-Dame du Bon Secours y que había nacido en Cracovia, ciudad que había abandonado a los cuatro años de edad, un dato que, también se sabe, le resultaba incómodo; en todo caso, consideraba Francia su país y París su ciudad, ahí habían nacido sus tres hijos y de ahí era su marido y toda su familia política y ahí se había «convertido en persona», dice textualmente el acta de donde he extraído estos datos, un viejo documento que encontré en el archivo de la alcaldía de Serralongue, mientras buscaba información sobre Oriol. Esto es lo que se sabe de aquella señora rubia y avejentada que se confesó frente a la chimenea del gigante. Se sabe que unos días más tarde llegó con sus hijos y su suegro a España puesto que ahí, en la comisaría de Beget, luego de que los aprehendiera la Guardia Civil, asentó el acta de denuncia que acabaría archivada en la alcaldía de Serralongue, inutilizada y despojada de todo poder legal, supongo que a causa de la posguerra que había de un lado y la guerra que había del otro, un periodo turbulento donde la denuncia de un robo, dentro de un informe policial, no interesaba demasiado a ninguna autoridad. No se sabe si logró seguir adelante después de su arresto, ni si logró alcanzar algún puerto español y embarcarse, con sus hijos y su suegro, a Venezuela. Tampoco se sabe qué fue del señor Grotowsky, su marido, si pudo sobrevivir a los rigores de la detención, si llegó a alguno de los campos de exterminio o si, al contrario, fue puesto en libertad, o indultado o absuelto, o logró escapar y eventualmente alcanzar la coordenada fija de su hermana Irene. Nada de esto se sabe y desde luego no es mi papel averiguarlo; la familia Grotowsky ha irrumpido en esta historia porque en cierto momento se ha cruzado con la mía, nada más, y en cuanto termine esta breve intersección desaparecerán para siempre de estas páginas, aunque no descarto nombrar alguna vez a la señora, exclusivamente como referencia, como otro punto a partir del cual Oriol se convirtió en otra persona o quizá, pensándolo bien, es que Oriol empezaba a dar rienda suelta a la persona que de verdad era.

Después de asegurar que en el futuro inmediato su marido se reuniría con ellos en Venezuela, la señora interrumpió abruptamente su relato, se puso de pie, dejó en la mesa la cuchara que le había servido de sostén, dirigió una mirada exhausta a su público y se acurrucó al lado de sus hijos. Al día siguiente se fue el guerrillero. «Se desvaneció», dijo el gigante, «cuando abrí los ojos ya se había ido y no he vuelto a verlo nunca». «Supongo que tendrá que ver con el modus operandi de los guerrilleros», le dije yo, «la clandestinidad tiene su propio protocolo». «No lo sé», dijo Noviembre y luego añadió, para terminar su historia, que la señora y su familia también desaparecieron un día después, cuando él patrullaba la montaña y ejercitaba a sus cabras, «siguiendo el mismo protocolo del guerrillero, sin avisar de que se irían ni despedirse». «¿De Oriol tampoco se despidieron?», pregunté para enterarme de cuánto sabía el gigante de aquel episodio, porque yo a esas alturas ya había hurgado en la comisaría y sabía algunas cosas de él que el gigante ignoraba, o sabía y prefería no recordar. «Oriol no estaba en la cabaña cuando ellos se fueron, tampoco él los vio irse», me dijo y yo batallé unos instantes con la posibilidad de decirle, o no, lo que sabía, lo que había averiguado en esa acta donde la señora hizo un minucioso recuento de los hechos, quizá sin mucha esperanza de que se le hiciera justicia; era difícil por lo poco que significaba, en aquel contexto, el delito que iba a denunciar. Además aquello no era más que una pequeña parte del informe que hizo la Guardia Civil sobre esa familia de «clandestinos en territorio español», y no se sabe en realidad si aquella familia logró salir de la comisaría, o si fue remitida a otro sitio; lo cierto es que la señora Grotowsky quería, cuando menos, dejar constancia de lo que le había sucedido, que hubiera un documento para que alguien en el futuro pudiera enterarse de lo que le había pasado a esa señora insignificante en una cabaña todavía más insignificante, perdida en la inmensidad de los Pirineos. La única forma de darle cierta relevancia a lo que acababa de sucederle era explicando los hechos por escrito, era una forma de conseguir que aquello tuviera algún sentido. Después del «desvanecimiento» del guerrillero, el gigante salió a hacer sus cosas, como era su costumbre, y Oriol se quedó solo con la familia Grotowsky, los llevó a dar un paseo por los alrededores, les contó sus últimos días de soldado republicano y,

416

señalando aquí y allá puntos del paisaje, narró su «petit geste héroïque dans la montagne», dice textualmente el acta. Más tarde los llevó a pasear por el bosque, «un paseo muy lento por el esfuerzo que debía hacer para avanzar por la montaña con la muleta». Durante todo el día se comportó como un «anfitrión ideal», dice la señora Grotowsky, «jugó un buen rato con los niños y se enfrascó en una entretenida conversación con mi suegro, acerca de los materiales y del proceso de construcción de los violines Stradivarius». El gigante regresó a la cabaña cuando caía la noche, cenaron todos frente a la chimenea, «otra vez el mismo caldo tenue que habíamos cenado la noche anterior y desayunado y comido ese mismo día», y después de una conversación nocturna cuyo tema no quedó especificado en el acta, se quedaron dormidos, igual que la noche anterior, frente a la chimenea. A la mañana siguiente, después de beberse un café y un plato del mismo caldo tenue, el gigante salió a hacer sus cosas y anduvo a la intemperie todo el día. «¿Y cómo es que un hombre tan grande como tú puede subsistir con un caldo tenue y un café?», le pregunté a Noviembre la tarde en que intentaba reconstruir el episodio de la señora Grotowsky; hasta ese momento no habíamos compartido la mesa y a mí no se me había ocurrido pensar en sus hábitos de alimentación que debían de ser, desde cualquier punto de vista, desmesurados. «Me gusta comer a la intemperie», me respondió entonces con una solemnidad que me impidió ahondar en el asunto, aunque imaginé que a media mañana cazaría algún animal, lo pondría al fuego y se lo zamparía sentado en una piedra. Esto era lo que pensaba hasta que vi algo que no tendría que haber visto; un día llegué a la casa mucho antes de mi hora habitual, venía cargado de provisiones que había comprado en Barcelona y entré, aunque ya había notado que no estaba, para dejar la caja en la cocina. Esperé un rato sentado en un pequeño taburete donde era imposible que cupiera mi amigo, apreciando el silencio que reinaba en esa casa cuando no había rugby en el televisor, o cualquier otro programa de los que veía el gigante. Veinte minutos más tarde salí a caminar por el bosque pensando que probablemente me lo encontraría; a esas alturas tenía una idea bastante precisa de sus rutinas, andaba siempre por los mismos sitios, caminaba en una especie de elipse que tocaba la zona que recorría cuando vivía en la cabaña, era un hombre de costumbres arraigadas que, salvo el periodo que pasó en prisión, no había salido nunca de la zona donde habían nacido él y sus ancestros, una tribu de pastores de los Pirineos que, hasta donde alcanzaban las investigaciones genealógicas de Noviembre, había contado con un gigante, o giganta, en cada generación. En su caso particular la giganta había sido la madre, una mujer de nombre Marzo, de muy buen corazón, casada con un hombre más bien bajito, que se prestaba a asistir cada año a un desfile que se celebraba en Perpignan donde había un contingente de gigantes, todos disfrazados y subidos en zancos menos ella. Noviembre había ido a verla desfilar un par de veces cuando era niño, pero había desistido pronto porque los organizadores insistían en incluirlo en el desfile, «y eso que entonces medía la mitad de lo que mido ahora», me contó alguna vez. Las rutinas de Noviembre, las rutas por donde le gustaba desplazarse, las había yo recorrido varias veces durante esa temporada, había dado algunos paseos con él y tenía trazados, en el mapa aéreo de Google Earth, los caminos que seguía en la época de Oriol y los de su época en Lamanere; por eso sabía que se trataba de dos elipses. Después de dejar la compra en la cocina y de esperarlo un rato decidí, como he dicho, salir a buscarlo; recorrí la primera elipse montaña arriba hasta que llegué a la altura de la segunda, la que tenía como punto de partida la cabaña de piedra; después comencé a caminar hacia el este tratando de mantenerme dentro del perímetro que había señalado en mi mapa satelital, seguí montaña arriba más o menos media hora y cuando estaba cerca de la cima lo vi de espaldas, desnudo de la cintura para arriba, sentado a horcajadas y medio oculto entre los árboles; habría entre nosotros no más de veinticinco metros; él no podía verme porque estaba de espaldas y porque yo me encontraba subido en un peñasco, en un sitio visualmente inaccesible para él, salvo que hubiese dejado lo que con tanta concentración estaba haciendo y se hubiese puesto de pie y dado la vuelta en redondo; comencé a bajar del peñasco en dirección hacia donde estaba él, pero en cuanto tuve ángulo para ver lo que hacía me detuve en seco y me quedé petrificado sin saber qué hacer; el gigante estaba sentado a horcajadas encima de un ciervo y cogía con las dos manos una pata que le había arrancado y la acometía a dentelladas con una violencia que me desconcertó, que me pareció imposible en una persona; devoraba su alimento con una violencia que lo hacía verse como un animal, con los antebrazos y el pecho y la barba y la greña llenos de sangre. Procurando no hacer ruido retrocedí sobre mis pasos; me ayudó que tenía el viento de cara, un viento ruidoso y espeso que impidió que el gigante me oyera, o me oliera, porque en más de una ocasión, paseando con él, lo había visto inspeccionando el aire con la nariz, con la cabeza echada hacia atrás, la boca abierta y las aletas nasales dilatadas, como un oso. Caminé de regreso a Lamanere con prisa, corriendo en las zonas que la montaña me lo permitía; no quería que el gigante me viera, no podía soportar la idea de que supiera que lo había visto. Llegando a su casa dejé una nota apresurada encima de la caja de víveres donde le explicaba que lo había esperado un rato y al ver que no aparecía había tenido que irme de regreso a Barcelona, que regresaría la semana siguiente para seguir con nuestra conversación. Según el acta, la señora Grotowsky y su familia se quedaron con Oriol en la cabaña, una vez que el gigante, luego de beberse el café y el caldo tenue, saliera a «hacer sus cosas a la montaña», así dice textualmente, una frase que pinta a la señora Grotowsky como una mujer probablemente muy conservadora que veía con cierta reserva las labores de rescate que llevaba a cabo el gigante. Aunque probablemente la presencia del guerrillero aquella noche en la cabaña, más lo que debe de haberse conversado sobre los rescates, le hubieran dejado una imagen distorsionada de lo que hacía el gigante, de esa actividad generosa y altruista que a mí me parece heroica. La señora Grotowsky cuenta que ella y su suegro habían acordado, «con la complacencia de monsieur Oriol», que permanecerían otro día en la cabaña, «esperando a que la tormenta escampara». Después ella había salido al *toilette*. El resto de la familia permaneció dentro de la cabaña porque afuera nevaba copiosamente. Cuando regresó, después de su breve incursión en el bosque, se encontró con una situación que le «heló la sangre»: Oriol encañonaba a su suegro y a sus tres hijos con una escopeta, estaban los cuatro arrinconados a un lado de la chimenea, con las manos en la cabeza. Antes de que la señora Grotowsky pudiera decir nada, Oriol le dijo que le entregara el dinero y las joyas; la señora trató de argumentar que si le daba lo que le pedía los dejaría sin medios para llegar a Venezuela, pero a Oriol ese argumento lo conmovió poco y se puso a gritar como «une bête sauvage» y a decirle que si no le entregaba inmediatamente el dinero y las joyas iba a disparar contra el grupo, que lo miraba azorado y tembloroso desde la chimenea. La señora Grotowsky, según explica, no podía entender lo que pasaba, faltaba un capítulo que explicara por qué ese hombre que hasta aquel momento había sido un amable anfitrión se había convertido, de pronto, en un bandido. Asustada, impotente, y temiendo que «monsieur Oriol» se hubiera «vuelto loco» y comenzara a disparar contra sus hijos, se sentó de golpe en el suelo y se quitó las botas y un pequeño saco que traía amarrado a la cintura, debajo de la ropa, y entregó lo que le habían pedido. Oriol le arrebató todo de un «brutal manotazo» y después, con un movimiento de cabeza, le indicó que se colocara al lado de su familia. Así los tuvo, de pie y con las manos al aire «el tiempo interminable» que utilizó para contar el dinero y revisar las joyas, sin dejar ni un momento de encañonarlos con la escopeta. Una vez que terminó su «exhaustivo análisis», dice la señora con un rencor que va creciendo conforme el acta avanza, les dijo que se fueran, que no quería volver a verlos merodeando por la zona y que el gigante y el guerrillero apoyaban incondicionalmente ese acto que serviría para «apoyar a las fuerzas de la Resistencia». También les dijo que «iban a arrepentirse» si contaban a alguien lo ocurrido. A la señora Grotowsky le costaba trabajo creer que los amigos de Oriol apoyaran ese atraco, pero al final, según se desprende de su narración de los hechos, acabó creyendo que era verdad. Yo ahora sé que no era verdad, que aquello fue un vulgar asalto perpetrado por Oriol en solitario, el primero de una serie que también ha quedado documentada en media docena de actas en la alcaldía de Serralongue, actas que, igual que en el caso de los Grotowsky, eran parte del informe que hacía la Guardia Civil de los «clandestinos en territorio español» que iban siendo arrestados en cuanto cruzaban la frontera. Luego de hablar con el gigante sobre este tema, me había quedado muy claro que él pensaba que la señora Grotowsky se había ido de la cabaña por su voluntad; es más, se había quedado con la idea de que aquella señora era una malagradecida porque se había ido sin decirle ni adiós, después del rescate in extremis que había hecho;

o cuando menos esto es lo que me dijo entonces. Luego del asalto, y del «exhaustivo análisis del botín», Oriol echó a los Grotowsky de la cabaña, «en el peor momento de la tormenta», asegura la señora. Tuvo la cortesía de salir con ellos a la intemperie para indicarles con la punta de la escopeta hacia donde tenían que caminar. La señora le hizo caso, «no tenía otro remedio», y al cabo de una larga y dificultosa jornada, «de la que pensé que no saldríamos vivos», llegaron a España y comenzaron a bajar hacia Beget. Por lo visto, en su penosa jornada no se encontraron ni con republicanos ni con resistentes ni con ninguna de las otras familias que trataban de huir a España por esa ruta; o quizá sí se encontraron con alguno pero no dijeron nada del atraco que acababan de sufrir; de otra forma, si lo hubiesen dicho, me parece que alguno de los que trashumaban por ahí hubiera ido a hacerle una visita a Oriol, a ponerlo en su sitio y a quitarle el dinero y las joyas, para quedárselos o para devolvérselos a la señora. Aun en aquel río revuelto entre la posguerra y la guerra, el acto de Oriol era de una enorme bajeza; en todo caso nada de esto quedó escrito en el acta, que es muy completa y registra hasta los detalles mínimos, y además, cosa curiosa puesto que fue levantada en una comisaría española, está escrita en impecable francés. Aunque según la mujer que me dejó husmear en los archivos de la alcaldía, no era raro que la policía española, cuando desconocía la lengua del que presentaba una denuncia, le extendiera un folio y una estilográfica para que él mismo levantara el acta y después la remitían a alguna comisaría del país en cuestión, que en este caso había sido la del pueblo que estaba del otro lado de la montaña. Esto podría explicar el exceso de detalle con que está hecha y, de ser así, tendría el valor de haber sido escrita de puño y letra por la señora Grotowsky, un valor nada superfluo cuando pienso que este capítulo turbio de la vida de Oriol que aquí voy reconstruyendo ha llegado hasta mí directamente de su mano, una transmisión directa y limpia donde, por nombrar alguna de sus bondades, queda suprimido el tiempo, los casi setenta años que separan su puño del mío desaparecen, de golpe, en el trazo hermoso de su letra.

6

Se sabe que con el asalto a los Grotowsky Oriol traspasó una línea o quizá, he llegado a pensar, puede que con demasiada complacencia, esa línea llegó hasta él, como una ola. El periodo difícil por el que atravesaba Francia, como he dicho antes, había empujado toda suerte de criaturas a los bosques del gigante, y en unas cuantas semanas aquello se había poblado de forma considerable, se había ido llenando de una runfla de gente perseguida por diversas razones que encontraba en esa maleza refugio y escondite, más una conveniente cercanía con la frontera, dos características que lo mismo les servían a los maleantes que a los perseguidos. «En aquella temporada», me contó el gigante, «cada vez que ponía un pie dentro del bosque oía cómo alguien corría a ocultarse entre los arbustos. Al principio trataba de hablar con ellos, de animarlos para que salieran de su escondite, pero poco a poco fui dándome cuenta de que aquello era inútil e incluso peligroso», añadió Noviembre con cierta ingenuidad, porque a mí me parece que toparse con ese gigante en el bosque haría correr a cualquiera, bueno o malo, y también creo que cuando trataba de animarlos para que salieran lo único que conseguía era aterrorizarlos todavía más. Pero estaba en la línea que cruzó Oriol cuando asaltó a los Grotowsky, o que lo alcanzó como una ola; aquel acto, de bajeza inconcebible, podía haber sido una maniobra coyuntural, una operación para hacerse con un dinero que le permitiera salir del impasse de la montaña y dirigirse a algún sitio donde pudiera, por ejemplo, ganarse la vida tocando el piano o, cuando menos, en algún empleo de oficina que paulatinamente lo hubiese ido regresando a su existencia anterior de ciudad y de familia. Aunque es probable que yo me esté confundiendo al querer dotar a Oriol de una vida civil y social que a lo mejor no lo atraía, quizá vivir en la montaña como un salvaje le gustaba, lo hacía sentirse liberado de las servidumbres y las ataduras de la vida convencional que tenía en Barcelona; pero aquí otra vez estoy coligiendo demasiadas cosas, porque si algo he descubierto en esta reconstrucción que voy escribiendo de mi pariente es que Oriol era un hombre al que le costaba tomar decisiones, lo hacía una vez y después era incapaz de modificar el rumbo que le imponían los acontecimientos, había estudiado piano porque en el salón de su casa había uno que nadie usaba; se casó con la primera, y la única, que se le puso a tiro; lo de enrolarse en el bando republicano había sido pura imitación de su padre y de su hermano, y aquel episodio en la montaña cuando, gravemente herido, había arrastrado cuesta arriba a su colega moribundo, tenía más que ver con las exigencias de la situación y del entorno que con el espíritu heroico que en las primeras páginas de esta historia me empeñé en ver. Por esto me parece que la decisión de convertirse en delincuente tampoco pudo haber sido suya, no del todo; la idea de la línea que cruza porque le ha llegado como una ola a los pies, quiero decir «al pie», me parece bastante precisa, y es probable que si en vez de esto se le hubiera cruzado en el camino un monasterio, hoy mi familia y yo tendríamos un monje orando por nosotros en la celda de un edificio románico en el sur de Francia. Este carácter débil que ha ido aflorando a fuerza de irlo escribiendo explica por qué Oriol se tomó con esa irresponsable ligereza el suicidio de su mujer y por qué nunca hizo el esfuerzo de comunicarle a alguien de su familia que seguía vivo. No se sabe qué hizo Oriol con las joyas y el dinero que robó a la familia Grotowsky, ni tampoco con lo que sacó en sus robos posteriores, probablemente los enterró en algún sitio en el bosque o en los alrededores de la cabaña. Días después de aquel asalto iniciático, exactamente veintiuno según las actas, el hermano de mi abuelo salió de la cabaña armado con la escopeta, dispuesto a dar otro golpe idiota, y lo califico así porque, hasta donde se sabe, esa actividad infame no le produjo ningún beneficio. Había esperado a que Noviembre se fuera a dar su rondín humanitario por el espinazo de la montaña para coger la escopeta e irse, le quedaba claro que su bondadoso amigo reprobaría esa actividad que iba, precisamente, en sentido contrario de la suya, aunque en el caso de los Grotowsky era todavía peor porque Oriol había desvalijado a personas que el gigante acababa de salvar. Durante esos veintiún días Oriol había explorado los alrededores y había detectado un punto, un paso entre dos taludes de piedra, por donde necesariamente tenía que meterse quien quisiera escapar por ahí de Francia. Ese paso se conserva tal cual hasta hoy, como todo ese territorio, y yo he podido comprobar que no hay manera de seguir el ascenso hacia la cima de la montaña si no se pasa por ahí, por ese caminillo estrecho, parcialmente cubierto por la vegetación, donde hay que agacharse y andar un par de metros de rodillas para salir del otro lado. Esto lo sé porque entre las actas que denuncian a Oriol hay un plano, impreso en mimeógrafo, que vendían mercenarios espontáneos a la gente que veían desesperada por huir del país en los pueblos de la zona; más que un plano se trata de un dibujo, con la factura de un plano pirata del tesoro, que a pesar de sus trazos pueriles es de una asombrosa precisión. Se sabe que durante esos veintiún días Oriol descubrió ese paso, o quizá la señora Grotowsky traía ese plano y él lo añadió al botín. Todo el esfuerzo que hizo Oriol aquella mañana fue apostarse ahí y esperar a que pasara alguien, tan desvalido como los Grotowsky, porque, según las actas, los seis asaltos de mi pariente que quedaron registrados fueron a mujeres solas, o a mujeres acompañadas por una familia indefensa, no hay registro de que Oriol haya asaltado a ningún hombre. El método no podía haber sido más rupestre, más cimarrón: Oriol se apostaba, oculto detrás de la vegetación, a vigilar la entrada del estrecho y en cuanto veía una presa apetecible se desplazaba, a brincos con su muleta, hasta el otro extremo, donde los sorprendía, de una manera artera y poco elegante, como era ponerle a la jefa de tropa, o a la dama solitaria cuando iba por su cuenta, el cañón de la escopeta en la nuca y pedirle a quemarropa su dinero y sus pertenencias de valor. Algunas accedían inmediatamente y sin rechistar, y otras trataban de defenderse, discutían y apelaban a la piedad y a la decencia, y una de ellas, la señora Virginie Rosenthal, que a pesar de que se fue con sus pertenencias intactas lo denunció en cuanto fue aprehendida por la Guardia Civil, cuenta cómo, al percatarse de que el asaltante nada más tenía una pierna, y estaba precariamente afianzado en una piedra, tiró del cañón de la escopeta con que la amenazaban y el maleante cayó al suelo «desde una considerable altura», cayó a sus pies y «quedó a nada» de aplastar a uno de los niños, sus hijos, que la acompañaban en su huida. «Lo único que se me ocurrió», escribe la señora Rosenthal, «fue irme de ahí con la escopeta y dejarlo ahí tirado. Cargué con el arma varios kilómetros y al llegar a España la escondí entre unos arbustos, porque pensé que en un país en plena posguerra andar cargando un arma era más un riesgo que una defensa.» En orden cronológico la narración de la señora Rosenthal ocupa el lugar número cuatro, después de ella todavía hubo dos señoras que denunciaron por escrito a Oriol, una de éstas al día siguiente, y en todas esas actas mi tío aparece con una escopeta, con la única escopeta que tenía a su alcance, que era la que Noviembre colgaba de una alcayata en la pared. Esto quiere decir que Oriol recuperó el arma inmediatamente después de que la señora la hubiera escondido entre unos arbustos al cruzar la frontera, y la única forma de hacerlo con tanta rapidez era que Oriol la hubiera visto esconderla, quiero decir que después de que Virginie Rosenthal lo hiciera caer desde una piedra al suelo, Oriol debe de haberse sacudido el musgo y los yerbajos y luego debe de haber cogido su muleta para ir en pos de la señora, debe de haberse ido renqueando detrás de ella y de sus hijos, ocultándose detrás de un arbusto o un árbol cuando era necesario, arrastrándose como una alimaña a cierta distancia hasta que logró ver dónde dejaba la escopeta; debe de haber esperado un tiempo prudencial, hasta que la familia Rosenthal hubiese desaparecido de su vista, para acercarse al arbusto y recuperar el arma. La reconstrucción de este proceso añadió un elemento importante a la imagen que iba reconstruyendo de mi tío; su vida en los Pirineos me producía rabia y vergüenza pero también, a partir de ese momento, bastante pena, Oriol era un malvado, un desalmado, pero también daba lástima; a este perfil complejo, con todos sus detalles, llegué de manera accidental, por azar, aunque ahora que voy poniendo todo esto por escrito tengo la impresión de que la forma en que llegué, mi encuentro con Isolda, ese encuentro breve y hondo, abismal, que me puso de golpe tras la pista del verdadero Oriol, estaba ahí esperándome, como una coordenada fija, desde el principio de los tiempos. Meses después de que lo hubiera ofrecido, una tarde en que me sentía especialmente animado, especialmente resistente a su horrible aspecto, pedí a la vagabunda que me llevara a casa de Isolda, la mujer que en 1939 le había amputado la pierna a Oriol con unos recursos de instrumental e higiene mínimos, con una operación mayor que me era muy difícil concebir. Había tardado en decidirme por la aversión que me producía la vagabunda, por el compromiso que iba a tener con ella después de aceptar su ofrecimiento, o esto era lo que yo argumentaba entonces para justificar esa tardanza inexplicable, porque ahora que he sabido lo que sé, me queda claro que la dilación obedecía a que no estaba seguro de querer llegar al corazón de la historia, y el asco que me producía la vagabunda no era más que un pretexto. Caminamos durante una hora bosque adentro, improvisando un sendero que corría paralelo al espinazo de los Pirineos, quiero decir que no subíamos ni bajábamos, yo iba siguiendo a la vagabunda, viendo cómo sus largos velos acariciaban la maleza y abrían en la niebla una raya fugaz que se cerraba inmediatamente, una hendidura huidiza que me hizo pensar en una herida. La mujer se conducía como si hubiera recorrido muchas veces esa ruta, aunque de vez en cuando se detenía en seco y, exactamente igual que lo hacía el gigante, olisqueaba el aire levantando la nariz hacia cierto punto cardinal, y en un par de ocasiones, en que el radar de la nariz se le quedó corto, abrió la boca de par en par, como si fuera a pegar un potente aullido. «C'est là-bas», dijo señalando con una mano un punto específico en el bosque y con la otra, que era una pieza despellejada y nudosa que estaba a medio camino de la garra, me apretó con fuerza el antebrazo. Mientras yo intentaba localizar entre los árboles algo que pareciera una vivienda, agregó: «Me voy», y dicho esto, sin darme tiempo para protestar por esa deserción sorpresiva, dio media vuelta y se alejó con sus velos al aire. Me quedé ahí tratando de vislumbrar algo en el punto que me había señalado y como no veía nada simplemente seguí avanzando hacia allá, sintiéndome un poco huérfano sin su experimentada conducción, teniendo que vérmelas yo solo con el breñal, con las zarzas, con las raíces invasoras y las ramas llenas de espinas, echando francamente de menos a esa mujer que, hacía unos minutos, me repugnaba. Cuando consideré que estaba extraviado y pensaba que la solución era llegar a Serralongue y subirme a un taxi para que me llevara por carretera hasta el sitio donde estaba mi coche, vi una casita pequeña que se mimetizaba con el bosque. Tenía las paredes completamente tomadas por la vegetación; era una cabaña, de proporciones incalculables, de la que sólo se distinguían la puerta y dos ventanas, y ya mirando con más cuidado podía verse el tejado y sobre todo la chimenea, de la que salía un humo tenue que se confundía con la niebla. Asomé la cabeza dentro y dije: «Bon dia». El interior era de una oscuridad intimidante, el bosque había tomado esa casa con tanta determinación que había logrado convertirla en una extensión de su reino, en una parcela húmeda y umbría donde flotaba un manto de bruma vegetal, una suerte de fantasma. «Endavant, no rest pas a la porta», me dijo una mujer de la que apenas se adivinaba la silueta, en una mezcla de catalán y francés. «Acosta't», me dijo y yo obedecí inmediatamente. Me interné en la casa, que ya desde dentro me pareció pequeñísima. «¿Isolda?», pregunté a la mujer que, ya con las pupilas más ajustadas a la oscuridad, se había hecho más visible. Estaba sentada en una silla frente al fuego, «Sóc jo», dijo con lo que me pareció una sonrisa, pero un instante después, cuando llegué hasta ella y pude verla más de cerca, reparé en la increíble cantidad de arrugas que le cruzaban la cara y entendí que cualquier gesto de ella, una sonrisa o un mohín, estaba destinado a malograrse, a irse por esos surcos que indicaban, como los anillos del tronco de un árbol, los años que esa mujer había vivido, y que debían de constituir una cifra insólita puesto que ya era adulta en los tiempos en que le había amputado la pierna a Oriol. A la luz rojiza del fuego que había en la chimenea pude apreciar sus ojos, dos pozos claros agitados por una mirada tan viva que relegaba al resto de la cara y del cuerpo a la circunscripción de las corazas, de aquellas durezas que protegen un núcleo frágil de los embates del exterior, como si todo lo que no eran sus ojos estuviera ahí exclusivamente para proteger la eterna juventud de su espíritu. «¿Y qué lo trae por aquí?», dijo con cierto recelo. No era difícil imaginar que aquella vieja no recibía muchas visitas. «Estoy haciendo una investigación sobre la medicina tradicional en la zona de los Pirineos», mentí, «y me han dicho que usted practica operaciones», añadí con la intención de abordar rápidamente el tema que me interesaba, porque el interior de la cabaña era un poco agobiante y no pensaba permanecer ahí mucho tiempo. «Ya no», dijo mirando el fuego, «soy demasiado vieja para esos esfuerzos», e inmediatamente después, cuando pensé que añadiría algo más, recargó la barbilla en

427

el pomo del bastón que sostenía entre las manos y entró en una especie de trance que también podía ser una siesta, una situación adversa para mí que quería averiguar rápidamente lo que pudiera y largarme pronto, así que antes de que se quedara traspuesta, lancé una pregunta hosca: «¿Es verdad que amputaba miembros?», dije. La vieja se desperezó, quitó los ojos del fuego y me miró con una dureza que, contenida por ese cuerpo frágil y enjuto, parecía inverosímil. Parecía que me miraba con los ojos de otra persona. «Es verdad», dijo, me parece que con cierto orgullo porque, al margen del gesto que subyacía bajo las arrugas y que podía significar cualquier cosa, se levantó de la silla apoyándose en el bastón y caminó con entereza hacia una estantería abarrotada de objetos de donde extrajo el único libro que había en la casa, un libro grueso que cogió con cierta dificultad y después depositó en una mesa que estaba también atestada de objetos, en el único espacio libre que había y que probablemente usaba para comer. Yo había contemplado la maniobra sin atreverme a intervenir, me parecía que Isolda era una de esas personas a las que no puede ayudarse sin que se sientan ofendidas. Mientras acomodaba el libro, que era excesivamente grande, me explicó de forma breve que ese oficio lo habían practicado durante varias generaciones sus antepasados y que se acababa en ella, porque a su hija no le interesaba y había emigrado a Lyon «a hacer una vida moderna» que nada tenía que ver con ella. «Es una mujer de otro tiempo», dijo, y yo, no sé bien por qué, quizá porque me pareció que esa vertiente de la conversación restaría rudeza a mis intervenciones anteriores, pregunté: «¿Tiene usted una hija?». Isolda, sin dejar de pasar las manos sobre el libro, como si intentara liberarlo de una capa de polvo, zanjó el tema: «Tenía dos, pero una murió hace tiempo». «Lo siento», balbuceé, pero ella ya estaba abriendo el libro y haciéndome un gesto para que me acercara a ver lo que quería enseñarme, un gesto donde había un vestigio de coquetería, algo que me hizo pensar que tenía que haber sido una mujer muy guapa. En el libro que Isolda puso ante mis ojos había un minucioso dibujo a tinta del interior de un cuadrúpedo, quizá un burro, con flechas que señalaban cada miembro y cada órgano, y anotaciones que explicaban, con una caligrafía de la que yo podía leer muy poco, nombres, funciones, características y pormenores. En el resto de las páginas había más dibujos, igualmente rústicos, de otros animales y también de personas; era una extraña colección de láminas anatómicas trazadas por un dibujante espontáneo, quizá la misma Isolda. Ni sé ni tampoco pude saber de qué forma se servía ella de ese manual porque al terminar de hojearlo dije lo que no tenía que haber dicho, me equivoqué, aunque quizá sea mejor decir, aun cuando parezca una contradicción, que di en el blanco. En todo caso me quedé con la impresión de que Isolda había aprendido su oficio de una forma rigurosamente original, había extraído el conocimiento directamente de la fuente, de manera directa y sin intermediarios; su libro de láminas, que algo tenía de escalofriante, no debía nada a ningún otro libro, era una obra solitaria, única y espontánea; era un tratado de anatomía que corría al margen de cualquier academia, una anatomía empírica que había llegado más o menos a las mismas conclusiones que la anatomía, digamos, oficial. Yo tenía la impresión, mientras pasaba las gruesas páginas de carnaza, de estar asistiendo al origen mismo de la ciencia en pleno siglo XXI, al capítulo inicial donde una inteligencia inquieta observa, anota, prueba, comprueba y saca conclusiones; un sistema parecido al ímpetu que en ese momento me movía a mí, que me tenía mirando, preguntando, investigando, coligiendo. En más de una ocasión reprimí el impulso de sacar el teléfono móvil que llevaba en el bolsillo para hacer unas fotografías de las láminas; lo hice por respeto a la señora, porque me quedaba claro que ese acto, nada común ni simple dentro de esa casita tomada por el bosque, abriría una brecha entre su mundo y el mío, una vía, una lanzadera desde donde, en un instante que no iría más allá del clic de la cámara, entrarían en tropel los cuatrocientos años que nos separaban, y aquello hubiera sido una chingadera que no tenía derecho a perpetrar. Cuando terminé de ver el libro, todavía emocionado por esa obra única que acababa de mostrarme Isolda, cedí a la tentación de decir lo que no debía; quería desvelar de una vez por todas el misterio de la operación de Oriol, el misterio de aquella pierna perfectamente amputada en una cabaña, a la luz de las velas y con un instrumental que debía de ser, pensé en ese momento, el de la pléyade de objetos que llenaba la mesa, un montón de instrumentos que parecían más propios de una carpintería; cedí a la tentación de decir lo que no

429

debía, una tentación donde había culpa por haber engañado a Isolda, por haberle dicho que yo era un investigador, y también voracidad por conocer absolutamente todos los detalles de la historia, así que sin pensar, guiado por un impulso irreflexivo, dije: «Usted le amputó la pierna a mi tío, en 1939, en la cabaña de Noviembre Mestre». Isolda me miró de una forma que me obligó a retroceder dos o tres pasos en dirección a la puerta y me hizo tirar, del aspaviento, una mesilla llena de frascos. Había quedado traspasada por una furia súbita que ardía en el fondo claro de sus ojos y, en medio del escándalo que hicieron los frascos al estrellarse contra el suelo, me apuntó con un dedo y dijo: «Oriol». Yo asentí y ella, más furiosa todavía, levantó la mano para decirme algo que no podía salirle de la boca, algo demasiado grande que la tenía ahí paralizada, clavada frente a la mesa, con un gesto donde, a pesar de las arrugas, no cabían las dobles interpretaciones, un gesto aterrador que me hizo huir. Ya estaba cerca de la puerta y simplemente me fui, di media vuelta y corrí hacia fuera y seguí corriendo por el bosque porque en ese momento no se me ocurría nada mejor que subirme al coche y regresar a Barcelona. Me fui de la casa de Isolda sin nada, sin haber desentrañado ni el misterio ni la magia que rodeaban a la pierna amputada de Oriol. Aunque es verdad que, a partir de ese momento, al ver cómo se había puesto Isolda cuando salió a relucir mi tío, tuve la certeza de que la información que me proporcionaba el gigante era insuficiente y decidí, mientras conducía de regreso por la carretera, que ampliaría mi investigación a la alcaldía de la zona. Y así fue como empecé a desenterrar episodios vergonzosos como el de la señora Grotowsky y el resto de las familias indefensas que asaltaba mi tío en el bosque a punta de escopeta y, poco a poco, un acta tras otra, fui adentrándome en el verdadero corazón de la historia y fui descubriendo eso que hoy sé y que quizá preferiría no haber sabido. Cruzando la frontera, ya en la autopista que me llevaría directamente a casa, pensé que no era del todo cierto que había huido con las manos vacías de aquella casita en el bosque. Isolda me había puesto en la verdadera pista de Oriol, ahí estaba precisamente su magia, y su misterio.

Segunda parte

7

Una noche el gigante salió, como lo hacía siempre, a su ronda de rescate por el espinazo de la montaña. Media hora más tarde tuvo que suspender su actividad, su otear taludes y picachos, su inspeccionar jorobas y túmulos de nieve, porque comenzó a caer una tormenta que lo obligó a refugiarse en una cueva y a improvisar un precario fuego con troncos que apenas ardían. La estancia en la cueva fue «excesivamente larga», me dijo el gigante, que insistía en relacionar ese episodio, la ronda interrumpida y los troncos húmedos y «reacios al fuego», con lo que le sucedió después. La relación que vio entre los dos sucesos hay que encuadrarla en el territorio del presentimiento, del pálpito, de cierta rareza que él percibió entonces y que una hora más tarde terminaría convertida, efectivamente, en el preámbulo de una desgracia. La tormenta escampó, dejó el cielo oscuro, recién lavado, con una luna que volvía la nieve refulgente, un tendido meteorológico benigno que permitió al gigante bajar cómodamente, aunque angustiado por el presentimiento y el pálpito, hasta su cabaña. Conforme fue acercándose notó que había alguien dentro, se veía luz y salía humo de la chimenea, una cosa normal puesto que Oriol vivía con él, pero a medida que se acercaba, dijo el gigante, «noté que había más de una persona, y pensé que podían ser cabreros que habían sido, igual que yo, sorprendidos por la tormenta, como ya había sucedido en un par de ocasiones». En cuanto abrió la puerta, una maniobra habitual que entonces hizo con el corazón en vilo, se encontró con cuatro guardias civiles armados que lo esperaban para llevárselo, esposado y a golpe de culata, al campo militar de Camprodon, del otro lado de la frontera. El gigante fue atando cabos por el camino, fue desmontando el mecanismo del pálpito, la naturaleza del presentimiento, un proceso habitual en un hombre de la montaña acostumbrado a atender las señas y los signos de su entorno. Uno de los soldados le había dicho que se le acusaba de ayudar a «elementos prófugos del bando enemigo», y esta información casaba con la imagen de un individuo turbio que había rescatado y hospedado en su cabaña durante dos o tres días y al despedirse de él, inopinadamente, había tirado cuesta arriba, hacia España, y no hacia Francia como habían hecho, hasta ese día, todos los demás. «Aquel individuo», me dijo Noviembre, «fue quien me denunció, y por su culpa me llevaron a España.» Las huellas enormes que iba dejando el gigante, unos huecos profundos, demasiado grandes para ser lo que eran, más las huellas normales que dejaban alrededor los guardias civiles debían de componer un curioso rastro que a mí me resulta familiar porque más de una vez, cuando caminábamos por esos paisajes nevados, había reparado en la inverosímil disparidad que había entre sus huellas y las mías. A una persona que no haya caminado nunca en la nieve junto a un gigante de las proporciones de Noviembre le resultaría muy difícil descifrar los componentes disparatados del rastro; antes pensaría en un hombre con un artefacto, con una máquina. Decía el gigante que cuando los guardias civiles lo apresaron no opuso ninguna resistencia; aunque sospechaba de aquel individuo turbio, no excluía que esa aprehensión «fuera un error». Es lo que él decía para justificar su pasmo, su mansedumbre ante ese atropello flagrante que, tomando en consideración su fuerza y sus dimensiones, lo solo que estaba aquel paraje, podía haber anulado ahí mismo sacudiéndose a los policías como quien se espanta de encima una molesta cuarteta de moscas. El pitazo de «un gigante colabora con el enemigo en la cima de los Pirineos» no entrañaba muchas opciones. Iban directamente por él y encima lo hacían guardias civiles españoles, que violaban olímpicamente la frontera para capturar a un ciudadano francés en Francia y llevárselo a una cárcel en España. Yo mismo lo primero que había hecho el día que descubrí la cabaña, después de oír esta historia, fue comprobar que sobre ésta irradia, con una calidad que no admite dudas, la señal de la compañía francesa Bouygtel, y no la española de Telefónica. Buscando las razones para la detención arbitraria que hizo la policía española de un francés en Francia, hurgando en los archivos de la alcaldía de Serralongue, me encontré con una respuesta general que puede sintetizarse así: es raro, pero en esa época turbulenta sucedía con cierta frecuencia. La historia del gigante en estas páginas tendría que acabarse aquí, en el momento de su aprehensión, pues a partir de entonces nunca volvió a ver a Oriol, «Cuando regresé de la cárcel se había ido, y hace unos años alguien me dijo que había muerto en Perpignan», me dijo el gigante en el primer soliloquio al que asistí en Lamanere. Aquel dato sobre la verdadera muerte de mi tío me había parecido, obviamente, importantísimo y en los días siguientes me dediqué a rastrear su deceso, recorrí los archivos del Registro Civil, de la Mairie y de la Préfecture en Perpignan sin ningún éxito, no encontré ni un acta, ni un documento que registrara su defunción. Tampoco aparecía su nombre en el registro de «muertos sin familia» que lleva el Ayuntamiento desde 1930; lo más cerca que llegué fue a un número, 219, la cifra de «muertos sin identificar» que se han despedido del mundo en Perpignan desde ese mismo año; una cifra que arroja la cantidad de tres muertos sin identificar por año, lo cual puede ser mucho o poco, o nada, aunque desde luego era suficiente para que cupiera Oriol. Cuando pregunté al gigante por ese «alguien» que le había informado sobre la muerte de Oriol, me respondió que era un cabrero de Toulouges, un pueblo cercano a Perpignan, que había coincidido un par de veces con Oriol, «cuando vivía en la cabaña». Y después añadió, en un tono hosco que parecía un reclamo: «Además, como te dije la primera vez que hablamos, fue él quien me dio la fotografía que te llevó Sonia a Argelès-sur-Mer, y que Oriol cargaba siempre en el bolsillo». Al final decidí dar por bueno lo que el gigante me dijo, mientras no hubiera un documento que probara lo contrario; en todo caso su versión tenía que estar más ajustada a la realidad que la nuestra y, ante aquella imaginería que habíamos cultivado en La Portuguesa sobre la muerte de Oriol, la foto donde aparece con mi abuelo y mi bisabuelo en el frente de Aragón parecía una prueba sólida. El gigante tendría que desaparecer aquí, como he dicho, pero a estas alturas me parece indecente prescindir de él, soslayarlo, simplemente desaparecerlo y dejarlo con la función de informante, que es lo que en buena medida ha sido. La interconexión entre estas dos historias, la del gigante y la de Oriol, que es tanto como decir la del gigante y la mía, me parece inevitable; en cuanto he empezado a desenterrar una ha comenzado a salir la otra, nuestras historias están conectadas y éstas, a su vez, están conectadas con otras, me siento como quien jala la punta de una raíz y al tirar de ella descubre que es mucho más larga de lo que había calculado y que toda esa longitud no es más que una mínima parte de la red de raíces que va ganando grosor conforme se acerca al tronco de un árbol enorme, que está muchos metros más allá, y que es la criatura que mantienen viva todas esas raíces, un árbol inmenso y saludable que me gustaría llamar La Guerra Perdida.

El gigante fue conducido al campo militar de Camprodon y ahí fue encerrado cuatro meses en una mazmorra de la que salía cada día, escoltado por dos guardias y encadenado por las muñecas y los tobillos, cinco minutos en la mañana y cinco al caer el sol. Ni para este encierro, ni para todo lo que vino a continuación, había un juicio como base, o siquiera un documento, o una línea donde apareciera el nombre de Noviembre Mestre; todo fue una operación arbitraria y clandestina, la consecuencia de un pitazo, una arbitrariedad de la que no queda huella, como he podido comprobar, en los archivos de la alcaldía de Camprodon y después en la de Mataró, la población donde iba a continuar esta historia. Pasados los cuatro meses (según el gigante, porque, como he dicho, de aquello no queda ningún rastro), el oficial que estaba a cargo habló con la comandancia en Barcelona para pedir instrucciones sobre ese prisionero, al que en todos esos meses no había reclamado nadie, y que entre sus peculiaridades contaba con las de ser un gigante, hablar un revoltijo entre el catalán y el francés y estar acusado de un delito que hasta ese momento no había podido probarse. En lugar de ser liberado y devuelto a su cabaña, donde ya sus cabras habían sostenido un severo episodio de canibalismo, fue remitido al cuartel de Mataró donde estaban haciéndose unas obras que bien podían servirse de su tamaño y musculatura. Para entonces el gigante, que nunca antes había traspasado los límites de su montaña, se sentía en el fin del mundo y, resuelto a no añadir problemas al ya desmesurado de estar muy lejos y en tierra enemiga, obedecía dócilmente todo lo que le ordenaba el coronel Chapejo, el oficial que se hacía cargo del cuartel: levantar una tapia, reforzar un muro, tapar un boquete que había en el techo. Para guardar las formas, para que su estatus de prisionero no terminara por desvanecerse, se le encerraba todas las noches junto con el resto de los prisioneros en una celda en la que bastaba correr un cerrojo para que él mismo se pusiera en libertad y saliera a caminar por las calles de Mataró y por sus playas, donde solía dar largos paseos memoriosos y nostálgicos, pensando en lo que sería de su cabaña y de sus cabras. Chapejo había percibido desde el primer momento que el gigante no mataba ni una mosca y poco a poco le había ido aflojando la vigilancia, sabía que todas las noches se iba a pasear por ahí y estaba completamente seguro de que a la mañana siguiente lo encontraría durmiendo en su celda. Con el tiempo Noviembre fue perdiendo su pátina de prisionero y empezó a convertirse en el encargado de intendencia del cuartel, e incluso meses más tarde, aunque seguía durmiendo en su celda, comenzó a percibir un salario, pírrico pero tremendamente simbólico, y a hacerse cargo de los prisioneros cuando Chapejo salía de juerga, lo cual ya era el colmo del absurdo pues él mismo era oficialmente un prisionero. Fue en una de esas noches cuando lo abordó el dueño de un circo que había montado su carpa en Mataró, un circo de nombre Hermanos Núñez de Murcia que, sin más programa que la disponibilidad del alcalde en turno, iba ofreciendo funciones por todos los pueblos de España. El dueño del circo, que era el único hermano Núñez que quedaba vivo, fumaba una noche afuera de su caravana, dejándose consumir por los nervios que le provocaba la función inaugural del día siguiente, cuando vio pasar por delante de sus ojos al gigante, que iba, como siempre, extraviado en su memoria nostálgica con la vista montada en el horizonte, apuntando hacia donde él suponía que estaba su cabaña, dando unos pasos trepidantes que cimbraban el suelo, de la misma forma en que lo hacían las bestias del circo, que en esa época de posguerra, y en ese circo provinciano y paupérrimo, se reducía a un par de changos famélicos, tres chivas nerviosas que desquiciaban la pista con sus brincos y un toro enorme que montaban los payasos y en el que se invertía la mitad de las ganancias del negocio, para conservarle su porte majestuoso, su volumen y su peso que hacía temblar la tierra de la misma forma que el gigante. Y quizá fue por ahí, por las vibraciones que los dos le infligían al suelo, que el dueño del circo vio inmediatamente en Noviembre al rival artístico del toro, y conforme lo iba viendo alejarse por la playa, enorme y meditabundo, errante y providencial, se puso a concebir, tirando al aire una serie de volutas de humo, un número estelar, con aires y vestimenta romana, donde batallarían su toro y el gigante, ese rumboso gigante que se alejaba a grandes pasos playa arriba y dejaba que un rayo completo de luna se posara, como un cuervo leal, en sus hombros magníficos. El único hermano Núñez que le quedaba al circo terminó su cigarro cuando el gigante ya había desaparecido detrás de una duna de la playa; lo había dejado ir de la misma forma en que, esa misma tarde, había descartado a una muchacha que tenía figura de equilibrista, a una dama obesa a la que podía pintársele una vistosa barba y a un chaval de flexibilidad ostentosa que, con un poco de práctica, podía haber sido «el asombroso niño elástico de Mataró»; así de visionario era el señor Núñez, y así de magra la economía de su negocio, que no admitía una boca más que alimentar y le imponía descartar, casi en el acto, su torrencial visión circense. Pero Núñez era básicamente un empresario y la idea del gigante batallando con su toro lo tuvo dando vueltas en la cama toda la noche, pringado de sudor, torturado por un conjunto de imágenes épicas que eran en realidad variaciones de la visión original, de esa implacable visión circense que le había puesto frente a los ojos al gigante, con una rodilla en tierra, sujetando al toro con un brazo alrededor de su cuello mastodóntico, obligándolo, a base de pura fuerza bruta, a tocar la pista del circo con su húmeda nariz. A la mañana siguiente despertó muy temprano (es un decir porque la verdad es que no había podido pegar ojo) y salió a preguntar por el pueblo dónde podía localizar a ese gigante. Iba con el chaqué que usaba para anunciar los números en la pista, sin afeitar y con los ojos rotos por la falta de sueño; más que el dueño del circo parecía un borrachín que emergía de una tenebrosa noche de copas, un aspecto que no le hacía justicia pues tenía por norma de vida no beber nunca ni un trago, veía en el alcohol a la muerte que se había llevado a sus dos hermanos, los otros dos Núñez que en las épocas de bonanza del circo se habían bebido hasta lo imbebible y habían terminado de forma prematura sus días, uno atenazado por una cirrosis desbocada, y otro en un mal paso, mejor dicho en un mal vuelo de un trapecio a otro, cuando se hallaba enceguecido por un exceso de Anís del Mono. Preguntando y preguntando llegó el señor Núñez al cuartel de Mataró; todos en el pueblo conocían al gigante; sus caminatas solitarias y meditabundas, y ciertamente trepidantes, se habían convertido en un referente horario, al grado de que había quien decía, y esto probablemente haya sido una exageración, un arrebato lírico del mismo Noviembre: «Nos vemos en la plaza después de que pase el gigante». En todo caso esto habla de la regularidad y el método con que el gigante efectuaba sus largos paseos, paseos largos y tristes como la caravana del circo Hermanos Núñez de Murcia, serpentosa y trashumante por las carreteras de España. En cuanto apareció el señor Núñez en el cuartel, perfectamente sobrio pero con un inequívoco aspecto de borrachín, se encontró con que el gigante no sólo hacía trabajitos y diligencias como le habían contado, también era en buena medida el dueño del cotarro, pues estaba él solo sentado en dos sillas, dormitando con sus ingentes pies trepados en el escritorio, a cargo de los presos que había en las celdas; todo esto lo interpretó rápidamente el señor Núñez, sólo tuvo que despejar la ecuación de los ingentes pies trepados, los ronquidos que salían como un tifón por la ventana del cuartel y el manojo de llaves que le colgaba del cinturón como una fruta. No obstante aquella precipitada conclusión, que se contraponía totalmente con su objetivo, dio un par de golpes en la puerta y carraspeó con fuerza para hacerse oír por encima de los ronquidos que provocaban un rítmico vaivén en la cortina de la ventana. Como sus intentos por despertarlo no producían ningún efecto, el señor Núñez optó por acercarse a él y tocarlo con suavidad en el hombro, un impulso imprudente del que se arrepintió en el acto pues Noviembre brincó en las sillas y cuando trataba de regresar los pies a tierra volcó violentamente el escritorio, una vieja pieza metálica que al caer provocó un cataclismo, un escándalo que sacó a los prisioneros de su modorra y los hizo pegar la cara a los barrotes y armar cierta bulla mientras el gigante se ponía de pie y miraba alternativamente el desaguisado que habían producido sus pies y la cara de pánico del señor Núñez que lo menos que esperaba, como represalia por su imprudente impulso, era que el gigante lo arrojara por la misma ventana que había servido de escape para sus ronquidos, y en cambio se encontró con un gigantón atribulado que lo miraba con miedo, como si el señor Núñez hubiera sido un superior que lo hubiese pillado en falta, y ante ese gesto licuado por la congoja, la compunción y la zozobra, no le

439

quedó más remedio que consolar a ese hombre enorme que, unos segundos antes, parecía que podía arrancarle de un manotazo la cabeza. «Tranquilícese usted», le dijo mientras le ayudaba a regresar el escritorio a su sitio, «soy el dueño del circo y quería proponerle algo», añadió, y como pronto se dio cuenta de que el gigante no dominaba el español, comenzó a contarle su proyecto en un precario francés donde abundaban los gestos, la mímica y los «voilà». El gigante lo oía de pie, con esmerada atención y los brazos cruzados sobre el tórax, en una posición que resultaba incómoda para el señor Núñez pues tenía que dirigirse a él como quien llama a un amigo que se encuentra saludando arriba de una torre. El empresario salió del cuartel con la promesa de que el gigante pensaría en su propuesta y al día siguiente le diría algo concreto. Claro que aquí hay que tomar en cuenta el margen de incomprensión que había entre el francés mestizo del gigante y el francés gestual del empresario, un margen que daba lugar a toda clase de malentendidos. Unas horas después de que el empresario lanzara su oferta a las alturas de la torre, el gigante tuvo un diálogo, que quizá fue el primero y el último, con el coronel Chapejo, que llegaba al cuartel a mediodía, después de una noche loca, a retomar las riendas de la oficina. Más que los detalles del discurso en lengua híbrida que soltó el gigante, el coronel Chapejo entendió que le apetecía cambiar de aires y de vida, y una vez que hubo terminado su exposición maráfica y confusa, le dijo que era libre de irse a donde quisiera, que no había cargos contra él ni motivos para que permaneciera en el cuartel. El protocolo no fue más allá de un estrechamiento de manos, y el gigante, al verse súbitamente libre, olvidó la oferta de Núñez y emprendió, con una mano atrás y otra delante, sin efectos personales, como había vivido siempre, una caminata hacia el norte que no pararía hasta llegar a su añorada cabaña, una caminata maratónica que le llevó varios días y que empezó en la misma playa de Mataró, enfrente de la carpa del circo Hermanos Núñez de Murcia, donde ya tenía lugar la función vespertina y donde el empresario, que también esa noche perdería el sueño a causa del toro y el gigante, anunciaba el acto de los payasos con las cabras nerviosas, sin saber que Noviembre pasaba por ahí en su huida hacia el norte, con su silueta tremebunda recortada con saña por el último rayo de sol.

Noviembre Mestre se echó a andar y por el camino fue preguntando hacia dónde quedaba Camprodon, que era el punto de referencia desde el cual se sentía capaz de regresar a su cabaña. Como fuera de su territorio era muy despistado, iba siguiendo a pie juntillas todo lo que le decían, y como llevaba mucha urgencia no se detenía a valorar la información, aunque el informante no estuviera seguro, o fuera poco práctico o, como le pasó en una ocasión, fuera tan despistado como él mismo y lo enviara, por un camino sinuoso y lleno de flora enmarañada, de regreso a un pueblo donde había estado dos días antes, un pueblo anodino que, de no haber sido por los efusivos saludos y las carantoñas con que sus habitantes saludaban su regreso, el gigante ni siquiera hubiera recordado, así era de despistado, a ese grado le fallaban, fuera de su territorio, sus sensores de orientación y su desmedida vejiga natatoria; pero Noviembre Mestre, a pesar de sus garrafales equivocaciones y de su anárquico y gravoso errar, se movía a campo traviesa como pez en el agua, no había obstáculo que interrumpiera su andar rumboso, su trepidante chachachá, el ritmo grácil y a la vez demoledor con que iba andando los caminos y abriéndose paso en los sembradíos y en los breñales, y cruzando ríos y arroyos y hasta un lago en el Alto Ampurdán, ya muy cerca de la falda de sus amados Pirineos, que cruzó durante media hora, con la cabeza y el cuello de fuera, con un estilo que no desmerecía en lo rumboso ni en lo chachachánico y sin embargo recordaba la forma solemne con que cruzan los lagos los caballos. En su viaje hacia el norte el gigante dejó una estela de recuerdos que he ido recopilando, como quien pisca bolas blancas en un campo de algodón, en los pueblos de Fullabullida, Mataboja y Duaspastanagas, y en algunos otros por los que pasó en su viaje a Camprodon que, merced al despiste y a la desinformación que ofrecían sus informadores, desembocó en La Junquera. En todos estos pueblos, según he ido comprobando, hay siempre un par de viejos que recuerdan al gigante que pasó hace un montón de años por ahí, y para no abrumar citaré nada más uno, a Ferran Casademunt, habitante de Fullabullida, que dijo textualmente al micrófono de mi grabadora: «Era tan grande y su galope tan veloz que durante unos minutos pensé que lo que venía hacia el pueblo era un caballo»; de esta declaración del señor Casademunt es de donde he sacado la imagen de su paso rumboso y chachachánico, y de esta otra que será, lo prometo, la última que cito, he extraído la dimensión de su exuberante velocidad; la recopilé en Mataboja y fue dicha por Evangelina, una viejecita que no quiso revelarme su apellido por miedo a no sé qué, quizá a mi magnetófono que es un cacharro muy moderno y a sus ojos sospechosos: «Sus pasos iban dejando una nube de polvo».

Al llegar a La Junquera el gigante tuvo un momento de vacilación, iba a preguntar a dos señoras cuál era la ruta más directa a Camprodon pero apenas iba acercándose cuando salieron las dos huyendo despavoridas, horrorizadas por su tamaño que, al asociarse con la facha que le habían dejado tantos días de caminata rumbosa y vida a la intemperie, daban como resultado una criatura que invitaba a gritar de pánico, pues llevaba la barba salvajemente alborotada y la greña estructurada como un huracán donde convivían briznas, hojas y una rama con el colgajo goteante y festivo de dos moras salvajes. La huida de las señoras hizo que cambiase de estrategia, y también el movimiento policial que había alrededor de la frontera, de manera que, sin pausa para resollar, preguntó a un señor menos susceptible dónde quedaba el occidente y hacia allá apuntó sus baterías, se echó a la montaña, que era suya y lo suyo, y caminó durante un día y medio hasta su cabaña. En un ojo de agua con el que se encontró ya muy arriba en los Pirineos, hizo una parada mínima para refrescarse, para mojarse un poco la cara y en cuanto puso a patinar la mirada sobre la superficie se vio a sí mismo hosco y brutal y aprovechó para quitarse briznas, hojas y las moras silvestres que, después de una carcajada de ogro, con el huracán de sus greñas al viento, engulló con mucho júbilo, con una felicidad primitiva que lo llevó a darse una ráfaga de golpes en el pecho y a soltar una metralliza de gritos que provocó la carrera de una liebre y el vuelo arrebatado de un águila calva; así de tumultuosa era la felicidad que producía en Noviembre el aire y la altura de las montañas.

En cuanto avistó su cabaña desde lejos tuvo la impresión de que nada había cambiado; su casa y el cobertizo de las cabras seguían de pie, a simple vista no se percibía cambio alguno, pero él sabía que algo tenía que haberle pasado a sus animales, algo probablemente muy malo y definitivo, pues llevaba, según sus cálculos, alrededor de dos años ausente, y en ese tiempo, si las cabras no habían desaparecido, era porque ya pertenecían a otro cabrero. Con ese temor y esa zozobra se acercó el gigante al cobertizo, y lo que vio fue el rastro, la partitura, por decirlo así, de la catástrofe; de acuerdo a la interpretación de los restos, de los huesos que el tiempo y los roedores habían dejado limpios, de aquel osario de piezas largas y cortas revueltas con cráneos y mandíbulas, Noviembre sacó en claro que, al no poder salir, las cabras habían terminado por devorarse unas a otras; pero también pensó que quizá un depredador, un oso o un lobo, había conseguido colarse en el cobertizo y una vez adentro había perpetrado la masacre, sistemáticamente y con mucha calma, durante varios días. El caso es que Noviembre se encontró con ese saldo de huesos relucientes que se extendía por todo el cobertizo, en una imagen que por blanca y limpia, por lejana que estaba de la carne y de la sangre, de lo vivo, no guardaba proporción con el hecho espantoso que la había producido, como si la muerte a mordiscos y a dentelladas, lejos de la atrocidad del momento, no tuviera que ver con aquel montón blanquísimo de huesos.

8

Se sabe que Oriol estaba apostado en el bosque, oculto, seguramente esperando la aparición de una de esas familias desprotegidas que huían de Francia, cuando oyó un siseo entre las ramas, un movimiento veloz e irregular, muy ágil, como si alguien o algo antes de darse de frente contra él hubiera cambiado rápidamente de trayectoria. Todo sucedió súbitamente y a Oriol no le dio tiempo ni de ponerse en guardia, ni de asustarse ni de prevenir el palo, o el mordisco o el zarpazo. Sin embargo algo alcanzó a ver, algo de alguien porque distinguió, en una fracción de segundo, el vuelo de unas ropas, una greña, un muslo en fuga, el escorzo de una criatura del bosque, seguramente un niño de acuerdo con su tamaño y proporción. Oriol tardó un tiempo en reaccionar, un tiempo mínimo en lo que entendió que aquella criatura podía ser una oportunidad, para eso estaba ahí apostado, oculto, para tomar ventaja de alguien, así que salió tras ella tan rápido como pudo. Estaba habituado a seguir un rastro, el tiempo que había pasado en el bosque bajo la tutela del gigante le había enseñado a acechar, a olisquear, a trazar mentalmente una ruta a partir de pequeños indicios, la hierba pisada, una rama partida, un cabello enganchado en la corteza de un árbol. Seguir el rastro era en realidad lo que Oriol hacía, el de las familias indefensas que huían, el de los huéspedes que pasaban por la cabaña, el de las idas y venidas del gigante antes de que se lo llevaran a España, una serie de rastros que iban conformando su rumbo, su trayectoria siempre a rebufo del rastro de los demás, el rumbo del depredador que se mueve según lo que acecha, y olisquea y persigue, ese mismo rastro que décadas más tarde, desde el futuro remoto, perseguiría yo con mis propios acechos, olisqueos y persecuciones por ese mismo bosque, y también con esta actividad frenética de ir escribiendo una palabra detrás de otra, de ir amontonando páginas escritas que al final no serán más que eso, el rastro de los rastros de Oriol. Salió tras la criatura tan rápido como pudo, salió dando tumbos, clavando ágilmente la muleta en los espacios que dejaba más o menos libres la vegetación. Era una zona de mucho bosque, de mucha rama cruzada que obstruía el paso y encima, como era habitual, una niebla espesa caía hasta el suelo, una niebla donde la criatura, en su paso veloz hacia lo profundo del bosque dejaba, durante un instante, su rastro pintado. Oriol salió tras ella sin saber que esa persecución era el principio de su ruina definitiva, salió dando tumbos, como dije, tratando de abrirse paso en la vegetación cerrada, golpeándose los hombros y los brazos contra los árboles, intentando cierta orientación en la espesura de la niebla con una energía y una fiereza que no iban con su temperamento más bien apático, más bien acomodaticio; en todo caso la decisión de perseguir a ese niño o lo que fuera con tanto empeño era un impulso raro en él, un chispazo repentino que lo obligaba a lanzarse al vacío; cada vez que Oriol perdía de vista a la criatura y que se detenía, sudoroso y acezante, a escrutar la niebla espesa y a tratar de oír algo que le indicara qué dirección seguir, ésta o ése o eso pasaba corriendo ante sus ojos, a una distancia en la que bastaba estirar el brazo para cogerla de las ropas o de los pelos. Se trataba, según los testimonios que han quedado asentados en las actas, de un juego, de un divertimento de niño que Oriol, desde luego, no veía así, él era un depredador persiguiendo a su presa, haciendo un esfuerzo enorme para andar rápidamente con su única pierna y la muleta en medio de la vegetación cerrada; su carrera hacia el corazón del bosque no podía ser, de ninguna manera, un juego, tenía que ser un suplicio, un sacrificio mayor que él hacía para alcanzar lo que sea que hubiera visto en esa criatura que iba huyendo delante de él, a veces tan cerca que lanzaba un manotazo para pescarla de un brazo pero la criatura se escabullía siempre y un minuto después, cuando Oriol se detenía para tratar de orientarse, reaparecía para nuevamente dejarse perseguir; era, efectivamente, visto de manera simple, una criatura divirtiéndose con un viejo tullido, pero también era una criatura ignorante e inconsciente que, entre juego y juego y sin darse mucha cuenta, se iba liando con ese hombre que no tenía demasiados escrúpulos. Pero en algún momento la criatura suspendió el juego, dejó de aparecer y de ponerse al alcance, de ponerse en peligro y a merced de ese viejo que por otra parte iba armado, y esto, en ese tiempo de guerra por todas partes, era un elemento que debía tomarse seriamente en consideración y quizá fue lo que ese día la criatura hizo, consideró lo que veía y suspendió el juego, dejó de aparecer, de provocarlo, de tentar al destino pertinaz, obcecado, necio, incontenible, puesto a cumplirse a rajatabla. El caso es que Oriol perdió de vista a la criatura, de pronto se detuvo y se encontró en medio del bosque y aislado por una niebla sólida, en una dimensión donde no había sonidos y los colores eran una palpitación que se negaba a sucumbir a tanto blanco, así de aislado se encontró Oriol, perdido y súbitamente abandonado por la criatura que perseguía, como si el acto de perseguir a alguien fuera una manera de no estar solo, de convivir, de entrar en contacto, como si perseguir a alguien, o a algo o a ésa o ése lo pusiera a salvo de sí mismo, de la monstruosidad de ser un hombre solo y viejo y tullido que acecha y busca y olisquea en el bosque; el caso es que Oriol se quedó ahí y por más que buscó el rastro no pudo seguir a la criatura y no tuvo más remedio que regresar sobre sus pasos, sobre los pasos trastabillantes que había dado su único pie, golpeando los hombros y las manos y los muslos contra las ramas y los troncos de los árboles, contra una piedra. Unos días más tarde, cuando Oriol, otra vez, como era habitual en ese periodo de su vida, acechaba agazapado en el bosque la llegada de alguna familia indefensa, volvió a pasarle por delante la criatura, volvió a verla entre las ramas, le vio un hombro, un zapato, el vuelo de la manta con que se protegía del fresco y un instante después vio cómo se desvanecía rumbo al interior del bosque con un siseo, con un surco puesto como señuelo en lo espeso de la niebla, un señuelo que Oriol nuevamente mordió. Cogió la muleta y el arma y salió disparado detrás de su objetivo, o más bien a remolque, manipulado en todo momento por esa criatura que desaparecía y reaparecía precisamente cuando Oriol se detenía desconcertado y perdido, sin saber hacia dónde dar el siguiente paso, el paso solo de su único pie, el paso suspendido mientras él acechaba, acezaba, intentaba olisquear u oír algo sin ningún éxito hasta que la criatura decidía seguir jugando con él, reaparecer, pasarle corriendo por delante, seguirse divirtiendo con el viejo tullido que acechaba en el bosque. Se sabe que la escena se repitió idéntica varias veces y que Oriol, según confiesa él mismo en el acta, comenzó a obsesionarse con la criatura. Un día, luego de haber cumplido con la ruta que se le iba revelando a trozos (un codo, un muslo, un violento latigazo del pelo), la criatura, no se sabe si aposta o por descuido, lo guió hasta su casa; aunque también es probable que, como declaró él mismo en esa acta judicial que yo he leído y releído primero con el alma en vilo y después muchas veces con el alma caída en los pies, Oriol diera solo con la casa guiado por su orientación, por sus oteos y sus olisqueos, por su instinto depredador. Sea como fuere, Oriol llegó a una casa en medio del bosque; la criatura que había perseguido durante las últimas semanas apilaba afuera un montón de troncos, iba poniendo uno sobre otro con un cuidado que parecía excesivo, daba la impresión de que había pasado la mañana recolectando leña y que la construcción del cuadrángulo que iba haciendo con los troncos era la culminación de un esfuerzo que la llenaba de orgullo. Desde el sitio donde estaba agazapado observando podía distinguirse claramente que la criatura del bosque era una niña y mientras miraba cómo ponía metódicamente un pedazo de madera sobre otro, vio cómo otra niña casi idéntica, de la misma complexión y con el pelo igual de largo, se aproximaba cargando un montón de leña que depositó de mala forma, dejó simplemente caer al lado del cuidadoso cuadrángulo que hacía la otra y esto originó una breve disputa, un rápido intercambio de reproches que acabó en cuanto la otra regresó al bosque, a buscar más leños. En realidad Oriol, que las miraba agazapado detrás de unos arbustos, no sabía quién era la que lo azuzaba para que la persiguiera, no podía distinguir a una de la otra ni tampoco, para completar el perfil de su desorientación, tenía una idea precisa de dónde estaba, el bosque ahí era sumamente espeso, de una densidad que se tragaba cualquier referente, tanta vida vegetal hacía alrededor de la cabaña una especie de vacío, era una zona de la montaña donde Oriol, desde luego, no había estado nunca y a la que el gigante prefería no meterse, el hábitat perfecto para esas niñas que se escurrían literalmente entre los árboles, que eran capaces de aparecer durante un instante ante los ojos de un viejo tullido y un instante después se desvanecían como espíritus del bosque, se disolvían entre las ramas y las hojas, se hacían una con la vegetación, y aunque eran

447

dos niñas de carne y hueso como lo dicen las actas, a mí me gusta pensar que eran parte del bosque, los espíritus que representaban las fuerzas naturales, aquello que nos recuerda que somos unidad y fracción, lo mismo y simultáneamente lo otro. No sé exactamente qué veía Oriol en esas niñas, seguramente nada noble puesto que estaba ahí espiando, agazapado, al acecho, esperando la oportunidad para hacer algo. En este punto específico el acta es confusa, a la pregunta de «qué es lo que hacía escondido mirando a esas niñas», Oriol responde con ambigüedades, argumenta que «estar en el bosque mirando a alguien no es ningún delito» y que, en todo caso, «no puede culparse al que espía a quien lo ha estado espiando». Seguramente Oriol buscaba, con esto que decía, restar elementos a la condena que veía venir; independientemente de lo que hubiera pensado mientras las miraba, en algún momento salió de su escondite y, como si fuera un vecino que se acerca a la otra casa buscando un poco de intercambio social, apareció con su cara de buena gente, supongo que severamente contrastada por el arma, la muleta y la facha de vagabundo que ya para entonces tenía, un aspecto general que hizo a la niña desatender su mimado cuadrángulo de leños y meterse corriendo a la cabaña. Aquella huida debe de haber desconcertado a Oriol que en algún rincón de su persona debía de sentirse todavía un pianista barcelonés, de buena familia, que no estaba acostumbrado a asustar niñas con su aspecto; quiero decir que aunque Oriol era un delincuente al que tantos años en el bosque habían efectivamente animalizado, la huida de aquella niña debe de haberle enfrentado de golpe con el monstruo en que se había convertido, porque una cosa era que le tuvieran miedo esas familias a las que encañonaba con un arma y exigía a gritos todas sus pertenencias, y otra muy distinta que esa criatura, con la que por alguna razón buscaba empatizar, huyera despavorida. Y aquel desplante, según se entiende en el acta, no sólo desconcertó a Oriol, también encendió una chispa de resentimiento y algo de rabia y reconcomio contra esa niña que veía en él algo que no le gustaba nada porque, como he dicho, Oriol entonces no soltaba todavía las amarras, el pianista no había terminado de transfigurarse en bestia y, desde su punto de vista, todos esos asaltos arteros que había cometido eran un método desesperado, la acción a la que su «difícil vida de exiliado en las montañas» lo había orillado, para «hacerse de un capital» y comenzar a «rehacer su vida y su carrera en alguna ciudad de Francia», un proyecto maquiavélico que la niña que acababa de huir de él no alcanzaba, desde luego, a vislumbrar y todo lo que veía era un vagabundo tullido que se le echaba encima. Estaba en medio de su desconcierto, y de su rabia y reconcomio, cuando salió del bosque la otra niña, o quizá la misma que lo había estado provocando todos esos días, cargando unos troncos que llevaba a su hermana para que los ordenara en su mimado cuadrángulo; la niña salió del bosque y se topó con Oriol, chocó literalmente contra él y el susto y el impacto la hicieron soltar los troncos y a Oriol perder el equilibrio y caer de mala forma encima de ellos. Entre la huida de una y la aparición intempestiva de la otra habían pasado apenas unos cuantos segundos, Oriol no había tenido tiempo para digerir ni su desconcierto, ni el peligroso chispazo de rabia que acababa de experimentar y, quizá porque estaba así de confundido, quizá porque no iba a soportar que esa otra niña también huyera a toda prisa de su presencia, quizá porque no iba a resistir la consolidación de su mala sombra, largó un manotazo desde el suelo, desde su ingrata posición entre los troncos y pilló a la niña, que seguía paralizada por el susto y el asombro, de una pierna; con ese acto impulsivo, con ese zarpazo desmedido y loco, Oriol cruzó la línea que lo separaba del despeñadero, su mano sucia, de uñas negras y largas, sujetando el muslo blanco de una niña era la prueba de que ya no era quien él creía, sino el que esas niñas, la misma y la otra, habían visto en él, un malviviente, un animal rapaz del que era imperativo huir y de cuya garra había que zafarse a toda costa. La niña comenzó a gritar y a forcejear, a tratar de librarse de la mano tosca y sucia que le sujetaba como una trampa el muslo; los gritos de la niña y los resoplidos del hombre hicieron salir a la hermana y coger un madero y pegarle con él a Oriol en la espalda, sin mucha decisión ni fuerza, con una debilidad que le permitió a él golpearla con la muleta que todavía sujetaba con la mano que no agarraba el muslo; la escopeta estaba ahí tirada entre los troncos pero ninguna de las niñas había reparado en ésta; la niña cayó al suelo golpeada por la muleta y la otra, o la misma, comenzó a perder terreno frente a Oriol que, tullido y todo, comenzó a levantarse y a decir en francés «No temas», «No voy a hacerte nada», palabras absurdas que constan en el acta policial y que hacían a la niña gritar con más fuerza y forcejear con más empeño mientras veía cómo aquel monstruo que la tenía cogida con su sucia mano del muslo intentaba levantarse, una operación difícil si se toma en cuenta que a Oriol le faltaba una pierna, y que tenía ocupada la mano con la que sujetaba la muleta y en algún momento tenía que cambiar el muslo de la niña por el brazo o el cuello, una complicación que la niña alcanzó a ver y aprovechó; en cuanto sintió que la garra aflojaba tiró con fuerza y salió corriendo hacia el interior del bosque. A esas alturas de la batalla Oriol «era un animal furibundo», según el acta donde se recogió el escueto testimonio de una de las niñas; apoyándose con los dos brazos en la muleta e impulsándose a grandes trancos con su única pierna, se internó en el bosque detrás de su presa, regresó muy a su pesar al juego primigenio donde las niñas tenían ventaja, donde tenían la facultad de esfumarse, de fundirse con el entorno vegetal que entonces, como siempre, palpitaba cubierto por la niebla, y esto entorpecía todavía más la carrera furibunda de Oriol, que se golpeaba con fuerza contra las ramas y los troncos mientras la niña huía aterrorizada, no tanto del hombre tullido que la perseguía, y que era más lento y más torpe que ella, sino de la mano sucia que le había puesto encima. La mancha negra que le había dejado en el muslo blanco le subía por la cadera y le invadía los pechos y la garganta y le tiznaba la cara y la memoria y en general toda la vida y esa niña que era un espíritu del bosque no pararía de huir, en sentido más o menos figurado, hasta que consiguiera salir de ahí, de esa mancha, de ese bosque, de esa montaña, de esa parte de Francia que gracias a Oriol quedaría maldita para siempre; no pararía de huir hasta que una década después se instalara en una ciudad, en un piso con vistas a un patio, muy lejos del ogro y del bosque que en ese momento de la persecución veía por ella, protegía la carrera de su criatura, la volvía inalcanzable y la ponía a salvo mientras Oriol, acezante y cada vez más descompuesto, comprendía que una vez más aquella criatura se había mofado de él y regresaba sobre sus pasos, sobre su largo tranco, a la casa donde se había quedado la otra niña, todavía furibundo y sin ninguna esperanza de encontrarla, porque lo normal era que esa niña también hubiera huido, y sin embargo dispuesto a remover el bosque entero para clavar otra vez su garra sucia en otro pequeño muslo blanco y así, a grandes trancos, con la mirada tocada por la ira y la boca y la barba manchadas de espumarajos, con un tajo sangrante en la mejilla, se plantó nuevamente en la puerta de la cabaña y vio, con una sorpresa que casi lo hizo sonreír, que la otra niña seguía ahí tendida donde la había dejado, no había huido, ni siquiera se había incorporado, daba la impresión de estar lloriqueando y Oriol, temiendo que ella también se escabullera, la cogió con fuerza de un brazo pero enseguida la soltó porque no había ni la más mínima resistencia en ese cuerpo, la soltó lleno de pánico y la rabia que lo animaba cesó abruptamente, cayó de rodillas al suelo y volteó el cuerpo, que hasta entonces había estado bocabajo y vio con horror que detrás de la oreja izquierda había un golpe terminal, la destrucción de la piedra en la que había caído, la muerte anunciada en el pelo revuelto con sangre, en el trazo del cráneo fracturado, en los ojos velados por un reciente vacío. Lo primero que pensó Oriol fue en huir y dejar el cuerpo ahí tirado, pero enseguida se arrepintió. No se trataba de un gesto noble sino de pura estrategia, la otra niña había visto cómo golpeaba a su hermana con la muleta y la policía, que lo tenía localizado desde hacía meses, daría inmediatamente con él. Ocultar el cadáver tampoco solucionaba nada, pero le daría cierto margen de maniobra, cierta movilidad mientras se pensaba que la niña podía estar simplemente perdida (¿perdida esa niña que era el espíritu del bosque?). Era difícil que alguien se tragara esa historia pero Oriol, de esta forma lo pensó y así consta en el acta, no tenía más remedio que intentar ganar tiempo, así que recogió su escopeta que seguía tirada entre los troncos, se la colgó en bandolera por la espalda y haciendo un esfuerzo de equilibrio con la muleta levantó del suelo a la niña, en una operación que debe de haber sido hecha con suma torpeza, que debe de haber dejado el cuerpo de la niña desperdigado entre su espalda y sus hombros, con las piernas y la cabeza colgando hacia abajo y los muslos blancos, que Oriol ya ni pensaba en tocar, expuestos de manera casi obscena. «La cargaba como se lleva un saco», explica mi tío en el acta, exactamente igual que lo había llevado a él el gigante la noche en que lo había salvado de la muerte en la ladera de los Pirineos; en esto por supuesto no repara Oriol, pero yo sí, me resulta inevitable hacer notar esa macabra simetría. En esas condiciones, manteniendo un precario equilibrio entre la muleta y su única pierna, comenzó a internarse Oriol en el bosque rumbo al oeste, rumbo a Lamanere y a la cabaña que ya era suya, desde que la Guardia Civil había aprehendido al gigante. El camino hasta la cueva donde escondió a la niña en lo que pensaba qué hacer fue, según su propia declaración, «un suplicio» en términos físicos pero también, así lo dice textualmente, «morales», y después explica lo que iba pensando mientras cargaba el cadáver, sus reflexiones y su «insoportable arrepentimiento» que «pesaba más que el mismo cuerpo que llevaba encima», un discurso inverosímil, piadoso y llorón que leí en el archivo de la comisaría de Serralongue, un cuarto oscuro, húmedo, sin ventanas, sentado en el borde de una silla de plástico, con una creciente sensación de asco y repugnancia que me subía del estómago a la garganta y de ahí a la memoria como esa mancha negra que le había dejado Oriol a la otra niña en el muslo, una sensación intensa donde campeaba también la pena y la vergüenza de que ese animal, ese depredador y yo, somos de la misma familia, una sensación profunda que me hizo suspender la lectura, dejar el volumen de las actas encima de la silla y salir a la intemperie a tomar el aire, a caminar sin rumbo por la periferia del pueblo mientras concluía que la única manera de matizar esa mancha, la mía y la del muslo blanco de la otra niña, era escribiendo estas páginas, poniéndolo todo por escrito y una hora más tarde, cuando me sentía con entereza suficiente para regresar al cuarto oscuro donde había dejado, bocabajo encima de la silla, el tomo del caso de «le Républicain», como bautizó la policía a Oriol para más escarnio, reparé en la extravagante circularidad que tiene ese periodo de su vida, ese periodo que hasta hace muy poco no existía porque durante décadas lo habíamos dado por muerto: Oriol, mientras caminaba por el bosque dándole rienda suelta a sus lamentables reflexiones, cargaba en el hombro a la niña, como he dicho, de la misma forma en que el gigante lo había cargado a él la noche en que le había salvado la vida; pero también, por segunda vez en esos años, cargaba cuesta arriba con un cuerpo muerto, como lo había hecho con el de Manolo, aquel soldado que en 1939 había intentado llevar a la cima de la montaña. Me parece que aquella gesta heroica de remolcar un cuerpo en medio de la borrasca, con nieve hasta las rodillas y una pierna en avanzado estado de putrefacción, queda totalmente anulada por este ascenso de Oriol con la niña muerta en brazos, una imagen devastadora, escalofriante que, pensándolo bien, anula todo lo que he averiguado de él, todo lo que de él he sabido; todo lo que importa está en esa imagen espeluznante, como un compendio, como la suma de todos los actos que componen su biografía, su camino vital que se concentra ahí, no en lo que había sido, en el pianista lleno de talento que nos habíamos empeñado en recordar, sino en lo que terminó convirtiéndose, en un asesino sin pierna que erraba por el bosque buscando en dónde ocultar temporalmente un cadáver, en una cueva, en un pozo o en un foso, en un lugar donde no hubiera que enterrarla pero que tampoco estuviera a los cuatro vientos. Dos horas más tarde, según consta en el acta, después de caerse en repetidas ocasiones con el cuerpo de la niña en el hombro, una de ellas con el añadido de rodar unos metros cuesta abajo por una pendiente, encontró una cueva, bien camuflada detrás de unos arbustos, donde depositó el cadáver. «¿Y no pensó usted en lo que podían hacerle los animales al cuerpo?», pregunta el oficial que lo ha estado interrogando. «No pensaba dejarla ahí para siempre», responde Oriol. «Entonces, ¿qué pensaba hacer?», insiste el oficial. «Descansar un poco en la cabaña, pensar con calma las cosas.» «¿Entregarse a la policía?, ¿confesar su crimen?», lo acosa el oficial, y Oriol responde: «Puede ser, ésa era una de las posibilidades». «¿Y cuáles eran las otras?», insiste el oficial. «No lo sé, le he dicho que estaba alterado y confundido, necesitaba pensar las cosas con detenimiento.» El caso es que Oriol dejó en la cueva el cuerpo de la niña y después enfiló para la cabaña que estaba a media hora andando a su paso, a su tranco largo de muleta y una sola pierna. Llegando a la cabaña encendió un fuego en la chimenea y se sentó a reflexionar. «Pensé varias veces en quitarme la vida, incluso en una ocasión me introduje en la boca el cañón de la escopeta», dice Oriol en el acta, pero el hecho es que al final optó por vivir, por dejar que los acontecimientos se fueran sucediendo sin su intervención, por quedarse a merced del destino que apareció a la mañana siguiente, muy temprano, encarnado por dos policías y la madre de la niña, los tres con una actitud expectante, casi seguros, pero no del todo, de que estaban ante el culpable de la desaparición de la criatura. Bastó una respuesta del sospechoso para que la policía se diera cuenta de que Oriol, que ya era conocido en la comisaría, no estaba en un plan muy cooperativo; su reflexión nocturna frente al fuego había desembocado en la decisión de negarlo todo, era «su manera de ganar tiempo», dice tranquilamente en el acta, como si esa frase manida no tuviera dentro el cuerpo de una niña muerta. «No sé de qué hablan», dice el acta que repetía Oriol sistemáticamente, el acta que a esas alturas del caso, con el testimonio de los policías, se diversifica y se vuelve, si se me permite el desliz, polifónica; esto de «no sé de qué hablan», a mi entender, lo sitúa un círculo más abajo, porque ya no se trata del hombre aterrorizado que ha matado sin querer y que reacciona con torpeza, sino del asesino que ante la adversidad conserva la sangre fría y miente para «ganar tiempo». La madre de la niña, que había permanecido todo el tiempo detrás de los policías, tenía la vista fija en Oriol, esperaba que en cualquier momento revelara algún dato que le permitiera dar con su hija, pero pronto comprendió que el sospechoso no diría nada. Ella tenía la certeza de que Oriol era culpable, sabía que en ese bosque, en ese microcosmos donde había un orden inalterable del que ella conocía cada latido, no había más culpable que ese hombre que lo negaba todo, así que intempestivamente, interrumpiendo el interrogatorio de los policías que de por sí no iba hacia ningún lado, se plantó delante de Oriol y le dijo que estaba segura de su culpabilidad, que si le quedaba «algo de alma en el cuerpo», así consta en el acta, le dijera qué había pasado con su hija y una vez dicho esto, que había sido escuchado por un Oriol inmóvil que no dejaba de mirar el fuego, le cogió la barbilla con la mano y le dijo: «Regarde-moi, ¿no sabes quién soy?». Oriol miró desconcertado la furia súbita que ardía en el fondo claro de sus ojos. «En esta misma cabaña te corté la pierna y te salvé la vida», dijo la mujer. En cuanto leí aquello, como ya me había pasado y me seguiría pasando a lo largo de la lectura del acta, tuve que levantarme, dejar el volumen despatarrado contra el asiento de la silla de plástico y salir a caminar a la intemperie, a tratar de digerir mi encuentro de hacía unas semanas con Isolda, su justificada furia, su rabia y su desconcierto, el gesto que me había dedicado y la manera en que se había quedado inmóvil, petrificada y la forma en que yo había salido de ahí huyendo, horrorizado por su mirada y por su gesto, por lo que, a partir de ese momento, me había condenado a averiguar. El acta no abunda sobre este episodio, inmediatamente después del punto pasa a la detención de Oriol. ¿Qué hace una madre en esa situación?, ¿le escupe en la cara?, ¿le saca los ojos?, ¿le dicta una maldición atroz? Me gustaría pensar que algo le hizo esa mujer a mi tío, algo tan fuerte que el redactor del acta decidió no consignar, para no perjudicar a Isolda, para que, si se daba el caso, esa agresión no fuera a servirle de atenuante al sospechoso. A pesar de que lo había negado todo, los policías esposaron a Oriol y lo llevaron, primero andando y después a lomos de caballo, a la comisaría de Serralongue, querían interrogarlo en forma, presionarlo para que ofreciera coartadas y orillarlo a caer en falsedades, a que confesara por cansancio o por arrepentimiento; en aquella detención, según se desprende del acta, hubo todo tipo de irregularidades, si es que éstas deben tomársele en cuenta a un sospechoso que era un flagrante culpable, con el que encima la policía había sido demasiado benigna y meses antes había dejado que se fuera, con sus delitos impunes, y si es que era factible la irregularidad en aquella época convulsa, y si es que es conveniente hacer notar esta minucia frente a la enormidad de su delito; como quiera que sea, en el acta consta que Oriol estuvo dos días soportando un feroz interrogatorio del que han quedado doscientas sesenta y cinco páginas, en un tomo anexo al expediente principal, que no es más que la reiteración obsesiva de cuatro o cinco preguntas que obtienen siempre la misma obsesiva respuesta, «yo no he hecho nada», «yo no he sido», «ya bastante tengo con haber perdido un país, una mujer y una pierna», todo esto dicho de distintas formas, en infinitas combinaciones por un hombre que, dice el acta, era tan displicente, al que le interesaba tan poco lo que se le preguntaba, que a cada momento parecía que iba a echarse a dormir. «Por eso tuvimos», explica el responsable del interrogatorio, «que usar métodos de interrogatorio más eficaces»; de esta línea se infiere que Oriol se llevó algún grito, algún bofetón o algún golpe, quizá hasta le metieron la cabeza en un cubo de agua, o en un retrete lleno de mierda, para llevarlo al borde de la asfixia y después invitarlo amablemente a confesar, cualquier cosa que le hayan hecho al gran hijo de puta de mi tío me parece poco. El caso es que dos días más tarde tenían la confesión firmada de su crimen, en un acta cochambrosa, sucia como la carta que me había dado la vagabunda en Argelès, que leí en el borde de esa silla de plástico, dentro de ese cuarto oscuro y húmedo de la comisaría, abatido por el desarreglo que me producía la confesión de ese hombre, de ese tío mío que durante años en La Portuguesa, en aquella plantación de café donde vivíamos en ultramar, imaginábamos como un exitoso intérprete que recorría los teatros de Sudamérica triunfando con sus piezas para piano solo, y después como un muerto en los desfiladeros de los Pirineos en 1939, una bochornosa imaginería que no tenía ninguna relación con la realidad. Mientras Arcadi, mi abuelo, pensaba en el momento glorioso de encontrarse con su hermano, el pianista supuestamente galardonado en toda América asaltaba familias de judíos indefensos en los Pirineos, y mataba a una niña y escondía durante tres días su cadáver. Llegado a ese punto, sentado en el filo de la silla de plástico, con el acta temblándome en la mano, me pregunté si valía la pena saber todo eso, si no era mejor haber dejado enterrado el pasado y agarrarme a la historia cómoda de la muerte aséptica de Oriol en 1939. Inmediatamente después de firmar la confesión, Oriol condujo a dos policías, y a un médico forense, a la cueva donde había escondido el cadáver de la niña; los «métodos de interrogatorio más eficaces», según puede inferirse de la narración del acta, lo habían dejado con el «paso mermado»; el redactor del acta hace referencia a esto porque, en determinado momento del camino, dos policías tuvieron que cargar a Oriol, que no podía dar un paso más y la cueva estaba todavía lejos, otro episodio para redondear el perfil de ese hombre que siempre cargaba o era cargado por alguien en los momentos que definen su biografía. Lo que encontraron en esa cueva quedó registrado en otro anexo del tomo principal que contiene las actas que escribió el médico forense; ese anexo es el final del viaje de Oriol a los infiernos, es la caída, la materialización de ese periodo de su vida que va de 1939 a los primeros meses de 1944, apenas cinco años, donde un pianista de buena familia de Barcelona, con educación, ideales y una mujer con la que se había casado, se transforma en un animal, en una bestia que asola a las criaturas del bosque, en una fiera que llegó cargada por dos policías al lugar donde había dejado el cuerpo de la niña, «una cueva cubierta de vegetación», escribió el forense en el acta, «donde aparentemente no había nada», nada que se viera a simple vista pero tampoco que oliera como se esperaba de un cadáver que llevaba ahí encerrado tres días; Oriol, que se había sentado en el suelo y se negaba a entrar a la cueva, «no quería ver lo que había dentro porque conocía muy bien a los animales del bosque, sabía que era difícil que el cuerpo de la niña hubiera sorteado la ronda nocturna de los depredadores», explica el forense. El policía que forcejeaba con Oriol le dio la linterna al médico para que fuera examinando el lugar en lo que él lograba poner de pie al sospechoso, o decidía, como al final sucedió, quedarse afuera vigilándolo. Oriol miraba fijamente la entrada de la cueva, estaba sentado en una piedra con la barbilla apoyada en la muleta, atento a cualquier cosa que pudiera decir el forense, o los otros dos policías que habían entrado con él; al ver ahí sentados a Oriol y al policía, que iba vestido de paisano, cualquiera hubiera pensado que se trataba de dos colegas que descansaban después de un largo paseo por el bosque, no había relación entre esa imagen francamente bucólica y el descuartizamiento atroz que el forense analizaba dentro de la cueva, ayudado por uno de los policías que iba apuntando el haz de luz de la linterna hacia donde se lo pedía el médico, un retazo de ropa, un zapato, un mechón de pelo, un trozo blanco de hueso, los elementos de la masacre que iban coleccionando en un saco y que más tarde analizaría en el laboratorio, un simple trámite que serviría para encerrar de por vida a Oriol. Aquella colección de pedazos de ropa y de huesos y de mechones de pelo «había sido limpiada de tal forma por los animales que, una vez reunidos en el saco, no despedían absolutamente ningún olor», un dato inverosímil este que escribió el médico forense, o cuando menos así me lo parece, resulta difícil creer que un puñado de restos humanos que tres días antes eran parte de un cuerpo con vida no despidieran «absolutamente ningún olor», aunque en realidad no lo sé, no sé más que lo que he leído en las actas y probablemente sea posible erradicar cualquier rastro de vida, hasta el olor, de un pedazo de cuerpo que estaba vivo hasta hacía muy poco. Quizá somos así de pasajeros, así de poca huella dejamos, desaparecemos deprisa y todo lo que fuimos cabe en un saco y, en todo caso, ese montón de huesos blancos, limpiados a fondo por los dientes de un depredador, se parecían a lo que había quedado de las cabras del gigante, el protocolo post mórtem que se repetía idéntico en esa montaña, una imagen que por blanca y limpia, por lejana que estaba de la carne y de la sangre, de lo vivo, no guardaba proporción con el hecho espantoso que la había producido. Cuando emergió deslumbrado de la cueva, el forense cargaba el saco de huesos, iba parcialmente cegado por el sol, alterado por la carga sombría que llevaba en la mano, alterado por su descenso a los lodazales de la especie y enfurecido en cuanto sus ojos, todavía velados por el sol, se encontraron con los del asesino que seguía sentado debajo de un árbol, con la barbilla todavía apoyada en la muleta, una imagen que por altisonante sacó de quicio al médico y, según cuenta él mismo en su informe, en un arranque de rabia se plantó frente a Oriol con el saco abierto y le «exigió» que mirara dentro, «y él, con mucha frialdad, miró lo que había y después desvió la vista hacia la cueva, no dijo absolutamente nada», escribe el forense con la idea, dice él mismo, «de añadir datos para la mejor comprensión del asesino»; y es verdad que gracias a este desplante lírico suyo, a esta descripción sucinta de lo que pasó en cuanto le puso el saco enfrente, yo empecé a pensar que Oriol, en esos años de bosque y vida prehistórica, efectivamente se había animalizado, se había insensibilizado ante esas situaciones que, quiero pensar, antes de la guerra lo hubieran destruido, aunque quizá me estoy dejando llevar por esa imagen del pianista barcelonés de buena familia, por la imaginería familiar del tío Oriol triunfando con su piano en Sudamérica, esa iconografía mental con la que pretendo matizar la maldad de ese hombre y a lo mejor, a estas alturas de la historia, después de todas estas páginas que he escrito, ya vaya siendo hora de aceptar que Oriol simplemente era así, un hombre despreciable que llevaba mi apellido.

Lo que vino después fue encerrar a Oriol de por vida, a partir de las evidencias y de su confesión firmada, en la prisión de Prats de Molló, un pueblo de los Pirineos que está al oeste de Lamanere; la confesión, la declaración oficial que lo condenaría, es esa página cochambrosa escrita a máquina, donde admite haber asesinado a la niña, que cierra el volumen principal de las actas, una página más de los cientos de páginas que conforman el caso, pero ésa tiene la particularidad de la firma de Oriol, un garabato escrito con tinta negra donde puede leerse con toda claridad mi apellido; frente a ese garabato, abismado otra vez al borde de la silla de plástico, en esa habitación húmeda de la alcaldía de Serralongue, pensé que era la segunda vez que veía la letra de Oriol, la segunda vez que me enfrentaba a su rastro verdadero, ese que había dejado él mismo con su puño y letra, un rastro que me produjo escalofrío porque lo que había en ese momento entre Oriol y yo era exclusivamente tiempo, yo tenía en mis manos algo que él había escrito con la suya, y también pensé que era la mejor forma de terminar esta investigación que había empezado con otra línea de su puño y letra, esa que pone detrás de la foto que me dio la vagabunda aquella tarde en Argelés-sur-Mer: «1937. Frente de Aragón», esa ecuación compuesta de una fecha y de un lugar, esa fórmula escrita con su letra que me llevó a Lamanere y a Noviembre, y a esa zona innoble de mi árbol genealógico que fuimos maquillando durante décadas en La Portuguesa, esa fórmula de su puño y de su letra termina ahí, en esa última hoja del volumen de actas de su caso que estuvo dormida más de sesenta años hasta que me tocó enfrentarme a ella. Con la firma de Oriol todavía frente a mis ojos pensé que en ese momento terminaba la pesquisa, que la historia desconocida de Oriol había quedado escrupulosamente perfilada y que, aunque era bastante desgraciada, aunque era una vergüenza, también era la verdad, una verdad robada a la que había llegado por casualidad y que, pensé entonces, tenía que comunicar cuanto antes a mi familia, tenía que llamar con urgencia a México para anunciar que Oriol no había muerto en 1939 en los Pirineos, que había vivido todavía algunos años, y en este punto concluí que había hecho bien al desenterrar ese episodio, y en esta fase final estaba, en ese proceso de cerrar la historia, cuando caí en la cuenta de que el verdadero final tendría que ser el acta de defunción que no había encontrado en Perpignan y que tampoco aparecía en ese tomo y en ese momento, pensando en narrarle a mi familia la historia completa, me parecía imprescindible conocer los detalles de la muerte de mi tío, ¿de qué había muerto?, ¿había muerto en su celda?, y, sobre todo, ¿cómo encajaba la cadena perpetua con su muerte en Perpignan?, ¿lo habían trasladado de cárcel?, ¿lo habían indultado para que saliera a morirse? A estas preguntas siguieron otras: ¿de verdad Noviembre no sabía que Oriol había ido a parar a la cárcel?, ¿nadie le había contado nunca del crimen de su amigo? Cerré el volumen de actas y husmeé un rato en las estanterías buscando el tomo de las defunciones, o algún anexo donde hubiera información de los años que Oriol había pasado en la cárcel, algo necesariamente tenía que haber, algún parte médico, un acta sobre alguna revisión de su caso; buscaba en realidad sin mucha esperanza pues lo lógico era que esa información estuviera en el archivo de la prisión de Prats de Molló. Empezó a hacerse de noche, un detalle irrelevante en ese archivo donde reinaba la oscuridad permanentemente, pero yo tenía que regresar a Barcelona y la carretera angosta y sinuosa hasta Le Perthus comenzaba a agobiarme un poco, así que rápidamente abandoné la búsqueda desesperanzada y salí al vestíbulo, el vientecillo fresco que entraba por la puerta me produjo un gran alivio. «Se está muy solo ahí dentro, ¿no?», me dijo, reprimiendo un bostezo, la mujer que custodiaba la comisaría; se veía que estaba a punto de irse y, por lo que había podido observar durante mis visitas al archivo, su trabajo parecía más de bibliotecaria que de policía, no había mucho movimiento policial en ese pueblo y los delitos debían de caerle cada corpus al escritorio. «Sí», le respondí, «es un poco claustrofóbico, la verdad», y me acerqué con un bolígrafo para apuntar, en un cuaderno enorme de registro, mi hora de salida, un trámite que había hecho cada vez y que me producía cierta desazón, me sentía como el que se registra para visitar a un pariente en la cárcel; para entrar al archivo había que dejar un documento de identidad en prenda y en una bandeja cualquier elemento metálico que uno llevara encima, que en mi caso había sido siempre un manojo de llaves, el teléfono móvil y el cinturón; mientras recuperaba mis cosas y trataba con torpeza de ponerme el cinturón, pensaba que eso, un hombre recogiendo sus cosas y recomponiéndose los pantalones, tenía que ser lo más interesante que había pasado en la comisaría de Serralongue desde la última vez que el mismo hombre, es decir yo, había ejecutado los mismos movimientos frente a la misma mujer soñolienta; en todas las ocasiones en que había estado ahí no me había cruzado con un solo policía, ni había patrullas fuera con oficiales a bordo bebiendo café, ni pasaba nada de lo que suele ocurrir en esos sitios, se trataba, sin duda, de un pueblo verdaderamente tranquilo y pacífico, una comunidad donde el horrendo crimen de Oriol debe de haber caído como una bomba y sin embargo no hay más registro de éste que el de las actas, no fue noticia en ninguno de los periódicos de la región ni, quizá porque era un periodo en Francia donde ocurrían demasiadas cosas, la gente recuerda el caso, vivían demasiado pendientes de la guerra, de la ocupación, de la crisis, esos grandes temas que no dejaban espacio para un crimen rural en medio del bosque, en el extremo sur del país; al final la época en que ocurrió todo aquello le sirvió a Oriol de camuflaje, porque si todo lo que hizo entonces lo hubiera hecho ahora, en esta época de estricta vigilancia de los medios de comunicación, el crimen de Oriol se hubiera conocido en toda Francia y en España, la investigación hubiera sido seguida por periódicos y cadenas de televisión y su condena de por vida hubiera sido saludada con alivio por millones de personas que, a partir de esa noticia, se lo pensarían más de una vez cuando se les ocurriera ir a buscar setas a los Pirineos; al final Oriol había corrido con suerte, su crimen había sido un asunto local, se había librado del repudio masivo y con los años la historia, en la memoria de los pocos que habían estado al tanto, se había ido diluyendo. «¿Encontró lo que andaba buscando?», preguntó la mujer soñolienta en el momento en que terminaba de ponerme el cinturón; aunque ya tenía que irme, y lo más sensato era volver otro día y enfrentar inmediatamente la endemoniada carretera que me esperaba, le dije que me había faltado encontrar el acta de defunción de Oriol, para enterarme de la fecha exacta en que había muerto y también, si es que existía, algún documento que me diera una idea de la vida que había llevado en la cárcel, «las actas del médico, o las del director de la prisión por ejemplo», dije para ilustrar un poco mi petición que al decirla me había sonado excéntrica y volátil y agregué, para no tener que esperar a oír lo que seguramente iba a decirme: «Pero supongo que estos datos tendré que ir a buscarlos a Prats de Molló». «Si es que quiere hacer el viaje hasta allá», dijo la mujer, «porque del año 1960 hasta hoy tenemos todos los documentos digitalizados en el ordenador», y dicho esto señaló la máquina que tenía en su escritorio,

461

enfrente de ella. «La verdad es que no sé si mi tío vivió hasta 1960», dije, porque el dato de que había muerto en Perpignan carecía de fecha, Noviembre no había podido decirme nada concreto. «¿Cuál era el nombre de su familiar?», preguntó solícita, contenta de hacer alguna actividad que, probablemente, sería la primera y la única que ejecutaría en toda la jornada. Desde la primera vez le había explicado a grandes rasgos los motivos de mi pesquisa y ella se había mostrado siempre muy interesada en mis progresos, porque no tenía otra cosa más que hacer y esa noche, sin quererlo, acababa de darle la oportunidad de involucrarse y a mí su intromisión me venía muy bien, la oscuridad en la endemoniada carretera era ya total e irreversible y yo no perdía nada enterándome de una vez por todas del final de la historia; incluso iba a ahorrarme un engorroso viaje a Prats de Molló. Le dije el nombre y los dos apellidos de Oriol y luego tuve que escribírselos en un papel para que ella, después de ponerse unas gafas demasiado grandes, los tecleara lentamente con una atención extrema, con un cuidado excesivo, un tanto reverencial, que bien podía ser temor a los bichos tecnológicos; la información tardó un rato en llegar a la pantalla, era un sistema obsoleto que acusaba el rezago tecnológico de esa región limítrofe de Francia y además la mujer, cuyas gafas enormes la distanciaban todavía más de su naturaleza policial, tuvo que meter dos claves, con el mismo cuidado excesivo, para poder acceder al archivo electrónico; yo estaba de pie frente a ella, con el manojo de llaves que acababa de devolverme apretado en el puño, disfrutando todavía del vientecillo fresco que entraba por la puerta, contaminado por los ruidos del pueblo, el paso veloz de una bicicleta, el ladrido lejano de un perro, un coche que se acercaba a la comisaría, pasaba de largo y después se perdía en el horizonte de mis oídos; la mujer daba golpecitos en su escritorio con el tapón del bolígrafo y yo veía el reflejo doble de la pantalla palpitante del ordenador en los vidrios enormes de sus gafas. «Voilà!», dijo, y yo me incliné un poco encima del escritorio para ver lo que había encontrado. «Coja esa silla», me dijo invitándome a sentarme junto a ella, una situación altamente irregular que, supongo, no pasa en una comisaría normal donde hay movimiento de policías y detenidos. «¿Hay celdas aquí?», le había preguntado yo algún día, cuando todavía no alcanzaba a hacerme una idea de qué clase de institución era ésa. «Pero claro», me había contestado con contundencia, «tenemos incluso un detenido, un hombre que ha interpretado a su manera las ideas de José Bové y ayer rompió con una piedra el cristal de la carnicería», y dicho esto se me había quedado mirando con un gesto ambiguo donde cabía incluso la posibilidad de que me estuviera jugando una broma; yo por si acaso no había dicho nada más pero la siguiente vez que aparecí por ahí la mujer, a manera de saludo, me había dicho: «Ayer en la tarde liberamos al hombre de la carnicería», y yo nuevamente, por precaución y por si acaso, no había dicho nada. Acerqué mi silla y lo primero que vi fue la fotografía de un hombre con el pelo desordenado, no propiamente largo, más bien parecía que se le había quedado así después de pasarse la tarde expuesto a un ventarrón, tenía una barba espesa debajo de la cual alcanzaba a distinguirse la cara de Oriol, aunque es verdad que de no haber sabido que era él me hubiera resultado imposible reconocerlo, no se parecía nada a las pocas fotografías que había visto de él, tenía un aire primitivo, salvaje, se le veía más robusto, más grueso, quizá por el ejercicio que debe de implicar desplazarse por el bosque con una muleta; incluso hubo un momento de duda en el que estuve a punto de preguntarle a la mujer si no se estaría equivocando de fotografía, pero duró poco, porque enseguida empecé a detectarle los rasgos de la familia, vi en sus ojos los de mi madre y los de mi hermano y reconocí mi nariz en la suya, un par de evidencias que confirmaban el parentesco y que me provocaron una punzada en el estómago. Mientras analizaba la fotografía había pensado que pediría una copia para enviársela a mi madre, pero al llegar a mi nariz descarté la idea, no quería volver a enfrentarme nunca con esa imagen; detrás del hombro robusto se veía esa línea de centímetros con la que se establece la altura de los reos y en las manos tenía un rótulo que ponía su nombre, un número largo y debajo la leyenda: «Le Républicain», y más abajo, entre paréntesis, «Assassin de Serralongue», una pista, supongo, para que décadas más tarde se supiera qué carajo hacía ese señor en la cárcel. La mujer se dio cuenta de la atención con que miraba la fotografía y dijo, seguramente porque la leyenda y la facha de mi tío eran un escándalo que a mí se me notaba en la cara: «No se parece nada a usted». «Es verdad», mentí, «parece increíble que fuera hermano de mi abuelo.» Más abajo en la página venía toda la información, una imagen amplia de sus huellas digitales, cada una enmarcada en un rectángulo y dispuestas todas en una fila, era una composición donde había una inquietante armonía, las líneas sinuosas en negro sólido contra el blanco eléctrico de la pantalla del ordenador producían cierto cosquilleo estético, siempre y cuando pudiera omitirse que aquello también eran los dedos que habían sujetado la muleta que había matado a la niña. Debajo de las huellas había un breve informe sobre los delitos que se le imputaban al acusado, en unas cuantas líneas se explicaba el crimen y se añadía, en calidad de información, que la pena que le tocaba por la serie de asaltos que había perpetrado en los Pirineos había sido conmutada y no era «cuantificable para efectos penitenciarios», y después de esa frase excesivamente técnica, venía un número largo de referencia. «¿Y ese número?», pregunté a la mujer y ella me respondió que terminando con el expediente averiguaríamos su significado. «En aquella época pasaban cosas extrañas», me dijo mientras anotaba el número largo en un papel, «era una época turbulenta donde la ley tenía que irse improvisando.» Al final del informe venía un anexo con los puntos relevantes de la vida que había llevado Oriol en la prisión, había tenido tifoidea, una crisis de úlcera que lo había mantenido veinte días fuera de la cárcel, recuperándose en el hospital público de Prats de Molló. «¿Público?», preguntó la mujer con sorna, «si no hay otro», dijo y después se rió, se dejó sacudir de pies a cabeza por una sola risa, un estertor único que la obligó a recolocarse las enormes gafas, con la punta del dedo índice, en el puente de la nariz; yo también me reí por reflejo, por cortesía y sin muchas ganas porque ese paseo por el expediente de Oriol comenzaba a deprimirme, una cosa era su historia enterrada en un archivo perdido en el culo de Francia, y otra su presencia, para toda la eternidad, en el archivo virtual del sistema penitenciario francés, una red donde bastaba meter un par de claves y teclear mi apellido para que brincara inmediatamente a la pantalla el asesino de Serralongue. En el anexo también aparecía el informe de un ortopedista que, según puede deducirse, trató de colocarle una prótesis a Oriol pero éste «no logró habituarse y prefirió seguir utilizando su muleta»; también decía que la prótesis, que a finales de los años cuarenta debió de haber sido poco más que una pata de palo, había sido donada por la Sociedad de Damas de la Cruz del Alto Pirineo, un grupo de señoras altruistas que, a saber por qué motivo, ayudaban a los presos de esa cárcel. En la última parte del anexo se explicaba que en 1975 Oriol se había inscrito en una brigada social, compuesta por «presos Alfa», que prestaba servicios al Ayuntamiento de Prats de Molló. «¿1975?», pregunté sorprendido de que mi tío hubiera vivido tanto, de que esa otra vida que habíamos ignorado durante décadas hubiera sido tan larga; aquella nueva fecha volvía su muerte en los Pirineos todavía más ridícula e injusta. «Los presos Alfa eran los que observaban buena conducta y, como reconocimiento, les permitían salir los sábados a orearse, los ponían a barrer las calles, o a pintar una casa», añadió a manera de información, ignorando la sorpresa que acababa de producirme la fecha, y después agregó, con otra de esas risas que la sacudían de arriba abajo: «Menudo reconocimiento, ¿no?». El informe terminaba ahí. «¿No hay más?», pregunté y la mujer, reacomodándose las gafas, me dijo que seguramente el historial continuaba en el anexo cuyo número había anotado en el papel. «¿Me lo puede dictar?», me dijo y yo comencé a decirle toda la tripa de números para que ella los fuera metiendo, con el mismo temor, en un rectángulo que había en la pantalla. «Lo que sospechaba», dijo la mujer, «Casos Especiales», esa parte del archivo que, según me explicó inmediatamente, se reactivó en cuanto comenzaron a digitalizarse las actas, «antes formaban parte del archivo muerto, estaban en cajas cerradas que a nadie se le había ocurrido abrir, hasta el día en que comenzamos a pasar los documentos por el escáner y descubrimos que esa parte del archivo era útil para redondear algunos casos, por lo de la jurisprudencia, ya sabe usted», dijo, y yo asentí sin estar muy seguro de haberla entendido, pensé que aquello era como la historia extraoficial del crimen, la memoria opaca del archivo cuya función, paradójicamente, era arrojar luz sobre ciertos documentos, justamente como pasaba, en ese instante, con los de mi tío. «Voilà», dijo la mujer y movió un poco la pantalla del ordenador para que yo no perdiera ni un detalle, media cuartilla sólida, escrita con una vieja máquina donde la «r» y la «e» brincaban fuera del renglón, no más de catorce líneas que tuve que leer dos veces porque pensé que no había entendido bien, lo que por

465

desgracia no era cierto. El documento decía que la condena penal que correspondía a Oriol, «por la serie de asaltos perpetrados entre las poblaciones de Lamanere y Serralongue», había sido conmutada por la «valiosa información» que había brindado «voluntariamente» sobre un peligroso «elemento subversivo» que ayudaba y prestaba auxilio a los «enemigos de Francia y de Europa» en los Pirineos, cerca de la frontera, y que gracias a esa información la policía española, interesada en la captura de «elementos simpatizantes del bando republicano», y con la anuencia de la policía francesa, había capturado «a dicho elemento, que respondía al nombre de Noviembre Mestre». «No juzgue tan severamente a su tío», dijo la mujer poniéndome una mano maternal en el hombro, «en aquella época pasaban cosas terribles.» La miré todavía más desconcertado y dije: «Noviembre era su amigo, le había salvado la vida y no puedo creer que lo haya traicionado». La mujer me envió una mirada compasiva desde el fondo de sus gafas enormes y, en un intento por aliviar la espesura en que me había sumido ese documento electrónico, dijo: «Ahora veamos en qué fecha murió y así tendrá usted la historia completa». «Perfecto», dije, «y así podré irme de aquí cuanto antes, y deshacerme de esta historia pronto, como quien se deshace de una camisa sucia», pensé, y me sorprendí del símil de la camisa que era, por lo menos, descabellado, aunque incluía un elemento de suciedad, de mugre que es preciso quitarse de encima, que sin duda estaba relacionado con lo sucio que me hacía sentir la historia. La mujer comenzó a recorrer lentamente con el cursor una fila interminable de nombres y bajó todavía más la velocidad en cuanto llegó a la zona de la primera letra de mi apellido; se ajustó las gafas y acercó la cara a la pantalla para que no se le escapara lo que andaba buscando; yo la veía ahí pegada hurgando entre los nombres de los muertos, todavía sin poder creer la traición de Oriol y aunque más tarde concluiría que esa traición tenía un peso menor frente al crimen de la niña, en ese momento sentía que eso era lo peor que había sabido de mi tío, sus delitos eran sin duda una infamia, pero la traición a su amigo, al hombre que le había salvado la vida, terminaba de desdibujarlo como persona, confirmaba que Oriol había cruzado la línea, había perdido las amarras que lo unían con su vida anterior, se había deshecho de la lealtad, ese valor imprescindible que respetan incluso los criminales. «¿Cuál era el segundo apellido de su tío?», preguntó la mujer y en cuanto le respondí se lanzó pantalla arriba para rastrear a Oriol, según explicó mientras maniobraba, por su apellido materno. Al cabo de un rato de ir para arriba y para abajo con el cursor, con la cara pegada a la pantalla, dijo: «Es muy raro, no aparece»; y luego explicó que quizá por tratarse de un ciudadano español su muerte había sido registrada en Casos Especiales de Extranjeros. «Empiezo a pensar que Oriol cumplía con todas las irregularidades habidas y por haber», le dije a la mujer y simultáneamente, mientras ella abría otra página en la pantalla y se internaba con su cursor lentísimo en otra lista, pensé que quizá el final consecuente para la historia de ese hombre que ya había muerto en 1939 era no dejar rastro de su verdadera muerte, y que probablemente lo mejor era dejar las cosas como estaban, ya había averiguado mucho, sabía más de lo que quería saber y empezaba a estar harto de Oriol y ya no tenía ni ganas ni energía para empezar una nueva pesquisa por otras comisarías de la zona. «Voilà!», gritó nuevamente la mujer y su voz llena de entusiasmo me sacó violentamente de mis cavilaciones. «¿Cuándo murió?», pregunté yo y comencé a palparme los bolsillos para echar mano del bolígrafo y apuntar la fecha y con eso dar de una vez por terminada mi pesquisa. La mujer me miró desde el fondo de sus gafas enormes y con un gesto extraño, repartido entre la alegría y la piedad, me dijo: «No ha muerto, sigue prisionero en la cárcel de Prats de Molló».

9

Había pasado la mañana buscando el rastro de algún animal, olisqueando la hierba y el tronco de los árboles y el aire, a veces erguido sobre las dos patas, alto, expectante, listo para tirarse sobre su presa; había dejado su cueva, todavía con la modorra de la hibernación y con una inaplazable necesidad de saciar no sólo el hambre, también el vértigo de moverse rápido, el ansia de disparar las patas como un látigo, la urgencia de llevar en las sienes el galope del corazón; se trataba de una necesidad completa, integral, sobre todo atávica, no había forma de diluirla, ni de aplazarla, ni era posible desvanecerla, ese animal que acababa de dejar su cueva necesitaba cazar algo, acecharlo, perseguirlo y después devorarlo, era su método para volver a la vida, era la forma en que durante cientos y miles de años se habían puesto a tono los de su especie; a la entrada de un valle divisó un grupo de cabras, más que entrada era una boca, una abertura estrecha que terminaba en un pastizal y después volvía a cerrarse, era un claro en medio de la montaña, una especie de ojo constreñido por dos taludes de piedra, un sitio ideal para pastar y para ser acechado y atacado y devorado, y la mujer que cuidaba del rebaño parecía ignorarlo, llevaba un vestido oscuro y grueso, un abrigo y un gorro de lana tosca y controlaba a sus animales con un bastón, de vez en cuando regresaba a alguno al rebaño, hacía a conciencia el trabajo que le habían encomendado, era demasiado joven para que esos animales fueran suyos, pero por más atención que ponía, por más que cuidaba meticulosamente el orden de las cabras, le faltaba instinto y experiencia para saber que en esa época y en ese descampado era una temeridad, una imprudencia que la fiera, que se había quedado inmóvil, agazapada detrás de una roca en la boca del valle, iba a aprovechar; no tenía más remedio, era un comando genético que no podía aplazar, ni diluir, ni desde luego desvanecer, así que raptado por el golpe de adrenalina que le había producido la visión de las cabras, salió disparado corriendo valle abajo y generó un tremor en la montaña, una turbulencia en el ambiente que hizo que las cabras dejaran de pastar y ella de marcarles el espacio con su bastón, tocando un anca con la punta, una cabeza o una pata; nada de esto siguió haciendo porque el oso, en una fracción de segundo había recorrido medio valle y antes de que ella, o sus cabras, pudieran parpadear, una garra furibunda ya había arrancado las tripas y la pata de una cabra que miraba a su asesino impávida e inmediatamente después, ante el terror creciente de la muchacha, la cabra, sin darse todavía cuenta de lo que acababa de hacerle el oso, trató de huir pero todo lo que pudo hacer fue irse de cara contra la hierba, levantarse y volver a caer y por último desplomarse, ya sin vida, sobre un reguero de sangre, y en lo que ésta agonizaba el oso había logrado derribar otras dos, que habían quedado igualmente malheridas, inmovilizadas, y miraban con desesperación al rebaño que se dispersaba a toda velocidad rumbo al bosque, lejos de ese descampado que la muchacha, que seguía impávida, había elegido imprudentemente sin pensar en que una fiera podía divisarla y acecharla y echarse encima de las cabras, y estaba valorando si correr detrás del rebaño o quedarse inmóvil cuando, todavía impávida, miró cómo el oso, que tenía una garra y el hocico llenos de sangre desatendía el festín que había montado para clavar los ojos en ella, que seguía impávida, abrazada a su bastón, soportando un viento que le movía los faldones del vestido y le revolvía la fracción de cabellos rubios que le salía por debajo del gorro; la muchacha no podía creer que esa bestia ignorara el festín que tenía servido para atacarla a ella que estaba ahí sola, golpeada por el viento, mirando con horror las tres cabras y abandonada por su rebaño, era la viva imagen del desamparo, de la desolación, de la desprotección y el oso, aunque parezca absurdo, se incorporó, abandonó el festín y avanzó hacia ella, que seguía impávida, y en cuanto estuvo lo suficientemente cerca comenzó a olisquearle los faldones del vestido y luego las manos y ella, que seguía impávida, sentía su nariz húmeda en los nudillos y miraba, de reojo, las manchas de sangre que le había embarrado el oso en el vestido, en el oleaje del faldón y más arriba, en la cintura y mientras posaba su nariz húmeda y blanca en los nudillos y en la palma y en la muñeca ella, que seguía impávida, supo con una lucidez que no admitía cuestionamientos que el oso no iba a hacerle daño, y lo supo como se saben esas cosas, por la manera en que el otro se acerca y se conduce, por la mirada y el gesto que son inequívocos cuando el que se acerca va a matarte, y a pesar de que supo con mucha lucidez que no iba a devorarla siguió sin moverse, el oso era enorme y en cualquier aspaviento, por amistoso que fuera, podía hacerle daño y también seguía impávida porque a su alrededor yacían las tres cabras que habían sido víctimas del oso, dos muertas de manera brutal, llenas de sangre y con un pedazo de cuerpo arrancado de cuajo y la otra, igual de rota y sangrante, soltando un quejido largo y agónico, casi póstumo, que rebotaba con saña en los taludes del valle y producía un eco trágico; mientras el oso pasaba de olisquearle las manos a pasarle la nariz con insistencia por el vientre, la muchacha comenzó a liberar una fila de lágrimas tibias y a estremecerse, primero con discreción, de manera sorda y sosegada, y al cabo de unos instantes con unos sollozos crecientes y violentos que la llevaron a taparse la cara con las manos y a caer de rodillas, doblada sobre sí misma con la frente apoyada en la hierba mientras sus sollozos se convertían en gemidos e inmediatamente después en un lloriqueo que comenzó a confundirse con el quejido largo y agónico de la cabra; el oso se había quedado quieto, en su sitio, mientras la pastora se derrumbaba y en cuanto la vio en el suelo comenzó a olisquearle la cabeza y la nuca y la composición integral de ese cuadro, las cabras despedazadas rodeando a una mujer que llora con la frente pegada a la tierra mientras es olisqueada por un oso, tiene fuerza suficiente para fundar sobre ella un rito, una cosmogonía, un punto de partida simbólico para comenzar a entender las fuerzas que tensan el mundo. El resto de esta leyenda pirenaica exige un poco de imaginación, lo que sigue después es difícil de explicar si no lo encuadramos como un mito, como el mito que ha alimentado, desde tiempos ancestrales, la celebración más importante del pueblo de Prats de Molló: la fiesta del oso. Aquel animal enorme, luego de olisquearla de arriba abajo, sin que ella opusiera resistencia ni dejara de sollozar ruidosamente, levantó en vilo a la muchacha y comenzó a caminar montaña arriba, rumbo a su cueva; la leyenda no especifica cómo un oso puede cargar una mujer: ¿delicadamente entre los dientes?, ¿erguido en dos patas y llevándola en brazos como lo haría una persona?; no lo sé, la leyenda ni lo especifica, ni es necesario que lo haga pues la mitología de los pueblos está ahí para creerse o no, cuestionarla, buscarle los puntos argumentales débiles, es tarea para los aguafiestas; el caso es que el oso, no importa cómo, se llevó a la muchacha montaña arriba, seguramente sollozante y todavía impávida, sin atreverse a saltar de la quijada, o de los brazos o del lomo del oso y en el fondo, me parece, sentiría algo de alivio porque el rapto del oso diluiría su imprudencia, su descuido, la torpeza enorme de exponer al rebaño en esos días en que, como todos los pastores sabían, los osos salían a buscar comida en la montaña, una torpeza, como he dicho, pero también una cosa natural en una muchacha que era casi una niña, una «pastora joven y virginal» como dice textualmente la leyenda del oso, una niña a la que evidentemente le habían encargado el rebaño y no iba a tener cómo explicar, probablemente a su padre, que una fiera se había comido tres de sus animales, una situación trágica que el secuestro del oso volvía relativa, nimia, aunque esta reflexión ya resulta excéntrica porque los personajes mitológicos devoran tranquilamente a sus propios hijos, o los dan sin culpa alguna en prenda y en ese universo no sería de extrañar que una hija valiera menos que una cabra, en fin, el oso se llevó a la muchacha montaña arriba y dos horas más tarde llegó a su cueva y la depositó en el suelo, justamente cuando un pastor, que iba sin rebaño camino a Prats de Molló, vio a las tres cabras muertas que había despedazado el oso; una hora más tarde el pueblo entero se había movilizado para buscar a la niña, los hombres se habían dividido en grupos y las mujeres se arremolinaban en la casa de la madre de la «pastora joven y virginal». En la época de la fundación del mito, Prats de Molló no podía haber tenido muchos habitantes, debió de ser un caserío de pastores donde todos sabían de todos y una situación como ésa debía de ser entendida como una tragedia colectiva; los hombres del pueblo buscaron mientras hubo luz de día y en cuanto oscureció, muy temprano porque era febrero, encendieron antorchas y así, diseminados en grupos por el bosque, recorrieron la montaña completa buscando rastros del oso; la leyenda describe aquella pesquisa nocturna con antorchas sirviéndose de una imagen tan desmesurada como efectiva, «eran tantos los hombres que buscaban a la pastora que la montaña refulgía en la oscuridad»; de lo que pudo haber pasado entre la muchacha «virginal» y el oso no da cuenta la leyenda, aunque resulta inevitable pensar en Hades y Proserpina, en una de esas metáforas de la fertilidad de la tierra, de los ciclos agrícolas, el caso es que a medianoche, luego de haber puesto a la montaña a refulgir, uno de los grupos encontró la cueva y dentro a la muchacha que yacía tranquilamente en el suelo, probablemente dormida, mientras era contemplada por el oso, una fiera mansa o mejor, amansada por la belleza de la muchacha, que no opuso resistencia alguna, ni manifestó siquiera su descontento, cuando los hombres lo ataron con cuerdas y lo sacaron a la fuerza de su cueva; la leyenda dice que la muchacha regresó al pueblo por su propio pie, caminaba al lado del oso que solamente se ponía fiero cuando la perdía de vista y en cuanto llegaron a Prats de Molló la procesión fue «recibida con vítores al amanecer», la muchacha fue llevada «en volandas hasta su casa» y el oso fue sometido a un curioso escarmiento, a un violento proceso de civilización que es la parte que se representa en las calles de Prats de Molló cada 18 de febrero, durante la jornada de la *Fête de l'ours*: los habitantes del pueblo deciden «afeitar» al oso, lo cubren de aceite y lo despojan de su tupida pelambre para humanizarlo y después, como castigo, lo ponen a hacer trabajos para la comunidad, reparar una puerta, levantar un bordillo, limpiar una calle; la representación de este episodio es el eje de esa fiesta popular que se celebra hasta la fecha, cada año, el oso es encarnado por varios hombres que se cubren el cuerpo con una pintura negra y aceitosa, son los *noirs* que persiguen a los *blancs*, otros hombres cubiertos de pintura blanca que, de cuando en cuando, son manchados por la mano de uno de los representantes del oso; se trata de una fiesta popular donde los habitantes del pueblo se vuelcan a la calle y hay música y puestos de comida y una feria con noria y tiovivo, quiero decir que se trata de un día pésimo para ir a hacer lo que yo iba a hacer en Prats de Molló, pues ignorando todo esto que acabo de contar, sin saber desde luego que había fiesta y de pura casualidad, llegué al pueblo justamente ese día, el día de la fiesta del oso.

Unos días antes, mientras regresaba a Barcelona, la misma noche que supe que Oriol seguía vivo, había pensado que, por factible que fuera el encuentro, no me apetecía verlo, reencontrarme con esa persona que para mí y para mi familia llevaba muerto varias décadas. Después de todo lo que sabía de él, ¿qué podía decirle?, ¿qué podía decirme él a mí?, y, sobre todo, ¿no había ya averiguado lo suficiente? El enfrentamiento físico con él era un acontecimiento que no me sentía capaz de soportar, ya bastante duro había sido conocerlo por las actas y por lo que me habían contado de él; la convivencia entre los dos, hasta ese momento, se había dado en un plano estrictamente narrativo, en un territorio hasta cierto punto controlado por mí que durante meses había ido dosificando y gestionando a mi aire y a mi ritmo, mi tío era entonces más personaje que persona, era casi una obra mía, y la posibilidad real de encontrarme con él, de verlo, de oírle hablar, de escuchar lo que probablemente tendría que decirme y de hacerle oír lo que tendría que decirle yo, me molestaba profundamente y, también es verdad, me atemorizaba la posibilidad de, por ejemplo, oírlo hablar y que su voz se pareciera a la mía, esto me llenaba, francamente, de horror; la tormenta interior era de tanta importancia que ni siquiera reparé en la carretera a Le Boulou, oscura y llena de curvas que a esas horas de la noche era la boca del lobo, ni tampoco tengo mucha conciencia de cómo recorrí la autopista hasta Barcelona y llegué a casa, perdido en una especie de borrachera que paulatinamente, en lo que fui quitándome la ropa y metiéndome en la cama fue transformándose en un sueño profundo. «¿Qué tal te ha ido?», preguntó mi mujer en cuanto sintió que me acercaba mucho a su cuerpo para escapar del mío. «No lo sé», le respondí con la boca pegada a su nuca, y me quedé dormido; en los días siguientes di vueltas obsesivamente a la idea de tener a Oriol vivo a dos horas de automóvil, era una tentación que me obligaba a estar todo el santo día pensando en él, en sus perrerías en el bosque, en su infame traición al gigante y en su atroz asesinato y tanto pensaba en su maldad que empecé a padecer, durante esos días de tentación e incertidumbre, una especie de enfermedad moral que se acentuaba cuando estaba con mis hijos, preparando el desayuno o en el parque o ayudándolos con los deberes; me parecía inconcebible que fueran, igual que yo, parientes de Oriol, que cargaran, como cargo yo, con una parte de su turbia sangre; me parecía inconcebible y, más que nada, sucio, inmundo y poco a poco fui llegando a la conclusión de que por desagradable que pudiera ser un encuentro con mi tío, con ese hijo de puta que por desgracia no había muerto en los Pirineos en 1939, había que juntar valor e ir a buscarlo a la prisión de Prats de Molló; el encuentro con él no podía ser peor que la invasión que había provocado en mi vida doméstica y, por otra parte, sin ese encuentro la historia seguiría estando incompleta y además también comenzó a quedarme claro que, siendo el único integrante de la familia que tenía la oportunidad de conocer la verdadera historia de Oriol, no ir a su encuentro era una irresponsabilidad, y justamente cuando pensaba en esto evoqué nuevamente esa línea de película rusa que, por alguna razón, se ha quedado grabada en mi memoria y, con el tiempo, ha ido llenándose de un significado especial, un sentido que tiene que ver con esta historia, con la idea de que las historias van existiendo en la medida en que se convive con ellas, conforme se habita en su interior, «Vive en la casa, y la casa existirá», y dicho esto me subí al coche y enfilé rumbo a Prats de Molló, con un plano de la población que había bajado de Google, donde se indicaba la forma más rápida de llegar a la dirección que me había dado la mujer de la comisaría de Serralongue, una dirección, a primera vista normal, que estaba señalada en el plano con un alegre globito color violeta, que desentonaba con el edificio hacia el que me dirigía, con la cárcel donde Oriol, haciendo cuentas, había pasado la mayor parte de su vida. Era el 18 de febrero y yo no sabía, como he dicho, que era el día de la *Fête de l'ours*, pero entrando al pueblo quedó claro que algo pasaba, las calles estaban llenas de gente y tuve que aparcar el coche a las afueras del pueblo y caminar, siguiendo el mapa, hasta la cárcel; todo parecía una conjura para que yo me olvidara de ese encuentro, enfrentarme con mi tío en medio de esa verbena era un acto excéntrico, me costaba pensar en un ambiente menos propicio para hacerlo, toda la gente que me rodeaba estaba de fiesta y eso me hacía sentir, con una intensidad especial, de un ánimo turbio y cenizo, y así llegué a la prisión, con la cabeza y los hombros llenos de confeti y casi tuve que gritar lo que quería, lo que me había llevado hasta ahí, para sobreponer mi voz al griterío de fuera, que se trenzaba con la música estentórea de una banda que estaba formada a base de trombones y trompetas. «¿En qué puedo ayudarlo?», preguntó el centinela que estaba detrás de un escritorio, vestido de policía, y que había dejado momentáneamente la chorcha que sostenía con otros dos colegas uniformados, una chorcha que incluía risotadas y vocablos como *putain* o *mamelon* que indicaban a las claras el tema que los ocupaba, un tema vital y caliente que era la antípoda del que me había llevado hasta ahí; expliqué brevemente lo que quería y añadí disculpas anticipadas por no haber hecho una cita y por no haber averiguado, como por otra parte tenía que haberlo hecho, qué días de la semana, o del mes, podían hacerse ese tipo de peticiones; cuando el centinela comenzaba a dedicarme una serie de profundos *ooolala-lalá!*, le dije que reconocía mi ingenuidad al haberme presentado así de precipitadamente pero que, le suplicaba, entendiera mi situación, «se trata de un familiar al que durante años habíamos dado por muerto y en cuanto supe que vivía no tuve cabeza para pensar en las formalidades y todo lo que me importó fue verlo inmediatamente», dije con una efectiva teatralidad que incluso a mí me dejó sorprendido; el centinela intercambió un par de miradas con sus colegas que, conforme había yo ido explicando los motivos que me habían llevado hasta ahí, se les había ido congelando el entusiasmo y la risa y ya en ese momento eran un par de policías serios, atribulados y un poco cenizos. «Pues menudo día ha elegido usted para conocer a su tío», dijo el centinela y después añadió: «Veré qué puedo hacer», y ya sin *oolalás* y tomándose mi petición muy en serio desapareció por una puerta mientras sus dos camaradas, ya con el ánimo por los suelos, hacían un discreto mutis. Yo me quedé ahí solo, oyendo la algarabía que llegaba desde la calle, sintiéndome muy nervioso por primera vez ese día y casi deseando que el centinela saliera por la puerta y me dijera: «Lo siento, regrese otro día y asegúrese de haber hecho antes una cita», o mejor: «Ha habido un error lamentable, su tío murió hace veinte años y, por alguna razón, alguien se olvidó de trasladar su nombre a la lista de decesos»; pero nada de aquello ocurrió y el policía, al cabo de quince minutos eternos, salió por la puerta para decirme que, a pesar de la irregularidad de mi petición, el director me autorizaba, «como cosa excepcional», a ver a mi tío. «Es lo que quería, ¿no?», dijo el centinela al ver la cara de susto que puse. «Sígame, por favor», ordenó con energía mientras pasaba del otro lado del escritorio y enfilaba hacia la puerta por donde yo había entrado; lo que pasó durante los siguientes quince minutos me dejó muchos meses perturbado, sin saber qué hacer con lo que ese día había visto y sabido; regresé a Barcelona conduciendo mi coche como un autómata, bajo una persistente aguanieve, y días después, cuando logré salir un poco del sopor en que me había dejado la visita a Oriol, pensé que era el momento de ir a contárselo al gigante, Noviembre era la única persona que podía ayudarme a digerir lo que me había pasado en Prats de Molló, y además también me pareció que era una buena forma de redondear la historia, contarle quién era su amigo, si es que de verdad no lo sabía, contarle de su traición y de sus asaltos y del asesinato de la niña y contarle que aquello que le había dicho el cabrero de Toulouges era falso porque yo acababa de ver a mi tío vivo así que, por enésima vez, cogí el coche rumbo a Lamanere, convencido de que contarle todo a Noviembre, compartir con él esa carga, era imperativo porque, por otra parte, llevaba varios días en casa errático y meditabundo y mi mujer comenzaba a preguntarme si no estaba exagerando con esa historia de mi tío. «¿Por qué no simplemente pasas página?», me había dicho y yo pensé que contándoselo al gigante encontraría la manera de hacerlo, pero llegando a Lamanere me di cuenta de que algo no iba bien, era martes al mediodía y el bar estaba cerrado y afuera de la casa del gigante había tres hombres fumando, toda una multitud para ese pueblo donde no había nunca nadie; aquellos dos elementos me hicieron pensar lo peor. «El gigante ha muerto», murmuré con aprensión y en cuanto lo dije sentí que no podía ser cierto. «Imposible», dije, «sería una casualidad siniestra, una cosa absurda», pero conforme fui acercándome a la casa esa cosa absurda fue consolidándose, el bar cerrado y los tres hombres fumando fuera no podían significar más que eso, o la fase previa, que mi amigo estaba en las últimas y esa gente, que no sabía de dónde podía haber salido, lo acompañaba en su agonía; en cuanto estuve suficientemente cerca vi que se trataba de tres cabreros, uno de ellos un viejo enjuto que ya había visto por ahí, rodeado por sus animales, algún día, me dedicó una mirada ambigua donde cabía el reproche y la empatía, aunque cuando me topé con la mirada de los otros dos, me pareció que más que una mirada específica, se trataba de una actitud conjunta de duelo y también me di cuenta, en ese instante, de que los tres sabían perfectamente quién era yo, de que mis visitas al gigante eran más notorias de lo que yo había pensado y que, seguramente, eran tema de conversación, quizá hasta un motivo de broma y de guasa como lo había sido en su tiempo la relación de Noviembre con mi tío, la historia aquella de «la bête et le petit soldat» que me había contado la dueña del bar probablemente con toda mala intención, a lo mejor motejándome como «le petit-neveu du petit soldat», el sobrinito del soldadito, todo eso pensé en lo que me abría paso para entrar a la casa, pronunciando un indeciso «Bonjour», un «Bonjour» titubeante cuando lo que tocaba era decir lo siento, qué pena, cómo ha podido pasar esto, lo bueno es que ahora ya descansa en paz, porque para esas alturas, justamente antes de entrar a la casa, yo ya estaba completamente seguro de que esa casualidad siniestra, esa cosa absurda, había efectivamente pasado y, un instante después, pude comprobarlo, vi a la vagabunda arrodillada tratando de meter en una bota enorme el pie descomunal del gigante que estaba tendido en el suelo, sobre una alfombrilla, con el gesto pacífico e inequívoco de quien acaba de morirse en paz. El cuerpo de Noviembre parecía todavía más grande ahí tirado sobre esa alfombrilla que debía de haber sido su cama porque yo, hasta ese momento, nunca me había preguntado dónde dormía mi amigo, qué hacía, cuando llegaba la noche, con ese cuerpo descomunal; la vagabunda advirtió inmediatamente mi presencia, me dedicó una mirada tan ambigua como la de los cabreros y siguió en lo suyo hasta que consiguió meterle la bota en el pie; yo me quedé ahí sin decidirme a ayudarla en su forcejeo, me sentía un intruso y además estaba profundamente conmocionado con la muerte de ese hombre, porque había aprendido a estimarlo y habíamos llegado a tener cierta amistad, cierta intimidad pero, sobre todo, porque se había muerto justamente ese día, precisamente antes de que yo hubiera podido contarle lo que sabía de Oriol, lo que acababa de ver en Prats de Molló, lo que había pensado y lo que pensaba hacer con esta historia; estaba profundamente conmocionado porque me había dejado solo, me había puesto tras los pasos de Oriol, me había enredado en esa aventura ingrata y al final, tranquilamente, me abandonaba. Mientras la vagabunda cogía la otra bota y se ponía a forcejear con el otro pie, empezó a invadirme una intensa sensación de mareo, tenía el estómago revuelto, sabía que lo correcto era ayudarle a la vagabunda con el zapato pero me sentía incapaz de hacerlo, de arrodillarme ahí junto a ella que en ese momento parecía muy pequeña con el pie gigantesco en su regazo, un pie desnudo, amarillo, sucio que era del tamaño de su tórax; la imagen provocaba compasión y risa, era penosa, era la suma de ese hombre colosal, magnífico, de vida miserable, había mucho de él en ese pie que terminaba de vestir la vagabunda con una bota desastrosa, sin calcetín; en cuanto terminó de amarrar el cordón me dedicó otra mirada no tan ambigua como la anterior, en ésta había hartazgo, rencor, se veía en sus ojos que mi presencia ahí era una verdadera molestia y sin decir palabra salió de la casa, se integró en silencio al trío de los cabreros y me dejó ahí, sin saber ni qué hacer ni qué pensar, desamparado ante ese cuerpo vencido y enorme que era mi amigo muerto, ese cuerpo que parecía la réplica de la montaña, su reproducción a escala con sus cumbres y sus valles, sus abismos y sus hendiduras, su magno corpus ramificándose y desvaneciéndose hacia la tierra plana, ese cuerpo tendido en medio de la casa era mi amigo muerto pero también era el final de la historia que él me había descubierto, el final de ese breve lapso en el que habíamos convivido, el punto final del azar que me había llevado a descubrir la otra vida de Oriol, eso me dio por pensar mientras lo contemplaba, me dio por suponer que de haber tardado más en ir a Argelès-sur-Mer, de haber ido después de ese día, después de la muerte del gigante, nadie me hubiera entregado la carta y la foto y esta historia se hubiera perdido, se hubiera quedado sin existir, hubiera sido como esa casa deshabitada de la película rusa, yo no hubiera tenido manera de enterarme de que Oriol no había muerto en 1939 y me hubiera quedado tan tranquilo, dando por válida la historia cómoda que le habíamos inventado en La Portuguesa; y aun cuando no me queda claro todavía si es mejor saberlo que ignorarlo, en ese momento de soledad acentuada por el cuerpo muerto del gigante, agradecí el hecho de que hubiera sucedido, di las gracias a Noviembre, a la horrible y rencorosa vagabunda, al azar que nos había reunido, a esa historia que involuntariamente hemos terminado habitando y convirtiendo en casa, a esa aventura que terminó en Prats de Molló, el día en que por fin me vi frente a frente con Oriol, ese episodio negro y perturbador que ya no pude contarle al gigante y que me tuvo inquieto, irritable y errático durante varios días, volviendo, con mi incómoda enfermedad moral, turbio el ambiente en casa hasta ese momento preciso, frente al cuerpo muerto de mi amigo, en que, todavía dudando si era mejor saberlo que ignorarlo, di las gracias, me quedé en paz, e inmediatamente después entendí que era hora de irme, que mi presencia ahí sobraba, que cualquier cosa que ofreciera, ayuda o mis condolencias, iba a causar tensión y malestar; me intrigaba cómo iban a hacer para sacar de la casa ese cadáver monumental, cómo iban a cargarlo hasta el sitio donde pensaban darle sepultura y, aunque esto me provocaba una gran curiosidad, sabía que mi papel era irme en silencio, despedirme con una inclinación de cabeza y no decir ni preguntar nada, y menos ese detalle que me haría quedar como un insensible; antes de abandonar la casa sentí el impulso de tocarlo, nunca había tenido ni el más mínimo contacto físico con él, no nos habíamos nunca ni estrechado la mano y me pareció que tenerlo entonces era una buena forma de despedirme, una cosa simbólica la de tocarlo ese día por primera y última vez, así que me acerqué a su cuerpo y me agaché para poner mi mano sobre la suya, fue un contacto fugaz y gratificante, la mejor manera que encontré para decirle gracias y adiós; al salir de la casa me encontré con la mirada hostil de sus cuatro conocidos, «¿Has terminado?», me preguntó la vagabunda con una malicia que hizo mella en la paz con que me iba y que también me animó, una vez inauguradas las insensibilidades, a preguntarle, a ella o a los otros tres, dónde pensaban enterrar a Noviembre; la vagabunda me dedicó su habitual mirada de sorna y después me dijo: «Lo enterraremos en el sitio donde se ha quedado muerto», y añadió buscándose algo, un cigarrillo, entre las ropas, «como se ha hecho siempre con los gigantes.» Pero antes de la muerte de Noviembre estaba en Prats de Molló, calculando que después, cuando llegara el momento, iba a contarle todo lo que veía, no pensaba desde luego ni debatir con él lo visto ni esperaba ninguna clase de diagnóstico, ni de consejo, ni de apoyo moral, ya he dicho que el gigante era un poco idiota y todo lo que yo pretendía era, simplemente, contarle que Oriol estaba vivo y que yo acababa de verlo, aunque ahora que voy escribiendo esto y que el gigante está muerto, me pregunto si hubiera servido de algo que él supiera lo que ahora sé, y si es que no fue mejor que muriera sin saberlo; en todo caso yo iba pensando en contárselo todo, iba siguiendo al centinela con esos ojos, con ese objetivo que era en realidad un subterfugio, un mecanismo de defensa, un desplazamiento de la responsabilidad para que el encuentro con Oriol no me cayera a mí solo. «Sígame y procure no perderme de vista», me dijo el centinela en el momento en que cruzamos la puerta de la prisión y ante nosotros apareció la calle atestada de gente, familias completas, bañadas por un sol ambiguo, que avanzaban hacia un punto específico, en dirección a la plaza donde debía de estar tocando la banda que se oía a lo lejos, y había otras que se quedaban a mirar algo en los puestos, o a consultar un mapa, o a decirse algo o a reagrupar a los niños, quiero decir que no perder de vista al centinela no era tarea fácil, él lo sabía y por eso procuraba ir volteando continuamente para que no me perdiera en la multitud, y lo hacía con esa efectividad, con esa economía de medios con que suelen seguir los policías aunque aquel a quien siguen vaya detrás de ellos, le bastaba un movimiento de cuello mínimo, una ligera reorientación de la cabeza, un fugaz reojo para tenerme absolutamente controlado. «¿Adónde vamos?», le pregunté cuando apenas habíamos salido del edificio porque me parecía raro, si no absurdo, lo que estaba empezando a suceder. «Su tío está inscrito en un programa de servicio a la comunidad y hoy le ha tocado trabajar fuera», me respondió el centinela y yo recordé que algo de eso me había contado la mujer de la comisaría de Serralongue, algo de esa concesión que les daban a los presos que observaban buen comportamiento, aunque en el caso de mi tío, que nació en 1918, el buen comportamiento debía de ser más bien la pasividad y la poca movilidad propias de la vejez, pensaba mientras seguía muy de cerca al centinela, caminábamos prácticamente codo con codo, esquivando no con poca dificultad el río de gente que bajaba por la calle y que se arremolinaba en un puesto de comida, en una esquina o a mitad de todo para consultar el programa impreso de la *Fête de l'ours*; la palabrería continua de la muchedumbre y la música de trompetas y trombones de la banda que tocaba en alguna plaza, más la forma accidentada y errática en que nos íbamos desplazando, dificultaba la conversación que trataba de establecer, quería extraer toda la información posible antes de que llegara el momento de enfrentarme con mi tío, quería ir preparado, listo para verlo y preguntarle un par de cosas y después irme, había concluido que era importante evitar la relación, el compromiso a futuro con ese delincuente, la reconstrucción del lazo familiar; mi objetivo no pasaba de verlo, preguntarle dos o tres cosas y después largarme y no volver a entrar en contacto con él nunca más, el nunca más muy breve que debía de quedarle por la edad. «¿Y qué hace mi tío en la calle?», pregunté al centinela en un momento propicio, en el instante en que tuvimos que detenernos en una esquina para que pasara, con mucha lentitud porque iba tratando de abrirse paso entre la muchedumbre, una furgoneta del Ayuntamiento. «Está destacado en la plaza principal», me respondió y como la furgoneta seguía pasando alcancé a preguntarle: «¿En la plaza donde están tocando música?». «Justamente ahí», dijo, con una sonrisa de simpatía e inmediatamente después se echó a andar porque la furgoneta nos había dejado el paso libre y una nube espesa de humo del escape que me hizo toser, perder el paso y la oportunidad de preguntarle qué carajo hacía mi tío, un hombre condenado a cadena perpetua por asesinato, en la plaza pública el día de la fiesta del pueblo. Se trataba en realidad de una pregunta para confirmar lo que yo acababa rápidamente de deducir, que el «servicio social» que prestaba Oriol consistía en tocar en la banda municipal, que era lo único decente que, hasta donde yo sabía, era capaz de hacer, aunque la verdad no se entendía cómo podía insertarse un piano en aquella escandalera metálica; mientras intentaba recuperar mi paso junto al centinela, que iba un par de metros delante de mí, aplicando magistralmente su persecución inversa, pensé en el desternillante gracejo que significaba la participación de Oriol en esa banda estentórea de pueblo; durante varias décadas, en nuestro exilio en La Portuguesa, habíamos oído a Arcadi, su hermano, pronosticar que Oriol aparecería un buen día en México, convertido en un importante pianista; durante décadas lo habíamos imaginado entrando a la plantación, de traje negro impecable, cargando un pequeño portafolios bajo el brazo donde llevaba sus partituras, habíamos imaginado tanto y con tanta intensidad esa situación que había inventado mi abuelo que, durante todos esos años, la única posibilidad que nos planteábamos, en el caso remoto de que Oriol no hubiera muerto en la cima del Pirineo en 1939, era la de que fuera un pianista consagrado, y toda la teoría sobre la que mi abuelo se había basado para inventar aquello era que su hermano, antes de enrolarse en el bando republicano, había estudiado piano en Barcelona, eso era todo, en realidad nunca había tocado más allá de las aulas de música de la universidad, ni siquiera era uno de esos muchachos que animan las reuniones familiares tocando un instrumento, decía Arcadi cuando le preguntábamos sobre su hermano Oriol, sin darse cuenta de que diciendo esas cosas dinamitaba su propio mito; eso era todo, no había más datos que aderezaran la imagen de Oriol convertido en pianista célebre en Sudamérica, no había nada más y, en un descuido, ni siquiera era cierto que fuera pianista, o quizá sólo se había inscrito y había asistido a un par de clases, o probablemente ni eso, no hay documentos donde comprobarlo y todo lo que hay es lo que contaba su hermano que lo mismo hubiera podido decir que era escritor, o alquimista o campeón nacional de tenis pero, en todo caso, concediendo la importancia que tuvo el mito en nuestra concepción de Oriol, no dejaba de tener gracia, aunque también fuera un acontecimiento trágico y deprimente que Oriol estuviera tocando un instrumento, no un piano pero quizá un clarinete, cuando no dirigiendo esa banda metálica de pueblo que atronaba con una energía que llenaba las calles de Prats de Molló, se desbordaba por éstas como una inundación, como si se hubiera roto la represa que la contenía y su corriente desbocada estuviera a punto de ahogar a los habitantes con sus notas de metal agudo, una corriente que era un escándalo que ya no me permitió preguntarle al centinela por la clase de actividad que desarrollaba Oriol en la plaza principal, el ruido no permitía el intercambio de palabras y la velocidad y la destreza con la que iba desplazándose el centinela entre la multitud tampoco facilitaba el acercamiento, la cercanía necesaria para preguntarle, ¿mi tío está tocando en esa banda de metales agudos que nos ahoga?, una pregunta pertinente, necesaria para prepararme aunque fuera con extrema urgencia para el encuentro y para echar por tierra de una vez el mito del pianista, esa imaginería que durante años había promovido Arcadi en La Portuguesa y que yo, que toda la vida la había creído a pie juntillas, empecé a cues-

482

tionar a medida que había ido descubriendo, reconstruyendo y recreando la vida nefanda de Oriol, ¿cómo podía ese animal haber sido músico?, otra pregunta pertinente cuya respuesta estaba a punto de llegar porque la música se oía cada vez más cerca y yo caminaba cada vez más rápido abriéndome paso en la muchedumbre, tratando de no perder de vista al centinela que volteaba todo el tiempo, lanzaba sus reojos magistrales, para comprobar que no me había extraviado, y en el momento en que estaba a punto de alcanzarlo, a punto de cogerle con excesiva confianza del brazo para preguntarle eso que me parecía fundamental, en el momento preciso de estirar la mano, una fracción de segundo antes de que las yemas de mis dedos tocaran la manga de su abrigo, di un paso en falso sobre un desnivel que había en la calle y para evitar la caída, la rodada aparatosa por el suelo, me cogí instintivamente de un hombre, mucho más bajo que yo, que por poco rueda conmigo pero el caso es que nada pasó, conseguimos los dos mantener el equilibrio y yo pedí disculpas y él dijo cortésmente que no era nada, «¿Se encuentra usted bien?», todavía educadamente preguntó y enseguida regresó a lo suyo, al brazo de su mujer y al paseo alegre por la calle el día de la fiesta del pueblo, no pasó absolutamente nada, no fue más que un traspié trivial, uno de esos malos pasos que da uno a veces sin ninguna consecuencia pero aquí, esos segundos que perdí fueron suficientes para que el centinela desapareciera de mi vista, me quedé ahí de pie tratando de localizarlo entre la multitud, temiendo de pronto no volver a encontrarlo y perder la oportunidad de ver a Oriol, una cosa de la que había dudado hasta ese momento en que, agobiado porque la oportunidad podía desvanecerse, me parecía un deber, algo que tenía obligatoriamente que hacer, un episodio imprescindible en esa historia que llevaba meses reconstruyendo y que, sin ese encuentro, quedaría incompleta, trunca, inhabitada como la casa de la película rusa, perdida para siempre; me quedé quieto, inmóvil, volteando de un lado para otro, esperando que el centinela me repescara con uno de sus golpes de ojo magistrales, pero el tiempo empezó a hacerse largo, el centinela no me había repescado en el acto y eso me hizo pensar que debía moverme, debía dejarme guiar por la multitud, avanzar hacia delante porque al final de la calle, que era una arteria estrecha, parecía que se abría un espacio, podía adivinarse por la forma en que la gente, que llegaba hasta allá en una fila apretujada, se dispersaba y también porque el ruido de la banda aumentaba a medida que nos acercábamos a ese espacio que debía de ser la plaza principal, la plaza donde iba a encontrarme con mi tío, y mientras miraba a un lado y a otro, con creciente ansiedad, para ver si lograba localizar al centinela, pensé en el mapa de Google que había usado para localizar la cárcel y que traía en el bolsillo, no nos habíamos desplazado demasiado y encontrando el nombre de la calle donde estaba podía averiguar con toda exactitud si aquel espacio abierto que se adivinaba era una plaza, y empezaba a mirar las paredes en busca del nombre de la calle, y a palparme el bolsillo en busca del mapa cuando el centinela se me plantó enfrente. «Le dije que no me perdiera de vista», me dijo y enseguida, sin que yo pudiera decirle nada, se echó a andar delante de mí y yo no pude hacer más que salir pitando detrás de él e intentar no perderlo, tratar de irme colando entre la multitud de la misma forma que él lo hacía, moviéndose en diagonales, en breves corrimientos hacia un lado, presionando disimuladamente a los cuerpos que tenía a su alrededor un poco con el hombro, un poco con el antebrazo, de repente con la cadera, una efectiva coreografía que le permitía andar con rapidez entre la gente sin perder el paso y así, conmigo detrás, haciendo de su sombra, llegamos al final de la calle donde, efectivamente, estaba una plaza, varias calles confluían en ese espacio y en el centro se apeñuscaba una muchedumbre que gritaba, jaleaba y se divertía, lograba imponer su bulla a la música estentórea de la banda que, efectivamente, tocaba ahí mismo, entre la gente, montada en un templete que hacía que los músicos sobresalieran medio metro por encima de la muchedumbre, eran ocho, iban uniformados con una casaca azul y tocaban una pieza, con aires de sardana, fundamentada en una vigorosa melancolía; sin perder de vista al centinela que se abría paso en dirección a la banda, traté de mirar los rostros de los músicos, pero desde la distancia en que nos encontrábamos me era imposible, soy miope y aun con las gafas puestas no veo muy bien de lejos y sin embargo no podía quitarle los ojos de encima a esos ocho rostros borrosos que me producían un vacío en el estómago, cualquiera de ellos podía ser el rostro de Oriol, era posible que yo estuviera ya, sin darme cuenta, frente a mi tío, frente a esa mancha en la familia, frente a la parte más sucia de mi árbol genealógico y de pronto pensé que, aun cuando estuviera suficientemente cerca, me iba a ser muy difícil reconocerlo, la foto que me había enseñado la mujer de la alcaldía de Serralongue tenía varias décadas, tenía, sin ir más lejos, más años que yo, y en esas condiciones iba a ser muy difícil reconocerlo; el centinela había logrado colarse más allá de la mitad de la plaza y yo detrás de él, como su sombra, ya a una distancia más propicia para observar la cara de los ocho músicos que soplaban esa pieza vigorosa y melancólica, desde esa distancia podía apreciar, con una incomodidad creciente porque la multitud se apretaba a medida que nos acercábamos al centro, que la mayoría de los músicos eran viejos y en ese momento, procurando no perder de vista al centinela, caí en la cuenta de que Oriol debía de tener demasiados años para soplar en plena plaza pública un instrumento de viento, o quizá no, reculé a continuación, quizá su rusticidad, la vida de bruto que había llevado, su desasosegante animalidad lo había endurecido suficientemente, lo había vuelto correoso y longevo, quizá eterno como la mala yerba, perfectamente capaz de soplar una pieza tras otra por la boquilla de un clarinete, de un corno inglés o de una tuba, esto pensaba yo mientras intentaba descifrar los rostros, sacudido de un lado a otro por nuestro accidentado desplazamiento, estábamos ya muy cerca del templete y ya podía ver las caras, los rasgos de cada uno, el gesto deformado por el esfuerzo de soplar en su instrumento, los mofletes hinchados, una vena palpitante en la sien y otra bajando por la frente, estaba ya verdaderamente cerca con un hueco en el estómago y el corazón desbocado ante la posibilidad de que los ojos de alguno de los ocho dieran con los míos y se produjera el chispazo, el relámpago de reconocer a uno de los tuyos, de reconocerme en él, de identificar, con un golpe de ojo, el santo y la seña de la tribu, en ese trance me encontraba, hipnotizado por esos ocho rostros, cuando el centinela redujo su paso para quedar junto a mí y decirme con su boca pegada a mi oreja, porque era considerable el ruido que hacían de cerca: «Su tío debe de andar por aquí», gritó el centinela en mi oído y señaló con la mano un horizonte amplio que quedaba más allá del templete, en el fondo de la plaza. «¿Allá?», pregunté con un grito en su oído, desconcertado porque acababa de desbaratarme la historia del músico, esa historia de la que yo de por sí siempre había tenido dudas, pero durante los minutos que me había tomado llegar frente al templete esa historia se había vuelto posible, factible, incluso deseable porque verlo ahí, de casaca azul y soplando esa pieza vigorosa en un corno inglés, hubiera matizado un poco su escabrosa biografía, quiero decir que su vida hubiera tenido siquiera un destello positivo, era un asesino y un hijo de puta pero tocaba el clarinete, pensé y casi sonreí y en el acto concluí que ante su sólido historial criminal el matiz hubiera sido irrelevante «y ahora», pensé, «no le queda a Oriol ni esa irrelevancia», y seguí avanzando junto al centinela que había bajado el ritmo porque a medida que nos acercábamos al fondo de la plaza la gente se apretujaba más y más y aprovechando que estábamos codo con codo, atrapados en un momentáneo impasse, me dijo a gritos, para sobreponerse al escándalo: «Su tío sale a veces a hacer trabajos para la comunidad, reparar una puerta, levantar un bordillo, limpiar una calle, o ayudar en lo que haga falta cuando hay fiesta», dijo y con eso aniquiló, de forma definitiva, la carrera de músico de Oriol, su fulgurante trayectoria como pianista de la filarmónica de Buenos Aires, su llegada a La Portuguesa con las partituras bajo el brazo, aniquiló todo eso y además lo puso en su sitio, mi tío era un asesino y punto, un prisionero a cadena perpetua y lo que le correspondía no era ponerse una casaca azul y tocar la tuba, sino recoger la basura, limpiar las cloacas, acaso cargar los tablones para el templete de los músicos. «Venga, debe de andar por aquí», gritó el centinela mientras se abría paso, un poco a la fuerza, entre la gente y yo para no quedarme atrás, para no retrasar ni un segundo más esa expedición que ya empezaba a pesarme, me pegué a su espalda y me fui introduciendo por los mismos huecos que él abría, metiendo primero un hombro y luego la rodilla o la cadera, caminando de perfil, introduciéndome cada vez más hondo en esa masa compacta de personas que de pronto se reían o gritaban por algo que estaba pasando en el fondo y que era eso que los tenía ahí apretujados, algo que yo no alcanzaba a distinguir porque iba pegado a la espalda del centinela, concentrado en no separarme ni un milímetro porque empezaba a pensar que a mí solo me iba a ser imposible abrirme paso, en cuanto lograba meter un hombro entre dos personas, por el hueco que acababa de abrir el centinela, tenía que desatascar una pierna que se había quedado prensada atrás, en la capa anterior de gente, y meterla en la capa siguiente, donde ya había metido el hombro en el hueco que había abierto el centinela, y después tenía que hacer lo mismo con la otra pierna, iba adentrándome capa tras capa y en cierto momento, en que una señora gritó y me increpó que le había pisado un pie, volteé fugazmente para disculparme, para decirle que hacerle daño no había sido mi intención y lo que vi detrás de ella me llenó de agobio porque hasta ese momento no había reparado en todo el camino que había recorrido, en lo mucho que me había adentrado en esa multitud densa, compacta, estaba atrapado en medio del gentío y la marcha atrás era impensable, no tenía más remedio que seguir pegado al centinela y tratar de salir por el otro lado, donde se suponía que íbamos a encontrarnos con mi tío; al verme ahí atrapado, apretujado en esa multitud, comenzó a faltarme la respiración y una oleada de claustrofobia fue subiéndome desde el estómago y un instante después ya empezaba a solapar la posibilidad de abrirme paso con violencia y escapar de ahí por uno de los costados que parecía más accesible, el pánico de estar encerrado en esa multitud había relegado a un segundo plano el motivo por el que estaba ahí encerrado, el objetivo que me había llevado hasta ahí, en ese momento no pensaba más que en abrirme paso como fuera para escapar de mi encierro, de mi horrenda claustrofobia y empezaba a manotear y a mover los brazos y a tratar de pasar literalmente por encima de la gente cuando el centinela me cogió con autoridad de un brazo y me gritó: «¡Cálmese!, su tío está aquí, a unos cuantos metros», y esa noticia disipó mi claustrofobia, dejé de manotear y volví a pegarme sumisamente a la espalda de mi guía y unos segundos más tarde, como por arte de magia, llegamos al borde de la multitud y ante nosotros se abrió un espacio vacío por donde corría gente, los personajes de una representación que era lo que tenía a toda esa muchedumbre concentrada en ese punto, y no la banda de música como yo había creído, esos ocho músicos que seguían tocando la pieza vigorosa con aires de sardana y que ahí, en el borde de la multitud, ya era menos estentórea, era un fondo para las risas, los gritos y el jaleo que provocaba la representación. «C'est la Fête de l'ours», dijo el centinela señalando a los chavales disfrazados que corrían de arriba abajo, ya sin gritarme en el oído y con una sonrisa que, tuve la impresión, se debía menos a esa fiesta, que seguramente había visto demasiadas veces, que al alivio de haber llegado hasta ahí y de estar a punto de coronar esa engorrosa encomienda; estaba tan distendido el centinela, tan contento de haber cruzado con éxito ese mar de gente que, mientras me explicaba mecánicamente los pormenores de la representación, rebuscó en el bolsillo de su abrigo hasta que encontró un purete que se llevó a la boca; la representación era como cualquier fiesta pueblerina, una simpleza que la gente se tomaba en serio, una corrediza entre dos bandos de muchachos, unos pintados de blanco y otros de negro, que debían de estar haciendo lo mismo que hacían a su edad sus padres, y sus abuelos y sus bisabuelos cada 18 de febrero en ese pueblo, los negros corrían detrás de los blancos e intentaban ponerles las manos pintadas encima para mancharlos, y los blancos intentaban la misma cosa, era la representación, según me explicaba el centinela, de la historia del oso y la pastora, y a mí su explicación me parecía fuera de sitio porque yo lo que quería era ver a mi tío y desaparecer, el sol tibio que nos había acompañado todo el tiempo acababa de ser sepultado por una masa de nubes negras y un viento helado comenzaba a barrer la plaza, «Ahí viene la nieve», dijo el centinela mirando con displicencia el cielo, dedicándole un largo churro de humo, como si estuviera apoltronado en un bar criticando las humedades del techo, «Espero que se equivoque porque tengo que regresar a Barcelona», le dije, pensando en el lío que iba a ser el regreso con la carretera nevada, como hacía un buen día no había tomado la precaución de llevar las cadenas, una lamentable tontería. «Habrá nieve, se lo aseguro», dijo y me miró con cierta compasión, con esa condescendencia que tienen los hombres del campo, acostumbrados a interpretar la naturaleza, frente a los habitantes de la ciudad que no tenemos que interpretar nada: se abre el paraguas cuando llueve o se coge el metro o un taxi, no es casi nunca una amenaza la naturaleza en las ciudades, no como en la montaña donde puedes terminar tus días en medio de una tormenta de nieve, y al pensar esto regresé al gigante, y a Oriol y al asunto que me tenía en esa plaza abarrotada de gente y barrida por el viento, el centinela seguía fumando y añadía con bastante desgana datos y anécdotas para ilustrar la *Fête de l'ours* que, como he dicho, me parecía una simpleza, y mientras hablaba y fumaba el centinela noté que entre los chavales negros y blancos que se perseguían para mancharse unos a otros había un hombre vestido de harapos, cubierto de arriba abajo de una pintura aceitosa que se le apelmazaba en la greña y en las barbas y que sujetaban un par de muchachos con dos cadenas, a la muñeca una y al tobillo la otra, y esta sujeción excéntrica lo hacía moverse con dificultad e incluso irse de bruces al suelo, cosa que divertía mucho al gentío que, entonces me di cuenta, jaleaba a los muchachos para que tiraran de las cadenas: por lo que había entendido de la explicación mecánica del centinela, se trataba del hombre que representaba al oso en el momento en que los campesinos lo habían hecho prisionero y lo habían afeitado para humanizarlo y para que desempeñara tareas en el pueblo, como reparar una puerta o tapar un socavón en una calle, actividades que ese hombre simulaba hacer, las actuaba, las fingía con una rutina inverosímil, más bien ridícula, cogía tierra que no había con una pala imaginaria y, cada vez que ponía en práctica su falso quehacer, pasaba un muchacho negro o uno blanco y le daba una patada en el culo, o le pegaba con la mano abierta en la cabeza y después seguía a lo suyo, que era manchar de pintura a sus contertulios y el «oso», como la gente se dirigía a quien lo encarnaba, era el personaje trágico y cómico de la fiesta, nadie perdía oportunidad de darle un golpe y la muchedumbre celebraba a rabiar cada vez que caía al suelo, de todas las formas posibles, de cara, de culo, de costado sobre alguna extremidad, el pueblo completo le aplicaba la misma rutina, con la misma saña e igual crueldad que habían aplicado sus antepasados al oso real, a la bestia que había secuestrado a la pastora, ese pobre hombre lleno de aceite no lo pasaba mejor que el oso auténtico y encima los harapos no lo protegían del viento que barría la plaza ni del intenso frío que era, ya no me quedaba ninguna duda, el preámbulo de la nieve; no habían pasado ni cinco minutos desde que nos habíamos plantado ahí a ver la representación y yo ya estaba angustiado por el maltrato que le dispensaban al oso, un maltrato real que incluso le había abierto una brecha en la frente, de donde le brotaba un hilo de sangre que nada más salir se mezclaba con la pintura aceitosa, me parecía inexplicable que alguien fuera capaz de prestarse para representar ese personaje pero, pensé, también es verdad que cada pueblo tiene sus códigos y cada fiesta su elenco y a lo mejor salir de oso era un honor, un privilegio, una distinción que los vecinos comentarían el resto del año, sólo de esa forma podía explicarse que ese pobre hombre resistiera semejante maltrato y que la gente aplaudiera feliz cada vez que alguien le daba un golpe, o una patada, o cada vez que sus dos custodios tiraban de las cadenas para que se fuera al suelo, y la algarabía era tal cuando caía, los gritos y el jaleo eran de tal magnitud que la orquesta estentórea, que ya había pasado a un deshilvanado swing, quedaba sepultada debajo del griterío y yo empezaba a preguntarme qué hacíamos ahí, la nieve iba a caernos encima en cualquier momento y no me apetecía estar en medio de la plaza cuando eso sucediera. «¿Cuándo veremos a mi tío?», pregunté con cierta impaciencia y el centinela me hizo un gesto con la mano, un gesto que invitaba a la calma y a la tranquilidad, supuse que esperaríamos a que terminara la representación para cruzar hacia el otro lado sin interrumpir a los actores, más allá había dos menesterosos trabajando en el portal de un edificio, un par de hombres agachados que reparaban algo en la pared, una conexión, una toma de agua, una zona descascarada de la pintura, su trabajo llamaba la atención porque eran los únicos que no participaban de la fiesta del oso; desde la distancia donde me encontraba, que no era mucha, podía distinguir que uno de ellos era un viejo que podía tener la edad de Oriol y de pronto tuve la certeza de que era él, de que en cuanto terminara la representación nos acercaríamos, ¿quién más que un preso podía estar haciendo ese trabajo precisamente ese día?, e iba a decirle todo esto al centinela cuando sentí un violento empujón que casi me tiró al suelo, un par de personajes blancos se habían descontrolado, habían brincado hacia atrás para que el oso no los manchara de grasa y en cambio me habían manchado a mí de blanco una manga del abrigo y el pantalón al centinela, al tiempo que nos envolvía un chillido general, casi histérico, porque el oso al que todos maltrataban y del que todos huían había caído nuevamente al suelo, a un metro escaso de donde estábamos, y trataba de levantarse con dificultad, sin dejar de representar su papel, de fingirlo, de actuarlo, tirando zarpazos inofensivos y adoptando una actitud de oso enfurecido que contrastaba con el aspecto desvalido y lastimoso de su cuerpo, y al tenerlo tan de cerca vi que se trataba de un hombre mayor y me dio todavía más pena, debajo de los harapos se veía una espalda huesuda que según se moviera quedaba completamente a la intemperie. «¿Cómo pueden tratar a ese hombre así?», le dije al centinela, «tenerlo con tan poca ropa con el frío que hace», y el centinela se me quedó mirando de una forma que me desconcertó, me miró con una dureza que me dio incluso miedo; y cuando iba a preguntarle que por qué me miraba de esa forma, el oso, al tratar de levantarse, volvió a caerse casi encima de nuestros pies y pude ver de cerca su pelo grasiento, su barba revuelta y llena de porquerías y su boca sin dientes que emitía, hasta entonces lo percibí, un remedo de gruñido de oso y tanta lástima me produjo el viejo que, pasando por alto el protocolo de la fiesta, me agaché y lo cogí de una axila y en cuanto tiré hacia arriba para levantarlo vi que la pierna que tenía libre, la que iba sin cadena, era una pata de palo y en cuanto lo tuve frente a mí, precariamente de pie porque las cadenas amenazaban con llevarlo de nuevo al suelo, en cuanto sus ojos hicieron contacto con los míos sentí que el mundo se me venía encima, vi los ojos de mi madre y de mi hermano, vi en su rostro mis propios rasgos, vi en su gesto patético el santo y la seña de mi tribu, volteé a ver incrédulo al centinela y vi que seguía con esa expresión durísima, inquebrantable, donde no cabía ni una debilidad, ni una fisura donde pudiera yo apoyarme, encaré nuevamente a Oriol, la muchedumbre gritaba y sus custodios tiraban de las cadenas, el oso tenía que regresar a la fiesta y yo lo tenía cogido por las axilas, observándome con una mirada vacía, casi idiota, una mirada desoladora que me dejó sin palabras, sin argumentos, sin fuerza para seguir adelante y lo solté, lo dejé ir, lo regresé a la multitud que exigía verlo tropezar, caerse, derrumbarse.

La guerra perdida de Jordi Soler
se terminó de imprimir en el mes de julio de 2019
en los talleres de Diversidad Gráfica S.A. de C.V.
Privada de Av. 11 #4-5 Col. El Vergel, Iztapalapa,
C.P. 09880, Ciudad de México.